U0008033

THE WRITER'S MAP

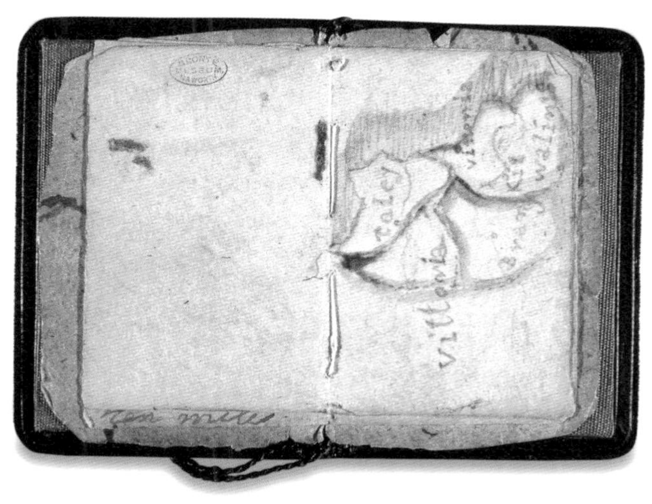

作家的
祕密地圖

從中土世界，到劫盜地圖，走訪經典文學中的想像疆土

The Writer's Map: An Atlas of Imaginary Lands
Huw Lewis-Jones

休・路易斯—瓊斯——編著

清揚——譯

扉頁：地圖由夏綠蒂．勃朗特於一八二六年繪製，當時她只有九歲。地圖是為一本小小的手掌書而繪。

卷首插圖：由克拉阿茲．簡茲弗特（Claas Jansz Vooght），與約翰內斯．範．庫倫（Johannes van Keulen）合作繪製，收錄於一六八二年阿姆斯特丹的《航海地圖集》。

目錄底圖：愛德華．諾頓的《絕命聖母峰頂：一九二四》（*The Fight for Everest: 1924*）中，具有致命吸引力的喜瑪拉雅山峰頂。

次頁跨頁：尼可拉斯．瓦拉爾德（Nocholas Vallard）出色的地圖集。一五四七年，他於法國迪耶普編製而成。此幅是爪哇島的陸地圖。

* 編按：本書文中提及之作家名、作品名若尚未有中譯名，則隨文附上原文；若已有中譯，則予以省略。

CONTENTS

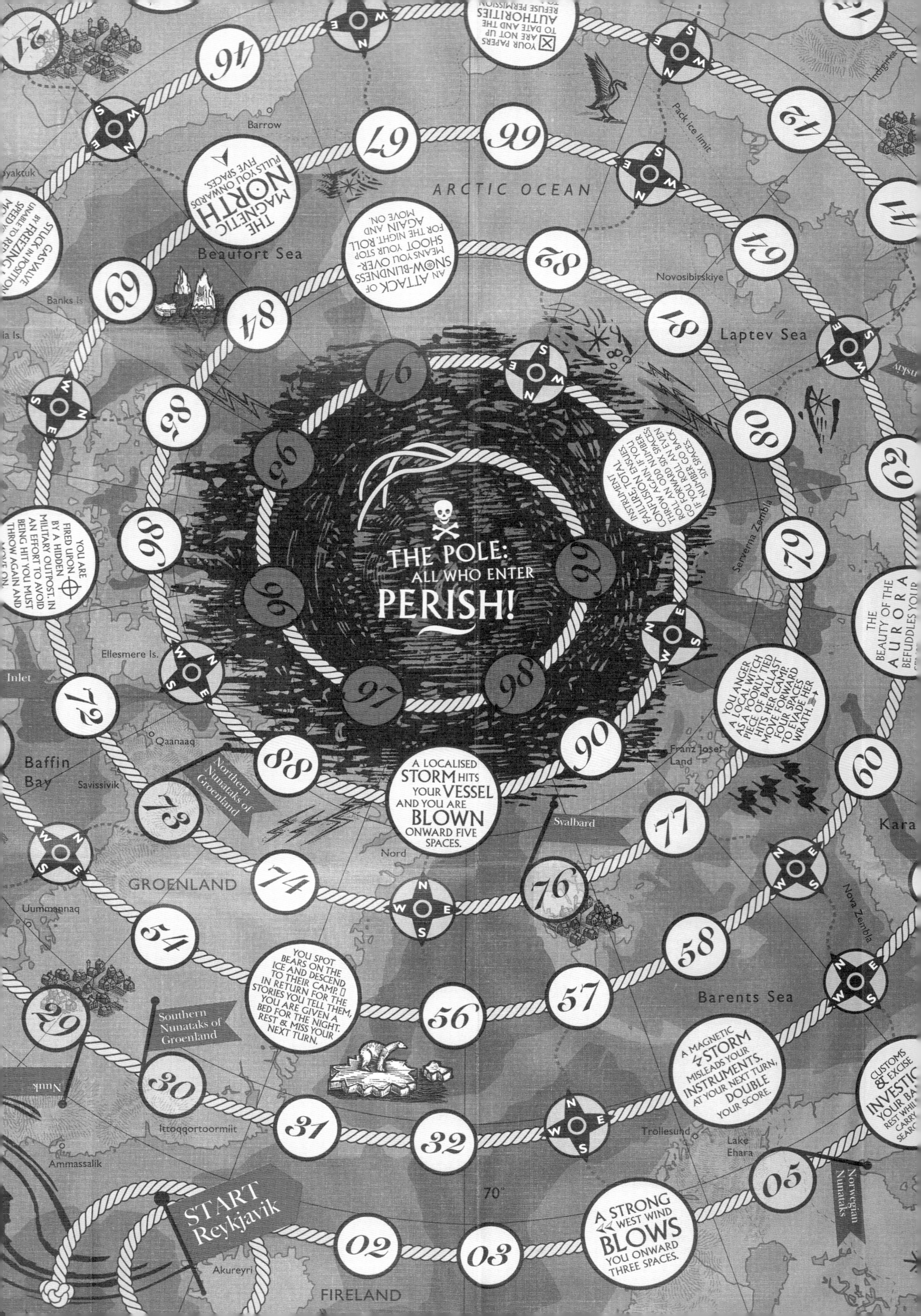

ARCTIC OCEAN
Beaufort Sea
Barrow
Banks Is
Laptev Sea
Novosibirskiye
Pack ice limit
Indigirka
THE MAGNETIC NORTH PULLS YOU ONWARDS FIVE SPACES.
AN ATTACK OF SNOW-BLINDNESS MEANS YOU OVER-SHOOT YOUR STOP FOR THE NIGHT. ROLL AGAIN AND MOVE ON.
YOUR PAPERS ARE NOT UP TO DATE AND THE AUTHORITIES REFUSE PERMISSION
INSTRUMENT FAILURE. TOTAL CONFUSION ENSUES. IF YOU THROW AN ODD NUMBER, ROLL AGAIN. IF YOU ROLL AN EVEN NUMBER, GO FORWARD SIX SPACES. IF YOUR NUMBER GOES, GO BACK SIX SPACES.
THE POLE: ALL WHO ENTER PERISH!
YOU ARE FIRED UPON BY A HIDDEN MILITARY OUTPOST. IN AN EFFORT TO AVOID BEING HIT YOU MUST THROW AGAIN AND
Ellesmere Is.
Inlet
Serverna Zembla
THE BEAUTY OF THE AURORA BEFUDDLES YOUR
YOU ANGER A LOCAL WITCH AS A POORLY TIED PIECE OF BALLAST HITS HER CAMP. MOVE FORWARD FOUR SPACES TO EVADE HER WRATH.
Baffin Bay
Qaanaaq
Savissivik
Northern Nunataks of Groenland
A LOCALISED STORM HITS YOUR VESSEL AND YOU ARE BLOWN ONWARD FIVE SPACES.
Franz Josef Land
Svalbard
Kara
Nord
GROENLAND
Uummannaq
Nova Zembla
YOU SPOT BEARS ON THE ICE AND DESCEND TO THEIR CAMP. IN RETURN FOR THE STORIES YOU TELL THEM, YOU ARE GIVEN A BED FOR THE NIGHT. REST & MISS YOUR NEXT TURN.
Southern Nunataks of Groenland
Barents Sea
Nuuk
A MAGNETIC STORM MISLEADS YOUR INSTRUMENTS. AT YOUR NEXT TURN, DOUBLE YOUR SCORE.
CUSTOMS & EXCISE INVESTIG
Ittoqqortoormiit
Trollesund
Lake Ehara
Ammassalik
Norwegian Nunataks
70°
START Reykjavik
A STRONG WEST WIND BLOWS YOU ONWARD THREE SPACES.
Akureyri
FIRELAND

合乎情理的可能

拉茲卡維亞的領悟

英國小說家　菲力普・普曼

對缺乏想像力的人來說，地圖上的一片空白是荒地；
對想像力豐富的人來說，卻是無價之寶。
——美國生態學家　奧爾多・利奧波德，一九四九年

數年前，我寫了一本小說《錫公主》，是維多利亞晚期冒險系列的第四集，也是最終集，講述一名叫作莎莉・洛克赫的女中豪傑，她能像哥薩克人一般騎馬，射箭、查帳本，爺們能幹的事，她一樣也不差。這系列的小說共有四集，都是陳腔濫調的怪談：第一集主要描述一件受到詛咒的珠寶珍奇；第二集是一個發明狂發明了一具足以摧毀世界的機器；第三集則是以洪水下的閣樓作結束；而這本則想要講述倫敦貧民窟中，一個文盲女孩成為公主的經歷。

我努力在劇情需要的前提下，讓每個故事符合現實，盡力求真。也許我是畫蛇添足，但我認為故事情節必須具有實現的可能性，最起碼也要合乎情理。

為了給「阿德萊德」這個角色營造一個使她能成為公主的國家，我偷學英國小說家安東尼・霍普偉大的創意。他在小說中虛構了一個中歐之花，人間樂土——盧里坦尼亞王國。霍普的小說《曾達的囚徒》於一八九四年出版，盧里坦尼亞王國從此成為世上的理想國。一九五五年，里歐納德・韋伯利（Leonard Wibberley）出版了令人愛不釋手的小說《喧鬧的老鼠》（*The Mouse That Roared*），其中的大芬威克公爵領地，又是另一個創意十足的原創想法。我也想試試自己的能耐，於是我借用他們最精華的部分，加以延展創造。我想要的國度是塞在地圖的某個縫隙中，介於波西米亞和……某個鄰國之間，也許普魯士吧。它會是神聖羅馬帝國的殘部之一，獨立於當代政治漩渦之外，自豪地周旋於如日方中的普魯士和每況愈下的奧匈帝國之中。

我給它起了一個國名，拉茲卡維亞。它的首都埃斯屈坦伯格，是個安和樂利的城市，到處都是彎曲的街道，有大教堂、城堡和宮殿；河流蜿蜒而過，還有一座火車站，河灣巨石上矗立著一座古老的堡壘。中世紀的風俗民情在這裡繁茂，並且與時俱進。君王駕崩時，飄蕩在堡壘頂端的大旗會降下，移掛到大河對岸的大教堂中，直到新任君王的加冕典禮。屆時，新君將捧著大旗穿過古橋，爬上石階，上到巨石頂端，其間絕不能讓大旗觸碰到地面。只有大旗再次飄揚在巨石上空，才能穩固繼任者和國家的安寧康和。

在菲力普・普曼的《很久很久以前，在北方》中，一個德克薩斯駕駛員加入了擁有一頭武裝熊的軍隊，擊潰了一場腥風血雨的謀反。書中提到了圖中這個由雕刻大師約翰・勞倫斯創作出來的「極地危境」遊戲。

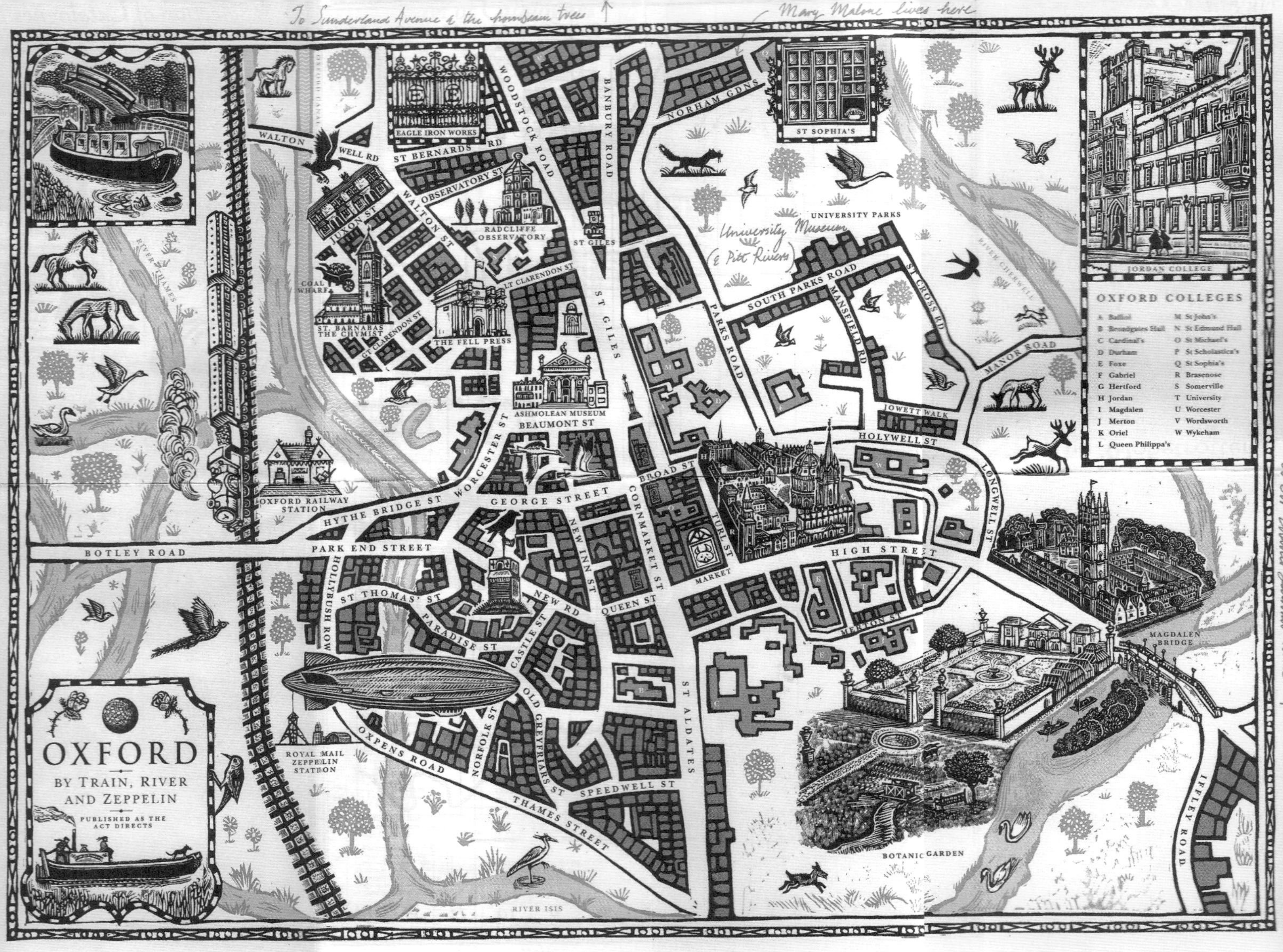

這張紙本牛津地圖，是約翰．勞倫斯繪來陪襯萊拉和她的精靈潘塔萊蒙的故事。故事中，當時陽光燦爛，他們坐在屋頂上遙望整座城市，卻有一隻怪鳥東倒西歪地俯衝而來，打破兩人的平靜。

冥冥之中自有安排，一場門不當戶不對的婚姻，幾場十九世紀的紙牌遊戲，再加上巧合的不可逆，我那出身沃平貧民窟的小女孩，站在了她的丈夫——剛即位的國王身旁。就在他從大教堂射出王旗之時，小女孩本能地抓住了它，親自捧著大旗穿越古橋，連滾帶爬地爬上了巨石頂，在萬民擁戴下坐上了后位，她的苦難也由此開始了。

我很喜歡那個故事，現在也是。我認為行得通，雖然情節老套，但仍具有可信度。幾個小時讀下來，足以讓讀者入戲。安東尼．霍普一九〇六年寫了另一本小說《克拉沃尼亞的蘇菲》（*Sophy of Kravonia*），書中的一個小女僕成為了巴爾幹半島一個小國家的王后，與這個故事就不相干了。總之，故事必定要有一張地圖。雖說「必定」，但也不見得；即便沒有地圖，故事也能讀得下去。我印象中，霍普小說中也沒有盧里坦尼亞王國的地圖。我想說的是，我想做一張地圖。

我八歲時，就學會了繪製地圖，老師指導我們以步數測量學校遊樂區的長寬，再繪製在紙張上。好神奇啊！看著測量出來的數據，在紙張上以各式記號標誌出樹木、河流、邊牆和建築……那天一回到家，我立刻著手繪製家裡屋舍和花園的地圖。差不多就是那個時候，我第一次捧讀《金銀島》，並意識到我也可以為虛構出來的地域製作地圖，標記埋藏寶藏的地點方位。這個發現，太令人著迷了。

我懇求一本地圖冊當作聖誕禮物，也得到了一本。雖然是尺寸最小的地圖集，起碼能夠放在口袋裡隨身攜帶。直到現在，我仍帶著它。我會花好幾個小時研讀，計畫去那些未知的荒野探險。慢慢的，我發現自然地圖比起政治地圖更加有趣，因為那種地圖上有山有沙漠，以及海洋的深淺。格陵蘭島的龐大令我驚嘆，直到許多年後，我才明白它的廣大是因為將經緯網投影到圓柱面上，再將圓柱面鋪展成平面後的結果。那叫作麥卡托投影法，當時我對此毫無概念，但很喜歡聽這個名詞的發音。

這份北冰洋和格陵蘭地圖，出自《泰晤士世界地圖集》，中世紀版本。由製圖師約翰．巴多羅邁（John Bartholomew）繪製。紅色虛線表示一九五八年，原子潛水艇鸚鵡螺號執行冰底潛行的祕密路線。

我最初寫的故事（那些老套的青春頌詩除外），場景都設定在真實世界，或者我們根深柢固的理想國，並不需要另行繪製地圖。倫敦地圖已是唾手可得，我的書桌上正有一疊倫敦地圖，並且在創

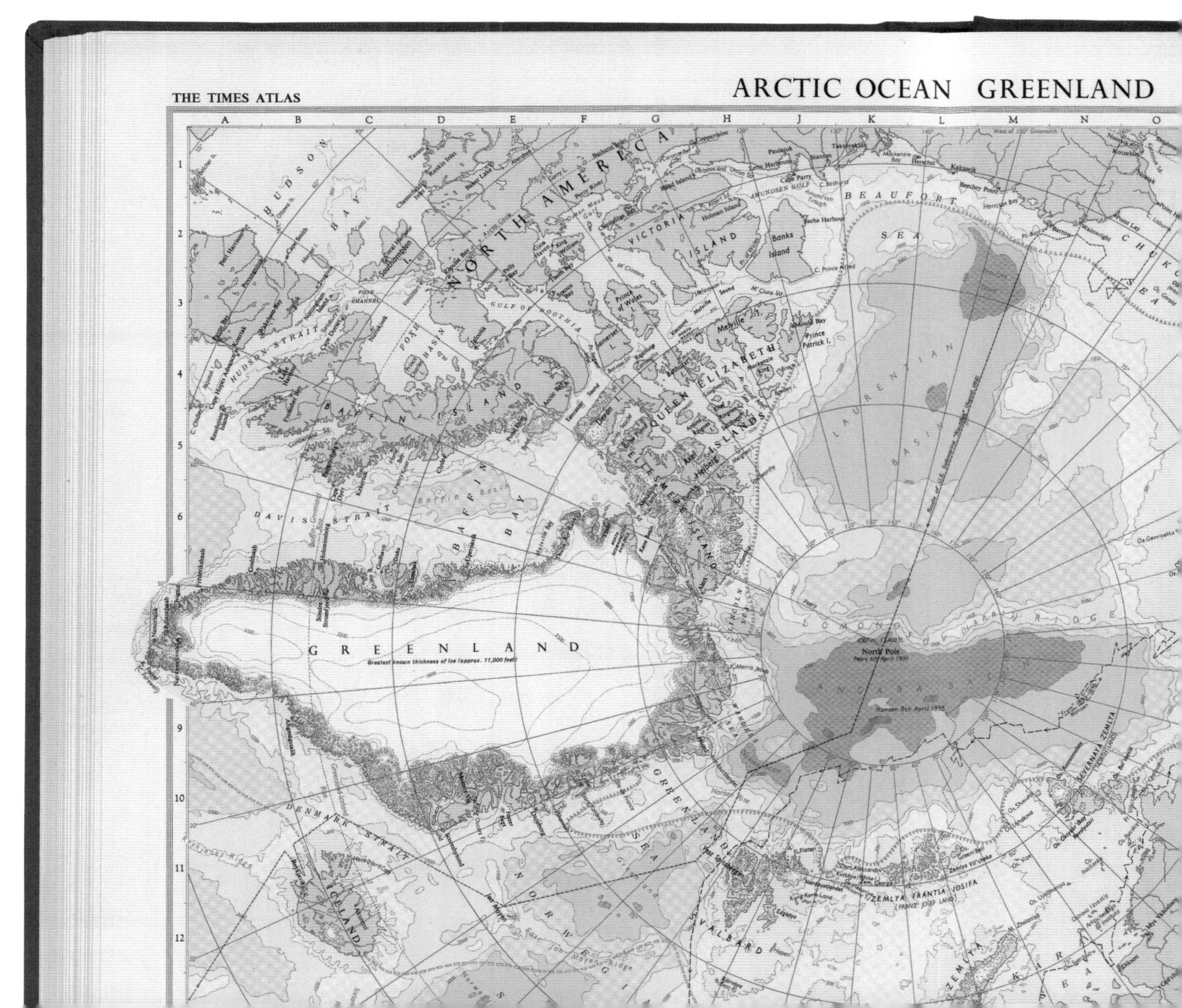

作時可以釘在牆上。就像以前的陸軍地形測量局那樣，地圖將克勒肯維爾區或斯代普尼區的每一棟建築、每一處碼頭展現在眼前，使我一目瞭然從萊姆豪斯區前往布盧斯伯里區的最短路線。這些地圖並不稀奇，因為都是真真實實存在的。若站在這個街口，往那個方向張望，必能看到聖博托爾夫教堂。沃平有個叫作「獸骨炭工藝區」的骯髒地，我當然能將故事場景設定在那兒。假使是在一八七八年，你又恰巧在新堤區閒逛，可能會目睹剛從埃及運抵的克麗歐佩托拉方尖碑，以及整個架碑工程。為了增加故事的可信度，我可是道道地地、一絲不苟的現實主義者。

但拉茲卡維亞這類虛構之地，是沒有地圖的，即便在科文特花園的史丹福斯地理學大賣場，也找不到，只能自己繪製一張。於是我開開心心地坐下來，拿出筆和色鉛筆動起來。我要一切的細節，有大學，有植物園、埃屈坦堡巨岩、纜車、弗洛雷斯坦咖啡館等地標景點；還要有彎彎曲曲的老街，並且要展現它與波希米亞、普魯士等國的關係；要有其他地形，比如法爾克斯汀山，那座山盛產鄰國軍方高層皆渴望染指的鎳礦；要有遠近馳名的溫泉小鎮安德斯貝德，小鎮延請了《藍色多腦河》的作曲家小約翰·史特勞斯前來演奏安德斯貝德圓舞曲，儘管這並非作曲家最出色的作品；也要有原始森林——里特渥得，等等……

我興致勃勃地繪製地圖。繪圖這份職業比起寫作，更合我的意。寫作是一場又一場漫長的壘字工程，而繪圖純粹就是享受。為了故事情節繪製地圖，耗時又耗力，更何況還要興致盎然地配色、上色。令人扼腕的是，我繪製的地圖並未通過，出版社優雅的眉毛一挑，噘嘴，手指輕敲著十八世紀的古董桌，再用銀鉛筆將我的畫作推開。她說：「是啊，嗯，這個我們得好好處理。」

就這樣，到此為止。

拉茲卡維亞的埃屈坦堡市，有著迷宮般的老街。河岸有西班牙花園、大學，過了橋就是大教堂、巨岩和纜車。這份是羅迪卡·普拉托（Rodica Prato）於一九九四年，為《錫公主》繪製的原稿；上市的版本，則在圖內加了文字說明。

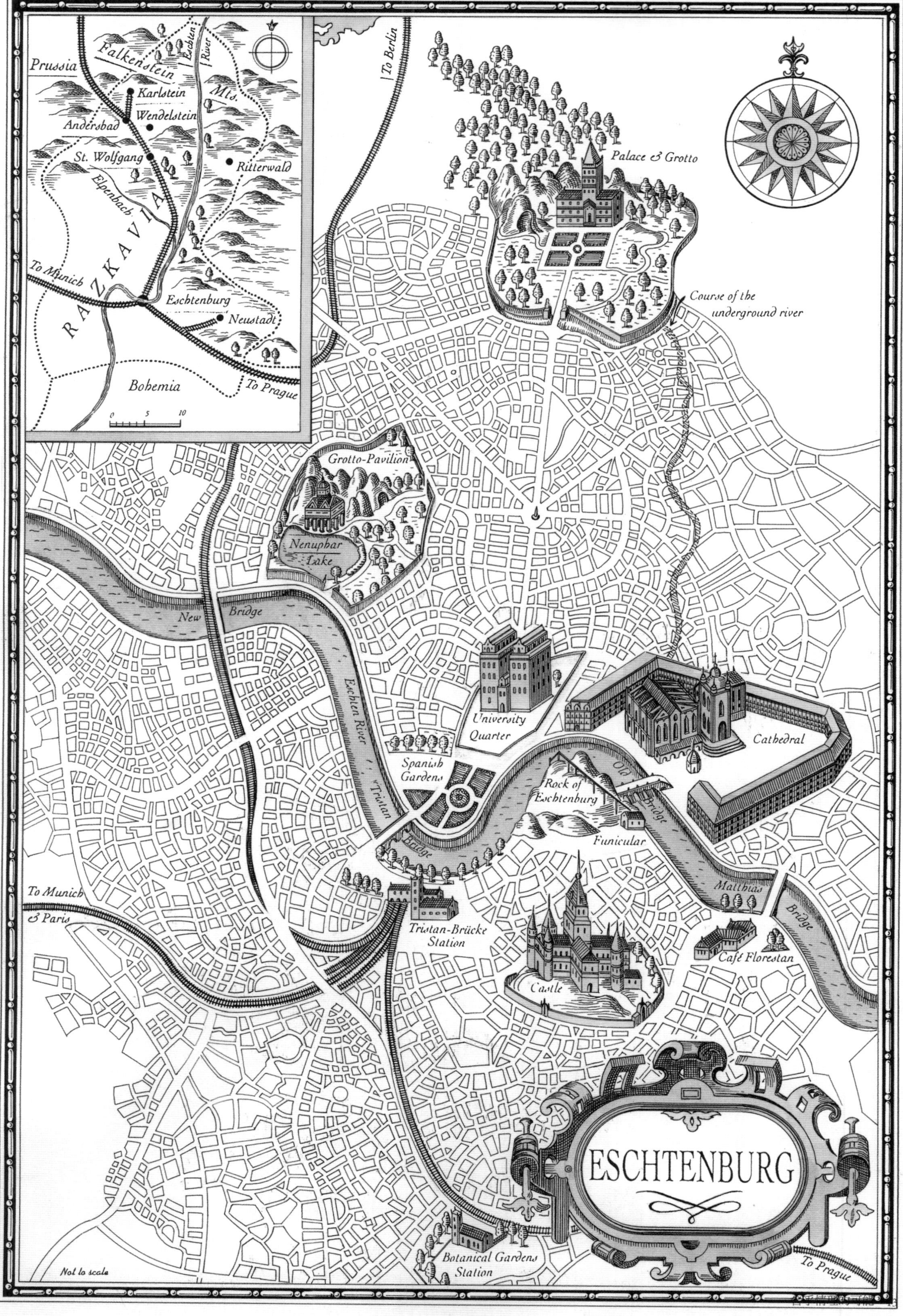
Prussia
Falkenstein Mts.
Eschten River
To Berlin
Karlstein
Wendelstein
Andersbad
St. Wolfgang
Ritterwald
Elpenbach
RAZKAVIA
To Munich
Eschtenburg
Neustadt
Bohemia
To Prague
0 5 10
Palace & Grotto
Course of the underground river
Grotto-Pavilion
Nenuphar Lake
New Bridge
Eschten River
University Quarter
Cathedral
Spanish Gardens
Rock of Eschtenburg
Old Bridge
Tristan Bridge
Funicular
To Munich & Paris
Tristan-Brücke Station
Matthias Bridge
Café Florestan
Castle
ESCHTENBURG
Botanical Gardens Station
Not to scale
To Prague

THIS IS THE COW
THAT JUMPED
OVER THE MOON
HERE THE
NORTH WIND
LIVES
THE CASTLE
OF THE GIANTS
THE CITY
OF BRASS
HIGH TOWER WHERE
THE LITTLE LAME
PRINCE WAS LOCKED
HERE IS A
DESERT
HERE LIVES
PETER PAN
THE CITY OF
MANY TOWERS
WHERE THE BEAUTIFUL
PRINCESS LIVES
DO NOT
GO IN
HERE
JACK THE GIANT
KILLER'S HOUSE
LITTLE BOY BLUE
FAST ASLEEP
SIMPLE SIMON
MET THE PIEMAN
RIGHT HERE
HERE LITTLE MISS MUFFETT
WAS TERRIBLY FRIGHTENED
JACK SPRAT
HIS HOUSE
DAPPLE GRAY PONY
SHE RODE HIM
THROUGH THE MIRE
THE PIED PIPER OF HAMELIN
HERE THE OLD
FISHERMAN CAUGHT
THE GOLDEN FISH
THE CROOKED MAN
LIVES IN THIS
CROOKED HOUSE
THE WATER BABIES
LIVE HERE
THE LAND

第一部

打造可信度

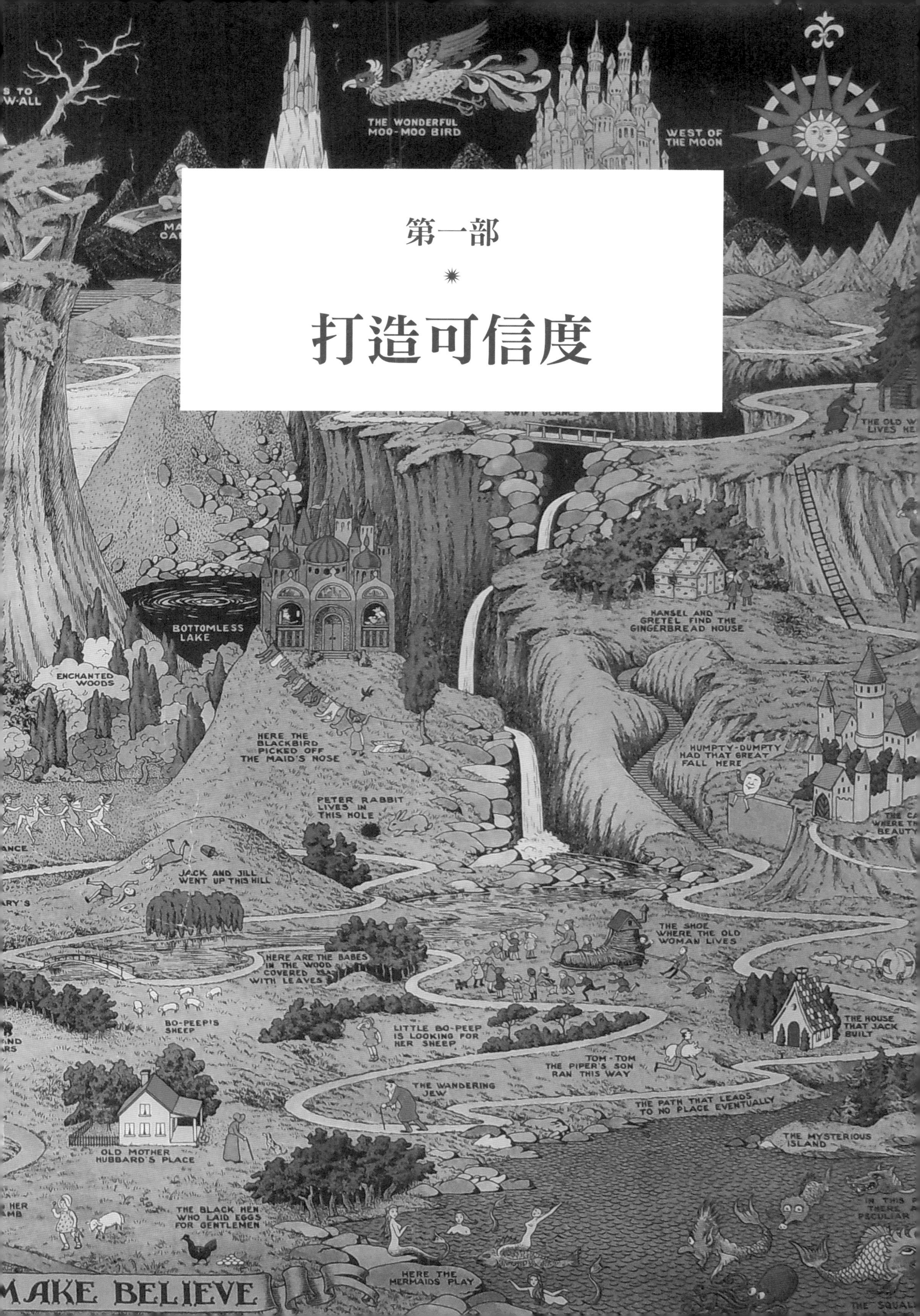

THE WONDERFUL MOO-MOO BIRD
WEST OF THE MOON
BOTTOMLESS LAKE
ENCHANTED WOODS
HANSEL AND GRETEL FIND THE GINGERBREAD HOUSE
HERE THE BLACKBIRD PICKED OFF THE MAID'S NOSE
HUMPTY-DUMPTY HAD THAT GREAT FALL HERE
PETER RABBIT LIVES IN THIS HOLE
JACK AND JILL WENT UP THIS HILL
THE SHOE WHERE THE OLD WOMAN LIVES
HERE ARE THE BABES IN THE WOOD COVERED WITH LEAVES
BO-PEEP'S SHEEP
LITTLE BO-PEEP IS LOOKING FOR HER SHEEP
THE HOUSE THAT JACK BUILT
TOM-TOM THE PIPER'S SON RAN THIS WAY
THE WANDERING JEW
THE PATH THAT LEADS TO NO PLACE EVENTUALLY
THE MYSTERIOUS ISLAND
OLD MOTHER HUBBARD'S PLACE
THE BLACK HEN WHO LAID EGGS FOR GENTLEMEN
HERE THE MERMAIDS PLAY
MAKE BELIEVE

這些那些

繪製回憶地圖

編者　休・路易斯—瓊斯

我的所思所想就是一紙地圖。
一個狂人船長在晃動的月亮下畫出來後，才意識到這點。
風夾帶著小號聲，水壺般的鼓腮幫子，還有，阿拉伯地毯般的亮麗圖紋。
「這裡有老虎。」「這裡是我們埋了吉姆的地方。」
這裡是無眼魚迴游的海峽，牠們環繞著溺死在冰冷深海中的偶像泅游，
而他的淚水隨著金黃色的鹹水漂走。
一個月陰般的國度，
一個蘋果酒般的國度，辣口又醇厚，
一個栗子皮般粗野凶惡的國度，
一個充滿飢餓巫師的土地。

——美國詩人　史提芬・文森・本納特，一九三一年

我此生第一次迷路，是在倫敦動物園。不是因為沒有地圖，正好相反，就是因為我手上有一張。其實，我有一大疊，是在大門旁的小冊架上拿的，塞在背包裡。當時我五歲，但那份地圖現在仍歷歷在目，地圖邊緣都是我從未聽過的動物、等待探索的新事物，以及不會念的動物名——算是最豐富、最出色的地圖了。

到了猴欄附近，人群洶湧，我設法從父親身旁開溜了。正巧哥哥也溜了，父親追了上去，我當下拔腿就跑。我並不記得所經過的獸欄，印象中有毛茸茸的紅毛猩猩、滿樹色彩鮮豔的鸚鵡；我只記得我拿著地圖，朝動物園內狂奔。直到經過犀牛欄，才想到應該回到爸媽身邊了。等我來到獅子欄，才在心裡承認要是哥哥也在，該有多好。我忘不了爹地終於找到我時，他臉上的表情。那時我正席地而坐，在企鵝群附近對著地圖埋頭苦幹。父親勃然大怒，吼道：「現在看我怎麼教訓你。」他一把拽走我手中的地圖。但沒關係，我背包小口袋裡還有一大疊。

我清楚記得，那是我第一次因沉浸在地圖中而迷了路。它們令人著迷，滿紙的未知、冒險，充滿了各種可能性，完全不輸一本好書。它們讓我們得以逃到另一個地域，無論何時何地，只要我們想。書籍、地圖，都充滿了魔法。

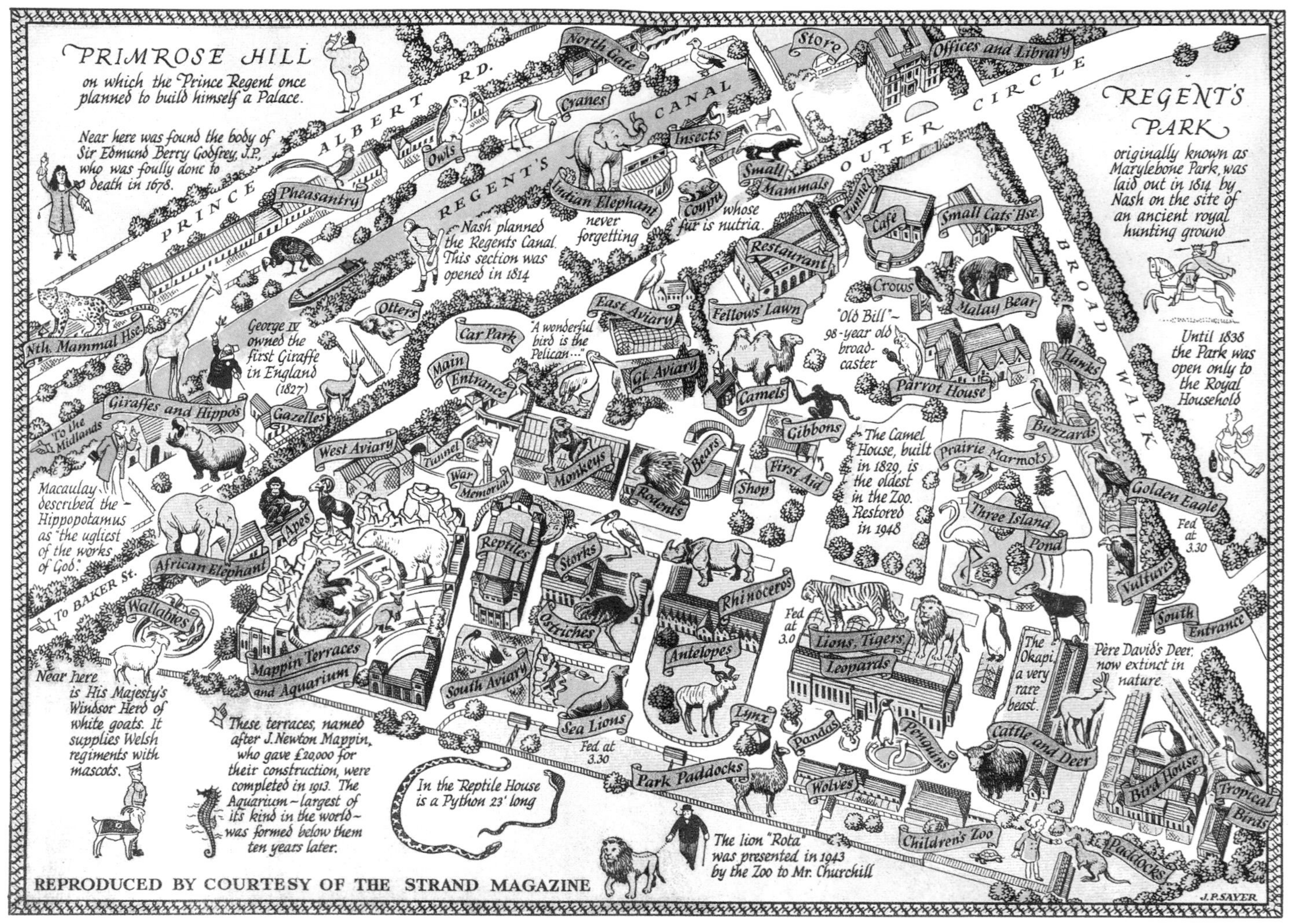

三十年後，我坐上了一艘核能破冰船，朝北極穿越結凍的冰海而去。當然，就像每一次的冒險，我的背包中又塞滿了地圖，但對於我們要去的北極，地圖根本英雄無用武之地。那趟前往處女地的考察之行，我帶了許多書，並下定決心要在一個月內爬梳完畢，而我帶的地圖都在那些書中。那幾本書，是我從家裡一大疊多年的藏書中抽出來的。日文有個詞專門形容這種「痛並快樂著」的心情：tsundoku（積読），意思是買回來的書堆積如山，卻找不到時間拜讀。你清楚你不能沒有那些書，可它們就那樣堆在那裡，月復一月，年復一年。

而那疊追隨我去北極的書籍，又都是些什麼書呢？它們被我放在一個雜物袋裡，包括幾本學術書籍、兩本野生動物圖、我正在寫的另一本書的手稿，還有幾本有趣的書：被我翻爛的亞瑟・柯南・道爾《失落的世界》平裝版、丁丁雜誌再版的《月球探險》、諾頓・傑斯特的《神奇收費亭》、我心愛的威勒德・普賴斯《北極探險》的複本，它是我童年的寶貝；亞瑟・蘭塞姆的《冬日假期》（*Winter Holiday*），是「燕子號和亞馬遜號」系列的第四集；新版朵

前頁
〈虛構之地〉（*The Land of make Believe*），由賈羅・海斯（Jaro Hess）於一九三〇年繪製。海斯出生布拉格，後來為了生活移民到了美國，定居密西根，從事園藝設計師工作，同時繪製了這份作品。

上圖
J.P. 塞耶（J. P. Sayor）的倫敦動物園地圖，由《海濱雜誌》於一九四九年首刊。前景處，溫斯頓・邱吉爾牽著一頭叫作羅塔的獅子散步。當然，雪茄是一定要的。

次頁跨頁插圖
艾爾吉（喬治・雷米）一九三二年為某週報繪製的地圖，這份週報首刊了他的丁丁系列連環漫畫。丁丁和他的狗小雪，正划船航越印度洋。

océan atlantique
Spitzberg
océan glacial
Europe
mer méditerranée
U.R.S.S.
constantinople
mer noire
sibérie
smyrne
angora
turquie
alexandrie
port-saïd
mer d'aral
le caire
suez
Syrie
bagdad
jérusalem
mer caspienne
turkestan
everest
téhéran
Égypte
arabie
perse
hedjaz
mer rouge
golfe persique
Kaboul
afghanistan
himalaya
afrique
empire des indes
la mecque
népaul
aden
hadramaout
bénarès
mer d'oman
Calcutta
bombay
île Socotora
océan indien
Colombo
île de Ceylan

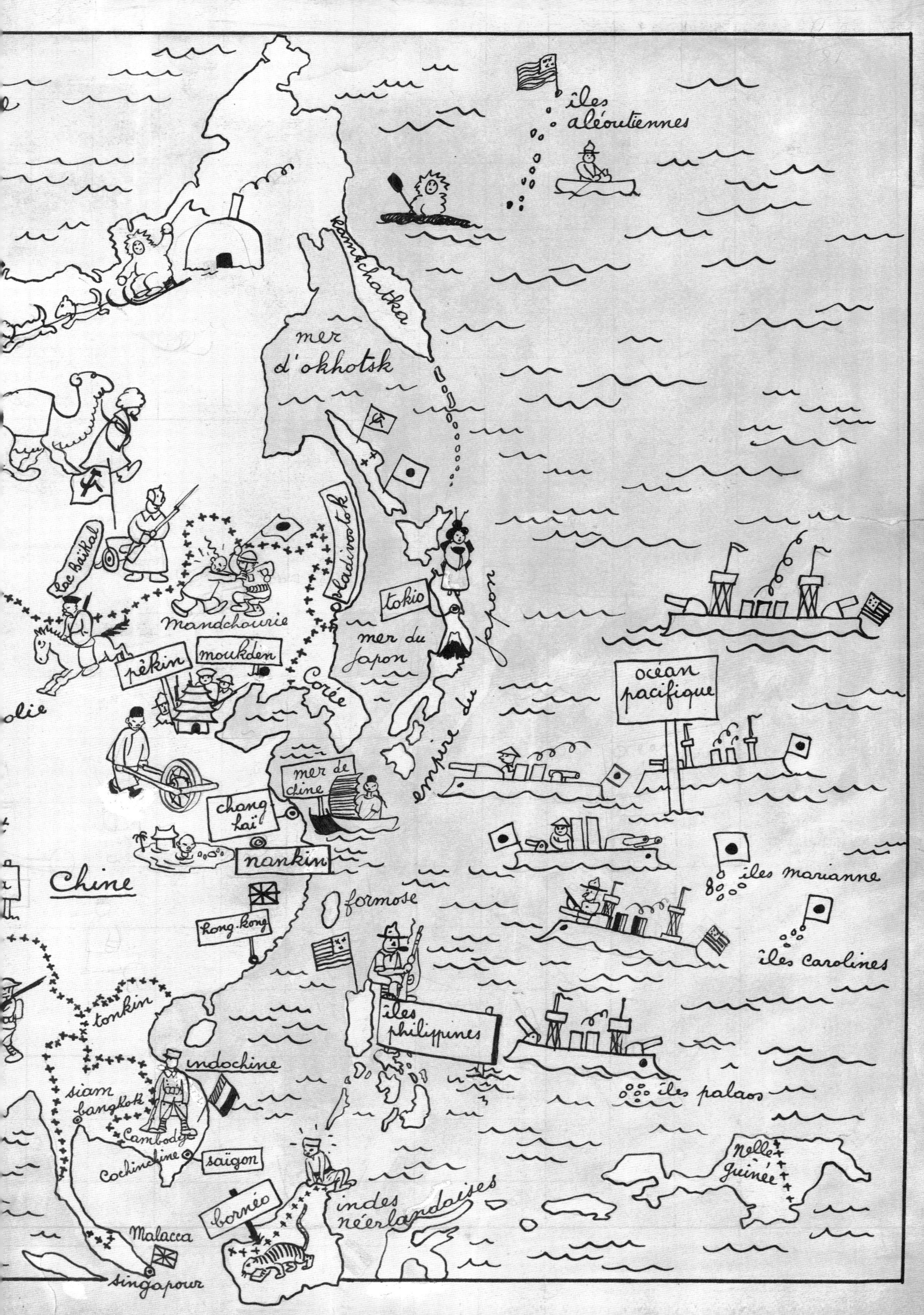

îles aléoutiennes
kamtchatka
mer d'okkhotsk
lac Baïkal
vladivostok
mandchourie
tokio
mer du japon
empire du japon
pékin
moukden
corée
océan pacifique
mer de chine
chang-haï
nankin
Chine
îles marianne
formose
hong-kong
îles carolines
tonkin
îles philippines
indochine
siam
bangkok
îles palaos
Cambodge
Cochinchine
saïgon
Nelle Guinée
indes néerlandaises
bornéo
Malacca
singapour

貝・楊笙的《嚕嚕米與大洪水》、借來的路易斯・卡羅《獵鯊記》，以及隨書附贈、令人愛不釋手的空白地圖（見 75 頁）。

《獵鯊記》地圖的空白處，就像一個名符其實的北極圖騰，象徵了我們即將前往的處女地，這個地球頂端神龍見首不見尾的經線交集之地，眾人口中的不毛之地。就是那片荒涼，吸引我一往無前地向北而去。在此之前，它只是存在於書中的奇幻之地。在藍天蒼穹下，走在那片冰凍的海洋上，是什麼樣的感覺？距離陸地數百公里之遠，隨著潮流漂行。那是地圖上的一片空白，數百年來，無數製圖師和探險家為之著迷，站立在那樣一個地方，又是什麼樣的感覺？我們就像蘭塞姆的故事人物，滑著雪橇穿行於冰原之上，朝湖的另一頭、想像中的北極而去，每個拜讀的夜晚，我的心激動不已，腦海清楚浮現那片無人區。有天早上喝茶時，我和一個探險隊的朋友分享我隨興而起的閱讀進度，她笑笑說：「早知道，我就把我的小熊維尼故事書借你了。他們不也發現了北極嗎？」

我機靈地先從地圖著手，
有了框架，故事也就
穠纖合度。

——J.R.R. 托爾金，一九五四年

沒有書，人們就很難想像那樣遼闊的世界；對我來說，沒有地圖，也很難想像那樣遼闊的世界。我們都有自己的閱讀旅程，但你記得你是從何時開始的嗎？暫停一下，想想你兒時讀過的書，再想一想你見過的第一份地圖，至少是你記得的第一份。是高高掛在教室牆上的世界地圖嗎？是釘在臥室門後，一關上門就只有你獨享的、某個喜愛國度的地圖嗎？或者只是一份校車路線圖、一份住家附近的街道圖、地鐵地圖、一趟火車之行的時刻表，甚至麥片包裝盒背面的迷宮圖？也許就像某些人回答的，是在長途自駕行中，被扔在後座的公路地圖，它指引你去某個遙遠的目的地。也可能是印象模糊的某次度假，飯店房間或郵輪甲板的平面圖，露營區的分布圖，或是協助你選位的劇院座位圖，一份你喜愛的桌遊、蓋了外國郵戳的明信片上的一座小島、主題公園裡的交通指引圖？這份地圖引領你開啟美好的一天，一次新的冒險之旅。

所有地圖，都是人類想像力的產品。它們是文字化的念頭、思緒，是圖像化的故事；每一行文字、每一個圖像和符號都有各自的目的和意義，都是製圖師或讀圖人的一份指引。也許多年後，這些留存在記憶中的地圖和文字，經過反芻後會形成新的意義。

大部分作家都愛地圖，比如我們這類作家：收集地圖、製作地圖，繪製、重組，給予它們新生命。除了地圖的實用性，還能將想像出來的國度實質化，這些在在令作家們為地圖著迷。地圖就像寓言，像是圖解、點綴，地圖本身和它的語言廣泛穿梭在作品之中，

新地島（Nova Zembla），威廉・巴倫支於一五九六年發現。地圖最右邊的小屋，是在探險船毀壞後由隊員搭建的，因此他們才得以在北極嚴冬存活下來。儘管巴倫支不幸喪命，仍留下了虛線的路線，隊友才得以駕著木筏抵達安全之處。

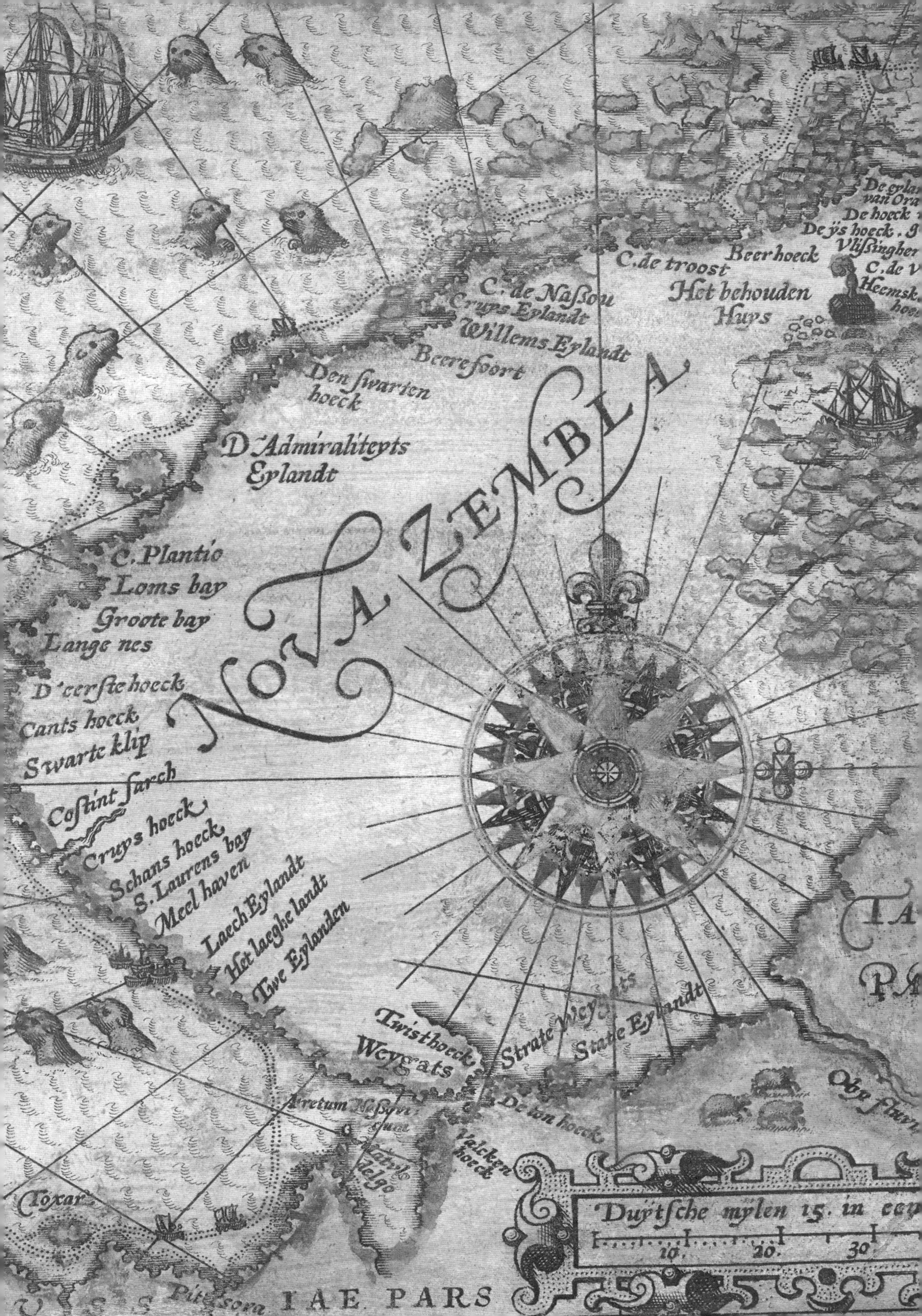

De hoeck
De ÿs hoeck
Beerhoeck
C.de troost
Het behouden Huys
C. de Naßou
Cruys Eylandt
Willems Eylandt
Beerefoort
Den swarten hoeck
NOVA ZEMBLA
D'Admiraliteyts Eylandt
C. Plantio
Loms bay
Groote bay
Lange nes
D'eerste hoeck
Cants hoeck
Swarte klip
Costint sarch
Cruys hoeck
Schans hoeck
S. Laurens bay
Meel haven
Laech Eylandt
Het laeghe landt
Twe Eylanden
Twisthoeck
Weygats
Strate Weygats
State Eylandt
De ton hoeck
Valcken hoeck
IAE PARS
Duytsche mylen 15. in
10. 20. 30.

從學術用語到童謠，從言情到暢銷驚悚小說處處可見。但這些，都不足以說明地圖自身的魅力。是地圖的邊緣、空白和疆界，吸引了包括我在內的許多作家，情不自禁地流連。能夠前往某個未知之地，永遠令人心情激動。

儘管那些空白會慢慢被填補，但在每一次的重述中，新的國境總會浮現。比如約瑟夫．康拉德，這位波蘭水手就是通過地圖和報紙學會了英文寫作，最後成為了知名的小說家。數年後，他自述他有盯著地圖瞧的癮——就像凝視星辰，只是有時候是在白天——他為那些「令人激動的白紙、未知的國度」神往不已。在康拉德的《黑暗之心》中，就在那個名叫馬勞的水手等待海潮轉向之時，他開始講故事了：

> 我還是小伙子時，就愛上了地圖，總會在南美、非洲或澳洲的地圖中埋頭苦幹數小時，沉迷在各式各樣的探險幻想中。那時，地球尚有許多未知的空白。每次在地圖上看見一處特別吸引人的地方……我就會把手指放在上面，說：「等我長大了，一定要去這裡。」我記得，北極就是其中一個。嗯，儘管我還沒去，眼下也不是時候。

馬勞繼續訴說，對於地圖上的那些地方「我有股強烈的渴望」，小說便由此開啟他的故事——我會去那裡。即便非洲或北極並未鋪展在我們眼前，大部分的人也都能明白那種看著地圖的感覺。英國作家兼編劇格雷安．葛林，受到康拉德的啟發，於一九三〇年代實地徒步穿越了西非的賴比瑞亞，盼望能親眼見識這個「黑暗之心」。在當地人的引領，以及幾箱威士忌的支撐下，他一步步見證了地圖上已有的國度，見識那片被簡稱為「食人族」的大片空白。雖然葛林後來生病，險些喪命，但那段磨難幫他探索和發現了「生命熱情所在」。這次的內心之旅，就像他在《沒有地圖的旅行》中所描述的，塑造了他之後的寫作生涯。那是一段追尋意義的旅程。

說到這裡，何為「作家的地圖」？又何為「文學製圖」？那是作家繪製的旅程輿集。它不只代表作者或出版商在出書時繪製的大大小小的地圖，也包含作者在寫作時所使用的地圖和插圖，以及那些激發他們寫作靈感的真實之地的地圖。對某些作家來說，繪製地圖是創作的核心，就跟塑造和講述故事同樣重要。作家的地圖更凌駕於實質之上，它可以是作者描寫的地域，是書頁裡的世界，不論有無地圖；是作者在創作中的棲息之境，也存在於讀者再次的想像和再造之中。

簡單來說，作家的地圖是從史籍、文學和傳頌千年的故事經典中收集來的。這些地圖是作者親自繪製、繪製給作者，或數年後受到他們啟發的創作者所製——受歡迎的書經常以出乎作者所能控制的方式，被再造成地圖。無論是真實的或想像出來的地圖，都會持續變化：不斷擴張、幻化，也會縮小，因為所有的地圖都是一種抽象概念；所有種類的地圖，都是將一大堆資訊包裝成高

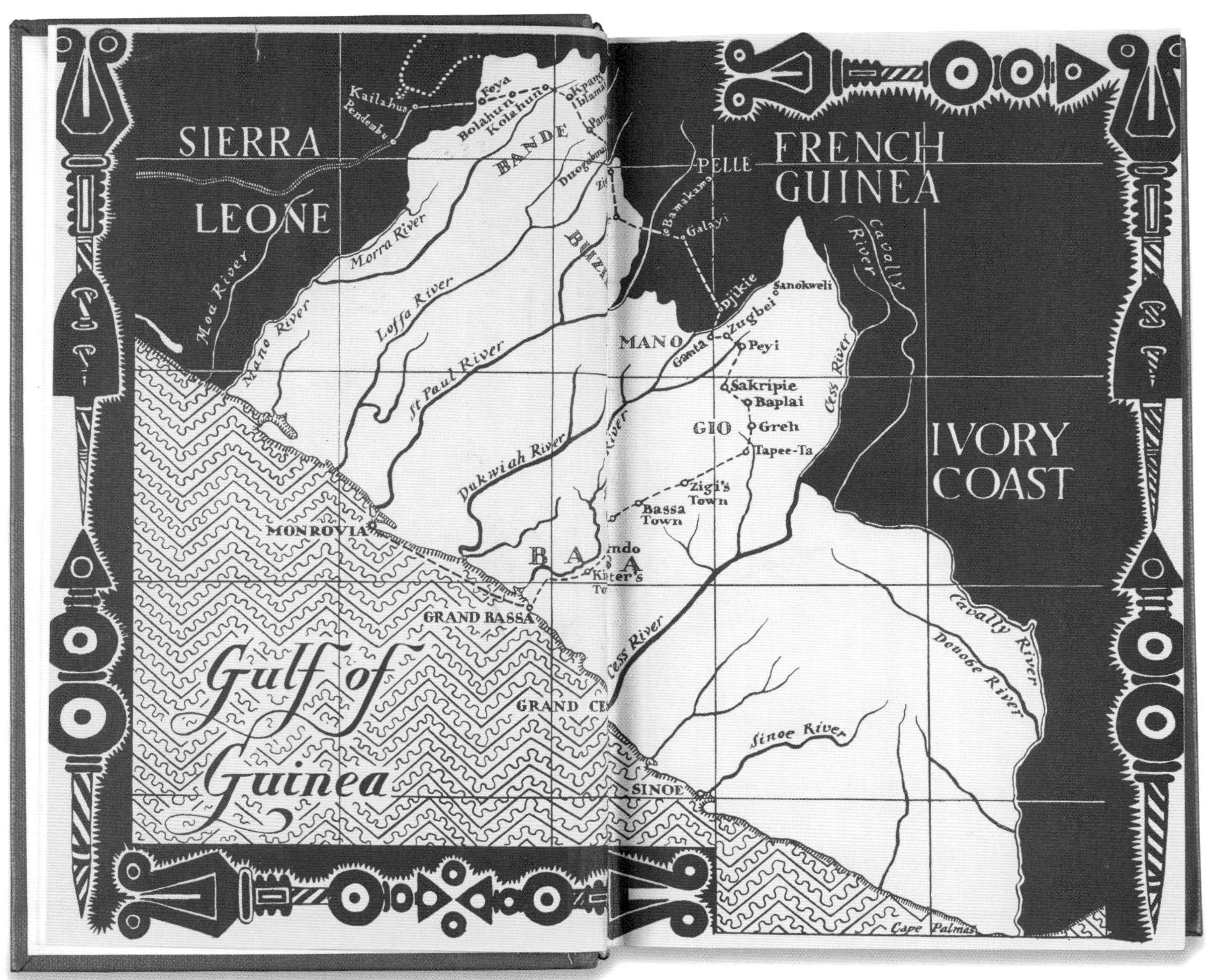

這是一九三六年格雷安．葛林《沒有地圖的旅行》中的扉頁地圖，當中標示出他穿越賴比瑞亞時的路徑。這段經歷，塑造了他往後的寫作生涯。

效的形式，內容全是經過目的性地挑選和剔除。所有的地圖繪製，都是一種壓縮，而地圖集更是十倍的壓縮。

第一本地圖集（atlas）的出現，是為了滿足十六世紀義大利某位客戶的需求。這一類地圖集，很少完全相同。版畫商安東尼奧．拉菲里（Antonio Lafreri）於一五七〇年製作了這樣一份地圖集，卷首插圖是希臘神話的擎天神阿特拉斯（Atlas）舉著地球。製圖家傑拉杜斯．麥卡托，也是麥卡托投影法的創立人，於十六世紀末編錄了自己的地圖集，他取的書名也用到了阿特拉斯，卻是為了向傳奇天文學家阿特拉斯王（King Atlas）致敬。這位阿特拉斯王是非洲毛里塔尼亞[1]的領袖，同

1. 毛里塔尼亞：Mauretania，非洲地區名稱，從今天的阿爾及利亞中部延伸到大西洋，南至阿特拉斯山脈。

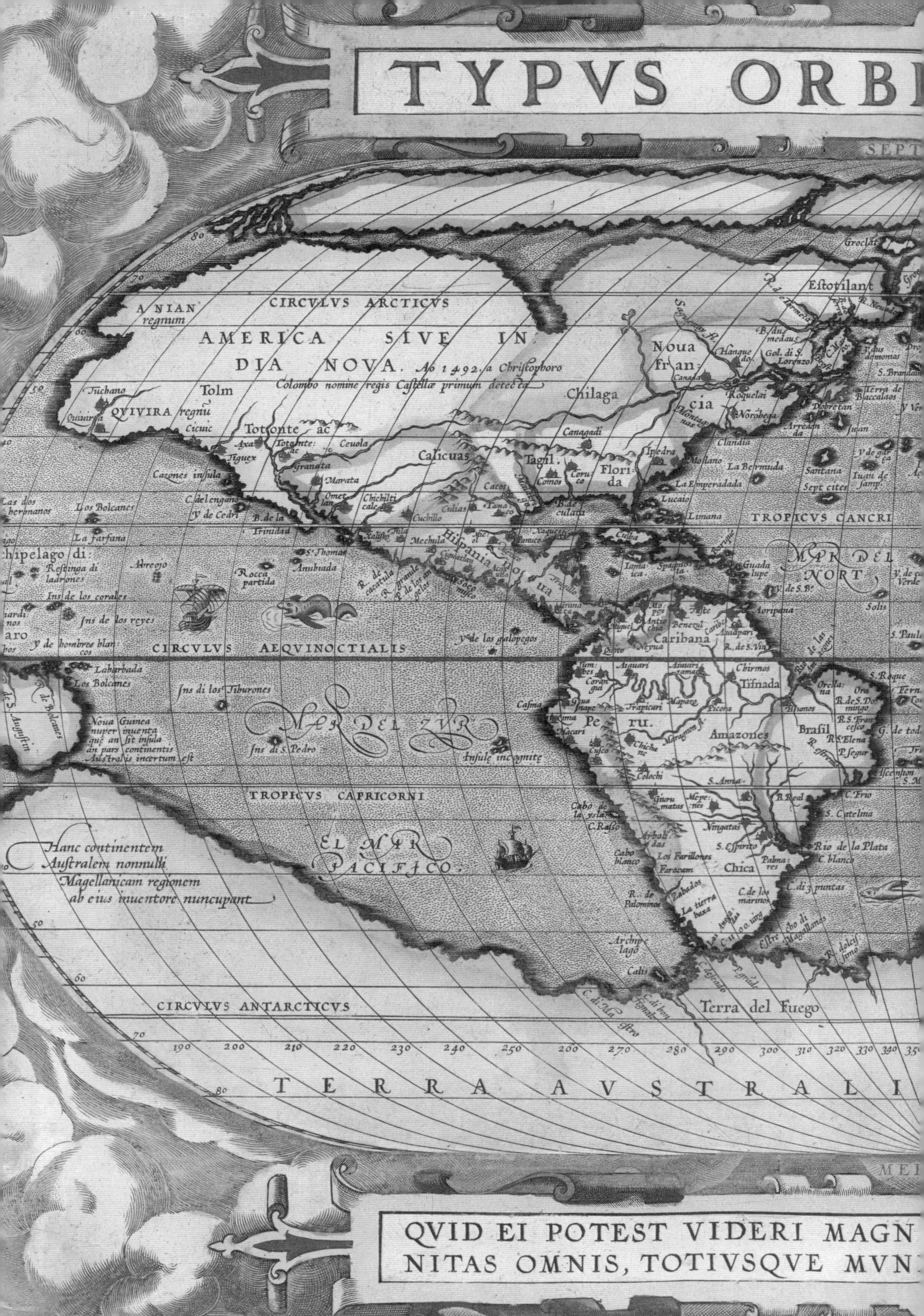
TYPVS ORBI
CIRCVLVS ARCTICVS
AMERICA SIVE IN DIA NOVA. Ao 1492. a Christophoro Colombo nomine regis Castellæ primum detecta
ANIAN regnum
QVIVIRA regnu
Noua Fran cia
Chilaga
Florida
Estotilant
TROPICVS CANCRI
Hispania noua
MAR DEL NORT
CIRCVLVS AEQVINOCTIALIS
Caribana
Peru.
Amazones
Brasil
MAR DEL ZVR
Noua Guinea nuper inuenta quę an sit insula an pars continentis Australis incertum est
TROPICVS CAPRICORNI
EL MAR PACIFICO
Hanc continentem Australem nonnulli Magellanicam regionem ab eius inuentore nuncupant
Terra del Fuego
CIRCVLVS ANTARCTICVS
190 200 210 220 230 240 250 260 270 280 290 300 310 320 330 340
TERRA AVSTRALI
QVID EI POTEST VIDERI MAGN
NITAS OMNIS, TOTIVSQVE MVN

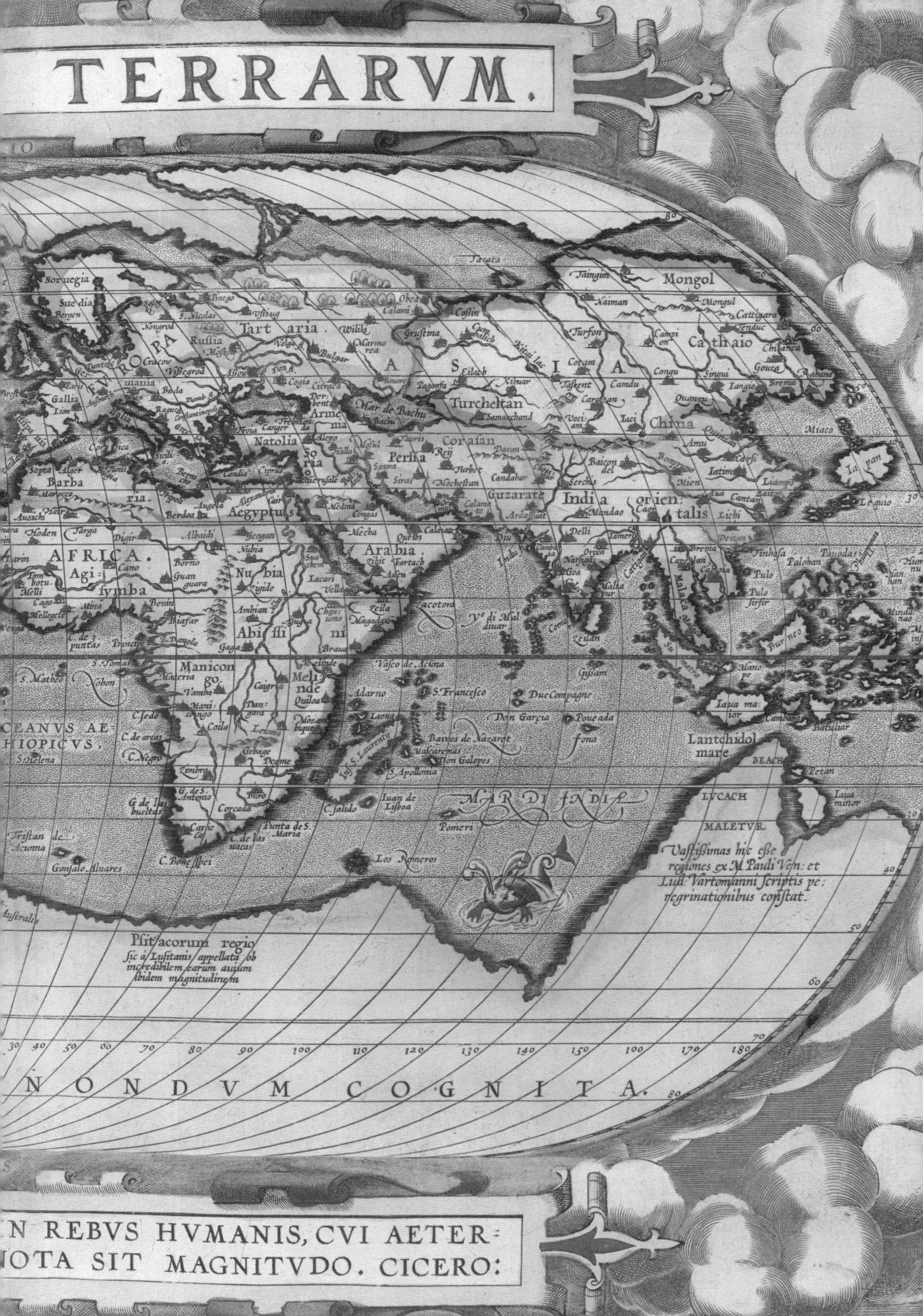
TERRARVM.
EVROPA
Russia
Tartaria
ASIA
Mongol
Cathaio
China
Turcheltan
Mar de Bachu
Natolia
Persia
Corasan
India orientalis
Arabia
Aegyptus
Barbaria
AFRICA.
Agisymba
Nubia
Abissini
Manicongo
Melinde
Iapan
Burneo
Iaua maior
Lantchidol mare.
BEACH
LVCACH
MALETVR.
Vastissimas hic esse regiones ex M. Pauli Ven: et Lud: Vartomanni scriptis peregrinationibus constat.
MAR DI INDIA
Psitacorum regio sic a Lusitanis appellata ob incredibilem earum auium ibidem magnitudinem
OCEANVS AETHIOPICVS.
NONDVM COGNITA.
N REBVS HVMANIS, CVI AETER-
NOTA SIT MAGNITVDO. CICERO:

Ego dixi Dij estis et filij excelsi omnes
SCOTIA
Edinburgh
HIBER
NIA
ANGLIA
Landaf
Plimouth
London
Canterbury
Carolus redux Magnæ spes altera Britaniæ
Regis fui. 2. Sam. 22.
He shewed his word vnto Jacob. and he hath not dealt so with any nation. Psal: 147.
NEW IERVSALEM
These were strangers and pilgrims on the Earth. God hath prepared for them a Citty. Heb. 11.
Num. 9. 17.
Noue: 5
88
Vos autem sicut homines morjemini. Psa: 82. 6. 7.
FVI ELIZA BETHA
SEMPER EADEM
O quam te memorem virgo
HVNC TANTVM NOBIS FATA OSTENDERE, NEC VLTRA ESSE SINVNT.
HAKLVYTVS POSTHUMUS OR PVRCHAS HIS PILGRIMES.
Contayning a History of the World, in Sea voyages, & lande-Trauells, by Englishmen & others.
Wherein Gods Wonders in Nature & Prouidence, The Actes, Arts, Varieties, & Vanities of Men, with a world of the Worlds Rarities, are by a world of Eywitnesse-Authors, Related to the World.
Some left written by M. Hakluyt at his death. More since added, His also perused, & perfected. All examined, abreuiated, Illustrated with Notes. Enlarged with Discourses. Adorned with pictures, and Expressed in Mapps. In fower Parts. Each containing fiue Bookes.
By SAMVEL PVRCHAS. B.D.
Sic Mare, sic Terras fero. et offero. prædico Cœlum.
Hic maneo, hæc moneo. Est Orbis, at Vrbis, opus.
Ætat. 48.
NORTH
ASIA
AME
Philippinæ
Linea
New Guinea
Æquinoctialis
Tropicus
Terra del fogo
Tam Marte quam Mercurio
Soldiors and Marchants the Worlds two eyes to see it selfe.
Terra Australis incognita
SOVTH
Anag: Samuel Purcas
PARS SVA CELVM
NORTH
Newfound lande
Virginia
Florida
Cancri
Englande
Barbaria
AFRI
RICA
Guinea
Guiana
Brasil
Capricorn
PERVANA
SOVTH
Imprinted at LONDON for HENRY FETHERSTON at the signe of the rose in Pauls Churchyard 1624.

前頁
亞伯拉罕・奧特留斯在他的《世界劇場》中呈現的世界，這是廣為人知的十六世紀地圖之一。此圖大膽描繪了西北和東北片段，南邊則是一片廣大的陸地，皆根據神話和傳說繪製而成。

旁頁
山繆・帕切斯結合了水手的故事和他自身的手稿收藏，創造了《帕切斯的朝聖》。書中，他描述古代國王的歷史，以及大膽無畏的探險家的命運：作為「目擊者」，見證「上帝的自然奇觀」。

時也是傳說中發明出第一顆天球儀的人。麥卡托的地圖集書名為《Atlas Sive Cosmographicae Meditationes de Fabrica Mundi et Fabricati Figura》——沉思宇宙創造圖錄——由此可見，他的地圖冊並非只是一般的地圖集。他還說明了他的選圖條件是必須融合知識：這是一本地圖類的「教科書」，闡述如何以宏觀的角度閱讀並嘗試理解世界的創造。

所有種類的地圖冊，都是一種另類的文學。它們彙編了歷史和未來，是前人篳路藍縷得來的知識呈現，是代代相傳的故事，並且開啟了我們的新視野。這真實呼應了一五七〇年，弗蘭德斯[2]製圖師亞伯拉罕・奧特留斯的第一本地圖冊的書名《Theatrum Orbis Terrarum》——世界劇場。這本地圖冊涵蓋了五十三張地圖，轉變了人們看待熟悉土地的看法，擴大了他們對遠方的想像。直到奧特留斯於一五九八年過世前，此地圖冊共出了二十五個版本。這是一份很大的成就，它是一份當時已知知識的聲明，同時也提點了後人有待探險的領域。

作家和探險家都會藉由這些地圖冊，各有領悟和啟發。這裡有應許之地，有商業性的可能，並有創新和想像的潛力。教士山繆・帕切斯（Samuel Purchas）從未涉足家鄉埃塞克斯一百五十公里以外，卻能為這些地圖冊內的地圖，填滿各式各樣海員的故事。在他一六二四年的鉅作《帕切斯的朝聖》（*Hakluytus Posthumus*）四部曲中，企圖展現有別於英國國教世界觀的上帝的創造視角。書作中也顯露出他對旅人故事的熱愛，卻使得他負債累累，深陷囹圄，精疲力盡。數年後，詩人山繆・泰勒・柯立芝自述，某夜在薩默塞特郡昆托克丘陵邊一處偏僻的農舍，他翻讀帕切斯的書，不知不覺睡著了，做了一個猶如吸食鴉片般迷幻的夢。醒來後，提筆寫下了著名詩作〈忽必烈汗〉：

忽必烈汗在上都曾下令造一座堂皇的安樂殿堂：
那地方有聖河亞弗奔流，
穿過深不可測的洞門，
潛入不見陽光的海洋。

有方圓五英里肥沃的土壤，
四周豎起了樓塔和城牆：
這裡有花園，蜿蜒溪河在其間波光粼粼，
園裡樹枝上鮮花盛開，一片芬芳；
這裡有山巒般古老的原始森林，
圈住了陽光燦爛的片片青青草場。

2. 弗蘭德斯：Flemish，屬比利時北部的荷語區。

一個敲門聲，打斷了這趟想像之旅，這個蒙古可汗夏宮的理想國幻滅了，驚醒了桃花源之行的人。詩人柯立芝斷了思緒，名作就此打住，並未完成。就因為那一秒的打擾，一份新地圖，就像它突然冒出來一般被放棄了。一本源於地圖冊的書開啟了他的旅程，但現在，他的意識又一次飄蕩起來。「我好希望，」他在給一位朋友的信中，沮喪地寫道，「可以漂浮在蓮花蕩漾的無盡海洋之中，在沉睡百萬年後，清醒片刻——只為了知曉我還會再睡個百萬年……所有的現有知識、兒時玩樂——宇宙本身——難道都只是浩瀚蒼穹之一粟？」

想像出來的世界地圖，一直持續進行中。而那些蒼穹一粟，那些閃現的記憶片段，皆能匯聚成較大的整體。想一想傑洛德．杜瑞爾，他成長於希臘的科孚島，是在二次大戰攪得世界天翻地覆前的美妙時期。那些年，對於他自然史熱情的培養至關重大。他後來寫了系列作《希臘狂想曲》，描述他少時為動物收藏考察隊募款的經歷。首部曲，也是最著名的《追逐陽光之島》於一九五六年出版上市。書中充滿了古怪奇葩的親戚家人，以及他帶回家飼養在浴缸裡的異國野生動物。我們也看到了各式各樣的地圖，是如何激發出他的想像力。在家教老師的協助下，他繪製了許多大地圖，上面有綿延的山峰，並在那些土地上填滿了可能發現的動物。

我們的地圖是一件件藝術精品。火星噴濺、火焰上竄的火山，明亮了紙上的大洲大陸；世界山脊如此湛藍，在冰雪下皚皚晶亮，清冷得令人目不轉睛。我們陽光燦爛的棕色沙漠綿延起伏，拱著駱駝的駝峰和金字塔；我們的熱帶雨林豐腴繁茂，糾結盤繞，慵懶的美洲豹、扭繞的爬蛇、鬱鬱寡歡的猩猩，千辛萬苦地穿行其中。就在雨林的外圍，瘦骨嶙峋的土著疲弱地劈砍著做好記號的樹幹，開墾出小小的空地，好方便寫著大寫英文字的「咖啡」或「麥片」，顫抖地穿行而過。我們的河流又大又寬，如勿忘我花一般清藍，河上點綴著獨木舟和鱷魚。我們的海洋，空曠浩大……這些都是活生生的地圖，是我們可以研讀、沉思和添補的地圖；簡而言之，地圖不止是地圖。

作家在接受訪談時，總會被問及兒時的閱讀清單，又是哪本書啟發了他們的作家之路，或影響他們最深。大部分的回答都在我們的意料之中：狄更斯、托爾金、《愛麗絲夢遊仙境》、《柳林風聲》。少數人會老實地承認從未讀完《魔戒》，或狄福稍厚的《魯賓遜漂流記》。我兒時被風格跳脫、難讀的《白鯨記》打敗，但在祖父的協助下，我們跟隨捕鯨船「皮廓號」的步伐，在我的錫地球儀上獵捕鯨魚。三十年前，在我離認字還有一段距離之前，我就十分崇拜彼得．馬修森《雪豹》裡的地圖，非常期待未來某一天，我也能進入喜瑪拉雅山。細緻的黑白筆調勾勒出層層疊疊的山峰，它們如獠牙，如玻璃碎片，又像芝士刨刀的鋸齒狀突起，延伸至書頁邊緣。

我們都在不知不覺中，進入了文學領域。我跟大部分經典文學的邂逅，並

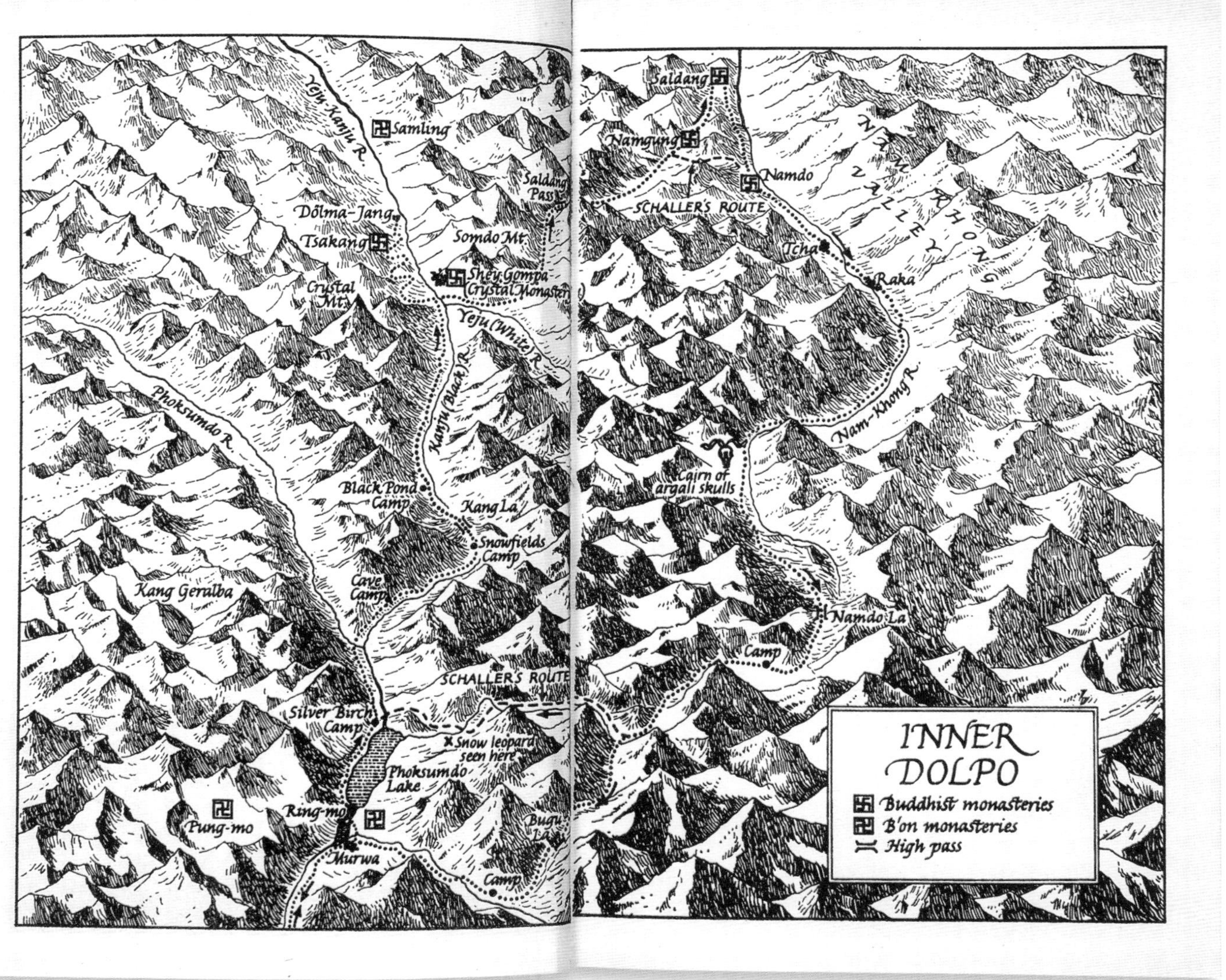

喜瑪拉雅山的鋸齒狀山峰，彼得．馬修森《雪豹》的卷首地圖。圖中，「Inner Dolpo」內多爾泊是位於尼泊爾的偏遠山區。

次頁跨頁地圖
梅爾維爾的小說《白鯨記》的地圖，由埃弗雷特．亨利繪製，目的是為一家印刷公司展示該公司高品質的墨水。當時是一九五六年，由葛雷哥萊．畢克飾演亞哈船長的好萊塢電影版也恰好上映。至此，梅爾維爾的小說終於有了大批讀者。

非以讀者的身分，而是觀察員。在文字書之前，我先發現了卡通；而對我們許多人來說，是迪士尼打開了我們的眼睛。《石中劍》引領我拜讀了特倫斯．韓伯瑞．懷特的「永恆之王」四部曲；《森林王子》帶我走進了吉卜林的詩集。當然，有些卡通也是具有挑戰性的，不能一竿子打翻一船人。改編自《瓦特希普高原》的卡通，吸引我來到理察．亞當斯的書作前，我現在才發現他還寫了另一本我的愛書，傳奇冒險之作《船貓》。《納尼亞傳奇：獅子．女巫．魔衣櫥》的卡通版，揭開了 C. S. 路易斯作品的面紗。這本小說不僅驚奇，更引人入勝。我生平第一次讀的《魯賓遜漂流記》是兒童版的，這本故事書被我翻爛，至今仍躺在書桌上。另一本小島冒險故事書，是我坐在祖父大腿上閱讀的史帝文森《金銀島》，我們還一起複製了無數書中知名的地圖。

祖父是我眼中的大英雄，並在我的父母離異後代替了父親的位置。他熱愛地圖，後來這份熱愛也移植到我心中。他會讀歷代探險家的故事給我聽，幫

Quequeg's ritual
NEW BEDFORD
NANTUCKET
AZORES
QUEEQUEG
STARBUCK
FLASK
ISHMAEL
STUBB
TASHTEGO
The Pequod
HARPOONING
The harpooners drink to the death of Moby Dick
Thar she blows
SOUTH AMERICA
AFRICA
Towing the carcass
Fedallah and his yellow crew mysteriously appear
ATLANTIC
The Spirit-Spout
A Gam w
The Town-Ho's story
Starbuck's boat is swamped
OCEAN
The Albatross passes
Trying out blubber
The Voyage of the PEQUOD from the Book M
Portrait Map by Everett Henry

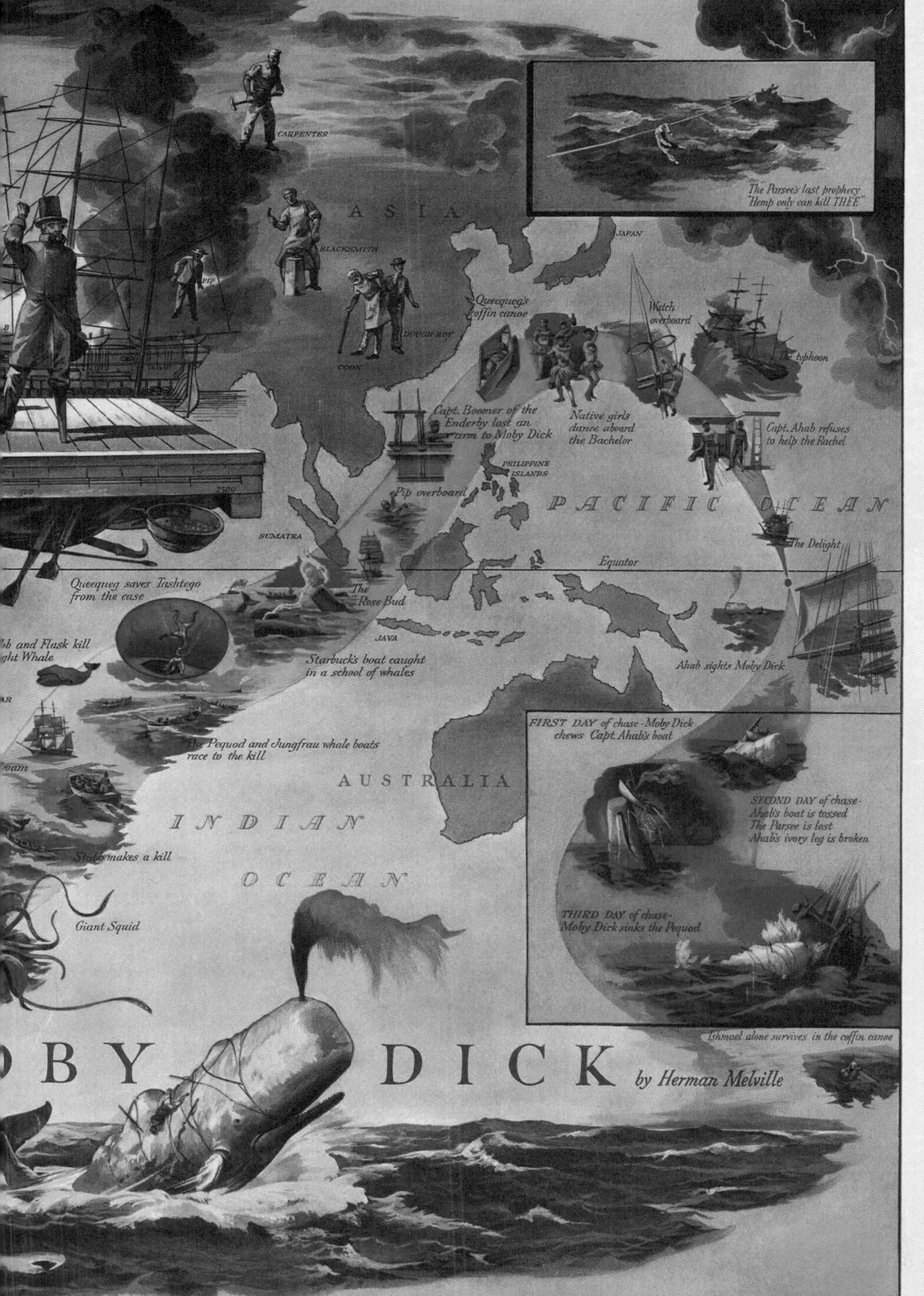
CARPENTER
BLACKSMITH
PIP
DOUGH-BOY
COOK
ASIA
JAPAN
The Parsee's last prophecy "Hemp only can kill THEE"
Queequeg's coffin canoe
Watch overboard
The typhoon
Capt. Boomer of the Enderby lost an arm to Moby Dick
Native girls dance aboard the Bachelor
Capt. Ahab refuses to help the Rachel
PHILIPPINE ISLANDS
Pip overboard
PACIFIC OCEAN
SUMATRA
The Delight
Equator
Queequeg saves Tashtego from the case
The Rose-Bud
JAVA
Starbuck's boat caught in a school of whales
Ahab sights Moby Dick
FIRST DAY of chase - Moby Dick chews Capt. Ahab's boat
The Pequod and Jungfrau whale boats race to the kill
AUSTRALIA
SECOND DAY of chase - Ahab's boat is tossed The Parsee is lost Ahab's ivory leg is broken
INDIAN OCEAN
Stubb makes a kill
THIRD DAY of chase - Moby Dick sinks the Pequod
Giant Squid
Ishmael alone survives in the coffin canoe
OBY DICK by Herman Melville

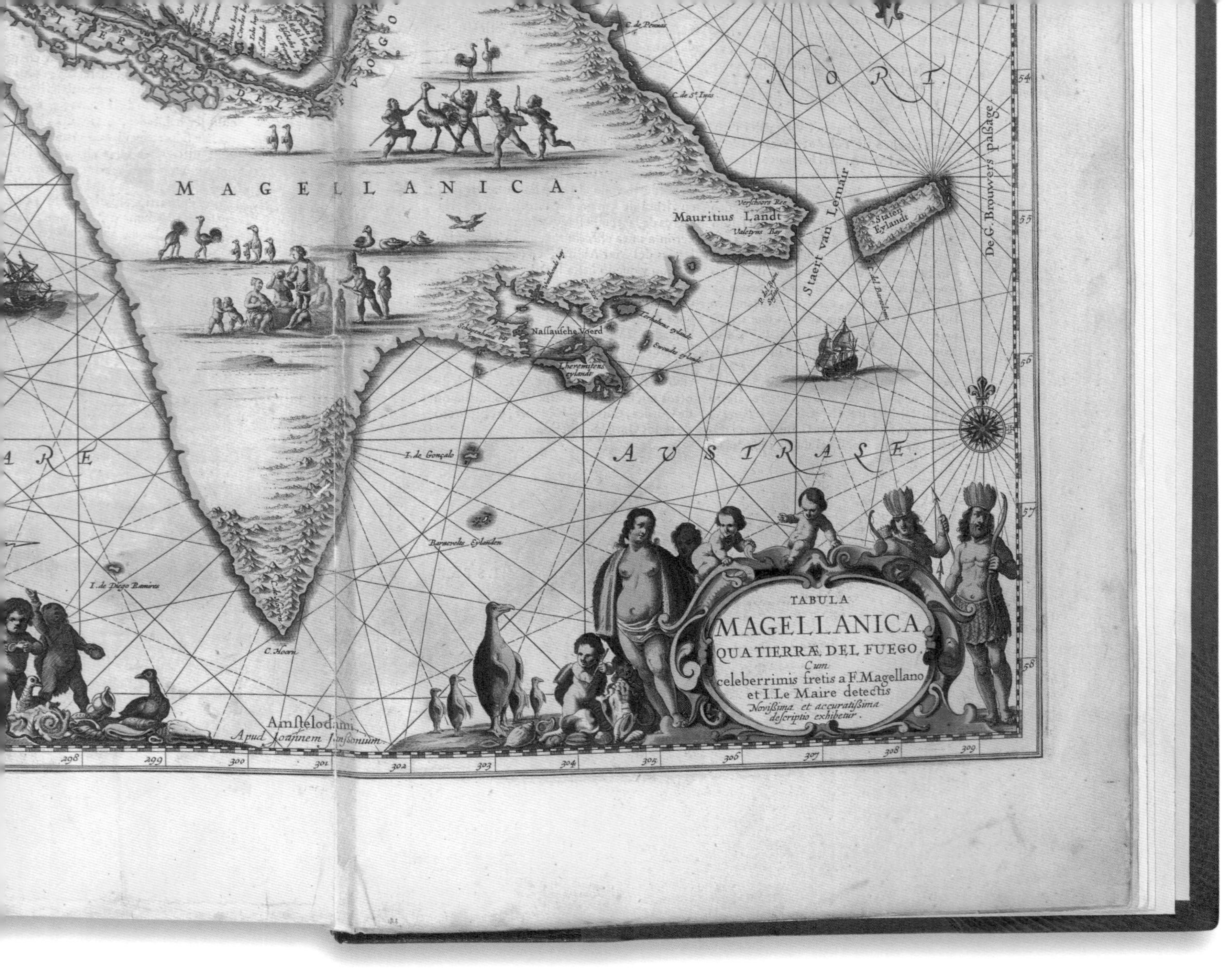

我買書，並協助我翻書閱讀。我有如信徒般追隨著那些故事，閱讀了更多的戰船、飛行器、海象和藏寶圖。我總央求著：「拜託，再念一次爬蛇的傳說給我聽，或在冰山上打高爾夫球的故事，或你降落在火山上，煮企鵝蛋配茶的經歷。」他告訴我的這些全是真實的，我也深信不疑。祖父每每講了一兩個故事後，都會繞回到勇敢的「史考特船長」，這位船長滑著雪橇越過地圖邊界，再也沒有回轉。祖父給我的一本童書中，以紅黑相間的虛線標明了史考特船長橫越冰原的路線。直到現在我依然十分鍾愛那份地圖。儘管後來我知道了更多那段北極探險故事的歷史，握有許多其他更古老、更精準、更詳盡的北極地圖，但對我來說，這份路線圖依然是最準確且無可取代的。這份地圖告訴了我，知名的傳說永遠都會有新版本出現；各個年齡層的故事，都會啟動它們自己的新旅程，新的傳說也會在後人的心中滋生。

我成長於英吉利海峽的澤西島，但它從來都不是地圖上的一個小黑點，在我的地球儀上甚至找不到它，於是我們用彩色筆把它標記起來。其他島嶼也成了我們故事中的家。冰島，一座火山島，一座維京人的小島，那裡有火龍潛行飛竄；還有澳洲，那座大島的中央有一大片沙漠，就在東非海岸——桑吉巴爾群島之外。多麼神奇的一個島名啊。我記得無數次，我們在手繪的地圖上寫下這個地名。怪獸從桑吉巴爾群島的叢林竄出，侵擾海盜的堡壘；大船穿行其間，深入印度洋，帶著大批的絲綢和香料回航，又或者前往馬達加斯加島，或爪哇、日本，甚至更遠，往北越過北極。我們在想像中追隨虎克船長，或挪威探險家索爾．海爾達爾的路線，乘坐輕木筏穿越這些南太平洋上的群島，像連連看一般在地圖上畫下航線。

我臥室的牆上貼滿了紙地圖。我也收集地圖，都收藏在一個鮮藍色的盒子裡。盒子裡的收藏品彷彿落葉般層層疊加，漸漸被填滿。裡面有傳單、街道圖、從異國寄來的明信片、報紙上剪下來的漫畫、複製的漫畫人物、用過的航海圖。我有一張畫滿海洋動物的地圖，是從一本雜誌撕下來的。現在我知道那是烏勞斯．馬格努斯著名的〈卡塔瑪瑞娜海圖〉（*Carta Marina*），於一五三九年首次刊印（參見 170 ～ 171 頁）。盒子裡還有另一份麥哲倫海峽的地圖，地圖上滿是揚帆小船，沿岸都是企鵝。盒子的上層，大多是博物館和名人故居的參觀平面圖，那是我們週末被拖去參觀時收集來的。還有知名花園的示意圖，或板球場的攻防位置圖；一張希臘大力神十二道考驗的手繪圖，這位英雄穿著涼鞋，披著一張獅皮；從一本舊拉丁課本上，描繪下來的半牛半人忒修斯迷宮圖（*The Labyrinth of the Minotaur*）；一張在壺緣旁的鬍子奧德修斯；有數十年歷史的古代海上堡壘的平面

前頁
荷蘭人詹．傑森（Jan Jansson）於一六三〇年代所繪，內容為未知的麥哲倫海峽南側陸地。它是傑森《新輿圖》（*Atlas Novus*）的一部分，地圖冊內的地圖上添有真實和想像出來的當地原住民及動物。

下圖
約翰．肯尼（John Kenney）於一九六〇年代，繪製了許多瓢蟲出版社廣受喜愛的童書，比如《湯瑪士小火車》、《獅心王理察》和這份《史考特船長》。

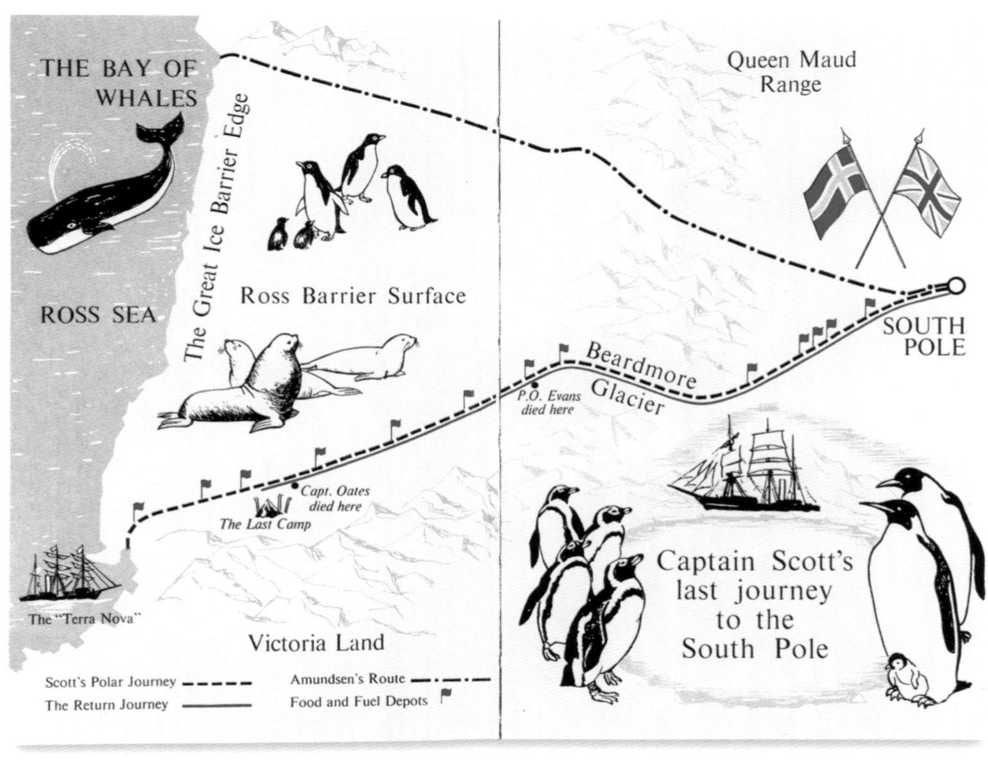

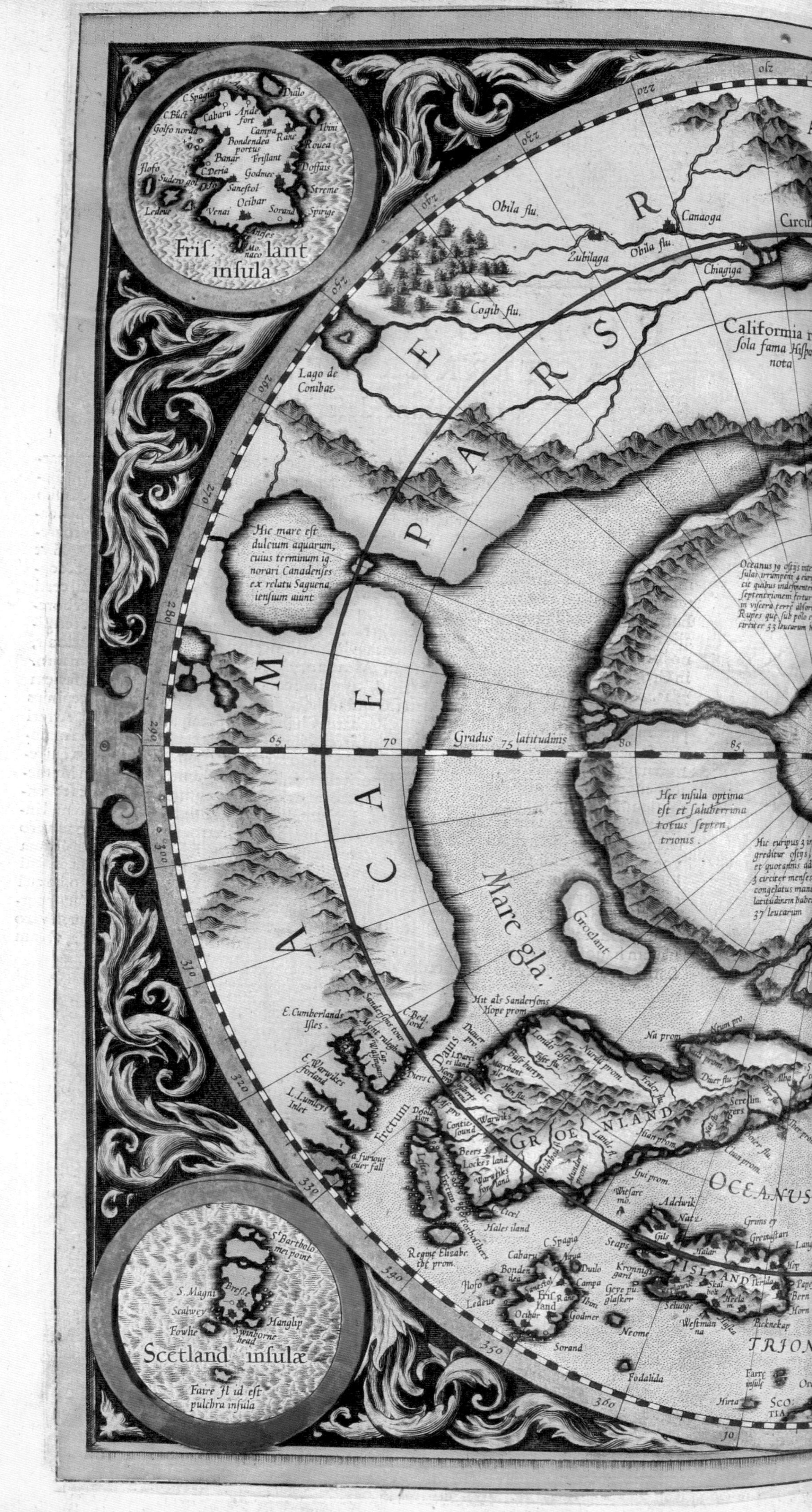

Fris lant insula
Scetland insulæ
Faire Il id est pulchra insula
California r sola fama Hispa nota
Hic mare est dulcium aquarum, cuius terminum ig norari Canadenses ex relatu Saguena iensium aiunt
Gradus latitudinis
Hec insula optima est et saluberrima totius septen trionis
Mare gla.
Groclant
Fretum Davis
GROENLAND
OCEANUS
ISLAND
TRION

Anian regnum
Bergi regio
El streto de Anian
Vng quæ a nostris Gog dicitur
Mon gul
ASIAE
Desertum de Belgian are nosum
Bargu campestria quorum incolæ vocan. tur Mecriti
Ciorza
Naiam
Stingin
Cauona
PARS
OCEANUS SCYTHICUS qui et Mare Tabin
Polus magnetis respectu insularũ capitis Viridis
Polus magnetis respectu Coruui insulæ
In septentrionalibus partibus Bargu insulæ sunt inquit M. Paulus Ven. lib. 1 cap. 61, quæ tantum vergunt ad aquilonem, vt polus arcticus illis videatur ad meridiem deflectere
Hic euripus 5 habet ostia et propter angustiam ac celerem fluxum nunquam congelatur
Per hunc sinum mare Caspium erumpere crediderunt veteres diuersi
Pygmei hic habitant 4 ad summum pedes longi, quemadmodum illi quos in Gronlandia Screlingers vocant.
NOVA ZEMLA
PETZORKE MARE
MYRMANSKOI MARE
S. Hugo Willoughbes land
Molgomzaia
Samogedi
Baida
Sibior
Petz: ora
Condora
RVS
Iuhra
Dwina
SIA
Lappia
Finmarch
Suecia
Finland
Farre insule
Nordero
Dumo
Sudero
Farre
Bishops sound
Diamanten sound
Diamanten scopuli
SEPTENTRIONALIUM Terrarum descriptio.
Per Gerardum Mercatorem
Cum Privilegio

前頁
麥卡托於一五九五年繪製的「北地」地圖——原文「Septentrionalium Terrarum」，是第一件以北極為中心的作品。圖中央是一座富有磁場的大山，周圍環繞著巨大的渦流海水，以及四塊廣闊的大陸。麥卡托並沒有任何關於北極大陸的資料，於是編造了故事。他的想像代代相傳，直到十七世紀探險家實地探勘了北極。

圖；野生動物園的地圖，伍基洞石窟的洞窟分布圖，和一座異想天開的高爾夫球場平面圖。

眼下這些早已不知去向，但當年，它可是我收藏每日新發現的寶盒——是微小卻重要的寶藏。相隔數年後，我收集了一些地形測量圖，我們會拿著它在大雨滂沱中健行。而現今，路線都在我們的手機裡。那些帶在身上、探索世界各個角落的旅遊書籍裡的地圖，如今只要用手指滑滑太陽能平板即可。雖然依舊保有觸覺，但螢幕取代不了紙本圖表給人的感覺。我念舊，不過新型態的地圖也具有一定的魔力。作為北極之旅的指引地圖，若有可能，我會不管不顧地守著羊皮紙和六分儀，此心不移。不過當我小心翼翼駕著小船，穿行於大教堂般的冰山之間，衛星導航儀上浮現的位置路線圖，總讓我對新科技帶來的精準地圖感激萬分。

我祖父依靠太陽和星辰的老法子來計算方向，不過他一定會愛上這個新世界的。我仍保有他厚重的舊航海曆書和一本薄薄的星象圖，後者為探險家弗藍克·德本漢（Frank Debenham）所著，他曾與史考特船長同行登上南極洲。祖父在劍橋大學時，也是德本漢教會他使用四分儀和星盤。裡面一頁頁的圖表和計算令人頭昏眼花，上頭還有用墨水寫的座右銘：「*Per aspera ad astra.*」皇天不負苦心人。

讓探索新世界的航海家出發吧。
讓地圖向世人展現一個又一個世界吧，
我們自成世界，你中有我，我中有你，只是一體。

——英國詩人　鄧約翰（John Donne），一六三三年

人類歷史已翻了頁，但我們仍能效法古代地理學家，比如教士山繆·帕切斯，探索這個新世界。若我們去搜集想像中的山川原野，這段旅程將穿越你私人的回憶和鄉愁。探險存在於偉大作者的地圖繪製中，它歌頌著書籍製作方法的多元，也是一種以文學環遊世界的歡慶。從古至今，相似靈魂的地圖集詮釋了世界的創造，講述新的故事，並激發未來的旅程。

也許每位作家都創造了各式各樣的地圖，只是大部分從未刊印上市，甚至許多都不存在於紙頁上。但正是許多重要小事的累積，最後成就了一本書，點點滴滴的思緒啟動了一切。美國作家寇特·馮內果多次說過，所有故事的輪廓都可以用圖像描繪出來。而這些用圖像記住過去的方式，遠比我們以為的透露得更多。

現代作家齊聚於此，分享他們對地圖的熱愛，並透過書籍描述他們個人的旅程。我們受邀進入私人寫作間，探索、了解他們製作的地圖，一窺他們的工作模式。對於許多作家來說，他們夢想的異域（無論真實存在或虛構出來的），都是他們成為作家過程中的一個重要基礎；而他們的地圖，更是文學創

作藝術中的中心元素。他們將世界分享、介紹給我們，但並未說明他們是如何繪圖的，以及製圖的原由。我們也得以窺見那些過往著名作家，陷入創作的過程，以及他們即將訴諸於紙張、想像出來的世界。

美國作家亨利．梭羅，視製作地圖為精神和物質的雙向努力。他的〈瓦爾登湖地圖〉，最後被收錄進一八五四年的《湖濱散記》，但那份地圖遠遠不止測量和探勘。儘管地圖簡單，那座水塘仍是從想像中冒出來的風景，是創意的無盡湧現。梭羅跪在用斧頭從冰雪中開鑿出來的一扇窗戶前，欣賞窗外景色，並寫下：「我們足下的天堂與頭頂上的，同樣精彩美麗。」

許多書頁裡的字裡行間和地圖，大大影響了世界各國的讀者和作家。我們在書頁間，從北歐神話的阿斯嘉特旅行到烏托邦，從納尼亞、愛麗絲的仙境、《彼得潘》的夢幻島、《冰與火之歌》的維斯特洛，到中土大陸和碟形世界，最後來到我們自己的世外桃源。也許在意識到之前，我們不會走得太遠，如同英國詩人 T. S. 艾略特回憶的：「我們所有探索的盡頭，都會回到起始點，並彷彿第一次認識這個地方。」在一本好書之中，迷路吧，書中有我們需要的地圖。

梭羅流傳下來的瓦爾登湖手稿，之後被收錄進一八五四年出版的書中。一名評論家評述，這張地圖是「梭羅此生所做，唯一一項實用的事」。

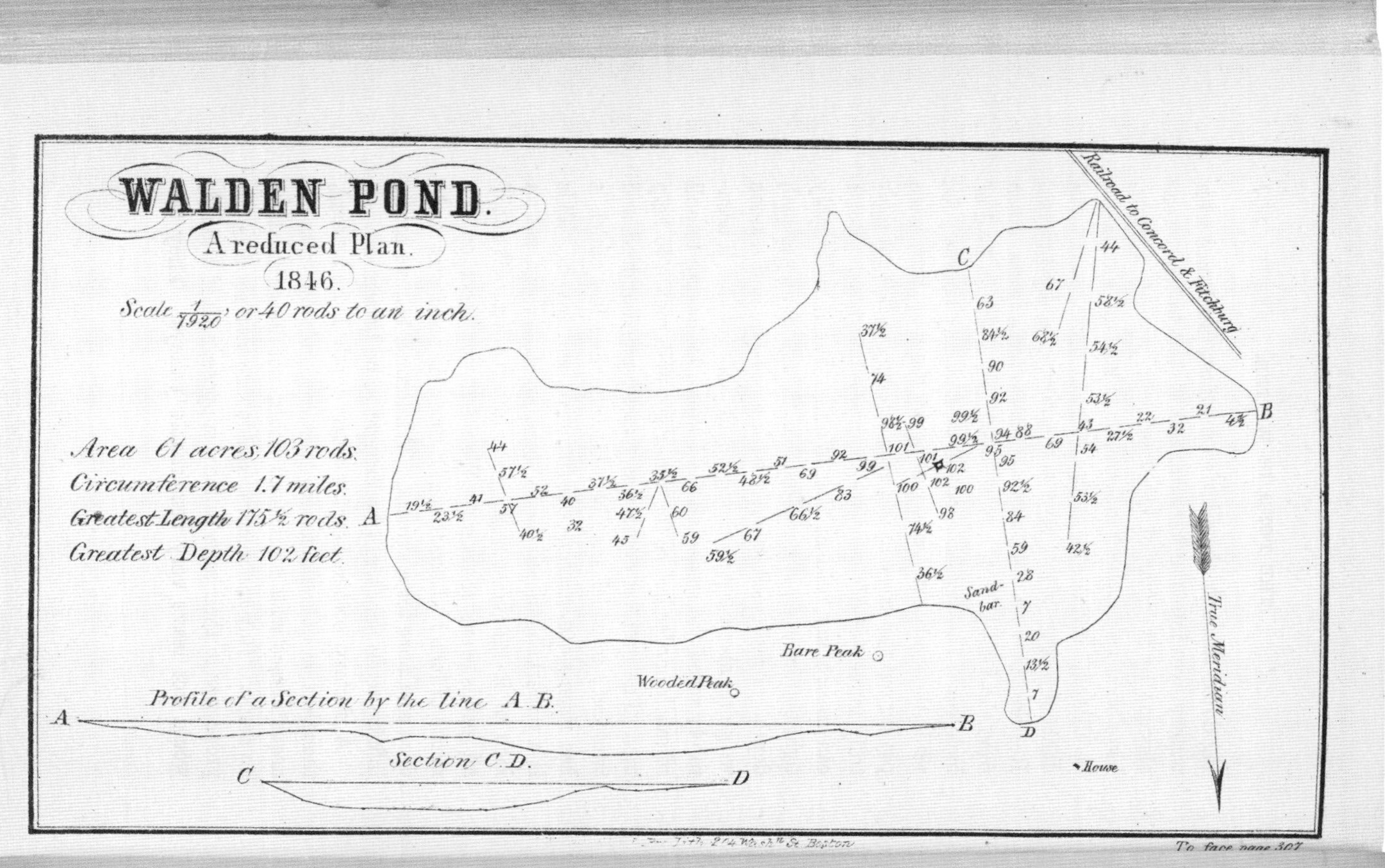

虛構的地域
文學地理

休·路易斯—瓊斯 & 英國作家　布萊恩·希伯里

聽說有人不把地圖當回事，這實在不可思議。

——蘇格蘭小說家　羅伯特·路易斯·史帝文森，一八九四年

現在，我們一起到虛構世界中散散步吧。有待探索的未知甚多，一旦出發，就沒有終點。在出發之前，先來個免責聲明：原諒我們，這裡或許沒有你喜愛的文學地圖，又或者也許有，但你可能會發現它並非你記憶中的模樣？好地圖就像好故事，會在一次次講述中不斷被完整、被潤飾，並且在每次複讀中，都會看見不一樣的面貌。我們在腦海中將自己的故事片段整合，而這些記憶並不總是精準無誤，它會模糊，會轉型。一家完整的圖書館，需要容納珍貴書籍中所有想像出來的山川風物。本文章收錄的地圖只是一小部分，尚有數十份地圖存留在圖書館的書架上。地平線如此遼闊，我們只能聚焦在某個點上。地圖可以是隨意的、奇特古怪的、雜亂無章的。我們的地圖之旅，總是哈比人式的「去了，再回來」；每次的離家冒險，是為了能再回來講述故事，將得到的智慧傳承下去。但我們必須做個開始。每次旅程都必須在某個點放手，乘風而去，逐浪遨遊；所有的旅程都需要跨出第一步，翻開書頁。

左頁
出自一五三六年的一本德文聖經，這是目前發現最早以伊甸園為中心世界的文學地圖。中世紀的基督徒相信天堂存在於地球上，既與地球相異，又是地球的一部分，位於真實的地理環境中。

次頁跨頁地圖
魯卡斯·布蘭迪（Lucas Brandis）的拉丁語木刻巴勒斯坦地圖，出自他於一四七五年德國出版的《初學者手冊》。地圖中，東方位於圖的上方，而耶路撒冷位於中心位置。

當我們翻開一本書，便發現自己身處一座偏遠小島，被沖上了陌生的海岸。我們在書頁中踏出家門，進入外面的世界，闖進自我之外的風景。無論從想像中溢出的路線如何，我們都會受到家人的影響。這點，在著名文學地圖創作人，羅伯特·路易斯·史帝文森身上顯而易見。他對地圖的熱愛在童年時期萌芽。他的父親是頂尖燈塔設計家；祖父，羅伯特·史帝文森是燈塔建造的先鋒，居住在自己繪製的偏遠石崖上。也就是這些圖表，激發了一個好奇心滿滿的男孩。跟我們許多人一樣，圖表上那些墨水線條也對史帝文森充滿魔力；地圖所展示出來的，或空白未知的部分，都讓他著迷。對某些人來說，地圖只帶來更多的困惑而非秩序，但對於開放、接納的人來說，地圖令人迷戀，充滿樂趣。一八九四年的《懶散》雜誌

Cedar et tabernacula eius
Damascus
Tripolis
Aradiu
Mare galilee
Dothaim
Galgala iosue
Hay
Affechsuria
Magedon
Bethel
Thorone
Sarepta
Sydon
Accon
Jesrahel
Laech
Caiphas
Gabaa
Caphue
Samaria
Dan mons
Casale
Cesaria pallestini
Joppe
Japha

Amonite
Terra moab
Petra deserti
Mons sepr
Area polis
Desertu phares
Mons syna
Betagla
Statua salis mulier loth
Herodiu
collis achile
Engadi
Carmelus
Natatoria syloe
Betleem
Batachar et Rama villa
Ebron nova
Mambre
Ebron vetus
Bethsura
Calvaria
Raphaim
Bersabee
Egiptus
Azotus
Ascolona
accaron
Gaza
Mare rubru

（*Idler Magazine*）中，史帝文森如此解釋：

> 林地的名字和形狀、道路和河流的曲折、古人的足跡依然歷歷在目，足以讓我們追尋它們登上山嶺，下至溪谷、磨坊和古蹟、水塘和渡口，或許還有荒地上的史前巨柱或英國坎伯蘭的環狀巨石陣。這些都是我們可以親眼目睹，或以想像力去理解，取之不竭的資本！

儘管有人無法或不願意讀地圖，即便是最簡單的地圖，但地圖裡總是充滿魅力。也許是地名裡的浪漫，或符號的神祕；又或者，可能是藏在地圖裡的謎底，幫助我們找出山川風物的所在。

一份沒有包含烏托邦的世界地圖，
甚至不值得一瞥，
因為它撇除了人性立足的國度。
一旦人性立足於烏托邦，才能遙望，
看見一個更美好的國度，揚帆啟航。
而人類的進化，
就在於對烏托邦的追尋和理解。
——英國作家 奧斯卡．王爾德，一八九一年

地圖源出於人類想了解我們生存的這個世界，想以紙張實際「看到」我們身處於哪個世界。而每份地圖都即時記載了一個特殊時刻，是每個世紀末的歷史、地理和語言的產物。了解自己在世界的定位，讓我們的存在更踏實，少了一分不確定。同樣的，為那些只存在於人類想像的領域畫上經緯度，也能讓它們的存在更有真實性，不論我們談的是艾德格．華萊士險峻的骷髏島（金剛的家鄉）那般熟悉但難以置信，又或是朵貝．楊笙的嚕嚕米居住的森林、山海，那裡被午夜豔陽照耀得暖洋洋，並受到風暴雨雪鞭笞而迷霧繚繞。這些地域是由我們已經知道，或至少是我們感覺我們知道的地形元素虛構出來的。

地圖具有許多層意義，這經常是刻意為之。最早的「文學」地圖展現了聖經以人類的誕生地——伊甸園為中心的世界。這類想像綿延了數百年，企圖定位這個失樂園的所在。一四七五年，《初學者手冊》（*Rudimentum Novitiorum*）這本世界史在德國呂貝克面市，書中包含歐洲第一份印刷的已知世界的地圖。全書共四百七十四頁，教導初學者豐富的當今人類知識，是「新手的生命指導手則」，也是以神學觀點形成的地理辭典，但也包含了聖經歷史和神話地圖，比如伊甸園、海格力斯之柱和伊索寓言等。第一幅地圖和其他的一樣，以圓形展示世界，並以山丘代表每個國家；第二幅則是我們較熟悉的聖地地圖，以耶路撒冷為世界中心，紅海位於地圖的南邊。若天堂真如「摩西五經之第一卷」所述，是地圖學家的好題材，那麼但丁《神曲》所描述的地獄，也應該如同十五世紀末的翡冷翠畫家桑德羅．波提切利精細繪製的——旋渦般的地獄。

一三二一年，義大利熱那亞製圖學家皮埃特羅．威斯康提（Pietro Vesconte）著手繪製了〈忠實的十字軍祕辛〉（*The Liber Secretorum*）。這是圓形地圖的南半部，以航海圖的手法手繪，包含非洲、紅海和中國邊境。

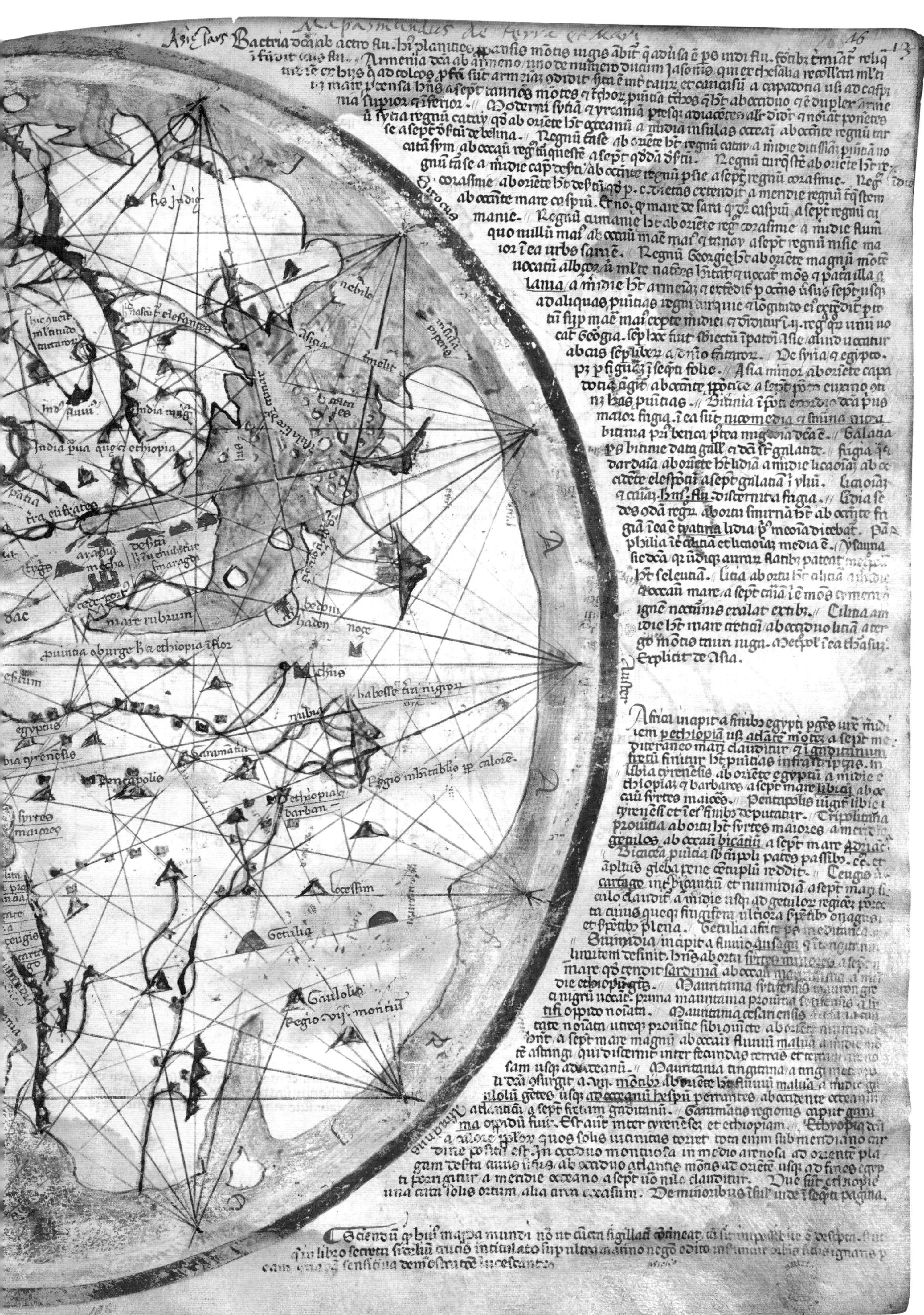

Asie Pars
India pua que et ethiopia
mare rubrum
mecha
egyptus
Pentapolis
Getulia
Auster
Explicit de Asia.

 VTOPIAE INSVLAE TABVLA.

第一本附上虛構之境地圖的小說，應該是湯瑪斯・摩爾一五一六年的諷刺小說《烏托邦》（*Utopia*）。Utopia 一字源自希臘字的「無」和「地方」，烏托邦的意思就是一個和諧的小共和國，這座小島是「地球上烏有之境」。五百年以來，甚至到現在，烏托邦依舊是時局混亂、顛沛流離之時，難以企及的鏡中月、水中花。專家學者們仍試圖在自己的地圖上製作一處較能代表這國度的地方。它只是一場白日夢嗎？是想像出來的旅人故事？又或是一個嚴肅的辯論議題？也許以上皆是。更多人相信烏托邦這類小島實際上在啟示我們，無論順境逆境，都應該好好享受生活，不受影響。他的烏托邦不是字面上的意義，不是一個理想的結果。

約翰・班揚於一六七八年出版了基督寓言《天路歷程》（*The Pilgrim's Progress: from This World to That Which Is to Come*），書中流露的資訊更是顯而易見：宗教信仰造就人類。只要跟隨正確的路徑，天堂就會是你的。這本書原本沒有地圖，但它必須要有一幅，因為它是一段穿越各式險境的旅程。不久後，就有人著手為基督徒的朝聖之旅製作地圖了。與許多文學地圖一樣，這些圖像描繪出一段旅程，以及路途中經過的地點，譬如絕望深淵和死亡谷，也許還

旁頁
此木版畫是荷爾拜因，根據湯瑪斯・摩爾《烏托邦》一五一八年的版本製作而成，於瑞士巴塞爾出版。角落是書中的敘事者、虛構出來的探險家拉斐爾・希斯拉德，他正指著上方，向同伴描述那座小島。

上圖
波提切利在一四八〇年代閱讀但丁的《神曲》後，繪製了這張羊皮地圖，圖中是九層環形的地獄。在這煉獄地坑中，撒旦嵌在及腰的冰塊中等待。

《天路歷程》於一六七八年出版，很可能是《聖經》之外，最多人閱讀的英文書。班揚因講道而下獄，此書是他在獄中動筆寫成的。書中有無數幅寓言式的路線圖，無論路途中的文字或神祕的事物，都激勵著讀者謹言慎行，避開誘惑的陷阱。

有類似中土大陸上的死亡沼澤和亡者之路。

虛構世界會一而再、再而三地被重複想像。數百年來，《天路歷程》的地圖被改造了無數次，也被轉換成桌遊。世代的疊加和重塑，形成了另一個基督英雄的原型，在另一個故事裡憑藉著天佑、耐心和勇氣破浪而出，高唱凱歌，而這個故事也在後世被無數次改寫。丹尼爾．狄福於一七一九年出版了《魯賓遜漂流記》。這個虛構出來的魯賓遜隨機應變，在荒島上生活了二十八年。小說銷量極佳，作者的出版社同意添加章節，於是第一幅地圖出現了，《魯賓遜漂流記》續集和《魯賓遜的沉思》問市。狄福的小島抓住了大眾的想像力，激發人們對驚險船難、荒島求生故事的胃口。三百年來，這份喜愛不見任何褪色的跡象。狄福的小島，部分取材自蘇格蘭水手亞歷山大．塞爾科克的真實船難

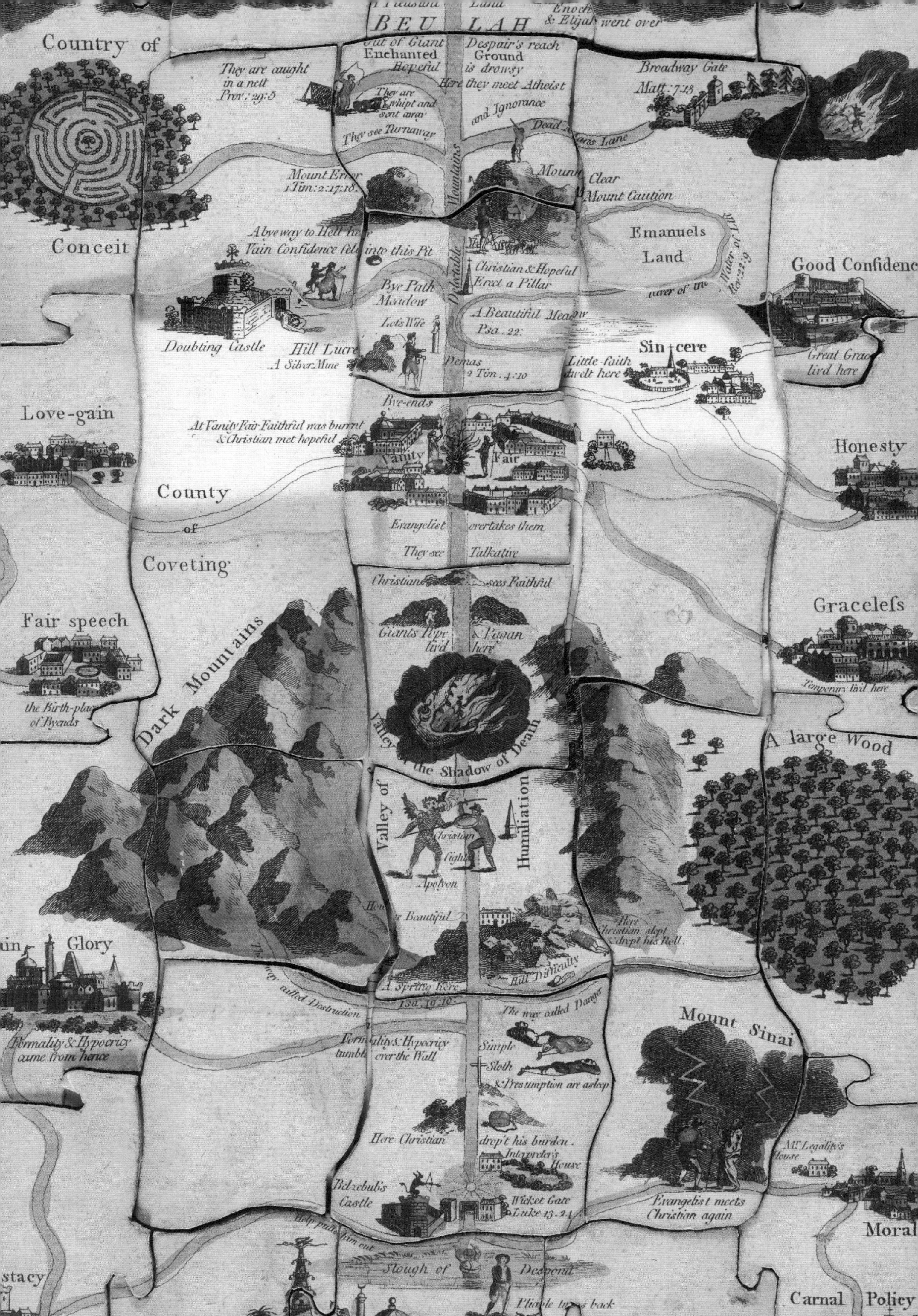
BEULAH
Enoch & Elijah went over
Country of
Conceit
Out of Giant Despair's reach
Enchanted Ground
Hopeful is drowsy
Here they meet Atheist and Ignorance
They are aught in a nett Prov: 29:5
They are whipt and sent away
They see Turnaway
Broadway Gate Matt: 7:13
Dead Mans Lane
Mount Error 1 Tim: 2:17:18.
Mountains
Mount Clear
Mount Caution
Delectable
A bye way to Hell here
Vain Confidence fell into this Pit
Christian & Hopeful Erect a Pillar
Emanuels Land
River of the Water of Life Rev: 22:9
Good Confidence
Bye Path Meadow
A Beautiful Meadow Psa. 22.
Lots Wife
Doubting Castle
Hill Lucre
A Silver Mine
Demas 2 Tim. 4:10
Sincere
Little-faith dwelt here
Great Grace liv'd here
Bye-ends
Love-gain
At Vanity Fair Faithful was burnt & Christian met hopeful
Vanity Fair
Honesty
County of Coveting
Evangelist overtakes them
They see Talkative
Christian sees Faithful
Giants Pope & Pagan liv'd here
Graceless
Fair speech
the Birth-place of Byends
Dark Mountains
Valley of the Shadow of Death
Temporary liv'd here
A large Wood
Valley of Humiliation
Christian fights Apolyon
House Beautiful
Here Christian slept & dropt his Roll.
Hill Difficulty
A Spring here
Isa: 49:10
Glory
The way called Destruction
The way called Danger
Formality & Hypocrisy came from hence
Formality & Hypocrisy tumble over the Wall
Simple Sloth & Presumption are asleep
Mount Sinai
Here Christian dropt his burden.
Interpreter's House
Mr. Legality's House
Belzebub's Castle
Wicket Gate Luke 13. 24.
Evangelist meets Christian again
Moral
Help pulls him out
Slough of Despond
Pliable turns back
Carnal Policy

經驗；而小島本身就處於再想像的循環中，不斷被作家以及越來越多的電視製作人借用和重塑。

較成功的魯賓遜分身，是約翰恩・懷斯（Johann Wyss）的《海角一樂園》（*The Swiss Family Robinson*）。一八一二到一三年出版，聚焦於教育功能，教導年輕讀者家庭價值和自立自強的重要。在這個有趣的冒險故事中，小島被塞滿了五大洲的動物，包括熊、大象、長頸鹿、河馬、袋鼠、花豹、獅子、猴子、犀牛、老虎和斑馬。另一本應該是受到魯賓遜影響的小說，是一八七四年法國作家儒勒・凡爾納的《神祕島》；他最初中意的書名是《全家船難：與魯賓遜

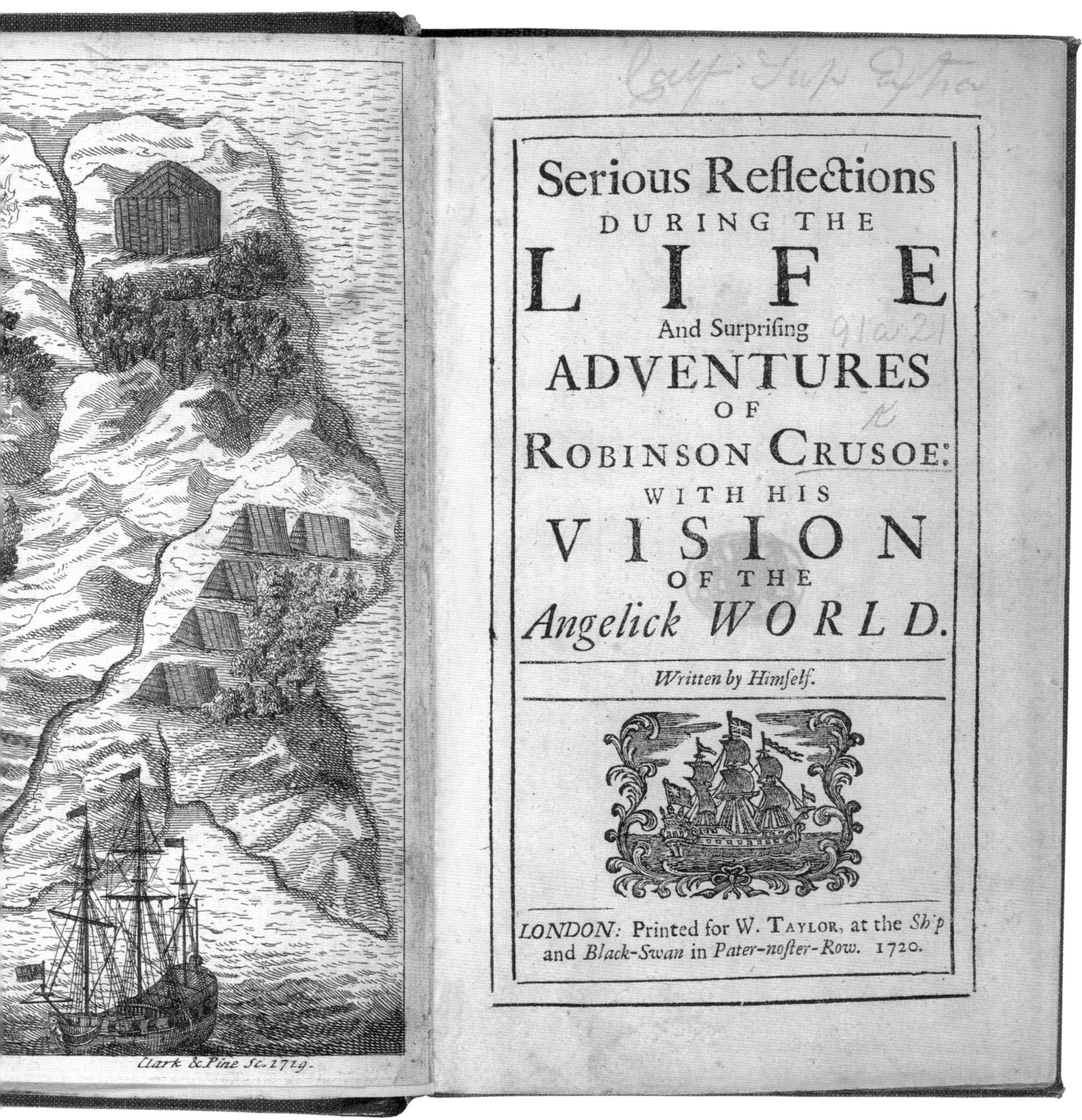

Serious Reflections
DURING THE
LIFE
And Surprising
ADVENTURES
OF
ROBINSON CRUSOE:
WITH HIS
VISION
OF THE
Angelick WORLD.

Written by Himself.

LONDON: Printed for W. TAYLOR, at the *Ship* and *Black-Swan* in *Pater-noster-Row.* 1720.

丹尼爾．狄福的《魯賓遜漂流記》於一七一九年上市，但出版資金不足，也就沒有附上地圖。可小說大受歡迎，出版社隨即追加了續集，以及這座荒島圖。

舅舅受困的日子》。故事裡，林肯島是座神祕的南太平洋小島，由美國愛國主義遇難者所取，該島的地理環境提供故事一個充滿巧合和幸運的場景。

小島故事存在於每個孩子的想像中。英國兒童文學作家伊妮德．布萊頓在《寶島上的五本書》（*Five on a Treasure Island*）和《小島冒險》（*The Island of Adventure*）二書中，對於小島故事有極佳的詮釋。孩子當然喜歡暫時擺脫父母，然而，不是每座小島都令人欣喜若狂。一座小島可以是天堂，也是地獄。「我們是什麼？人類或動物，或野蠻人？」於是我們降落到威廉·高汀一九五四年的經典小說《蒼蠅王》。

「我們很可能死在這裡。」

語畢，一陣熱氣騰起，越來越熱，壓得人喘不過氣，潟湖以刺眼的光芒朝他們襲來。

小豬說這句話時，恐懼彷彿不請自來，也襲捲了那座島。不久後，在海霧閃爍間，某種黑暗力量逼近了。一頭妖怪？片刻後，妖怪從海市蜃樓中走了出來，我們這才得知那不是妖怪，而是一群男孩。那時拉爾夫還沒感到害怕，但他實在應該恐懼。

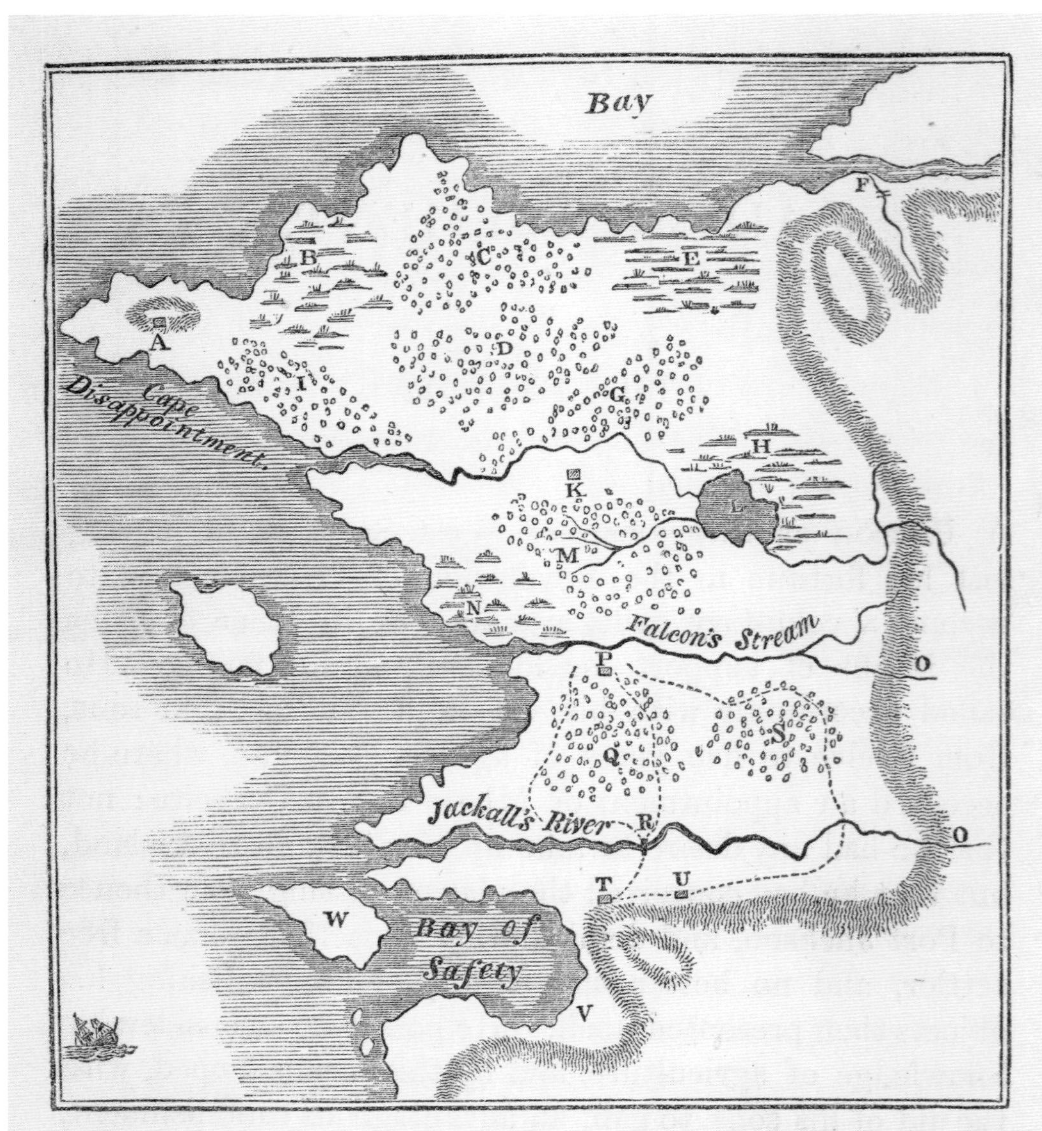

SETTLEMENT OF THE SWISS PASTOR AND HIS FAMILY IN THE DESERT ISLAND.

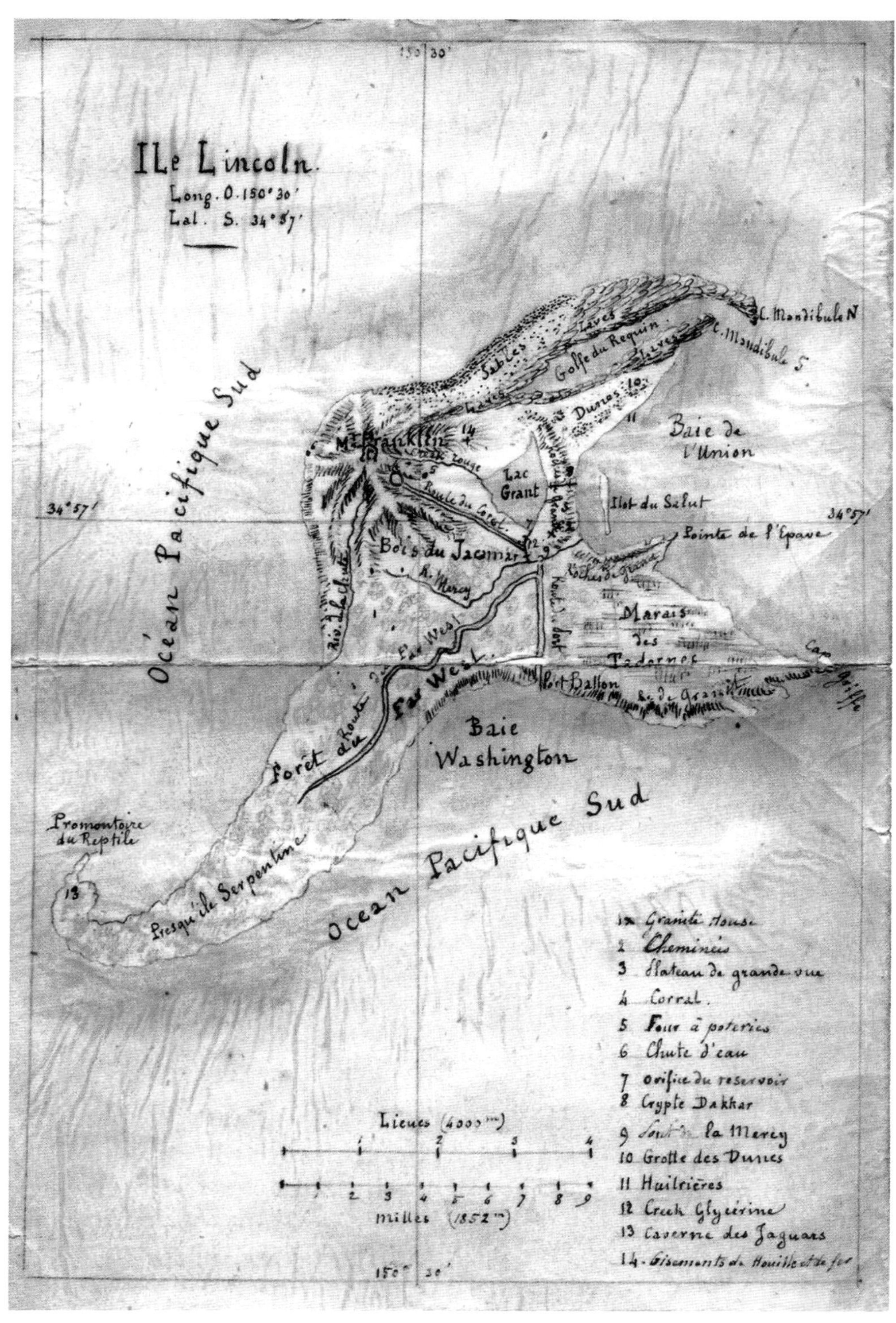

一份地圖的等高線，將使一幅虛構地圖更加精確。旁頁是紐西蘭，在《海角一樂園》中隨機應變的瑞士家庭手下，成為了定居地。上頁，法國作家儒勒．凡爾納為一八七五年出版的《神祕島》手繪了這張圖。尼莫船長的潛艇受困於海底水洞，美國水手們在沒有船長的協助下，成功登上了南太平洋的林肯無人島。

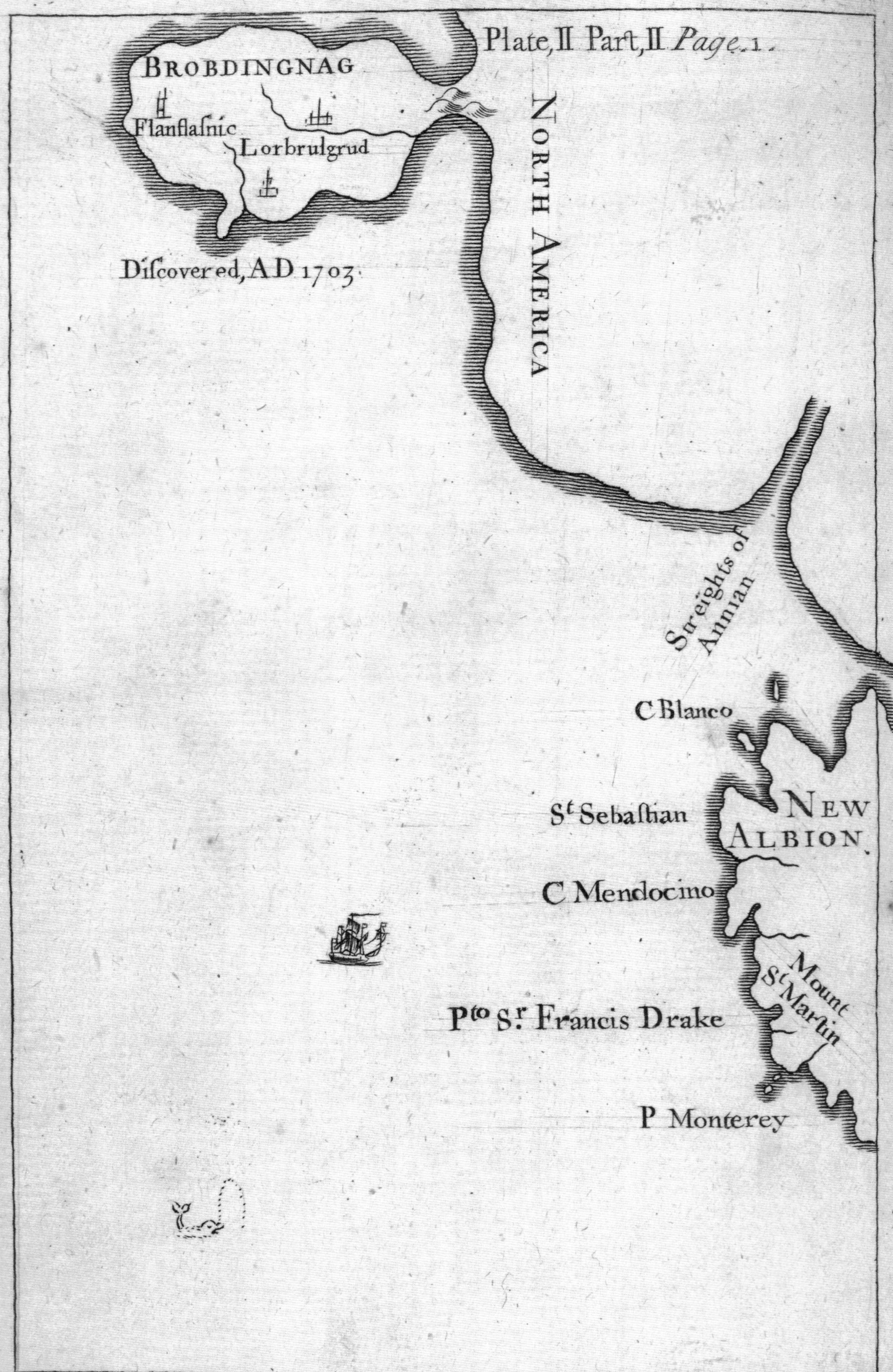
Plate, II Part, II Page. 1.
BROBDINGNAG
Flanflasnic
Lorbrulgrud
Discovered, AD 1703
NORTH AMERICA
Streights of Annian
C Blanco
St Sebastian
NEW ALBION
C Mendocino
Mount St Martin
Pto Sr. Francis Drake
P Monterey

一七二六年強納森．史威夫特出版了《格列佛遊記》。書中附有一系列引人入勝的模糊海圖，指出小人國、大人國，以及其他目的地的地理位置。從此，旅遊類書籍附上地圖成為慣例。作者史威夫特是名多產的諷刺作家，也是無可救藥的地圖愛好者，收藏了許多地圖；無論真實或虛構的，都給了他大量的靈感和啟發。他在一七三三年出版的敘事詩〈詩論〉中，道出所有類型的地圖製作，多面向的實情：

> 於是地理學家，在非洲的地圖中，
> 以原始粗野的圖像填滿空隙，
> 越過了數座不適居住的丘陵地，
> 而那裡卻是大象想要建城定居之處。

左頁
在萊繆爾．格列佛冒險的編年紀錄中，作者史威夫特在真實地圖中置入了他的虛構小島。小人國座落於澳洲西方，大人國與阿拉斯加相連，就在阿拉斯加的對面，而飛島國漂浮在日本附近。

上頁
雷克斯．威斯勒（Rex Whistler）繪製了格列佛坐在書桌前，在航海圖表的包圍下，寫下自己的旅行故事。

對於史威夫特與追隨他的製圖作家，收集地圖裡的符號、標誌、線條和文字用語，這個過程本就充滿創意，與寫作本身相輔相成。

最具標誌性的文學地圖，當然是羅伯特·路易斯·史帝文森《金銀島》的卷首插圖。在某個特別悶熱的蘇格蘭夏天，史帝文森與父母待在皮特洛赫里鎮，一盒水彩為他消磨了無聊的時光，稍後在 95 頁會有更詳盡的說明。他因此開始了一系列的冒險，在偏遠的異國攀爬，最後形成了一種文體，代代相傳，綿延至今。史帝文森的傳奇激發了亨利·萊德·海格德與同胞兄弟的五先令賭注，海格德的兄弟打賭他寫的小說不及史帝文森的一半精彩。

書稿遭到無數次拒絕後，海格德的《所羅門王的寶藏》於一八八五年上市了。此書被讚譽為「令人驚嘆的小說」，立刻攀升至暢銷書之列。書中的英雄艾倫·夸特梅恩僅憑著片段的史料便進入非洲荒野探險。再版時，書的封面是一幅展開的地圖。這張片面的地圖也隨即聲名大噪，被無數次仿效、複製。

探險、尋找所羅門王的寶藏，帶來了更多訴說神祕地域的故事，其中的典型代表是亞瑟·柯南·道爾的《失落的世界》。此書與他的福爾摩斯故事一樣，最初於一九一二年在《海濱雜誌》（*The Strand Magazine*）連載。多產的插畫家哈利·朗特里（Harry

旁頁
萊德·海格德《所羅門王的寶藏》中的一幅地圖。書中的敘事者透露了一段關鍵線索：「由多姆·喬塞·錫爾維斯特拉於一五九〇年，以血在亞麻布上繪製而成。」

下圖
柯南·道爾的《失落的世界》，在故事中以此幅地圖作為見證。它是「馬龍的草圖」，繪製了穿越巴西熱帶雨林至恐龍和猿人尚存的偏遠石崖的路線。

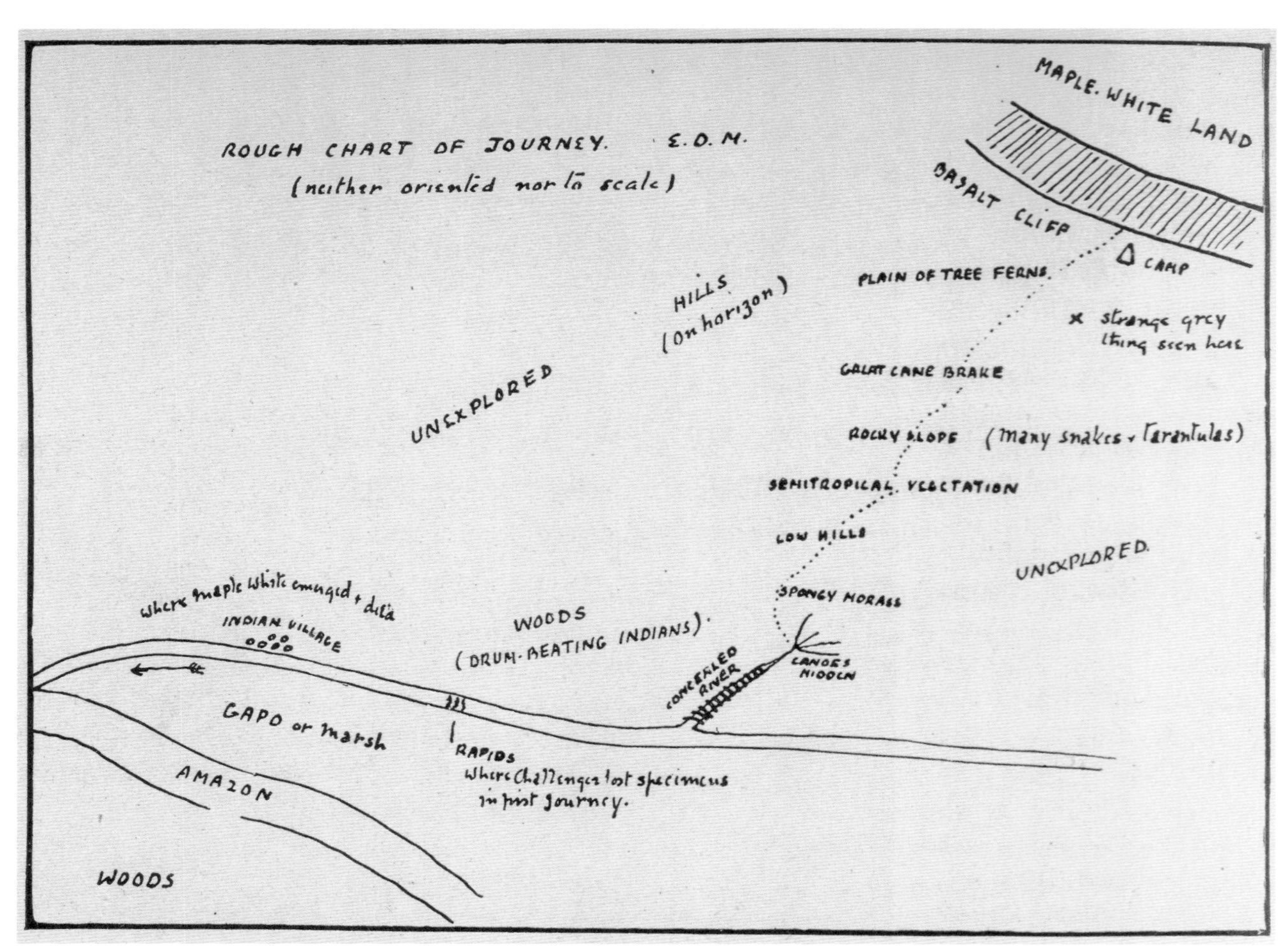

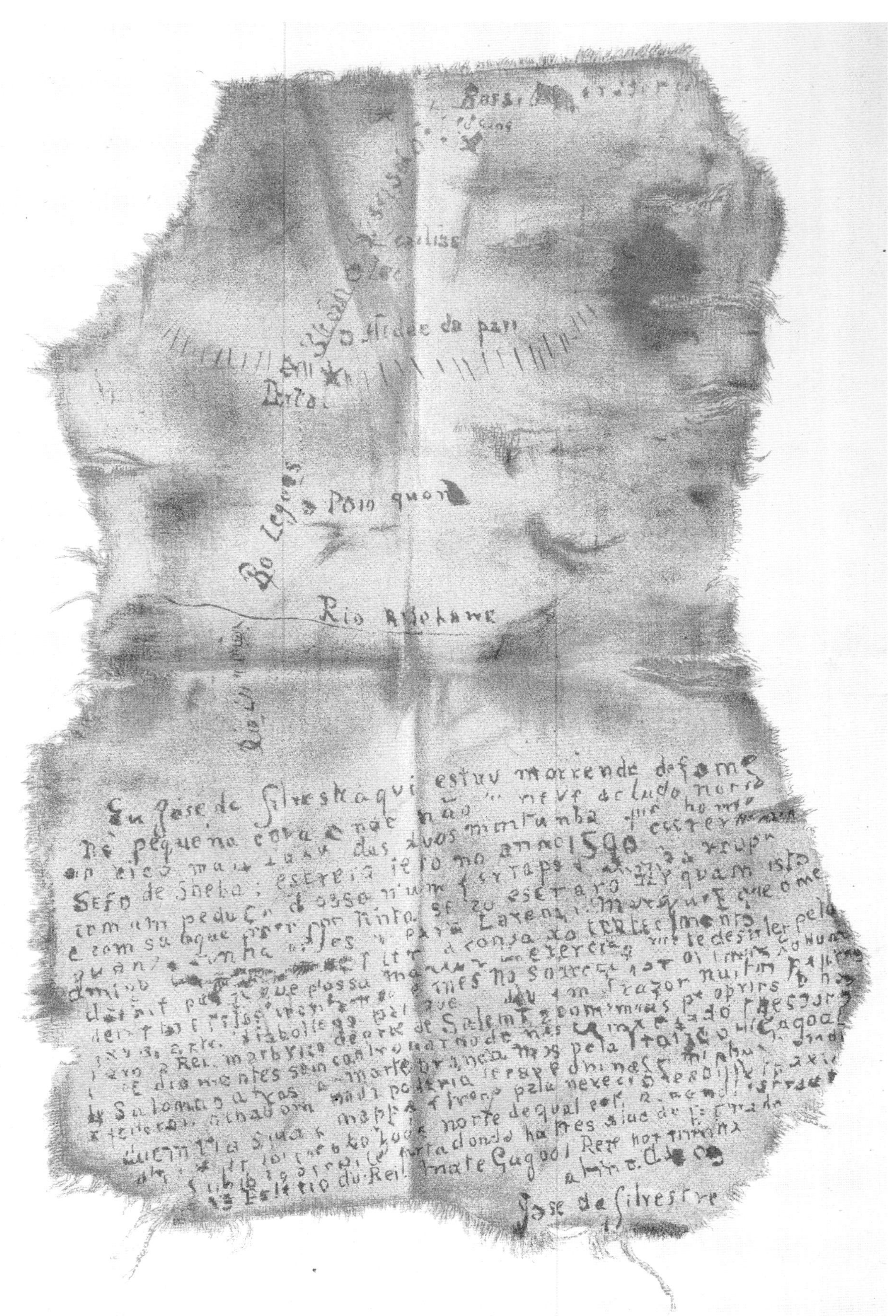

Fac-simile of the Map of Route to King Solomon's Mines, now in the Possession of Allan Quatermain, Esq., drawn by the Dom José da Silvestra, in his own Blood, upon a Fragment of Linen, in the Year 1590. (For Translation, see Page 28.)

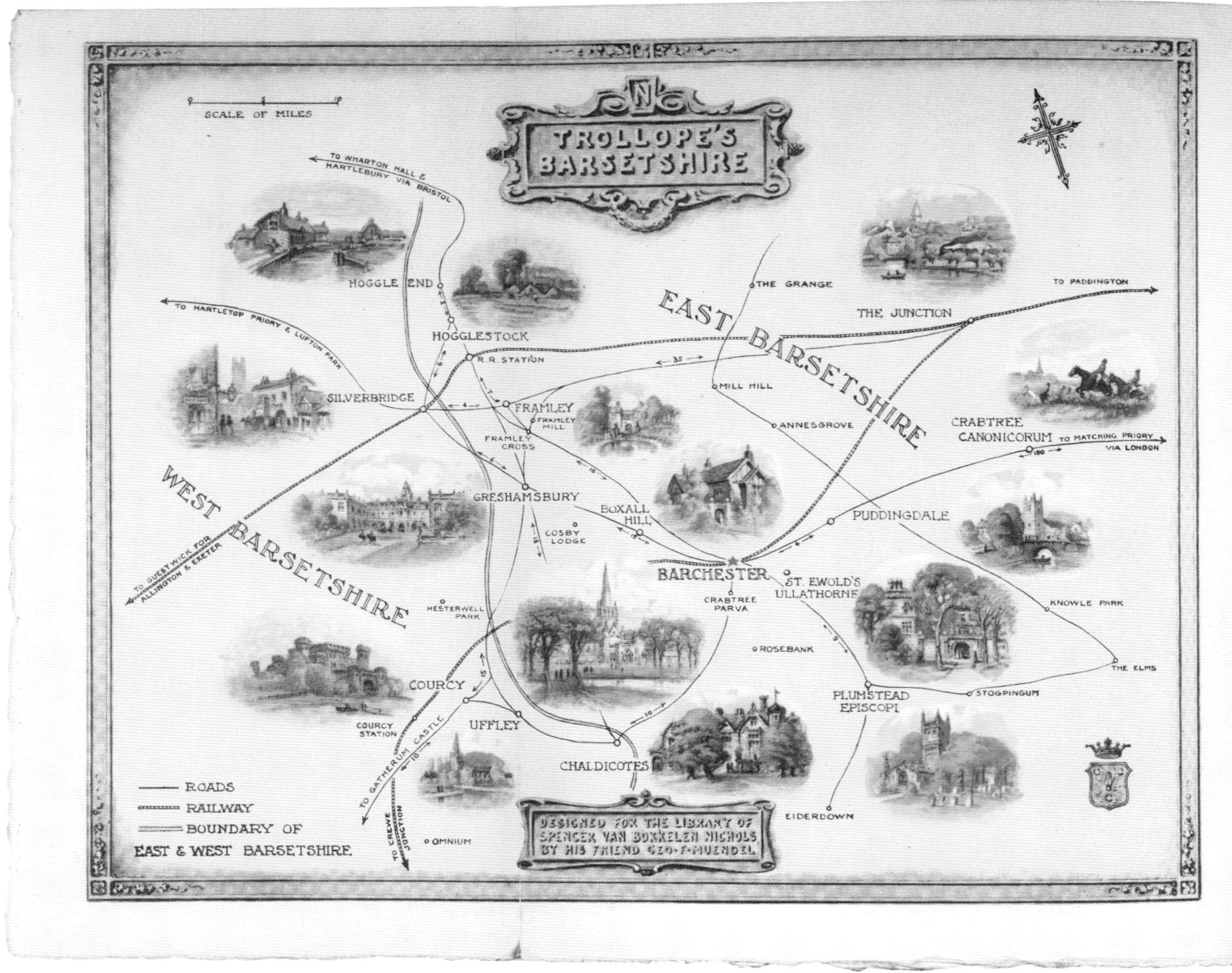

Rountree）為此書繪製了大受歡迎的插畫。那片史前生物仍舊倘佯的高原，叫做梅普楓．白特之地（Maple White Land），探險隊一員查爾杰博士，也就是《每日公報》的愛德華．馬龍繪製了一幅地圖重現當地位置。柯南．道爾想像力十足的探險史詩，激發了麥克．克萊頓一九九〇年的小說《侏羅紀公園》，以及同樣命名為《失落的世界》的續集。一九九三年，電影成功重現了那座擁有基因工程複製恐龍的小島，緊接著，一部接著一部昂貴特效的續集上映了。

安東尼．特羅洛普從一八五五年起，用六本小說，按事件順序描述了巴塞特郡中的善良百姓，以及教區小鎮巴塞特。納撒尼爾．霍桑如此讚賞作者以假亂真的成就：「好似被巨人從土裡挖出，放進玻璃箱中，我們可以看見居民百姓在其中熙來攘往。」

另一個更寧靜，卻不乏高潮的世界——巴塞特郡，出現在安東尼．特羅洛普一八五五年出版的小說《養老院》（*The Warden*）。特羅洛普在自傳中，如此回觀他的六部《巴塞特郡紀事》：

我越寫，越了解那個我給英國添加的新郡縣。它清晰地烙印在我腦海中，它的街道和鐵路，它的城鎮和教區，它的議會議員……我認識那些領主和他們的城堡，那些大爺和公園，教區牧師和他們的教堂……一個個故事後，那些地名不再只是我虛構出來的，彷彿我曾經在那裡生活和漫步。

當代的特羅洛普——查爾斯·路特維吉·道奇森牧師，也就是我們熟知的路易斯·卡羅，一八六五年出版《愛麗絲夢遊仙境》的作者，他創造了另類的地下巴塞特郡。卡羅與合作的插畫家約翰·坦尼爾（John Tenniel）並沒有為仙境繪製地圖，但讀者並未罷休，從迪士尼到遊戲設計師亞美利堅·麥基，從未休止過。仙境一變再變，規模、路徑和每階段的困惑都不斷在變化。它是地圖繪製者的夢魇或喜悅，端看他如何定義趣味。愛麗絲的方向感在進入兔子洞探險前，就已經模糊了。她說道：「我懷疑我手中的經緯度。」作者又添了一句——「愛麗絲對於經緯度並沒有概念，但覺得經度緯度聽起來十分高尚。」

卡羅在最後一本小說，一八九三年出版的《希兒薇和布魯諾完結篇》（*Sylvie and Bruno Concluded*）中，如此描述（而非描繪）地圖：

「你認為多大尺寸的地圖，最實用？」

「大約一公分對一公里比例的地圖。」

「一公分！」梅因·海爾大喊，「我們早就會繪製一公尺對一公里的地圖了，後來又嘗試了一百公尺對一公里的。精益求精，我們其實繪製了一公里對一公里的國家地圖！」

「你們很常使用那幅地圖嗎？」我問。

「尚未鋪展開過，」梅因·海爾說，「農人抗議說：地圖會覆蓋整個國家，遮住陽光！所以我們只能用國家領土本身作為地圖。我向你保證，這份地圖也十分不錯。」

這段對一比一地圖的趣味描述，後來激發了數名作家的靈感，包括阿根廷作家豪爾赫·路易斯·波赫士（169 頁）、義大利作家安伯托·艾可，以及英國作家尼爾·蓋曼。「描述故事最好的方法，就是開始編撰一個，懂嗎？」蓋曼於《美國眾神》這麼說，「地圖越是精準，越能接近那片地域。最精準的地圖應該就是那片土地了，因此它無比精準，也無比不實用。那片地域本身就是地圖，就是故事。」

「Google 地球」和其他衛星地圖工具的出現，使得點對點的精準有了更多的可能性，但終究還是有其限制。顛覆遊戲規則的人，有能力將這些數據資料變成有用的形式。我們不必自行操控這般艱深且巨大的不可能，只須在無限大的數據資料庫中搜索，就能得到需要的位元。一旦想到這類資訊的運作方式，就會感到地圖的能量令人驚嘆。

卡羅一公里對一公里的地圖，或蓋曼帝王地圖中的文學意義，在於它們暗示了世界上每個人都會是一本無止境的傳記，或者說「一本小說，記錄著每

馬克・吐溫將湯姆和哈克的冒險故事（《湯姆歷險記》）設定在密西西比河上。上圖由埃弗雷特・亨利於一九五九年繪製，作為禮物贈與哈里斯通訊公司。

旁頁
同樣受到密西西比啟發的，是威廉・福克納虛構出來的約克納帕塔法郡，這也是他許多小說的主要場景。此幅自製地圖最先收錄在《押沙龍，押沙龍！》中，之後又為此地圖作了修改，添增所謂的「虛構」元素。

個人的每天每分每秒」。就如德國童書作家麥克・安迪（Michael Ende）寫道：「那是另一個故事，等著未來被人傳述。」但所有想像力豐富的讀者都知道，故事不會在我們闔上書本後結束。在書頁中找到的魔力，跟在地圖中一樣，它們所帶來的旅程永無盡頭。所有地圖都只能描繪和展現，無法完美反映真實世界。每一份地圖都詮釋了一個世界，一個虛構的、夢想的現實，這就是為什麼一代代作者會被地圖所吸引。

「我閒來無事時，會用經緯線做網，」馬克・吐溫在一八八三年的《密西西比河上的生活》（*Life on the Mississippi*）寫道，「在大西洋捕鯨魚！」吐溫的小說將文學地域設定在那條河上，展現了湯姆和哈克的故事，於一九五〇年代被埃弗雷特・亨利（Everett Henry）描繪出來。另一位美國作家，威廉・福克納於一九三六年為小說《押沙龍，押沙龍！》自行繪製了約克納帕塔法郡的地圖。這對他忠誠的讀者來說，真是一大福音，不用一邊閱讀一邊拼湊書中敘事者的邏輯和順序。十年後，福克納為《福克納選集》（*The Portable Faulkner*）重繪了那份地圖，並聲稱他是「唯一所有人」。他也做了備注釐清：「威廉・福克納為此書搜索資料並繪製」。

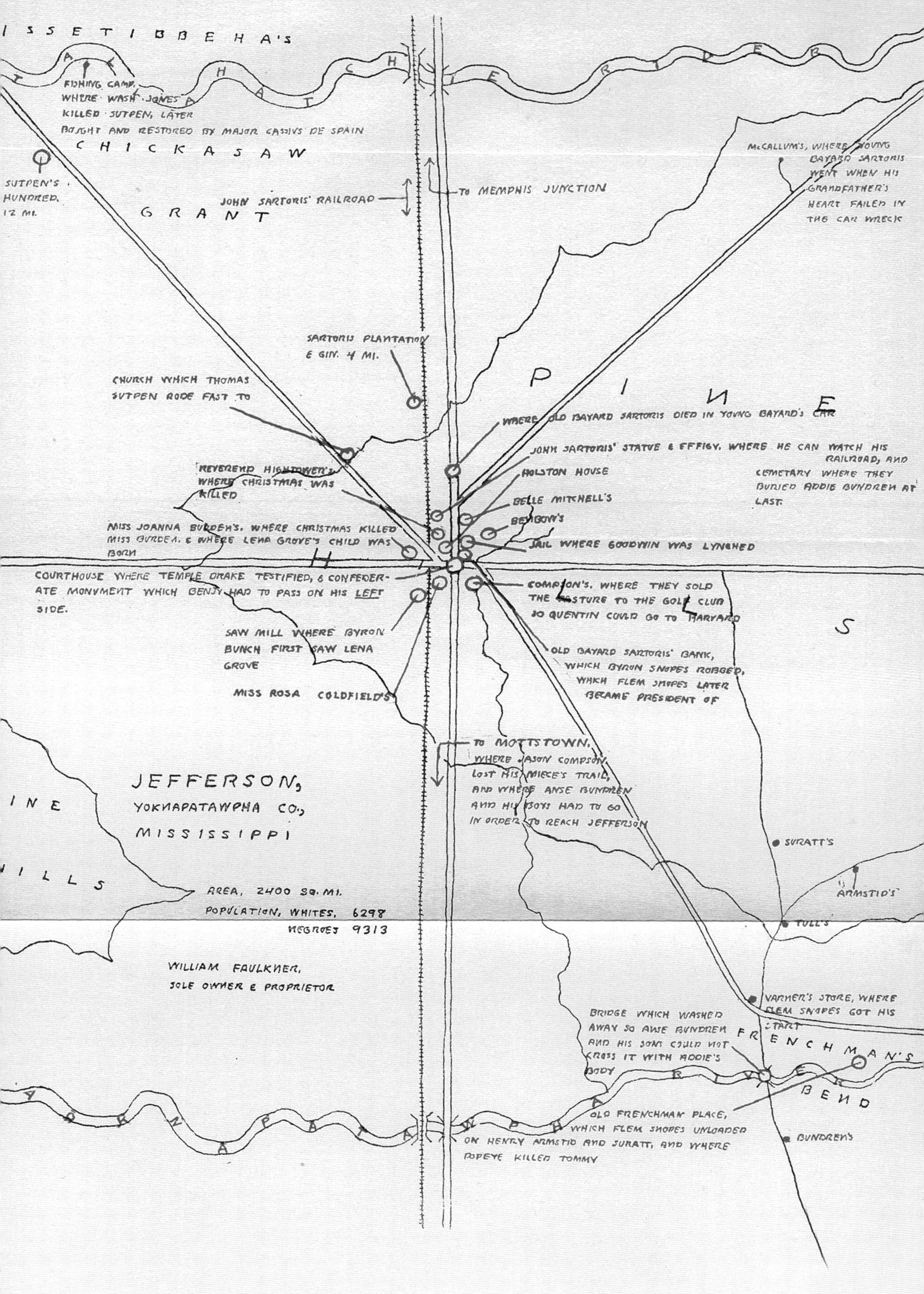

ISSETIBBEHA'S
TALLAHATCHIE RIVER
FISHING CAMP WHERE WASH JONES KILLED SUTPEN, LATER BOUGHT AND RESTORED BY MAJOR CASSIUS DE SPAIN
CHICKASAW GRANT
SUTPEN'S HUNDRED, 12 MI.
JOHN SARTORIS' RAILROAD
TO MEMPHIS JUNCTION
McCALLUM'S, WHERE YOUNG BAYARD SARTORIS WENT WHEN HIS GRANDFATHER'S HEART FAILED IN THE CAR WRECK
SARTORIS PLANTATION & GIN. 4 MI.
CHURCH WHICH THOMAS SUTPEN RODE FAST TO
PINE HILLS
WHERE OLD BAYARD SARTORIS DIED IN YOUNG BAYARD'S CAR
JOHN SARTORIS' STATUE & EFFIGY, WHERE HE CAN WATCH HIS RAILROAD, AND CEMETARY WHERE THEY BURIED ADDIE BUNDREN AT LAST.
REVEREND HIGHTOWER'S, WHERE CHRISTMAS WAS KILLED
HOLSTON HOUSE
BELLE MITCHELL'S
BENBOW'S
MISS JOANNA BURDEN'S, WHERE CHRISTMAS KILLED MISS BURDEN, & WHERE LENA GROVE'S CHILD WAS BORN
JAIL WHERE GOODWIN WAS LYNCHED
COURTHOUSE WHERE TEMPLE DRAKE TESTIFIED, & CONFEDERATE MONUMENT WHICH BENJY HAD TO PASS ON HIS LEFT SIDE.
COMPSON'S, WHERE THEY SOLD THE PASTURE TO THE GOLF CLUB SO QUENTIN COULD GO TO HARVARD
SAW MILL WHERE BYRON BUNCH FIRST SAW LENA GROVE
OLD BAYARD SARTORIS' BANK, WHICH BYRON SNOPES ROBBED, WHICH FLEM SNOPES LATER BECAME PRESIDENT OF
MISS ROSA COLDFIELD'S
TO MOTTSTOWN, WHERE JASON COMPSON LOST HIS NIECE'S TRAIL, AND WHERE ANSE BUNDREN AND HIS BOYS HAD TO GO IN ORDER TO REACH JEFFERSON
JEFFERSON, YOKNAPATAWPHA CO., MISSISSIPPI
INE
ILLS
AREA, 2400 SQ. MI.
POPULATION, WHITES, 6298
NEGROES 9313
WILLIAM FAULKNER, SOLE OWNER & PROPRIETOR
SURATT'S
ARMSTID'S
TULL'S
VARNER'S STORE, WHERE FLEM SNOPES GOT HIS START
BRIDGE WHICH WASHED AWAY SO ANSE BUNDREN AND HIS SONS COULD NOT CROSS IT WITH ADDIE'S BODY
FRENCHMAN'S BEND
YOKNAPATAWPHA RIVER
OLD FRENCHMAN PLACE, WHICH FLEM SNOPES UNLOADED ON HENRY ARMSTID AND SURATT, AND WHERE POPEYE KILLED TOMMY
BUNDREN'S

ON THE ROAD

Reverting to a Simpler style —

Further draft & beginnings — Nov. 1949

ITINERARY & PLAN

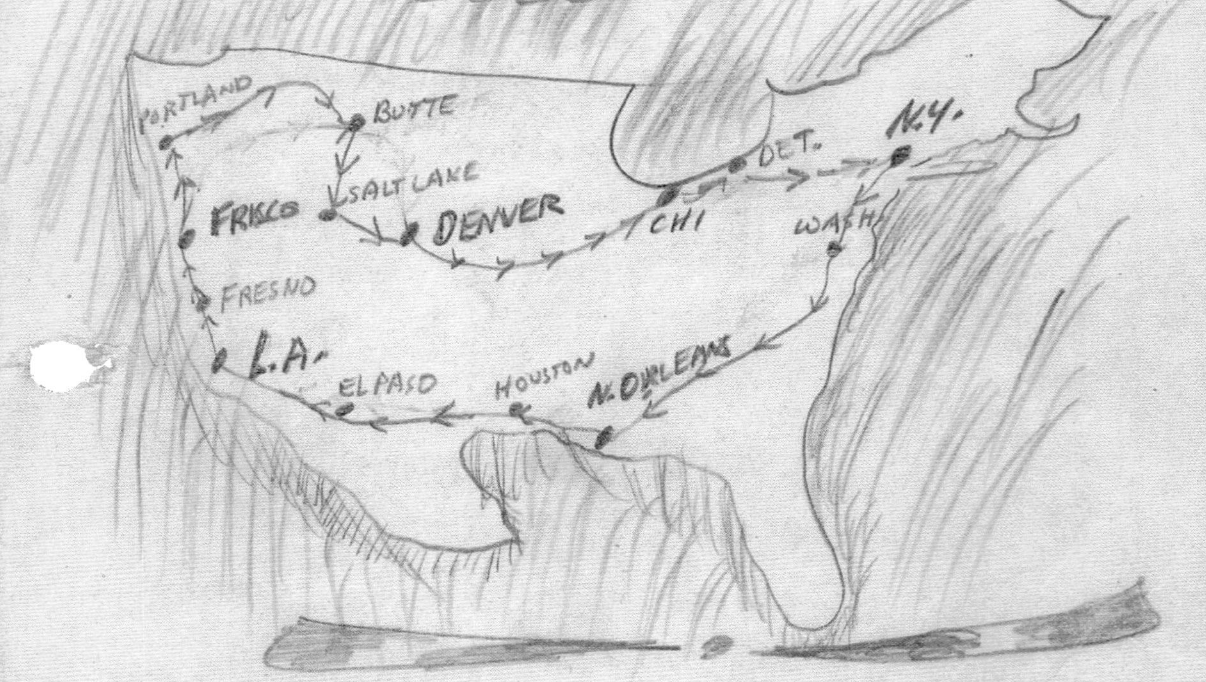

PORTLAND
BUTTE
SALT LAKE
FRISCO
DENVER
CHI
DET.
N.Y.
WASH
FRESNO
L.A.
EL PASO
HOUSTON
N. ORLEANS

1. New York Jail
2. Times Square I
3. Road to New O'leans
4. New Orleans
5. Road to Frisco
6. Frisco (+ Valley)
7. Road to Butte
8. Butte
9. Road to Denver
10. Denver
11. Road to New York
12. Times Square Again

From May to May

CHARACTERS

Red Moultrie
Clem Lemke
Slim Jackson
Old Bull
Dean Pomeray
Marylou
Evelyn Johnson
Mrs. Moultrie
Elena
Old Moultrie
Laura Moultrie
Laurette
And Various Shades

書籍會誕生於世界所有角落。瑪麗・雪萊的《科學怪人》是受到在瑞士聽到的鬼故事啟發。約翰・史坦貝克《人鼠之間》的創作靈感，起源於他在加州一座大牧場上的工作期間；後來他又自駕周遊美國重訪那些場景，重新認識美國。法國作家儒勒・凡爾納是在巴黎一家咖啡館看報紙時，遇上了《環遊世界八十天》中的菲利斯・福格。傑克・凱魯亞克《在路上》的書稿，是在喝湯和咖啡的減肥餐中敲打出來的。他將紙頁貼黏在一起成為紙串，省下敲完一頁就要為打字機換紙的麻煩手續。他接連敲了二十天的書稿，即便被妻子趕出家，他仍未放慢寫作進度。終於，他寫完了，書稿紙串長達三十六公尺。

一九六〇年，約翰・史坦貝克帶著貴賓狗查理作伴，開始了自駕之旅，期待發現不一樣的美國。他借用唐吉訶德的馬「羅西南特」(Rocinante)為露營車命名。

左頁
一九四九年，傑克・凱魯亞克為《在路上》繪製了草圖和備注，許久後他才動筆創作。這段旅程與其說是自駕旅行，更像是靈魂探尋。路程上連接了城鎮、小說人物和女孩們。

REINDEER TREK
Allen Roy Evans
THE FRIENDLY ARCTIC
Vilhjalmur Stefansson
Arctic Ocean
ALASKA
LONESOME BAR
Tom MacInnes
DAWSON
SONGS OF A SOURDOUGH
Robert W. Service
Great Bear Lake
North
TRAIL OF '98
Robert W. Service
THE GOLDEN GRINDSTONE
Angus Graham
Chilcoot Pass
SKAGWAY
CASSIAR
M. Conway Turton
Great Slave Lake
RED WILLOWS
MY VISION OF CANADA
William Arthur Deacon
THE DRAMA OF THE FORESTS
Arthur Heming
THE DOWNFALL OF TEMLAHAM
Marius Barbeau
THE LIVING FOREST
Arthur Heming
INDIAN DAYS IN THE CANADIAN ROCKIES
Marius Barbeau
SONGS OF THE COAST DWELLERS
Constance Lindsay Skinner
Mount Robson
NIPSYA
Georges Bugnet
Lake St Anne
A SONG OF THE FRASER RIVER
Cecily Fox-Smith
THE CARIBOO TRAIL
Elspeth Honeyman Clarke
DAVID THOMPSON
Bliss Carman
EDMONTON
CUN-NE-WA-BUM
Katherine Hale
OPEN TRAILS
Janey Canuck
PRINCE ALBERT
PELICANS IN THE SKY
Harold Baldwin
Pacific Ocean
WILD GEESE PASSING
Elsie Fry Lawrence
THE HOMESTEADERS
Ethel Chapman
KELVINGTON
Lake Winnipeg
THE TRAIL TO LILLOOET
Pauline Johnson
CATHEDRAL MOUNTAIN
Constance Davies Woodrow
BANFF
THE SKY PILOT
Ralph Connor
TALES OF AN EMPTY CABIN
Grey Owl
SETTLERS OF THE MARSH
Frederick Philip Grove
OVER PRAIRIE TRAILS
Frederick Philip Grove
IN THE OKANAGAN
Bliss Carman
BLACK ROCK
Ralph Connor
CALGARY STATION
Isabel Ecclestone Mackay
THE FLYING YEARS
Frederick Niven
YOKE OF LIFE
Frederick Philip Grove
VANCOUVER
CHINATOWN CHANT
Tom MacInnes
VICTORIA
EBB-TIDE
Marjorie Pickthall
BLACKFOOT TRAILS
E.A. Corbett
THE PRAIRIE STORIES
Arthur Stringer
INDIAN HEAD
CLEARING IN THE WEST
Nellie L. McClung
THE VIKING HEART
Laura Goodman Salverson
REGINA
ROD OF THE LONE PATROL
H.A. Cody
BINGO
THE KOOTENAY RAM
Ernest Thompson Seton
MEDICINE HAT
NEIGHBOURS
Robert J.C. Stead
IN SCARLET AND PLAIN CLOTHES
T.H. Longstreth
JUANA MON AIMEE
Harry Bernard
VERENDRYE
A.M. Stephen
SOWING SEEDS IN DANNY
Nellie L. McClung
WILD GEESE
Martha Ostenso
WINNIPEG
THE ETERNAL QUEST
Watson Kirkconnell
THE CENTENARIAN
Will E. Ingersoll
MEN of KILDONAN
John McCulloch
LA BOURRASQUE
Maurice Constantin-Weyer
T.B.R. NEWSPAPER PIECES
T.B. Roberton
DREAMS of FORT GARRY
Robert Watson
A SEARCH FOR AMERICA
Frederick Philip Grove
THE SHINING SHIP
Isabel Ecclestone Mackay
A Literary Map of Canada
As Compiled by William Arthur Deacon
Drawn and Embellished by the hand of Stanley Turner
Published by
THE MACMILLAN COMPANY OF CANADA LIMITED
St Martin's House Toronto
Copyright Canada MCMXXXVI
PRINTED IN CANADA BY ROUS AND MANN LIMITED
U·S·A

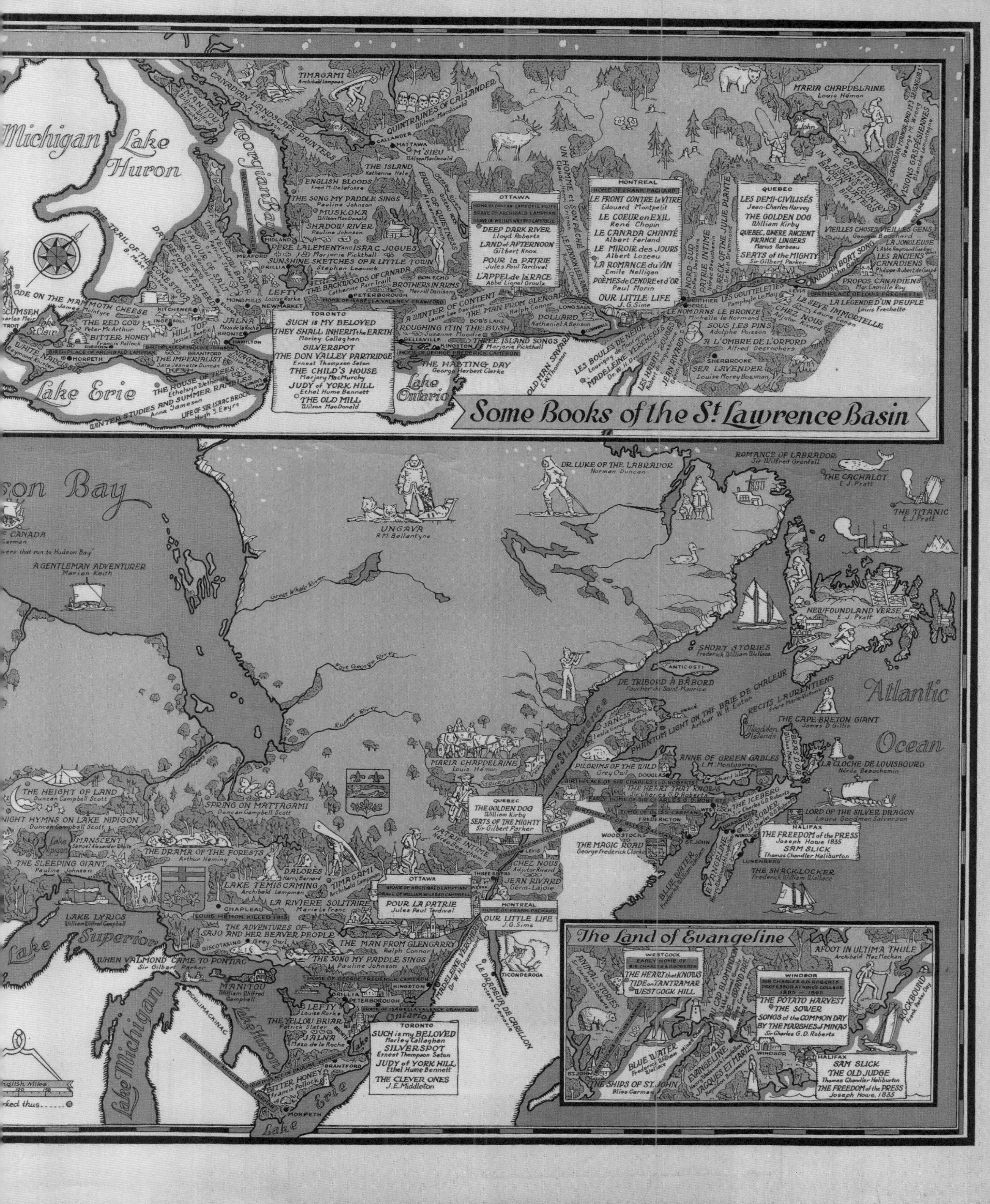

Some Books of the St Lawrence Basin
Lake Huron
Georgian Bay
Lake Erie
Lake Ontario
TIMAGAMI
Archibald Lampman
CANADIAN LANDSCAPE PAINTERS
QUINTRAINES OF CALLANDER
Wilson Macdonald
M'SIEU
Wilson MacDonald
THE ISLAND
Katherine Hale
ENGLISH BLOODS
Fred M. Delafosse
THE SONG MY PADDLE SINGS
Pauline Johnson
MUSKOKA
Wilson MacDonald
SHADOW RIVER
Pauline Johnson
PERE LALEMENT AND ISAAC JOGUES
Marjorie Pickthall
SUNSHINE SKETCHES OF A LITTLE TOWN
Stephen Leacock
THE BACKWOODS OF CANADA
Catherine Parr Traill
BROTHERS IN ARMS
Merrill Denison
LEFTY
Louise Rorke
ODE ON THE MAMMOTH CHEESE
James McIntyre
THE RED COW
Peter McArthur
BITTER HONEY
Francis Pollock
HILL TOP
Jessie L Beattie
JALNA
Mazo de la Roche
THE IMPERIALIST
Sara Jeanette Duncan
THE HOUSE OF TREES
Ethelwyn Wetherald
WINTER STUDIES AND SUMMER RAMBLES
Anne Jameson
LIFE OF SIR ISAAC BROCK
Hugh S. Eayrs
TORONTO
SUCH is MY BELOVED
Morley Callaghan
THEY SHALL INHERIT the EARTH
Morley Callaghan
SILVERSPOT
Ernest Thompson Seton
THE DON VALLEY PARTRIDGE
THE CHILD'S HOUSE
Marjory MacMurchy
JUDY of YORK HILL
Ethel Hume Bennett
THE OLD MILL
Wilson MacDonald
A WINTER OF CONTENT
Laura Lee Davidson
ROUGHING IT IN THE BUSH
Susanna Moodie
THREE ISLAND SONGS
Marjorie Pickthall
THE HAUNTING DAY
George Herbert Clarke
OTTAWA
DEEP DARK RIVER
Lloyd Roberts
LAND of AFTERNOON
Gilbert Knox
POUR la PATRIE
Jules Paul Tardivel
L'APPEL de la RACE
Abbé Lionel Groulx
THE MAN FROM GLENGARRY
Ralph Connor
DOLLARD
Nathaniel A. Benson
MONTREAL
HOME OF FRANK PACKARD
LE FRONT CONTRE la VITRE
Edouard Montpetit
LE COEUR en EXIL
René Chopin
LE CANADA CHANTÉ
Albert Ferland
LE MIROIR des JOURS
Albert Lozeau
LA ROMANCE du VIN
Emile Nelligan
POÈMES de CENDRE et d'OR
Paul Morin
OUR LITTLE LIFE
J.G. Sime
OLD MAN SAVARIN
LES BOULES DE NEIGE
MADELEINE VERCHÈRES
LES HABITS ROUGES
JEAN RIVARD
PATRIE INTIME
QUEBEC
LES DEMI-CIVILISÉS
Jean-Charles Harvey
THE GOLDEN DOG
William Kirby
QUÉBEC, WHERE ANCIENT FRANCE LINGERS
Marius Barbeau
SEATS of the MIGHTY
Sir Gilbert Parker
MARIA CHAPDELAINE
Louis Hémon
VIEILLES CHOSES, VIEILLES GENS
LA JONGLEUSE
LES ANCIENS CANADIENS
PROPOS CANADIENS
LA LÉGENDE D'UN PEUPLE
Louis Frechette
LA SEVE IMMORTELLE
CHEZ NOUS
Adjutor Rivard
SOUS LES PINS
Adolphe Poisson
A L'OMBRE DE L'ORFORD
Alfred Desrochers
SER LAVENDER
Louise Morey Bowman
LES GOUTTELETTES
Pamphile Le May
LE NOM DANS LE BRONZE
VISIONS GASPÉSIENNES
Hudson Bay
A GENTLEMAN ADVENTURER
Marian Keith
UNGAVA
R.M. Ballantyne
DR. LUKE OF THE LABRADOR
Norman Duncan
ROMANCE OF LABRADOR
Sir Wilfred Grenfell
THE CACHALOT
E.J. Pratt
THE TITANIC
E.J. Pratt
NEWFOUNDLAND VERSE
E.J. Pratt
SHORT STORIES
Frederick William Wallace
ANTICOSTI
DE TRIBORD À BÂBORD
Faucher de Saint-Maurice
PHANTOM LIGHT ON THE BAIE DE CHALEUR
RECITS LAURENTIENS
Atlantic Ocean
THE CAPE BRETON GIANT
James D. Gillis
LA CLOCHE DE LOUISBOURG
Nérée Beauchemin
ANNE OF GREEN GABLES
L.M. Montgomery
PILGRIMS OF THE WILD
Grey Owl
THE HEART THAT KNOWS
THE ICEBERG
LORD OF THE SILVER DRAGON
Laura Goodman Salverson
HALIFAX
THE FREEDOM of the PRESS
Joseph Howe 1835
SAM SLICK
Thomas Chandler Haliburton
THE SHACKLOCKER
Frederick William Wallace
THE MAGIC ROAD
George Frederick Clarke
BLUE WATER
EVANGELINE
MARIA CHAPDELAINE
Louis Hémon
SPRING ON MATTAGAMI
THE HEIGHT OF LAND
Duncan Campbell Scott
NIGHT HYMNS ON LAKE NIPIGON
Duncan Campbell Scott
THE DRAMA OF THE FORESTS
Arthur Heming
THE SLEEPING GIANT
Pauline Johnson
DALORES
TIMAGAMI
Archibald Lampman
LAKE TEMISCAMING
Archibald Lampman
LA RIVIERE SOLITAIRE
LOUIS HÉMON KILLED 1913
THE ADVENTURES OF SAJO AND HER BEAVER PEOPLE
Grey Owl
LAKE LYRICS
William Wilfred Campbell
Lake Superior
WHEN VALMOND CAME TO PONTIAC
Sir Gilbert Parker
THE MAN FROM GLENGARRY
Ralph Connor
THE SONG MY PADDLE SINGS
Pauline Johnson
MANITOU
William Wilfred Campbell
LEFTY
Louise Rorke
THE YELLOW BRIAR
Patrick Slater
JALNA
Mazo de la Roche
BITTER HONEY
Francis Pollock
Lake Michigan
Lake Huron
Lake Erie
QUEBEC
THE GOLDEN DOG
William Kirby
SEATS OF THE MIGHTY
Sir Gilbert Parker
PATRIE INTIME
OTTAWA
POUR LA PATRIE
Jules Paul Tardivel
CHEZ NOUS
Adjutor Rivard
JEAN RIVARD
Gérin-Lajoie
MONTREAL
OUR LITTLE LIFE
J.G. Sime
MADELEINE VERCHÈRES
LE DRAPEAU DE CARILLON
TORONTO
SUCH is my BELOVED
Morley Callaghan
SILVERSPOT
Ernest Thompson Seton
JUDY of YORK HILL
Ethel Hume Bennett
THE CLEVER ONES
J.E. Middleton
The Land of Evangeline
ANIMAL STORIES
WESTCOCK
THE HEART that KNOWS
TIDE on TANTRAMAR
WESTCOCK HILL
WINDSOR
THE POTATO HARVEST
THE SOWER
SONGS of the COMMON DAY
BY THE MARSHES of MINAS
Sir Charles G.D. Roberts
AFOOT IN ULTIMA THULE
Archibald MacMechan
ROCKBOUND
BLUE WATER
EVANGELINE
JACQUES ET MARIE
THE SHIPS OF ST. JOHN
Bliss Carman
HALIFAX
SAM SLICK
THE OLD JUDGE
Thomas Chandler Haliburton
THE FREEDOM of the PRESS
Joseph Howe, 1835

前頁
這份書籍地圖由威廉·狄肯（William Deacon）於一九三六年編製。其目的在於製作一份另類的旅遊指南，並證明加拿大的文學風氣盛行，地圖中收錄的書籍應有盡有，從西北的羅伯·塞維斯的詩篇，到普雷特（E. J. Pratt）的史詩鉅作紐芬蘭沉船《鐵達尼號》。

一幅描述真實地域的文學地圖，出現在一九〇二年，是插畫家福特（H. J. Ford）從半想像的鳥瞰角度，為詹姆斯·巴利《小白鳥》描繪的倫敦肯辛頓花園地圖。書中首次出現一個叫「彼得潘」的虛構兒童，他和花園裡的鳥兒、精靈一起生活，卻在某天帶領我們飛到另一座魔法小島（本書將在 80 頁對小島作描述）。那座花園在冥頑不靈的校長，皮爾金頓的教育主張威脅下黯然失色：他主張義務教育是所有渴望青春永駐的人的敵人。肯辛頓花園中，那個古怪的孩子幾乎未曾長大，且決心永遠保持原狀。彼得潘在巴利大獲全勝的舞臺劇首映中，同樣成功地首次亮相，然而七年後，他的冒險小說《彼得潘》才出版上市。舞臺劇首次介紹了「永無鄉」（the Never Never Land）——小說中變成了夢幻島（Neverland）——這裡居住著彼得和被丟失的小孩，以及天敵海盜船長虎克。夢幻島是從《金銀島》的荒島冒險故事中脫胎，但增添了獨一無二的仙境意象。有人說，這是種黑暗的心理扭曲。

根據彼得的說法，通往夢幻島最佳的路線是：「跟著右邊第二顆星辰直走，直到天明。」不過巴利又補充：「即使是鳥兒攜帶著地圖，躲在避風的角落裡查閱，也不一定能夠看見它。」初版的《彼得潘》並未附上地圖，只有貝德福（F. D. Bedford）繪製的人物角色戲劇化地形圖，不過此書從未缺少過地圖。關於彼得的創作經久不褪，商業價值與想像力一樣豐盛。夢幻島在電影、主題公園、卡通動畫和滑冰表演中不斷出現，不斷改良轉型。華特·迪士尼於一九六〇年讚嘆：「這本書裡有更多寶藏，比金銀島海盜的戰利品更精彩豐富！」

夢幻島中，所有有趣的小島都溫暖舒適且袖珍，並非我們熟知的幅員廣闊的大島。小島之間隔著漫長的冒險，卻又恰到好處地擠在一起。

——詹姆斯·巴利，一九一一年

巴利是在肯辛頓花園中與一群男孩玩耍時，腦中跑出這個夢想世界，而那些男孩也成為書中孩子的原型。一個想像世界就從他每日的生活中，誕生了。另一個也是從真實環境中發展出來的虛構世界，就在亞瑟·蘭塞姆的《燕子號與亞馬遜號》。這本書於一九三〇年初版，在書皮和襯頁中附有藝術家史蒂芬·史普瑞爾（Steven Spurrier）繪製的地圖。然而有趣的是，蘭塞姆覺得地圖還可以更好，於是在之後的冒險小說中自行繪製了地圖。此後，他的所有書籍都附上了他異想天開的卷首地圖，他用充滿異國情調的寶藏島點綴英國的風景。

一九四三年，馬爾柯姆·薩維爾（Malcolm Saville）將他第一部成功的「孤松」系列《巫極地的奧祕》（*Mystery at Witchend*），設定在什羅郡隆米恩德高原的山影中。他於一九三六年首次造訪此處。「孤松」系列的所有地圖，都出自薩維爾身為美術老師的同胞兄弟之手，但在書中的設定，是故事主角之一的大衛·摩頓想像出來的，意圖給予少年讀者一種特殊的氛圍。薩維爾是從戰爭爆發期間，開始創作他的第一本書《巫極地的奧祕》。他的孩子們撤離那片鄉野，而他則一直留守於家鄉。他將打字稿分章節寄給孩子，以求保持聯絡，並激勵他們。他之後描述道，是穿梭於米恩德丘、斯提波石和克里斯丘的家鄉古徑「吸引我和我的家人，一而再、再而三地返回」。它們是「慰藉，是靈感」，也是我「這個作家稍有成就的源頭」。事實上，數百萬的孩童們喜愛薩維爾的冒險故事，這些故事都設定在真實存在的地域，鼓勵著讀者們自行前往探險。

理察・亞當斯的《瓦特希普高原》於一九七二年出版，場景也設定在真實存在的地域：瓦特希普高原。那是英國南部漢普郡北方的一座山丘，就位於亞當斯成長地的附近。此書的地圖是根據英國陸軍地形測量局的版本，以虛線標記出兔子們的旅行路線（參見 118 頁）。從鄉野到城鎮，從真實世界到文學版，菲力普・普曼一九九五年的小說《黑暗元素》以及續集，提供了另類的幻想牛津大學城。約翰・勞倫斯繪製的普曼的平行世界地圖，於二〇〇三年《萊拉的牛津》（*Lyra's Oxford*）首次出版（參見 10 頁）。

下圖
馬爾柯姆・薩維爾《巫極地的奧祕》的卷首地圖，是由他的同胞兄弟大衛，於一九四三年繪製。故事裡，孤松祕社成員在山丘中遇上陌生人，而友善的鐸斯頓夫人出現異常行為，一行人才意識到有神祕不可解的事發生。

次頁跨頁地圖
《燕子號與亞馬遜號》的地圖。此書是亞瑟・蘭塞姆創作的第一個航行故事。此圖由戰爭藝術家史蒂芬・史普瑞爾於一九三〇年繪製。不過之後的書中地圖，皆由蘭塞姆自行繪製。

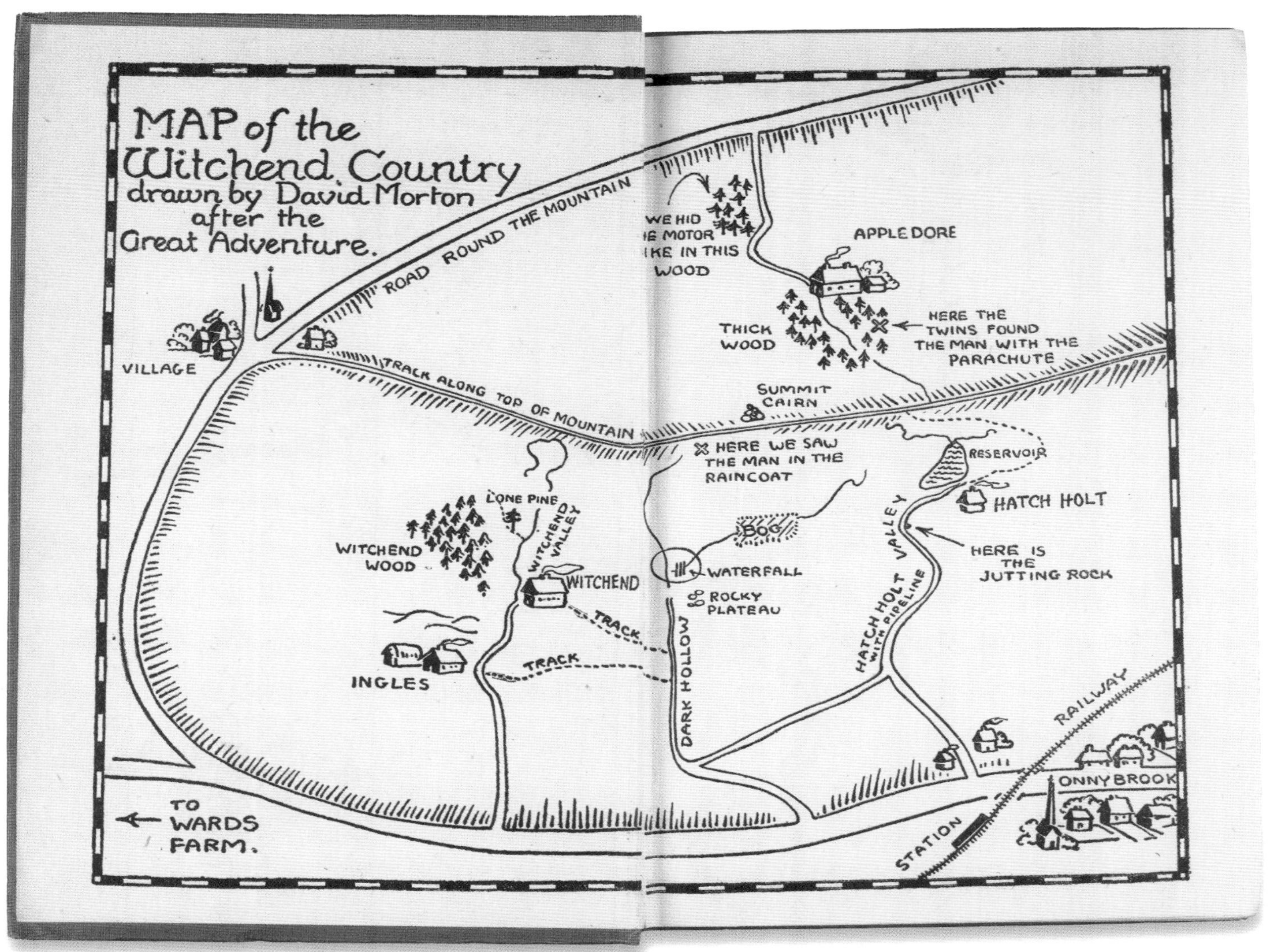

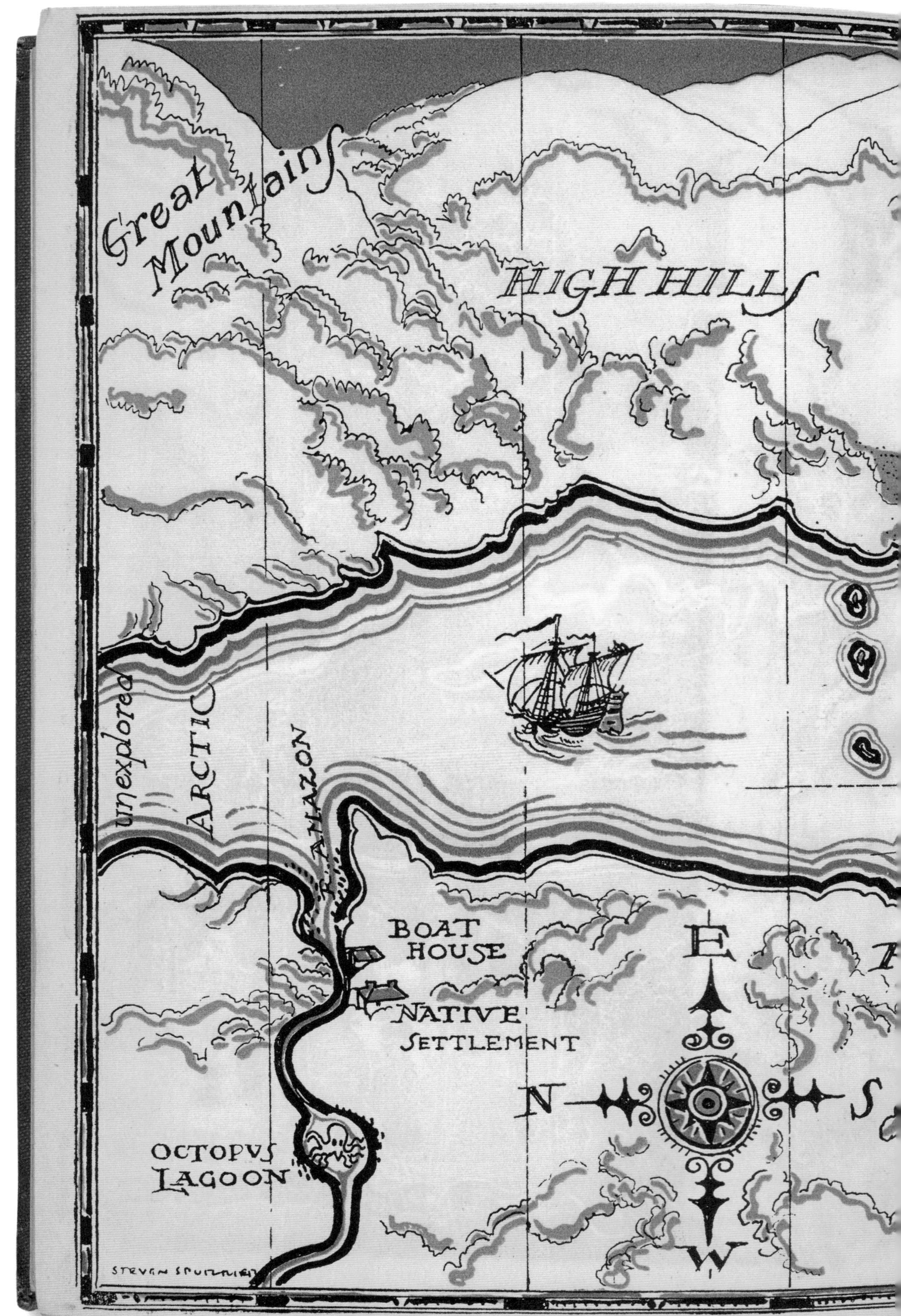
Great Mountains
HIGH HILLS
unexplored
ARCTIC
R. AMAZON
BOAT HOUSE
NATIVE SETTLEMENT
OCTOPUS LAGOON
E
N
S
W
STEVEN SPURRIER

HIGH HILLS
Forest
unexplored
Holly Howe
Native settlement
Dixons Farm
Native settlement
Savages
Darien
Houseboat Bay
Shark Bay
Wild cat island
Ant-Arctic
Cormorant island
Forest
Swallows and Amazons
HIGH HILLS

假使詹姆斯・巴利的夢幻島是英國最知名的童話國度，那麼換到美國，無疑就是奧茲王國了。法蘭克・包姆的小說《綠野仙蹤》於一九〇〇年出版，初版的插圖由威廉・華萊士・丹斯洛（William Wallace Denslow）繪製，但第一幅奧茲王國的地圖直到一九一四年的第八本《奧茲國的滴答人》（*Tik-Tok of Oz*）才附上，且是以翡翠城為中心——據說是由領巾蟲教授繪製。與之前的許多虛構世界一樣，此幅地圖也被大量採用。米高梅公司拿來推銷一九三九年的音樂電影《綠野仙蹤》；道格拉斯・史密斯（Douglas Smith）一九九五年將其重繪，作為格萊葛利・馬圭爾《女巫前傳》的卷尾地圖——此圖後來成為此著名音樂劇的帷幕。

許多文學地圖的成就，並非來自一般傳統地圖的符號和標誌，而是插圖式的點綴，以及有效的注釋和紅字標題。魯德亞德・吉卜林在一九〇二年《原來如此故事集》中，如此描述「犰狳的由來」的地圖：「這是紅、黑筆下，一幅精彩的混濁亞馬遜地圖。地圖除了頂端的兩隻犰狳外，與故事情節全無關係。」

> 精彩的部分，在於那些沿著紅線標記的路線，以及實地探險的人所經歷的遭遇。我著手繪製地圖時，原本打算畫犰狳，後來又想畫海牛、蜘蛛猴、大蛇和許多美洲豹，不過又覺得以紅色來繪製地圖和大膽的探險，會更刺激。

另一個帶著異域風情的地方，是「百畝森林」，也就是艾倫・亞歷山大・米恩一九二六年的《小熊維尼》卷首地圖。這幅地圖最令人印象深刻的，是童畫特有的天真和奇想，此圖是維尼的朋友克里斯多夫・羅賓所繪，並在此書插畫家謝培德小小的協助下繪成。「由我，在謝培德先生的協助下繪製完成。」此幅地圖的彩色版，由謝培德於一九五九年為《生活》雜誌倫敦區負責人諾曼・羅斯（Norman Ross）所繪。羅斯支付謝培德十二個金幣作為佣金。五十多年後，這幅彩色地圖在蘇富比拍賣成交價為四萬九千二百五十英鎊。此幅地圖的新修版由馬克・柏吉斯（Mark Burgess）重繪，展現維尼家的四季更迭，並趕在維尼九歲生日之際，隨著續集《全世界最棒的小熊》出版問市。

謝培德地圖的風格和技藝，經常呈現在讀者眼前，讀者也十分熟悉。一九三一年，他為肯尼斯・葛拉罕的《柳林風聲》創作了經典的卷首地圖，此書於一九〇八年出版（參見 242 頁）。此地圖最引人入勝的，就是它遊走於人類視角的真實地形，以及發生在森林、草原和河岸的小型動物劇之間。

最清楚文學地圖重要性的，莫過於 J. R. R. 托爾金了。他曾宣稱：「若你打算講一個複雜的故事，就必須先在地圖上下功夫，否則在故事產生後，就不可能繪製地圖了。」托爾金的理解是，文學地圖不止引導作者的創作，還能帶領讀者進入故事情節中，身歷其境地探險。也許你的虛構世界旅程始於手中矮人國王索爾的地圖——就如托爾金為他一九三七年出版的名著《魔戒前傳：哈比人歷險記》所繪的，以及卷首

吉卜林為他的《原來如此故事集》繪製了此幅地圖。他寫道：「從左下角開始，繞一圈後回到探險人搭乘忠虎號回家的點。」

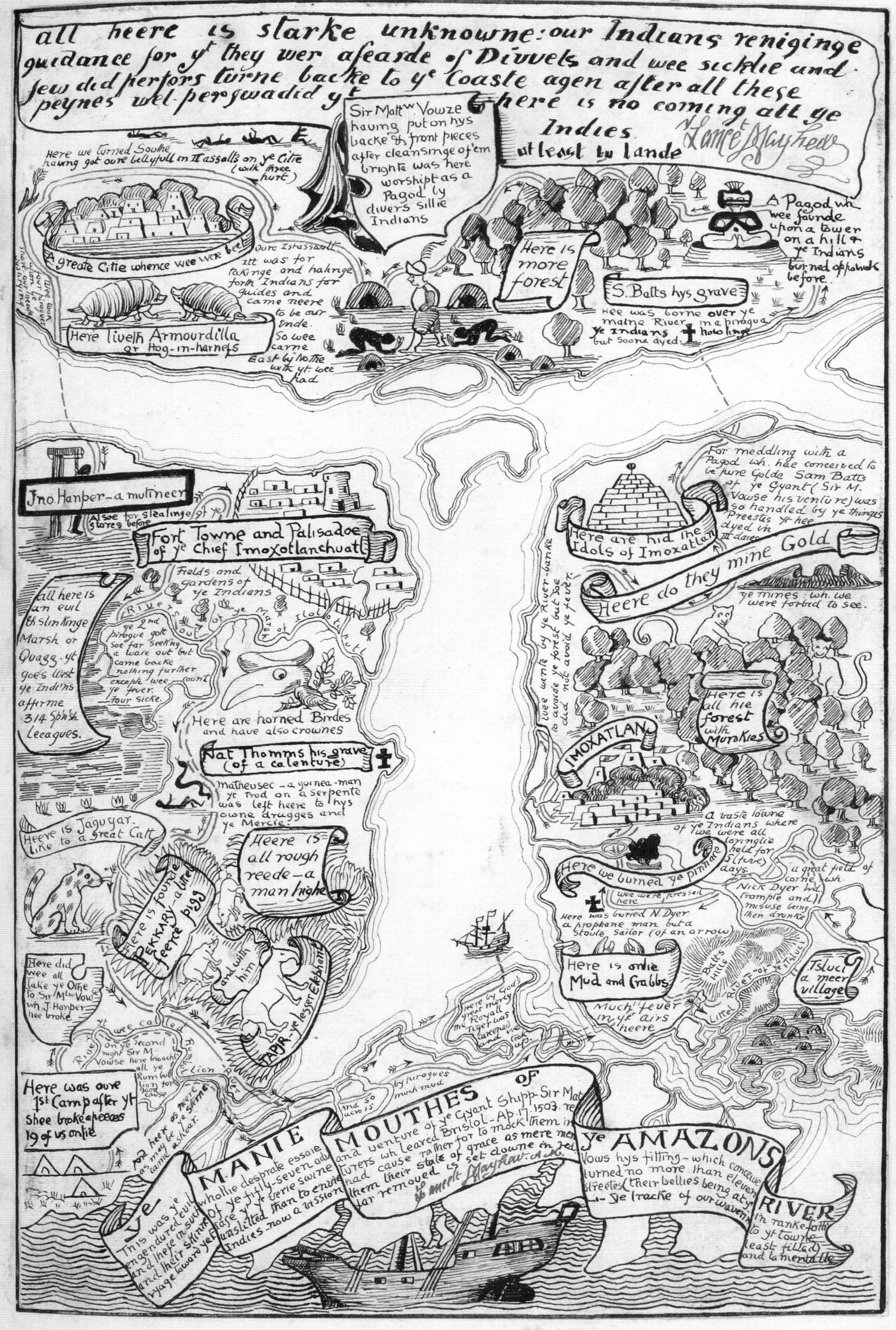

all heere is starke unknowne: our Indians reniginge guidance for yt they wer afearde of Divvels and wee sicklie and few did perfors turne backe to ye Coaste agen after all these peynes wel-perswadid yt there is no coming att ye Indies at least by lande
Lance Mayhew
Sir Mattw. Vowze hauing put on hys backe & front pieces after cleansinge of'em brighte was here worshipt as a Pagod by divers sillie Indians
Here we turned Southe hauing got oure bellyfull in II assalts on ye Citie (with three hurt)
A greate Citie whence wee were beet
Oure Istassault itt was for takinge and halinge forth Indians for guides and came neere to be our Ende. So wee came East by Northe with yt wee had
Here liveth Armourdilla or Hog-in-harness
Here is more forest
A Pagod wh wee founde upon a tower on a hill & ye Indians burned oppoluck before.
S. Batts hys grave
Hee was borne over ye maine River in a piragua ye Indians howlinge but soone dyed.
Jno. Hanper - a mutineer
Alsoe for stealinge of ye stores before
Fort Towne and Palisadoe of ye Chief Imoxotlanchuatl
Fields and gardens of ye Indians
all here is an evil & slinkinge Marsh or Quagg - yt goe's West ye Indians affirme 314 Spnsh Leagues.
ye 2nd pirogue gott soe far seeking a ware out but came backe nothing further excepte wee count ye fever. four sicke.
Here are horned Birdes and have also crownes
Nat Thomms his grave (of a calenture)
Matheusec - a guinea-man yt trod on a serpente was left heere to hys owne draugges and ye Mercie.
Heere is Jaguyar. like to a great Catt
Heere is all rough reede - a man highe
Here is founde Pekkary - a litel feerce pigg
and with him
Tapir - ye lesser Elephant
Here did wee all take ye Othe to Sir Mttw Vowze wh. J. Hanper hee broke.
Here was oure 1st Camp after yt shee broke a peeces 19 of us onlie
For meddling with a Pagod wh. hee conceived to be pure Golde Sam Batts of ye Gyant (Sir M. Vowse his venture) was so handled by ye thinges Preests yt hee dyed in III daies
Here are hid the Idols of Imoxatlan
Heere do they mine Gold
ye mines: wh. we were forbid to see.
wee were by ye River-banke to avoide ye forest but soe did not avoid ye fever.
Here is all hie forest with Monkies
Imoxatlan
A vaste towne of ye Indians where we were all lovinglie held for 5 (five) days.
Here we burned ye pinnace
a great field of corne wh. Nick Dyer did trample and misuse being then drunke
Here was buried N. Dyer. a prophane man but a stoute Sailor (of an arrow)
Here is onlie Mud and Crabbs
Much fever in ye airs heere
Batts Hills
Tsluci a meer village
ye Manie Mouthes of ye Amazons River

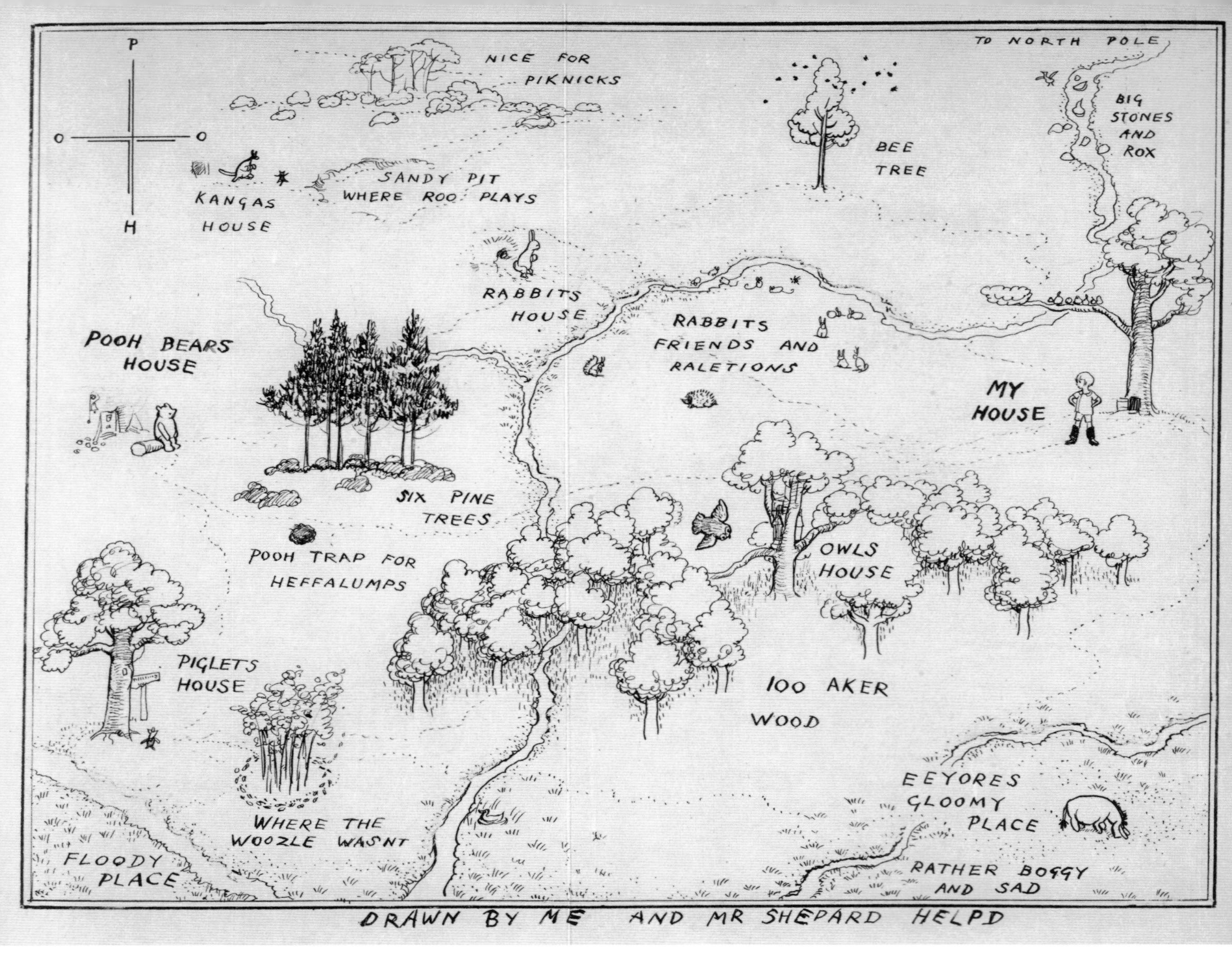

這幅知名的百畝森林地圖，是由謝培德為《小熊維尼》繪製，以真實存在的亞士頓森林為藍本。小熊維尼就在百畝森林中，沒頭沒腦地胡亂探險。除此之外，謝培德也創作了其他傑出插畫，從伊索寓言到肯尼斯．葛拉罕的《柳林風聲》。

的大荒原地圖。索爾的地圖是以古字符文撰寫，而大荒原地圖則是一頭真正的飛龍。它們是驅動故事情節的引擎。

《魔戒前傳：哈比人歷險記》是托爾金出版的第一部作品，隨後出版了三本篇幅更長的《魔戒》。這原本是他在一九三〇年代講給孩子聽的床前故事，上市後，讀者彷彿中了魔咒，為故事神魂顛倒，幾本書也不斷再版。許多現代藝術家前仆後繼地詮釋托爾金書中的世界，也有大量地圖被改成桌遊、周邊商品和粉絲創作，當然還有電影（見 159 頁）。不過其中，捕捉書中精華、詮釋得最淋漓盡致的，當數插畫家波琳．拜恩斯（見 158 頁）。數年來，她的中土大陸一直受人喜愛，被當作臥室牆貼畫；而它所詮釋的史詩故事更激發了無數的幻想曲——所有這些幻想作品全都與地圖交織在一起。

托爾金的朋友，C. S. 路易斯啟動了自己的故事周期，《納尼亞傳奇》的卷首地圖幾乎就已交代了故事的輪廓。拜恩斯又一次以顏料和墨水，將文學世界的輪廓呈現在讀者面前（見 145 頁）。她在一九五一年《納尼亞傳奇 2：賈思潘王子》中，展現出地圖視野的遼闊，而在《納尼亞傳奇 3：黎明行者號》中更甚。

過去二十年來，奇幻世界幾乎由一個人領導：喬治·馬汀。他無邊無際的奇幻想像始於一九九六年，並引領出一系列的電視影集《權力遊戲》（見 213 頁）。另一部充滿幻想的世界，應該是 J. K. 羅琳的《哈利波特》系列小說，此系列從一九九七年陸續出版。她的世界提供地圖製圖人無數的素材，特別要提她引進了內置衛星導航的地圖概念——「劫盜地圖」（見 154 頁），就如二〇〇四年為了電影《哈利波特：阿茲卡班的逃犯》創作的道具地圖。

每個新世代都有自己最受歡迎的文學地圖，在此絕不能錯過《高盧英雄傳》中的小小英雄。這個傳奇系列於一九五九年出版，至今歷久不衰。作者是勒內·戈西尼，插畫家阿爾貝·烏代爾佐，每個故事都由同一幅羅馬帝國其中一區的地圖展開，描述無畏的高

下方
波琳·拜恩斯為一九五一年的《納尼亞傳奇 2：賈思潘王子》繪製的納尼亞王國地圖。托爾金將她引薦給同事 C. S. 路易斯，從此她負責了所有納尼亞系列的繪圖工作。

下頁跨頁地圖
此圖以托爾金的故事情節為中心。這幅大荒原地圖，是一九三七年《魔戒前傳：哈比人歷險記》初版的卷首圖。此書是托爾金的第一本小說，首刷只印了一千五百本，卻占據國際暢銷書榜多年不墜。

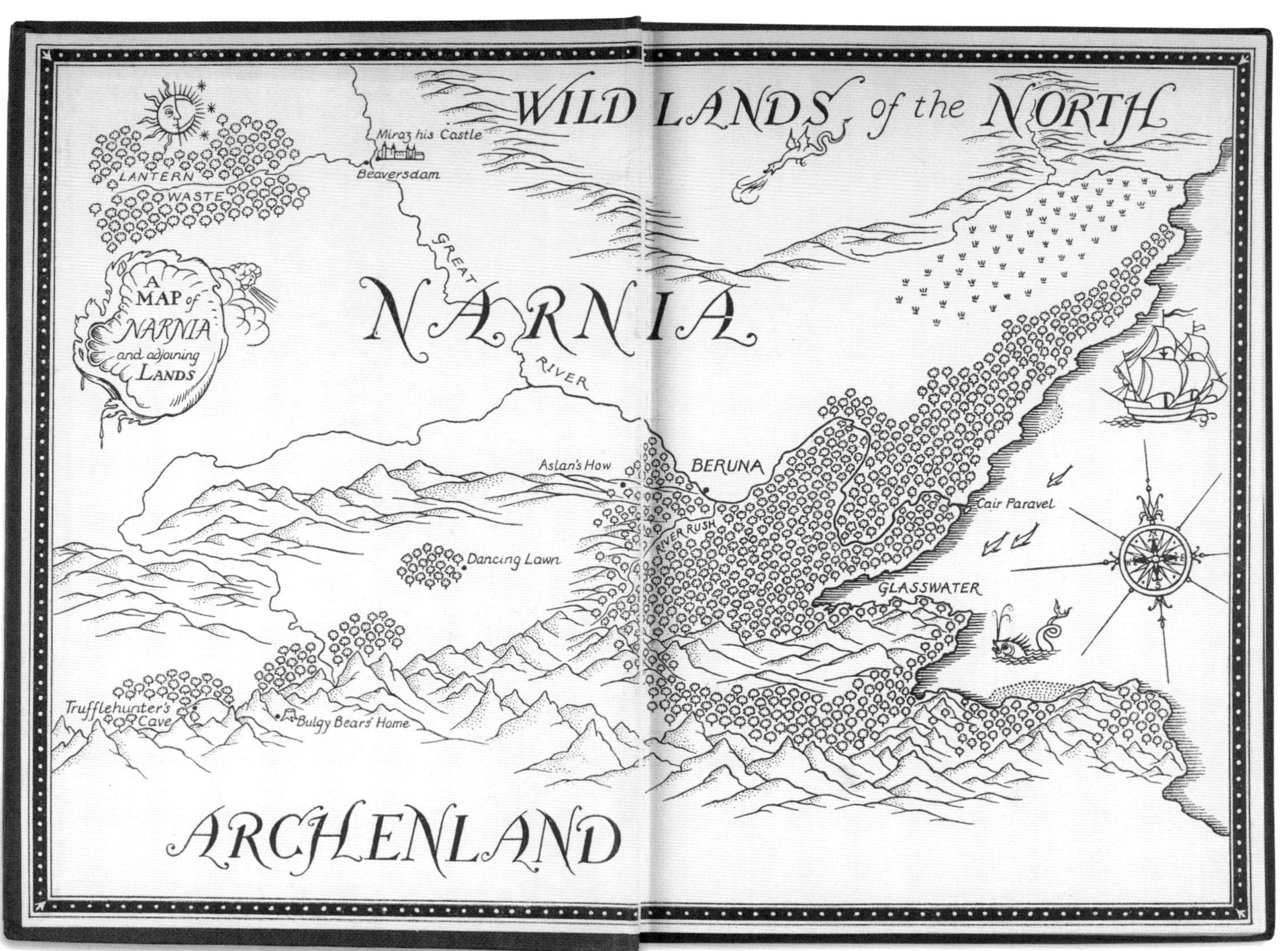

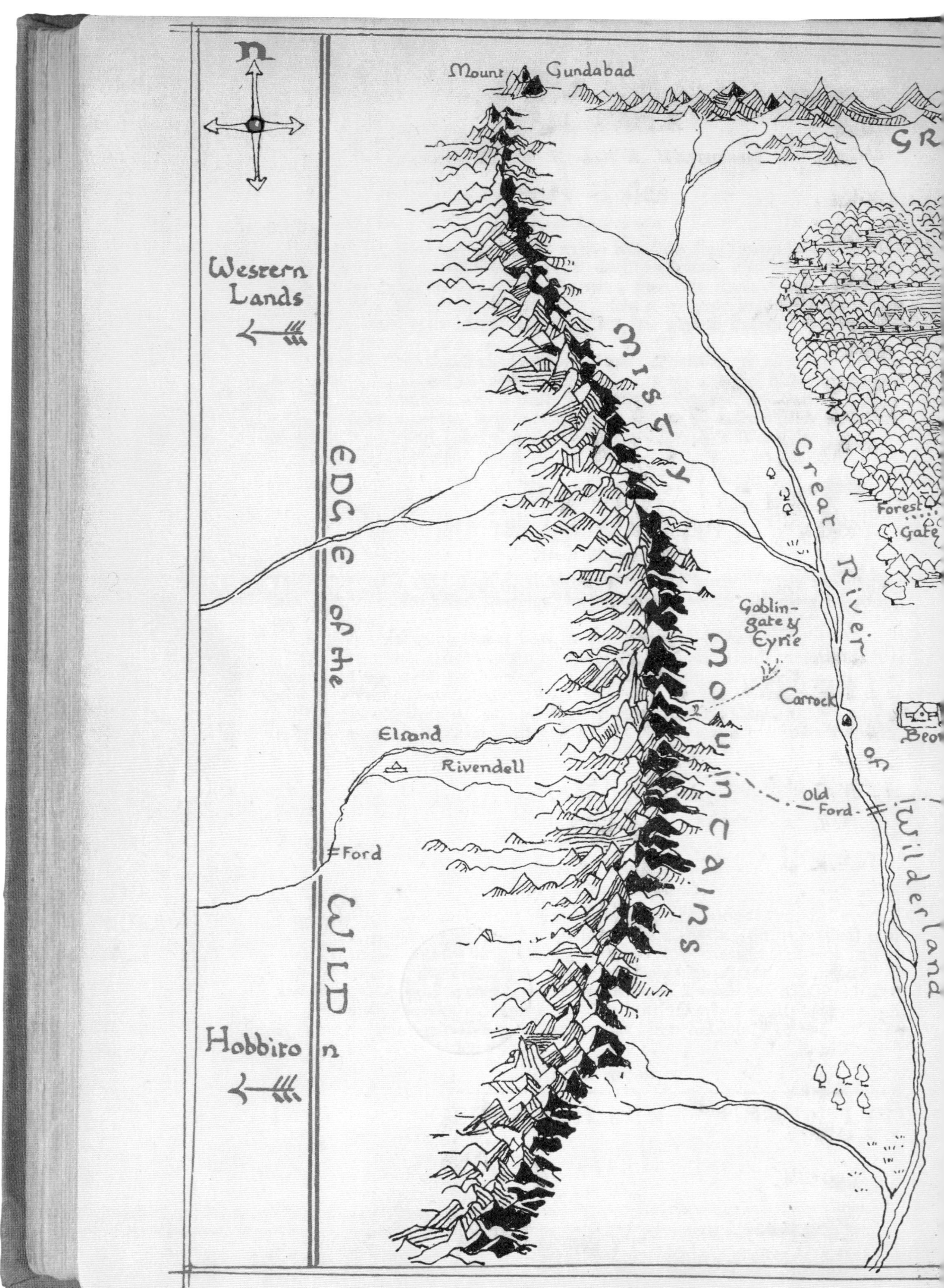

n
Mount Gundabad
Western Lands
EDGE of the WILD
Hobbiton
Misty Mountains
Great River of Wilderland
Forest Gate
Goblin-gate & Eyrie
Carrock
Elrond
Rivendell
Ford
Old Ford

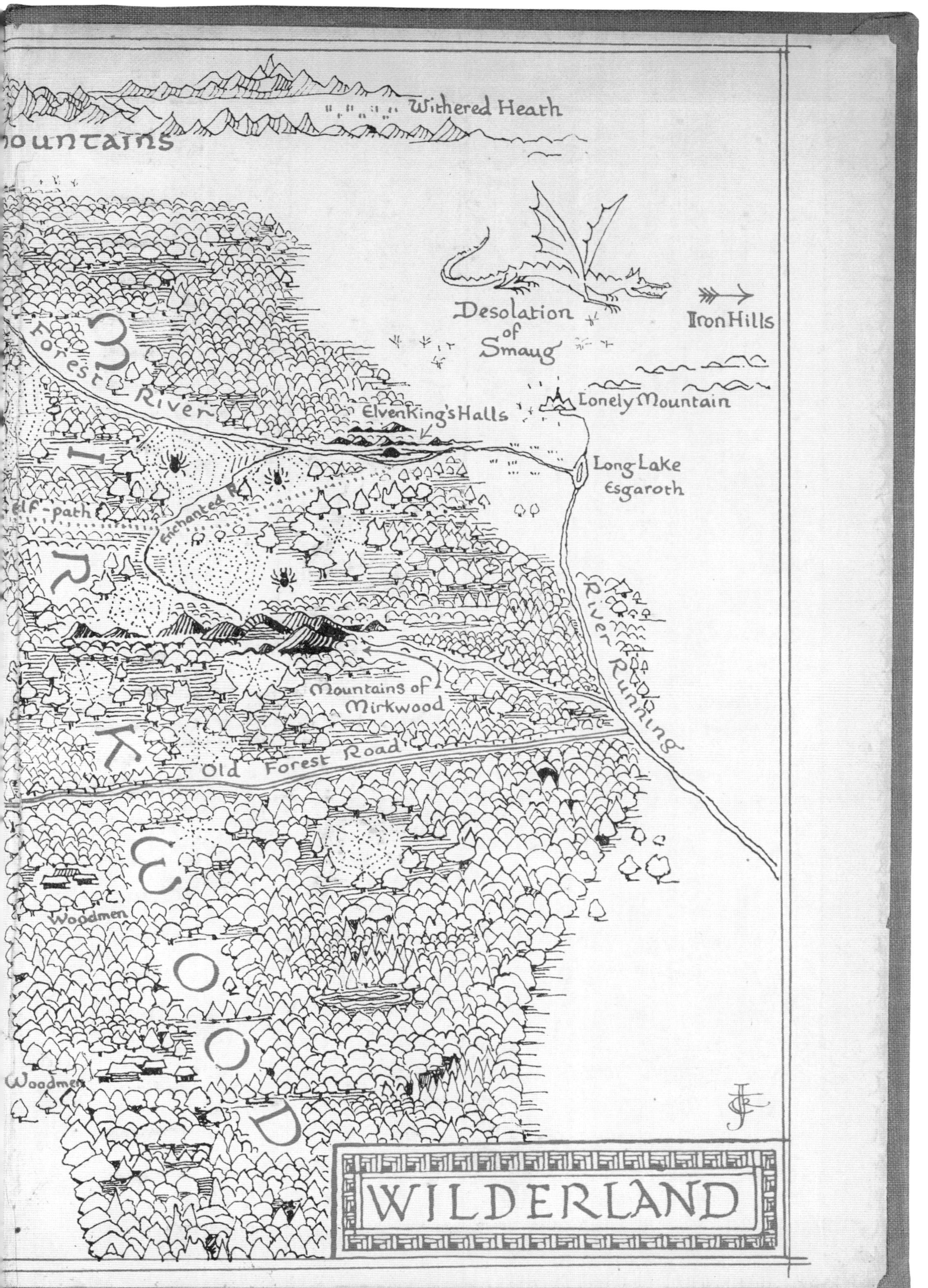

Withered Heath
ountains
Desolation of Smaug
Iron Hills
Forest River
Elvenking's Halls
Lonely Mountain
Long Lake
Esgaroth
elf-path
Enchanted R.
River Running
Mountains of Mirkwood
Old Forest Road
Woodmen
Woodmen
WILDERLAND

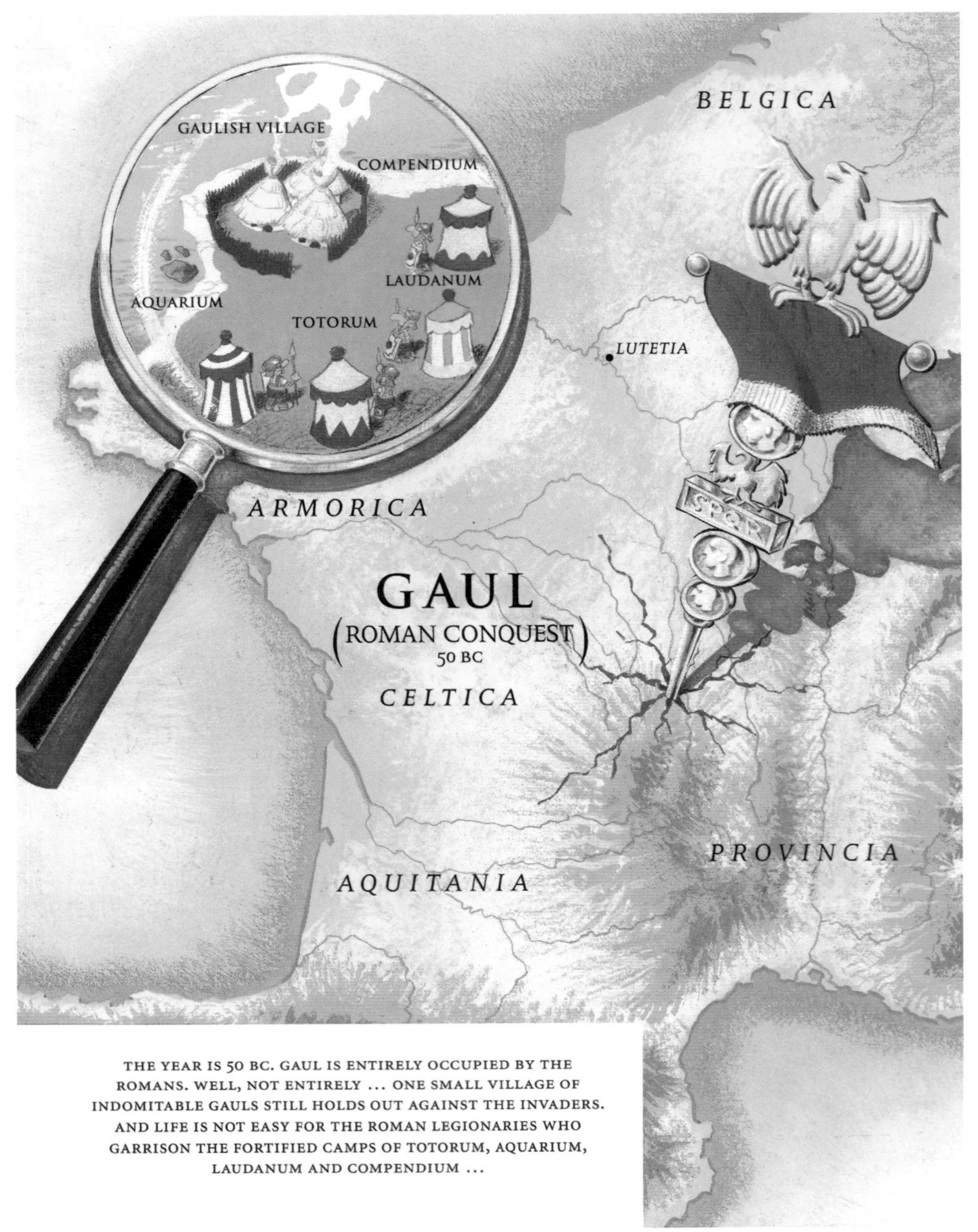
BELGICA
GAULISH VILLAGE
COMPENDIUM
LAUDANUM
AQUARIUM
TOTORUM
LUTETIA
SPQR
ARMORICA
GAUL
(ROMAN CONQUEST)
50 BC
CELTICA
PROVINCIA
AQUITANIA
THE YEAR IS 50 BC. GAUL IS ENTIRELY OCCUPIED BY THE ROMANS. WELL, NOT ENTIRELY ... ONE SMALL VILLAGE OF INDOMITABLE GAULS STILL HOLDS OUT AGAINST THE INVADERS. AND LIFE IS NOT EASY FOR THE ROMAN LEGIONARIES WHO GARRISON THE FORTIFIED CAMPS OF TOTORUM, AQUARIUM, LAUDANUM AND COMPENDIUM ...

盧人群起反抗入侵者。地圖的一角還有一個大大的放大鏡，聚焦並放大他們的村落。每次冒險都從這份紙地形圖中躍起，並且在不久的將來，這群勇士也會如羅馬人一樣離開家園遠行。

高盧勇士的每個故事，都始於此幅地圖：反抗入侵的勇士村莊的地圖。許多冒險都可以用一句歡呼概括：「灌下魔法藥水，暴打羅馬人，徹夜狂歡！」

企圖將這些世界串聯起來的任務，應該不歸於傳奇地理學家托勒密，或所有偉大的製圖者。但受世人敬仰的英國作家泰瑞．普萊契卻不這麼認為。沒錯，他就是「碟形世界」——世上描繪得最仔細的虛構世界——的發現者和紀錄人。不過，那也是一個難以捉摸的世界。普萊契創作的四十一本系列小說，全都包含一塊由四頭大象的象背平衡的平碟，四頭大象又站在一頭巨大的飛行龜背上。最忠誠的讀者必定是普萊契世界的觀光客，為了這些人，普萊契也於二〇一二年出版了《詳實的安科—莫波克市導覽》（*The Compleat Ankh-Morpork City Guide*），並附上詳盡的雙子城——安科和莫波克的地圖。此幅地圖不止展現一個世界，它的右側地圖向我們展示了一個想像力十足的世界。普萊契確實明瞭地圖的價值，卻又經常嘲笑想繪製出這些虛構世界的想法：

總之，什麼是虛構世界的地圖？不過是「有飛龍的地圖」而已；而在碟形世界中，到處都有飛龍。牠們不一定有鱗片和分叉的舌頭，卻又恰到好處，嘻嘻笑著向你促銷紀念品。

「碟形世界」系列小說始於一九八三年的第一本《魔法的色彩》（*The Colour of Magic*）。卷尾，也就是經常附上地圖的地方，有一句簡單的注釋：「你無法為幽默感繪製地圖。」這句話可以被解釋成：地圖沒什麼實用，但也帶領我們深思，並尋求最吸引人的地圖。在路易斯・卡羅的《獵鯊記》中，貝爾曼——艱險的捕鯊行程的船長——帶來了一幅大航海圖。

「麥卡托投影法的北極、赤道、回歸線、氣候帶和經線，有什麼用處？」貝爾曼如此呼喊；
而船員回應：「它們不過是老掉牙的符號！」

船員們繼續辯解：「其他地圖都用老掉牙的符號，畫著小島和岬角！但我們有勇敢的船長，
感謝他帶給我們最好的——
一幅絕對完美的空白地圖！」

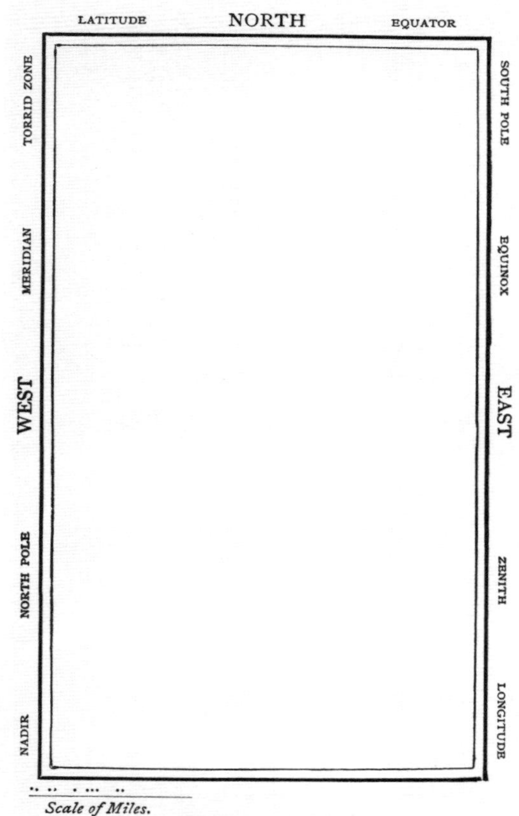

這或許是最好用的地圖？這是《獵鯊記》中貝爾曼的航海圖，由亨利・哈樂代（Henry Holiday）繪製。「他買了一幅巨大的航海圖／圖上沒有任何陸地／而船員們看到此幅地圖，十分興奮／因為他們都看得懂。」

閱讀地圖的方式五花八門，無論需不需要，地圖也許都能解你的燃眉之急，全看你想去哪裡。有時，地圖是混亂中的詩篇；在迷茫不解時，很可能就是愛上地圖的時刻。就如史帝文森所寫的：「懷著希望踏上的旅程，永遠比抵達目的地有趣。」沒有一幅地圖是完結的，而故事也持續在轉型，不斷反覆被講述，代代相傳。地圖只是想像出來的地形的一部分，是我們複述故事時的一個元素。

威尼斯修士弗拉．毛羅（Fra Mauro）約於一四五〇年繪製。此圖繪於兩公尺多寬的羊皮紙上，是現代世界地圖的先驅，以圖頂為南方。它質疑了以聖經為基礎的地理觀，主張展現旅人實地探勘而來的世界，譬如當時葡萄牙人在非洲的新發現。

泰瑞．普萊契的碟形世界由四頭大象托起，再立於一頭大海龜背上，並在宇宙中無止境地遨翔。這幅「地圖」為史提芬．布里格斯（Stephen Briggs）設計，史提芬．普萊爾（Stephen Player）繪製。

MAP OF THE COUNTRIES NEAR TO THE LAND OF OZ

NOLAND

KINGDOM OF IX

MERRYLAND

IMPASSABLE

SHIFTING SANDS

HILAND

OOLAND

GILLIKI

LAND OF OZ

MUNCHKIN COUNTRY

COUNTR

EMERALD CITY

LAKE

QUADLING COU

JINXLAND

GREAT SAN

MIFKETS

第二部

✷

描寫地圖

Isle of Pingaree
N
E
W
S
Track of The Magic Carpet
OOGABOO
Where the Nome Kings Tunnel was
DEADLY DESERT
RINKITINK
OCEAN
OF THE NOME KING
PHANFASMS
WHIMSIES
RIPPLE LAND
KINGDOM of DREAMS
GROWLEYWOGS
BOBOLAND
VOE
KINGDOM
VEGETABLE
YIPS
Where the Sand Boat crossed
W A S T E
COUNTRY OF THE GARGOYLES

第一步

我們的夢幻地

英國作家　克瑞希達・科威爾

我不知道你是否看過人腦中的地圖。
醫生有時會描繪出你軀體的其他部位，
你自己的地圖便會越來越有趣，
但若企圖畫出孩童腦海中的地圖，
不只令人迷茫，甚至只會不斷地繞圈圈，無濟於事。
那會是一條條之字形的曲線，就像你的體溫表一樣，
而這很可能就是夢幻島上的道路。
因為夢幻地或多或少就是一座島，隨處潑濺著繽紛的色彩，
有珊瑚礁，海面上還有奔放的藝術創作，有野人、獸穴、裁縫精靈，
有穿流過山洞的河流、王子，王子還有六個老大哥，
有快腐朽的小木屋，有鷹鉤鼻的矮小老太太。
若真有這樣一幅地圖，那將會是一幅簡單的地圖……
——詹姆斯・巴利，一九一一年

人類生來就是要探險。我們的本性就是要啟程、發現、命名；在命名之中，我們創作了一幅世界地圖，也得以在其中找到自己。這是我們基因的要素之一，是我們不斷受到地圖和航海圖吸引的原因，也是為什麼我們會出發，走向等待發掘的祕境。

我是在三歲時發現這點的。當時我父親的聲音平靜，但嚴肅認真。「一分鐘後發射……」那是一九六九年。我在父母的臥房，頭頂上是天花板，很高，難以觸及，比極地冰帽更白，有如一個禁地。沒人可以上去那兒，因為那是天花板，卻是一塊等待探索的區域，而人類屬於地板。天花板空無一物，無法到達。

阿姆斯壯的第一步感染了全世界，眾人齊聚一堂，為人類文明的進步自豪，而他的壯舉也將被複製。就在這裡，一個普通的倫敦宅子裡，被一個年僅三歲的女娃娃複製。那是一個關鍵時刻。「十……九……八……七……六……五……四……三！……二！……一！……發射！」

前頁
奧茲國的第一幅地圖，由約翰・尼爾（John Neill）繪製，附於一九一四年《奧茲國的滴答人》的卷首。

右頁
米拉弗菈・米娜（Miraphora Mina）為《彼得潘》繪製出此一想像力豐富的地圖。詹姆斯・巴利寫道：「這幅地圖正是孩童腦海裡的夢幻地。」且永遠是「或多或少就是一座島，隨處潑濺著繽紛的色彩」。

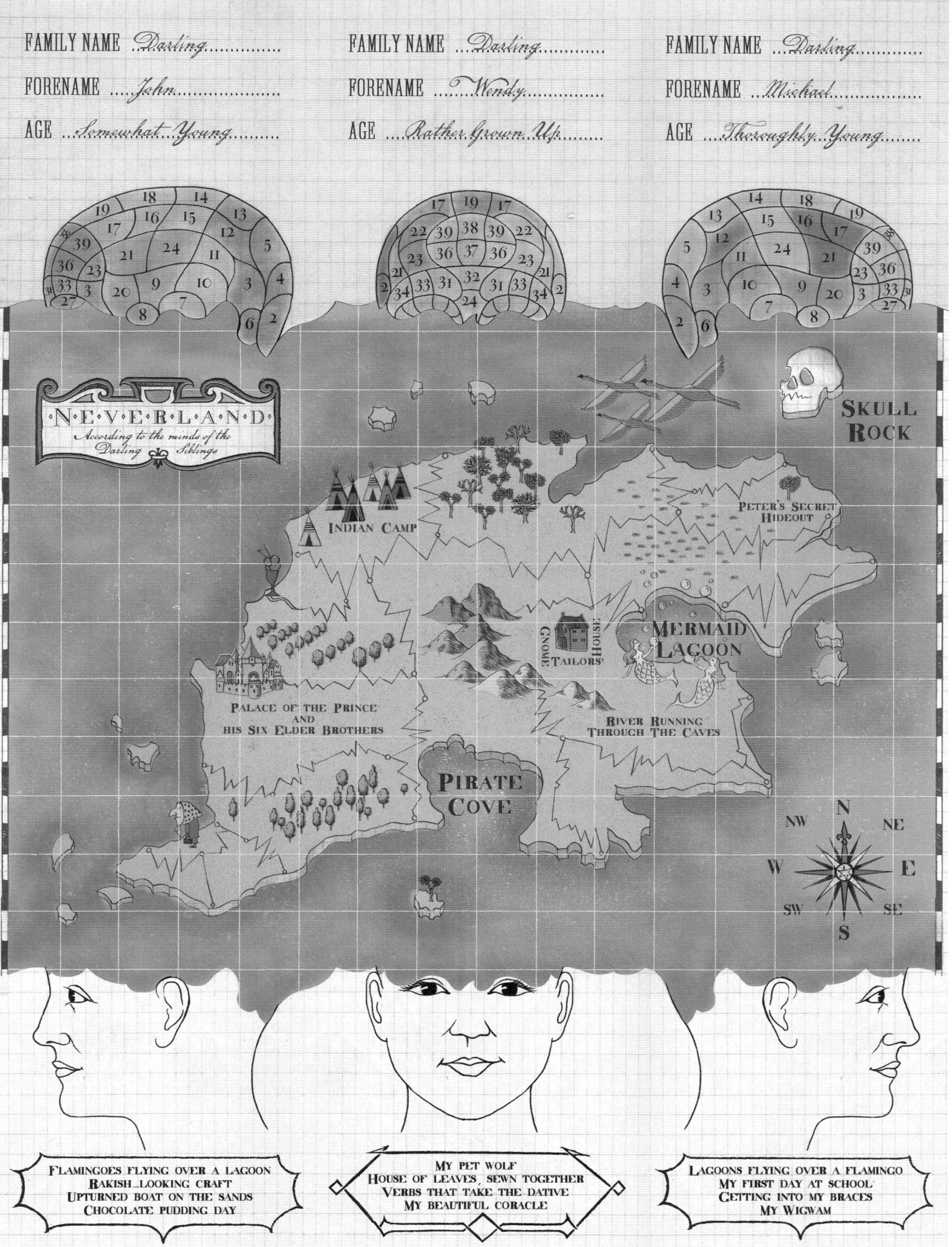
FAMILY NAME Darling
FORENAME John
AGE Somewhat Young
FAMILY NAME Darling
FORENAME Wendy
AGE Rather Grown Up
FAMILY NAME Darling
FORENAME Michael
AGE Thoroughly Young
NEVERLAND
According to the minds of the Darling Siblings
SKULL ROCK
INDIAN CAMP
PETER'S SECRET HIDEOUT
GNOME TAILORS' HOUSE
MERMAID LAGOON
PALACE OF THE PRINCE AND HIS SIX ELDER BROTHERS
RIVER RUNNING THROUGH THE CAVES
PIRATE COVE
N
NW
NE
W
E
SW
SE
S
FLAMINGOES FLYING OVER A LAGOON
RAKISH-LOOKING CRAFT
UPTURNED BOAT ON THE SANDS
CHOCOLATE PUDDING DAY
MY PET WOLF
HOUSE OF LEAVES, SEWN TOGETHER
VERBS THAT TAKE THE DATIVE
MY BEAUTIFUL CORACLE
LAGOONS FLYING OVER A FLAMINGO
MY FIRST DAY AT SCHOOL
GETTING INTO MY BRACES
MY WIGWAM

BRIDGE 14
LONDON Im.
Why don't you pull up?
Why don't you wake up?
LANCASTER GATE
THE WELL HOUSE
BUCKHILL GATE
THIS IS THE But hush! Port
QUEEN ANNE'S ALCOVE which of course is really PETER PAN'S SENTRY-BOX on wet nights.
Is that the Blue Bird, Mater?
A sight of Bayard's Watering Can
NORTH WALK
ST. AGNES'S WELL
Now where's that woodlouse crawled to?
LANCASTER WALK
THE FAIRIES' WATER GARDEN
PETER FOUND A CHILD'S PAIL HE THOUGHT IT WAS FOR SITTING IN. HE COULD SCARCELY GET OUT OF IT
HERE IS PETER PAN RIDING THE GOAT THAT MAIMIE GAVE HIM. Every night Peter rides around looking for lost children. If he finds a child he carries him to the little house he has over there. Is he not kind.
Even a worm will turn
Speke! Monument
THIS IS WHERE THAT CRUEL MAN CUTS THE SHEEP'S HAIR
The Lord Chamberlain
Queen Mab
The Doctor
The Duke of Christmas Daisies
Brownie
BUDGE'S WALK
Who said "Cowardy, cowardy Custard"
There is a statue of PETER PAN standing here to this day. It was designed by the fairies Master Sculptor Reginaldo
They are having their portraits painted after their weddings by Maresco, the Futurist.
Stephen Matthews and from their perambulators
PETER, YOU SEE, HAS REACHE GARDENS AFTER HIS BR The Fairies, at first, did not welco you may here see them brandish leaves at him (the specially pric and – but you really must read story of "PETER PAN IN KENS GARDENS." Mr. Hodder or Mr. Stou would be frightfully pleased to give no sell – you a copy.
THE GUARDIAN OF THE GARDENS
THE ROUND POND
THE FIRST THING THAT PETER DID WAS TO LIE ON HIS BACK & KICK
Some of the boats which real boys sail. Poor Peter did not know.
PETER PLAYING AT HIS GAME OF BOATS
OUND POND
Call yourself a pigeon!
MAIMIE MANNERING'S LITTLE HOUSE IS ALL BUT FINISHED But she does not know that 'cause she's asleep.
SERPENTINE BRIDGE
PETER SAILS TOWARDS THE DELECTABLE GARDEN The tiny thrushes built as you see, (all his night-gown
RICKET PITCHES
I'm going to bowl!
Touch last!
PETER WENT TO SLEEP ON THE WEEPING-BEECH
REFRESHMENT ROOM
Say PLEASE
A BAND OF WORKMEN WERE CUTTING DOWN A TOADSTOOL
PICNIC STREET
Well, why not
Thumb
THERE WERE TWO FAIRIES STROLLING ALONG, WITH THEIR ARMS ROUND EACH OTHER'S WAISTS
WALK
LOLLING ON A CHAIR READING A POSTAGE STAMP
A MILKMAID TURNED HER PAIL UPSIDE DOWN TO HIDE IN WHEN SHE SAW PETER
ROTT
Whether the weather be cold, Whether the weather be hot, Whether the weather be dry, Whether the weather be not; We must weather the weather, Whatever the weather, Whether we like it or not.
THE GOLDEN PRINCE WHO MARRIED THE BABY QUEEN
Coalbrookdale Gate
QUEEN'S GATE
NOTICE This Gate is opened at 5 A.M. and closed at P.M.
ALEXANDRA GATE
Can't you stop, conductor
My hat is almost off What a breeze.
PRINC
KENSINGTON ROAD
I've fallen off!
KENSINGTON GORE
Its the worst of them tiles
Nothing like a PIPE!
'JOHN' IS MY NAME
PARK GATE
THIS IS THE GOLDEN WEDDING CAKE; (Albert-Hall marked) THE FAIRIES'
What a nice morning

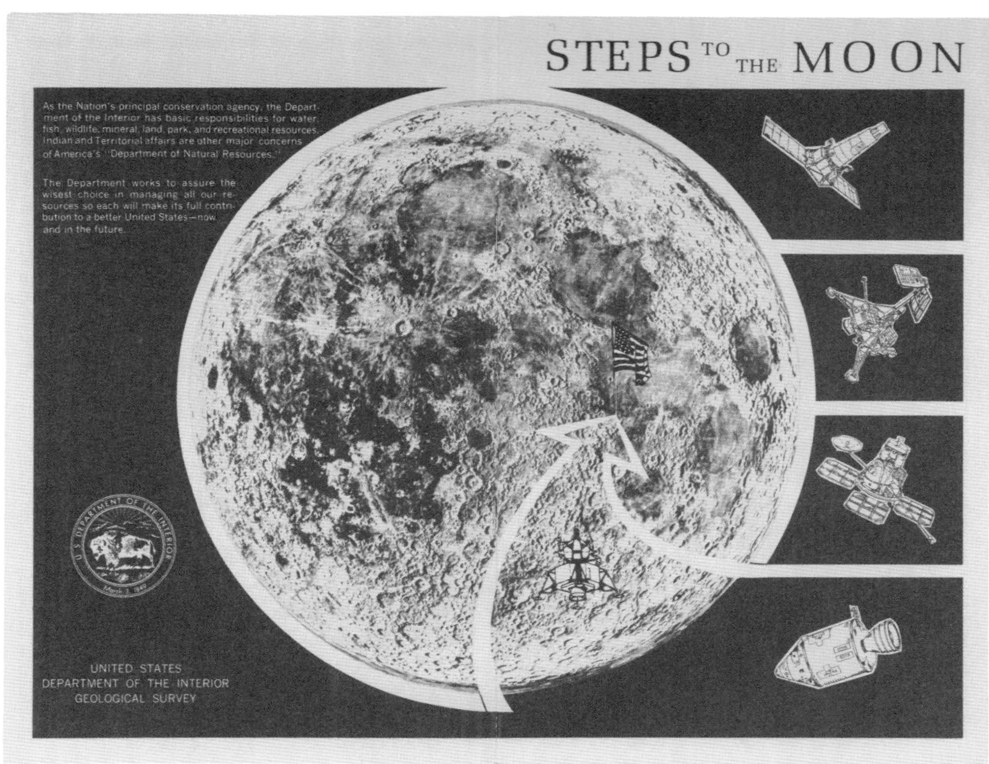

為了一九六九年阿波羅十一號的登月計畫，美國太空總署的百餘人小組將上千張照片拼湊成這幅月球地圖。

左頁
地底電力鐵路公司委任麥克斯．吉爾（Max Gill），於一九二三年繪製了這幅彩色的「肯辛頓花園的彼得潘地圖」。此幅地圖將奇幻想像融合進真實世界中，目的是為了娛樂正在等車的乘客。

我發射了，沖向高空，小小的手指搆向高不可攀的目標，上升，上升，上升，我突破了自己的極限。我害怕，但我行動了，我碰觸到天花板……看不見的群眾激動歡呼。我凱旋而歸，安全地回到床上和地面。從此，我的整個童年只要看見那個小小的、自己留在天花板上的印記，總是自豪不已。那是一個登上月球的三歲小孩留下的髒指印。由此也不難明白，為何那趟月球登陸會引起父親的興致。畢竟，當全世界的祕境都被發現、被命名，被畫上地圖，當人類登上了聖母峰、在北極立下旗杆，當尼羅河的源頭被找到，探險家還能去哪裡？我父親是個商人，但心底深處卻是個探險家。他一輩子從事環保工作，曾擔任皇家鳥類保護協會和皇家植物園的主席。最初驅動他的兩個動機似乎有些矛盾：一是想搞清楚我們身處何方，二是想要迷路。

四年後，一九七三年，我們在西薩塞克斯的查爾頓森林中健行。父親帶著一幅陸軍地形測量局的森林地圖，那是他的收藏品之一。他自豪地宣布：「我們迷路了！」然後他轉過來面對我，堅定地、壓低聲音學著熊的咆哮：「這座森林裡有熊……」

父親並無意嚇唬我，只那是一個令人遺憾的副作用。父親喜歡熊，若是千萬年前在英國漫遊的最後一頭熊在當下衝了出來，他絕不會害怕，而是無比地激動。他可能認為他給了我一個可愛的禮物。他是成人，知道熊在南部丘陵早已絕跡，但我那時年幼，真的相信森林裡有熊，真的相信。我在幽暗寧靜的森林中四處張望，而父親令人信服的熊嚎激發了我七歲的想像力，此後，無論再多的理智都無法將熊趕出我的腦海。

父親就如彼得潘一樣，在沒有父母的養育下成長。二戰期間，他、兄弟姊妹和兩個保母被疏散到美國的長島。他六歲時回到倫敦，目不識丁，卻學到了豐富的鳥蛋知識，還有對島嶼滿滿的探險熱情，這些陪伴了他一輩子。人類完成登月壯舉時，他正在倫敦工作，卻設法買下蘇格蘭西岸一座無人居住的小島，好讓自己能繼續迷路。於是我的童年就像那些「心肝寶貝」一樣，在倫敦和夢幻島間來回移動。我是從幾幅喜愛的書裡的地圖認識倫敦的，比如《保母包萍》，我們在那裡的生活，與書中的班克斯家孩子沒什麼兩樣。

但我們的夢幻島卻是另一回事了。那座小島，小巧到站在島的最頂端就能看到環島的海水。它只是天氣惡劣的赫布里底海中央，一座多風多石楠的大岩石。島上什麼也沒有，沒房子，沒商店，沒電沒電視。我還是嬰兒時，我們一家人會乘坐當地的漁船上島，兩個星期後再被接回本島。小島上沒電話線，沒廣播訊號，無法對外聯絡。

我九歲時，我們已在島上蓋了一棟房子，也有自己的小船可以捕魚為食。從此，每年的春夏，我和父母、姊姊艾蜜莉、哥哥卡斯伯都會在島上度過。我們像野孩子一樣在島上亂跑，乘船出海。那是一九七〇年代，當時照顧孩子的觀念，是打開大門說：「去玩吧，孩子，肚子餓了就回家吃飯，小心別掉下懸崖……」過往就像另一個國度，當時的觀念和生活方式都與現在截然不同。

那裡的夜晚漆黑無比，伸手不見五指；暴風雨來襲，在小石屋外圍狂風呼嘯。我總認為屋後的山丘像是隻睡龍的背部，總擔心那些呼嘯聲是不是驚醒的睡龍；如果牠晃倒背上的石塊，該怎麼辦？

雨天時——畢竟這是蘇格蘭啊——我就把家裡的童書都拿出來閱讀，再把大部分大人的書都讀個透。我的母親是個藝術家、雕刻家，在島上幾乎都在畫花花草草，這自然也影響到我們孩子有樣學樣。我成為了作家和插畫家，姊姊是地圖繪製師，哥哥是哲學教授，這些都不是突如其來的。地圖、書本和畫畫，對我們的影響甚鉅。小石屋的牆上貼滿了海圖，好讓我們了解海域，以免乘船出海時撞上附近的石礁。我們有無聊的自由，而無聊對於創意相當有益，因為它能逼你動腦自娛，找事來做。

我經常把腦海想像出來的世界畫成地圖，並為它們寫故事。我受到夏綠蒂·勃朗特三姊妹的啟發，想像自己漂流到小島上，或住在約克夏荒原中的教區長宿舍中。勃朗特三姊妹小時候會為自己的祕密基地和躲貓貓的地方繪製地圖，並為它們寫故事，就寫在漂亮的小書中。那些字小得像是老鼠寫的，本身就充滿魔力。稍長後，我開始為自己的書畫地圖，比如《馴龍高手》，以及近期的《昔日巫師》，我重蹈了孩童時期的第一步。

地圖，能幫助虛構的世界真實化。當我們在漂亮的謊言裡添加更多細節，有

P. L. 崔弗絲的「保母包萍」系列，有許多是由瑪麗．謝培德所繪，她的父親就是為《小熊維尼》繪圖的 E. H. 謝培德。即使故事背景設定在倫敦，班克斯家的孩子仍上演了幾段非凡的冒險。

更多事實作為基礎，謊話就更像真話——對你和你的讀者都是。人類對時空十分有概念，即使我們自己不自覺。所以當我一畫出博克島的地圖，就清楚知道從毛霍里根村莊到港灣要多長時間，我可以讓小嗝嗝世界裡的時間前後一致。奇幻故事越能在時空裡扎根，可信度就越高。

一幅地圖也可以驅動創意，啟動一個故事。繪製地圖，是一個與你的潛意識溝通的好方法。身為作家，我認為在不清楚寫作方向的情況下動筆十分重要，迷失方向是創作過程中的關鍵。你的意識層擁有的資訊有限，所以你必須敞開心胸，讓自己有機會接受潛意識層冒出來的建議。你的大腦比你聰明多了，假如你只使用意識層作為引導，就阻隔了自己將不可能變為可能。我在繪製虛構的世界時，潛意識層會指引我方向，即使我自己都不清楚自己要往哪兒去。

即便我後來長大了，我仍繼續在文字和世界之間玩耍。《馴龍高手》寫的

夏綠蒂・勃朗特於一八二六年想像出這個虛構的世界。而她的弟弟布蘭威爾，為她繪製了這幅安格利亞地圖，其中包括了祕密基地和猴子地。

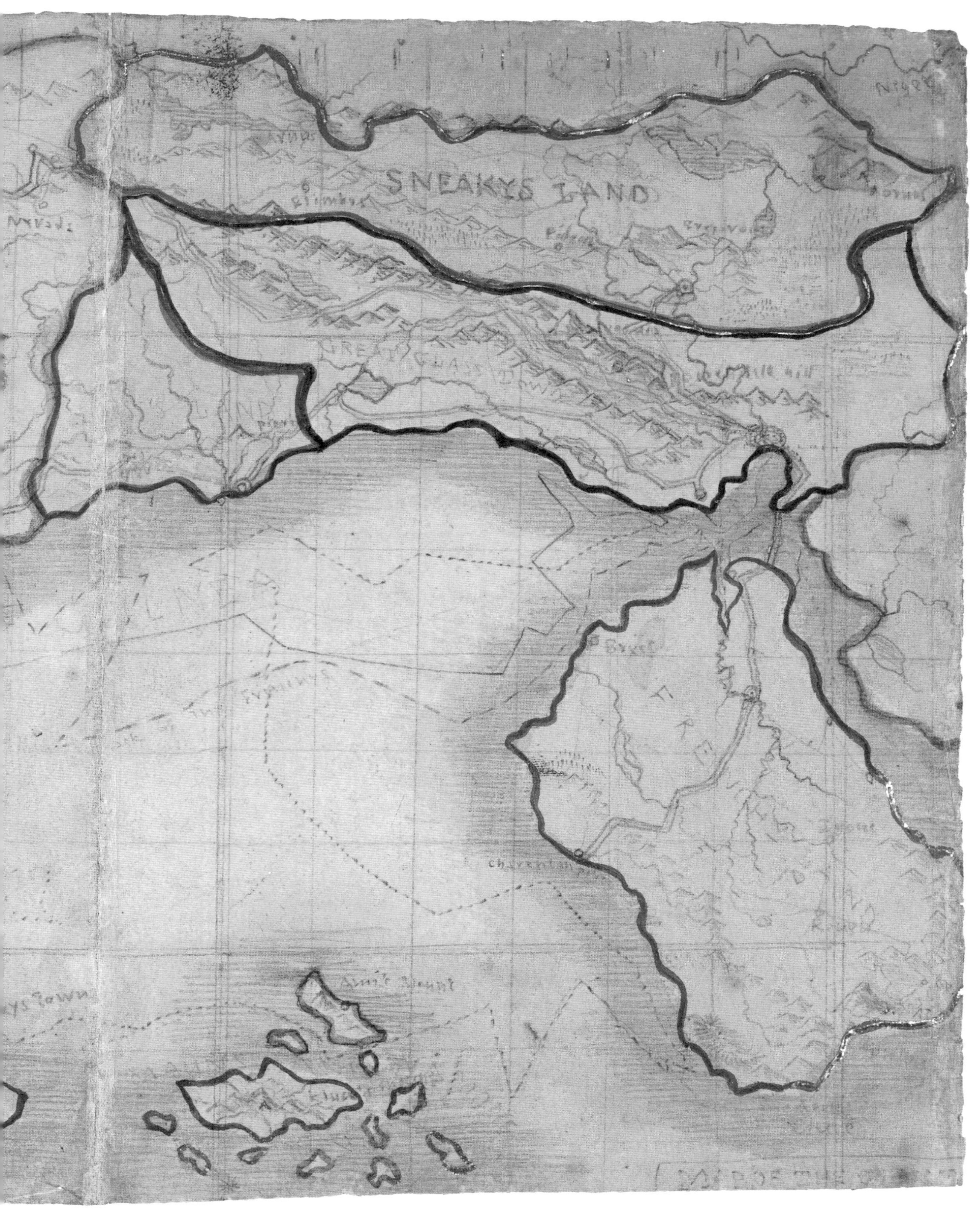
SNEAKYS LAND

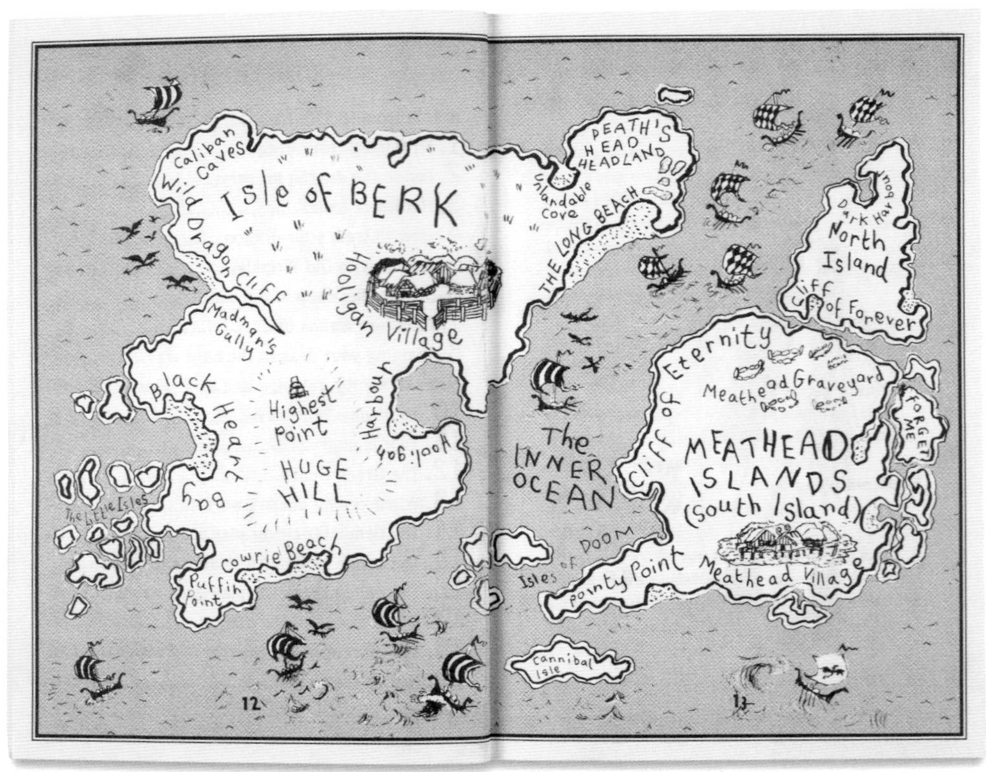

是父輩們、成長、飛行、小島和一個帶著鐵鉤的壞蛋，彼得潘也是。這是我意識層的企圖嗎？是我刻意為之的嗎？不，不是。看看我的童年，會覺得順理成章嗎？是的。詹姆斯・巴利筆下的夢幻島活在每個孩子的腦袋瓜中，是所有影響和圖像縫合在一起的地域，且不斷在擴大變化，就如記憶一樣「不會靜止不動」。

我自己的地圖，曾是我腦海中的地圖，再經過我讀過的作家的地圖和故事渲染：娥蘇拉・勒瑰恩、法蘭克・包姆、黛安娜・韋恩・瓊斯、P. L. 崔弗絲；傑弗瑞・威藍斯（Geoffrey Willans）與羅納德・塞爾（Ronald Searle）無數的莫爾斯沃思（Molesworth）意外冒險；還有羅伊德・亞歷山大、艾爾文・布魯克斯・懷特和特倫斯・韓伯瑞・懷特；寶琳・克拉克（Pauline Clarke）的《十二小人和吉尼》（*Twelve and the Genii*）、詹姆斯・賽伯（James Thurber），以及其他許多作家。我的地圖也與我曾玩耍的地方糾纏在一起。赫布里底群島的海洋荒原、薩塞克斯南部丘陵的石灰石和森林，以及東英格蘭狂風大作的沼澤溼地。有許多十分古老的地域早有人類定居，而他們的故事太過古老，就算在那片山坡上遇到一兩個漫步的羅馬士兵，或有一艘維京船沿著海岸南航，都令人覺得理所當然。

《馴龍高手》的故事始於博克島。作者科威爾說：「地圖協助我的世界成形，於是我知道如何讓故事人物上到野龍崖，或無法降落海灣。它們聽起來像是美麗的石崖、險惡之地，對吧？」

右頁
這幅地圖大約是一〇二五年，於坎特伯雷繪製，其中包含了已知最早的英倫島群像，就在地圖的左下角。兩個小人可能代表羅馬人撤離後，薩克遜人擊敗了不列顛人。

Hic abundant leones
Gentes. xl. iii
flumen
India in qua sunt gentes xliiii
media
arabica deserta
Aracusia
Siria
arabia
eudemon
mons sina
mesopotamia
chaldea
mare caspium
hiberia
moabite mons fasga
commagena
Albanorum
cesarea philippi
Antiochia
trib. dan
effraim
tribus zabulon
galilea
iericho asser
ebron
neptalim
penta polis
cappadocia
cilicia
mons olimpus
Asia minor
ephesus
Ierusalem
Alexandria
Tracia
macedonia
Danubius fluvius
hunorum gens
pannonia
Barbaria
Histria
Roma
Luna
cartago magna
Brittannia
Hibernia
Hispania citerior

地圖驅動著故事前進。這兩幅地圖協助我們的英雄找到遺失的珠寶，對情節十分重要。「小嗝嗝翻過地圖一看，卻是一片空白……但他用毒龍的毒液搓揉一下，線條漸漸浮現。飛龍叛亂就此平定！」

赫布里底群島曾受到維京人的掠劫，也曾有維京人定居於此。如此這般，我們曾在那座蘇格蘭小島上的廢屋中玩耍，而那些廢屋很可能就是維京人留下的。試著想像一下：如果變成一個維京人，會發生什麼樣的事？多麼有意思啊，因為維京人太幸運了，有幸生活在一個尚有許多空白的世界中。那時，有許多海路是從更古老的年代就留下，且經過一代代人走過的，但維京人去了冰島、格陵蘭和新世界美洲。

想像一下，你鼓起勇氣揚帆出航，沿著海岸線航行，是第一個轉舵朝未知領域而去的人，第一個望見未知小島的輪廓，在陌生的海灘上留下第一個足印。維京人相信世上真的有飛龍，若你在海邊待過很長一段時間，你就明白為什麼了。我們的漁網曾捕過一群巨蝦，父親向當地漁民詢問牠們為何物，得到的回覆是：「我在這裡捕魚三十年了，從沒見過這些東西。」對一個孩子來說，這件事意義巨大。假使深海中住著連大人都不知道的生物，那他們也可能不知道飛龍吧？

在整個人類歷史中，飛龍一直代表著野蠻荒原，而我們也一直努力想要掌控我們的生存環境。但飛龍也代表龐大的未知領域，「這裡有龍」表示未知的海域。我們人類自以為聰明，只因為我們能蓋摩天大樓，為叢林和大山命名，但地殼只要抖動一下，就能將我們的大樓震得四分五裂；臭氧層只是破了一個小洞，大海就足以淹沒我們的都市。

我的新系列《昔日巫師》的地圖，是受到一個比維京人還早的英國先人所啟發。在萬物體系中，維京人的歷史算是相當近代。不久前，在東英吉利的沼澤地，一整座村莊的高腳屋遺跡被發現，初步估計約為三千年前的遺物。在薩塞克斯，我們經常玩耍的那座山丘叫作「精靈山丘」，因為山丘上有無法解釋的土墩堆，但我不清楚這是不是它的正式地名，只是我們都這麼稱呼它。而我們經常玩滑草的特朗德山丘附近，曾是鐵器時代的丘堡[3]。在那些白堊山溝、岩石和草墩之下，有什麼仍在沉睡中？大人們不見得能回答一個好奇孩子的提問，著實令人興奮。

十二世紀，一位歷史學家如此寫道那座英國小島的遠古過往：「那座島的島名當時是阿爾比恩……是一座被西海環繞的小島，為巨人所占據。」有誰能說那位歷史學家是錯的？假使像故事所說的，巨人真的昂揚在阿爾比恩的原始森林中，假使真的有女巫從每枝空心的樹幹向外張望，真的有好精靈和壞精靈在打仗；牠們閃著星光，成群結隊或落單穿行過黑夜，就像「巫師與戰士」遊戲一樣？假使森林中仍有熊呢？看到故事的起點了嗎？就像所有好故事一樣——發問。

作家的工作，就是抓住孩子愛發問的天性。我所有關於飛龍和女巫的小故事書，其實都在發問，比如：我們生存在什麼樣的世界中？宿命論或是自由意

3. 丘堡（Hillfort）：一種土方工程，用來加固避難所或防禦定居點，通常誕生於青銅和鐵器時代的歐洲。

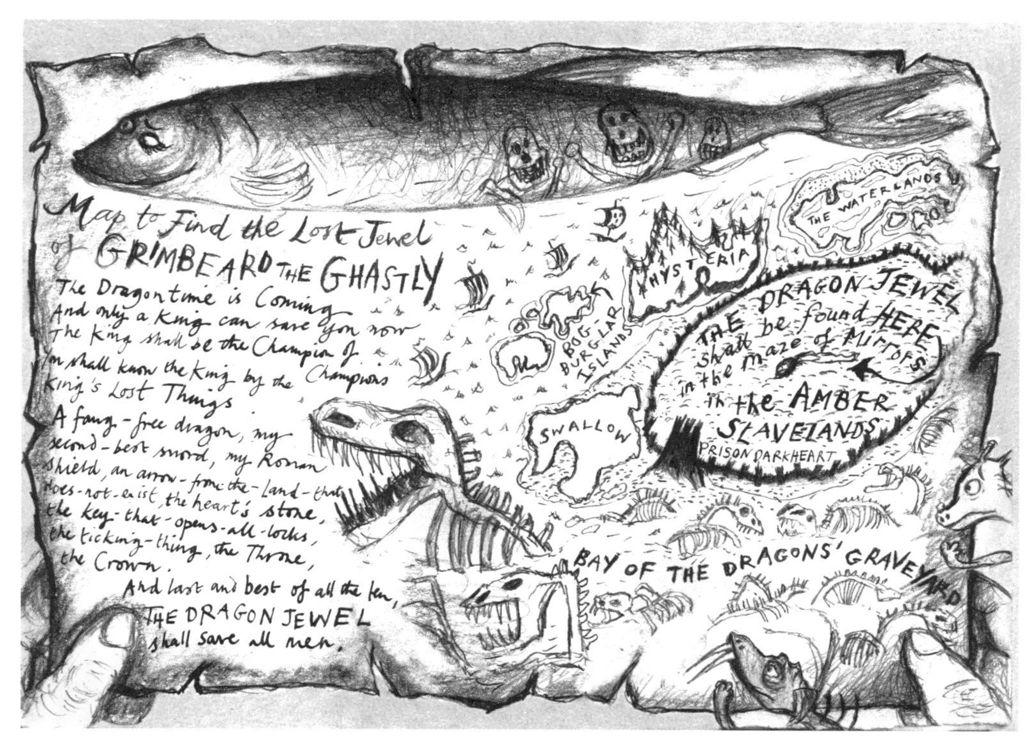

志？我們能掌控自己的人生道路嗎？能掌控社會前行的命運嗎？如何做個好父母？又該如何教養孩子？你和家人的關係如何？你對你部落的責任是什麼？我們該如何保護自然環境？如何成為好領袖？戰爭的動機是正當的嗎？我運用複雜的語言，因為孩童是天生的語言學家；語言是思緒的途徑，越寬泛的字彙，越能在年輕的大腦中設定趣味盎然的路徑。《昔日巫師》裡的長踏高步族（Longstepper Highwalkers）的哲學巨人們，在森林中一邊漫步一邊沉思時，踏出了所謂的「坑洞小徑」，在這個古老世界的地圖上，交叉縱橫。我希望孩子們能跟隨那些小徑，最後走出他們自己的新思想路徑。

孩子天生就有看見新世界的能力，而這個能力是我們想要呵護和鼓勵的，好讓下個世代在面對世界問題時，能給出有創意的解決方案。小嗝嗝是我給孩子的一個英雄，這位英雄有獨力思考的能力，愛發問，也有同情心，面對問題

隨著《馴龍高手》系列故事的推進，那個虛構世界也不斷擴大，相關地圖自然也不斷發展。這份地圖是以博克島為中心，介紹精彩的野蠻群島。

他從不退縮也不放棄，並且堅定相信世界會更好。他是一個探險家，總是在尋找新的思想路徑，是一個領袖和英雄，總是相信未來會更好，並採取行動實踐。

為了試著回答地圖對我的意義，我四處探索，與父輩們、小島、太空人和巨人對話。但這就是地圖對我的意義，它們代表迷路，接受迷路，並在迷路的過程中找到自己，找到你的初心。

所以，畫一幅地圖吧，目標對準月球。當你把你的世界從不可能變成可能，就能體會到那個三歲女孩手指觸碰到天花板時的狂喜，感受到維京人的船登上新大陸的海灘時的驕傲，見證探險家在新星球上踏出第一步的成就感。還有，要像史蒂芬．桑坦（Stephen Sondheim）在《魔法黑森林》中所警告的：「小心你說的話，孩子會聽到的。」

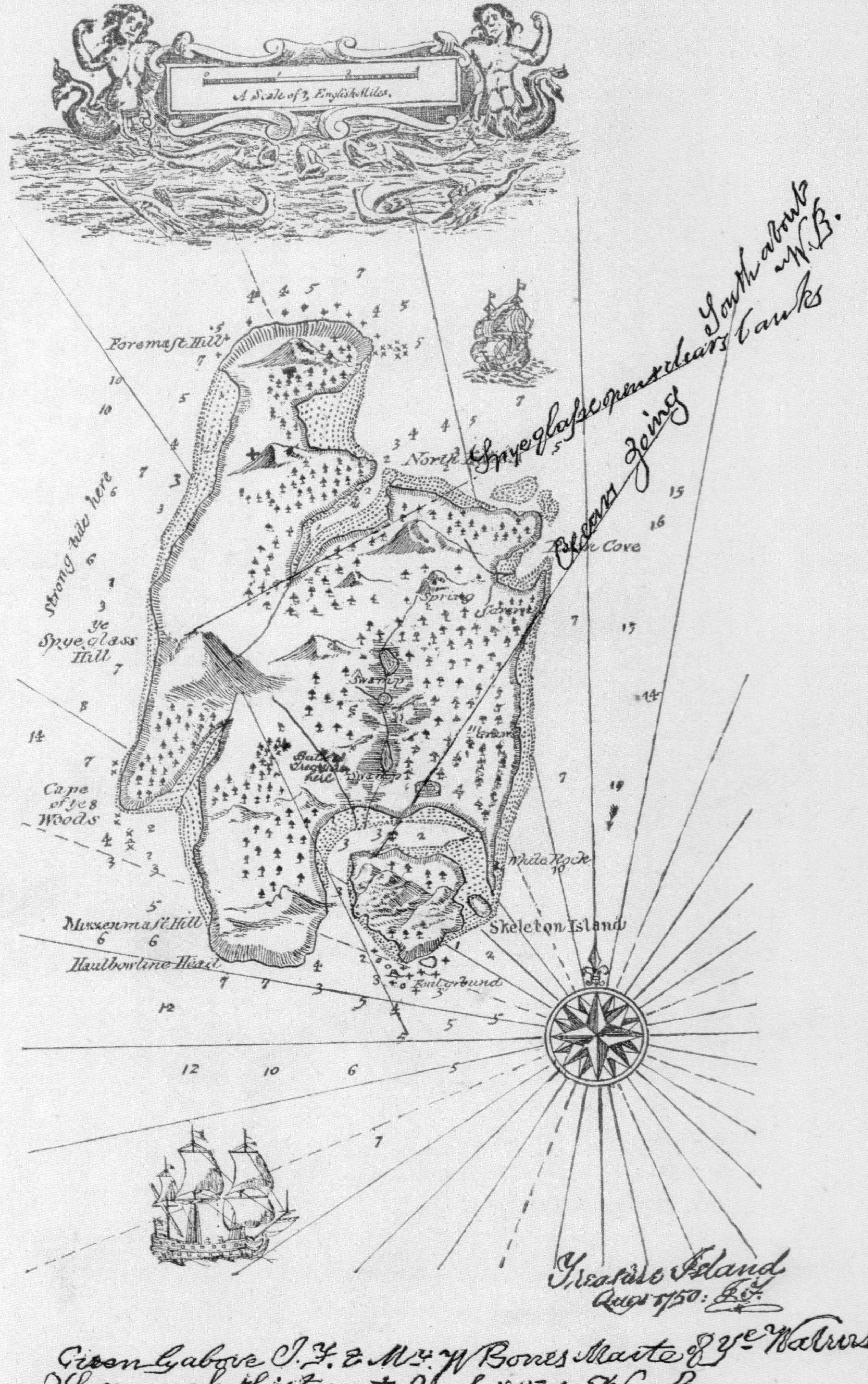

Facsimile of Chart; latitude and longitude struck out by J. Hawkins

與世隔離

金銀島

英國作家　羅伯特・麥克法倫

我們每一個人，都應該為自己失落的地域和草原繪製一幅測量地圖。

如此，所有人手繪的地圖就能覆蓋宇宙。

這些手繪地圖，不需要精準，

但需要依據你內心的山河大地來為地圖書寫。

——法國哲學家　加斯東・巴修拉（Gaston Bachelard），一九五八年

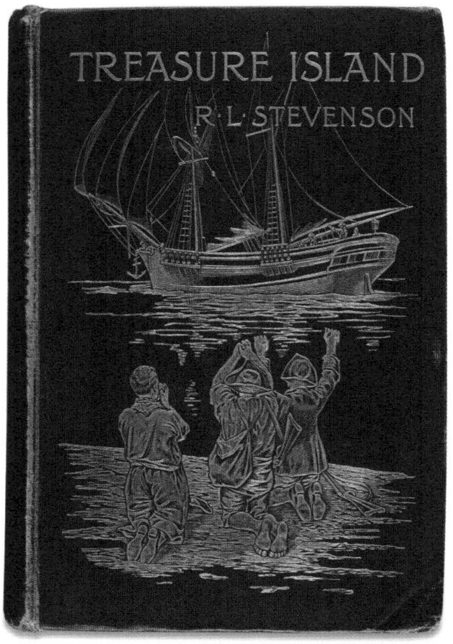

這幅地圖，開始了一切。羅伯特・路易斯・史帝文森於一八八一年夏天，在蘇格蘭度假的一個下雨天，手繪了此圖以取樂十二歲的繼子，勞伊・奧斯朋（Lloyd Osbourne）。地圖中，崎嶇的海島上有森林、山峰、沼澤和崖洞。其中一些地名明顯代表了冒險和災難：小望遠鏡山丘、墳墓、骷髏島。地圖中的筆跡靈巧且自信——在島嶼南方邊緣有個精細的指南針，還素描了一艘揚帆前行的大帆船。周圍海域標記出深度，且附上警語：「這裡有巨浪」、「海域險峻」。島中央有個血紅的十字，潦草的字跡「這裡有大量寶藏」點出了一段傳奇故事。

「X」標記了藏寶地點！史帝文森手繪了此幅地圖原稿。為了在蘇格蘭一個夏日的雨天分散一個孩子的注意力，他的《金銀島》便由此圖而生。繪畫中，海盜們彷彿從地圖爬了出來，約翰・西爾弗正咬著他的短彎刀。

這幅地圖是為了孩子的幻想而繪製的，卻對繪製它的成年作家產生了巨大的影響，激發史帝文森寫出了偉大的海盜傳奇《金銀島》。在與繼子一同探討地圖的過程中，他開始為人物定位，將他們放進地圖中，比如：約翰・西爾弗、弗林特船長、吉姆・霍金斯，並添加故事情節。從那幅紙頁中，蹦出一個複雜的虛構世界。無數孩童在它的金色沙灘上登陸，小心翼翼地穿過它的灰森林，看見刺眼的陽光灑在崢嶸的懸崖石頭上。只要造訪過，它就住進你心裡了。

與史帝文森一樣，我也熱愛地圖，也因為他，我成了小島膜拜者。我著迷地接連寫了數個系列，關於地圖和小島的作品。小島給了我一個錯覺：一個人

能夠熟悉、掌握一個地方；而地圖激發了我的另一部分。它們提供我如旅遊作家羅西塔·福比斯（Rosita Forbes）的精譬：「期望的魔力，且不需我們耗神費事地去了解。」

地圖給了你千里靴，讓你在瞬間橫越千里。在地圖上，可見度完美；用鉛筆尖追隨一條步道的線條，你就可以飄浮過峽谷和溼地，躍過懸崖，不沾一滴水地涉水過河。父親在我很小的時候就教導我讀地圖，山峽河谷好似從地圖中升起。原本猙獰的懸崖峭壁，變成了鋸齒狀的山脊和圓形凹地，或者一條藍色的流線穿越陰影線的一個缺口，代表著我們可以划著小船安全登岸的海灣。

讀了史帝文森的書，我趕緊找出其他小島作家的作品：威廉·高汀的《蒼蠅王》、約翰·符傲思的《魔法師》（*The Magus*），以及 D. H. 勞倫斯別出心裁的《愛島的人》（*The Man Who Loved Islands*）。這個故事的場景設定在一座六平方公里的無名小島，島中央有兩座山丘，岩石、荒野上攀爬著金雀花和黑刺李樹，島緣簇擁著櫻草。

於是，我也開始設計並繪製我自己理想中的小島地圖。在北大西洋上，有一座黑岩孤島，島上有座越冬的燈塔，在狂風暴雨中，滔天白浪拍打。還有一座石灰岩小島，它有著豐碩的泉水、冬青樹，和縱橫交錯的崖洞；骨頭般的崖柱包圍著寶石一般的藍色海水。另一座原始的環礁荒島，島上大量的椰子樹上結實累累，其中的潟湖充滿易抓的海魚。常見的題材逐漸浮現，我看到了：自給自足、與世隔絕、山中無甲子，寒盡不知年——全是烏托邦初步成形的標誌。

那張紙有好幾處被封上……
醫生小心翼翼地拆開封印，
從裡面掉出一幅小島地圖，
地圖有經緯線、水深，
山丘、海灣和進水口都標有地名，
這些都是海船要安全靠岸所需的訊息。

——羅伯特·路易斯·史帝文森，一八八三年

我們現在習慣將製圖視為一門科學：殫精竭慮追求精準確實，企圖屏除一切主觀觀點。如此約定俗成的看法的確很難置之不理，因為我們習慣相信地圖的一切，信心滿滿地接納地圖提供的資料。但在地圖製圖學成為一門科學之前，它是一門藝術，就如史帝文森深信且證實的，它是融合了知識和想像的藝術，訴說某個地域的故事，綻放出製圖過程所附加的驚奇、熱愛、記憶和恐懼。思考過往的製圖藝術是很有教育意義的，因為它們示範了一種忽略地景內容的製圖方式。

簡而言之，我們可以說地圖有兩種形式：網線地圖和故事地圖。網線地圖在一個地區上拉出抽象的幾何網絡，並將一切元素統籌在一張紙頁上。網線地圖的出現，多少與十六世紀現代科學的崛起同步，向我們介紹了製圖學的一種全新魅力。這類地圖的魅力在於，它使得每個人事物都能在一個抽象空間內被定位。這類地圖的致命危險是，它簡化了世界，將世界資訊化，變成一個個沒有生命的空間。一切

地圖為許多作家和藝術家開啟了一段旅程。此幅地圖是史帝文森經典小說的一個版本，由蒙諾·歐爾（Monro Orr）於一九三四年繪製。《金銀島》目前已被無數次重繪和重製。

TREASURE ISLAND
N W
N E
Foremast Hill
Bar Silver
Arms
Goats abound
North Inlet
The Hispaniola departs for Bristol
The Hispaniola sails round to North Inlet
Strong tide here
Wreck
Rum Cove
Cave
Spring
Hereabout Ben Gunn met J. Hawkins
Ye Spyeglass Hill
Hereabout the Coracle was sunk
BG
Swamp
The Hispaniola arrives from Bristol
Bulk of Treasure here
Graves
Camp
Stockade
Cape of ye Woods
Swamp
BEN GUNN
HIS BOAT
Jim Hawkins tries for ye Cape of ye Woods
White Rock
Mizzenmast Hill
Skeleton Island
Haulbowline Head
Capt. Kidd's Anchorage
Sea Lions
Foul Ground
Mr. W. Bones
Ye Walrus sail'd for Savannah 1750
The Hispaniola towed to The Anchorage
0 1 2 3
A Scale of 3 English Miles

都能被定位、被固定、被畫出和追蹤；一切都能被鎖進網線之中。

故事地圖則是另一番光景了，它展現了穿行於該地域的個人或文化眼中所見的視野。它們是特定旅程的紀錄，而非描述某個發生無數次旅程的地域。它們圍繞著該旅人而生；地圖的邊界，就是該旅人的視角或經歷的界線。事件和地點並非完全不相干，因為它們的本質經常重疊在一起。其中一個例子就是十四世紀地中海文化下的波特蘭海圖（portolan charts）。「Portolan」意為領航員，而航海圖的出現就是為了滿足航海家的需求。這些航海家通常指的是義大利商人，他們甚少在開放海域航行，大多只沿著海岸線穿行於一個個港口之間。因此，早期的航海圖只展現陸地的邊緣以及毗鄰的海域，而非更廣闊框架下的航線。

在地圖製作漫長的發展歷史中，網線地圖算是新技術，只有四五百年的歷史，卻迅速雄霸各方。十五世紀以來，新的丈量工具：指南針、六分儀、經緯儀，以及最終出現了確定經度的精密計時錶，和新的分析法：直角截面、三角法，陸續成形。這些技術工具的進步，使得地理網線得以覆蓋整個地球表面。

在這種新興的精密製圖學面前，不科學的、印象派的、需要四處奔波的地圖製作方法，兵敗如山倒。到了十八世紀晚期，這種新的製圖方式的影響力橫掃世界，使得那個時代的兩個年輕共和國——美國和法國，在網線地圖中找到了自己的地理定位。在近年興盛的先進電腦技術下，網線地圖形式更是有效地將地域轉換成資料，制定出大比例尺的詳盡地圖。這種展現世界的技術帶來了說不盡的益處，卻也變得太過權威而專斷，抹除了我們從故事地圖中認識某個地域的價值，淘汰了體驗感性的製圖學和自製地圖的意義。

在特定的地域下，相似的文化經常發展出表現該地域的創新方法。一八二六年，加拿大大西洋上的威爾斯王子角，一名英國軍艦軍官遇上一隊因紐特獵人。雖然無法溝通，但因紐特人意會到該軍官在問路，於是就在海灘上，以樹枝、石頭和石礫製作了「精巧、創意十足」的縮圖，完全複製了該地域。因紐特人十分擅長以木材原料雕刻立體地圖。這種地圖易於隨身攜帶、抗寒抗凍，即便落入水中也會浮上來，可以拾回。太平洋上的馬紹爾群島島民，以植物纖維將樹枝和貝殼綁在一起，模擬穿行於小島之間的洋流。

因紐特人也發展出天空地圖和雲朵圖冊，以記錄的天空心情。其精準確實，足以推斷雲層下的冰層狀況，以及預測天氣。阿拉斯加西北內陸的科育空族人，發展出複雜的製作地圖方式，以故事來描述他們的地形。對科育空人來說，那些山川原野全是回憶和一個個往事。他們透過講述故事來指引方向，將細節和回憶描繪進口述地圖中。旁白便是他們的導航。

琢磨這類製圖方式，可以協助我們理解網線地圖無法周全含蓋在內的元素。故事地圖中，人類的回憶和天性交纏在一起，留存在腦海中，可以無限擴大，隨時可以派上用途，承受得住風風雨雨的擊打。它們也是含蓄深沉的，記錄過往同時交織著回憶和地貌。它

巴斯提安．羅貝茲（Bastian Lopez）繪製的一幅詳盡的航海圖，日期可追溯至一五五八年。圖中，亞馬遜河蜿蜒進未知的內陸。航海圖由水手發明，完全根基於親眼所見、本人的觀察，製圖的目的只為了航行。

Tropicus · Cancri
Equinoctialis
Bastiam lopez

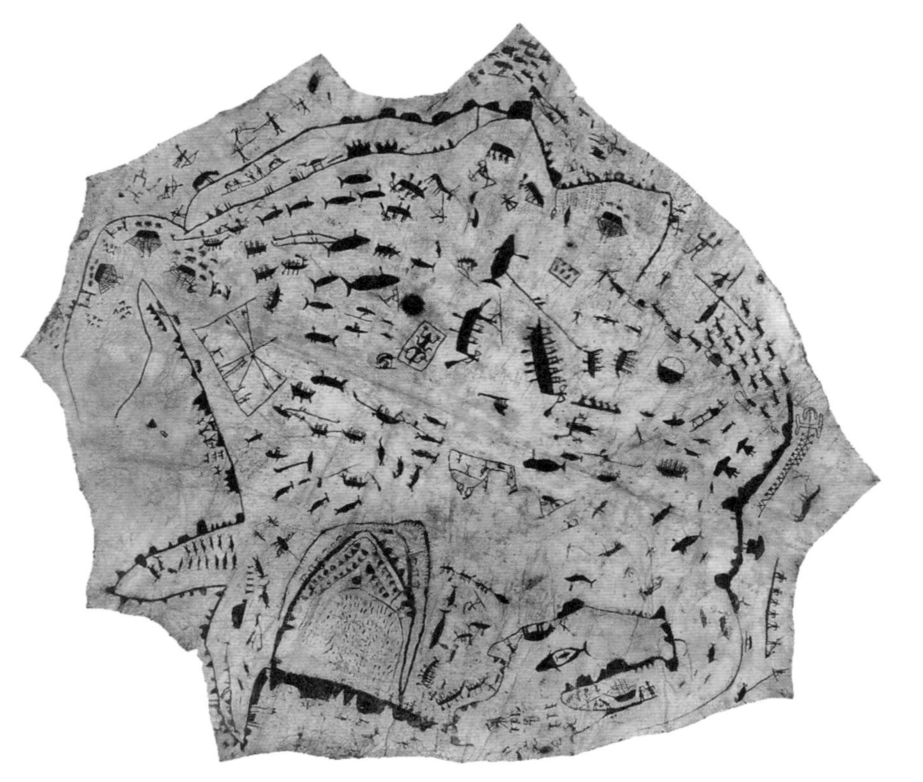

這是一幅罕見的楚克奇族人的地圖，繪製於海豹皮之上，內容展示了這個西伯利亞部落一年四季的生活狀態。圖中記錄了海象、北極熊、馴鹿群、出海捕鯨的獨木舟，以及造訪的商船（請見下圖放大圖）。此圖由一艘美國捕鯨船的船長，於一八六〇年代購得。

們是活生生的觀念思想，是獨特的創造手法，見證了一個地域的脈動。

回想這些夢想中的地圖，這些感性的地圖，我們的文明會更完備，因為它們源自前輩的經驗和關懷。這些腦海中的地圖十分有彈性，隨著地貌的變化而更動。它們描述事物的每個細節和色調，提供網線地圖無法概括的知識；它們柔軟，足以照顧到製圖學中玄奧的四度、五度空間，也就是製圖人與地圖的關係，以及讀圖人與地圖的關係。

就我的記憶所及，我一直受到故事地圖的真實性啟發，信服它們，並開始作夢。從史帝文森的金銀島手繪圖，到祖父的藏書愛德華・諾頓（Edward Norton）的《絕命聖母峰頂：一九二四》（*The Fight For Everest: 1924*）書末聖母峰及其周遭大山的折疊地圖；到薩福克郡的海岸地圖——此圖是德國作家澤巴爾德《土星光環》（*The Rings of Saturn*）的藍本；再到二三歲幼兒寫的「奇異原野導覽」——他們在我劍橋郡家附近的公園探索森林和溼地。這些地圖多年來驅動我的步伐，穿過一個又一個地方，帶動我的筆在紙頁間流動。

HATTIFNATTARNAS Ö
Nw.
NO.
W
Ö
Sw.
S
S.O.
ENSLIGA BERGEN
Grottan.
Sandbank
Syrén.
Vedbod.
Verandan
Jasmin
Salong.
Bisam rum.
HEMUL RUM.
Muminhuset med bottenvåning samt
Tofs och vifsrum
Kök
SPIS
Bad rum
Tobak
KARTA ÖVER MUMINDALEN
övre våningen
rum för allt möjligt
mammas rum.
Pappas rum.
smatt
smatt.
Sniffsrum
Snusmumrikens och mumintrollets rum
Snorksysskonens rum.
Gäst rum
Tove

漫步遊蕩

姆米山谷及其周遭

英國兒童作家　法蘭西絲·哈汀吉

「我是一個流浪漢，四處為家。」阿金回答。
「我四處遊蕩，看到喜歡的地方就搭起帳篷，吹口琴。」
——朵貝·楊笙，一九四六年

對我來說，地圖是個奇蹟。會這麼說，是因為我有個簡單卻十分尷尬的原因——我的方向感不可置信地亂七八糟。我記路，就像學電腦程式一般背下一連串的指令。我的腦海中，總是無法形成生活周遭的地圖，那些道路會翻滾，河流會扭動，房屋會跳動，城鎮會瞬間移動。地圖是神奇的人造物，協助我固定住那些地理位置。諷刺的是，這個小苦惱卻為我帶來生平第一次成功的公開演講。當時我十一歲，十分害羞，被叫上臺當著全班的面做五分鐘的演講時，簡直嚇壞了。我靈機一動，決定講講我比其他同學都熟悉的主題——也就是迷路。我用自己的彩色筆畫出來的地圖作為後盾，展現我迷路的戰績，記錄我最驚人的繞路。看見我的觀眾一邊聽一邊跟著我大笑，同時也笑我時，我真是鬆了一口氣，十分開心。至今，這段記憶猶新。

我連去郵局都能迷路，但童年的白日夢全是跟旅行有關的：探險、到偏遠的異域闖一闖。因此，地圖就不只是必需品，它們是承載我豐富想像力的吸墨紙。它們承諾我一段段的冒險，有時，甚至是不可能實現的冒險。翻閱充滿神祕地域的地圖，總令我心醉神迷；地圖上的每個字、每段文字都帶著不可思議的魔力，遙遠而廣大。一條曲線就是一條神祕的大河，一群簡略的樹杈就代表一座又大又黑暗的原始森林，其中可能藏有上百個傳說故事。更有飄浮在地圖之上的地名，它們縹緲迷離，每個都像美人魚的歌聲一般撩人。

我記得自己沉迷在朵貝·楊笙《嚕嚕米》（*Finn Family Moomintroll*）的卷首地圖中。那份地圖家常、擁擠且喜氣洋洋，但令人難忘。那幅地圖就如故事本身，總能觸動我，帶給我一絲莫名的感傷。我想像那座孤寂大山浩瀚又奇特，獨立於世，它們緩慢且冰冷的心充滿了鬱悶、無藥可醫的寂寞。

迷離夢幻的山林大海，就是朵貝·楊笙筆下嚕嚕米的家。這幅地圖，最初附於一九四八年出版的《姆米一家與魔法帽》（*Trollkarlens Hatt*）。

不過即使如此，我仍注意到那幅小地圖有個地方失真了，不過不是那個每日至少正確兩次的靜止時鐘。在一座橋的附近，畫有一個小帳篷，帳篷旁邊坐著一個戴錐形帽的小人。這顯然是想表現在

綠茵營地上，吹口琴的阿金。但阿金是個浪子，注定四處漂泊，無法定在一個地方。他從骨子裡透著流浪的天性，時不時會消失好幾個月，再無預警地回鄉，也不做任何解釋。很可能地圖的墨跡還來不及乾燥，他便已在收拾帳篷，準備拔營了。

阿金與我不同，他從不害怕迷路，因為「他的路」就在腳下，就在兩腳的引領下。他知足、勇敢、隨遇而安；他沒有目的地，隨興所至。他是自由的。唯一令他沮喪的，只有違反他自由的圍欄。圍欄將世界分割成一塊塊的，你的我的，企圖另立名目，方便掌控。地圖與圍欄算是異曲同工，也許這就是阿金從不帶地圖的原因。

第一次細讀姆米谷的地圖時，我開心地身心靈全部投入，從未問過自己這應該是哪個角色，又是為了什麼而創造的。我一直猜想可能是龜毛的哈爺爺所繪，或是夏日篝火的碳木所繪，或嚕嚕米媽媽為了給小兒子們指路而畫的。現今，我當然注意到嚕嚕米家的布局，以及山洞和營地等細節。因此，地圖應該是嚕嚕米家的某個孩子畫的，因為孩子與生俱來就知道什麼是重要的。

對那時的我來說，地圖只是地圖，沒有別的意義。它展示該地所有的地景，或起碼展示了我需要知道的。我是後來才對製圖者產生興趣。我逐漸愛上我們

《*Farlig Midsommar*》於一九五五年出版，它的中文版是《姆米一家的瘋狂夏日》。一座火山爆發，引發海嘯，淹沒了姆米山谷，還漂來了一座陰森森的劇院。在黑夜的魔力下，夢境與現實的界線消失無蹤。

世界的古地圖，那些美麗的地圖中，一個個國家的輪廓是如此柔軟且不真實；還有那些充滿未知的海洋，海水中更藏著海怪。在當時，古地圖必定令人神往且具有啟發性；現在它們是精彩地景的表侄，在現代人眼中充滿了神祕感，以及對一個地方的懷舊之情。過往變成了一個想像中的異域，有著自己的地理地景。古地圖將旅人的故事、別的地圖、謠傳、傳說和期望縫合在一起，你幾乎能感知到它們的針腳。那些製圖前人，得知自己是在建構每個人的理想國時，是否震驚且對自己的工作心生敬畏？他們是如何將所有重要的細節，塞入地圖中的？當時，什麼才是重要的細節？製圖學的榮耀和英勇，就在於它企圖挑戰不可能。真實是無法地圖化的，因為它太大、太分散，且與時俱進，很難被捕捉到紙張或帆布上，那就像用一張小魚網捕捉一條大章魚。

我自己的書，只有一本在卷首附上地圖。《鷗擊島》（*Gullstruck Island*）的場景設定在一座虛構的熱帶小島，那裡曾是殖民地，有種族之爭和活火山群。它也是失落族人的家，那是個罕見的種族，他們能將思想、感官分離出軀體；他們也是傑出的地圖製圖人，因為他們能將自己的視力送上天空，鳥瞰整座島嶼。簡而言之，他們具有我缺乏的才能，能從整體看待那座島嶼，看見每個地景地貌是如何組裝在一起。

出版公司提議附上我的奇異島嶼的地圖時，雖然他們的建議其實滿有道理的，但我仍然有些吃驚。很快的，我意識到自己搬了磚頭砸自己的腳，因為我早已設定那座島嶼的輪廓類似帶有長手指的鳥頭。感謝失落族的地圖，這個種族百年來皆以擅長製作地圖而聞名，而那隻「指抓鳥」甚至成了他們傳說中一個神祕且反覆出場的角色。再者，要描繪一個鳥人合體且可信度高的陸塊，比想像中要困難許多。我最先為它取了兩個名字「電狼」和「高壓雞」，然後才送上第三個「憤怒蜂」。

為什麼如此困難？當然，海岸線原本就有許多褶邊，那為什麼我的島就是不對勁？我們對地理似乎有種本能，就如我們能一眼識別出錯位的關節一樣，我們知道哪裡不流暢，不自然。我書裡失落族製圖人的洞察力，顯示了他們的缺陷。一個敢於冒險的製圖人永遠看見太多，包括他對自己地圖的觀察。總有權威人士對地圖的製作有獨到的看法，地圖該如何畫、該強調或放大什麼，又

鷗擊島上，有沙灘、叢林和轟隆隆的火山。一對姊妹掉入陷阱，被網住了。還要小心「極樂蜂」，牠們的叫聲太美，會讓人在悅耳聲之中死去。

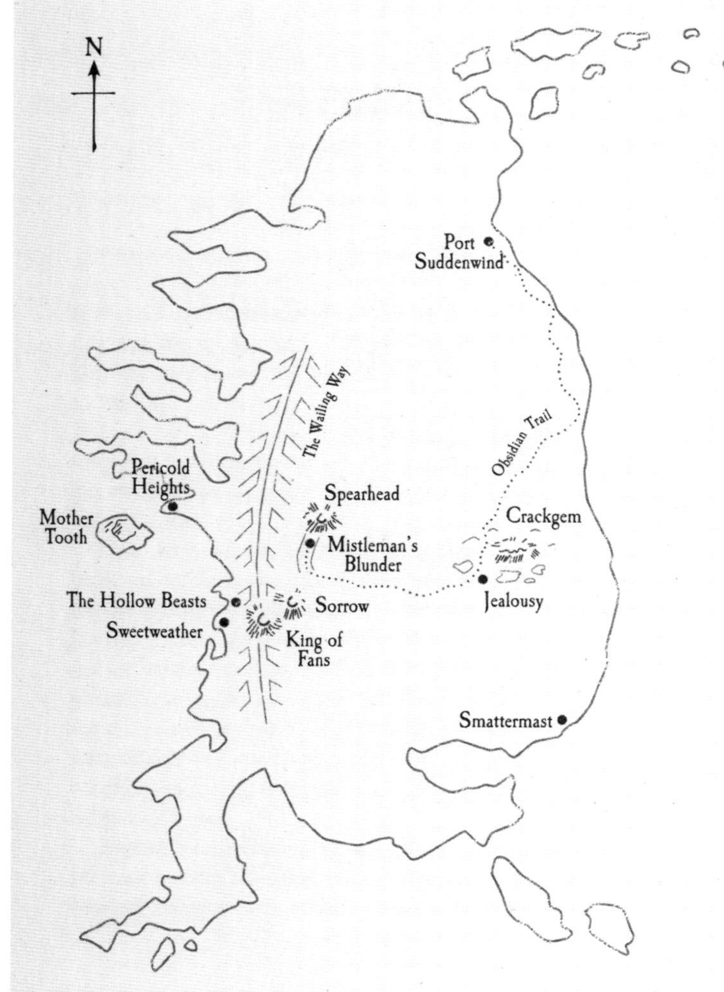

該略去哪些不合適的細節。精準確實永遠不簡單，有時，甚至會帶來致命的危險。時不時的，大章魚擺脫掉小網子，生吞了你。

我的其他書，就沒再被要求附上地圖了，大多是因場景的設定無法地圖化。它們太任性、不合邏輯，又隨時變化。《暮色搶奪》（*Twilight Robbery*）發生在一座有護城牆、叫作托爾的小鎮，小鎮每到黃昏就會變形。圍欄變位，屋舍滑走，小巷或封閉或敞開，柵門上鎖。即使熟知白天的托爾鎮的人，也會在黑夜的托爾鎮迷路。另一本書《布穀鳥之歌》（*Cuckoo Song*）中的艾爾切斯特，乍一看就是一座普通的一九二〇年代英國城市。然而，有個泥瓦魔術師作法，創造了歪七扭八的建築物，將不可能存在的祕境隱藏起來。

再來是《玻璃之顏》（*A Face Like Glass*），設定在一座叫作大地洞的地下迷宮中。它地勢險惡，且違反物質世界的規則，毫無製圖的可能性。然而，仍有市民著迷於為變幻莫測的大地洞繪製地圖，他們扭曲心態，脫離現實，只為達到目的。市民皆怕這些製圖人，因為製圖人的癲狂是有傳染性的。只要與製圖人交談過久，便會感染他們的癡迷，愛上大地洞。這裡的製圖學比較類似一種邪教，而非專業。

我出門散步，
最終決定在外面待到日落，
因為我發現，
出門，其實就是進門。

——美國環保家　約翰．繆爾，一九三八年

老實說，托爾鎮、艾爾切斯特和大地洞的變幻莫測，多少跟我混亂的方向感有關。對我來說，每個地方都是不斷繞圈圈的道路、在不該出現的地方聳立出來的地貌、不合常理的捷徑。

一段時間後，我才向自己坦承，我其實滿喜歡這種錯亂的感覺。這當然經常帶來麻煩，且在如今這個時代，好像有點在為自己的路癡開脫。現在的世界，幾乎所有地域都被繪進地圖中。大部分的人都有自己的口袋製圖人，他們的手機知道他們的精準位置，並指引他們最快捷的路線。但我依然堅持不帶智慧型手機。地圖是奇蹟，沒有它們，我一定迷路，但有時候，迷路是有意義、有價值的。假使人永遠只走A到B的合理路線，就失去了偶遇Z的機會。雖然我喜愛姆米谷中的所有居民，但我的心永遠屬於阿金，一個夢想家、哲學家和流浪人，不受計畫和截稿日的束縛。他說：「時間到了，我自會來，不過我可能根本就不該來，我可能本該朝另一個反方向而去。」

右頁
此幅地圖專為帝王打造，是一位仕途受挫的法國海軍將官於一五五〇年，委任他人繪製的。他想送一份華麗的禮物以挽救職業生涯，於是僱請了一隊由皮爾．德塞里耶（Pierre Desceliers，當時最出色的製圖師）領導的藝術家，繪製了這幅奢華的世界地圖。

次頁跨頁地圖
冰島，就如第一本現代地圖冊所展示的，正被海怪包圍著。這本《世界劇場》地圖冊，由比利時安特衛普的奧特留斯於一五七〇年編製。此幅地圖是根據其他地圖中的丹麥歷史、民間傳說和故事繪成。圖中，海克拉火山爆發，北極熊在冰上穿行。

A LIGNE:
LA ZONA TOR RIDA
TROPIQVE
DE:
VSTRALLE:
TERRE
CAP DE BONE ESPERACE
monts de la lune

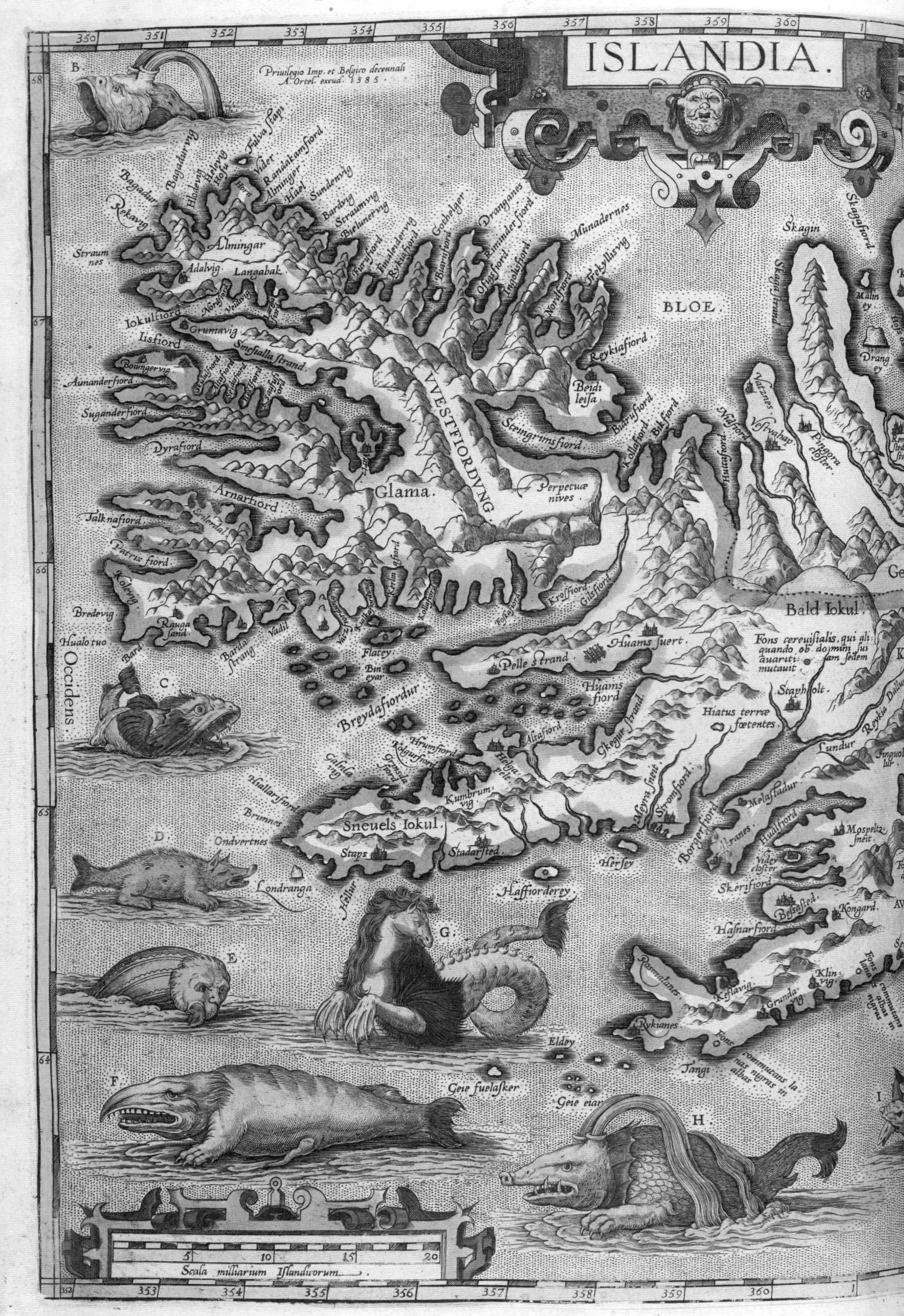
ISLANDIA.
Priuilegio Imp. et Belgico decennali
A. Ortel. excud. 1585.
B.
C.
D.
E.
F.
G.
H.
I.
Occidens.
Hualo tuo
BLOE.
Almingar
Adalvig
Langabak
Rekavig
Straumnes
Iokulfiord
Grumavig
Iisfiord
Boungervig
Aunanderfiord
Suganderfiord
Dyrafiord
Arnarfiord
Talknafiord
Patrix fiord
Kolsvig
Bredevig
Rauga sand
Bard
Barda strang
Vadil
Glama.
VVESTFIORDVNG.
Perpetuæ nives
Steingrimsfiord
Reykiafiord
Beidi leisa
Nordfiord
Frekyllisvig
Munadernes
Ingolsfiord
Ofeigsfiord
Dranganes
Gothelger
Biarnfiord
Bitfiord
Kollafiord
Biarufiord
Hrutafiord
Midfiord
Vatznes
Vestvahap
Pingora closter
Skagin
Skaga strand
Skagafiord
Malmey
Drang ey
Bald Iokul.
Fons cereuisialis, qui aliquando ob dominum sui auaritiam sedem mutauit
Staphholt
Hiatus terræ fœtentes
Lundur
Reykia Dallur
Huams suert
Pelle strand
Huams fiord
Flatey
Bin eyar
Breydafiordur
Krossfiord
Gilsfiord
Alftafiord
Skogar strand
Hrumfiord
Kolgurfiord
Grunda fiord
Helga pelt
Kumbrum vig
Snevels Iokul.
Staps
Stadarsted
Gatnla vig
Hiallarsfiord
Brimnes
Ondvertnes
Londranga
Hellur
Haffiorderey
Hersey
Meyra sneit
Stromsfiord
Borgerfiord
Akranes
Melastadur
Hualfiord
Videy closter
Mospeltz sneit
Skerifiord
Besasted
Kongard
Hasnarfiord
Rosmalanes
Keflavig
Grunda vig
Klin vig
Rykianes
Fons commutans lanas nigras in albas
Tangi
Eldey
Geie fuelasker
Geie etar
Scala milliarium Islandicorum.
5
10
15
20

ILLVSTRISS. AC POTENTISS.
REGI FREDERICO II DANIAE,
NORVEGIAE, SLAVORVM, GO
THORVMQVE REGI, ETC. PRIN
CIPI SVO CLEMENTISSIMO,
ANDREAS VELLEIVS
DESCRIBEB. ET DEDICABAT.
Grims ey
Rauda gnupur
Fulmungavig
Langanes prom.
Rolsker
Flat ey
Lundey
Husley
Suminga vig
Kollafiord
Skautuvig
Gumolfiald
Fagranes
Grimelsfiord
Midfiord
Finnafiord
Sandvig
Digranes
Strand.
Hof.
Vopnafiorder
Kurbar.
Surbak dalur
Modur valler closter.
Holgur dalur
NORDLEN DINGAFIORDVNG.
Munke tuere closter.
Mokrufeld.
Bardur dalur
Huseuig
Grenested
Muli.
Sand Iokul.
Arnafelds Iokul.
Fodinæ sulphureæ præstantissimæ
Skirdu closter.
His notis distinguitur limes inter vtramq; dioecesin.
Fliotzdallr.
Reydar fiord
Garavig.
Bern fiord
Pap ey
Aradal.
AVSTLENDIN GAFIORDVNG.
Orient
Balanes
Langedal.
SVNDLEN DINGAFIOR DVNG.
SKALHOLT sedes episcopalis, cui adiuncta est schola.
Hekla perpetuis damnata estib. et niuib. horrendo boatu lapides evomit
Mydals Iokul.
Oddi.
Eyafialla Iokul.
Solheima Iokul.
Fiske notn.
Kirkebar closter.
Medalland.
Hierskeyd.
Breid.
Skin eyar
Brolangs eyer
Horn
Horna fiord
Ingols hofdi
Equorum tanta hic velocitas, vt continuo cursu 20. milliaria conficiant.
Eyrarbach.
Vaccæ marinæ.
Corui, et falcones albi.
Pyrkiebar closter.
Iokul a.
Astuta vulpecularum venatio, in nidis volucrum inuestigandis atque diripiendis
Eldor
WESTMANNA EIAR

重建阿斯嘉特——北歐神話中的天堂

維京人的世界觀

英國當代作家　喬安娜・哈里斯

起初一片洪荒。
從北到南一片荒蕪，只有火和森林。
——冰島歷史學家　斯諾里・斯蒂德呂松（Snorri Sturluson），一二二〇年

✷

我們為何想要能代言世界的地圖呢？
這是進步的一個方法。
在你動手製作之前，必須先想像它。
——英國作家　瓊・艾肯（Joan Aiken），一九九八年

我十歲時，寫了生平第一本書。它十六頁長，畫有藏寶地圖和大海蛇，書名是《禁忌城市的吃人武士》（*Cannibal Warriors of the Forbidden City*）。我在學校賣了十六本，用糖果做交易，我辛苦地一個字一個字抄寫，並用描圖紙複製地圖。故事場景大多是受到美國科幻作家愛德加・萊斯・巴勒斯的故事影響，以及祖父存放在床下一疊的《國家地理雜誌》的啟發，不過不知為何，大人不允許我讀那些雜誌。當然，越是禁書，就越有偷翻的動機，我總是趁祖父在花園忙活時，溜進他的房間翻看那些照片，想像親身造訪那些地域。

祖父出生自約克郡，是煤礦礦工，他從未出國過，卻總有說不完的精彩遠方故事，比如土人的傳說、北冰洋的地貌、無人荒島和無畏的探險家傳奇。他雖然大字不識得幾個，卻鼓勵我閱讀、寫作，盡我所能地去探索世界。在那個年代，探索世界的機會並不多。但祖父總是說，故事就是地圖，而地圖能帶你去任何地方。如他所說，故事的確引領我去到了祖父想都想像不到的大遠方。故事帶領幼小的我，去到了從來不敢奢望的地域：與美國作家威勒德・普賴斯（Willard Price）去到了南海；與梅爾維爾繞過了開普敦；與雷・布萊伯利去到了火星；與 H. A. 格爾伯（H. A. Guerber）進入北歐神話中。作家的工作更引導我深入大陸冒險：划著獨木舟來到剛果，被雪橇狗拉進北極圈，爬到夏威夷島上一座活火山口。地圖訴說著我們的世界、我們的故事，以及我們的發現，但故事是人類心智的地圖，不斷挑戰想像的邊界。

是什麼驅使我們去探索世界？我們為何說故事？這兩個問題的答案，殊途同歸。我們這麼做，是想知道地平線之外的世界——換句話說，就是接下來會

維京人想像中的神話世界是「Yggdrasil」，也就是一棵巨大的白梣樹。「阿斯嘉特」是眾神居住的仙界，就懸浮在巨樹的樹枝上；樹根則是地府。上圖的這個版本是弗萊德里屈．海涅（Friedrich Heine）於一八八六年所繪製。而下頁，是第一幅以現代眼光詮釋的版本，主要藍本是冰島學者芬恩努．馬格努森（Finnur Magnússon）的《Eddalaeren og dens Oprindelse》。再次頁是哈里斯《符文印記》系列的九界地圖。

發生什麼事。「故事情節」就是故事的弧線，或顯示一艘船航線的航海圖，抑或是一幅地圖的描字簿。這些元素全都互相連結。移動、布局規畫、跟隨一組路線——這些全是人類探險語言的一部分，也是講故事的語言成分之一。最好、最受喜愛的故事，都是那些情節跨越文化、歷史和時代，且在異域場景中能描述最本質人性的故事。這一點都不意外，因為地景地貌中藏有人類共同的記憶，地理中藏有人心。

我領悟到這點，是小學老師要求我們班畫一張小島地圖的那天。有些同學只是複製學校圖書館的地圖冊，有些則創作了自己的藏寶地圖。我則畫了一張中古世紀地圖，還添加了大海蛇和世界的盡頭，比如一座大瀑布，它把海水灌進了虛無中。老師給的評語是「想像力豐富」，從此，我一直是想像力豐富的人。

YGGDRASILL,

The Mundane Tree.

see p. 492.

MAP OF THE NINE WORLDS
ORDER
THE FIRMAMENT
ASGARD
(THE SKY CITADEL)
THE RAINBOW BRIDGE
YGGDRASIL
(THE WORLD TREE)
WORLD ABOVE
THE MIDDLE WORLDS
THE ONE SEA
OUTLANDS
INLAND
WORLD BELOW
THE FUNDAMENT
HEL
(THE UNDERWORLD)
DREAM
NETHERWORLD
(THE BLACK FORTRESS)
WORLD BEYOND
(CHAOS)

初中記得我的人會告訴你，我總是在班上畫畫，但與其在草稿本上隨意塗鴉，我的畫多是又長又複雜的連環漫畫。這應該是受到《高盧英雄傳》的啟發，但我的對象瞄準北歐神話中的神祇。我七歲時，用一張珍貴的粉紅借書卡從圖書館借了第一本書，桃樂蒂·霍斯福德（Dorothy G. Hosford）的《眾神雷霆》（*Thunder of the Gods*）。這是一個較受歡迎的簡單神話，我一個下午就讀完了，隨後又重讀了好幾遍。接下來的數年，我無數次從兒童區借了這本書，圖書館員看不下去了，特例給了我一張大人的藍色借書證，讓我能去藏有更多神話書籍的大人區借書。我也借了希臘神話和羅馬神話，但覺得還是北歐神話更有意思，更戲劇化。美中不足的是，北歐神話並不多。過去並沒有人將它們記錄下來，要到數百年後，基督編年史家才出現了較有組織的編寫，但仍不完整且經常被曲解失真。

在我認為，解決的方法很簡單，那就是創作更多的北歐神話。於是，我動手寫了。我從北歐眾神中挑選了我最喜愛的角色，創作出我自己的神話版本。也許你們會說這是同人小說——或者同神小說。神話的原型已具有粗略的輪廓，讓我進行擴大想像，寫出上百個冒險故事，大部分是以連環漫畫的形式，都是畫在作業本上。在這些早期創作版本中，洛基是個小小滑板手（且擁有成為辛普森家庭中的霸子·辛普森的潛力）；女神弗蕾亞是個大胖子；美麗的巴爾德（當然）是禿子；女神依登是個新世紀嬉皮，而索爾是個憨憨的毛茸茸大個頭。

北歐眾神沒有奧林帕斯十二神那樣高不可攀，也不像古希臘英雄那般高貴偉大，更不具備古埃及神祇的距離感。北歐眾神出奇地平易近人，祂們擁有神力，但動機卻十分地人類。祂們會做錯選擇，會愛上錯的人；祂們軟弱，會嫉妒，會受不了誘惑；祂們會害怕、粗心大意、刻薄、記仇，愚昧無知。祂們的神話故事很像肥皂劇，又像奇幻小說，再搭配上大量的歌舞劇成分。這些特色在在使得祂們的故事不斷被傳頌，被再創作，並影響數不清的作家和藝術家。從托爾金到華格納，從英國插畫家亞瑟·拉克姆到英國小說家艾倫·加納，祂們的魔力影響了維京人的神祇，甚至日本漫畫和漫威世界。

我當然也中了祂們的魔法。我第一本完整的小說，寫的是北歐史詩般的故事，洋洋灑灑一千頁的妖魔鬼怪，搭配上插畫，書名為《巫光》（*Witchlight*），是我十九歲時寫的，並投稿許多出版社，但全部遭到回絕。三十多年後，我現在寫的是整套北歐神話系列。此系列的第一本是《符文印記》（*Runemarks*），場景設定在虛構的九界。經歷神話預言中的「諸神黃昏」大浩劫後的五百年，世界重生了。從前的神祇不再受到愛戴，祂們的故事被封禁了。魔法成為禁術，取而代之的，是一個叫作「秩序」的新宗教信仰。戰爭一觸即發。

我大部分的書中，故事場景的設定都刻意模糊不清，但讀者依然想找出這些地點。根據報導，藍斯奇尼特—索斯—塔恩斯（Lansquenet-sous-Tannes）這座位於虛構的歌浪支流的小村莊，被「發現」的地點包括法國、比利時、約克夏郡，甚至有讀者在沖繩島找到它。由此可見，虛構的地域對於讀者來說，比地圖上那些真實存在的地點更真實。虛構的占卜師島，就位於法國東北角努瓦爾穆捷的占卜岬之外，就如《沿海居民》（*Coastliners*）和《聖愚》（*Holy Fools*）所描述的，現在每年竟有流水般的觀光客造訪，還有人從努瓦爾穆捷，或雷島寄明信片給我，告訴我他們在那裡度蜜月，當地景觀就如同我所描寫的一模一樣。

對我們來說，真實總是不夠真，比起我們從熱愛、熟悉的書本中獲得的，總是有些失真，因為虛構人物比我們在街上擦肩而過的路人更親密。為何如此？主要關鍵在於，人類之間的聯繫是透過人的心靈思緒，與另一個人連結。即使「逼真」也無法保證足以達成這種聯繫。英國小說家馬溫．皮克的歌門鬼城城堡，或是英國作家泰瑞．普萊契的碟形世界，在現代觀點看來，與「真實」完全沾不上邊，但作者令它們真實——真實得足以讓讀者一而再再而三地重讀。並且有時候，這些內心世界反而比較安全，不會讓人迷失在眼下快速到彷彿衝向毀滅的外在世界。

熱愛旅行的維京人，歷史中充滿了探險和發現，他們的神話卻不可思議地挑選了一個違反自然規則的世界安住：一個懸浮在巨樹樹枝之上的宇宙——Yggdrasil。它的樹根向下延伸進地底世界，以河流連結九個領域，再加上彩虹橋；一道晶光閃閃的小徑，以及一條環繞大海的巨蛇。傳說這個世界是由從巨人身上割下的血肉創造的，是當時整個北歐口述傳統的舞臺，上演著從仙界阿斯嘉特以下，所有生命都在奮力對抗邪惡的劇碼。

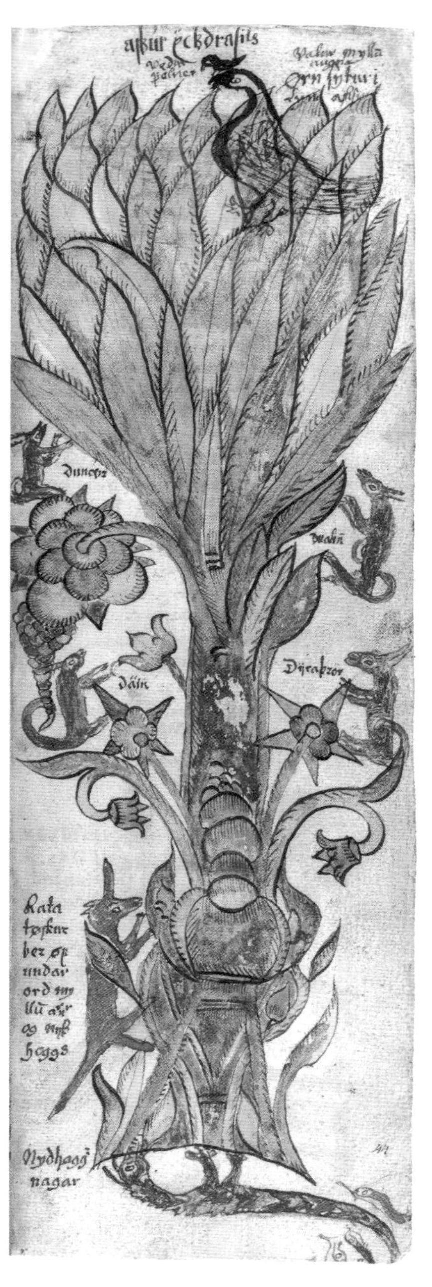

此幅「世界之樹」出自十七世紀一份冰島的手稿《散文埃達》（*Prose Edda*），由冰島歷史學家斯蒂德呂松手抄，大約於一二二〇年完成。

我們必須假設，實際且看重科學的維京人至少有某種程度的認知，清楚這個複雜的地貌只是一種寓言暗喻。這幅權威地圖，更多是在反映他們的心靈世界，以地理術語表示意識層和潛意識層的價值觀，不只是展現有形的物質層面。人腦就像一個球體，被區分成心智活動的半球，以及藏有複雜祕密和隱祕通道的大腦外緣系統。物理學和玄學、歷史和傳說，也許並非我們被教導的那般南轅北轍，毫不相干。孩童時期的我熱愛的神話，以及它們引領出的地圖和新故事，持續被重新發現，被賦與新意義和新的創意。因為無法被反覆傳述的故事，注定被遺忘。

最貼切的總結，也許是英國黑暗奇幻作家克里夫．巴克在《編織世界》（*Weaveworld*）中所寫的：「想像出來的世界，永遠不會遺失。」《編織世界》講述的是一個消失的世界，被編織進地毯中。記憶的世界是如此接近夢境，會在每次被召喚出來時被重塑。這種體驗，每個人都不同，都是獨一無二的。外在世界的地圖會改變，但記憶和夢想的地圖只要可以，會永遠保存在我們腦海中，並且不斷被建構、追隨，熱愛著，直到我們選擇將它傳承給下一代探險家，繼續冒險。

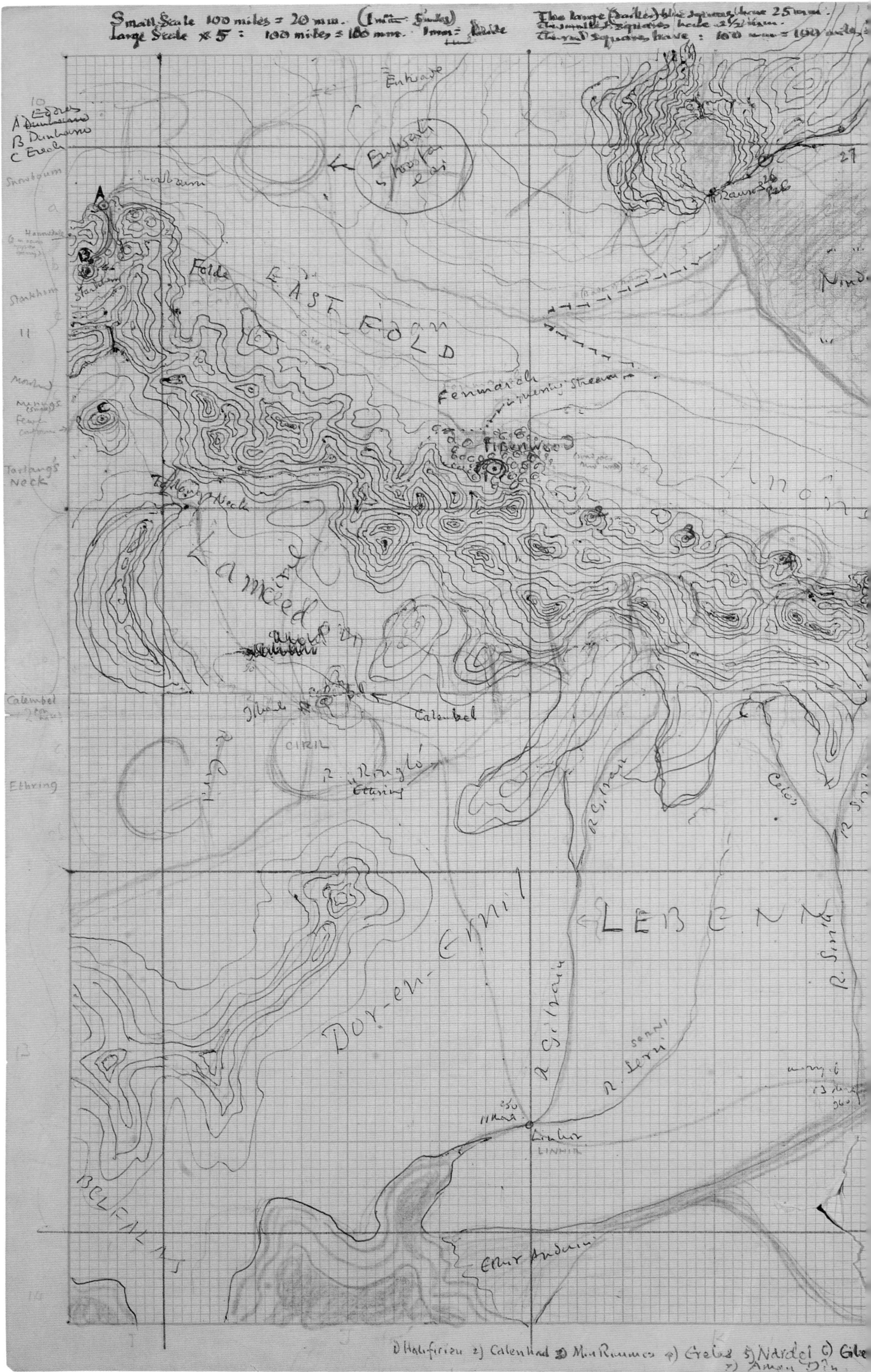
Small Scale 100 miles = 20 mm.
Large Scale × 5 : 100 miles = 100 mm.
EAST FOLD
Fenmarch
Firienwood
Lamedon
Calembel
CIRIL
LEBENNIN
Dor-en-Ernil
BELFALAS
Linhir
Ethir Anduin
Ethring
Tarlang's Neck
Stanburn
Folde
Entwade
Rauros
1) Halifirien 2) Calenhad 3) Min Rimmon 4) Erelas 5) Nardol 6) Gile 7) Amon Din

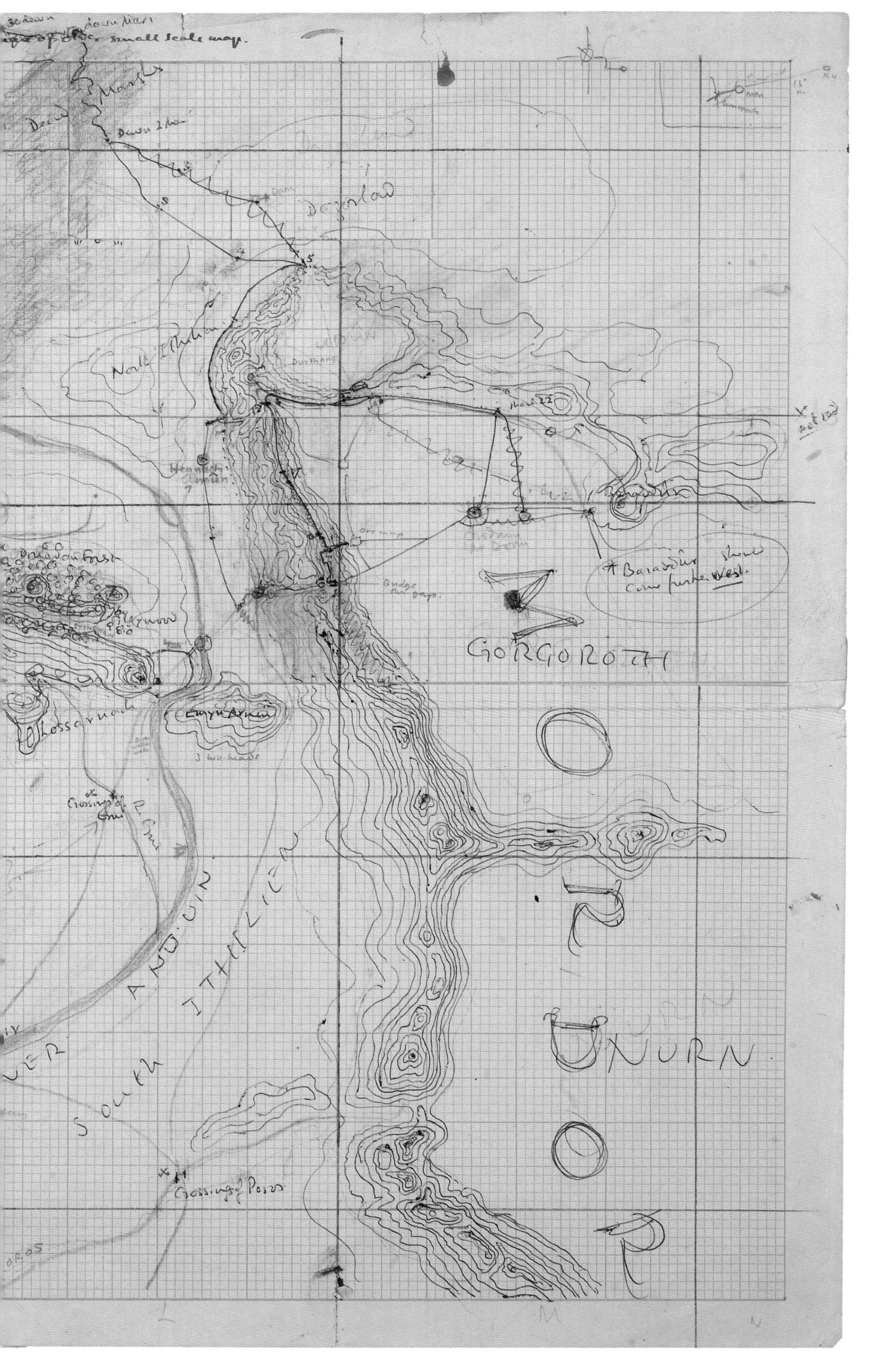
small scale map
Dead Marshes
Dagorlad
North Ithilien
Durthang
* Baradûr should come further West.
Bridge
GORGOROTH
Emyn Arnen
Lossarnach
Crossings of Poros
SOUTH ITHILIEN
ANDUIN
MORDOR
NURN

MAP REFERENCES

PART I

The story opens 465647
The Enborne crossing 472638
The Heather .... Square 4862
Cowslip's Warren 485619

PART II

The N.E. corner of the Beech Hanger on
Watership Down 499569
Nuthanger Farm 498585

PART III

The combe where Bigwig met the fox 495537
Where they crossed the railway line 492497
The upper bridge on the Test 498492
Where the punt was lying 498494
Efrafa. The Crixa 498508
The roadless railway arch 497500

PART IV

The lower bridge and the weed pool 496487
The copse where the fox struck 482526

The map was drawn by Marilyn Hemmett

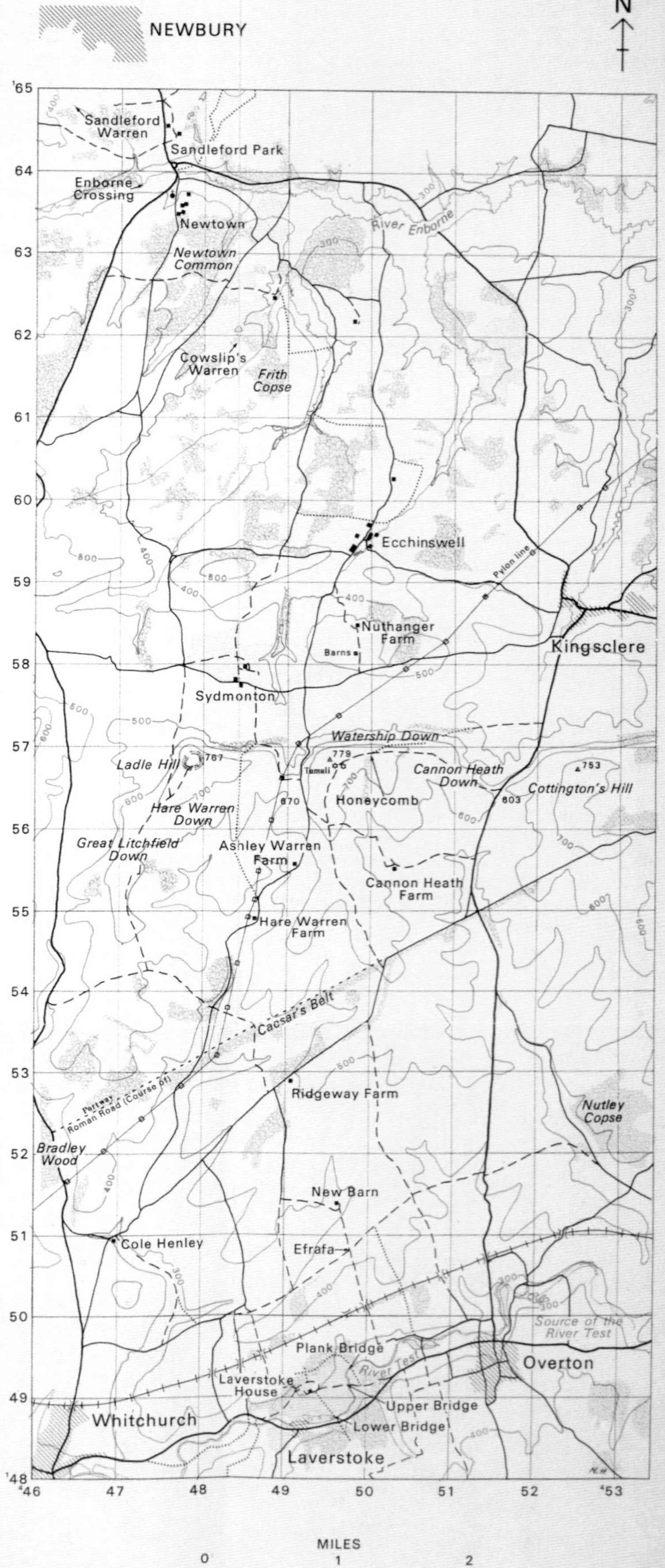

想像中的地圖製圖學

魔戒的魔多到赫里福德的中世紀世界地圖

英國作家　大衛・米契爾

尹斯佐拉文套著背帶立在我身旁，
望著眼前言語無法形容的壯麗荒蕪。
「能活著見到這個，真是高興。」他說。我有同感。
能有個盡頭，讓你的旅程一往無前地走去，真好；
但最終，重要的還是旅程本身……
雪原從埡口一直延伸進冰磧谷。我們收起輪子，打開雪橇，
套上滑雪板，出發了——往下，往北，一路向前，
進入冰與火的死寂虛無。
那像是寫在白紙上的粗寫字體：死神，死神。寫滿了一片大地。
雪橇輕盈如羽毛，我們開懷大笑。
——美國童書作家　娥蘇拉・勒瑰恩，一九六九年

激發我動筆的第一本書，是理察・亞當斯的《瓦特希普高原》。我九歲翻讀此書，並在美好的後勁中，籌畫寫一本關於亡命水獺的史詩小說——其中一隻還有千里眼——牠們因為巢穴遭到破壞，被迫離家，沿著塞文河泅游到位於威爾士的河流源頭，並建立了一個叫作水獺烏托邦，人人平等的社區。

所有暢銷兒童作家皆能見證，只有在地圖完善後，才能著手寫書。於是我參照父親的道路地圖冊，在用膠帶黏起來的數張 A4 紙上，描繪塞文河流域。並模仿《魔戒》的地圖形式，在河邊畫了枝條代表樹、隆起的凸塊代表山丘、以草叢代表溼地沼澤。那地名呢？該使用現有的人名，或創造水獺文字來取名，比如伍斯特或塞文的厄普頓？水獺會有自己的文字來表示馬路、工廠或橋梁嗎？為什麼有呢？又為什麼沒有呢？沒事的，這個問題我後來解決了。我花了數小時沉浸在琢磨地圖中，以紅虛線標出水獺的路線，幻想著在我贏得布克獎空前勝利的隔天，若無其事地去上學。在受到干擾分心之前，我至少畫出了半張小說的內容。

前頁
托爾金在製圖紙上畫的魔多，並制定角色穿越該地域的行程距離。

旁頁
《瓦特希普高原》的地圖，虛線表示兔子們的旅程路線。此地圖的藍圖是英國陸軍地形測量局的一幅約克夏地圖；約克夏便是此書故事發生的場景。

不久後，我從神聖的大馬耳威恩圖書館，借了娥蘇拉·勒瑰恩的《地海》。我的文學處女秀，從此就設定在一座遼闊的、星球大小的奇幻群島上。（群島這個英文字「archipelago」本身就充滿幻變魔法的感覺。即便是同一個人，有時的發音是「阿奇佩洛哥」，有時是「阿凱佩洛哥」。）女巫、壯遊、地底迷宮、會說話的飛龍、語言、魔戒、世界港口、文明邊緣的原始部落……我能感覺到，這本書將多麼精彩！而我要做的，就是動手畫地圖。這次，我向媽媽要了一張 A1 厚圖畫紙，再用紙膠帶貼在她的一塊沉重的專用畫架上。我的手指掠過嶄新的厚羊皮紙層，癡癡地想像它上面可能出現的群島圖像。而我的工作，就是用彩色簽字筆在畫紙上，把它們召喚出來。

作家是探險家。
踏出的每一步，
都能帶著你更靠近新天地。
——美國哲學家 拉爾夫·沃爾多·愛默生，一八七〇年

我在我的奇幻群島上花費了好幾天的工夫，其中一些如澳洲一樣大，有些則像羅科爾島一樣小。誰住在群島上呢？和善的牧羊人？土匪強盜？商人或是巫師？他們有類似北歐人的大鬍子？像玻里尼西亞人一般的深膚色？半身人、人類，半獸人或精靈，或其他什麼？就在我對水獺半知半解之時，我發現若要取一個地名，就必須考慮語言，以及人類取名的方式。我的地圖終於完成了，而我只寫了第一集的三四頁就陷入泥沼。但說真的，地圖就是小說，就是建構世界的習作，也暴露出我尚未具備完成這本小說的精力和技巧。

這些早期繪製的地圖，也就是我們現在說的代償活動。只要我忙著建構想像中的世界，就不用去面對絞盡腦汁打造情節和人物角色的工作。只要我不開始，就不會失敗；只要我尚未以作家的身分，出版附有這些地圖的小說，我的筆記本就都是它們。場景（或場景的配套）需要有個空間讓故事發生，而那些空間的模樣，以及空間的內容，都決定了故事的發展。它們甚至能提供你故事發展的靈感。這就是為什麼繪製地圖和「描繪舞臺草圖」是寫作的必要元素。

若要我描述一個角色爬山的過程，我需要知道那個人在登山途中會遭遇或發現什麼。這些訊息和細節大部分不會被寫進故事中，至少不會直接出現，但我需要知道。因此，我可以找一座我經常爬且印象深刻的山，或在 Google 地圖上找一座同地域的山，再不然就自己畫一座。它會十分粗略簡單，但這不是問題，因為即便是粗略簡單的地圖，對寫作也有幫助，總比空白一片強太多了。到了二〇一〇年《雅各布·德佐特的千秋》出版，我的山和山中步道已大大不同了；而那幅勉強算是地圖的草圖，是我在小港口一家咖啡館等待修車時畫的，卻已足以在我的想像中，在我已掌握的山坡和我所需要的山坡之間轉換。許多藝術創作都是在這種一來一往的轉換中被創造出來；這種一來一往，不在於無和有之間，而是好與更好之間。

後來，該故事發展到一個女人計畫從山頂寺院逃亡，逃離那些為了提取靈魂而找人生孩子、讓嬰兒殉教的神道教和尚。（我長話短說，）同樣的，若我不知道那些僧院寺廟的模樣，就不可能讓這一連串的場景「視覺化」。於是我進

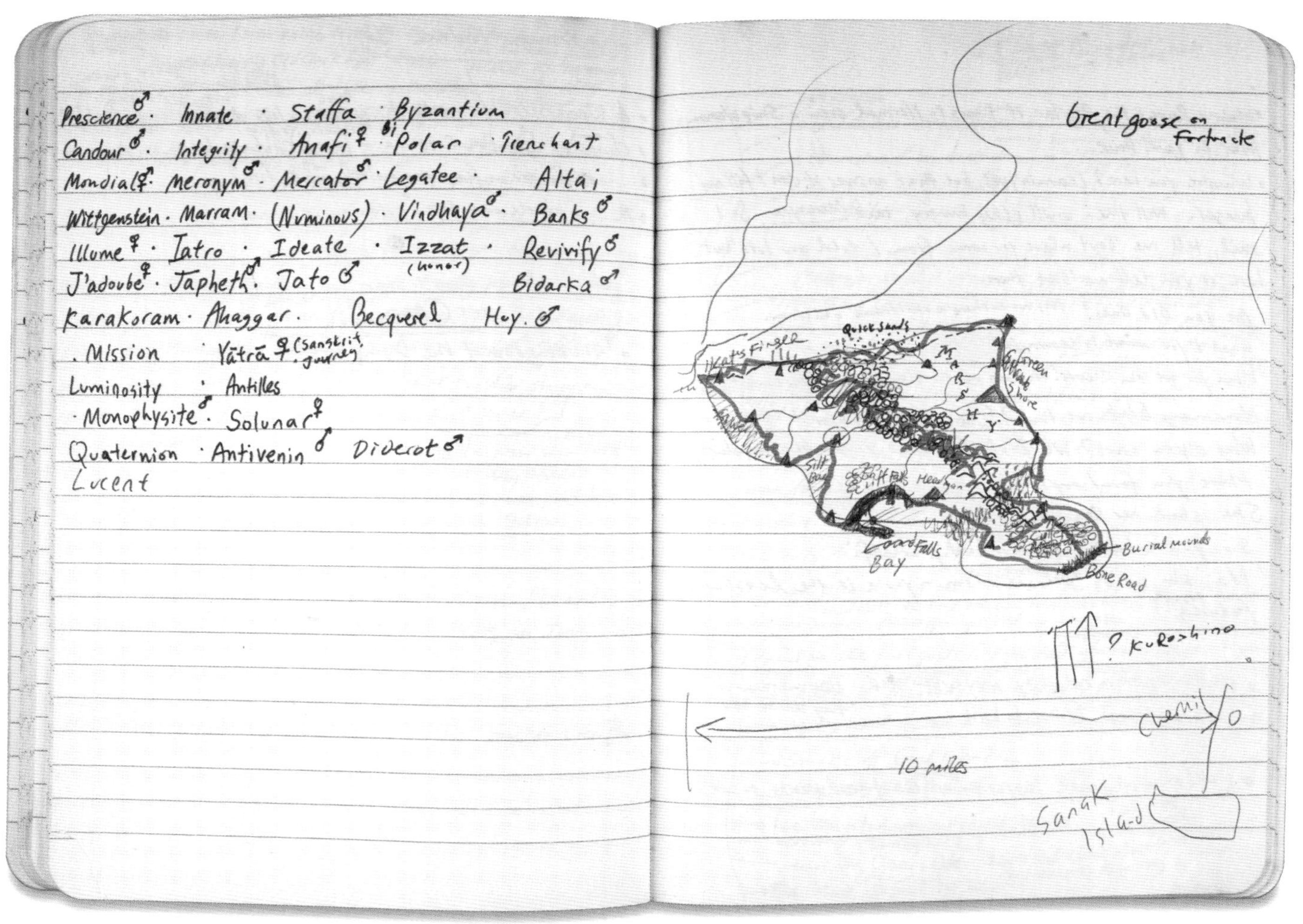

米契爾的私人筆記本，滿滿都是草圖、想法和靈感，包括協助他安排故事情節的地圖。展開的這兩頁，是他在為小說《雲圖》設計小島時的腦力激盪。

入記憶，挖掘曾在日本造訪過的偏遠寺廟僧院，再將它們與我曾在日本岡山縣登上過的一座隱蔽城堡融合在一起，形成一幅草圖。它當然不可能贏得任何繪畫獎，也不可能成為建築圖，但它是我寺廟的圖像式地圖，協助我釐清環境中所有人事物的關係。

我的筆記本裡，也充滿小說中關鍵地理位置的地圖，但隨著故事路線的更動，這些地理位置被閒置，像牛軛湖一般逐漸淤塞。我的小說《雲圖》，有一部分場景設定在夏威夷本島的未來。當人類的科技退化到西元前一千年的原始狀態，只有一小部分自稱為「先知」的技術專家，保留了二十二世紀的科學火苗。最初，我打算這部分的情節要從那群先知的角度來敘事，並將他們安置在阿留申群島中的一座小島。我運用當初在籌畫水獺詩史鉅作時，發明出來的一個方法，將先知的一份地圖，也就是先知的小港市的地圖，置換到阿拉斯加外海一座真實的島嶼上。

我的港口地圖，在我四十八歲的眼中看來，好似羅馬人在他們喧鬧的不列顛尼亞行省打造的一處殖民地。然而，在後來設計先知故事的過程中，我從上帝的角度看它，震驚地發現半野蠻的夏威夷人更有趣，值得花費上百頁去描

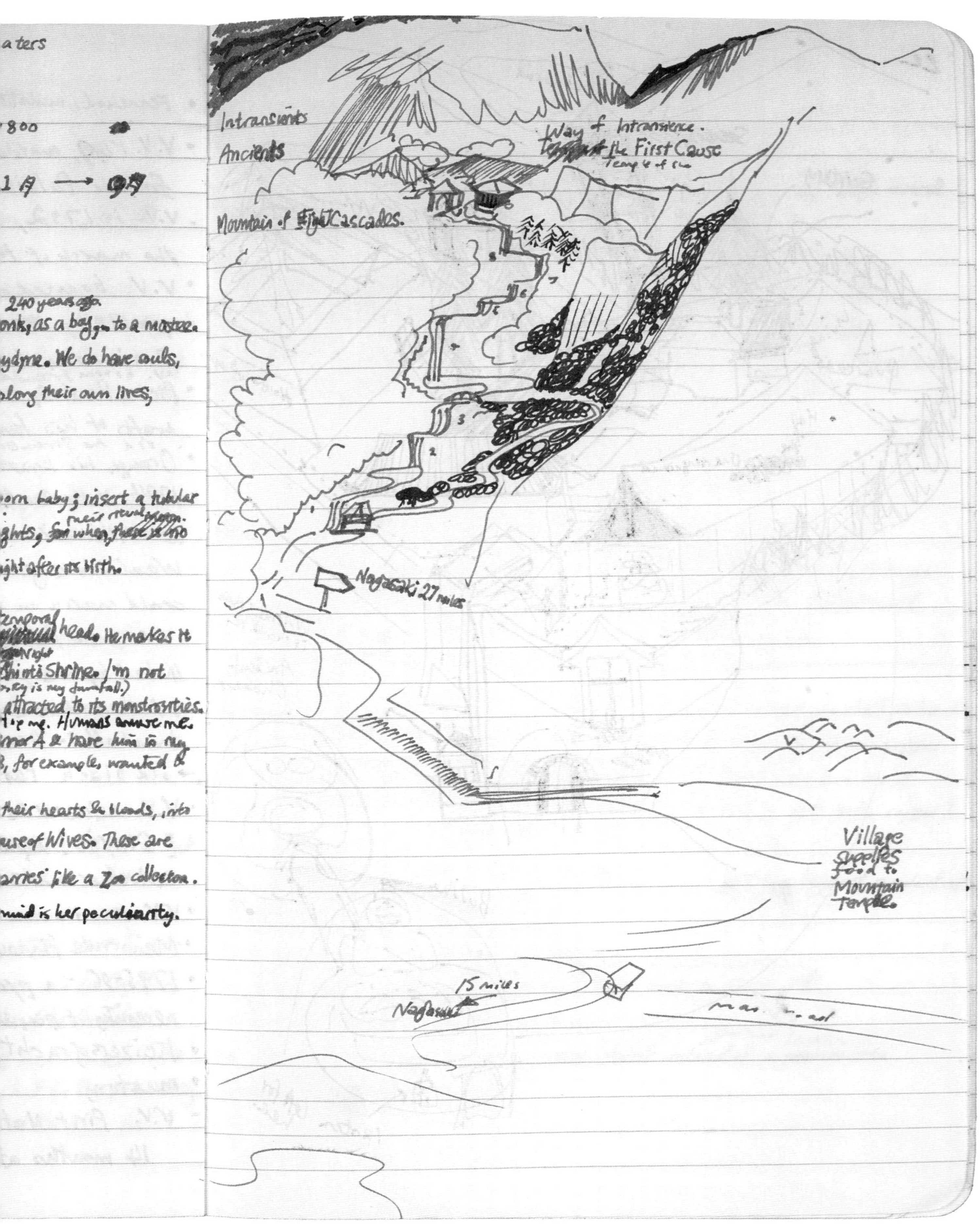
240 years ago.
attracted to its monstrosities.
Intransients
Ancients
Way of Intransience.
First Cause
Mountain of Eight Cascades.
Nagasaki 27 miles
Village supplies food to Mountain Temple.
15 miles

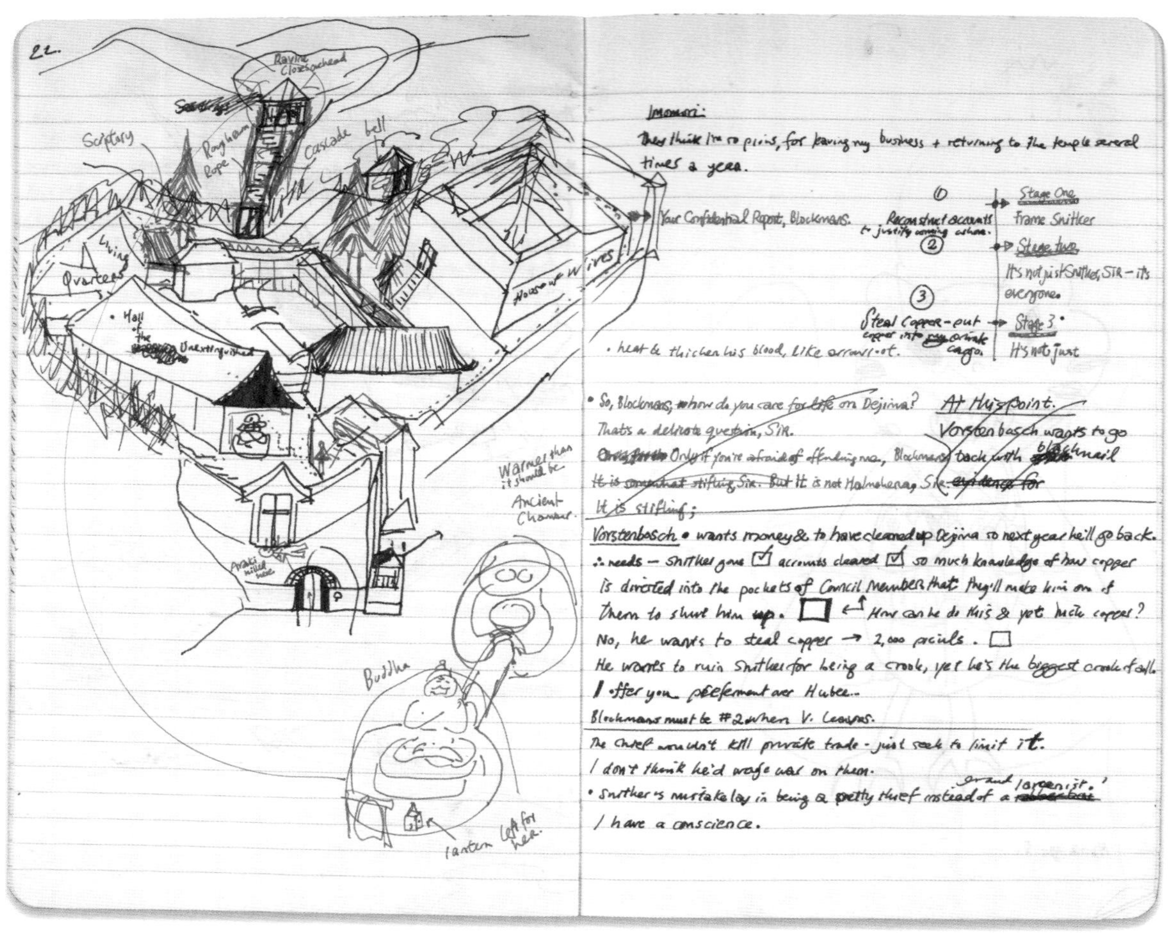

米契爾在寫《雅各布．德佐特的千秋》時的草圖。此書的內容是他一九九四年在日本西部背包旅行時，得到的靈感。數年後，他在一家咖啡館畫了那座山，並從回憶中拖出他曾造訪過的城堡，完成城堡的城牆圖。他說：「繪製這些地圖，協助我定位，並精煉。它們不會附在小說中出版，但沒有它們，小說就無法成形。」

寫，於是我將場景往南移了幾千公里，並買了一幅夏威夷地圖。寫作本來就會一變再變，但我並不覺得之前的地圖浪費了。那些地圖就像是搜索資料和素材，即便它們不會出現在完稿作品中，仍然是創作過程中的一部分，是後來成形的人物角色的一部分；它們彷彿是那些有才華、勞苦功高，卻低調、默默無聞的老師，值得追念。

地圖和小說還有另一層關係：地圖本身就是小說的藍圖，一旦地圖成形，它所描述的故事也就差不多完成。看來，我小時候「從地圖開始」的衝動並不算是誤入歧途。在我的小說《黑天鵝綠》（*Black Swan Green*）的一個章節中，十三歲的主人公傑森，為了加入村莊裡的幫派，必須衝過一排的後花園。為了避免重複，那排花園需要不同的風格；一些是經過修整打理的，另一些是荒蕪的，其中一座擺滿了小矮人偶。我也借用了希區考克的《後窗》，讓傑森偷聽或瞥見屋裡人的生活。我隨後在書頁中，為每棟房子標號並留了各自的區塊，列出該戶人口的姓名、年齡、社會階級，以及性格特徵，但組織該章節的原則和結構，全都依賴那幅說明性的地圖。

我成長於伍斯特郡一個村莊的中產家庭中，小時候我經常去附近的赫里福德大教堂，欣賞那幅中古的世界地圖。只要條件允許，現在我仍會回去觀賞那幅地圖，不只是懷舊，同時也以成長後的全新眼光研究它。它是一幅華麗的大雜燴，有最合理的猜測、經典的地標、聖經神話，以及少數的海洋。若是拿此

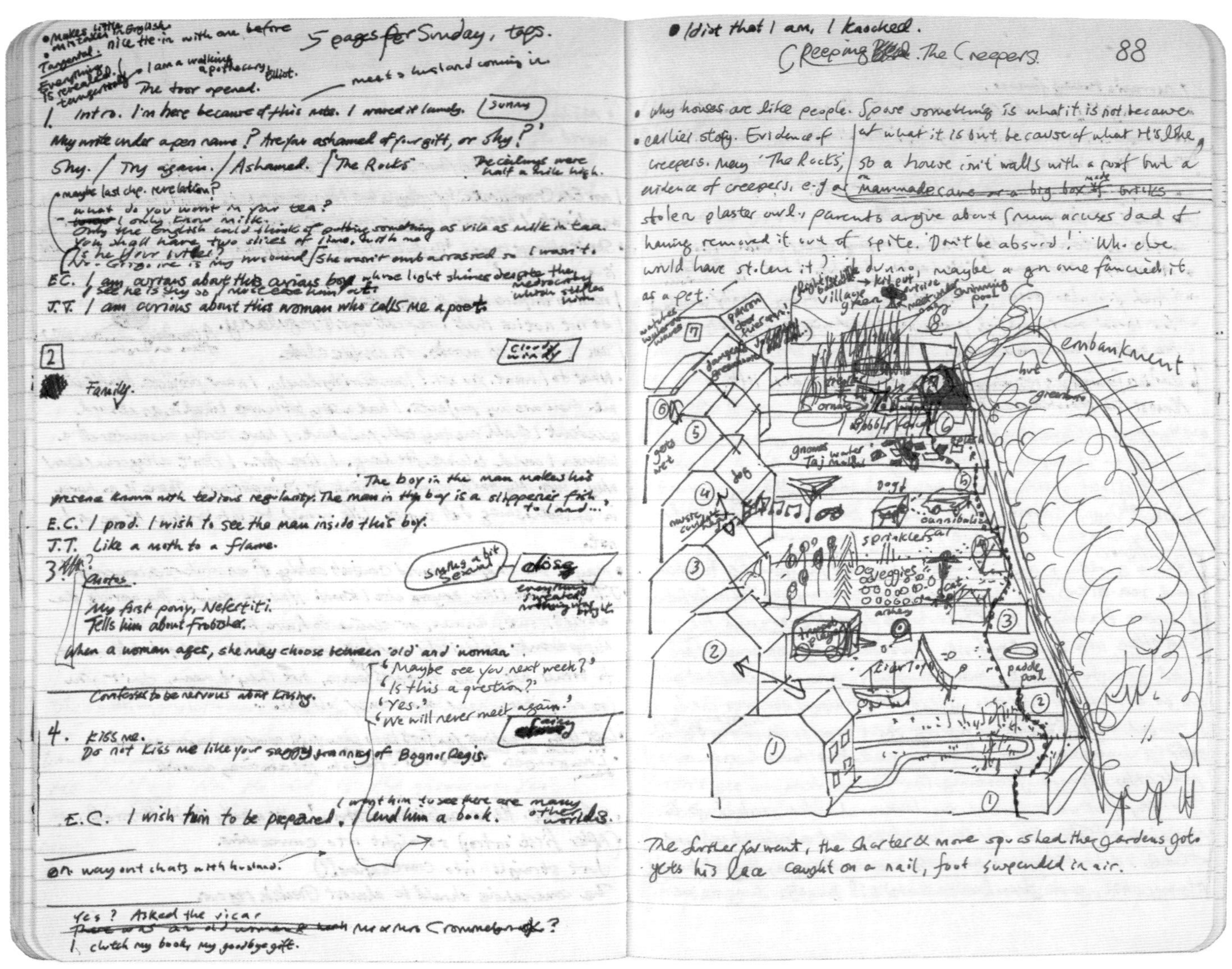

幅地圖作導航，它必定是廢物；若是將它視為中古人的思維地圖，它又太特殊，找不到它的同類。我不禁納悶，或許，那也不是虛構地域地圖的目的？它們是思維的地圖。你在這些地圖中迷失自己，並發現它們若不是真實的，便是虛造的。你對著它們沉思，你在它們之中遇見自己；你與它們親近，並在其中啟動了自己的故事。虛構的地圖，讓「想像」這類抽象無形的概念，有了具體的形式。它們既是謎，也是謎底。

在《黑天鵝綠》中，一個男孩為了加入村莊的幫派，衝過一排後花園。米契爾以黑色虛線標記出男孩的路線，每座花園都隨著房子標號。

旁頁
赫里福德地圖是平面的圓形圖，這是一三○○年代人類相信的世界模樣。耶路撒冷位於中心，周遭是亞歷山卓的燈塔、金羊毛、尼羅河三角洲和一頭挪威妖怪。

認識黑暗

與史考特和基爾學一起

英國小說家　基蘭．米爾伍德．哈爾葛芙

一個故事，就是一幅世界地圖……

「也是」每一個個人繪製的一幅以自己為中心的地圖。

——美國作家　凱瑟琳．瓦倫特，二〇一五年

✷

世界是由祕密之結捆綁在一起。

——德國火山學家　阿塔納奇歐斯．基爾學，一六六七年

在大學的最後一年，父親買了一本史考特船長最後一次探險的書送我。兩年的憂鬱症像河石一樣，將我沉入水底。我的心智被撫平，被腐蝕得虛軟無力。我需要外物協助我改變，而改變卻以一本書的形式出現了。那本書的卷首就是一幅地圖，在一片荒原上，標記著英國探險家史考特和挪威探險家阿蒙森穿越南極洲的路線：三角形的海口、南極洲的最高點。尚在二十四公里以外的史考特，看見阿蒙森的黑旗在其上飄揚。

卷尾是另一幅插圖。我習慣在翻閱一本書之前，全本搜索地圖。若能找到一幅，我會比較有安全感。我喜歡在進入閱讀之前，先把腳踏進世界中。地圖上只有他們前進的單條路線，沒有回程，因為他們並未返回。我沿著路線穿越蒼茫的冰山，橫跨低矮的大山，跨過標記著「伊凡斯」、「歐特斯」的地方，最後就是史考特、自由鳥和威爾森的「帳篷」。我用指甲滑進那道位於小小凹陷輪廓和一噸倉庫之間、將近十八公里的開口，想像一個指甲寬度所涵蓋的公里數，想像自己在天寒地凍中窩在帳篷裡。接著，我開始動筆寫作。

那本書——那幅地圖——是照入數年黑暗生活中的第一道曙光。在憂鬱的虐待下，我失去了閱讀能力，但那幅地圖，如此簡單明瞭，讓我想知道更多。我要我的腳，踏在史考特足跡邊的積雪中。

這就是我一直在做的事。小時候，父母讀謝默斯．希尼的《貝奧武夫》給我和兄弟聽時，我們會跟隨戰士的步伐穿過斯堪地那維亞半島，如此才能更好地揣摩主角的旅程。那段關鍵旅程全被收錄進《泰晤士世界地圖集》一幅跨頁地圖中，只在受到誘惑時，才會被展開。我的父親是一名地質學家。每當他提起角閃石、片岩、岩屑，這類像石頭一樣沉重的專業術語時，每當他向我們展示地質史的地圖時，我就在這浩瀚的時空中，尋找著自己的定位。即便他抽出威廉．史密斯一八

此幅卷尾地圖，出自默里出版公司一九二三年的《史考特的最終探險》（*Scott's Last Expedition*）。那次致命的南極洲探險故事，現已廣為人知，儘管當然沒有那頭北極熊。

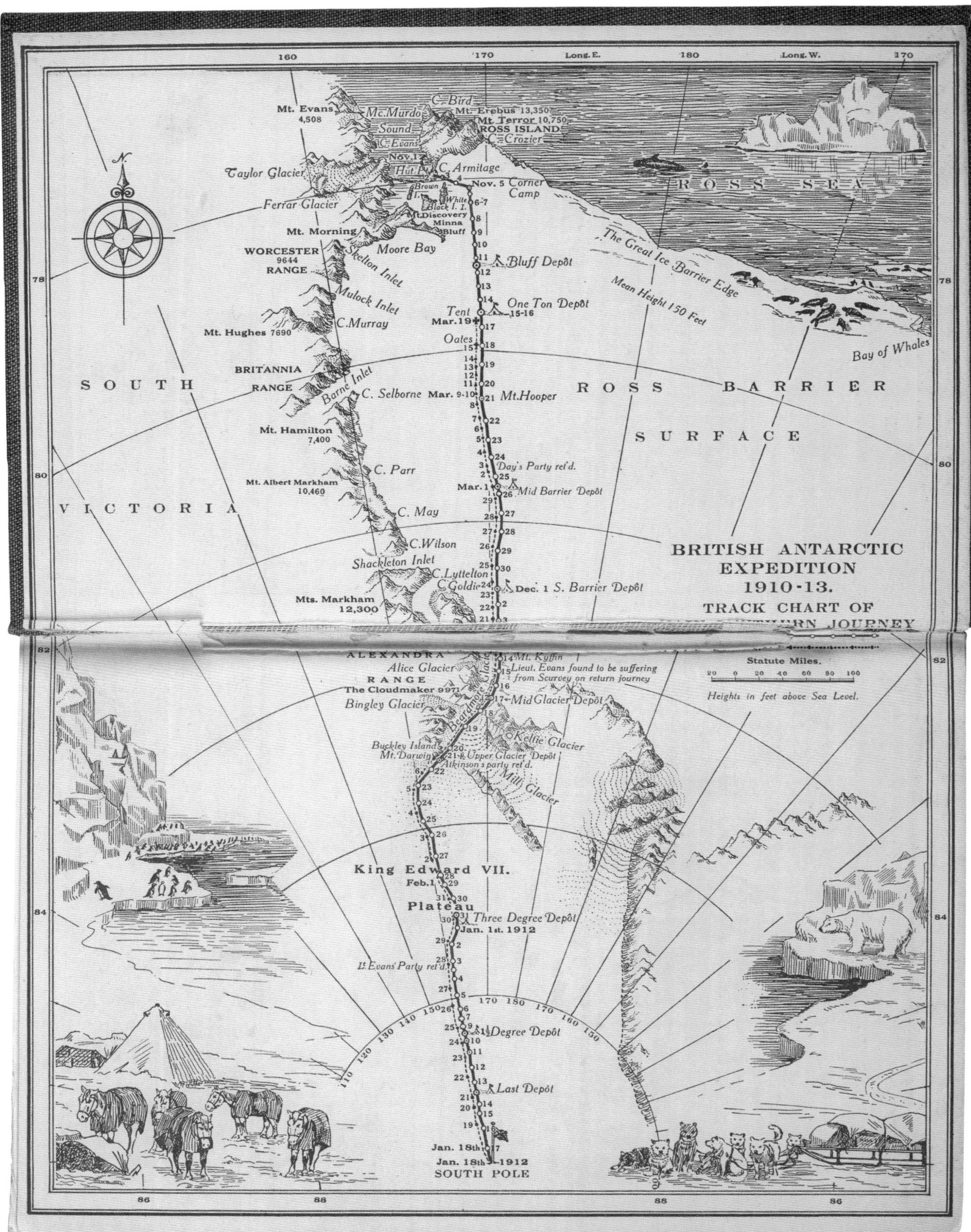

BRITISH ANTARCTIC EXPEDITION 1910-13.
TRACK CHART OF
SOUTH VICTORIA
ROSS BARRIER SURFACE
ROSS SEA
The Great Ice Barrier Edge
Mean Height 150 Feet
Bay of Whales
Mt. Evans 4,508
McMurdo Sound
C. Bird
Mt. Erebus 13,350
Mt. Terror 10,750
ROSS ISLAND
C. Crozier
C. Evans
C. Armitage
Taylor Glacier
Ferrar Glacier
Corner Camp
Mt. Discovery
Mt. Morning
WORCESTER 9644 RANGE
Moore Bay
Skelton Inlet
Bluff Depôt
Mulock Inlet
One Ton Depôt
C. Murray
Mt. Hughes 7690
BRITANNIA RANGE
Barne Inlet
C. Selborne
Mt. Hooper
Mt. Hamilton 7,400
C. Parr
Day's Party ret'd.
Mt. Albert Markham 10,460
Mid Barrier Depôt
C. May
C. Wilson
Shackleton Inlet
C. Lyttelton
C. Goldie
S. Barrier Depôt
Mts. Markham 12,300
ALEXANDRA RANGE
Mt. Kyffin
Alice Glacier
Lieut. Evans found to be suffering from Scurvey on return journey
The Cloudmaker 9971
Bingley Glacier
Mid Glacier Depôt
Statute Miles.
Heights in feet above Sea Level.
Keltie Glacier
Buckley Island
Mt. Darwin
Upper Glacier Depôt
Atkinson's party ret'd.
Mill Glacier
King Edward VII. Plateau
Three Degree Depôt
Jan. 1st. 1912
Lt. Evans' Party ret'd.
Degree Depôt
Last Depôt
Jan. 18th — 1912
SOUTH POLE

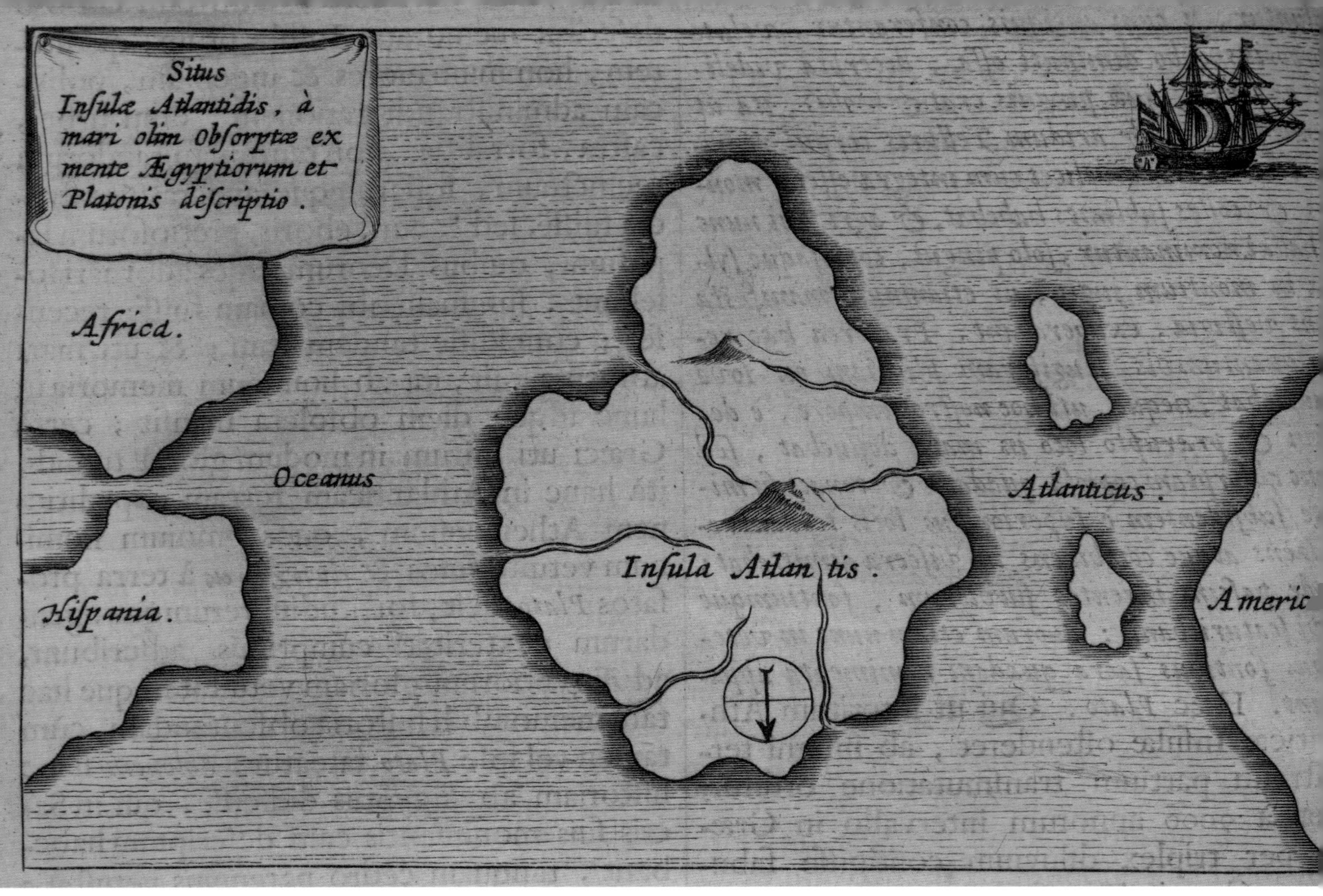

「亞特蘭提斯」首次出現在柏拉圖的一則寓言中。此圖是阿塔納奇歐斯·基爾學於一六六五年所繪製，是該島沉入大西洋前的模樣。

一五年的英國地質測量地圖，我也會在薩里的石灰岩山丘中尋找我的家。而那些地圖，在我存在以前便已度過了悠長的歲月，也會在我之後綿延下去。

無論是百畝森林、地海、碟形世界、霍格華茲魔法學院，或從史密斯到基爾學，我都會把自己放入地圖的中心。任何故事，唯一的錨點就是你自己，這也是為何地圖能完善大部分小說的原因。它們不只能協助人物在故事中迅速定下座標，同時還有讀者，更重要的是作者。我是在一次與史考特極地研究中心合作時，以及我的第一本詩集《去年三月》，邂逅了史考特的日誌。而最寶貴的是，我又重讀了一次。

我饑渴地想讀更多的地圖。我興奮地發現融合了幻想和科學的《地下世界》（*Mundus Subterraneus*）——阿塔納奇歐斯·基爾學於一六六五年出版，書中配合亞特蘭提斯的圖解，假設海浪的生成是由於海底地形的起伏。我進入牛津讀研究所後，重讀了《黑暗元素三部曲》，驚嘆於作者菲力普·普曼用一把精巧的刀切穿世界間的地層，扭曲了牛津市的地形，那也是我的現居地。最精彩的製圖學，經常出現在寫給青少年的故事中，因此我狼吞虎嚥地閱讀這些書籍：蘇珊·柯林斯《饑餓遊戲》中的反烏托邦施惠國、托爾金的中土大陸，當然，還有史帝文森的《金銀島》。我回到地圖冊，鑽研被海洋和神話包圍的地域；我跟著家人旅行，去了冰島、英國的斯凱島，以及非洲大西洋海岸外的戈梅拉島。那些火山群、海灘和海天一色的景觀，都令我嘆為觀止。從此，我確定了，魔法就藏在一座座的島嶼中。我的伙伴很快就抓到關鍵點，買了茱迪思．夏朗斯基的《寂寞島嶼》送我，並含蓄地建議我，我應該準備好，可以寫自己的故事了。

在寫書前，必須先有地圖。我在一張油汙紙張上，草草地畫了一座小島。兩條河流漸漸交匯；河岸有十六棵饅頭樹，有些是顛倒的，這麼做是為了展現透視法中的遠景，不過我後來意識到我做不到，不應該嘗試這種畫法。沿海有五個村莊以「X」標示，環繞著海岸。島中央一片空白，那是我的主角伊莎貝拉製圖的地方。她是一位製圖家的女兒，將要一窺黑暗的島心——喬亞。

下一張地圖同樣粗略，卻完全依照我的意思走。虛線表示伊莎貝拉的路線，黑色叉叉標記著死胡同。基爾學對於真實世界的魔幻解讀，提供了喬亞地質方面的資訊，而 Google 地圖允許我一邊漫步在戈梅拉島上，一邊制定時間表。我像追隨史考特船長一樣，亦步亦趨地跟隨著伊莎貝拉，共同繪製我們的神祕島嶼。

不是所有出版公司都會允許你在書中附上地圖，但我的同意了。更妙的是，他們允許我附上兩張，而且是彩色地圖。我的卷尾地圖像翅膀展開，顯露出喬亞隱蔽的深處。星號貫穿頁面，船隻航行在頁緣——那是一件美麗的物件，無論你喜不喜歡書中的故事。我的第二本書同樣始於一幅地圖，場景也是在一座島上；第三本也是。我好似在建造自己的群島；我對島嶼的迷戀，彷彿基爾學的地底暗流，越走越深。

接受訪談時，我最常被問到：「妳是如何成為作家的？」這條「從那裡——以前——到這裡——現在」的路徑，被無數次覆述，只是細節有些出入，但我通常遵循最深的溝壑通往一幅地圖。我並非任何世界的中心，無論是已知或未知的世界。我並非孤身一人處在未被製圖的地域中，儘管多年來，憂鬱的心態是如此告訴我的。但我渴望拉近史考特的帳篷和安全的距離；為了寫出伊莎貝拉的故事，我必須勉強自己繪製地圖，將光線引入我瞥見和發現的黑暗中。

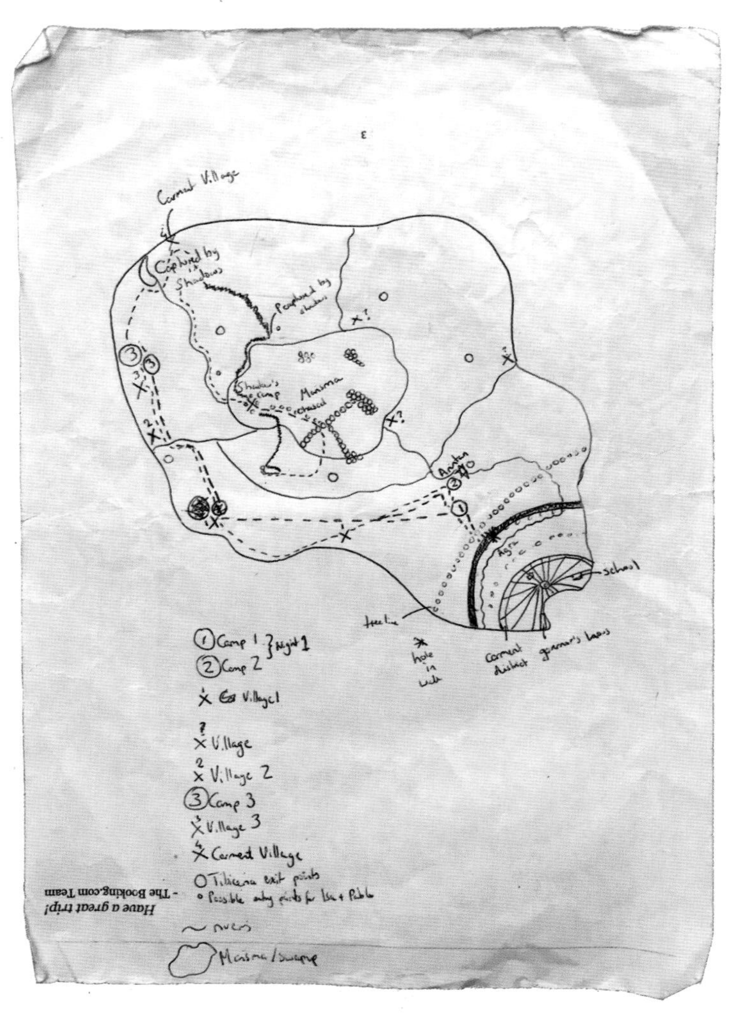

下圖
基蘭．米爾伍德．哈爾葛芙的草圖，專為《墨水星星女孩》（*The girl of Ink and Stars*）中的喬亞所繪。故事主角伊莎貝拉是製圖家的女兒，具備了星象學知識，並橫渡該島被遺忘的島心。

次頁跨頁地圖
印尼的摩鹿加群島，由比利時天文學家彼得勒斯．普朗修斯，於一五九四年繪製。圖中繪有在群島上發現的珍奇植物，比如肉荳蔻、丁香和檀香。他的地圖既是航海圖，也是商業廣告。當時，荷蘭人正進入亞洲的香料貿易市場。

HIU QVAN
NAN SII.
IN DI Æ
REG.
EXTRA GANGEM
PARS
SIAN.
Pegu.
Hiunanfu
Quilinsifu
Seuchin
Tunquin
Mecon fluvius
Menan flumen
Iangoma
Sian
Diam al: Odia
Anjo
Oganjo
Camboia
Camboja
Cochinchina
Costa de Pracel
Pulo Canbi
Pulo Citi
Pulo Condor
Pulo hube
Pulo Tymaõ
Pulo Tigao
Mon Pracem
Patane
Calatao
Ladani
Sete Pontas
I: Ratiaõ
Paõ
Calaõ
Bintan
Linga
Banca
Bibilitam
Chinabato
Nisasira
Crimata
Sucado
Panangan
Saida do Canal
I. Ainan
I. Dantam
Terra Alta
Sinoc
Tuxo
Tacheu
Lava Paragam
Luithu
Cotna
Iescitarum Ecclesia
I: de la Mao
I: Blanco
I: Venjaga
I: Sanchoa
Chinchieu
I: de los Reyes
I: Fermosa
Lequeio minor
SINENSIS
OCEANUS
INSULÆ
PHILIP
PINÆ
ARC
S. L
Babujones
C: de Engano
C: de Bojador
Philippina
Siday
Ilocos
Luzom
Moro Hermoso
Pintados
Ancon triste
Pancuasion
Luco.
G. de Matalahambre
Pondam
Mandato
Paracalle
P. do Mandato
Manilha
C: del Spirito Santo
I: de Cobos
Francisco Gomez
Ylhas del Primeiro
Surgidero
Puelhas
Abo camucho Primeiro
Caburao
Abujo
Pasage de S. Clara
Mindanao
Calamianes
Damara
Bofrote
Cavagao
Suricao
Lomiatan
Malagua
Dapito
Canola
MINDANA
A: de Resureitam
C: Bicay
Carangao
I: de Talaõ
I: da Palmeras
I: de S: Ioannes
I: dos Arecifes
I: de Matalotes
I: de Rao
I: de Dai
I: dos Graos
I: de Aguada
Pracel
Doa Tavaquero
Pulo S. Polo
I: dos Ladrones
I: de S. Maria
S. Michael
S. Clara
I: Torados
I: de la Matao
I: de S: Ioana
I: de Sagim
Baqueiraon
Arabio
Natuna
BORNEO
Malano
Tamenacerim
Tamaratos
Lave donde foy n Manuel de lima
Paco
Caburo
Laiaõ Puro
Batuaõ
Cadapaõ
Nisacera
Calanbua
Biatana
Ternati
I: Motidori
Gilolo
Camafo
Maya
Paione
Bachian
Batochina
Porto Canam CEIRAM
Hic hybernavit de Menezes
CELEBES
Abilato
Xula
Buorno
Sinomo
Ceibam
Burro
Celebres
Tobo
Pulo Gore
Banda
Pulo Rim
Pulo Ay
Aru
Aqui in bernou Martin Afonso de melo
I: de S. Matheus
Batolaja
Batutara
Terra alta
Guliam
Timor
Baixos
Guaon
IAVA, quæ et IAOA dicitur.
Balli
MARE LANT CHIDOL
NUX MYRISTICA
BEACH

INSVLAE MOLVCCAE celeberrimæ sunt ob Maximam aromatum copiam quam per totum terrarum orbem mittunt: harum præcipuè sunt Ternate, Tidoris, Motir, Machian et Bachian, his quidam adjungunt Gilolum, Celebiam, Borneonem, Amboinum et Bandam, Ex Insula Timore in Europam advehuntur Santala rubea & alba, Ex Banda Nuces myristicæ, cum Flore, vulgò dicto, Macis, Et ex Moluccis Caryophilli: quorum icones in pede hujus tabellæ ad vivum expressas poni curavimus.
Hispanicæ leucæ 17½ uni gradui competentia.
Miliaria Italica 70 singulis gradibus respondentia.
Miliaria Germanica, quorum 15 uni gradui respondent.
Visscher excudebat Aº. 1617.
I. de Sierta
Dos Colunas
Vna Colune
OPICUS CANCRI
De Sierta
Las dos Harmanas
Maloabrigo
Mano
Cherosshu
Grega
Pagan
Artomagan
Guiga
Sepan
Cherega
Matan
Gan
Botaba
Bacim
Islas
de las
Velas
IPE
GUS
LARI
AEQUINOCTIALIS
Baixos de S. Bartholome
Baixos de S. Bartholome
I. de S. Petro
Los Iardines al. la Desaprovechade
Ilhas de Corales
Ilhas dos Reis al. de Pracelis
Barbudos
I. de Paxaros
I. de Do. Aloço
De los dos Vesinos
I. de los Nadadores
I. de los Salteadores
Miracomo Vaz
De los Martires
I. de Aves
Dos Martiles
I. dos Crespos
Moo
I. de Arti
I. de Arimo
I. da Mala gente
Ilhas do Mons blácos
La Carimana
La Barbada
Los Bolcanas
C. de buen Deseo
Del Aguada
S. Thiago
Buen Puerto
Buen Puerto
S. Andres
De las Virgines
I. de los Crespos
S. Paulo
R. de S. Petro
R. de S. Augustin
S. Hieronymo
Salida
R. Baixo
El Abrigo
B. de S. Nicolas
P. de Gaspărico
C. Blanco
Buena baya
Ancon de la Natividad de nuestra Siniora
NOVA GVI NEA
Nova Guinea a nautis sic dicta, quod eius litora, locorumque facies Guineæ Africanæ multum sunt similia. ab Andrea Corsali Florentino videtur dici Terra de Piccinacoli. Partem autem esse continentis Australis magnitudo probabile facit.
Terra Baixa
Insulæ Salomonis
Nombre de Ihesus
Baixos de Candelaire
Zamba
Isabel
I. Verdes
Malarta de la Aguada
los bolrentes
S. Christovano
Amacifre
Vzerre
I. Dagoa
Dalcana
S. Nicolai
S. Thiago
With Sandel
CARYOPHILORVM ARBOR
Geel Sandel Santalum flauum
Root Sandel Santalū rubrum
Witt Sandel Santalum album

荒野之外

徒步在樹林中

童書作家　皮爾斯・托代

講故事的人，其職責就是說出事實真相，
但令我們感受最深的，並非言語文字。
在這種程度，只有想像會發生作用。
於是故事變成了符號；而符號是種神話。
——英國小說家　艾倫・加納，一九九七年

我只是想寫個動物會說話的故事——這是描述我如何著手第一本書，最簡單的說法。當時我在倫敦從事電視實境秀，但內心實在渴望回到北方的家。不過，我成為作家的旅途，早在多年前已經啟程。地圖一直對我有種魔力，儘管我現在才意識到這點，但我對探索實質圖表與人類想像的抽象大地間的關係，以及思考圖表與虛構宇宙間的互動，一直興致盎然。即便如此，大地和我們之間的連結越簡單，我們的路徑和故事的發展就越能成形。我們生活在一個美麗的星球上，應該好好珍惜它，而該如何珍惜，由你自己決定。

我小時候，一概排斥任何形式的運動。我父親像許多家長一樣，帶我們去徒步時，總會創造故事以保持我們對沿途事物的興致。大樹中一個塞滿山毛櫸葉的大洞，就是一頭沉睡飛龍的巢穴，或者老橡樹中的一個洞，是樹精的家——你瞧！樹精悄悄藏起巧克力棒，要我們去找出來。父親經常借用我們一起讀過的書中的地景，比如《魔戒前傳：哈比人歷險記》，於是我們想像自己正穿行於幽暗密林之中。同時，他教導我們閱讀地形測量圖。我後來經常被那些圖表說服，相信那些陌生的符號；認為在真實路標上未曾見過的奇怪地名，暗示著某種祕密，或代表郵局、正常的屋子、人行道底下，有另一個被繪製成地圖的世界。我渴望找出這些祕密，找到寶藏。我也喜歡描繪出腦海中虛構世界的基礎地圖——經常是一些島嶼，當然，它們都很簡單——火山、露營營地、原始森林、深深的湖水……

我的第一本書《最後荒野》（*The Last Wild*）進入出版流程之時，我知道它需要有一幅地圖。這不只是因為我熱愛地圖，也因為對我來說，地圖是伴隨我啟程、進入奇幻世界的實質關鍵證書。儘管繪製地圖耗費了一些時間，但現在我對它心存感激，因為年幼的讀者對於奇幻的接受度，遠遠高於年長讀者，而他們也比較能完全按字面意思接納。地圖搭起一道橋梁，連接讀者對於虛構世界的享

托代的第一幅草圖，是為了二〇一三年出版的暢銷書《最後荒野》繪製。書中的小英雄凱斯特來到「樹環」，這裡是某些生物的棲息地。一頭聰明的雄鹿需要他的協助，人鹿一起啟程，邁向期望能拯救世界的旅程。

N
W
E
S
To Mons
Ring of Trees
Great
Open
Spectrum Hall
First fold
Quarantine Zone
Valley of Stone
Wind's Edge
To Portus
Tall Tree Wood
ROAD TO PREMIUM
Shining Leaf Swamp
Old Burn Farm
Forest of the Dead
THE ISLAND

受和對其存在的質疑。這座厄運堡壘是不是太荒誕了，不值得我浪費時間，又或者，它是有意義的——喔，看，前面就是了，我知道你只要翻越死亡山，就能抵達了。我們出發吧！

當出版公司對我說：「當然可以，但你要自己畫地圖。」我都懵了。我對腦海中虛構世界的比例尺壓根沒有概念，它其實很模糊。過了一段時間，我才又找回童畫的感覺，這讓繪製虛構世界的地圖容易許多，也比較有邏輯，比較有趣。啟發我最大的一幅地圖，是朵貝．楊笙的姆米谷（見 102 頁）。它在調性上，打破了趣味插畫和虛構地圖之間的界限。同時，應該還有派崔克．奈斯《噪反三部曲》中的地圖，它們協助我找到了反烏托邦的製圖文法，使我的地圖不止是純粹的魔幻。當然還有艾倫．加納，他堅定地將故事場景設定在英國北部的阿爾德利埃奇附近。文學地圖的形式五花八門，有類似拼圖或線索的地圖，比如《所羅門王的寶藏》中的地圖（見 55 頁），也有類似通關護照的地圖，更有漫畫版的地圖。若你從不知道這些，或者早已忘光了，我強烈建議你

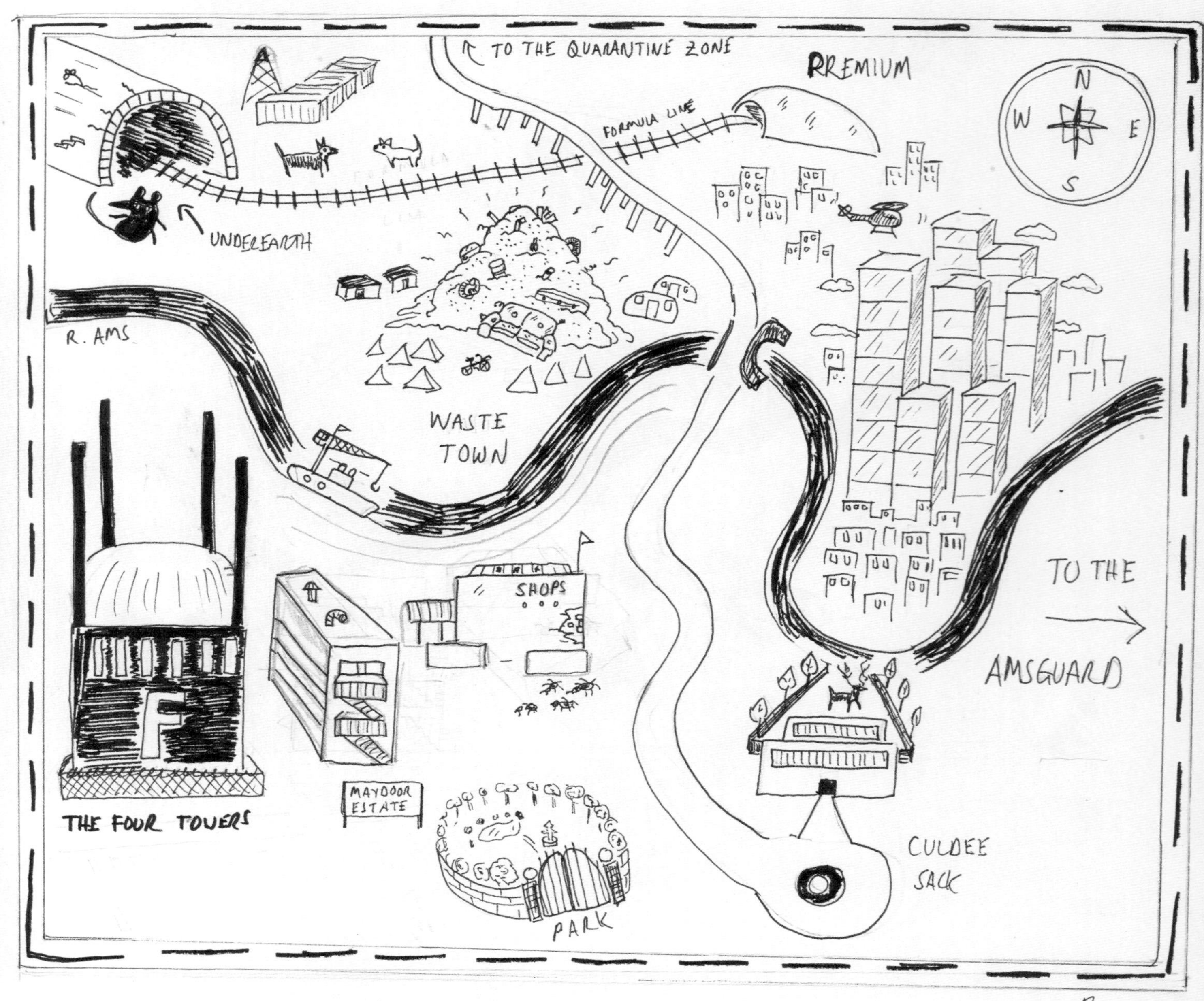

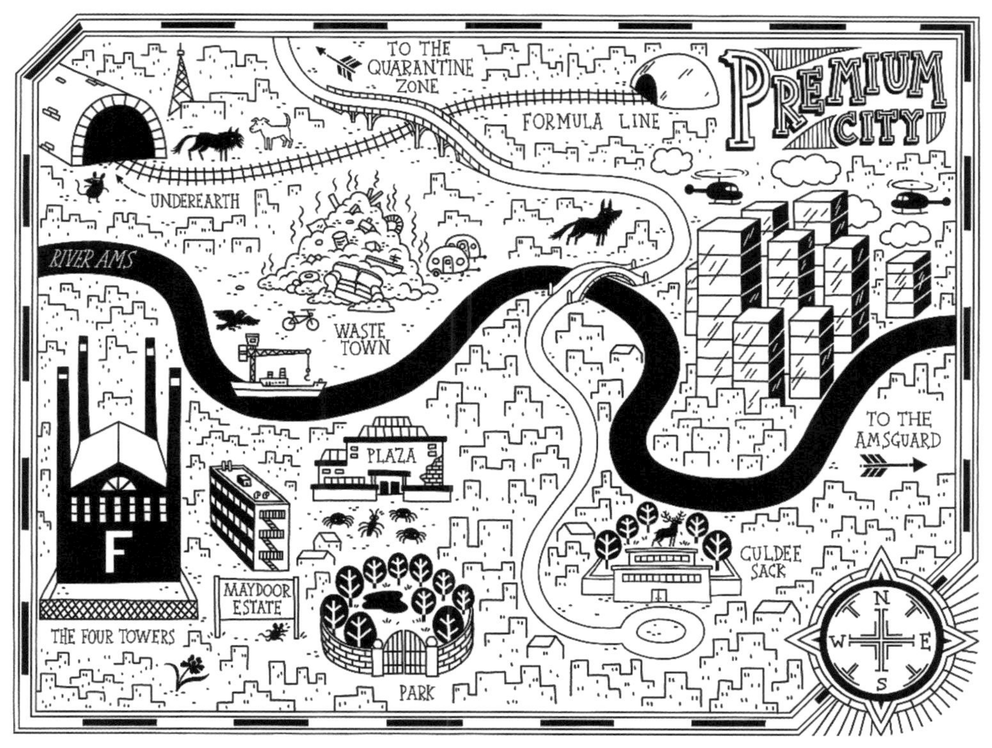

旁頁與上圖
在閃耀的普雷米恩市（Premium）下方，那深深的地底之下，有一座黑暗的荒野。那裡的動物相信，只要時機一到，就能奮起打敗他們的敵人——人類。這些是托代的草圖，而最終定案的地圖出自插畫家湯瑪士・富林森之手。

次頁跨頁地圖
諾頓・傑斯特《神奇收費亭》的卷首地圖，由插畫家吉爾斯・菲佛於一九六一年繪製。書中形容此幅地圖是：「由製圖大師精心繪製的新式地圖。」它引導米羅和他的電動汽車進入化外之境。

去找諾頓・傑斯特的《神奇收費亭》，讓作者帶著你去冒險。

我十分幸運出身自一個寫作世家。祖父是記者，為孩子寫過上百封十分有趣的家書。父親五十九歲時，完成了他的處女作——《到葉門釣鮭魚》。我受他的影響，立志寫書，於是報名了詩人泰德・休斯的寫作課。就在他的西約克夏老房子裡，我著手創作了《最後荒野》，此書的創作主旨，是想捕捉人類是如何改變周遭的環境，以及自然世界。

父親的書首刷出來數個月後，他被診斷出惡性腎癌，但他卻能在病痛纏身之下，七年忍痛伏案，撐著每況愈下的病體，出人意外地創作了七本多的小說，以及兩本中篇小說。此後數月，他未再寫作。事實上，他只能纏綿於病榻上，什麼也做不了，最後醫生通知我和哥哥前來照顧彌留的父親。父子三人不再談論書籍，最後數夜，我為他朗讀他最喜愛的《哈比人》篇章，就像我小時候，他為我念故事書。那時的感覺，既熟悉，又陌生，令人惆悵。

父親於聖誕節前夕過世。他帶著我們進入荒野森林裡的探險，以及那些探索虛構奇幻之地，尋獵樹精的巧克力，搜挖出其他精靈深埋的寶藏，都成為了我最珍貴的記憶。而我們一起在腦海裡共同打造出來的地圖，更使我成為了一名作家。

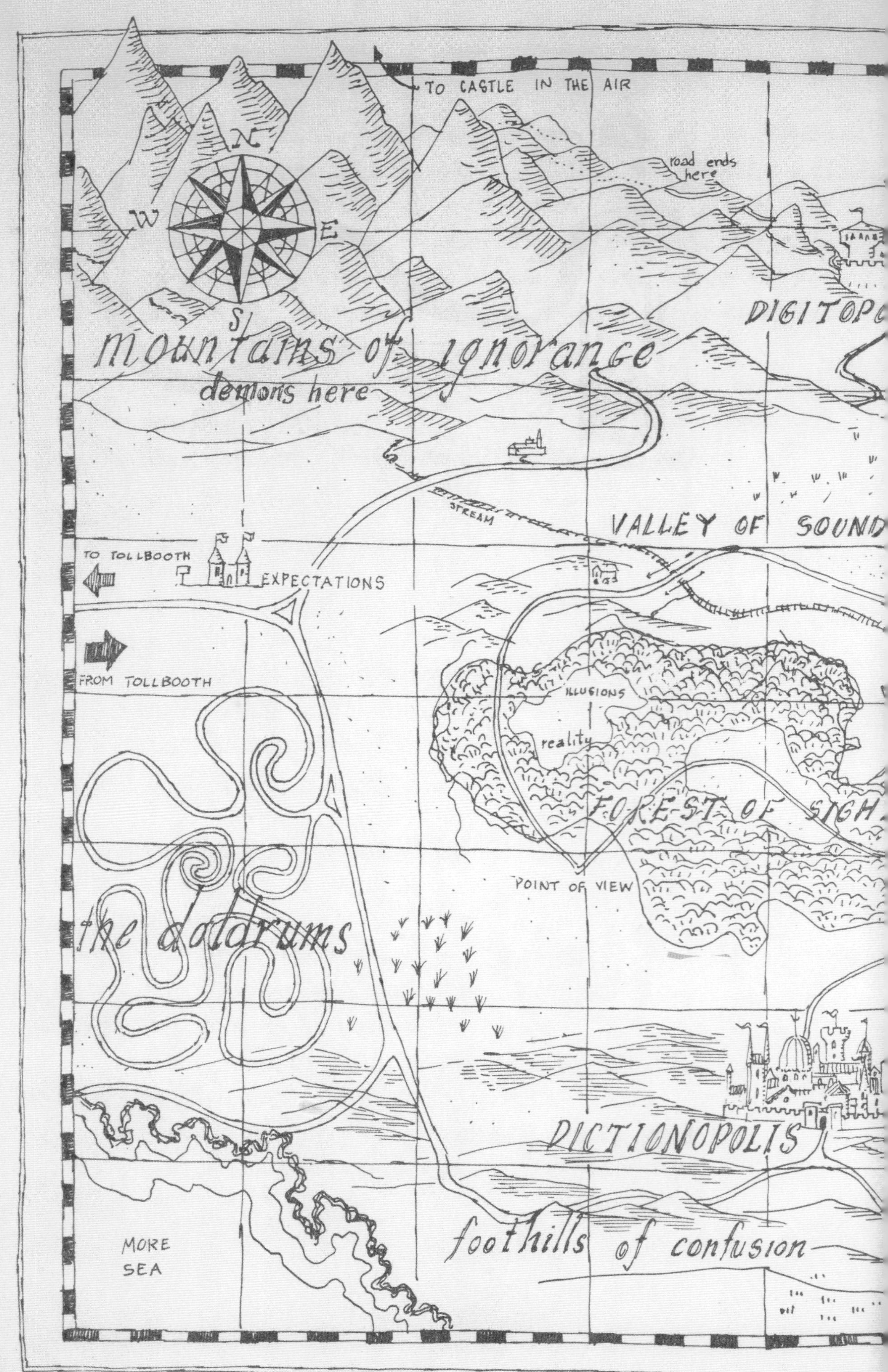

N
W
E
S
TO CASTLE IN THE AIR
road ends here
DIGITOPO
mountains of ignorance
demons here
STREAM
VALLEY OF SOUND
TO TOLLBOOTH
EXPECTATIONS
FROM TOLLBOOTH
ILLUSIONS
reality
FOREST OF SIGH
POINT OF VIEW
the doldrums
DICTIONOPOLIS
foothills of confusion
MORE SEA

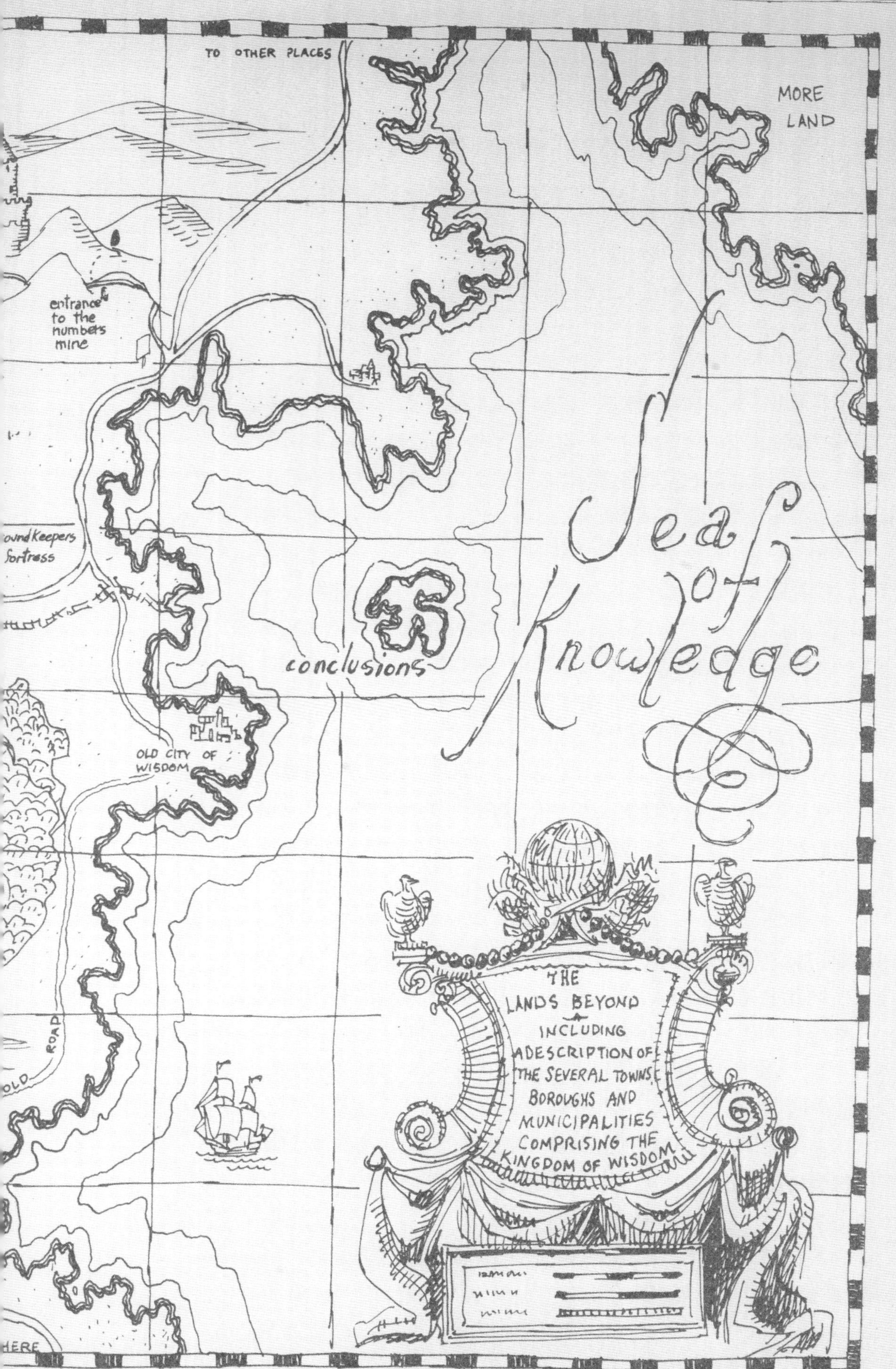

TO OTHER PLACES
MORE LAND
entrance to the numbers mine
ound Keepers Fortress
conclusions
Sea of Knowledge
OLD CITY OF WISDOM
ROAD
OLD
HERE
THE LANDS BEYOND
INCLUDING A DESCRIPTION OF THE SEVERAL TOWNS, BOROUGHS AND MUNICIPALITIES COMPRISING THE KINGDOM OF WISDOM

在我腦海中，它是真實的

在鑰匙城堡上冒險

童書作家　海倫・莫斯

有時候我覺得自己漫遊世界
只為了收集未來可以懷舊的素材。
——印度小說家　維克拉姆・塞斯，一九八三年

書中的地圖，無論真實或虛構，最令我愛不釋手的是它們的特殊魔法：它們能同時將兩種相反的效果融合在一幅圖紙上。一方面是秩序和熟悉帶來的安全感（整齊手寫或可靠的印刷字體的地名、縮小的山峰和森林、點化的沼澤地和褶邊海岸線，全都以黑墨確實地標明出來）；另一方面卻又不著邊際，蘊含絕妙的未知。書中的地圖召喚我們，即刻收拾一個小背包，啟程去追尋，翻山越嶺，又或者轉念一想，烤片土司，在爐火中添加木柴，然後翻到下一頁。

我一直深受探險考察隊的故事吸引，他們穿過冰原尋找西北航道、不畏艱險朝南極跋涉而去，或穿過險惡的叢林深處尋找失落的城市，或越過荒漠、崇山峻嶺。無論他們是在執行崇高的、被誤導的或魯莽的任務，抑或是固執己見、或勇敢的獨行，有這些前輩的引導都好太多了。我的這種熱衷，是得自父親的遺傳。我們經常快樂地在書架前流連忘返，抽出一兩個老朋友聊聊往事，彷彿我們也曾親身經歷過它們的故事，在沙塵暴中遺失駱駝，或在暴風雪中丟了狗，勇敢地面對凍瘡、高山症或痢疾，耗盡酥油或海豹脂，直到最後被迫吃馬肉或自己的靴子。

能一睹經典中的發黃地圖，多麼開心啊。阿普斯利・徹里加勒特（Apsley Cherry-Garrard）的《世界最糟糕的旅程》（*The Worst Journey in the World*）、艾瑞克・紐比的《走過興都庫什山脈》、海因里希・哈勒的《火線大逃亡》（*Seven Years in Tibet*）、傳教士蓋群英和馮貴石的《戈壁》（*The Gobi Desert*）、威福瑞・塞西格的《阿拉伯沙地》，甚至較近代的書籍，比如維克拉姆・塞斯（Vikram Seth）的《來自天堂湖》（*From Heaven Lake*）——講述一九八一年他從中國一路搭便車回到印度的壯遊。我跟隨每段旅程的虛線，默念那些遠方地名，每個發音都充滿神祕和冒險：吐魯番、喀喇崑崙山脈、喀什市、撒馬爾罕、魯卜哈利、塔克拉瑪干。

能在我自己的書中附上地圖，是多麼開心的事！《冒險島》（*Adventure Island*）是一部寫給青少年讀者的神祕系列。一開始的書名是《夏季冒險》，但在故事場景鑰匙城堡島活過來之前，我一頁都寫不出來。是它自己脫穎而出，

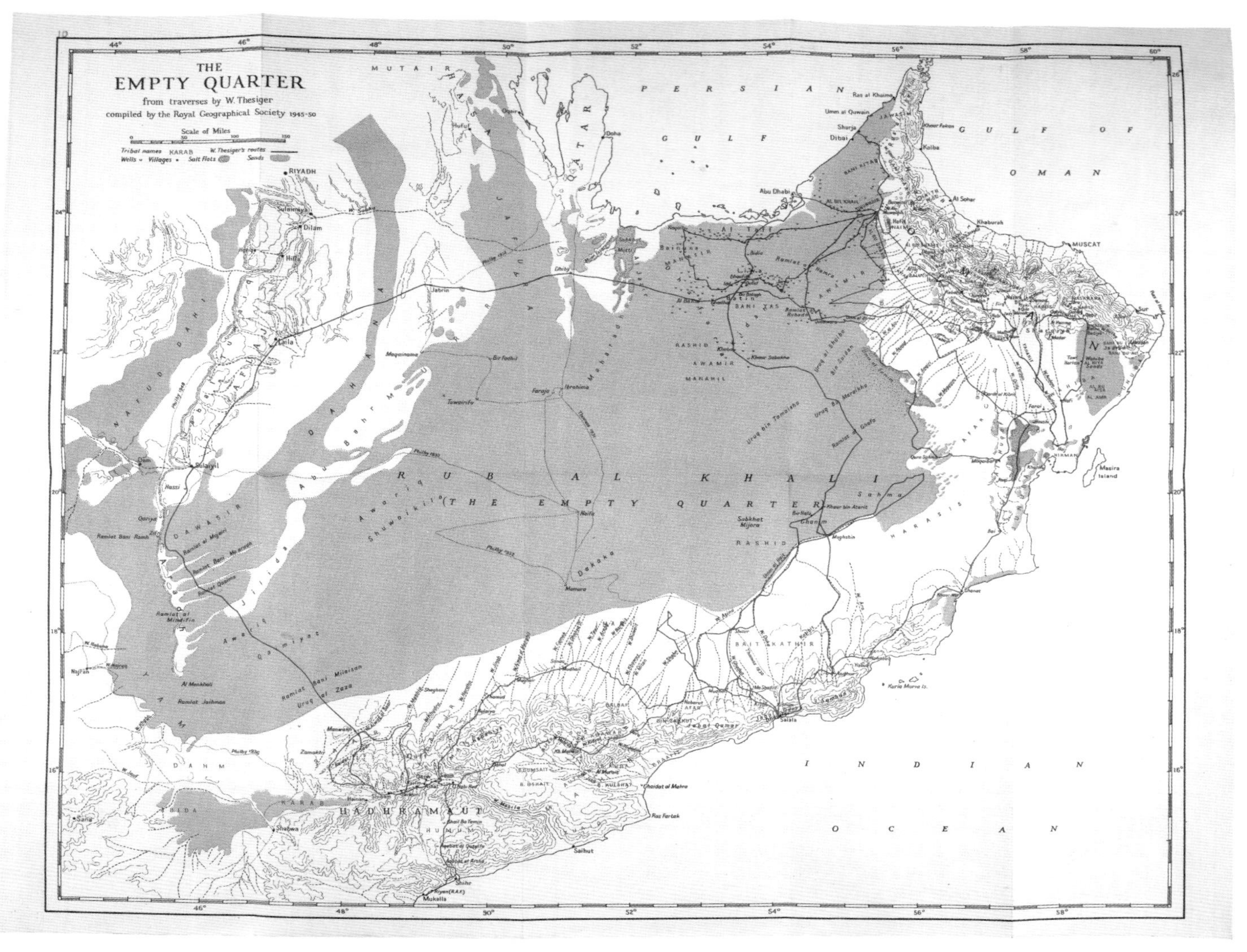

無人區，出自威福瑞·塞西格一九五九年的《阿拉伯沙地》，紅線標誌著他的路線。他寫道：「在那片沙漠中，我找到了文明之外的自由，那種擺脫物質束縛的極簡生活。」

登上了封面。不過，我其實早已對《夏季冒險》有些疑慮了。這套系列總共出了十四本，即使書中的英雄成就了傲人的破案紀錄，仍須奮力爭取在五週的暑假期間，解決掉十四起謎案。

每當我到學校演講，愛發問的孩童總會問：「妳認識 J. K. 羅琳嗎？」「妳有養狗嗎？」而最受歡迎的問題是：「世界上真的有鑰匙城堡島嗎？它是真的地方嗎？」這是十分重要的問題，但回答起來卻很棘手。這世上有不真的地方嗎？「在我腦袋瓜裡，它是真的。」我回答。有些人會再問，鑰匙城堡是否是根據真實的地方想像出來的。這通常是大人們問的，他們接受不了「在我腦袋瓜裡，它是真的」這種含糊的說法。這個問題總能讓我想起另一本我終生喜愛的旅遊書，瓊·博格（Joan Bodger）的《石楠看來如何》（*How the Heather Looks*）。書中描述一九五〇年代，一個美國家庭前往英國搜尋他們最愛的童書的起源，所經歷的一段「歡樂旅程」。你不會在地圖上找到一個叫作鑰匙城堡的地方，不過若你真的找到了，那必定是在英國彭贊斯附近，康瓦耳南岸之外二三公里的島嶼。它有一點英國聖邁克爾山島的影子，島上有一座城堡和一道海堤；但我仔細一想，它更多是根據我小時候想像

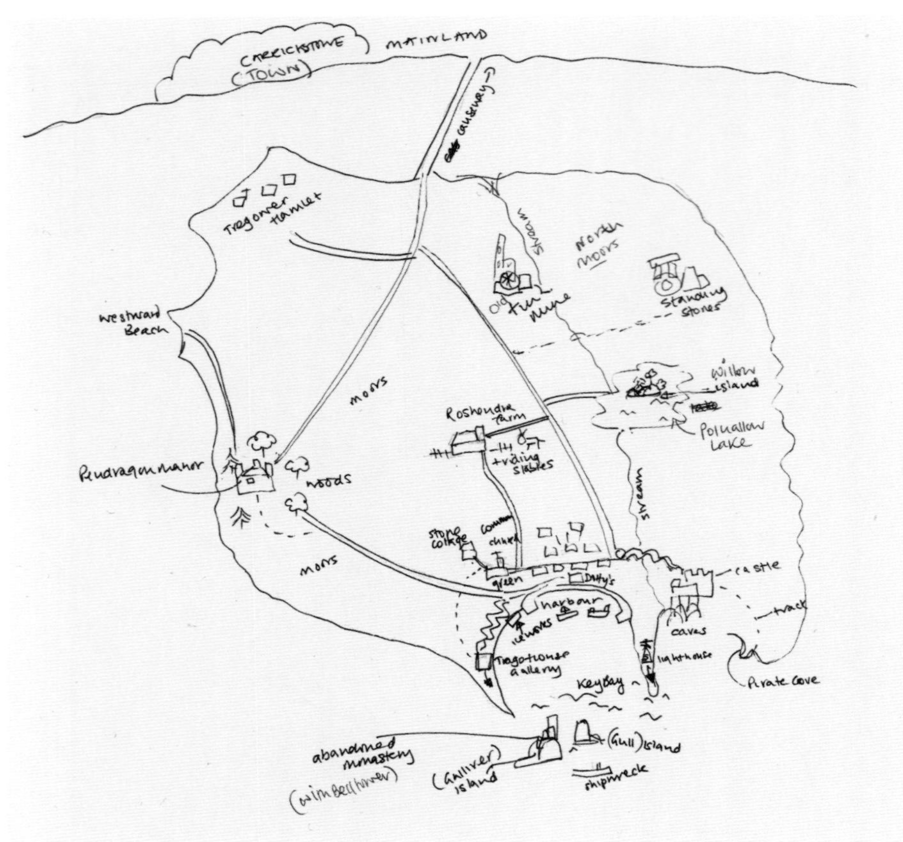

左頁草圖，是莫斯在寫小島冒險系列第一本時所繪的鑰匙城堡。後來附於書中的成品圖（下圖），是由里歐・哈爾塔斯（Leo Hartas）完成。之後，隨著續集的出版，地圖上添加了更多的地點、地名。

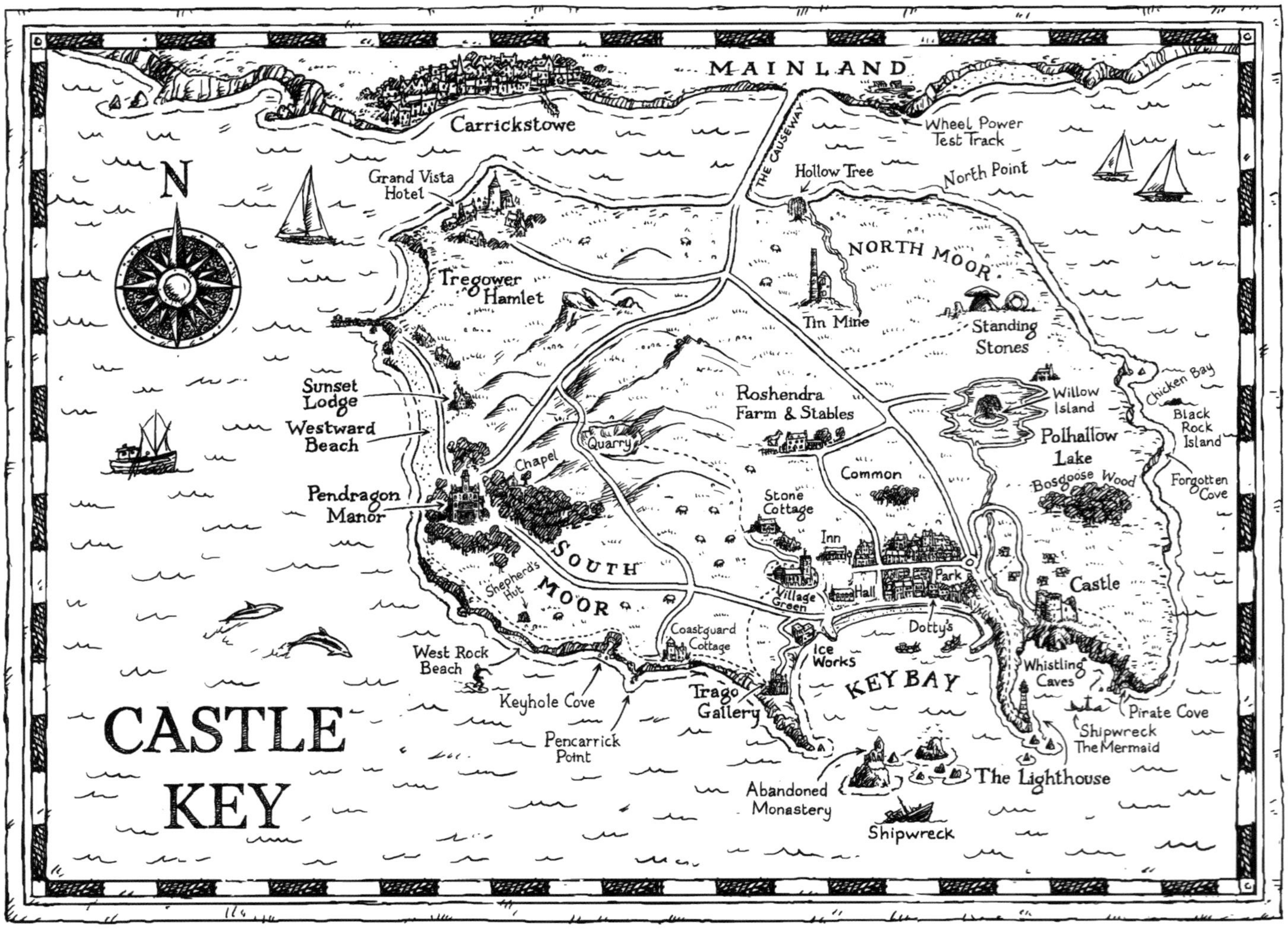

中最棒的島嶼而來。我從未有過想像中的朋友，也從來都不知道該如何結交想像中的朋友，不過，總是有想像中的島嶼浮現腦海。

儘管我熱愛到世界盡頭探險這一類的書籍，但我小時候想像中的島嶼並不偏遠，也非《魯賓遜漂流記》那類的異國情調海島。它比較像是《魯珀特熊》遇上了《五小福的冒險》（*The Famous Five*）。它在哪裡並不重要，但我認為，十全十美的島嶼必須在城鎮之外，且有特定大小。它必須小得足夠步行或單車騎行一圈，但又必須大到容納得下一座城堡、農場、燈塔、樹林、甜點店、巨石陣、圖書館、船骸、有水壩的河流，和一棵中空樹。島上必須小到足以讓人熟門熟路，並找出所有適合野餐郊遊和架鞦韆的地點，又必須大到擁有隱密角落、荒野和可供探險的小海灣、山洞。大約環島一圈七八公里，就十分適合。

如此大小的島嶼，其實也十分適合青少年神祕小說，不過要想達到一定的平衡並不簡單。我讓那些小偵探在沒有父母的指點下自行探案，同時又要顧及小朋友的人身安全和健康。一座有人居住的小島，車少寧靜的道路讓這個可能成真。我感覺這樣的小島，對十二歲的小主角們安全許多。比起大陸上的險惡馬路，他們可以在這個自給自足的世界四處亂跑；但一想到鑰匙城堡異常的高犯罪率，這種感覺又顯得我一廂情願。

**我四處搜尋我們以前最愛的書，
好似不放過任何線索的警探
仔細瀏覽那熟悉的地界。
《燕子號和亞馬遜號》系列小說……
即便是《小熊維尼》系列，都附有地圖。
它們全都是想像出來的？
又或許我們可以在某本地圖冊中找到它們？**

——瓊．博格，一九六五年

鑰匙城堡的布局，在我起草第一個故事時很快成形。《低語岩洞的奧祕》（*The Mystery of the Whistling Caves*）跟隨著精準的行程表轉動——划船繞過岬角或者步行衝過岬角、抄捷徑或者走祕密隧道——很快的，我就找來廢紙為這些相關聯的地理位置和路線畫圖了。這些廢紙被寄到插畫家里歐．哈爾塔斯手中，他神奇地將我沾有原子筆漏水的草圖，變身為美麗的鑰匙城堡跨頁地圖，並添加了飛躍的海豚和小綿羊。他將我「腦袋瓜裡的真實」，轉變成「紙頁上的真實」。

對我來說，納尼亞、瓦特希普高原和中土大陸，全是真實存在的。我誠心希望我的鑰匙城堡也能像它們一樣，真實活在讀者們的腦海中；或至少像無人區、喀喇崑崙山脈或撒馬爾罕那般真實。若我的希望成真了，全都要歸功於里歐的神奇地圖。

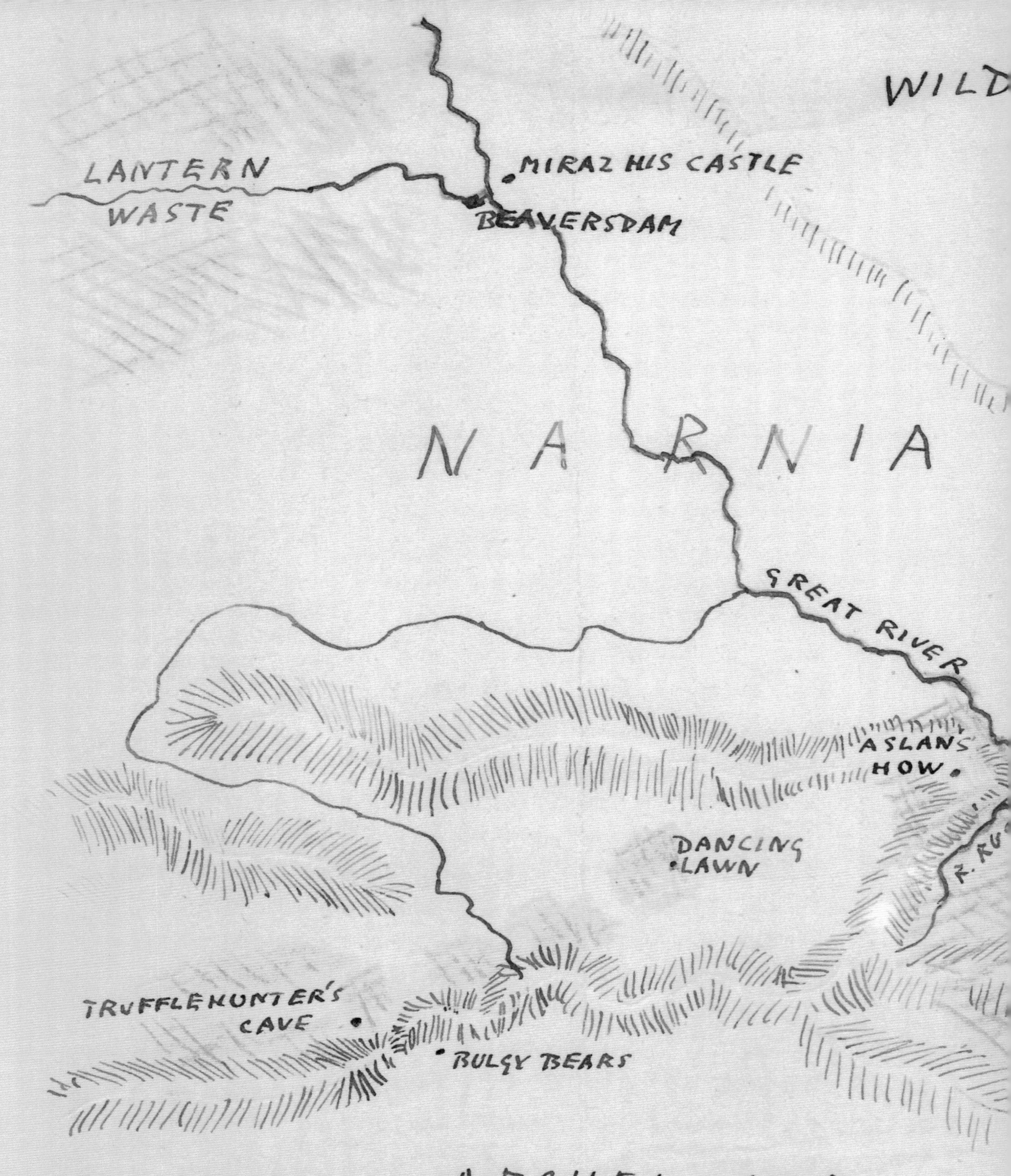

The ridge between Narnia and the Wild Lands of the N
and Archenland, real mountains.
Aslan's How is on a moderate hill: but the range of
goes Westward.
Green = major woods.
A future story will require marshes here. We nee
put in anything inconsistent with them!

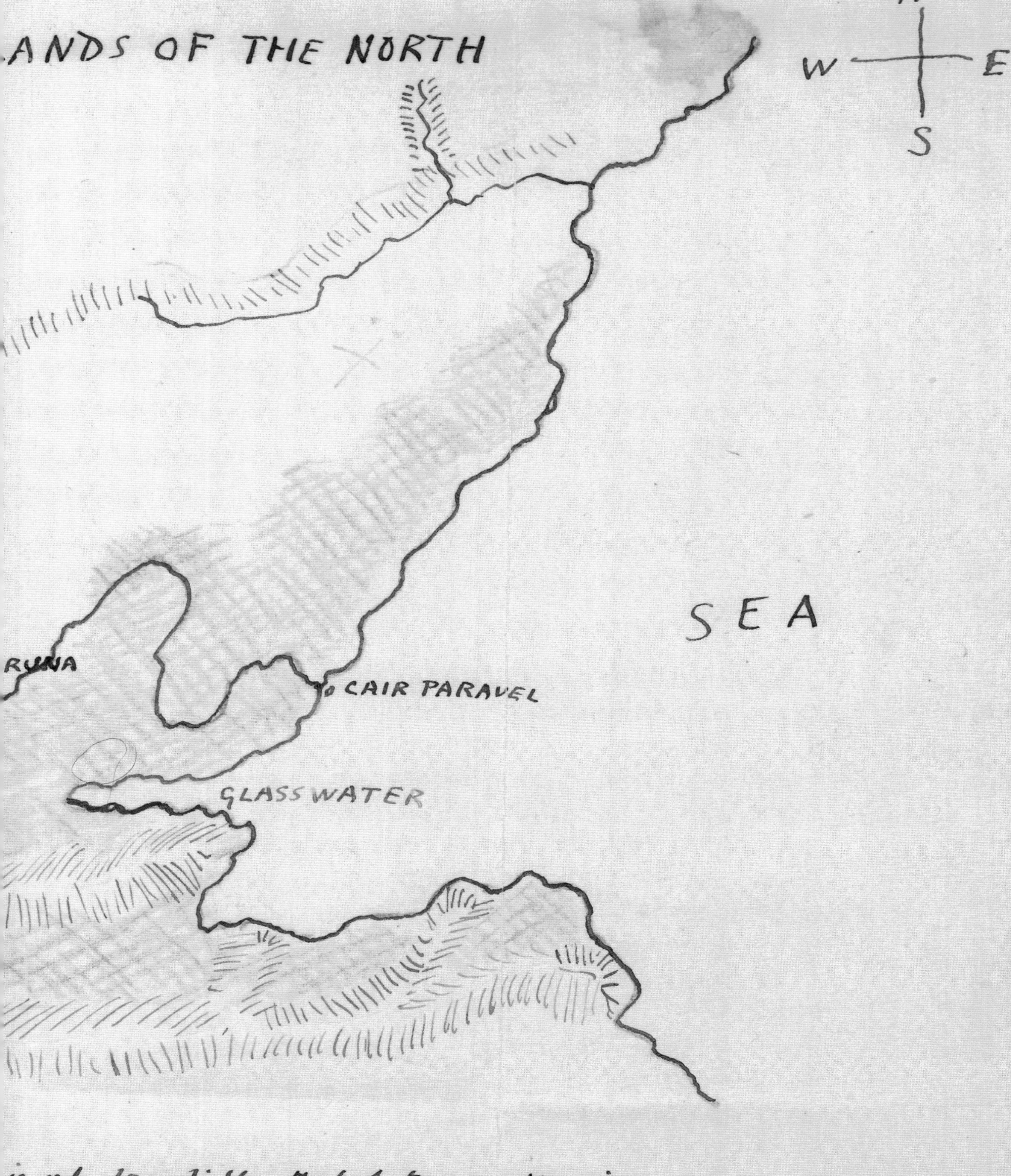

is only low hills: that between Narnia

d 'it is the Eastern end gets higher as it

mark them now, but must not

藍門之外

穿越納尼亞的路線

英國作家　艾比．埃爾芬史東

世界很大，我想趕在它黑暗之前，好好看看。

——美國環保運動先鋒　約翰．繆爾，一九三八年

✷

也許等在轉角處的
是一條全新的道路或暗門，
儘管我經常打從它們身旁經過，
那一天終會來臨，
我踏上了那些隱密的步道通往
西之明月，東之朝陽。

——J. R. R. 托爾金，一九五五年

我新書的地圖，正好剛落到我的書桌上。插畫家湯瑪士．富林森又一次將我的草圖，轉化成一個值得探險的新世界。一條鐵路帶領我們來到峽谷腳下的屋舍；一條河流切穿白樺林，蜿蜒向西流經荒野，奔向大海。往北而去，有一座城堡和小島群；再過去就是連綿的山脈，白雪皚皚的尖峰頂著雲朵。這就是北方荒原，我第三本書《黑夜轉盤》（*The Night Spinner*）的場景，我看著地圖，意識到這個世界只能算是半原創。因為我走過「北門」，跑過「無涯荒原」，爬上「刺峰」，在「失落的群島」之間泅泳——這是我童年時期的一幅地圖。一個女孩打造出自己的地域，並從童話故事、高地戰爭和峽谷上的指示牌擷取地名，這樣的冒險才叫過癮。

我成長於蘇格蘭荒地中，一到週末就忙著打造祕密基地、躲在樹屋裡、一頭跳進冰凍的河水中。當父親拿著一幅地圖走進廚房，我立刻心領神會：我們要去冒險了——爬上高地荒原找鷹巢，或鑽進峽谷搜尋隱密的瀑布。但在我們探險過的荒野中，有一處最有意思，就是從一座叫「埃茲爾」的村莊往北徒步，那裡距離我家大約幾公里。出村後，經過一道老石橋，就會看到左手邊有一扇小藍門。如果你不知道它的存在，應該會錯過它，但我父母熟門熟路並推開了藍門。門後，幾乎就是納尼亞的世界。左邊的北埃斯克河，因沖刷著荒原上的泥土而呈現棕色。河水轟隆隆地穿過一道陡峭的山溝；山溝上方的右側，有一條曲折小徑沿著杜鵑花叢、白樺林、山毛櫸和一座

前頁跨頁地圖與旁頁
納尼亞地圖的兩個版本：一是C. S. 路易斯自己的草圖，另一個是波琳．拜恩斯的經典版本。路易斯於一九五〇年手繪草圖，以協助插畫家作畫。他寫道：「在我的想像中，它應該是一幅中古世紀地圖，而非陸軍那種精準的地形測量圖。要畫上大山、城堡，或許角落裡再來一陣風，還要幾艘看似皇家專用的大船；海上要有鯨魚和海豚。」

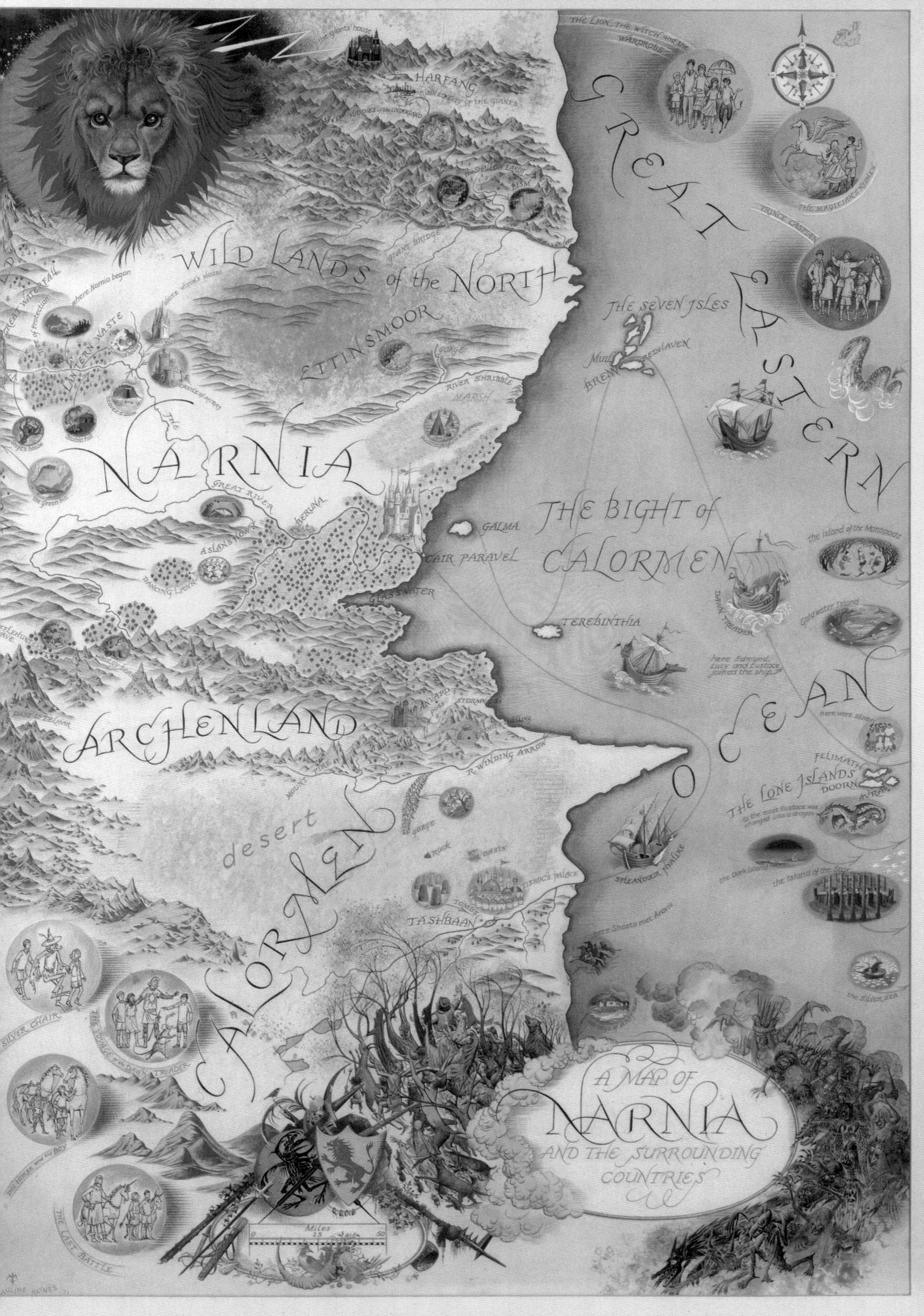

the giants' house
HARFANG
THE LION, THE WITCH and the WARDROBE
GREAT EASTERN OCEAN
the SHALLOW LANDS
BISM
THE MAGICIAN'S NEPHEW
PRINCE CASPIAN
GIANT BRIDGE
WILD LANDS of the NORTH
where Narnia began
GREAT WATERFALL
LANTERN WASTE
ETTINSMOOR
GORGE
THE SEVEN ISLES
MUIL
REDHAVEN
BRENN
RIVER SHRIBBLE
MARSH
NARNIA
GREAT RIVER
BERUNA
GALMA
CAIR PARAVEL
THE BIGHT of CALORMEN
the island of the Monopods
ASLAN'S HOW
DANCING LAWN
GLASSWATER
DAWN TREADER
Goldwater Island
TEREBINTHIA
here Edmund, Lucy and Eustace joined the ship
ANVARD
STORMNESS
PASS to TELMAR
ARCHENLAND
R. WINDING ARROW
MOUNT PIRE
FELIMATH
THE LONE ISLANDS
DOORN
AVRA
desert
GORGE
ROCK
OASIS
TISROC'S PALACE
TOMBS
TASHBAAN
SPLENDOUR HYALINE
the Dark Island
the Island of the Star
here Shasta met Aravis
the Silver Sea
CALORMEN
SILVER CHAIR
THE VOYAGE of the DAWN TREADER
THE HORSE and his BOY
THE LAST BATTLE
A MAP OF NARNIA AND THE SURROUNDING COUNTRIES
Miles
0
25
50
PAULINE BAYNES

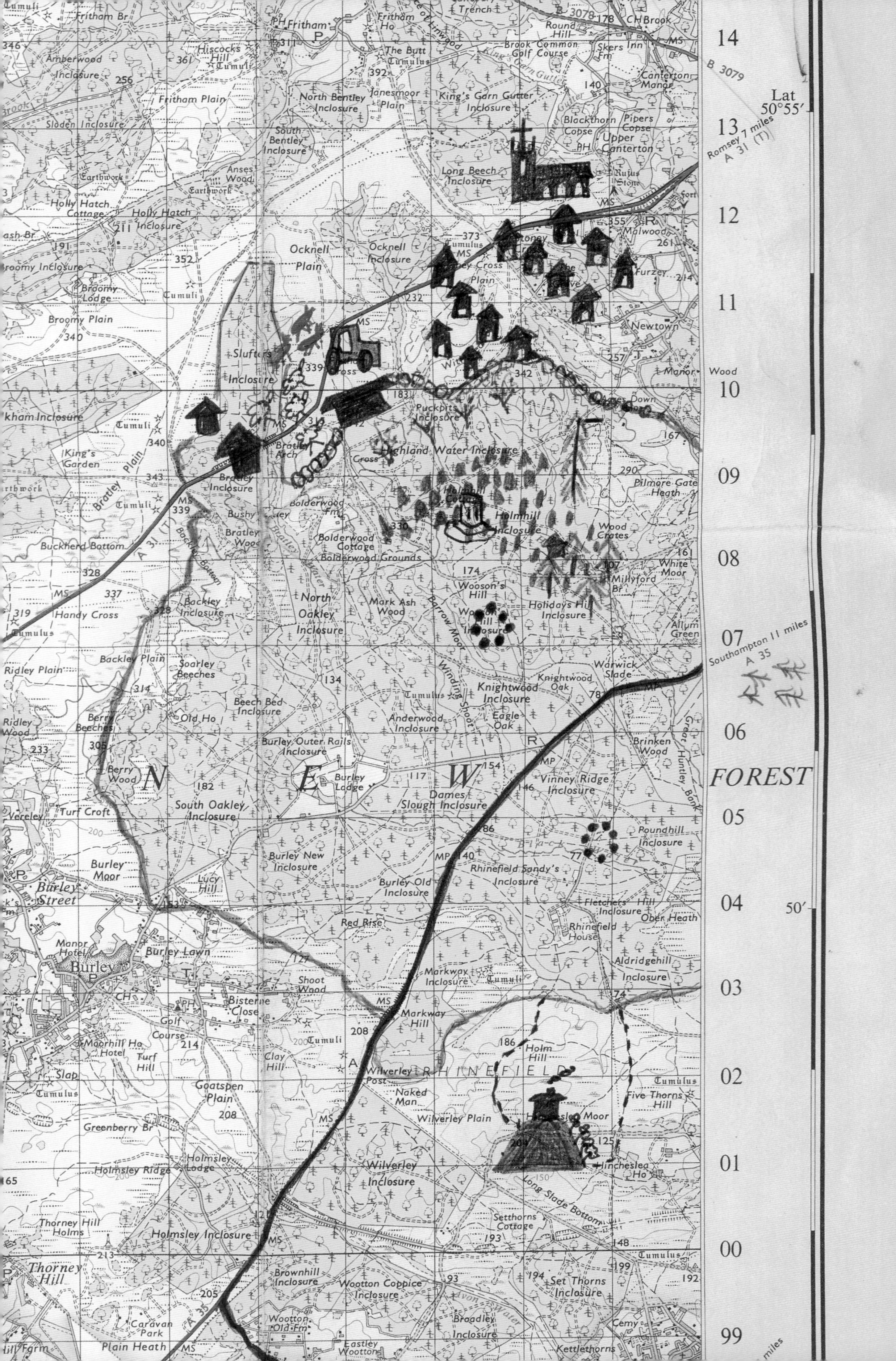

Fritham Br
Fritham
Fritham Ho
Trench
Round Hill
Brook
Amberwood Inclosure
Hiscocks Hill
The Butt
Brook Common Golf Course
Skers Inn
B 3079
Fritham Plain
North Bentley Inclosure
Janesmoor Plain
King's Garn Gutter Inclosure
Canterton Manor
Lat 50°55′
Sloden Inclosure
South Bentley Inclosure
Blackthorn Copse
Pipers Copse
Upper Canterton
Romsey 7 miles A 31 (T)
Long Beech Inclosure
Anses Wood
Earthwork
Rufus Stone
Holly Hatch Cottage
Holly Hatch Inclosure
Malwood
Ocknell Plain
Ocknell Inclosure
Broomy Inclosure
Broomy Lodge
Furzey
Broomy Plain
Newtown
Slufters Inclosure
Manor
Wood
Puckpits Inclosure
Highland Water Inclosure
Bratley Arch
King's Garden
Bratley Plain
Bratley Inclosure
Pilmore Gate Heath
Holmhill Inclosure
Bolderwood Fm
Bushy
Bratley Wood
Bolderwood Cottage
Bolderwood Grounds
Wood Crates
Buckherd Bottom
White Moor
Millyford Br
Wooson's Hill
Handy Cross
Backley Inclosure
North Oakley Inclosure
Mark Ash Wood
Barrow Moor
Holidays Hill Inclosure
Allum Green
Ridley Plain
Backley Plain
Soarley Beeches
Knightwood Oak
Warwick Slade
Southampton 11 miles A 35
Knightwood Inclosure
Beech Bed Inclosure
Anderwood Inclosure
Eagle Oak
Winding Shoot
Ridley Wood
Berry Beeches
Old Ho
Burley Outer Rails Inclosure
Brinken Wood
Great Huntley Bank
Berry Wood
Burley Lodge
N
E
W
FOREST
South Oakley Inclosure
Dames Slough Inclosure
Vinney Ridge Inclosure
Turf Croft
Vereley
Poundhill Inclosure
Burley New Inclosure
Burley Moor
Rhinefield Sandy's Inclosure
Lucy Hill
Burley Old Inclosure
Burley Street
Fletchers Hill Inclosure
Ober Heath
50′
Red Rise
Rhinefield House
Manor Hotel
Burley
Burley Lawn
Aldridgehill Inclosure
Shoot Wood
Markway Inclosure
Bisterne Close
Markway Hill
Golf Course
Moorhill Ho Hotel
Turf Hill
Holm Hill
Clay Hill
Wilverley Post
RHINEFIELD
Slap
Naked Man
Five Thorns Hill
Goatspen Plain
Wilverley Plain
Greenberry Br
Hincheslea Moor
Hincheslea Ho
Holmsley Ridge
Holmsley Lodge
Wilverley Inclosure
Long Slade Bottom
Thorney Hill Holms
Setthorns Cottage
Holmsley Inclosure
Thorney Hill
Brownhill Inclosure
Wootton Coppice Inclosure
Set Thorns Inclosure
Avon Water
Caravan Park
Wootton Old Fm
Broadley Inclosure
Cemy
Plain Heath
Eastley Wootton
Kettlethorns
Hill Farm
14
13
12
11
10
09
08
07
06
05
04
03
02
01
00
99

荒廢已久的小城堡而行，最後穿過山溝，來到濱海湖、荒原和大山。

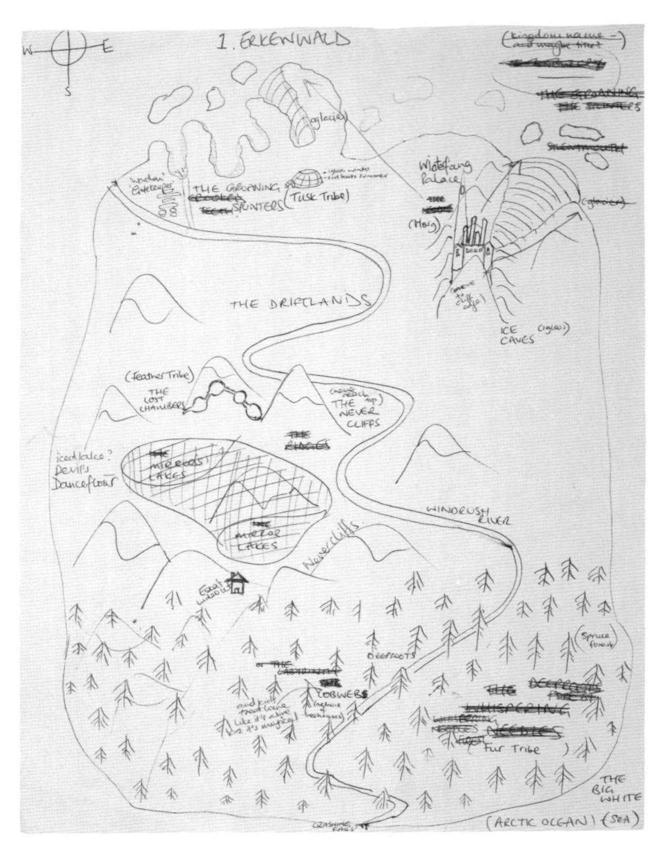

我的每個故事都是從畫一張地圖開始，因為只有故事人物在一地與一地之間穿梭，故事情節才能展開。也許地圖是我創作過程中的必要元素，因為我有閱讀困難，需要視覺的提示協助將我腦中的創意定錨成一個有條理的故事。也許只是因為我的故事主題都在探索、追尋，我覺得我更像是在捕捉冒險的本質——那些穿過原始土地的驚險旅程——若我能瞥見那些森林、海洋和大山，便能讓我的捕捉更確實。無論理由為何，我總是依靠繪畫帶出故事。有時候，我會直接在陸軍地形測量局的地圖上，描繪出腦海中的虛構世界；有時候，我只是找來一張白紙，利用記憶中曾發現的有趣地貌、地景來作圖。

我經常在寫作過程中卡住，就是搆不到那些文字。但這種情形，從未在我塗鴉時發生。我畫得並不好，比例總是不對，經常是除了自己，別人都看不懂，但我下筆總是果決，毫不猶疑。這裡要有一個濱海湖，也許給它一點陰森森的感覺；那裡要有一座小城堡，存放著一架荒廢的鋼琴；北邊還要有一片荒原，點綴著片片沼澤。

我坐下來為《黑夜轉盤》繪製地圖時，意識到自己畫出來的，全是那扇藍門之後的風光。故事中的人物首先穿過了一座叫作「格萊鼓米」的村莊，類似埃茲爾村，然後他們穿過「北門」，這扇北門其實就是被我添加了魔法的藍門。緊接著就是模擬北埃斯克河的「咔嗒山溝」，隨後故事人物發現了那棟小城堡，這是根據我小時候讀到的桃里塔（Doulie Tower）畫出來的。再來就是「無涯荒原」，這片荒原就是我觀賞老鷹翱翔時的那片丘陵。最後，我的人物來到了「刺峰」，它是根據我在刺骨寒風中，攀登過的蘇格蘭凱恩戈姆山脈中的洛赫納加山。

旁頁
埃爾芬史東在陸地測量局的地圖上，描繪出想像中的路線。她說：「我的冒險故事都出於那些想像出來的世界，而我的地圖幫助我將故事情節定位。」

上圖
在埃爾芬史東最近的一本新書《天空之歌》（*Sky Song*）中，場景來到了爾肯沃德，那是一塊擁有大山、森林和冰河的大地，也是毛族、羽族和牙族的家，還有北極熊、老鷹和狼群四處徜徉。

繪製虛構世界的地圖，就像在召喚一個無人涉足過的大陸。這是說故事的過程中，最天馬行空、最刺激的部分。而為自己的世界取地名，更像是在無聲宣告那片原始荒野的所有權。這時，音律的起伏和字面的涵義都十分重要。「勝利憐憫石堆」是《黑夜轉盤》中的一堆石頭，也是進入荒原地底迷宮的入口。這個地名的靈感出自蘇格蘭童話：約翰．萊斯（John Rhys）的《勝利憐憫史都里》（*Whuppity Stoorie*）。它是借用格林童話「侏儒妖」的主題。故

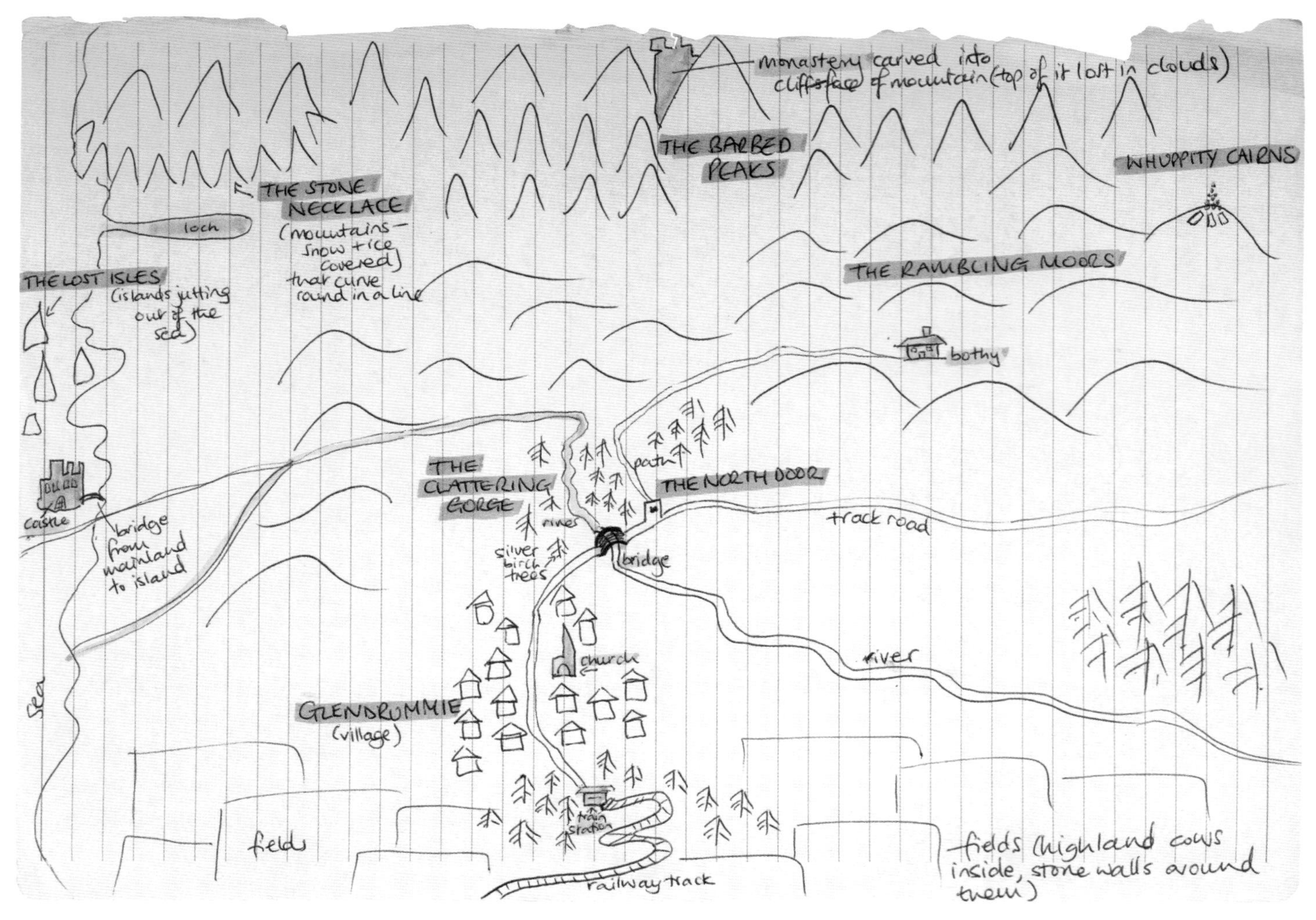

一個蘇格蘭孩童的童年記憶，激發了《黑夜轉盤》的故事。作者埃爾芬史東說：「我畫了一道鐵軌穿過谷底的一群屋舍，又畫了一條穿過白樺林的河流。還在大陸之外，畫了一座城堡和一群小島，再畫上一排白雪皚皚的山峰。」旁頁是插畫家湯瑪士・富林森的完稿版本。

事中，有一名來自「基特勒朗坑」的女人，如果她想要保住她的嬰兒，就必須猜出一個精靈的名字，也就是「勝利憐憫史都里」。「勝利憐憫」（Whuppity）這個詞，實在完美。你看看，它令人神往的開場字母，你聽聽，它淘氣的高低起伏音調，以及結尾時的微笑嘴形。我一聽到「勝利憐憫」（Whuppity）這個字，立刻就放進口袋裡收藏起來；「基特勒朗坑」（Kittlerumpit）這個字也是。畢竟除了它，還有什麼更適合拿來命名一個荒原地底的一個小妖精呢？

菲利・克蘭基（Fillie Crankie）是我安置在「無涯荒原」中，一棟茅屋的名字。我這樣命名，有兩個緣由，一是因為每次父母開車載我和兄弟姊妹經過基利克蘭基（Killiecrankie）時，我們就會扮鬼臉。那是位於珀斯郡內一座知名的森林峽谷，也是一六八九年基利克蘭基大戰的戰場。我們的鬼臉是因為那個字聽起來很逗，子音和母音結合的淘氣音律，就像羅爾德・達爾的大鼻子瓜「Snozzcumber」讓所有孩童發笑一樣。另一個原因，是因為我最小的弟弟會用風笛吹奏「Killiecrankie」這個字的音律，而我和其他兄弟姊妹就在客廳裡手足舞蹈。我採用 Killiecrankie 這個字的概念，為我的小茅屋取名，但我知道在我的故事中，它將是一名精於弩箭的獨立女性的家，因此，我給它取名為「菲利・克蘭基」（Fillie Crankie）。

「孤寂岩」是失落的小島附近一個海豹精的家，也是北埃斯克河岸，安格斯和亞伯丁郡的一個路界，因為它完全捕捉了我想創造的場景氛圍。類似的情況也發生在我的第二本書《影子守護人》（*The Shadow Keeper*）。我借用康沃爾南岸的一個海角，格里班頭（Gribben Head）取了「尼啜頭」，因為它呼應了我想要的魔法和淘氣的特質。那是一座半島，我的人物必須穿越此地，以抵達「惡魔的水珠」。不過有時候，打從一開始就有了地名，它們在我潦草起圖時就冒了出來，好似它們一直都在。比如「項鏈石」，那一圈難以企及的大山，被白亮耀眼的冰雪圍繞著，並且是一個叫作「高牆樹」的巨人的家。

有些人反駁，稱地圖會限制想像，因為它給了讀者一個預設的場景。但我不同意。地圖也許能提供一座森林，但讀者會告訴你那些樹的氣味；地圖也許能為你展示大海，但讀者會告訴你哪裡有海精怪泅泳。地圖在讀者和故事之間，搭起了親密的連結。小時候，我會用手指沿著文學地圖畫著，跟隨故事人物的旅程腳步。我能精準地告訴你《納尼亞》中，姬兒．波爾是在雪利波河旁

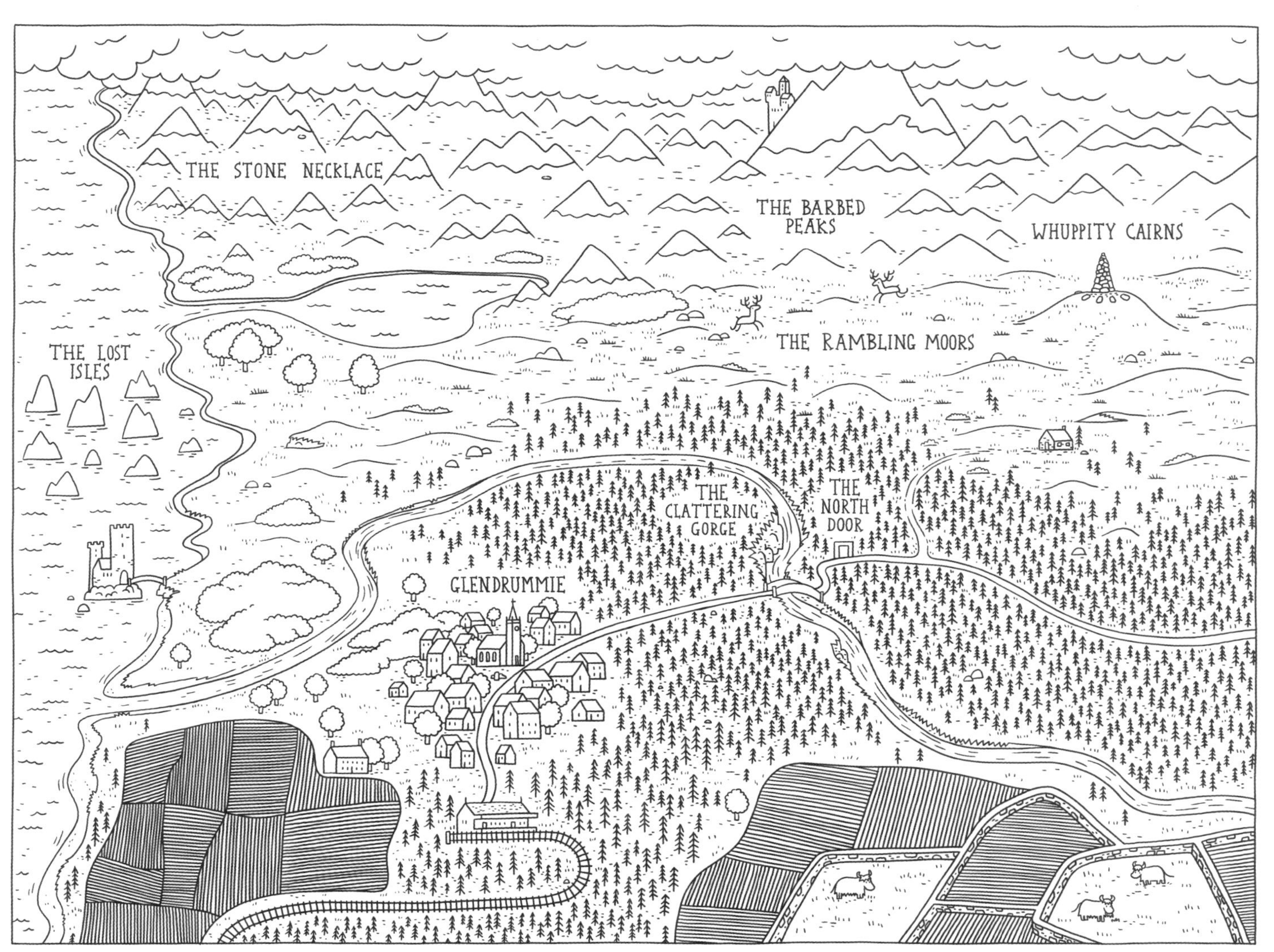

沼澤地的哪個地點，遇到沼澤族人泥桿兒；也能準確地指出愛德蒙．佩文西在西方樹林初遇白女巫的地方——這些全是我自己想像出來、穿越納尼亞的路線。

由波琳．拜恩斯繪製的納尼亞地圖，讓我得以大膽想像地圖以外的納尼亞世界。這幅地圖使我相信有一個異世界就藏在衣櫥壁之後，穿過櫥壁將來到西方樹林，再進入環繞樹林的荒原大山，向東滑進凱爾帕拉瓦宮，而此時我甚至都還沒開始讀第一章。露西推開衣櫥門的一剎那，我深受震撼，這是文學世界中最撼動我的一刻（除了，菲力普．普曼的萊拉騎著北極熊歐瑞克越過北極冰原）。我經常納悶，不知是不是因為我從來都相信木門之後，存在著五花八門的世界。那一剎那，填滿了我的童年世界。

地圖對我的吸引持續到現在，特別是米雪兒．佩弗的《遠古幽暗的紀年》系列的地圖，這些是我近期發現的。小主角托瑞克、他的朋友芮恩和狼的世界——雷霆瀑布、靈界之山、鸕鷀島、冰河——全都鮮活地印在我的腦海中。就在我閱畢此系列最後一集後不久，我拿著佩弗的地圖，一張石器時代斯堪地那維亞半島的再創作地圖，走了一趟真實的體驗之旅。我北上到挪威北部觀賞虎鯨、乘坐哈士奇拉的雪橇、看北極光在薩米馴鹿牧人的圓錐帳篷上盤旋扭

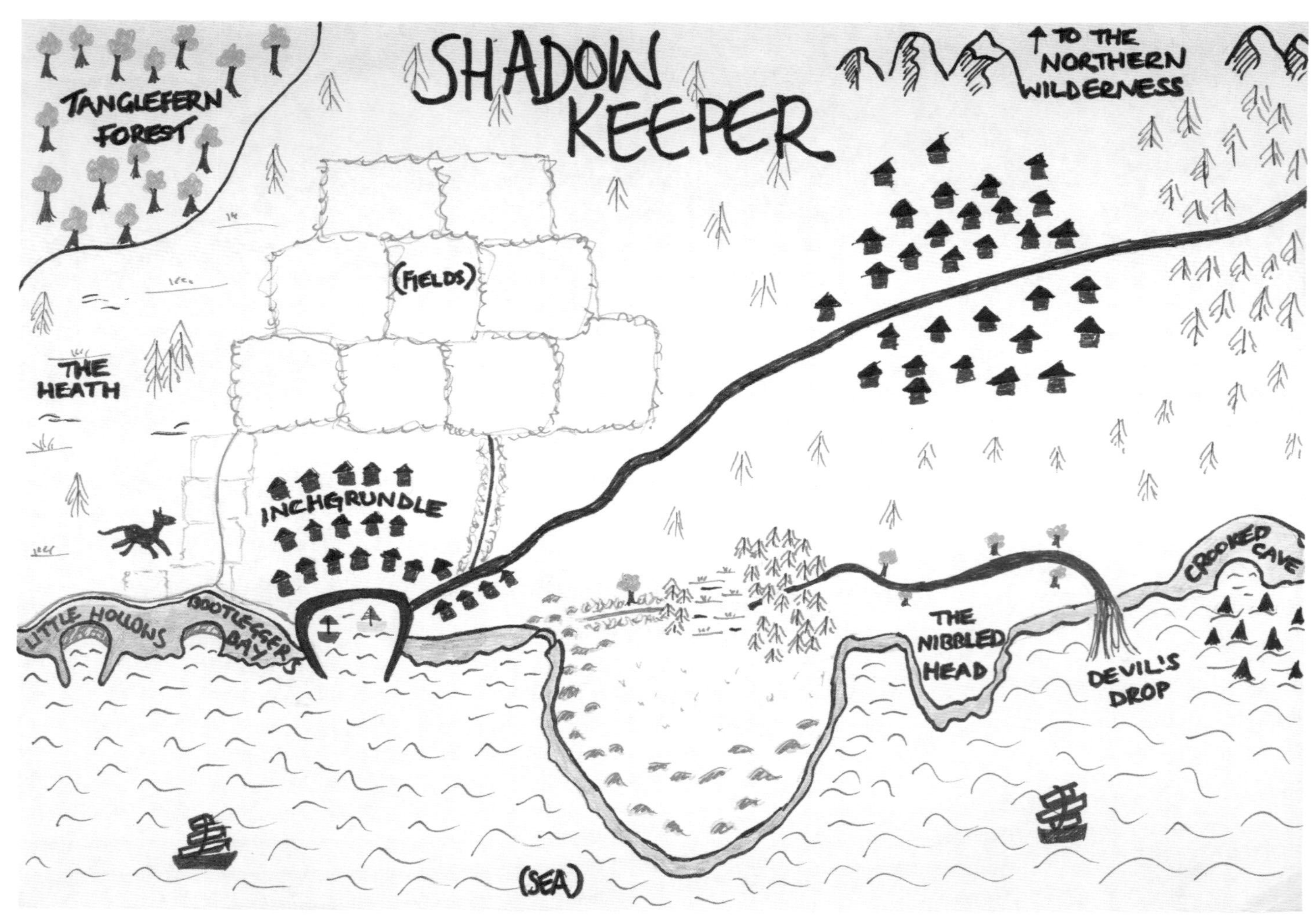

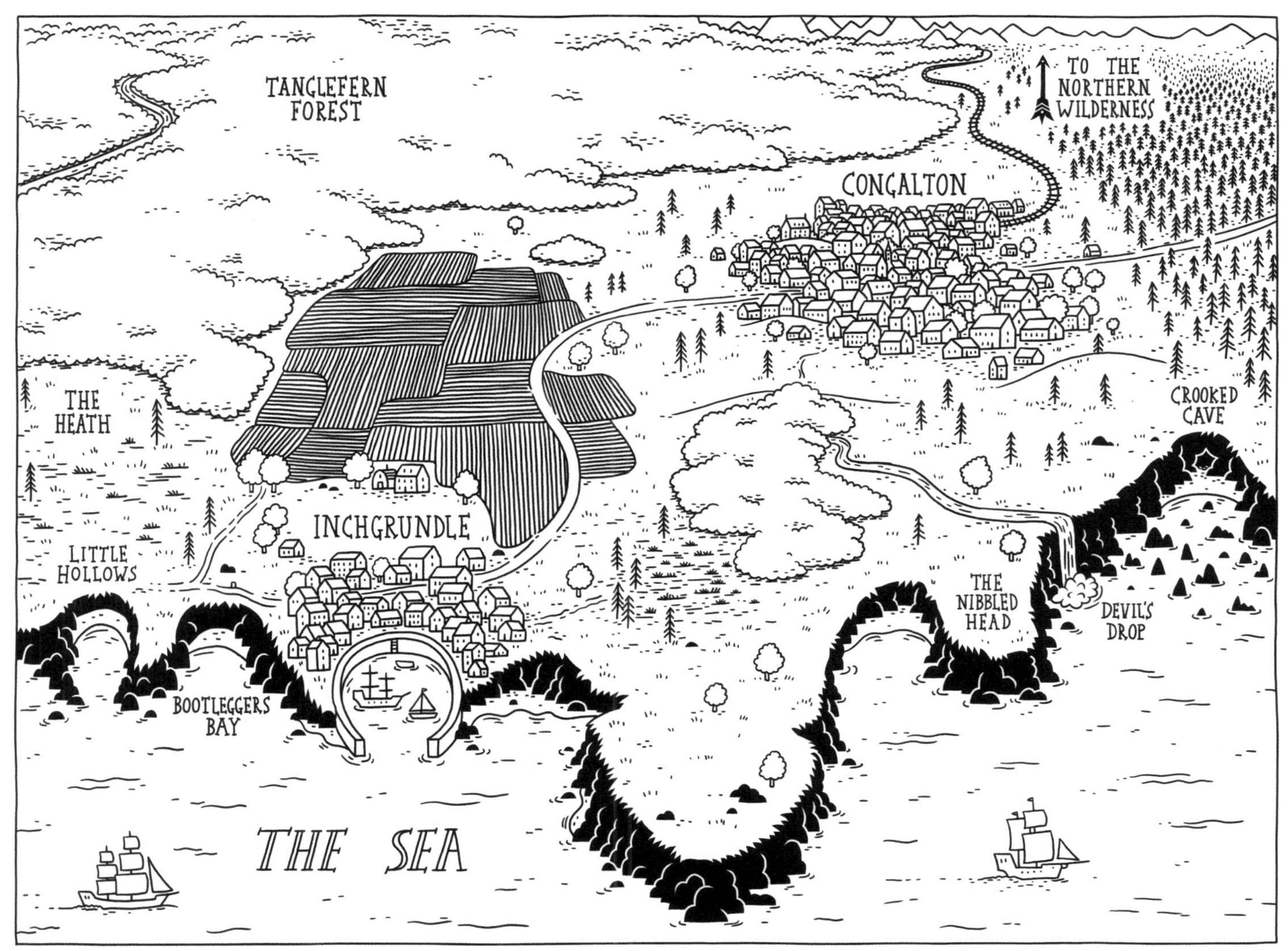

埃爾芬史東繪製的《影子守護人》草圖，以及插畫家湯瑪士．富林森的完稿版本。此書是《捕夢人》（*Dreamsnatcher*）系列的第二本。莫兒和朋友打敗影子面具後，繼續與意欲摧毀森林古老法術的巫醫三人組抗爭。

轉。地圖會賞給你一筆優渥的小費——冒險，無論存在於想像中或現實中。

就如羅伯特．麥克法倫針對派翠克．弗莫的《時光的禮物》所說，地圖「直戳到我的腳底」。無論新地圖、舊地圖、畫自己的地圖、取地名，或只是收藏詞語以備未來世界所用，我只要一看到清晰明瞭的魔幻地圖，就會想要「起身，出去冒險」。

Stars repaired here.
House of the Sorcerers.
Here do the Sidhe make the Water of Life
Here are Leprechauns.
Ferlie Firth.
Cockpaidle Cape
Elfin Sound.
his is
le Luk-Oie.
The Little
Here is Oberon's Palace.
re groweth the Sacred Vervain
Here are Neckans.
TomTitTot lives here.
Golden Strand
Kelpie Bay.
Here dwell Nixies and Water Sprites.
Little Tuck
Troll Town
Elfin Citie.
Brownies' Huts.

第三部

✷

創造地圖

Here is Valhalla
Sea of Dreams.
Peter Pan's House
A wilde Swan.
Sarras Point.
Here is the Never-Never Land.
St Brandan's Isle.
Honeymouth Cove
Here is Simple
Elfrain Cove.
The Taylor
Tom Thumb is somewhere here but he is too small to draw.
Little Bo Peep.
Jack's House
Little Boy
Jack Horner's Cottage.
Old Mother Hubbard's Home
Tom Piper's Home
Miss Muffet's House.
Banbury Cross
Cock Robin's Grave.
Here Jack and Jill are married.
Humpty

惡作劇完成

劫盜地圖

場景設計師　米拉弗菈・米娜

書本……聚集了人類的智慧，
攏絡了世界思想的結晶，
是聰明人用想像打造出來的趣味和刺激。
書本裡有幽默、美麗、智慧、情感、想法，其實它們含括了生命。
——美籍猶太作家　以撒・艾西莫夫，一九九〇年

一個週一早晨，電話響起。那是件很平常的小事，容易被忽視，不過現在回想起來，電話中的對話倒是引出了我日後十五年的計畫。隨著日子過去，這個裝著想像和魔幻野獸的混亂世界，一天天持續擴大。當時，電話另一頭是製作設計師史都華・克雷格，他邀我加入他的團隊，齊力改編一本小說。我的興致一下子來了。我認識史都華一段時間了，十分欣賞他的作品，於是我們約出來喝茶談論合作細節。

今天，我們又見面了，就站在紐約中心——其實，我們是在英國南部的赫特福德郡，觀賞華納兄弟製片廠內的工作進行。利維斯登電影制片廠，是在《怪獸與牠們的產地》電影三部曲的第一部製片期間設置的；我們則是來助使一個遼闊的魔法師宇宙成真，將 J. K. 羅琳寫作生涯的下一個篇章實體化。一名古怪的神奇動物學家，於一九二六年帶著一只裝滿祕密的行李箱，踏上了岸。

當沃特福德北部那座舊造飛機廠被高速公路包圍後，利維斯登製片廠現在容納了幾座世界最先進的製片工廠。這裡並非獨特耀眼，卻是內行人眼中的魔法之地。在這裡，書中那些想像出來的地貌不斷被重塑，就在製片廠的屋頂下被謹慎地重建。一切皆始於一部伊恩・佛萊明的《詹姆士・龐德》，接著是一部《星際大戰》續集、一部改編自華盛頓・歐文的《沉睡谷傳奇》；接著，哈利波特來了，以及電影史上其他著名電影作品。那座製片廠存放了許多知名故事的場景：亞瑟王、福爾摩斯、泰山、彼得潘，但最出類拔萃的，還是巫師們的場景。喬安（羅琳）的作品催生出一套賣座的系列電影，至今只有漫威的超級英雄足以超越。從此，觀眾的奇幻胃口空前高漲。

能夠再次加入這個創意團隊，開啟另一趟製片之旅，我深感榮幸。我在倫敦有個設計工作室，但我們負責的是現場大量的繪圖完稿。雖然一切都事先做了精密的策畫和組織，但在現場拍片時，總還是需要做些微調。從某方面看來，我們的工作有點類似表演，我們也必須進入角色中。於是，我們成了報紙編輯、書籍裝訂工、魔法商店經理。自從二〇〇一年，第一部《哈利波特》起，傑出的巴西人愛德華多・利馬就是我最棒的搭擋；史都華・克雷格則是我

的老闆，現在，三人行又再次會合。我們聯手在十年間製作了八部電影，以及大量的書籍。十載的淘氣、魔法、銷售和混亂，我們都熬過來了。怎能不呢？對一個設計師來說，這簡直就是夢想成真。喬安放手任由我們自行將她的魔幻世界轉變成真；我們握有上萬字的資源去打磨，她也樂於讓我們以自己的方式去詮釋她的故事。這真是慷慨大方之舉。

我第一件的創作，是霍格華茲寄給哈利的入學錄取通知函。哈利波特先生收，薩里郡小惠因區水蠟樹街4號樓梯下儲物間。這些文字其實就是一張地圖，是通往未知未來的一條通道，是進入新世界的邀請函。我熬了數天，琢磨信封上這些精美文字的平衡。這雖然是枝微末節，卻十分緊要。一個手寫的地址，且此信會由貓頭鷹送給一個對自己的命運仍懵懂無知的男孩。你摸過貓頭鷹的頭嗎？對，這個問題有些莫名其妙，但我需要知道。硬不硬？牠的鳥喙有多大？我們創作的信封，應該多大多重？觸感又該如何？信是誰寫的（麥教授），她的筆跡又該如何（出奇地優雅）？她是用什麼顏色的墨水寫信的（翠綠色）？這類的小問題不計其數，但每個都十分重要。

我製作了數封形式和尺寸皆不同的信函，寫了各式字型，直

前頁
貝爾納·斯雷格（Bernard Sleigh）於一九一八年繪製的〈童話古地圖〉。「這裡有魔幻的彩虹、夢海和幸運島。」

下圖
該如何畫一幅地圖，讓它在你每次凝視時變化，展現出不同的內容？繪製第一幅劫盜地圖，挑戰性十足，但米娜欣然接下了工作。

到大家都滿意的那一封出現。我將這封信寄給喬安，她十分開心。不過電影需要上百封信，就如小說描述的，不能全部都塞得進信箱中，但要塞得進門縫，甚至擠進樓下廁所的小窗戶。最終，我看到那一幕：哈利讀了信，並啟程邁向充滿魔法的新生活。那可真是開心。

團隊為《哈利波特》世界打造的道具場景中，〈劫盜地圖〉是最受讀者喜愛的。一份展露霍格華茲祕密路徑的空白文件，當然深受歡迎，也是我的最愛。它在第三集《阿茲卡班的逃犯》中出場，我們立刻著手思考如何打造它。打從一開始我就知道，它不能是那種邊緣焦黑的藏寶圖，它必須複雜一些，且是多頁型式。

我要它能夠有條理地開闔，同時又令人眼花繚亂。除非你有解碼技術，否則會被這幅地圖搞得暈頭轉向；而且每次使用，它都會持續冒出新鮮事物。我一直喜愛這種開闔折疊的形式，無論是地圖、報紙或大幅的工程圖，因此這自然就成為了該地圖的形式。折紙是一種藝術形式，我們盡可能將荷蘭藝術家艾雪的移動樓梯概念融進地圖中。無論剪切、描繪和縫綴黏合，我們全程手工。它真的是用墨水、紙張精心打造出來的作品。為了製片過程順利，我複製了大約二十份備用。我還是有些遺憾，把它搞得如此複雜難解，但既要它精美，同時又要能遵從一本廣受歡迎的書的原創，我只能這麼做了。

通過這些過程，我體會到那條介於真實和魔幻、書本原創和再創作的界線，其實十分狹窄；人造的法器和魔境也可以很真實，甚至比真實更真實。它們是活物。身為打造它們的匠人，這更是考驗我們畢生的經驗。儘管我們打造的許多物件永遠不會呈現在螢幕上，但演員們會看見，並被觀眾們「感覺」到；甚至還有一些會在拍攝過程中損毀。我們讀劇本時會想：「喔，不！它們會被扔到湖裡，或被燒掉。」但這份工作就是如此。無論是耗時數週才定案的完美圖像、色調，甚至看起來很簡單的字型，魔鬼就藏在細節裡。這也是為何我們堅持從頭到尾自行創作，不用現成品的原因，包括字型。

我們借用真實世界的元素，將它們重新排列組合並添上幾筆，這也是了不起的作家比如喬安，以及我喜愛的菲力普．普曼、蘿絲．崔梅、大衛．米契爾等人所採取的創作方式。他們能將多重世界之間的分界線拉近，好讓這些不同時空能夠同步、並行。對我來說，最好的故事就是真實和虛構世界重疊在一起，或者相互碰撞；幻想與每日的日常生活、有魔法的人和沒有魔法的麻瓜相互重疊或碰撞。無論只是單純地穿過衣櫥，或衝過關口來到九又四分之三月臺，任何地方都能啟動一趟全新的旅程，且經常在你的意料之外。

折疊的〈劫盜地圖〉是一幅三度空間地圖，甚至可能是四度空間。米娜的創作首度出現在二〇〇四年《阿茲卡班的逃犯》的電影中。

繪製地圖，經常也是如此。「惡作劇完成」是我的例行公事——克服危險、問題、半真半假、交稿期限和注意力分散——小心翼翼地行走在已知的邊緣，同時也敞開心胸進入新領域冒險。繪製地圖、寫書、挑選信件、印刷海報、電影的藝術創作，甚至是設計主題公園，全都是一種在創意混沌中，將原有的秩序規則扭絞纏鬥的藝術，不是嗎？

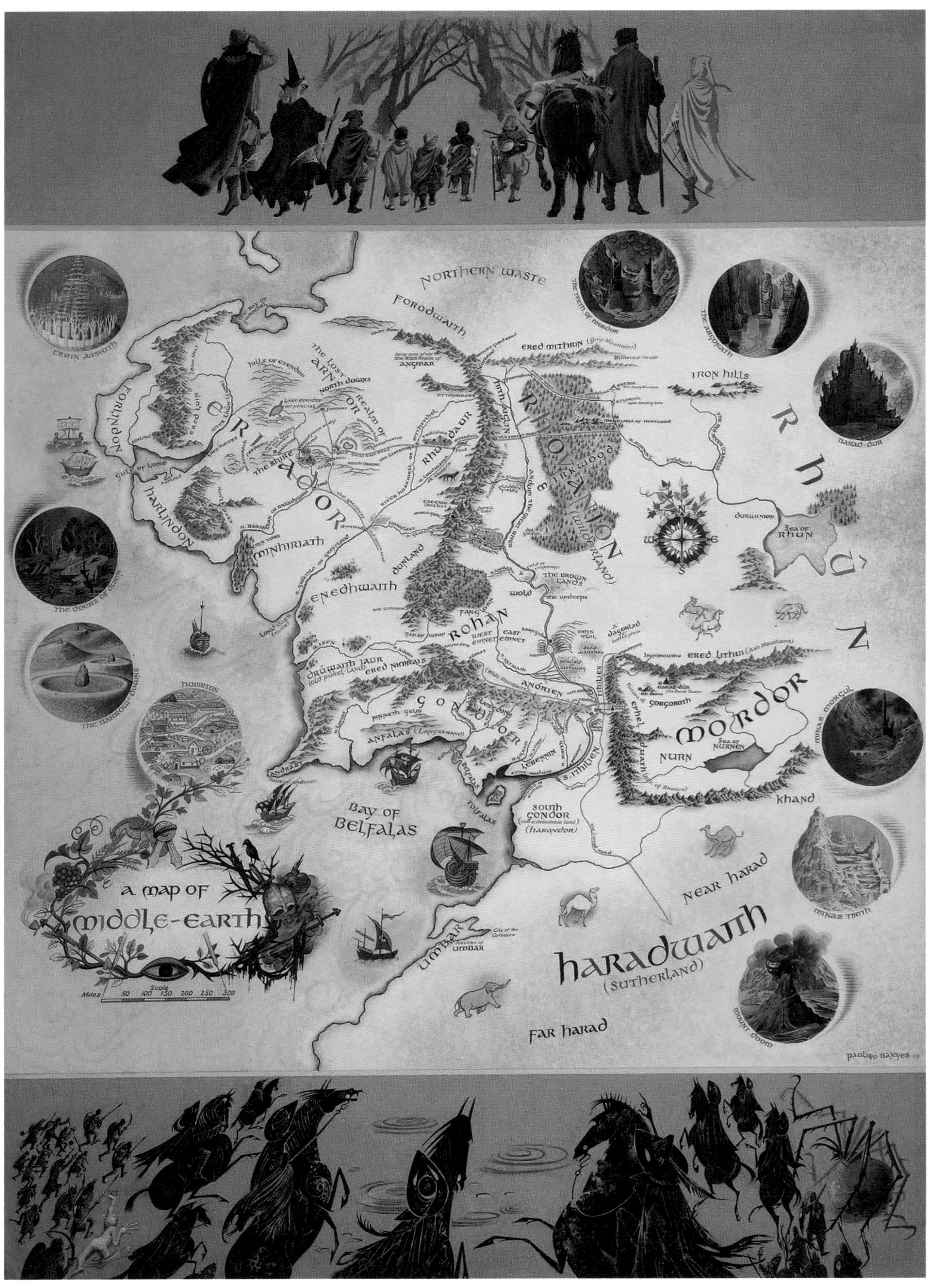
NORTHERN WASTE
FORODWAITH
ERED MITHRIN (Grey Mountains)
IRON HILLS
ANGMAR
hills of EVENDIM
THE LOST REALM OF ARNOR
NORTH DOWNS
ERIADOR
FORLINDON
GULF OF LUNE
HARLINDON
THE SHIRE
RHUDAUR
RHOVANION
MIRKWOOD
(WILDERLAND)
RHUN
SEA OF RHUN
DORWINION
MINHIRIATH
ENEDHWAITH
DUNLAND
FANGORN
ROHAN
WEST EMNET
EAST EMNET
WOLD
THE BROWN LANDS
EMYN MUIL
DAGORLAD
ERED LITHUI (Ash Mountains)
MORDOR
GORGOROTH
NURN
SEA OF NURNEN
KHAND
ANÓRIEN
ITHILIEN
GONDOR
DRÚWAITH IAUR (old pukel-land)
ERED NIMRAIS
PINNATH GELIN
ANFALAS (LANGSTRAND)
LEBENNIN
S. ITHILIEN
ANDRAST
BAY OF BELFALAS
TOLFALAS
SOUTH GONDOR (now a debatable land) (HARONDOR)
NEAR HARAD
UMBAR
City of the Corsairs
Havens of UMBAR
HARADWAITH (SUTHERLAND)
FAR HARAD
A MAP OF MIDDLE-EARTH
Miles Scale 50 100 150 200 250 300
CERIN AMROTH
THE TEETH OF MORDOR
THE ARGONATH
BARAD-DÛR
THE DOORS OF DURIN
THE BARROW-DOWNS
HOBBITON
MINAS MORGUL
MINAS TIRITH
MOUNT DOOM
pauline baynes

祕境

中土大陸的製圖人

藝術工作者　丹尼爾．瑞夫

「回頭？」他想著，「絕對不行！」
往旁邊走？不可能！
向前？唯一的選擇。我們走吧！
於是他向前走，他的小劍舉在胸前；
一隻手摸索著石牆，他的心怦怦亂跳。
——J. R. R. 托爾金，一九三七年

創造經常從毀滅中開始。破壞、重繪、重建，常常是創造的前身，一種重新開始。這個情形一而再、再而三地出現在電影中，編劇和螢幕藝術家們知之甚詳。現在，讓我們回到畫板前。這就是我身為中土大陸製圖人的旅程起點。我記得小時候，我將兄弟的《魔戒》分成三本，並為它們各做了一款封面，上面畫了畫，並用美麗的字型寫上書名。此生對這些世界的愛，由此開始。

青少年時我一接觸到托爾金的故事，就愛上了它，並著手繪製書中的地圖和信函。之前，我曾製作過藏寶圖，但翻讀了托爾金的作品，再加上牆上貼的波琳．拜恩斯的中土大陸海報，我受到啟發。我需要買一支粗頭的麥克筆，練習寫寫藝術字；我抓住每個機會，練習盧恩字母和精靈文字。

接著，各種因緣際會各就各位。《魔戒》的電影版在紐西蘭宣布開機，而且拍片現場幾乎就在我家門前。我寄了一份精靈文字的作品給製片公司，並附上一封信，提議若製片公司尚無五百字的精靈文字體，我也許能效勞。回覆的電話立刻響起，製片公司接納了我的提議，於是我便開始為該系列電影創作字體。

後來，又聽聞他們需要比爾博的孤山地圖，我立刻衝回家畫了一幅地圖，複製托爾金小說的卷首地圖，並添加汙斑和風雨。「太好了！」道具主管說，「現在再畫一幅兩倍大的，這麼大，這麼寬。」他指示我為「甘道夫的尺寸」和「比爾博的尺寸」繪製道具。緊接著遵照導演彼得．傑克森的要求，我繪製了第四個版本，添加了更多崎嶇的山脈和一頭生動的飛龍。我的工作內容擴展了，承包了電影中，以及周邊商品所有地圖的繪製。

波琳．拜恩斯於一九七〇年出版的中土大陸海報。托爾金提供她詳細的指引和明確的位置，比如：「象群出現在米那斯提力斯之外的大戰中。」他也明確説明了船隻的顏色，以及船帆的設計：「精靈的船隻要小，可以是白色或灰色；努曼諾爾帝國的船則是銀黑相間。」

除了電影中各式各樣主要、次要的地圖，我還負責製作一幅電影宣傳用的中土大陸地圖。當時的我製圖技藝尚嫩，我記得在繪製這幅地圖的過程中，學到的教訓：千萬別用便宜的版畫紙；添加水彩效果時，一定要確定墨水已經乾透了。忽略這些原則，紅色汙跡將災難性地暈開，未乾透的紅色墨水會暈染到周圍區域。我用壓克力顏料做了補救，幸運的是，它經受住了千萬人的審查，並未被發現。

第二次繪製中土大陸地圖的機會來臨時——這次是為了《魔戒首部曲：魔戒現身》的序幕拍攝。我克制不住，修改了隆恩灣的海岸線，將它變成了惠靈頓海港；也在海岸之外，添加了我的故鄉小島。一不做，二不休，我乾脆把紐西蘭南島加進地圖底部。

我參觀了大英博物館，在圖書館搜索了
關於特蘭西瓦尼亞的書籍和地圖……
我發現這個地區位於羅馬尼亞的極東處……
此區荒涼，是極少人知道的歐洲地區。
我無法在任何地圖作品中
找到德古拉城堡的確實位置，
迄今為止，對照我們自己的陸地測量局地圖，
似乎都沒有這個國度的地圖。

——小說《德古拉》作者　伯蘭·史杜克，一八九七年

電影《納尼亞傳奇：獅子·女巫·魔衣櫥》中，有幾幅以螢幕顯示的地圖，呈現方式選項有兩種：一是漫遊式的納尼亞數位地圖，二是商品式的納尼亞地圖。其實，被選中的是第二種；至於第一種形式，也是我最愛的，我畫了一扇窗緣結晶的窗戶，透過窗戶望見孩子們首次撞見的納尼亞：永遠是冬天，但從來不是聖誕節的嚴冬。

有時候，我發現自己會將真實地理畫進地圖中，比如將部分歐洲畫入《凡赫辛》和《浴血戰士：血與沙》的地圖中。我個人十分滿意作品的效果。《決戰異世界：鬼哭狼嚎》的道具組對於一張特定地圖的指示，非比尋常。大體來說是：「把地圖畫成歐洲地圖，但又讓人搞不清楚那上面畫的是哪裡；地圖要有歷史感，但又讓人搞不清楚是哪個時代；地圖上面要有很多文字，但又讓人無法識別；展示出主要的地理位置，但別讓人看清它的背景……」這是一個十分有意思的挑戰。

接下來的冒險是新版的《金剛》，該片的第一個版本於一九三三年上映，是由孩子氣的大夢想家梅里安·庫珀導演和作家埃德加·華萊士聯手創作。而這次的新版於二〇〇五年上映，導演又一次由彼得·傑克森擔任，且電影大多都在紐西蘭拍攝。主要場景骷髏島，這個祕境在原版電影中並沒有完整的地圖，然而新版需要一幅詳細的地圖。我最初被任命為大船的駕駛室繪製，能展現真實印度洋的航海圖。該片的故事背景，發生在斯里蘭卡叫作錫蘭、泰國叫作暹羅的年代，而一九三〇年代的航海圖與現代的十分不同，因此，唯一的解決方案就是為電影創作一幅全新的航海圖，於是我開始拼拼湊湊。航海圖上的細節和訊息量十分龐大，但為了取信觀眾，每一樣都必不可少。不過，只要靠近端詳，就會發現沿岸所有的海角、海灣、海岬和城鎮，全是以電影團隊成員的名字命名的。

接下來，我就接到骷髏島手繪小地圖的任務。這段繪圖旅程相當漫長，充滿了考驗和試錯。首先要確定地圖的風格和全景樣貌，接著要在一個角落放上有暈染效果的金剛頭。而在最後一刻，我們決定也繪製一份商品式的骷髏島地圖，模擬它是在金剛災難結束後不久，被繪製出來的。我們認為該島的外形輪廓有些平滑模糊，於是我們重新創作，使輪廓變得立體突出，讓人一眼再也忘不掉它的嶙峋突兀，猙獰凶惡，拒人於千里之外。如此一改，也意味著道具版的地圖與商品版出入太大，於是我又重新繪製了道具版的地圖，使它符合骷髏島的新樣貌，相關場景也必須重新拍攝。

我也參與了《哈比人》三部曲電影系列，有機會不斷重回到中土大陸，繪製更多的地圖和航海圖。其中有些是再製和修飾美化我在《魔戒》裡製作的道具，但大多是全新創作。這是一段不可思議的創作旅程，這段旅程我一樣沒有任何地圖的指引，同樣也是在無中生有，但這就是地圖的本質。

《哈比人》系列電影是《魔戒》前傳，介紹了比爾博．巴金斯的身世，以及魔戒的來龍去脈。此圖是托爾金設計的小說封面，水彩畫風，並標記了出書的出版社。一九三七年的初版小說中，附有十幅托爾金的畫作和一幅地圖。

次頁跨頁地圖
瑞夫逼真的大荒原地圖，於二〇一二年為《哈比人》系列電影繪製。自此，托爾金廣受歡迎的故事，邁向全世界。

說到地圖繪製的基礎，其必要條件五花八門，端看該地圖的用途。它是要在螢幕上傳達訊息，或者只是裝飾道具，又或者是設定書中的場景，是要當做周邊商品或宣傳用等等。通常一個地域的地理概況十分清晰明瞭，不是真實存在的地方，就是故事、書中或電影劇本中的虛構地域。我的創作自由只有在幾個

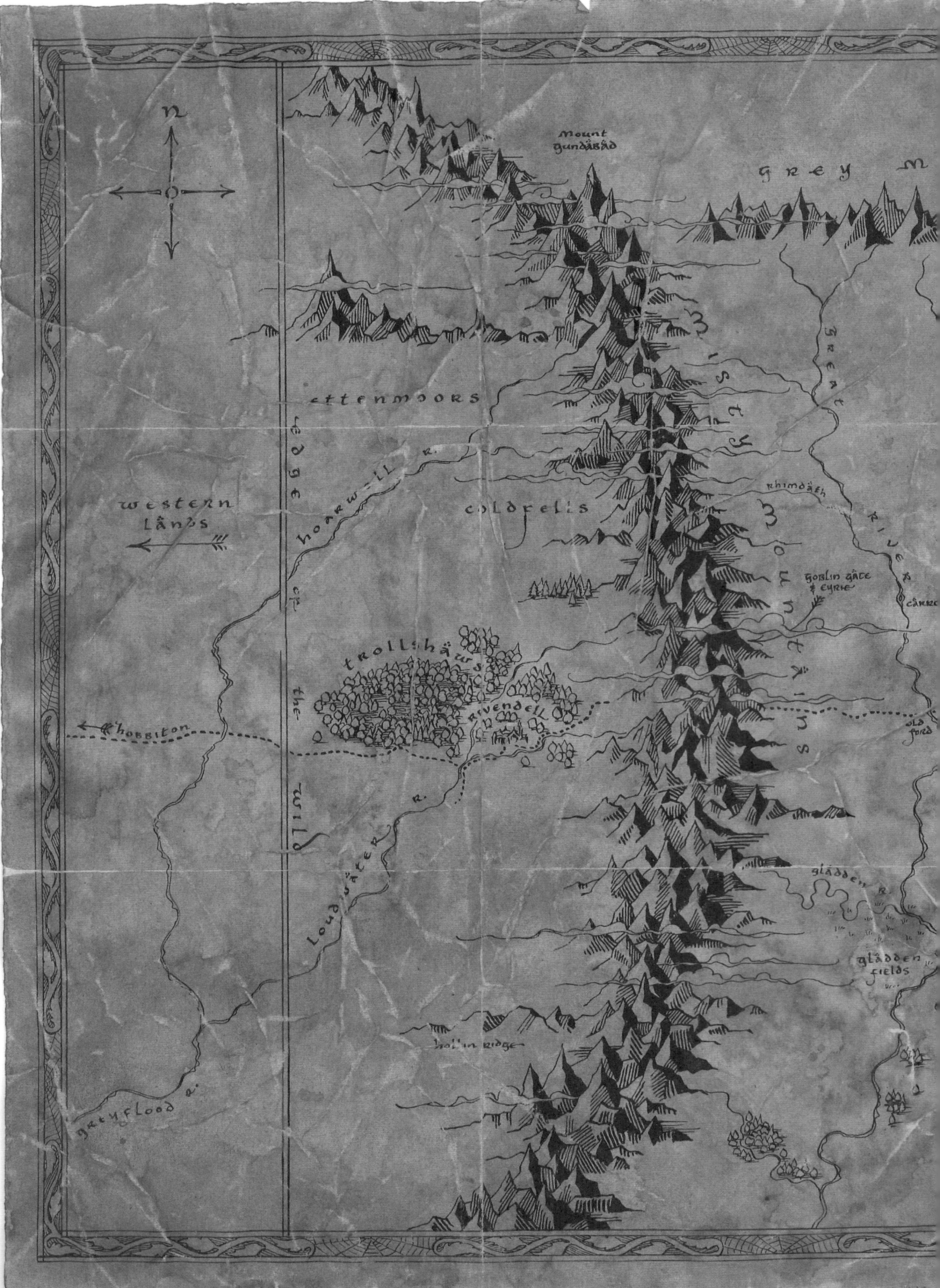
N
Mount Gundäbäd
Grey M
Ettenmoors
Misty Mountains
Great River
Rhimdäth
Western Länds
Coldfells
Edge of the Wild
Hoarwell R.
Goblin Gäte & Eyrie
Trollshäws
Rivendell
Hobbiton
Old Ford
Loudwäter R.
Glädden R.
Glädden Fields
Hollin Ridge
Greyflood R.

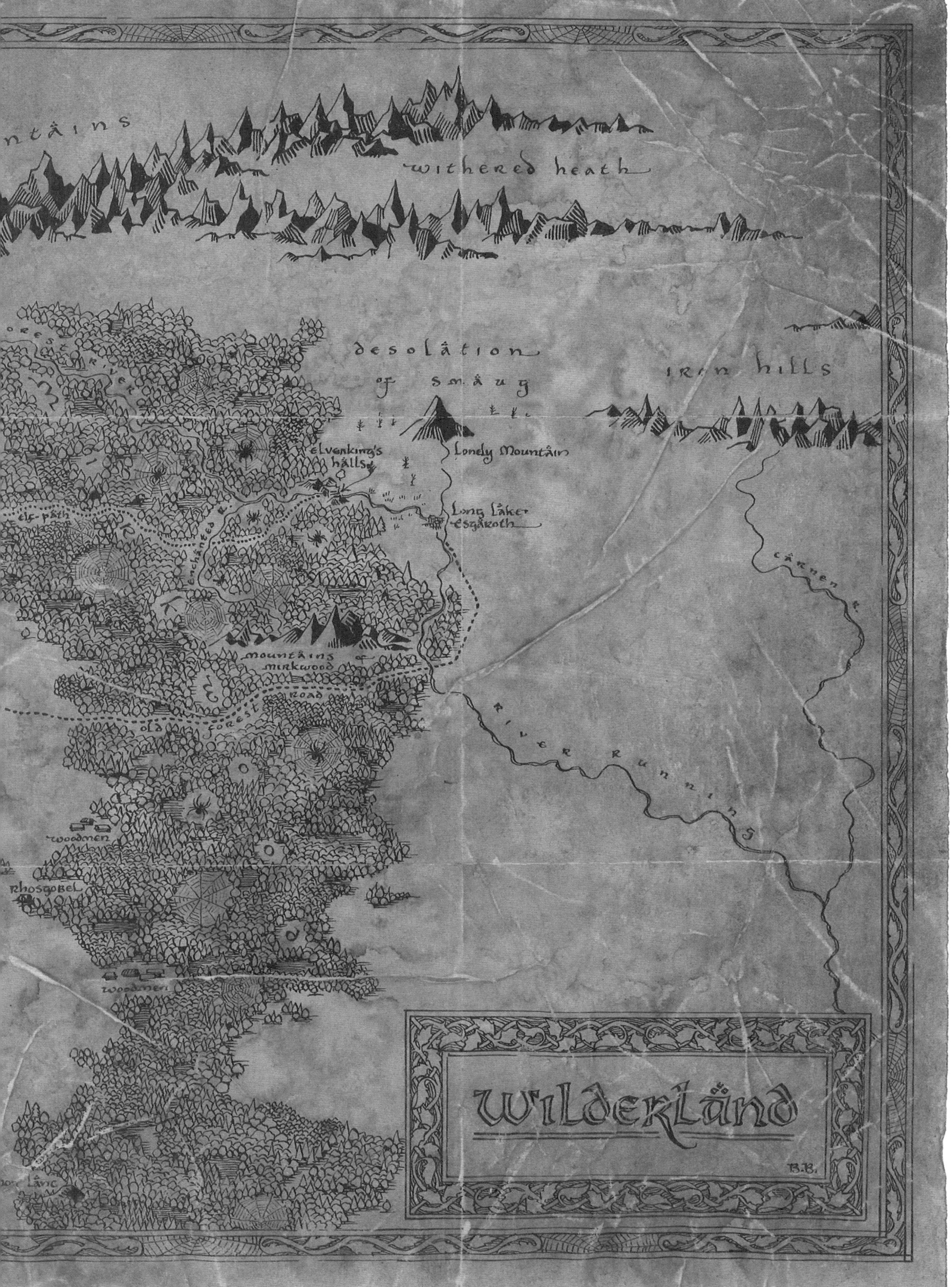
withered heath
desolation
of smaug
iron hills
Lonely Mountain
Elvenking's
halls
Long Lake
Esgaroth
elf-path
Enchanted R.
Mountains of
Mirkwood
old forest road
Carnen R.
River Running
woodmen
Rhosgobel
woodmen
Wilderland
B.B.

狀況下才存在，比如作為旁白的輔助道具時，尤其是在以地圖展現某個特定文化、地域或時代的氛圍時。

按照需求，有時候會用到羽毛筆和墨水，有時則用鋼筆。我會運用水彩來表現老舊泛黃的效果，而不是電影常用的以茶或咖啡汙漬的制式手法。假使地圖最後是以數位或印刷方式呈現，我會分層繪畫並掃描，再以數位方式層層組裝，這種創作方式十分管用。至於電影道具，傳統的製作方法是上上之選，而且經常是唯一的選擇：紙、手繪、墨水和顏料。

當然，地圖不只是美觀而已，更重要的是其所要傳達的訊息。它們給問題提供答案，比如：「這個地方位於何處？」「這裡到那裡有多遠？」「該往哪個方向走？」「路途中會遇到什麼樣的障礙？」「這地方的幅員有多大？」「有多少人住在那裡？」「這條路通嗎？」圖畫、圖示、文字、數字，全都是地圖提供的答案，也是地圖的構成要素之一。航海圖、地圖、地圖冊的形成，全都在回答上百個此類問題。

但如果地圖只是提供訊息，又為何充滿了魅力？它們的魅力源於我們展圖讀它時，意識到自己全心投入，在其中發現我們從未想過的問題，並找出答案。有時候，答案超出我們的認知和知識範圍——我們或許不清楚等角航線、回聲測深的用途，也可能看不懂拉丁文。此時的地圖只能是裝飾，卻又令人嚮往，因為我們知道它們的存在有特定目的。我盡力嘗試讓「裝飾」實用化，如

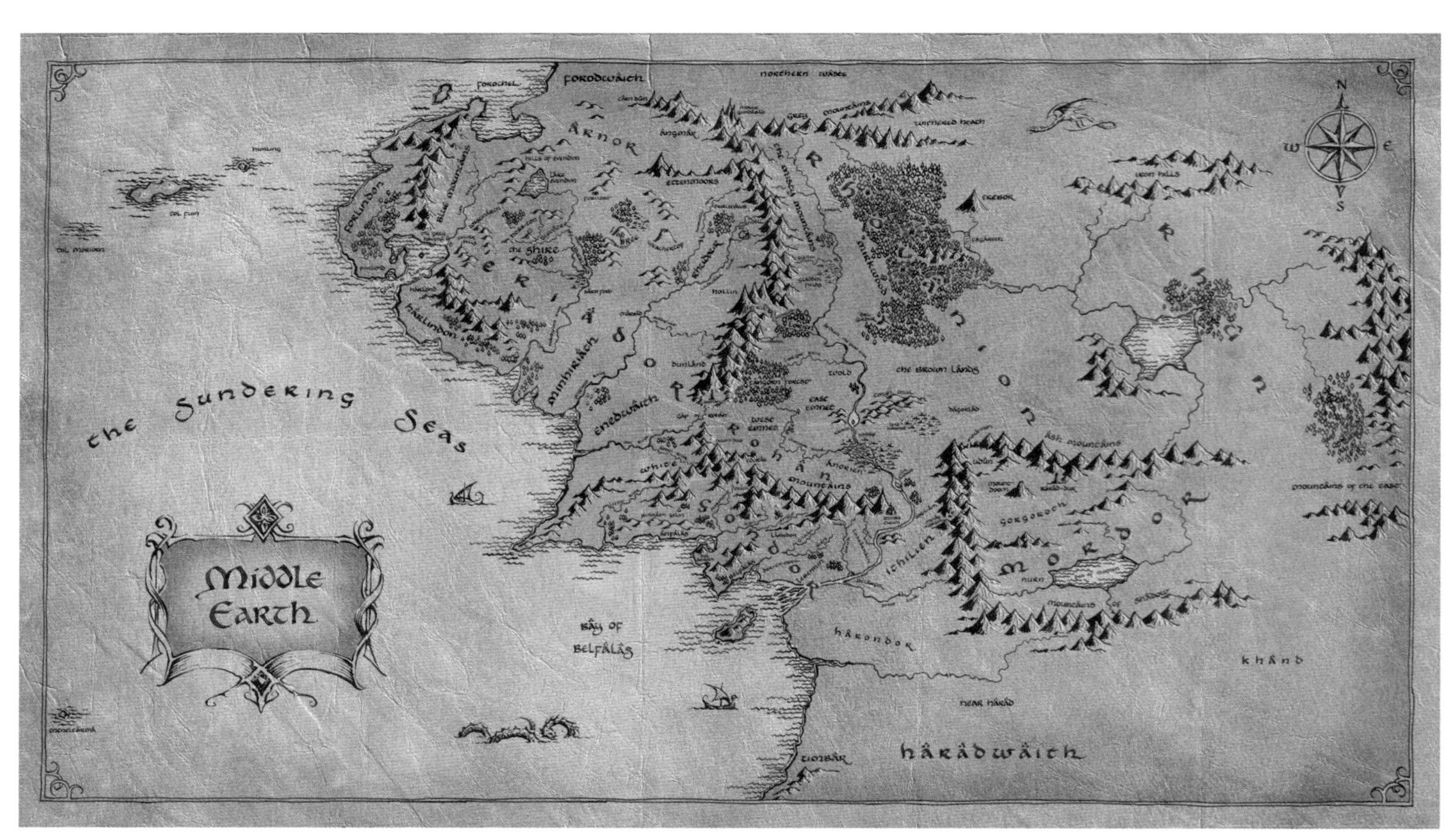

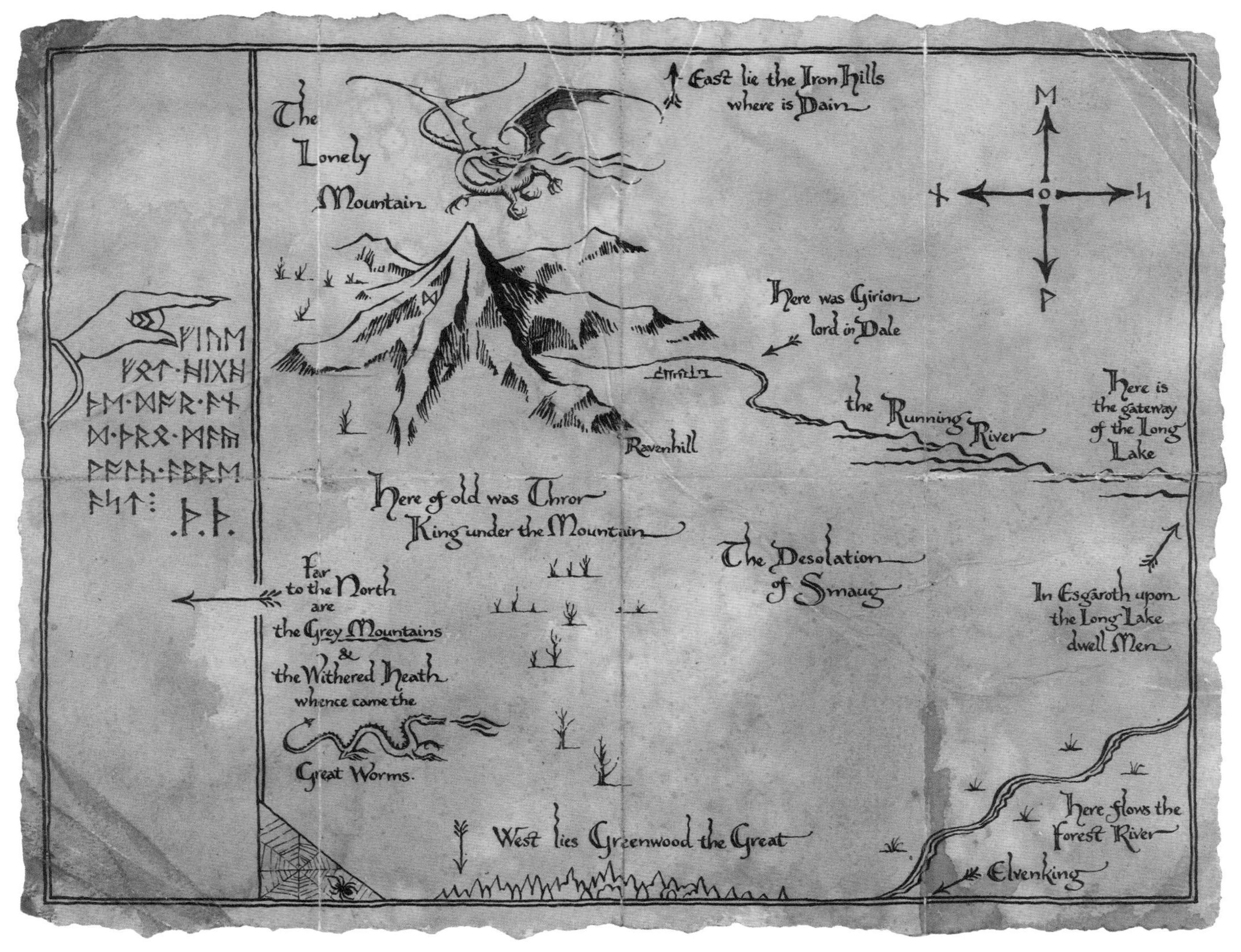

此，無論讀圖者是否理解該地圖的目的和功能，都能在讀圖過程中有所發現。一條線接著一條線，文字接著文字，一層層，直到神奇的地圖成形，魅惑我們、邀請我們去探險。這獨特的美感，只存在於地圖中，尤其是作家的地圖之中。

無論是奧妙難解或直率坦白，魔幻或現實，簡單或複雜；無論是在羊皮紙上或智慧手機的像素上，世界永遠都會有地圖的存在，它們是必不可少的。我們需要標記我們所處的位置、去過哪些地方，並想像我們向前邁步的目的地。

上圖是《哈比人》中，瑞夫最心愛的地圖，其描繪了孤山遭到巨龍史矛革的侵襲，矮人的寶藏也被巨龍據為己有。

旁頁
為了系列電影的拍攝，瑞夫必須依照地圖的用途，創作許多不同版本的中土大陸地圖，但製圖重點永遠都在細節和成品的效果。

串連等高線

卡塔瑪瑞娜海圖及其他

美國作家　雷夫．拉森

那裡沒有被繪進任何地圖中；真實的地方永遠不會被收錄。

——梅爾維爾，一八五一年

✷

我習慣實話實說。

不是全部的實話，因為世上沒有完整敘事這回事。

完整敘事在文學中絕無可能，文字言語無法涵蓋。

但也就是在這絕無可能之中，實話包覆了真實。

——法國精神分析學大師　雅各．拉岡，一九八七年

製圖學，一無用處。此話出自一個我認識的，十二歲製圖人。「一無用處」是指你一旦動筆試著塗畫周遭的世界，你從本質上就錯了。事實是，一幅真實的地圖從來都不能代表一個真實的世界。繪製中和完稿後、符號和真實之間的差距，以及人類歪曲改造的天性，本身就藏著令人費解的魅惑力。

也許是察覺了這個說不清道不明的差距，我小時候總是花費數小時，鑽研過期、冷戰時期的《國家地理雜誌》地圖冊。用手指畫著海岸線，記住首都和人口族群，細察非洲大河的支流。翻查地圖冊龐大的英文索引目錄時，我不禁納悶為何有如此多的城鎮是「X」開頭，又為何它們全都在中國。我尤其被「小島頁」吸引——那是令人賞心悅目的密克羅尼西亞選集。那幅小島地圖令人感到完美，它有著柔和的湛藍色、稀少的地名、波浪形的海岸。一幅小島地圖留下那麼大片的空白，等著你去填滿，等著你去想像和愛人在海岸邊翻滾、載滿寶藏的船隻鬼鬼祟祟地穿行於礁石之間。我為那些遠方寫了上千個故事，比如南太平洋上的彭林島和曼尼希基島，這些都是我未曾造訪、也可能永遠不會造訪的地方。本質上，我是在「閱讀」這個世界的地理，就跟我們碰上特別感人的文學作品一樣，它也能激發無邊無際的想像力。

也許這種「閱讀地圖」的方式，有些落後過時。從文化的角度來看，我們正面臨一種陋習，姑且稱作「地圖倦怠」吧。這不是指我們使用地圖的機率比以前少——正好相反，如今的日常生活，我們比歷史中的任何時代都更依賴地圖。Google 地圖改變了我們對空間的理解和想像，再加上行動裝置，我們可以快速地搜索和定位皇后區的中國餐廳，或其他我們需要、想要尋找的地方。Google 地球進一步允許我們以視覺的方式，飛越大峽谷、艾菲爾鐵塔，或者拉近、放大我們的房子，一邊納悶那張圖像是何時拍攝的。然而，我相信這種輕易地獲得，並不代表我們對空間地理的素養也會跟著提高。事實上，真相是相

此圖為《世界劇場》的部分細節，它是世界第一本地圖集。地圖中在香料群島外，被圍困的船上水手向大海怪扔桶子，企圖趕走牠。

反的，特別是我們越來越依賴無所不在的衛星導航設備指引方向，我們不再浪費時間去了解我們行走的路線，更忘記我們身處何方，又去過哪些地方。

搜索資訊越來越方便，下載的速度越來越快，資訊間的串聯越來越活絡，我們便越不願意花費時間去了解相關的地理空間，更不可能花時間坐下來展開地圖冊研讀和沉思。沉思才能引導我們鑽研得更深，獲取根深柢固的有用知識；衛星導航系統並不需要我們花時間，慢慢搜索和沉思我們所需的資訊——也就是所謂的「低效率」。有了衛星導航，我們不再需要展開地圖，埋頭苦幹。

廣受歡迎的「俠盜獵車手」遊戲系列的最新版，主角在開放環境中，駕車穿行在紐約一座陰暗的城市中偷車，拿著軍火武器朝人群射擊。玩家可以游泳到遊戲地圖的最邊緣，然後看到漂浮在水面上的奇怪訊息：「這裡有龍。」這句話也許會令九歲玩家困惑，但它其實是個雙關語，引用自老一輩製圖師慣用的謎語。他們經常在空白處寫下這句話，以警示旅人潛在的危險。我喜愛的地圖之一，是烏勞斯．馬格努斯的〈卡塔瑪瑞娜海圖〉。那是一場一五七二年炫麗的彩色斯堪地納維亞的表演，圖中的怪獸中，有一頭留著鬍鬚、穿著條紋襯衫的海象。令我著迷的是，即使在所有地域都上了地圖後，我們仍然會以門神之類的怪獸來裝飾地圖的邊緣。國中一年級時，老師指示我們繪製記憶中的世界，我欣然接受了這個挑戰，不過我耗費在海洋生物的時間，與繪製地圖的時間相差無幾。

地圖也是一場挑選的盛宴，挑選出要向世界展現的內容。一幅優秀的地圖通常會選出一兩個，或者在某些情況下挑個六七個空間座標的變量，放到地圖邊界之中。如此一來，地圖就可以訴說一連串有力的故事，且是其他媒介訴說不了的。更神奇的是，地圖能在極少的訊息下，召喚出這些故事。無論何種形式的地圖，其厲害之處不止在於那些已展現的訊息，更在於未被呈現的；不止在於它說了什麼，更在於那些沒說的。文學也是如此運作。地圖因此獲取魔力，華麗變身。舉個例子，雷夫・龍伯雷格利亞（Ralph Lombreglia）的短篇故事集《水下的人》（*Men Under Water*）當中有一句：「剛德沒有眉毛、汗毛，就我所知是如此；即使那兩個大大的鼻孔內，也是兩道通向腦殼的粉紅無毛孔道。」

剛德是一個十分生動的角色，不過我重讀時，將關注點放在故事本身，卻發現作者掌鏡的手法相當保留。在該句中，他並未提到脖子以下的狀況；然而，我在閱讀過程中，腦海中已浮現出畫面。我看到剛德用他有些溼黏的手握住門把，轉動，然後頓了一下，才進入房間；我看見他吃餅乾時，餅乾屑從嘴角掉落到上衣，且停留在那兒好幾天；我看見他愛聽幾首五〇年代的爵士音樂，並且只聽黑膠唱片。這些作者都沒提到過；作者提供的，只有那一頁的描述。有人說，讀者會在書頁之中遇上作者，但我認為這種相遇應該是萬分之一的作者，其餘九千九百九十九由讀者的想像力構成。有了如此失衡的比例，我們才能只寫兩百五十頁的小說，而非十萬頁的小說。當然，關鍵還是在挑選哪些細節必須寫出來。

即便是那些提供瀑布式細節的作者，用無止境的具體細節轟炸我們，他們也在玩這種欲言又止的遊戲。下面是弗拉基米爾・納博科夫在回憶錄《說吧，記憶》中，描述童年的一幕。那本身是一場針對回憶知覺和記憶過程的冥想。

> 一天晚上，我人在一段國外的行程中。當時是一九〇三年的秋天，我想起我跪在（單調的）枕頭上，就在一節車廂的窗邊。車廂裡的人全都陷入沉睡中（那可能是早已退役的地中海豪華列車，列車的六節車廂底部被塗成茶褐色，而鑲板則是奶油色）。在突如其來的疼痛中，我看見遠方山坡竄出幾道驚人的光束，向我而來，隨即鑽進黑絲絨口袋中。我後來將這些鑽石給了我的故事人物，以減輕肩上的財富重擔。

對許多作者來說，繪製地圖是創作過程中的必要步驟。我們難以分類拉森的《天才少年的奇幻冒險》是哪一類小說，但它本質上是一個住在蒙大拿的天才製圖師的插畫式自傳。

這段散文有些不著邊際，似乎沒完沒了，但文中的幻覺卻是納博科夫從一群候選名單中，精挑細選出來的。作者不可能將一切細節全部寫進書中，只能像魔術師一樣，為幻象搭景架臺，讓讀者自己填滿剩下的空白。

阿根廷作家豪爾赫・路易斯・波赫士，在一段知名的文章中，探究了企圖將世界完美地捕捉到一幅地圖上的危險性。他的主題是製圖學，目標鎖定在創造一個能與原型匹敵的仿造品上。

次頁跨頁地圖
一五七二年版的〈卡塔瑪瑞娜海圖〉，此圖一五三九年於威尼斯首次問市，是由瑞典烏普薩拉市的大主教，烏勞斯・馬格努斯被放逐到波蘭時設計的。那些怪獸現在看來也許荒誕可笑，但當時人的看法卻截然不同。那時，世人普遍相信獅鷲、獨角獸，甚至飛龍的存在。

在那個帝國，製圖學的藝術在於追求完美。一幅省地圖的大小就足以覆蓋整座城市；一幅帝國地圖，就是一整個省分的大小。最後，大家不再滿足於那些大尺寸地圖，製圖師公會當下奮發圖強，製作了一幅足以覆蓋帝國、點對點的帝國地圖。

那些可憐的帝國人民，頭頂著一張巨幅地圖，再也看不見陽光，也許還都罹患了軟骨症。於是大家意識到錯誤了，地圖並不等同於國土。波赫士繼續：

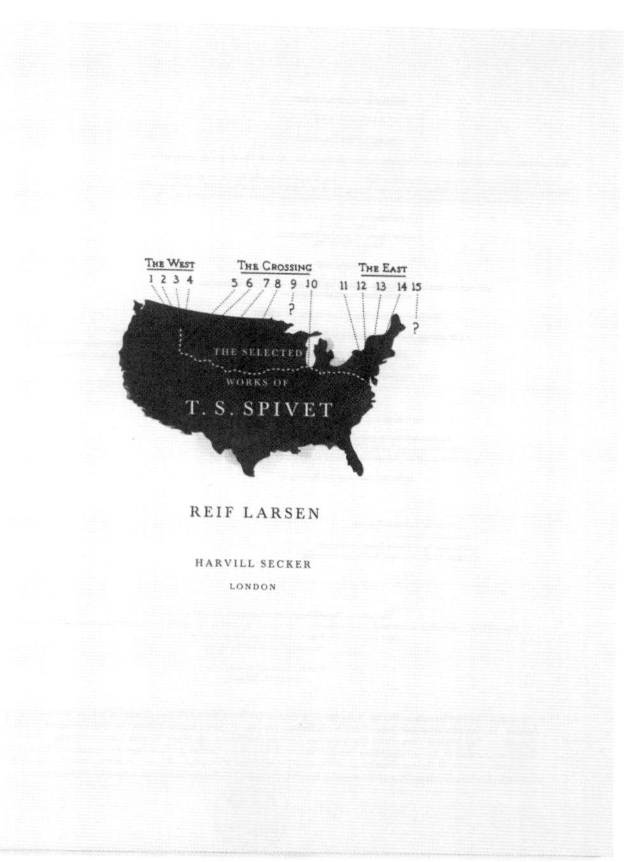

PARS
ISLANDIA
A
MARE GLACIALE
FARE
AMBRA SPERMA CETI
ZIPHIUS
PISTRIS SIVE PHISETER
TILE
D
ORCADES XXXIII
POMONA
HELGALAND
TRONDO
FROSTEN
NORMORIA
SUDMORA
NORVEGIA REGNUM
TOTEN
HETMARCHIA
TILEMARCHIA
SOLOGIA
SCUTENES
IATRIA
LINDESNES
VERMIS 40 PE LO.
VACCA MARINA
HIS CLIPEIS SIGNA PONES VIRTUTIBUS ORTA
VT PROBITAS GENERIS LUCEAT IPSA TUI
MARE DEUCALIDONICUM
SCOTIE PARS
PAVLUS PAPA III.
TUEDA
ANGLIE PARS
G
OCEANUS BRITANICUS
MARE GERMANICUM
DANIA
IUTHIA SIVE
HOLSATIA
DITMERSIA

FINMARCHIA
SCRICFINIA
BIARMIA
LAPPIA OCCIDENTALIS
LAPPIA ORIENTALIS
LACVS ALBVS
MARE BOTNICV
BOTNIA OCCIDENTALIS
BOTNIA ORIENTALIS
CARELIA
ANGERMANNIA
MIDDELPADIA
HELSINGIA
SVECIA SIVE SVEONIA REGNV
TAVASTIA VEL TAVESTHIA
FINLANDIA VEL FINNINGIA OLIM REGNVM
MARE SVETICVM
MARE FINONICVM SIVE SINVS VENEDICVS
MOSCOVIE PARS
GESTRICIA
VPLANDIA
LIVONIA AQVILONARIS
RVSSIA ALBA
MARE LIVOICVM
ESTHIA
LIVONIA AVSTRALIS
CVRETES
SEMBIA
SAMOGETHIA OLIM REGNVM
LITVANIE PARS
RVSIA REGALIS NIGRA
GOTHIA
OSTROGOTHIA
GOTLANDIA
OLANDIA
MARE GOTICVM
NAVIS SVETICA
ALANDIA

後代子孫，不再像祖先那般鍾情於鑽研製圖學，並認為巨幅地圖一無用處，冷酷無情地將地圖交付烈陽和嚴冬。時至今日，尚存在的西方沙漠中，仍存有那幅地圖的破簡殘片，那裡棲息著野生動物和乞丐。從此，整個大地上，再也找不到其他地理學的遺跡。

我創作第一本小說《天才少年的奇幻冒險》時，便遭遇了我自己「那幅地圖的破簡殘片」。此書主要是寫一名叫作斯派維的十二歲製圖師，他住在蒙大拿的一座農場中，因同胞兄弟之死而悲痛不已。我單單以文字形式寫完整本書的草稿，後來才意識到，若要觀察小斯派維在探索過程中的脆弱，就必須了解他龐大的地圖和圖表收藏，那是他藉以熬過喪親之痛、面對周遭大人的混亂世界的愛好。一旦小斯派維的地圖介入小說中，指標性的箭頭好似樹枝般，紛紛從文章段落中突出來。我發現自己刪掉了大量的段落，因為想像力已足以撐起那段文字的重量。

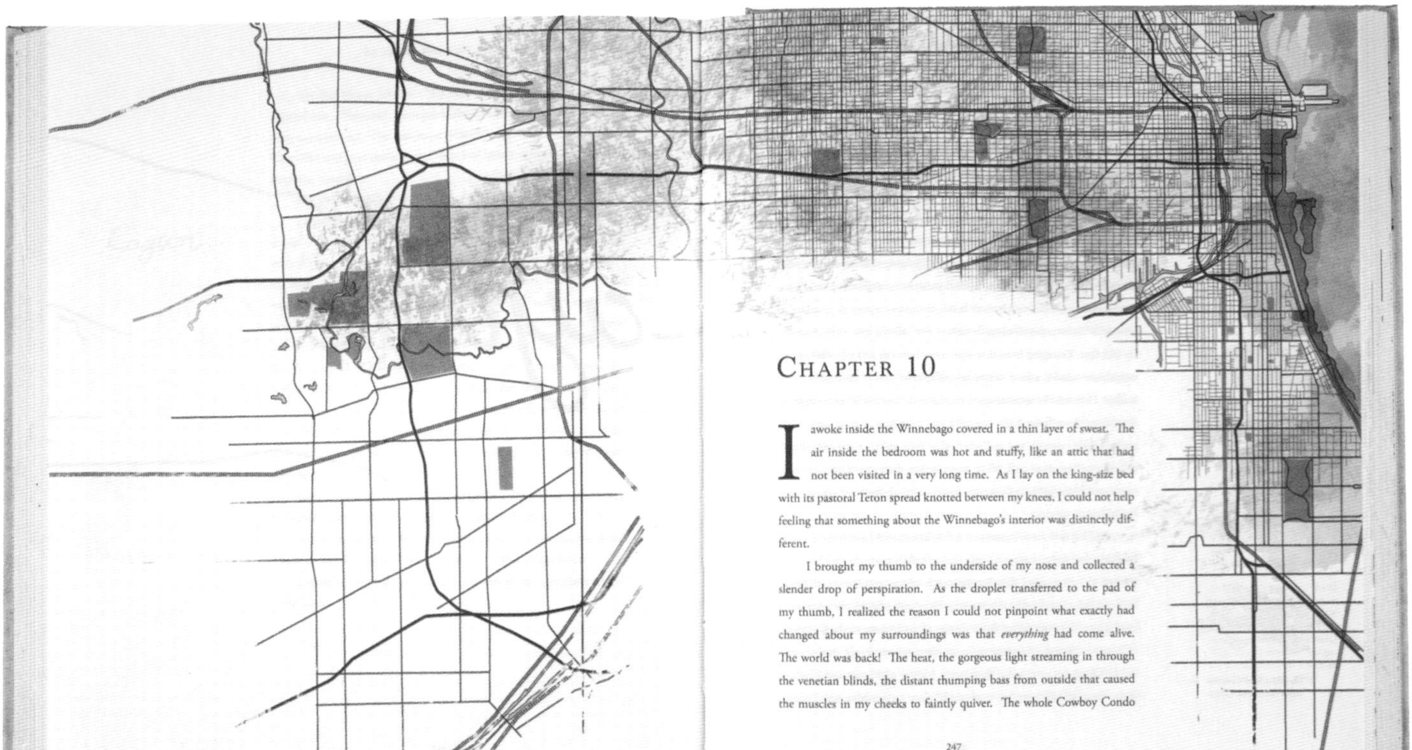

CHAPTER 10

I awoke inside the Winnebago covered in a thin layer of sweat. The air inside the bedroom was hot and stuffy, like an attic that had not been visited in a very long time. As I lay on the king-size bed with its pastoral Teton spread knotted between my knees, I could not help feeling that something about the Winnebago's interior was distinctly different.

I brought my thumb to the underside of my nose and collected a slender drop of perspiration. As the droplet transferred to the pad of my thumb, I realized the reason I could not pinpoint what exactly had changed about my surroundings was that *everything* had come alive. The world was back! The heat, the gorgeous light streaming in through the venetian blinds, the distant thumping bass from outside that caused the muscles in my cheeks to faintly quiver. The whole Cowboy Condo

247

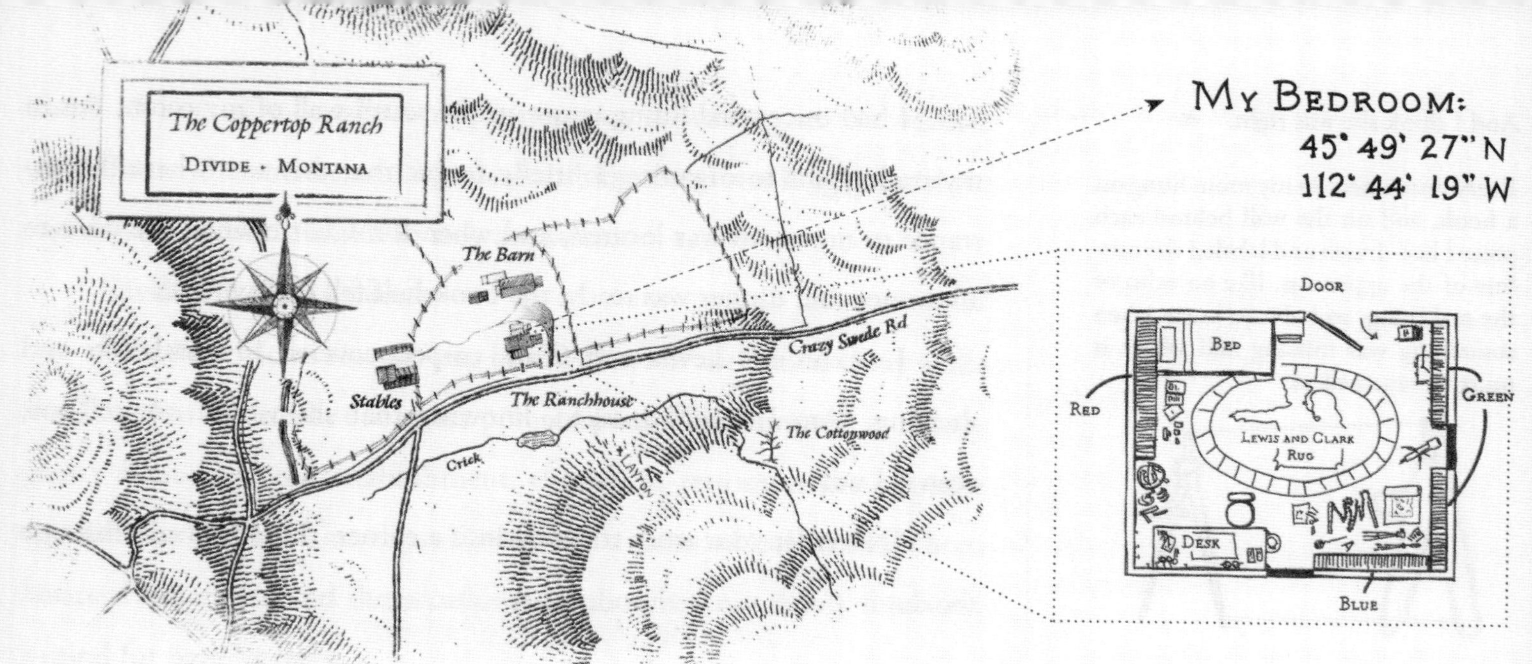

拉森的英雄斯派維，藉由繪製地圖確認自己的存在。他將地圖存放在房間四周，以顏色分類的筆記本中。他性格早熟，十分聰明。史密森學會致電通知他獲得了該會的一項獎項時，向他說明儘管他只有十二歲，但學會毫不猶疑一致通過他的得獎。

我同時也意識到，自己不斷在抗拒為寫作繪製地圖的衝動。一旦出現了文字和圖像配對的可能性，就會讓人只想以圖畫來表達——這個，這個，這個，還有別忘記這個！我必須不斷提醒自己，這並非是因為圖像具有致命吸引力，而是一段段的鴻溝造成的；這些鴻溝介於文字和圖像之間，讀者和人物的思想之間，已說和未說之間。那些未被畫上地圖的部分，才是重中之重。

人們越渴望將所有經驗一五一十地畫上地圖，便越能感受到自己的無能為力。這股衝動與無力感，正構成了世界文學傳統的根基。我們會繼續繪製地圖、寫小說，企圖以越來越神奇的高科技手段捕捉生命粗糙的輪廓，但我們也會繼續失敗。不過也不要忘了，就是這些失敗的等高線，帶給藝術巨大的感染力。我們要提醒未來的世代——他們也許會對這一類的低效率感到厭煩——我們熱愛閱讀，熱愛書籍，不只是因為它們為我們提供答案，更因為它們指向世界；它們刻畫出它們自己的小徑，最終繞回到自己身上，並要求我們自行填補空白的部分。也許這就是我們為何對地圖比較感興趣，而非地域本身，因為地圖容納了我們的想像力，使我們沉湎於飛龍大地，並為之驚嘆。若我們足夠幸運，甚至得以一瞥邊界之外的浩大領域。

一場瘋狂的大雜燴
天馬行空

插畫家　魯斯．尼科爾森

塞夫，蘇格蘭主教。最能說明他人生足跡的，
是他曾在英國法夫郡西部傳教。
較不可信的傳言，是他也曾到過蘇格蘭奧克尼群島傳教。
他傳教的中心在法夫郡的卡爾洛斯村。
關於他的傳說，簡直就是一盤大雜燴，匯集了不可能中的不可能。
——聲音設計師　大衛．法瑪爾，一九七八年

✷

在科學聖殿中，有許多的豪華屋宇，它們多彩多姿，
而引導它們靠向科學聖殿的動機，也同樣繽紛多樣。
——愛因斯坦，一九一八年

我熱愛地圖，任何形式的地圖對我都具有致命吸引力。它們彷彿有磁力，總能將我吸引過去。古老的地圖冊、地名辭典、地形圖和小鎮地圖，當地地圖和歷史地圖；散布著作戰行動和策略的戰場地圖、各式各樣的幻想地圖。無論是自製地圖的喜悅和滿足，或欣賞其他藝術家的地圖作品，都能燃起我的想像力。它們為我打開了一個充滿可能性的世界，一切的可能都在盤旋上升。

小時候，我總感覺我需要知道自己身在何方，又能去往哪裡，在那裡能發現什麼，這點在我的成長過程中十分重要，因為我真的喜歡漫步閒逛，有時候和朋友，但經常是我一個人隻身溜達。記憶中，我從未迷路——我必然天生就有找路回家的直覺——即便年幼，我仍然可以閒逛數公里遠。我總能知道家的方向，並找到路回家。青少年時期，我會帶著地圖進行野外探勘，不過真正令我敬佩的，不是它們的功能，而是它們的美：那些誘人的圖紋、新奇的地名、符號，組合成詩一般的藝術作品。故事充斥了我的童年時期，無論是聽來的或讀過的，其中有傳說、神話、歷史和各式各樣的冒險故事，有真實的、想像出來的、猜測的、嚴肅的、漫畫書或奇幻小說。無論故事如何，地圖永遠是故事的中心。

這主要是因為我成長於一個充滿故事的小村莊中。那裡靠近龍穴，也就是傳說中聖塞夫用權杖屠殺一頭怪獸的地方；那裡也靠近史前巨石，也就是傳說中敦克爾克戰役的遺址，並且距離羅馬駐地遺跡不遠。附近還有瑪姬．沃爾（Maggie Wall）的紀念石柱，傳說她以女巫罪名遭到火刑燒死。儘管這些傳說故事會隨著我們長大成人而逐漸褪色，但我拒絕任由現實將它們沖刷乾淨。

魯斯．尼科爾森的作品：阿卜拉克薩斯。那是一塊失落的大陸，先進科技和魔法曾併行其間，還有始前動物在森林間漫步。此圖是為大衛．莫里斯（Dave Morris）和傑米．湯瑪森（Jamie Thomson）合著的系列套書繪製。

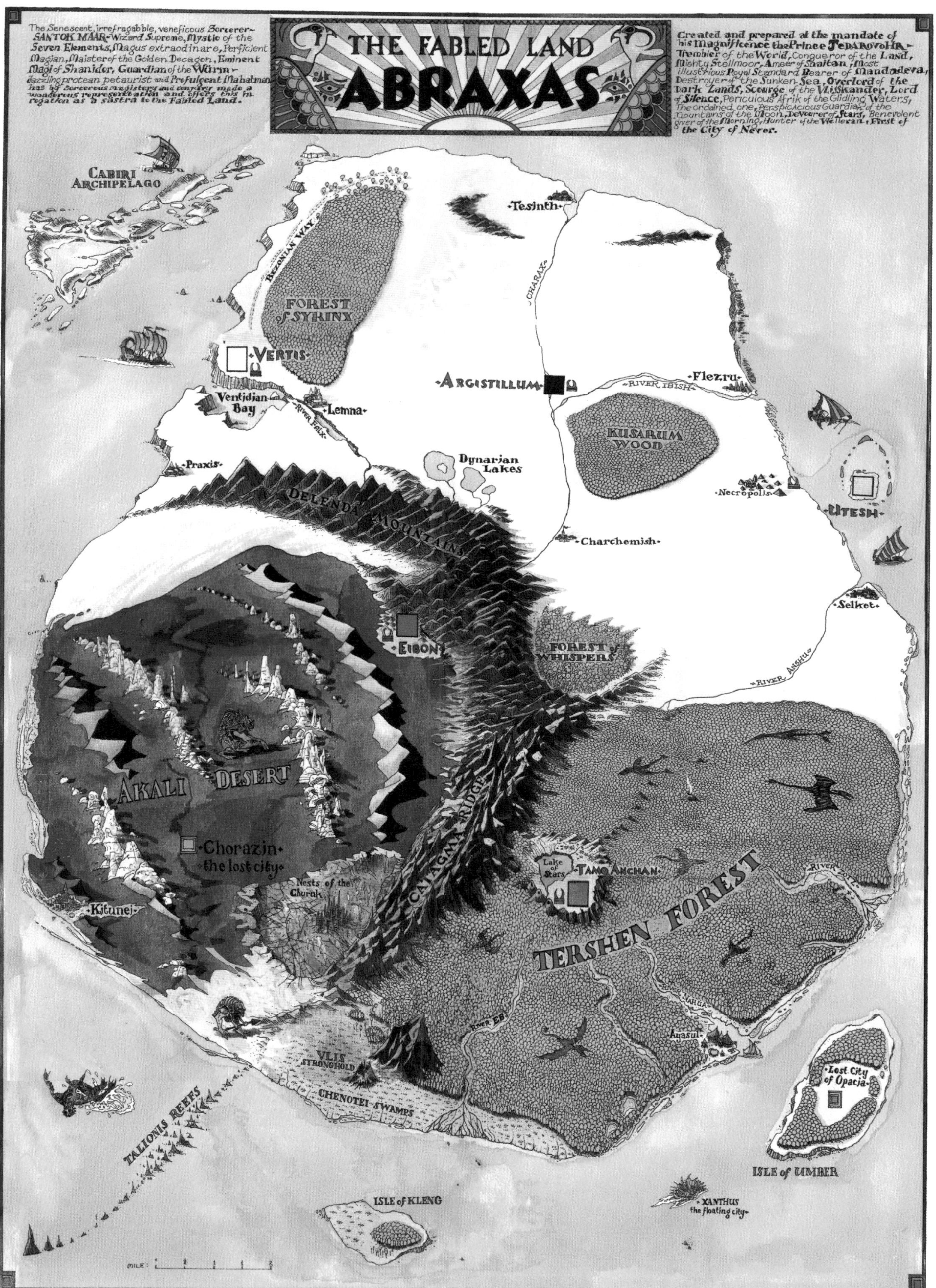
THE FABLED LAND
ABRAXAS
The Senescent, irrefragabble, veneficous Sorcerer-
SANTOK MAAR-Wizard Supreme, Mystic of the
Seven Elements, Magus extraodinare, Perficient
Magian, Maister of the Golden Decagon, Eminent
Magi of Shanidor, Guardian of the Würm-
dazzling protean petaurist and Profulgent Mahatman
has by Sorcerous magistery and conjury made a
wonderous representation and offers this in-
rogation as a sastra to the Fabled Land.
Created and prepared at the mandate of
his Magnifficence the Prince TEDAROVOHR-
Trembler of the World, Conqueror of the Land,
Mighty Stellmoor, Ameer of Shaitan, Most
illustrious Royal Standard Bearer of Mandadeva,
Destroyer of the Sunken Sea, Overlord of the
Dark Lands, Scourge of the Vlisskander, Lord
of Silence, Periculous Afrik of the Glidling Waters,
The ordained one, Perspicacious Guardian of the
Mountains of the Moon, Devourer of Stars, Benevolent
giver of the Morning, Hunter of the Welleran, First of
the City of Never.
CABIRI ARCHIPELAGO
BEZONIAN WAY
FOREST of SYRINX
Tesinth
CHARAX
VERTIS
ARGISTILLUM
Flezru
RIVER IBISH
Ventidjian Bay
RIVER FALX
Lemna
KUSARUM WOOD
Praxis
Dynarjan Lakes
DELENDA MOUNTAINS
Necropolis
UTESH
Charchemish
Selket
EIBON
FOREST of WHISPERS
RIVER ASHU
AKALI DESERT
CATAGMA RIDGE
Chorazin the lost city
Nests of the Churok
Lake of Stars
TAMOANCHAN
TERSHEN FOREST
Kitunej
RIVER ES
NARUA
Ayasul
VLIS STRONGHOLD
CHENOTEI SWAMPS
Lost City of Opacia
TALIONIS REEFS
ISLE of UMBER
XANTHUS the floating city
ISLE of KLENG
MILE

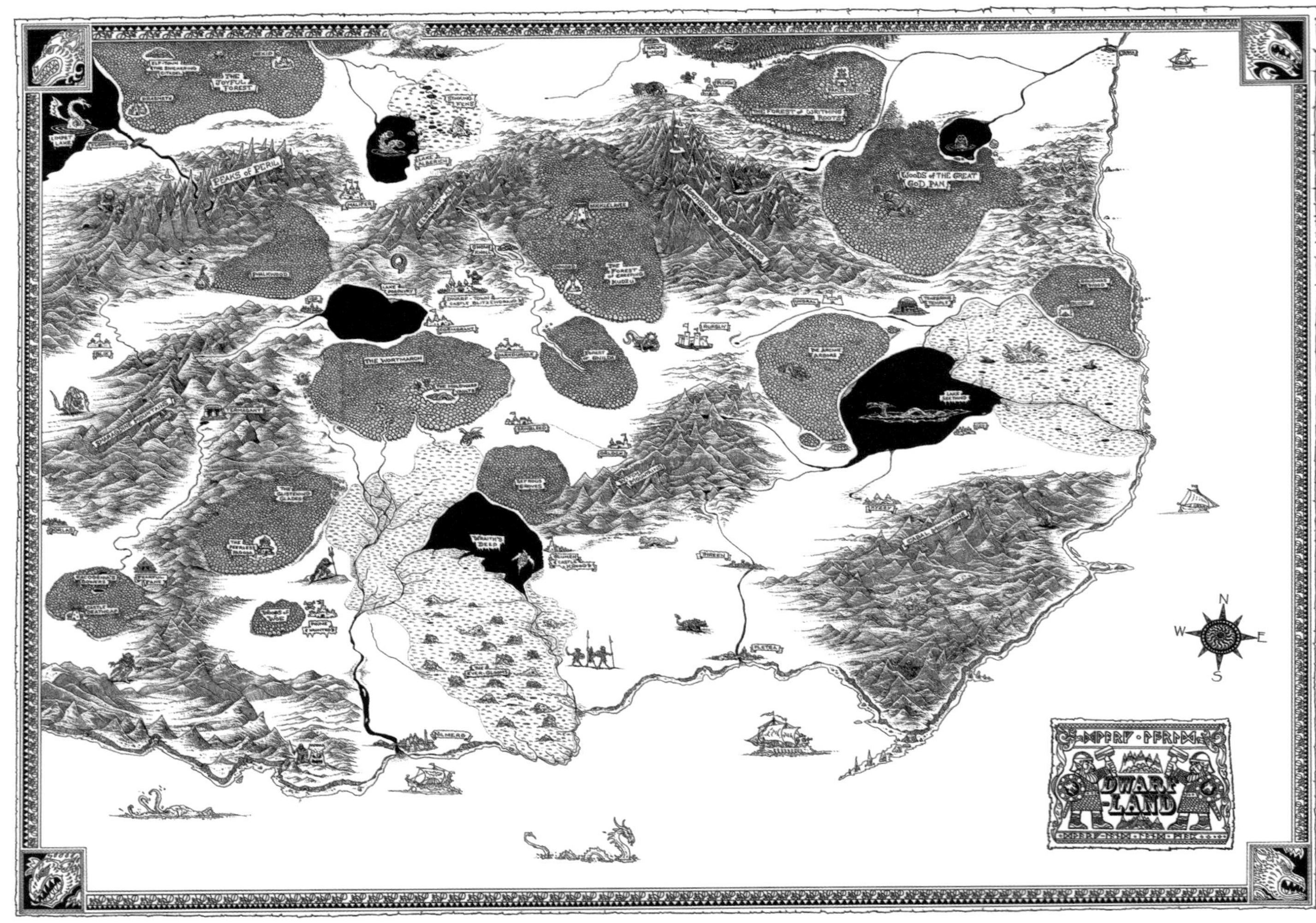

上圖是為作家史考特·佐艾弗（Scott Driver）繪製的矮人之境地圖。尼科爾森說：「我畫了一幅絕妙的線稿，但他允許我為圖加上潤色修飾。於是我畫了十六幅詳盡的版畫，然後掃描成圖檔，再以數位合成的方式組裝在一起。」

次頁跨頁地圖
此地圖出自奧圖曼海軍上將兼製圖師皮瑞·雷斯一五二五年的航海圖，展現出西班牙的格拉納達。皇帝下令九十歲高齡的他回到海上，到波斯灣發動另一場戰役。雷斯拒絕領命，遭到斬首。

今天，我們一起散步到籬雀林，走上龍穴，到奧克爾山尋找羅馬軍隊的前哨站，聆聽藤蔓綠苔牆外的世界，感受牆內令人心曠神怡的寧靜，幻想著曾駐紮在那兒的人們，那片孤寂之地又曾經發生了什麼。然後我們來到克雷格羅西高地，眺望爾恩山谷，遙望克里夫，南望布拉哥和阿多克羅馬堡。這個要塞就像是一個巨幅浮雕地圖。往東北走就是斯特拉森，那曾是蘇格蘭早期的首都，附近還有杜普林十字架，孤伶伶地挺立在原野上的原址。在一個罕見的晴天，站在山頂就能將這些遺址盡收眼底。那片大地就像一幅彩色地圖鋪展在你眼前，而凱恩戈姆山脈則泛著藍色霧靄縹緲在遠方。

我想像書中那些探險家的故事。他們行走在絲路上，來到魔幻的撒馬爾罕，和更遠的契丹；還有義大利航海家約翰·卡博特駕著小船馬修號尋找亞洲，還有麥哲倫、瓦斯科·達伽馬、法蘭西斯·德瑞克和海軍上校庫克；達爾文搭乘獵犬號出海探險，找到許多當時仍被視為神獸的野獸。我生平首次的北美洲探險，同伴有毛皮商皮埃爾艾斯普里·瑞迪遜、路易斯和克拉克，架設狩獵陷阱的基特·卡森，偵察員吉姆·柏瑞哲，以及其他山民；非洲的探險伙伴，有探險家蒙戈·帕克、李文斯頓和史丹力。我會搜尋相關地圖來追蹤他們的探險路線，不然就是自行繪製。我也在書籍中邂逅了那些藝術家，包括杜勒（Albrecht Dürer）和他奇特的版畫，比如〈騎士、死亡和邪惡〉、知名木雕〈犀牛〉；古斯塔夫・多雷為《古舟子詠》所繪、船桅般高的冰山漂浮而來，真令我心驚膽跳。它們帶領我走向更遠、更荒野的旅程。

這些製圖師前輩，運用有限的資訊和簡陋的設備器材，繪製出神妙、奇幻的地圖。我認為無論是精細的〈中世紀世界地圖〉，或水手繪製的航海圖，也許它們與真實的地理差距很大，但絕對提供了浩大、深層的想像力與可能性。瀟灑的奧圖曼海軍上將兼製圖師皮瑞・雷斯，製作了一幅航海圖作為禮物獻給蘇丹王。此圖目前只剩殘片，原圖中繪有詳細的歐洲西部和北非沿岸，以及巴西沿海。圖中繪有四個羅盤、陌生的異獸、浩浩蕩蕩的大河、散落的神祕小島，並推測了南極洲沿岸的可能位置，儘管那只是延伸附帶的一部分。

我現在算是有些知名度的插畫家，我仍會接一些令我心花怒放的案子，繪製奇幻地圖，同時也創造魔幻的世界。有時候，就如《傳奇之地》（*The Fabled Lands*）冒險遊戲書系列，我會得到許多故事細節和地名，此時就要設法創作出裝飾性的地域，再將它們組裝在一起。或者，委託人只給我故事大意，這樣就沒有太多細節綁住我的手腳，我可以放任想像力天馬行空，穿越歷史，發現新物種，賦與幻想地域新生命，讓它們活過來。

「阿卜拉克薩斯」是一塊失落的大陸，先進科技和魔法併行其間；始前動物在叢林間徜徉，驚人的文明繁茂，人類必須與外星生物共享這個星球。因此，它是一塊繁忙的地域。它有五座大城邦：智能提斯、烏泰曲、塔莫安查恩、艾波恩、亞爾吉斯提冷，每座都有寬大的廣場和華麗奢侈的宮殿。世家貴族們坐在雕花轎子中，由奴隸抬著去圓形競技場觀賞死亡決鬥；財富就在金醉金迷的盛宴中來來去去。掌權人是由陰謀刺殺來決定的；有錢人心血來潮想狩獵時，就搭乘飛艇滑翔過森林。

城邦「塔莫安查恩」有瑪雅和奧爾梅克文明的影子，「艾波恩」的後代則是迦太基人和伊特魯里亞人的合體；「亞爾吉斯提冷」的倖存者注定要遇上巴比倫，「智能提斯」則是安寧平和版的希臘和特洛伊；「烏泰曲」的習俗沿襲了古埃及文化。千年來，阿卜拉克薩斯城邦都過著安和樂利的生活，但現在遭受外來者的侵襲。兀雷姆比人，是來自一座枯竭星群的外星人，他們殘酷無情，身軀能夠鑽進空間深處。城邦必須放下彼此間的嫌隙，在來得及時，派出戰士迎頭痛打入侵者。這個世界，與多年來我協助想像的世界大同小異，都是在提供那些想要透過書頁前去探險的人一些方向。

儘管我現在年紀大了，並且可能像道格拉斯・亞當斯所說的：「只是讓自己有事可做。」我仍然十分忙碌。我經常回想童年時的龍穴和其他地方；它們在我的想像和夢中，都是真實存在的。我們應該記住，有許多人相信飛龍、挪威海怪和巨型章魚的存在，牠們隨時竄出來摧毀船隻，將掌槳或掌帆的水手送進水中墳墓。製圖學越來越精準，旅行越來越方便，世界也隨之越變越小，但荒野和難以理解的奇異事件仍然存在，對它們的警醒蘊含著智慧，以及期待的激動和恐懼的顫抖。

قلعهٔ بورسان
قلعهٔ اسقلاج قلعهٔ مذکوره
دکز کنارندن اوچ میل قدردر
قاواستیلو
ربوموننه بوصواکی
طاغک اورتاسندن
اقر
قولقد واسقلاج

قلعهٔ قدنسا ردو
ولایت قلاوری
پورتو توروا تو
قاوتو روا تو

故事的循環

早期的地球和仙境

英國小說家兼插畫家　伊莎貝爾・葛林堡

> 故事是指南針和建築架構，指引著我們；
> 故事之外，我們為自己打造了避難所和監牢。
> 沒有了故事，我們將在廣大的世界中迷途，
> 像北極一樣，在無邊無際的凍原和海冰之間，失去方向。
> ——美國作家　雷貝嘉・索爾尼，二〇一三年

我愛上的第一幅地圖，是中土大陸。和許多作家、讀者一樣，那幅托爾金用墨水畫出的夏爾、魔多、孤山精緻地圖，激發了我對文學地圖持久不變的熱愛。我小心地用鉛筆在素描本上臨摹盧恩符文、山峰山脊，並在角落放下盤曲的小龍。接下來，《地海》出現了，我的手指沿著格得乘著「瞻遠」小船航行的路線畫著。

一提到地圖，我腦海首先冒出那些附有地圖的書籍，以及書中描寫的地域。儘管我知道我喜愛附有地圖的書籍，即便它們沒有地圖也精彩十足，但我感覺地圖賦予了故事某種特殊的魔力——它們讓故事場景變得真實。有了地圖，我彷彿就能造訪那個地域。地圖讓一個世界變得立體，讓你留下一個印

象，即使闔上書本，故事中的人物依然在那裡為生活打拚。

身為圖畫小說家，我的文字很難獨立於圖像之外。我將地圖視為說故事的一個手段。就如連環漫畫，要求讀者自行將文字和圖像結合，有時候甚至依循一段敘事思路去填補空白。不久前，我因緣際會與貝爾納・斯雷格（Bernard Sleigh）的〈童話古地圖〉產生了連結，這幅圖立刻一躍而起，成了我所有地圖的重中之重。其最大的魅力，在於它為故事畫了一張地圖。地圖中說明：「此處為亞瑟王傳說中的阿瓦隆島。」「此處為希臘神話中的阿耳戈船英雄。」我瞇著眼閱讀電腦螢幕上的小字，認得圖上的一些故事，另一些卻不知所云。它鼓勵我閱讀更多書籍、做更多的想像。單單看圖，就有新故事從腦海裡冒了出來。

繪製文學世界地圖，能讓作者得以將所有故事場景擺在一起，而不是透過敘事一一造訪；同時，作者也能透過地圖透露故事發展的線索。相對來說，地圖也引導讀者去想像、去填補那些空白之處。《地海》的群島地圖中，有一些格得未曾造訪過的小島，孩童時的我不禁為之激動，想像格得是否未來會去，或者已經去了，在那些小島上又會發現什麼。在讀完地海系列小說之後，我可以說：「啊，對，他去過那裡，看過那裡。」但仍有他未曾造訪過的小島，這就是文學地圖最奇妙的地方。

截至目前為止，我想只有在一種狀況下，文學地圖才會激發我進入真實世界，那就是羅素・霍本（Russell Hoban）的科幻小說《雷德利・沃爾科》（*Riddley Walker*）卷首的內陸地圖。它描繪的是被戰爭摧毀的文明世界。霍本筆下的肯特郡是一個十分奇怪的地方。若你去過英國肯特郡的鄧傑內斯角，造訪過它月球表面似的

貝爾納・斯雷格的〈童話古地圖〉，一覽大量童話故事和傳說，從亞瑟王的阿瓦隆島到彼得潘的夢幻島，從《糖果屋》到希臘神話。此圖於一九一八年出版，當時的世界正從可怕的戰爭中，顯現殘酷的真實樣貌。

光裸地貌、那些被沖上岸的船隻和海灘盡頭的核電廠，就會感覺那裡很像是雷德利的世界。我去過書中的懷德斯貝爾、坎伯利和荷爾尼包尹——也就是肯特郡的惠斯塔布、坎特伯雷、荷尼灣。走在荒涼的海岸線上，絕對能幫助你去想像大災難後的肯特郡會是什麼模樣。

身為插畫家的我，也喜愛地圖的外貌和它給人的感覺。古代航海圖中的海怪和海船，其中點綴著小鯨魚和漩渦，還有精緻的小山脊；或者一些奇形怪狀的地圖，抑或同時並列有天堂和人間的地圖。這些地圖全在說故事。這也是人類生活的一個循環，一個重新創造的說故事循環，而這種循環從第一個被說出來的故事開始，就已存在了。

地圖上最不可能被代換到現實，或被造訪的，正是那些最最精彩的地域：仙界、天堂、星座、中土大陸、地海；甚至是那些古地圖中的古老世界，那時世界有太多的空白。就像那種四個角落各有一個圓睜著眼的女人向中央吹氣的地圖，而且還有美麗的鑲邊線，你是否能依循它們找到路並不重要，這些裝飾反而令它們更傑出。

上圖
娥蘇拉．勒瑰恩的地海是一個小島世界，它充滿魔法、飛龍、神話和史前歷史。作者是一九六六年，身處一棟充滿孩童的屋子中，在肉販的包裝紙上畫出那片群島地圖的。格得，這名年輕的巫師學徒，釋放出一股可怕的法力，並將花費餘生修復他所造成的破壞。

旁頁
伊莎貝爾．葛林堡的小說場景，皆設定於一個叫作「古早地球」的虛構世界中。她手繪了該世界的地圖，但並未完善，它仍持續在充實中。

我的圖畫小說的場景，都設定在一個叫「古早地球」的虛構世界。它上頭有瘋狂的大王、落後的科學和更落後的地理學；還有四處遊走的說書人、充滿智慧的乾癟老婆婆、粗野的漢子和勇敢的姑娘。寫一本虛構世界的書，其樂趣就在於可以自由自在地在裡面扮演上帝。我汲取故事靈感和山川地貌的來源很多，有傳說和民間故事，有民謠和神話，有舊約聖經、《奧德賽》和《一千零一夜》。至於圖像方面，從中世紀藝術到古董地圖，再到漫畫，包括《小尼莫》（*Little Nemo*）全是我靈感的來源。我的繪畫過程跟寫作一樣，都十分片段。我也用墨水和畫筆，但和托爾金不同的是，我可以將草圖掃描成圖檔，再用 Photoshop 上色。

當我一坐下來，決心創造一個世界時，我就知道這個世界需要一幅地圖；但這幅地圖又必須不夠完整。我想要這個世界有無限擴大的可能，好讓我能隨意、不斷添加大陸和島嶼、小島群和冰山冰川，又不至於流於龐雜不堪。儘管我畫出了古早地球上的國家和旅程路線，但並未真正畫出整個世界的地圖。古早地球的時代，是處於環球旅行的唯一交通工具只是一艘小木船的時期，所以在尚未探險之前，誰又能知道海洋的另一邊有什麼呢？

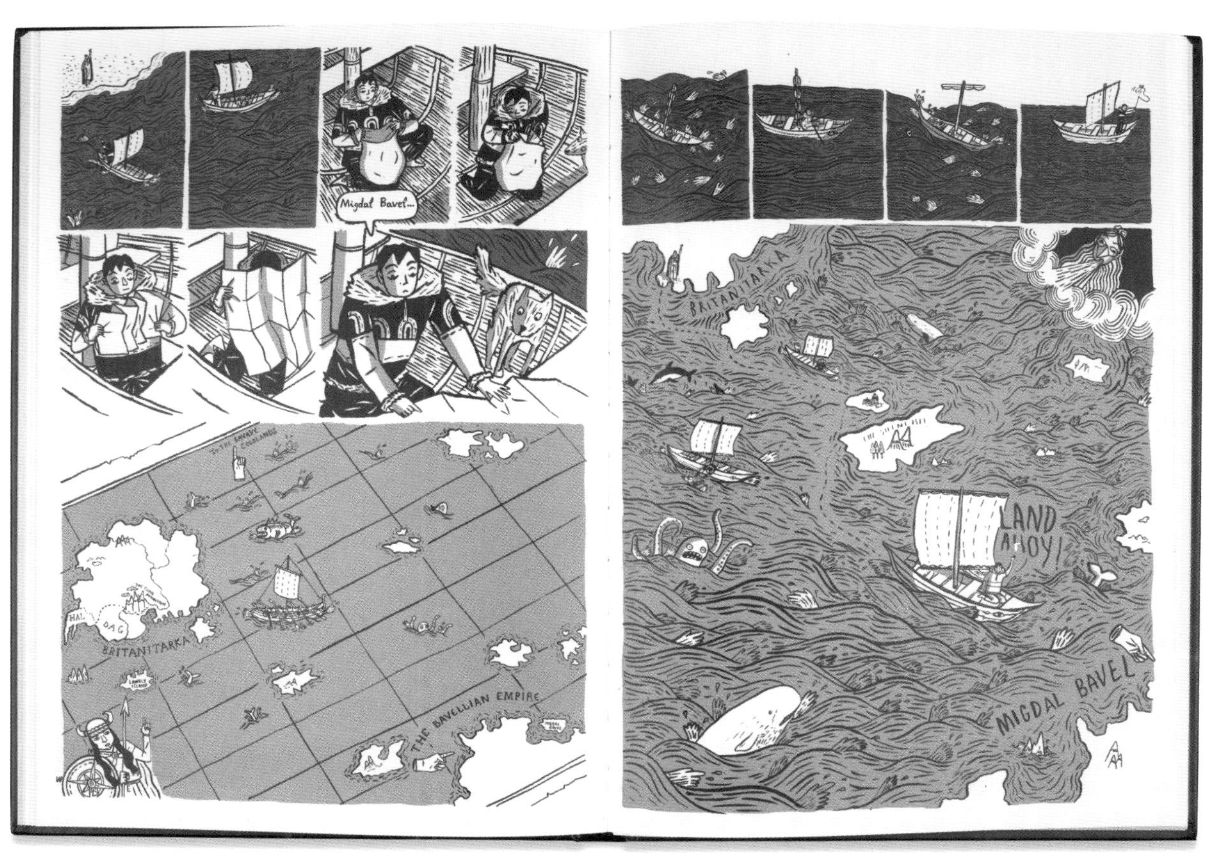

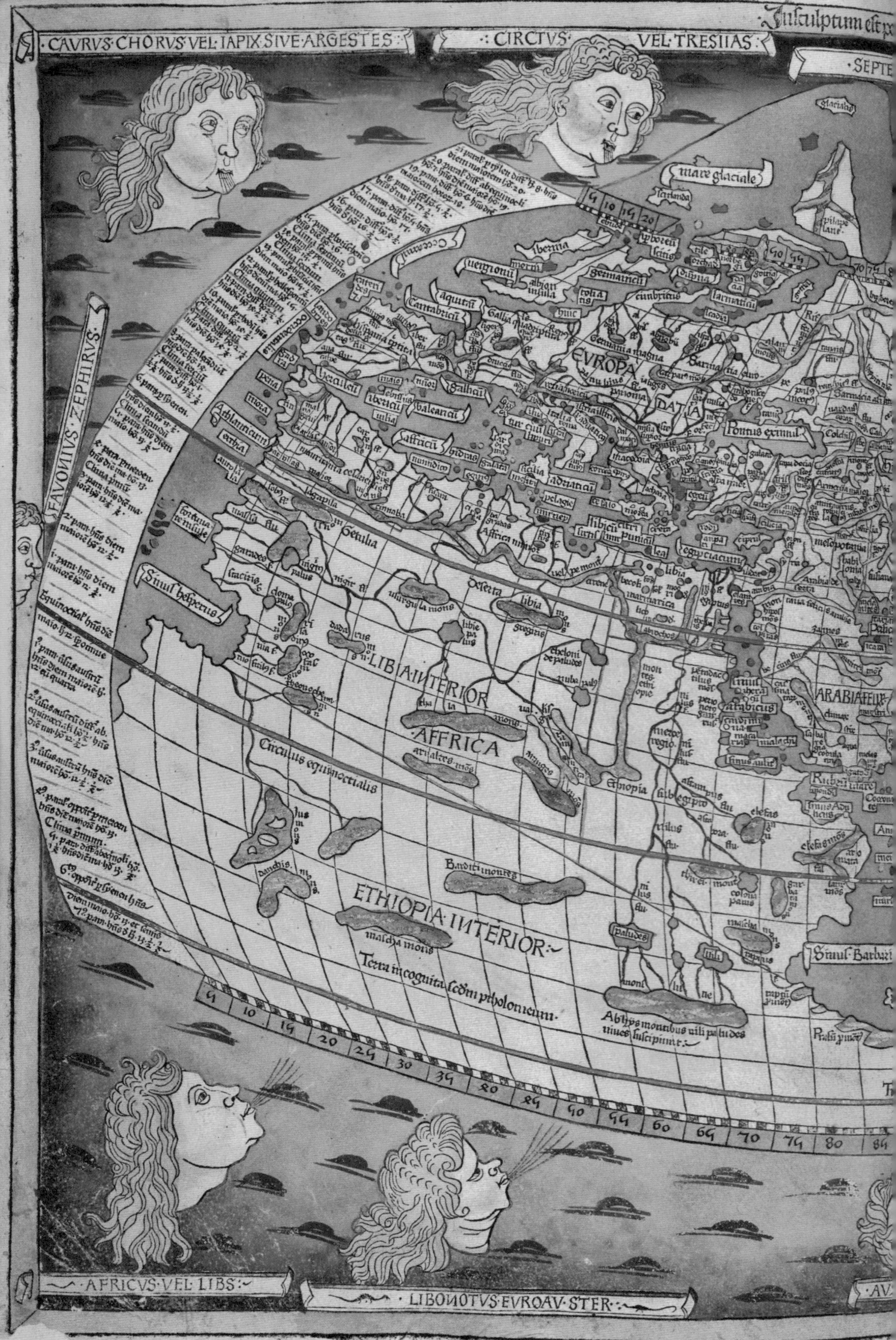

CAVRVS·CHORVS·VEL·IAPIX·SIVE·ARGESTES
CIRCTVS VEL·TRESIIAS
FAVONIVS·ZEPHIRVS
mare glaciale
Oceanus
EVROPA
DATIA
Pontus euxinus
Sinus hesperius
LIBIA·INTERIOR
AFFRICA
Circulus equinoctialis
ETHIOPIA·INTERIOR
Terra incognita scd'm ptholomeum
Barditi montes
5 10 15 20 25 30 35 40 45 50 55 60 65 70 75 80 85
AFRICVS·VEL·LIBS
LIBONOTVS·EVROAV·STER

·AQVILO·VEL·BOREAS·
·CECIAS·APELIOTES·
SVBSOLANVS
ASIA
ARIA
Sinus gangeticus
Sinus magnus
MARE·INDICVM
MARE·INDICVM
PRA S ODVM
MARE
Terra incognita secūdū pthołomeū
Gradus longitudinis ab occidente in orientem
VVLTVRNVS·EVRVS
EVRNOTVS

前頁
這是托勒密一四八二年繪製的世界地圖，是早期地圖之一。它是第一幅畫有阿爾卑斯山北側的世界地圖，也是第一幅彩色的世界地圖。葡萄牙人在非洲的新發現尚未被畫入此圖中，印度洋也被陸地包圍著，並有一道陸橋連接亞洲和非洲。

上圖和旁圖
葛林堡創作虛構世界的靈感來源，五花八門，她透過現代媒體再次訴說古代的寓言故事。一個孤獨的說故事人，透過富有吸引力的傳說、有智慧的老太太、饑餓的巨人和有毒的香腸，以及一名被不可靠的猴子引入歧途的製圖師，追尋著生命的啟發，以及真愛。

我的故事中有一名製圖師，一輩子住在塔中，從未離開過，卻派出三隻天才猴子，為他繪製外界的地圖，並帶回那個世界的所有祕密。他是那個古老帝國「米格德巴弗爾」的製圖大師。糟糕的是，猴子的本性就是好動頑皮，不足以信賴，這時從北極來了一名男子，說出親眼所見的北極故事，印證了猴子的地圖全是亂編的，製圖師從此身敗名裂，發了瘋，遭到流放。他和許多古代製圖師一樣，並未親身探勘、實地遊走，便動手繪製地圖，這樣的地圖當然充滿了臆測和錯誤。

我是在聽了母親講述馬可波羅的故事後，才萌生了我故事中的製圖師靈感。馬可波羅橫越亞洲，並在數年後回到威尼斯，從奇幻之地帶回了大量的故事和寶藏，可大家都認為一切全是他編出來唬人的。他和我的製圖師形成一個強烈的對比，我的製圖師有公共場所恐懼症，是道道地地的椅上旅行家。我母親是地圖的狂熱粉絲，也是一座虛擬的線上博物館——馬可波羅博物館的負責人。她堅信這座博物館也能在伊斯坦堡海岸外的小島上被找到。若你進入這座博物館，會看見許多馬可波羅令人大開眼界的物件。故事總是循環持續，生生不息。

我現在正著手新的寫作計畫，腦袋裡全是新的地域、人物和冒險旅程。船隻在尚未繪製出來的世界角落，隨波起伏。山脊等待著甦醒挺立，不耐煩的飛龍已展翅待機中。我應該將這些全都描繪出來。

THE MAPMAKER OF MIGDAL BAVEL

The first map of Early Earth, the Bavellians say, was made by the famous cartographer Mancini Panini from his tower in the beautiful city of Migdal Bavel. It is generally agreed by explorers to be completely useless since it is almost entirely wrong on every level. But Mancini Panini was possessed of an excellent imagination and a steady and meticulous drawing hand, and so the maps can be valued as things of beauty.

Sailors! Sail no further lest ye perish!
Island of What
Island of Hoo
Bavellian Straits
The City Of Migdal Bavel

The problem was Mancini Panini was severely agoraphobic, so everything he learnt came from his telescope.

And from the findings of his assistants, three genius monkeys from the Island of What. He had trained them himself and believed them to be one hundred per cent reliable.

沒有童子軍

燕子號與亞馬遜號

插畫家　羅藍・錢伯斯

他們跟許多探險家前輩一樣，
就在他們離家在外時，家中著火了。
——亞瑟・蘭塞姆，一九三一年

✷

「啊，奈利！」匹亞伯帝說。
「剛好趕上了。」郵差說。
「我們正在爭辯一件事，科學方面的。」
「如果你站在世界的頂端，你的腳趾是指向北方嗎？」匹亞伯帝說。
「或南方？」郵差勇敢地反問。
——羅藍・錢伯斯，二〇一五年

我一直很怕地圖。小時候，我沒有方向感，而地圖卻沒幫上忙。即使現在，若我開車的時候，旁邊坐著一個看道路地圖冊的人，我根本不敢請他指路。那些彎彎曲曲的線條對我起不了任何作用，無法協助我與真實的世界聯結，它們只讓我感覺自己蠢笨。GPS 衛星導航的問世，真是讓我鬆了一口氣，紓解了我的困惑和混亂。

我很懷疑那些熱愛地圖的人，這算是我的一種自我辯解吧。喜歡戶外是種特權，那裡只適合那些善用指南針，且對二維平面世界有概念的人。有一次，我和朋友到西伯利亞貝加爾湖徒步旅行，行走了幾天後，才發現我們走的小徑並非森林管理員開闢出來的，而是棕熊的路徑，我簡直要昏倒了。我當時壓根沒心思去想棕熊是世界最大的掠食動物（只有北極熊能與之匹敵），不過能看到童子軍臉上的表情，還真是不枉此行。

數年前，我完成了《燕子號與亞馬遜號》作者亞瑟・蘭塞姆的傳記。這位作家不僅熱愛地圖，並善用地圖。在俄國革命和內戰其間，他是《每日新聞》和英國《衛報》的駐俄記者，經常將從倫敦地圖專賣店「史丹福斯」購買的地圖，寄回國給編輯。他在那些地圖上標記有與時俱進的軍隊布署，以及交戰雙方占領區的縮減和擴大，但效益並不大。戰事瞬息萬變，地圖來不及出版就已成了廢紙。不過，在波羅的海不斷變化的沙洲這方面，他幸運不少。他度假時，可以輕鬆駕著他的第一艘船（也是陪著他長大的船）沿岸航行，有時甚至是在黑夜中。他喜歡在晚餐前坐在船艙中，計畫穿行島與島之間的航線。只要算對了，報酬就是隔天早上的地平線美景。而政治革命是不可能被預測的。

蘭塞姆是典型的英國童子軍。他喜愛清晰明瞭，喜愛弄清楚遊戲規則。他

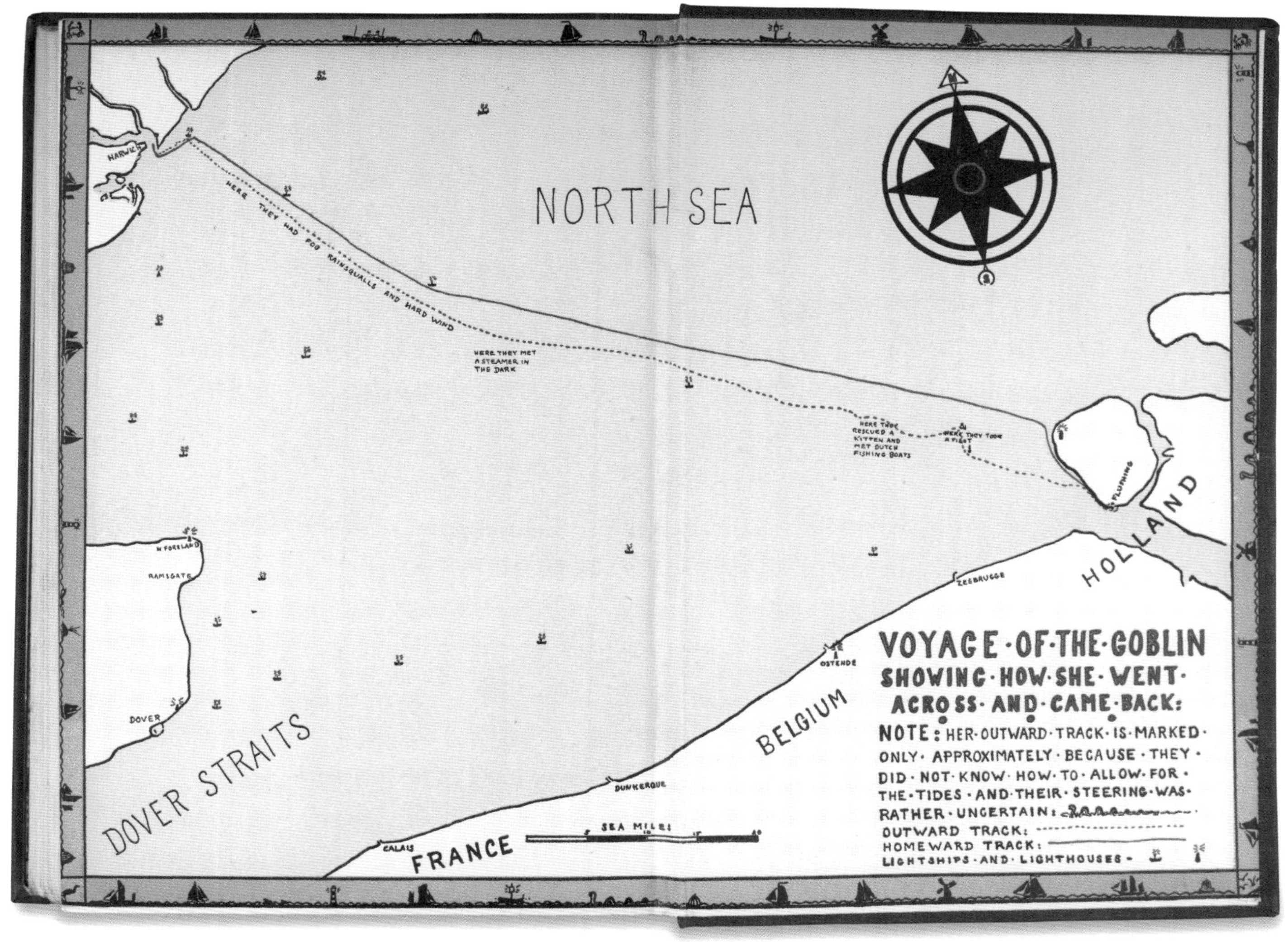

上圖出自蘭塞姆的《霧海迷航》，此書是《燕子號與亞馬遜號》系列的第七本，描述帆船哥布林號的航程。航海圖中備注：「只能最大程度標記出帆船去程的路線，因為孩子不知道該如何應付海浪，更不知道如何操控帆船乘風破浪。」

也喜歡當孩子，因為孩子天真。地圖便具備了這些特質：亞當踏入世界的第一個早晨，發現他自己的國度，發明了自己的遊戲。蘭塞姆一九三〇年寫《燕子號與亞馬遜號》時，欣喜地重新安排了孩童時期度假地的地貌，為故事人物打造一片合適的遊樂場。坎布里亞郡的溫德米爾湖被併入科尼斯頓湖中，島嶼被移位和合併。沃克爾家的孩子航行在一面魔鏡上，鏡子反映並分解了大戰中的動盪，這也許是此系列小說不止深受小讀者的喜愛，大人們也愛的原因。

雙面間諜、重婚者、皇家巡艇俱樂部的終身會員，亞瑟．蘭塞姆的一生也算是豐功偉業。不過，他並沒將我也變成熱愛地圖的人，至少不是當下立刻，儘管我後來對地圖產生熱愛，就是從我和他結束共事關係的那段時間開始的。這應該不是巧合吧。那時我住在康乃狄克州鄉村一棟改造過的穀倉中，在《最後的英國人》（*The Last Englishman*）完成最後一次校稿並通過後，我有大把的空閒時間。幸運的是，一個朋友前來營救了我。萊夫．葛羅斯曼完成了《費洛瑞之書》系列的第一本小說，從紐約布魯克林下來，請我幫他繪製一幅地圖。我當下就回絕了，因為那時的我實在不喜歡地圖，但他說：「試試吧。」於是我試了，而現在，我也成了熱愛地圖的人。

想要理解一項專業，不如動手去做那項專業。原來，有些人的大腦構造是如此，而我正是這樣的人。我的第一幅地圖與一般的地圖差距不大，但萊夫第二本小說的場景設定在大海上，而大海除了平坦一片還是平坦一片。於是我開始思考該故事的敘事風格，能如何讓我的地圖更生動有趣。這次的完稿作品很像是一支拉滿弦的弓，弓箭本身就是航程，弓身則是由世界盡頭的一座曲牆構成。萊夫的第三本書，我在聯動的數個齒輪中畫了故事中的數個世界，整體就像鐘錶的齒輪發條裝置。在齒輪世界之間，有一座圖書館式的鬼市，包圍著不斷縮減的庭院。

萊夫的書攀上《紐約時報》暢銷書第一名，而我的地圖則上了《紐約客雜誌》。我當下決定寫一套奇幻小說系列，這次由插畫家艾拉·奧克斯塔德（Ella Okstad）為我作畫。現在，我的故事由各式各樣的地圖串聯一氣，航海圖、氣流圖和夢想地圖。這一路走來，我不斷沉思地圖究竟是什麼。它們是導航的好幫手，它們是美麗的圖畫；它們看起來用途很大：陸地測量局的地圖、星象圖，以及即便是我們知道不存在，卻仍想一探究竟的虛構世界地圖。一張樂譜，算不算是一幅地圖？方程式呢？哲學論文？小說？抽象畫呢？若是，呈現出來的又是什麼樣形

錢伯斯為萊夫·葛羅斯曼的《費洛瑞之書》繪製的地圖。故事主角昆汀·考瓦特從紐約的魔法學院畢業後，得知魔法世界費洛瑞的存在，於是開啟了他的冒險。

式的地圖呢？地圖只是你知道的那個樣子嗎？我沉思越多，越困惑，不知所有地圖結合在一起，會是什麼模樣的地圖。一個為自己理髮的理髮師？一群八哥鳥？無論如何，現在正適合拿出最尖的鉛筆和蠟筆，動手畫出那幅地圖。畢竟生命除了尋寶，還是尋寶。

《黃金七鑰》是《費洛瑞之書》的續集，描述主角在魔法世界費洛瑞的美妙人生。昆汀成王了，卻不得安寧。即使在天堂，人們依舊需要冒險。本來浩浩蕩蕩向遠方啟程，卻很快就演變成一場又一場夢魘。

符號與標號

魯賓遜漂流記

插畫家　柯洛莉．畢克佛史密斯

「嗯，」萊利先生拍拍瑪姬的頭，略帶警告意味地說，
「我建議妳將《惡魔的歷史》擱在一邊，
多讀一些漂亮的書。妳沒有漂亮的書嗎？」
「喔，有。」瑪姬說，稍微打起精神，想證實自己的閱讀多樣化。
「我知道這本書不漂亮，但我喜歡裡面的圖片，
而且我自己會為那些圖片說故事。不過我有《伊索寓言》，
還有一本關於袋鼠的書，還有基督教的寓言詩《天路歷程》。」
「啊，一本美麗的書，」萊利先生說，「沒有比這本更好的書了。」
——英國小說家　喬治．艾略特，一八六〇年

我們無法單憑書的封面，判斷一本書的好壞，書的內容才算數。確實如此，可書的模樣、閱讀時的感受和捧在手上的感覺，也能帶來喜悅。偉大的書籍提供的喜悅，全都在字裡行間，於是你的想像力隨著那些文字飛翔起舞。但對我來說，我如何看待一本書，同樣十分重要。一本書，就像某種特別的物件，會給人特定的意義。許多我喜愛的書，我記得它們想像力十足的故事，同樣也記得它們附帶的地圖，以及書中的文字。這多少跟我從事書的封面設計工作有關，而現在，我也開始寫自己的書了。

單憑一個圖像，一個裝飾圖案，就能捕捉一本書的本質嗎？有這個可能性嗎？地圖也是，符號和標誌可能代表一幅地圖嗎？這類問題每天都會冒出來，特別是有作家或出版社請我為他們的書設計書的外形和包裝時。書的封面必須用最簡單的圖案來設計，我試著用圖案的安排來傳達內容的精神。這就像建構一個句子，或烤一個蛋糕。方法很多，而結果不會符合每個人的口味。這裡，我已混合了一個或兩個隱喻。我們還是回到圖像這個主題吧。

《小婦人》的封面，我用了一把剪刀象徵故事的關鍵核心，也就是喬為了給父親治病而斷髮，剪刀代表著書的核心精神：犧牲和受苦。《德古拉》則是精緻的石蒜花花圈，一是用它圍繞女主角的脖頸，二是它封住了怪獸，保護我們不受傷害。《雙城記》封面，我畫了尖銳的針和毛線，象徵記錄在德法奇

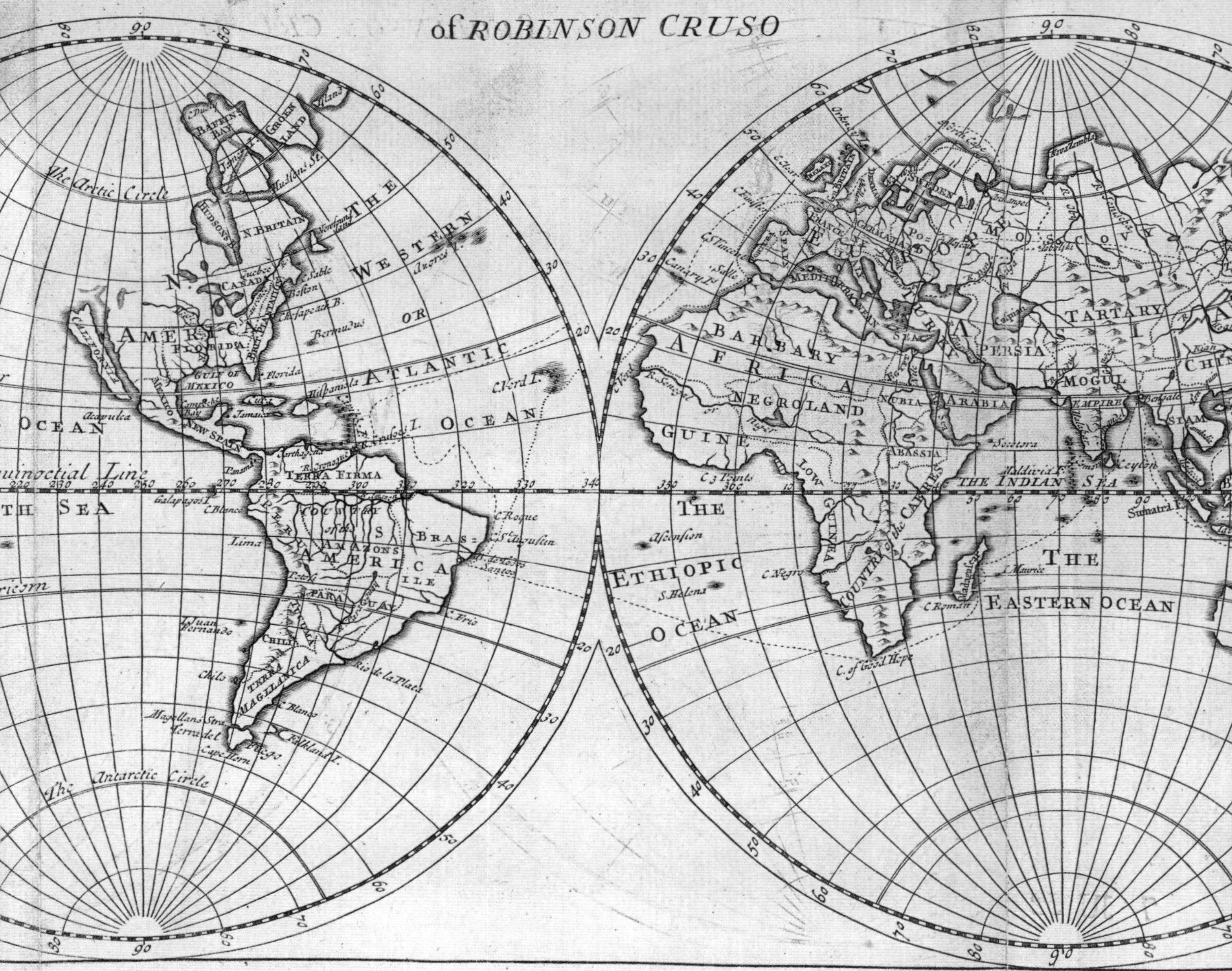

夫人打毛線中反革命人的惡行。《白衣女郎》(*The Women in White*)是兩隻象徵兩種身分的白鴿;而《米德爾馬契》是一支小胸針,表示一段不幸的婚姻,以及它所造成的孤立隔絕。《黛絲姑娘》的封面上,我用紅絲帶圈圈綁住她的頭髮,突顯她與其他女孩的不同,而紅色和麥子圖飾則代表她的堅毅不拔和農村的生活。《遠大前程》以古老的燭檯提示褪去的光輝,檯上的灰塵則是一段凍結住的人生。至於《魯賓遜漂流記》呢?

《魯賓遜漂流記》不斷激發龐大讀者的想像力。前頁是一九〇五版小說的封面,由艾頓・希明頓(Ayton Symington)設計。此書書名就是整個故事的核心:「一個叫作魯賓遜的約克郡水手,獨自在一座無人島上二十八年的冒險生活。」上圖則是一七一九年的世界地圖。

雖然我從未為自己的書繪製過地圖,但我寫作或設計封面時,總會畫各式各樣的地圖。我率先動筆將腦海中的創意畫在紙上,然後再思考如何結合文字和圖像以訴說故事。身為藝術家,我認為自己並不是一個建構作品的人,但事實上,我是在建構中朝氣蓬勃。我不斷運用、思考地圖。面對大量資訊,我需要秩序和架構將它們重新排列組合,所以地圖對於身為作者的我,

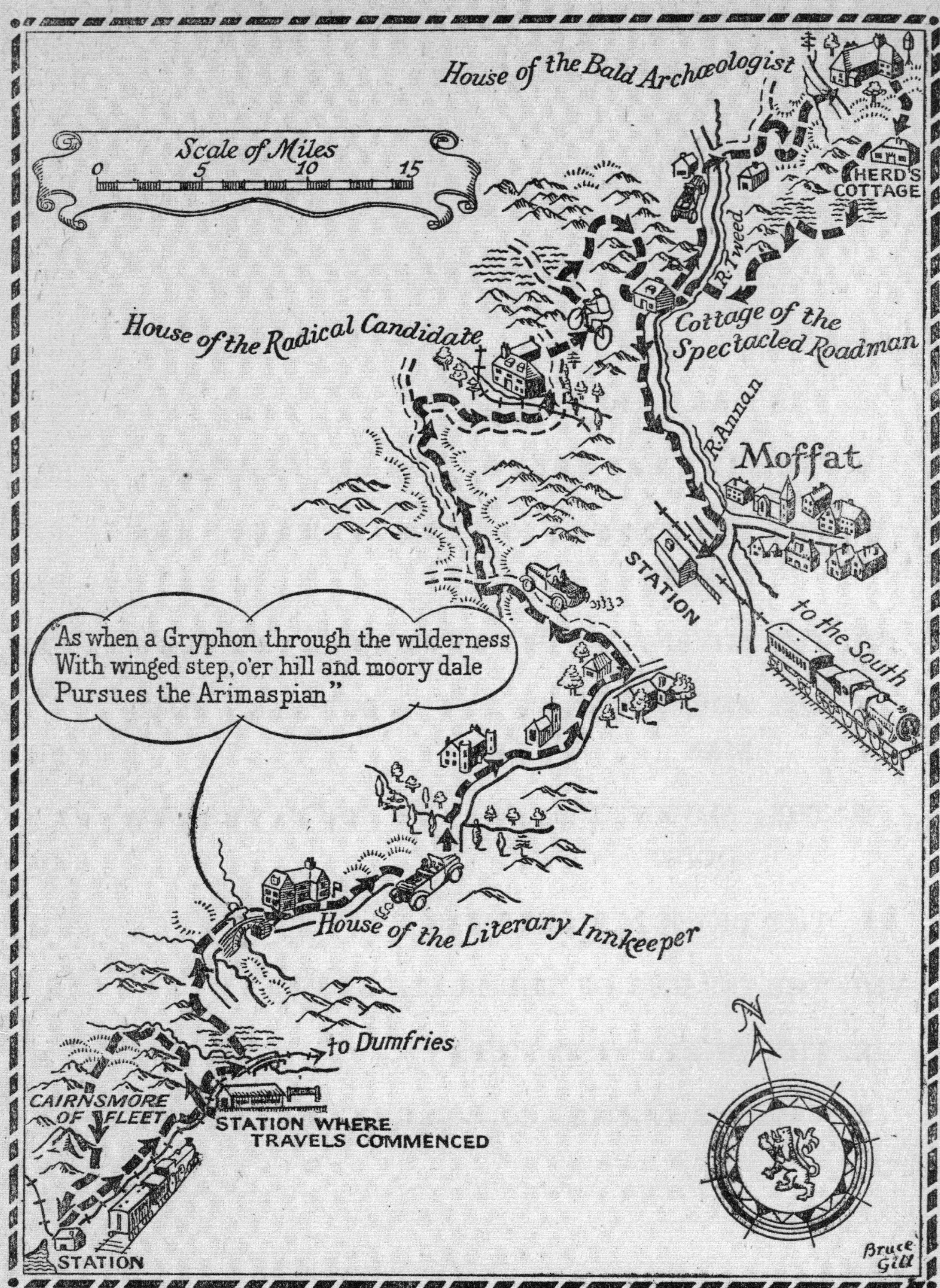

RICHARD HANNAY'S JOURNEY

極其寶貴。

我會為人物角色的塑造、故事架構、草稿、布局和故事情節的擴展繪製地圖，使創意源源不絕。繪製地圖的過程，能協助我找出線索、關聯和模式。無論是壁紙或包裝紙，書的封面或整本書，我總是利用繪畫幫我添補、刪除、選擇、改造。即便是最簡單的字體排印或顏色選擇，也承載著各式各樣的意義，因此這些細節也舉足輕重。當然，真實的地圖也是如此，但我不是在地圖上建構全新的世界。我也尚未在圖表邊界中填滿獠牙式的山峰或海怪，以免留下違和的空白。不過我知道，某一天，我一定會如此。所有這些符號，其實都是手段，是一種方式，協助解惑，安頓我們的恐懼，即便是不能完全克服，也能在當下多些理解。

我從船上帶出來的許多物件之中……
有幾件沒什麼價值，卻對我有些用處……
明確來說，是筆墨和紙，以及數個包裹。
那些全是船長、同伴、炮手和木匠的收藏；
三四個羅盤、一些精確的設備儀器、
刻度盤、透視圖、航海圖、和導航書籍。

——英國小說家、記者、間諜　丹尼爾．狄福，一七一九年

今天，美麗的書籍環繞著我。工作室的每個書櫃擠滿了書籍，它們有精緻的書封和裝飾的書脊，以及優美的彩色書衣。我的大部分作品都依循這種維多利亞式的裝訂傳統，熱情地讓書本成為被愛、被珍惜、世代相傳的寶物。我其實已在設計全新的圖畫書封，以捕捉冒險故事的魂魄，比如《金銀島》、約翰．布肯的《三十九級臺階》（*The Thirty-Nine Steps*）、G. K. 切斯特頓的《男人與星期四》（*The Man Who Was Thursday*）、厄斯金．柴德斯的《沙漠之謎》；接下來是亞瑟．柯南．道爾的整套系列，這次的挑戰在於突破福爾摩斯的傳統印象，給予他新的形象。接著，我會逐漸移步來重新組裝書衣的設計。

現在，我每天的生活，時時刻刻都充滿書；無論工作和遊樂，我想的全是書。這就是熱情所帶來的喜悅，它像書的封面擁抱住書的生命，保護、昇華它。但我越是這麼思考，就越明白我對書的熱情來自一種缺失：一種出於失去的熱愛。

我從小就收藏各類書籍，喜歡把心愛的書儲藏起來；我也收集郵票以及優美的鋼筆字體，希望將來能製作自己的字典。小學時，我會努力搜尋新版的聖經，其實任何我能找到的版本，都能令我開心。這是一種癡迷。後來，八九歲時，我們必須賣掉所有的書，把它們堆在客廳地板上。母親允許我們留下幾本書，她那時真的十分需要錢。所有的《魯珀特熊》年刊、聖經、數版的《水孩子》、我鍾愛的鳥類、蕈菇和樹木指南，這些有趣的書基本上都必須脫手。一家書店老闆來了，買走了所有的書，我只能坐著乾瞪眼。有時候我經過公益書店，瞥見書中的插畫，這些回憶便會一擁而上。

理查．漢內是一個上唇硬挺的動作英雄，首次於約翰．布肯一九一五年的驚悚小說《三十九級臺階》亮相，一出場就被無辜捲入絕命追殺中。此幅地圖附於一九四七年版的小說中。

我有一張奇妙的圖片，是一本書的附加地圖，隨著那本書從我家悲哀的客廳書堆中倖存下來：《騾子瑪芬》（*Muffin the Mule*）。我到哪裡都帶著它，它就像是我的泰迪熊，是我的寶藏、我的慰藉。小時候的我，總覺得書外的世界又大又瘋狂，我無法掌控，很

害怕。我喜歡書裡那張簡單的花園地圖，讓我覺得自己到了另一個地方探險，而那個地方被圍了起來，身在其中很有安全感。隨後，我開始在腦海中繪製地圖，將我在老家村子裡探險過的地方畫下來。如此，世界好似比較不那麼混亂，也比較有組織了。這一類的書，協助我在自己的世界裡安頓，我一邊將經歷繪製成地圖，一邊掙扎應對外界的紛擾。

現在，《魯賓遜漂流記》也給了我那份支持和慰藉。即使只是聽到它的書名，腦海中就會浮現特定的符號和記憶。它的感染力很強，故事中的自給自足、堅毅求生、馴服惡劣的環境，這些主調一再激勵人心。即使主角經歷許多心理掙扎和創傷，但這些都有限度、都會成為過去，並且故事的主要場景，也是有界線的。它可以被繪製成地圖，協助人了解它。身為設計師，我依然覺得魯賓遜的故事令人充實，他的求生等同於解決問題。小說自從問世至今，已快要三百年，但世人對這類故事仍然興致盎然，這是全宇宙都關心的主題。這本書，也是歷史上出版國家十分廣泛的小說之一；它也是一幅永無止境的地圖，無論它被刊印、發行了多少版本。猶如口述歷史或代代相傳的故事，新的書本、新的版本會不斷為龐大的文明傳統添加新血，成為未來新故事的元素之一。

數年前，我接了一個案子，為《魯賓遜漂流記》想像一個新的封面，所以我必須想到一個對我有意義的解決辦法。我一次又一次地重讀小說，尋求靈感。我想要書的封面硬挺。我不想要那些顯而易見的象徵物品，船、腳、傘、帽子、茂密的叢林，這些都行不通。我想感覺他，想了解他的孤立無援，理解為何數百年後，他的故事仍可以讓那麼多人產生共鳴。我一天天地追隨著他。他製作了一個十字架，將上岸時期刻在上面，並日日以刻痕來計算日子。我沉思著，該如何以最簡單、最象徵性的手法來呈現他的日曆十字架。我嘗試了許多標記的方式，又經過更多的思考後，終於冒出了月亮盈虧圖的想法：這同時表現了他對周遭世界的敬畏，以及漫漫二十八年反覆看著月滿月虧的循環。希望這個創意足以傳達書中的精神。

在得知這個封面受到一致好評後，我真是鬆了一口氣。我不再與世隔絕，不再漂流於迷惑的大洋中，也不再獨自一人去承受努力成為作家的壓力。我日常生活上的溝通技巧越來越糟糕，我是個容易緊張，且害羞的人。藝術是我一種無聲的溝通方式。這種方式，不需要你機智，反應敏捷，不會給我帶來壓力。現在，我把設計的封面留給他人去享有。在許許多多的月盈月虧後，希望它們能被流傳下去，留給心中的摯愛。

上圖和旁頁
上方是一七九一年精緻線裝版的《魯賓遜漂流記》；旁頁則是畢克佛史密斯為企鵝出版社設計的布面精裝版《魯賓遜漂流記》。魯賓遜在一日日克服困難的求生過程中，為自己繪製出未來的地圖。

次頁跨頁地圖
地圖翻攪著我們珍貴的回憶。畢克佛史密斯四歲時，在二手書店首次看到《騾子瑪芬》。「我當時太小，不識字，但那份卷首地圖把我驚呆了。」

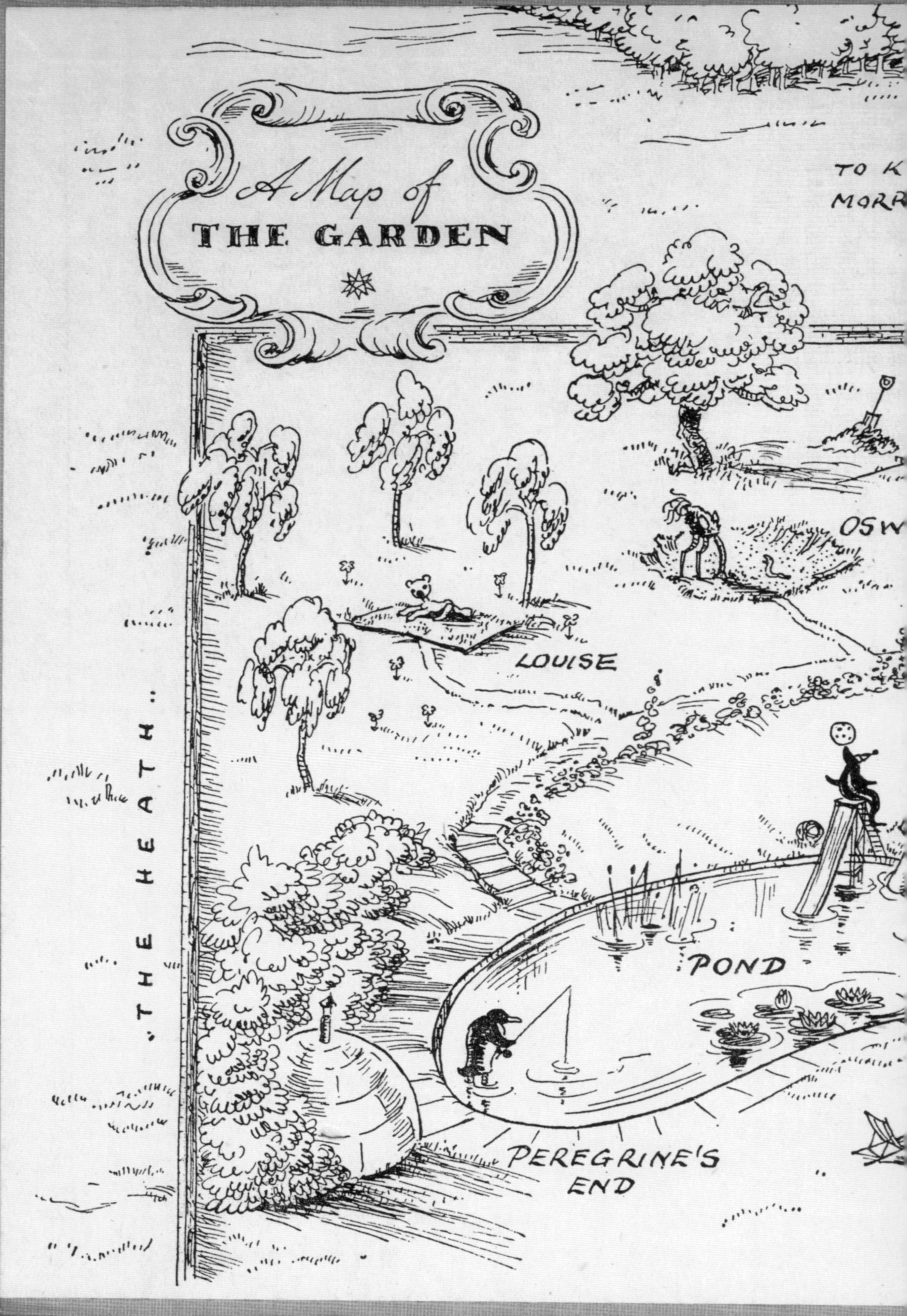
A Map of
THE GARDEN
LOUISE
POND
PEREGRINE'S
END
THE HEATH

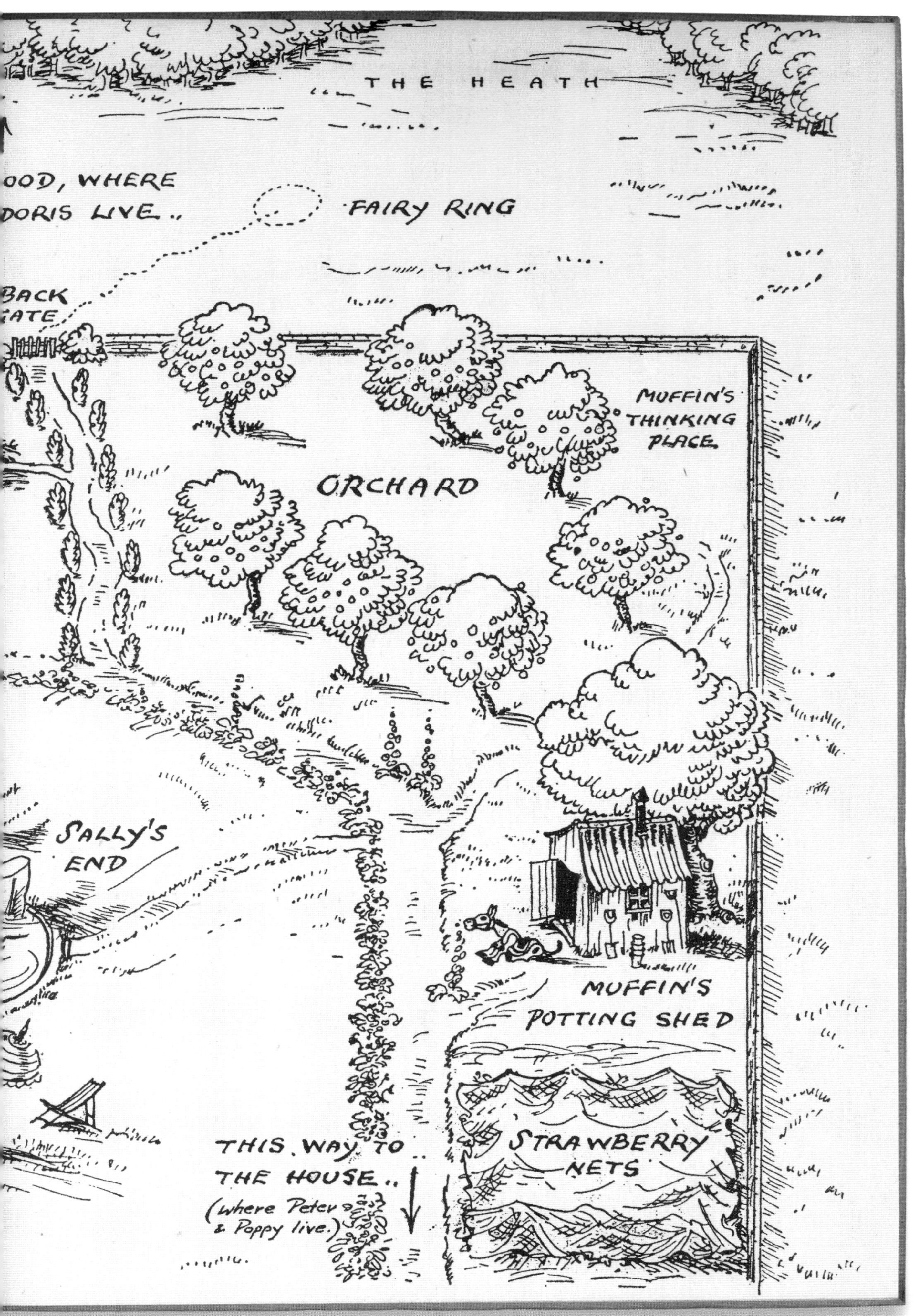
THE HEATH
OOD, WHERE
DORIS LIVE..
FAIRY RING
BACK
GATE
MUFFIN'S
THINKING
PLACE
ORCHARD
SALLY'S
END
MUFFIN'S
POTTING SHED
STRAWBERRY
NETS
THIS WAY TO..
THE HOUSE..
(where Peter
& Poppy live.)

邊做邊想

克朗吉兒與納金

藝術家　彼得．菲爾曼

地圖？是，我喜歡地圖。
誰不喜歡呢，尤其是紙版地圖和地圖冊。
它們從夢裡而來。
——加拿大作家　楊．馬泰爾

新世界浮現，給我們增添了新物種。我想對某些人來說，牠們必定有些古怪且詭異，但對我們來說，這些生物有趣、令人著迷。事實上，這些對我們而言稀鬆平常。在我們的腦海裡，牠們是真實存在的。這些我們創造的地域存在於手稿中，在塞著畫稿的信封中活躍，但也存活在孩子的記憶中——這些孩子現在長大了，有些也為人父母了——他們對我們的小電影和書籍的鍾愛，就如同我們製作它們時那般熱愛。

我是這些小電影和書的製作團隊之一。我跟動畫師奧利弗．波斯特蓋特（Oliver Postgate）認識，是在一九五八年的春天。生命時不時會帶來意料之外的驚喜或難關，但有時候，有些事注定是會發生的，躲也躲不掉。現在，我要在腦海中畫個地圖，召喚出回憶，將那些建構我人生路徑的事件畫下來。其實在此之前，我們兩個應該見過兩次。第一次是在一九五一年的英國音樂節，當時的準備工作進度一如往常地落後了。奧利弗忙著做最後衝刺，架設泡泡機，而我在另一區幫他們用魚鉤和乒乓球做一個微粒模型。我們通宵工作，而喬治六世國王將在開場前過來巡視。就在國王巡視之間，奧利弗躲在一張桌子下，而我躲在另一張之下。另一次，是一年後在倫敦水門劇院，製作畢卡索的喜劇《從尾巴被抓住的欲望》。奧利弗製作了一個太陽模型，沿著一條曬衣繩下降滑過觀眾席，再掉落到舞臺上，同時還要避開那些裝扮成抽象光圖的藝術學院學生。而我就是光圖學生之一。

六年後，奧利弗在找願意以少數報酬繪製一大堆老鼠的人，他找到了我。因此，第三次的相遇，我們碰撞出了火花。我和妻子喬安育有三個女兒，但我們沒有電視，因此在他以誇大的故事向我介紹電視節目的製作，引誘我加入之時，簡直是為我打開了一個新世界。首先那是直播電視節目，再來，奧利弗以一貫的創意，改造了一臺 16mm 的攝影機，自信十足地為兒童節目自學自製定格動畫片。他邀請我進入他的新公司「小影片」與他共事，從此，我展開了以圖畫和木偶將他的寫作變成動畫的漫長旅程。每日，奧利弗就在狗窩般雜亂的工作室裡埋頭寫稿子，而我則繪畫、製作我們的人物角色，裁剪厚紙板，縫製木偶。我的工作桌上，一般散亂著色鉛筆、膠水桶、一大堆乒乓球和洗管器、

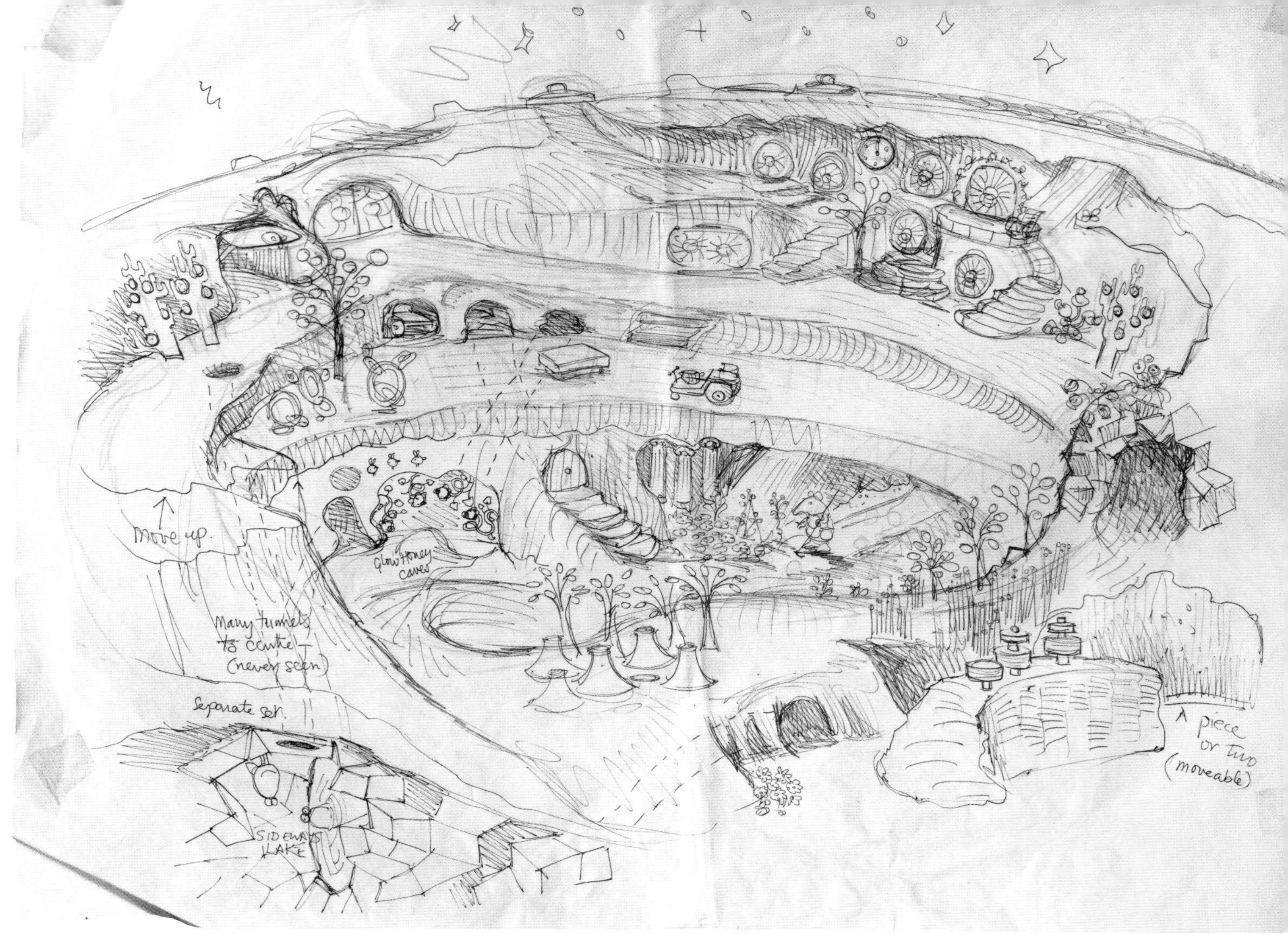

地圖協助作者組織故事，塑造人物，甚至包括建構場景的外形、氣味和氛圍。此幅是彼得．菲爾曼為近期翻拍的電視節目，繪製的克朗吉兒家的月球世界。

次頁跨頁地圖
菲爾曼視角的「北地」，諾格國王納金在這裡，他只是一個想平靜過日子的普通人。而壞叔叔諾格貝德，又在動壞心思，要搞事了。

舊螺絲釘和填充物。索爾．諾格森的紙劍去了哪裡？小克朗吉兒的新木頭耳朵呢？啊，找到了，就被埋在山一般的綿線底下，另一個被一堆破布蓋住了。那堆破布是從跟人借來的外套上剪下來的。

與奧利弗共事，我腦海中模模糊糊的創意和想法，總能漸漸清晰成形，創造出作品，有時候甚至成就了一整個電視節目。《火車頭艾弗》（*Ivor the Engine*）帶點詩人狄倫．湯瑪斯的詩意，而奧利弗是在我威爾斯朋友艾德里斯身上，找到人物「蒸汽瓊斯」的說話聲調。在大英博物館，我觀賞著一組象牙棋子，卻看到故事主角「納金」從一面盾牌後面探出頭來。那些棋子後面必定有故事，於是我為他們寫了一個故事。奧利弗觀賞同一副棋子，卻看到索爾．諾格森害怕地坐在一匹小馬上。我想出來的故事——偏遠小島的艱險冒險，再跟公主談一段浪漫的愛情——這些都是老套路了，但奧利弗卻能將它延伸、擴展，帶入飛龍和東方魔法，將壞叔叔諾格貝德的惡行變得滑稽有趣。當時，我剛好將「薩迦」系列中的「諾格之地」影像化，我樂於俯視我們的領土，將各個零件元素放置在合適的位置上。地圖，不就是這樣嗎？

奧利弗運用肯特斯的地貌作為背景，訴說格林童話中「波哥斯」（Pogles）

Peasantries
Arup the Great WALrus
the Castle of NOGBAD the BAD
The Arab
A mermaid
A serpent
NOGBAD
the FIRE MACHINE

Graculus
OLAF the LOFTY
NOGGIN
NOGGIN's
castle
the Whale
the ICE dragon
Monarch of
the GLEN
KNUT'S SEAT
a big bang
The FLYING
MACHINE

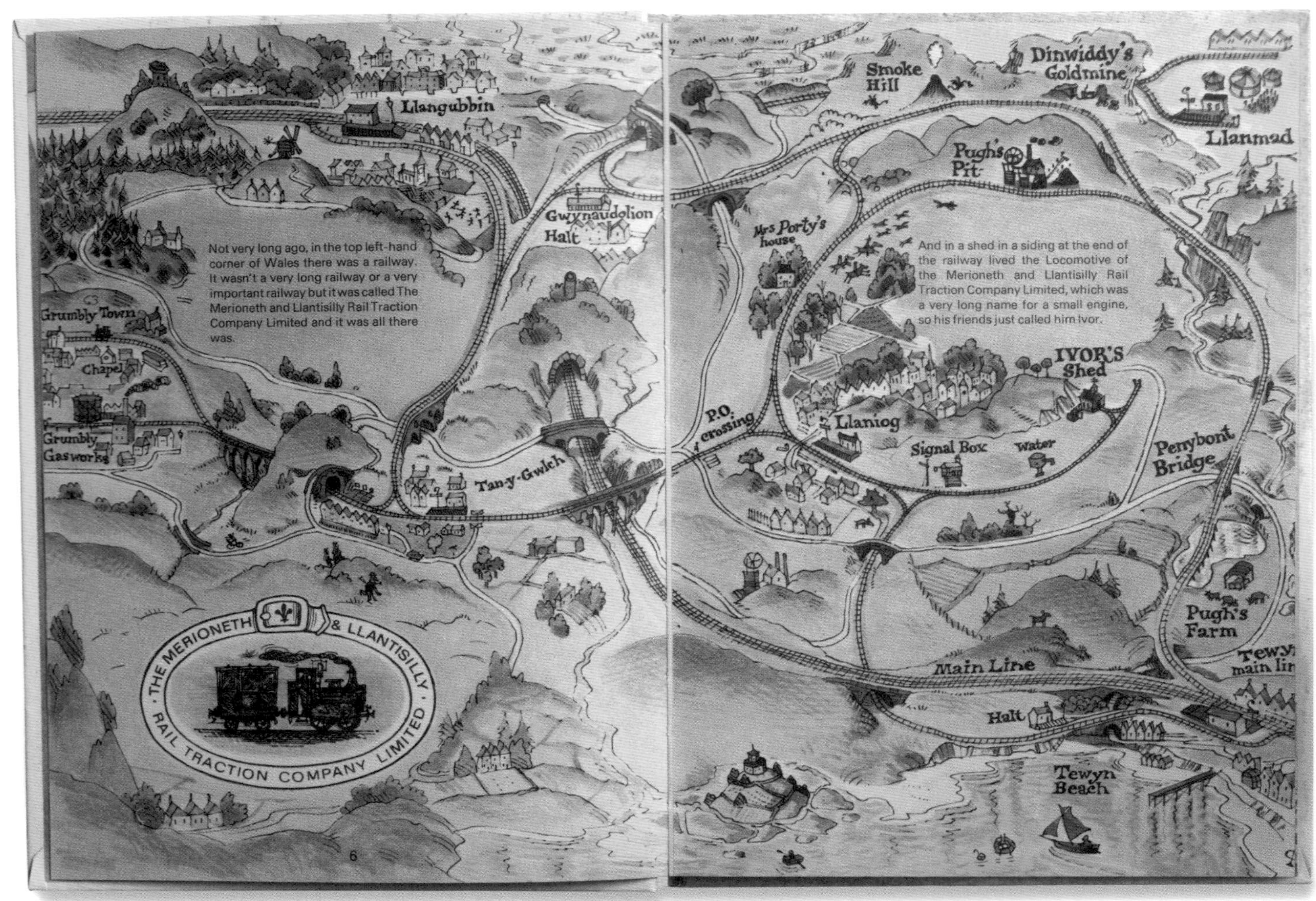

這是位於「威爾斯左上角」的梅里奧尼斯郡和藍提西利的鐵路圖。在菲爾曼繪製《火車頭艾弗》，以及規畫電視動畫的場景時，地圖扮演了舉足輕重的角色。

的故事，但裡面的巫師驚嚇到 BBC 的兒童部門，於是我們將《納金》（*Noggin the Nog*）書中的一隻月鼠抽出來，我們的克朗吉兒家就從一鍋優格、裝配玩具和喬安的打毛線技術中，現身了。這是另一個新世界，一顆處處落滿隕石洞的遠方月球，還有一隻湯龍。《布袋貓》（*Bagpuss*）是從我的一張草圖中走出來的，我們從當地工廠訂製了斑紋布料，但打開包裹一看，裡面全是粉紅條紋的布。我們簡直愛死了，真是意外的驚喜。於是，我們的布貓誕生了。

我自己的旅行始於戰後，一趟丹麥之行。當時我十六歲，還未曾出國過。我第一次穿越法國，搭便車到西班牙西岸，全靠一份簡陋的道路地圖。跟喬安結婚後，我們用同一張地圖來到法國南部度蜜月，返程也是那張地圖。不過，我對地圖的真正興趣，要等到我們搬到肯特郡才被激發。那時我想帶孩子到當地樹林中散步，卻找不到任何步道地圖。於是我加入教區議會，自願當「步道管理員」，承繼了一堆無人重視的村莊舊地圖。我們於一九七〇年成立了一個步道小隊，在往後的五十年，這個小隊一直十分活躍。我在寫小壞狼路金和文學鼠布朗威爾時，就運用到了這個當地知識。

我的作品《一隻村鼠的冬日日記》(*The Winter Diary of a Country Rat*),故事發展是由文學鼠描述小壞狼的旅行。小壞狼路金從動物園逃出來後,兩人一起沿著步道走進了坎特伯雷,尋找自由以及大主教遺失的手杖。接下來《一隻村鼠的仲夏筆記》(*The Midsummer Notebook of a Country Rat*),故事場景來到海岸的羅姆尼溼地,以及更遠的巨石陣。我希望這些書能鼓勵孩子走到戶外散散步,而我的地圖無論在書中還是戶外,都能協助他們追隨故事情節。製作地圖是一件很有趣的事,它能帶領我們進入更廣闊的世界。若你也自製地圖,你可以按自己的冒險夢打造一方夢土。

我製作電視節目時,通常只把注意力放在故事人物和場景的塑造,甚少去思考不同地域之間的關係,但當故事被收集成書和期刊時,這些細節就必須設計並填補上來。《火車頭艾弗》需要鐵道地圖,其中要包括車站和中轉站、接合點、時刻表、行程表。我們在《波哥斯的樹林》(*Pogle's Wood*)中,從未關注過精靈、精靈王和可怕的女巫從何而來,也就沒有繪製地圖,但奧利弗在當地樹林和農場進行許多拍攝,偶爾會運用我在舊地圖中重新發現的步道小徑。

在有限的生命中,可以捕捉多少事物
放進一本厚實的探險書籍;
只要那是一個事事好奇、愛好廣泛的人,
親眼目睹、親身經歷旅途之中的形形色色,
且絕不錯過任何機會。

——勞倫斯.斯特恩,一七六八年

無論是現實世界或我們的腦袋,都有很多新的路徑和奇怪的地方,等待我們去發掘。我們被迷霧包圍的小小星球,是一個充滿靈感的珍貴地域。有一天,我會依循古步道走進北方;穿過原始森林,或航向遠方的峽灣。奧利弗過世前不久,跟我說的最後一句話是:「再見。」我開始去思考,我們兩人組給子孫留下了什麼?不是地圖。他們當然需要自己去找出他們的步道小徑。

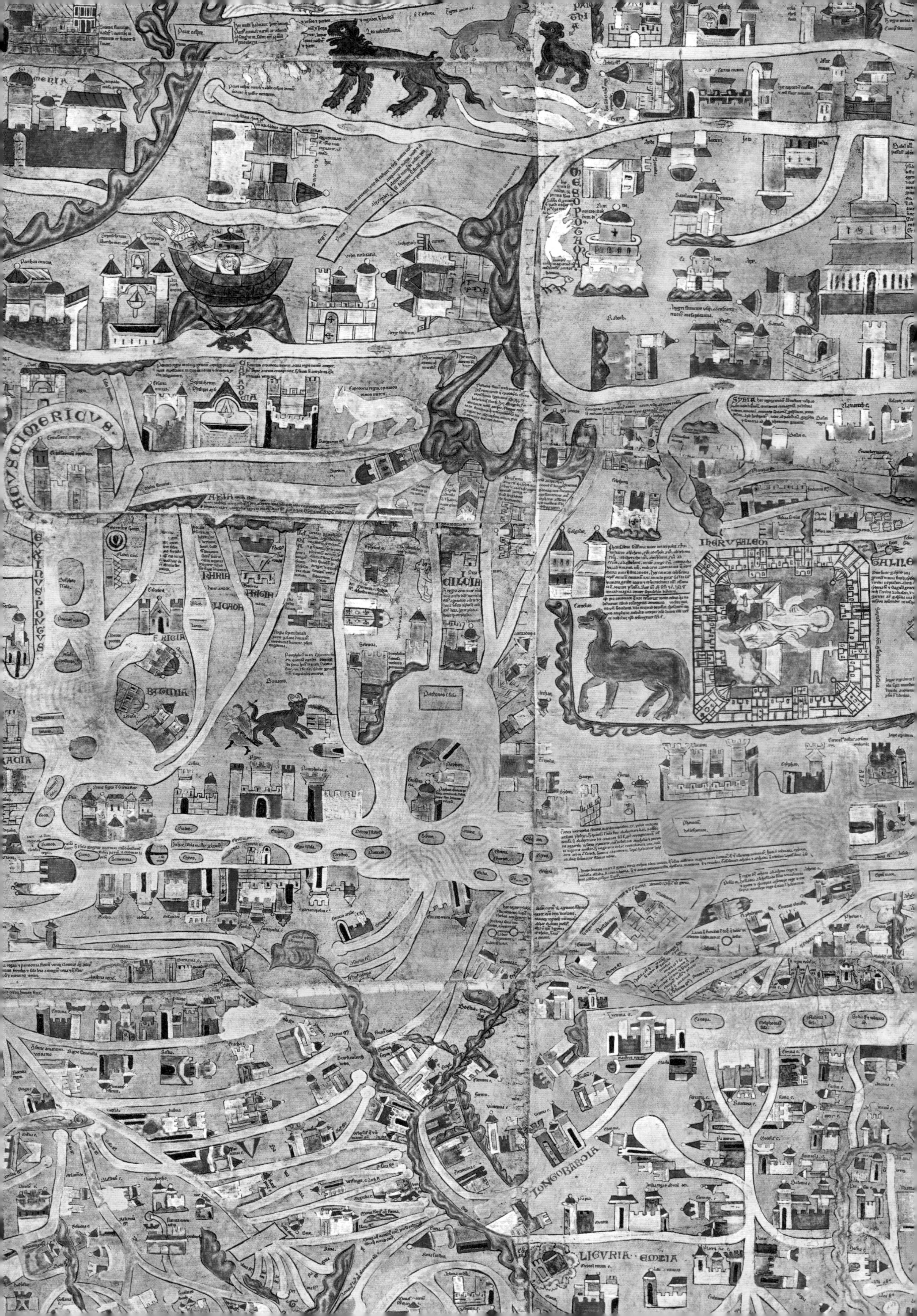
IHERVSALEM
LONGOBARDIA
LIGVRIA· EMILIA
ASIA
FRIGIA
LICAONIA
SYRIA

第四部

✷

閱讀地圖

外國的奇幻想像

龍與地下城

美國小說家　萊夫・葛羅斯曼

比歷史學家更細緻的，是製圖師的色彩。

——美國女詩人　伊莉莎白・碧許，一九三五年

✷

所有故事都有形體，皆能被繪入圖紙中。

——美國作家　寇特・馮內果，二〇〇五年

到了近代，麻薩諸塞州劍橋出現了一家大型外語書店，叫作舍恩霍夫。它於二〇一七年關門歇業時，已成立了一百五十年。我上大學時，在我承認我沒有學外語的天分之前，有時會去那家書店逛逛。我不太記得我在那家書店買了哪些書，只記得對法國文學家熱拉爾・德・奈瓦爾的作品，多多少少有些跟風，有些為賦新辭強說愁的喜愛（「塔樓被毀的阿基坦王子……」）。但我記得很清楚的，是那些在書店購物時贈送的書籤。它的正面是書店的商標，背面則是某個高明設計師畫的地圖，應該是為了呼應該書店的世界性和國際性。

那並非任何地方的地圖，其實只是一幅地圖的片段，但我仍然記得那些地形地貌：灰色的平緩丘陵，彎曲的藍色小河流向不知名的平原。我莫名其妙地深受這幅卡通地圖吸引，每當我傷心難過，比如學校成績不佳或愛情受挫——這些情況還滿常見的——我就會想起書籤後的那片地域，想像當我了無牽掛後，一定要去那裡定居。

我提起那個書籤後的地圖，是為了舉例說明地圖所帶有的奇幻催眠效果，尤其是幻想出來的地圖，即使它們只是描摹出粗略的地形分布。當然，中土大陸、納尼亞、地海的群島地圖、百畝森林，以及《神奇收費亭》的界外之地，也能讓我身歷其境。但單單是《威格力》（*Uncle Wiggily*）桌上遊戲的地圖邊緣，就能令我深深入戲。所有地圖皆具有不可抗拒的魅力，但地圖本身並不具備任何特殊魔力。地圖是現實和導航設備的一部分，看見它們跟虛構出來的地理混接，總讓我有種酥麻觸電的快感。在大部分情況下，最能造訪虛構地圖中的地域方式，就是讀地圖，但我小時候只對它們一知半解。在玩《龍與地下城》遊戲時，我認真地讀了地圖。

《龍與地下城》並不是那種朗讀類的詩史型遊戲。遊戲主持人「地下城主」訴說故事，觀眾掌控遊戲英雄的行動，而角色的命運則由骰子決定。其中一些骰子的面數不止六面，比如有二十面的骰子。遊戲發生在幻想出來的地域，這當然被繪製成了地圖。我不知道它現在的型式，但以前《龍與地下城》的地圖，以及後來衍

前頁
此幅細節圖，出自一份埃布斯托夫地圖的摹本。埃布斯托夫地圖，可謂圖像版的十三世紀世界百科全書。

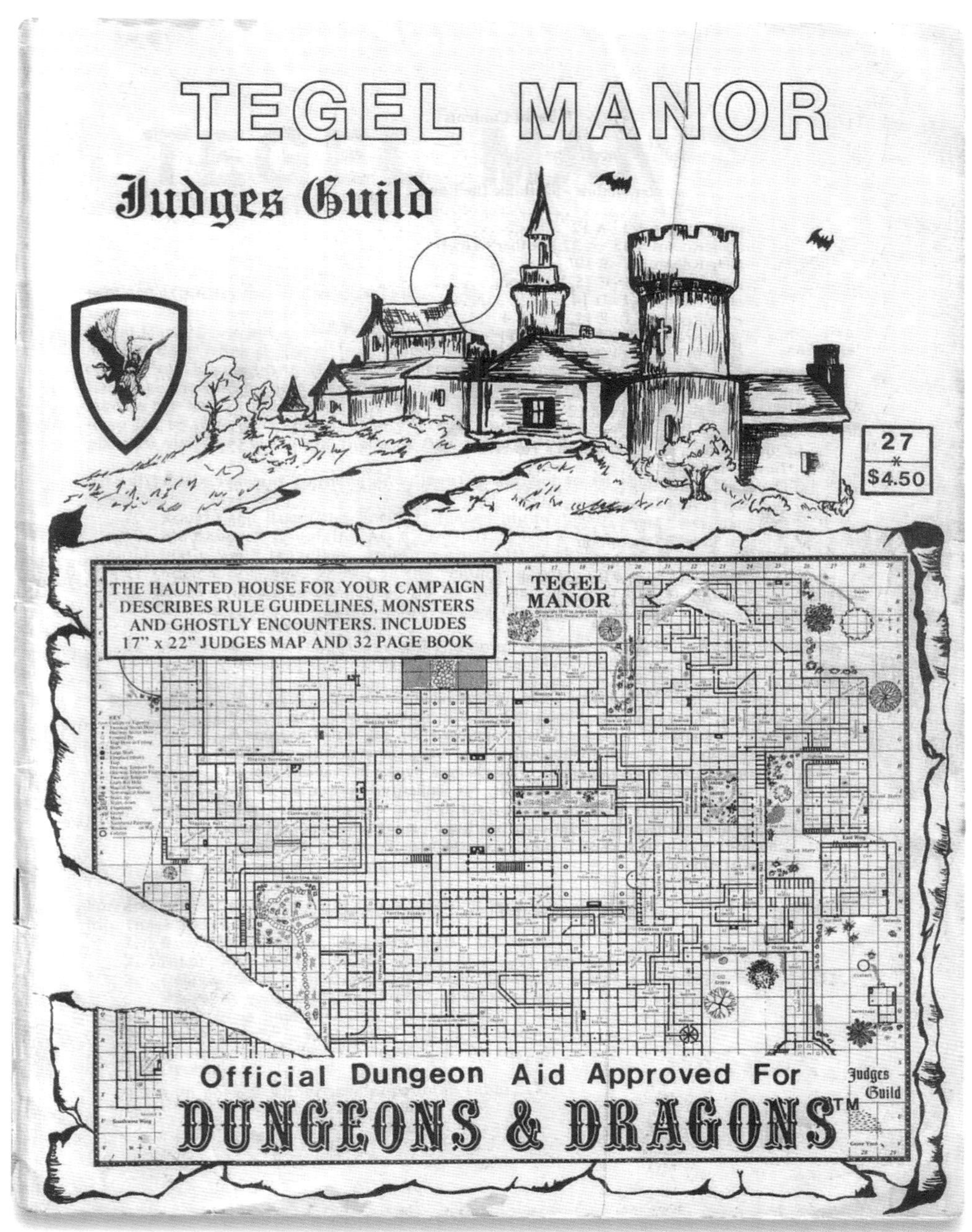

《特格爾莊園》（*The Tegel Monor*）的遊戲攻略地圖，由遊戲設計師鮑布．布雷索（Bob Bledsaw）設計，並由角色扮演遊戲公司賈吉基爾德（Judges Guild）於一九七七年出版上市。攻略中描述到，這裡是一棟擁有兩百四十個房間的城堡，堡內尚有祕密的四層地窖。對於遊戲迷來說，這十足是一個地下遊樂場。

生出來的地圖都十分獨特。它們都是畫在方格紙上，一英寸平方的方格通常代表十平方英尺的領土。在遊戲過程中，各種地形逐漸以對的角度放進格子中。地圖在遊戲過程中，能發揮引導玩家遵守規則的作用，它將玩家困在密閉空間中——以免他們超出故事的邊界——地圖畫的經常是地下洞穴、墓穴或城堡的地窖。而冰洞的數量，更是勝過陽光照耀的穹頂。

故事攻略通常很薄，汲取數十本奇幻小說和神話故事的情節片段匯編而成，就如同由數種酒搖晃而成的雞尾酒；但這樣的雞尾酒，有時會很烈。對於戒酒中的人來說，單單是攻略的書名就足以令人血液沸騰。《邊境上的城堡主樓》（*The Keep on the Borderlands*）、《白羽山》（*White Plume Mountain*）、《酷淘神社》（*The Shrine of the Kuo-Toa*）、《霜凍巨人爪爾的冰川裂縫》（*The Glacial Rift of the Frost Giant Jarl*）——「爪爾」當然是霜凍

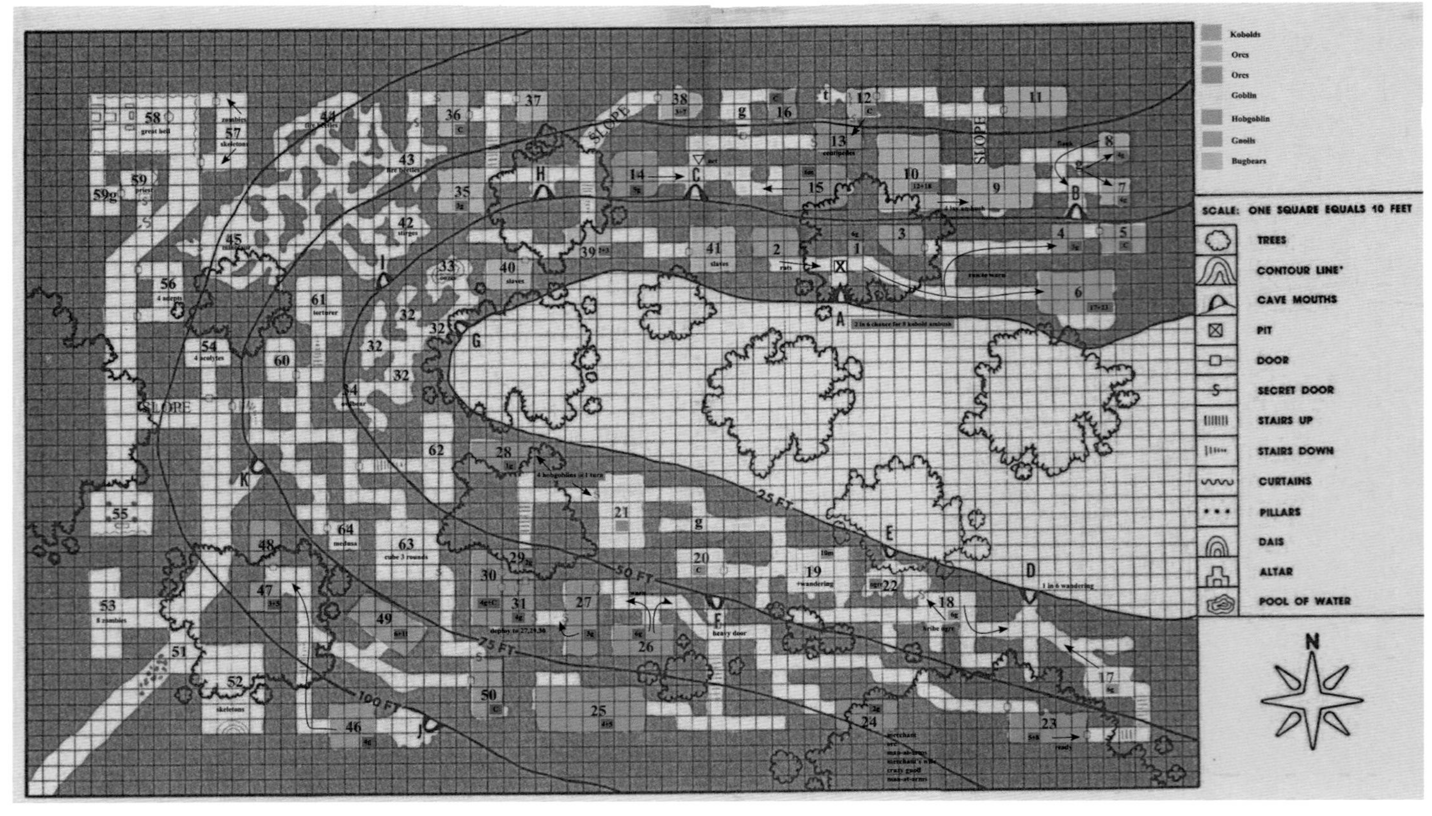

巨人的頭銜，而非他的名字，這個精妙的騙局，騙倒了童年的我。

人的眼睛會很快學會饑渴地分析一幅新到手的地圖：又細又長的通道、暗門、詭詐的迷宮、粗石的彎曲邊緣、終極大決戰的大廳，以及表示水甕、雕像、石柱、陷阱、藏寶箱和地圖冊等過度精細而複雜的符號。這些地圖帶來了刺激和快感，不過嚴格來說，玩家不應該看地圖的。《龍與地下城》不是桌上遊戲：地圖本身就是一道神聖的謎題，這個謎題在遊戲期間，隱藏在一塊臨時的厚紙板螢幕之後。「地下城主」要在遊戲中，費心地描述一個玩家是如何血腥、緩慢地前進。在這個越來越不可思議的Google地圖時代，若否認地圖的上帝視角，玩家就會迷失在一片昏暗的平原上，朝一個看不見的目標跌跌撞撞而去；能依靠的，只有文字的引導。而這些更增添了地圖本身的魅惑力。

這種魅惑力有可能不斷發展，最後將人對遊戲的癡迷轉移到地圖上。等我長大一些後，我們玩這個遊戲時就只是圍著它坐著，討論、研究地圖，甚至動手畫我們自己的新地圖。一九八〇年代早期，也就是《龍與地下城》的全盛時期，無數的格子紙和山一樣高的鉛筆，就這麼消耗在百萬平方公里的幻想地產中——這可能是人類歷史中，虛構領域最大一次的大爆發。這些領域，大多未被探索。沉思、構想它所得到的激動，遠遠超過造訪它的滿足。地圖最終成功篡位，霸占了那片地域。

這是必然的結果。旅行是要吃苦的，即便是玩旅行遊戲也是辛苦的。它很花時間，而地圖的一個好處，就是將費勁、耗費時間的旅行，鋪展成平面空間上的旅行。地圖是一個故事，是一段旅程的故事，可以讓人以圖像的方式，毫不費力地一次消化掉這個故事。旅人都有饑渴地看著地圖上一個點的經驗，然後經歷千辛萬苦去接近那個地點，卻只發現它與出發地大同小異。地圖可以向你保證那片地域不會一成不變，它是永不兌現的紙鈔。

我孩童時的一九八〇年代，魔幻、幻想既非主流又不受鼓勵，既非正統文化，又不時髦。在麻薩諸塞州我的郊區國中裡，迷上奇幻文學可不是什麼光榮的愛好，無法盡情去享受它的陽光花園，吸取它的菸草清香。奇幻文學就像是《魔戒》中的「咕嚕」，黯淡瘦弱，見不得人，總躲在幽暗中。但這些阻止不了我對它的熱愛和迷戀，也阻止不了其他許多人的趨之若鶩。C. S. 路易斯、J. R. R. 托爾金、娥蘇拉・勒瑰恩、安・麥考菲利、皮爾斯・安東尼（Piers Anthony）、特倫斯・韓伯瑞・懷特、弗里茨・萊伯（Fritz Leiber）、泰瑞・布魯克斯，他們的作品都快被我翻爛了，再搭配上《龍與地下城》令人著迷的世界。只不過，接近這些書籍和遊戲，全都是私底下、暗中進行的。對於外界，我不得已必須成為其中的一分子；在那個世界中，愛上奇幻文學被視為軟弱無用。

但這個現象如今改變了。在跨千禧年的那段期間，主流文化出現了怪事：儘管二十世紀末期仍是科幻文學的主場──《星際大戰》、《星際爭霸戰》、《駭客任務》──文化地盤的結構卻悄悄出現了變化。《魔戒》索倫的大眼睛轉動了，我們的注意力發生了轉移，移情別戀愛上了魔法。一九九〇年代末期，《哈利波特》系列浮上暢銷書榜，但哈利也只不過是較為明顯的一個例子而已。菲力普・普曼《黑暗元素》三部曲的第一部曲，於一九九五年出版上市。羅伯特・喬丹正在創作《時光之輪》。喬治・馬汀的《權力遊戲》於一九九六年出版。我還小的時候，根本無法想像一部改編自奇幻小說的電影能成為主流，叫好又叫座，但《魔戒》於二〇〇一年橫空出世，並贏得了四項奧斯卡 。《龍騎士》、《魔獸世界》、《暮光之城》、《異鄉人：古戰場傳奇》影集、《波西傑克森》、《噬血真愛》、《權力遊戲》影集接踵而來，勢不可擋。

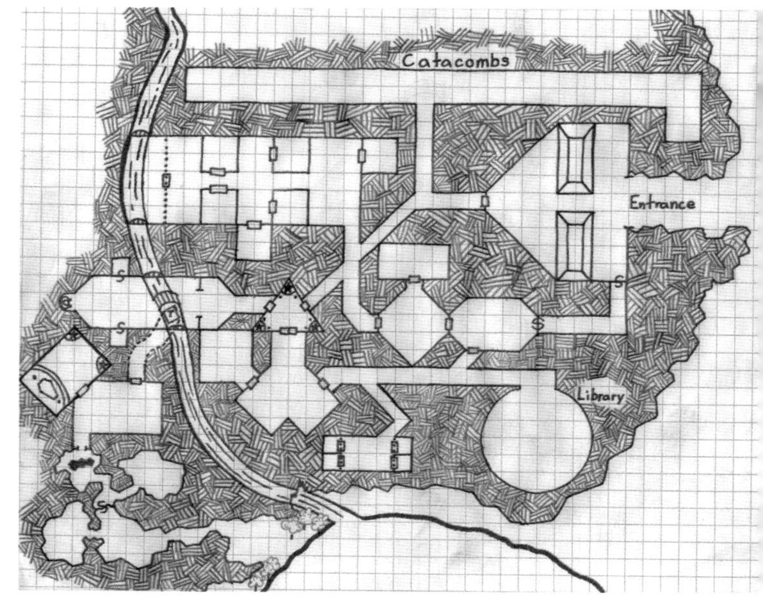

《龍與地下城》使大家有機會成為製圖師，在方格紙上繪製自己的冒險旅程。旁頁是「混沌洞穴」，這是一個怪獸大全的傳奇。下面的地下城，是自稱「串聯天行者」的尼克・韋藍（Nick Whelan）的手繪作品。

不過，奇幻文學不只在壯大，更在進化中。人們跟隨著它，出現了詭異難解、褻瀆神明的行為。二〇〇一年，英國奇幻作家尼爾・蓋曼的《美國眾神》出版，此部史詩鉅作描寫殘破的「舊世界」眾神，企圖在美國的世俗商店街爭得一席之地。在《英倫魔法師》中，蘇珊娜・克拉克講述了拿破崙時代，兩個魔法師之間的爭霸戰。我在二〇〇四年五月，拿到了《英倫魔法師》的手稿，六月即動手開始寫一本屬於我自己的奇幻小說。

奇幻文學不再是邊緣文學了，它成為主流文化的一根支柱，並且改變了我們說故事的方式，而這種說故事的方式正在攻城掠地，漸成稱霸一方之勢。但為什麼呢？為什麼是奇幻文學？又為什麼是現在呢？若將現今這個時刻，與另一個奇幻文學稱霸的年代：一九五〇年代，放在一起來談，將會十分有趣。一九五〇年代，是《納尼亞傳奇》、《魔戒》出版面世的時代，而這兩本經典，塑造了現代的奇幻文學。兩位作家路易斯和托爾金，皆經歷過社會和科技轉型的巨變。他們兩個都目睹了科技武器的誕生，也都是大戰的倖存者。他們都目睹了精神心理分析學和大眾媒體的躍升和蓬勃發展。他們看著馬匹被汽車取代，煤油燈被電燈取代。他們出生於維多利亞女王時代，但成年後的世界，使孩童時期、青少年時期幾乎面目全非。他們在哀悼那個一去不復返的世界，哀悼舊世界與現今世界之間那條巨大的鴻溝，哀悼它變成了另一個異世界，於是他們創造了奇幻世界，那裡美景如畫、綠油油的、充滿魔法，且遙不可及。

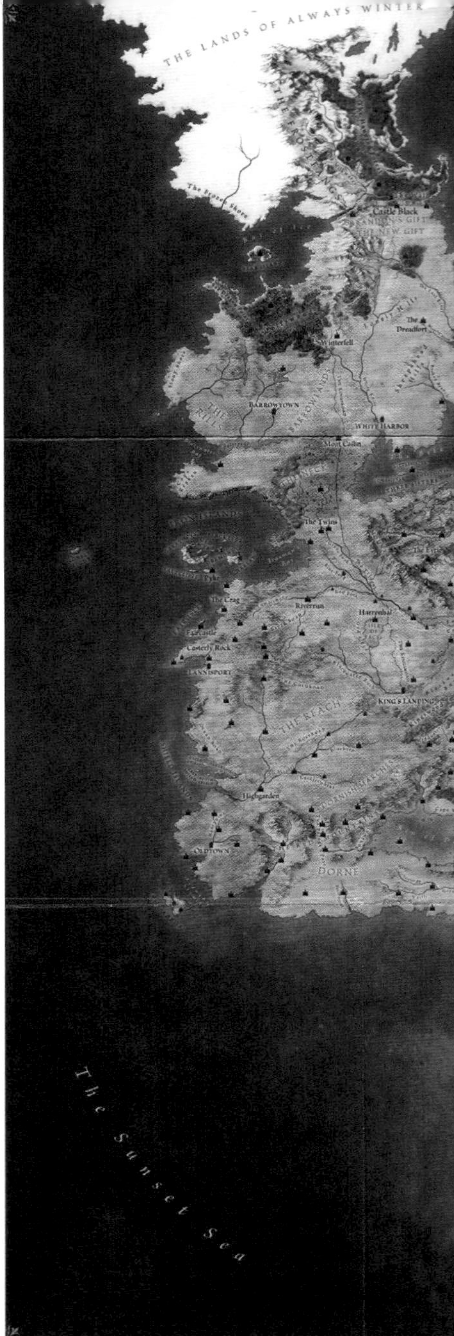

我們也是如此。我們也經歷了巨變，只是型式有些不同罷了。我們這一代保留了網路化之前的最後記憶，它彌足珍貴。我們不能與一次大戰後的變化作比較，因為那樣太不切實際，但我們經歷的變化絕非微不足道的小事。我們見證的劇變是無形的，但仍然激烈，且是根本性的變化。這種變化發生在資訊和傳播通訊領域，發生在無所不在的電腦計算程式中。

這也是科幻文學為何能稱霸二十世紀的主要原因。科幻小說，比其他文學形式更能捕捉到科技對我們生活、思維和身體的影響和強勢主導性，也更能描繪我們的科技工具如何改變世界，並且改變人類的文明。這些議題，在當下這個時代舉足輕重，且迫在眉睫。但就在這個緊要關口，一股抗衡的力量產生了：我們紛紛轉向奇幻世界。這種反常的現象，是因為奇幻小說的場景大多設定在工業革命前，科技缺席的世界，而那個世界裡有我們需要的東西。我們喜歡頌揚這個新世界是我們的靈魂歸屬，是一個網路化的烏托邦，但如此爆炸性的發展到了某個程度，我們是不是感覺到與它不再相連，就像路易斯和托爾金在他們的那個年代所感受到的失落呢？

看看你的手機，這個網路新世界的頭號象徵。手機的年代距離《龍與地下城》中神奇的物件並不遠；它能讓我們看見遠方，聽見遠方的聲音，指引我們方向，預測天氣。手機與我們形影不離，像是我們的摯友，但它也冰冷、疏離。它連結我們與他人，卻也製造了距離。也許它提供的，並不是我們需要的連結。

老天爺知道，奇幻世界裡的人物並不總是樂呵呵的；《冰與火之歌》維斯特洛世界的悲慘氛圍，也許比真實世界有過之而無不及。但那個世界中的人們不會分心，不會感到疏離。在真實世界中，我們忙著看手機，與此同時全球暖化正逐步惡化，使得被我們忽視的地球不再適合人類居住，而奇幻文學親手為我們奉上另一種生活的可行性。

《冰與火之歌》維斯特洛世界，只是不斷擴大且被詳盡繪製的虛構世界的一部分。從冰凍荒原、偏遠的要塞堡壘，到深谷、草原、繁華的城邦和濃密的野林，馬汀的《冰與火之歌》系列為我們帶來了奇幻地理史詩。地圖是強納森．羅伯特（Jonathan Roberts）的作品，他接受委託繪製十二幅六十乘九十公分大小的地圖，直接從作者馬汀的草圖進行創作。

出自女人之手

製圖學界之詭異

作家、劇作家　珊蒂·杜克維

是，當然，我寫了所有的「美索不達米亞的阿拉伯」。
我喜愛那些評論，它們說出了現實中匿名作者的心聲。
當一個現實的人，很有意思吧。
——英國作家　戈楚·貝爾，一九一八年

✷

「我不相信！」愛麗絲說。
「不能相信？」王后惋惜地說，
「那就再試一次：深吸一口氣，閉上眼睛。」
「沒必要再試一次。」愛麗絲大笑，說，
「不可能的事，沒人會相信。」
「我賭那是因為妳練習得不夠多的原因，」王后說，
「我小時候，每天要練習半小時。
有時候，早餐前，我已經能相信六個不可能的事了。」
——《愛麗絲夢遊仙境》作者　路易斯·卡羅，一八七一年。

我喜愛的地圖之一——儘管它只有複本保留至今——是大約十三世紀，在德國北部埃布斯托夫繪製的地圖。它是張巨幅地圖，有三點五平方公尺大，相當於一幅巨大的床單。它是中古世紀最大的航海圖，由三十張山羊皮縫製而成。那幅「地界地圖」是一幅理想化的藝術作品，企圖記錄當時已知的世界。它於一八三〇年的一個偶然機會，在一間修道院的儲藏室被發現，是一幅圖像式的百科全書，內容豐富詳盡，圖畫優美，是土地和故事的地圖。繪製這幅地圖的，是埃布斯托夫與世隔絕的修道院中的修女。她們全是貴族出身，受過教育，且有旅行的特權，但長久以來，找不到資料顯示這些上帝的僕人會需要一個愛好來調劑生活，並在最後創作了這幅偉大的作品。有位學者大力反駁修女是創作者的推論，說道：「很難相信此幅地圖，會出自女人的手。」

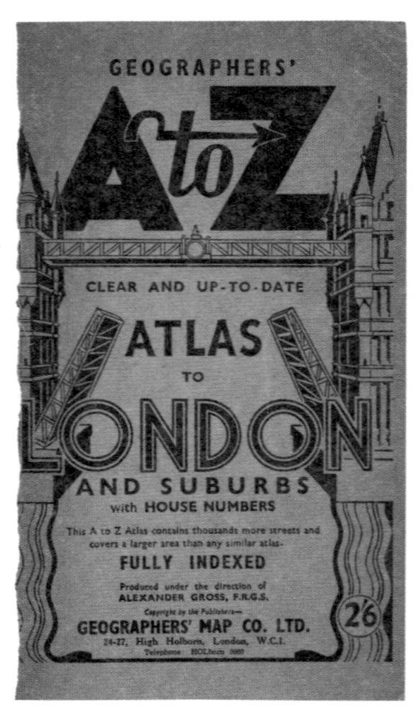

女人對地圖一竅不通，這種觀念經常被人反覆提起。我喜歡讀地圖，尤其喜歡那些指引你找到偏僻巷弄的青年旅館和酒吧的小符號。世界上到處都有女性製圖師，譬如戈楚·貝爾。在前輩、先賢之中，我最想拜訪認識的人，她名列前矛。她是作家、旅行家、政府官員、間諜和考古學家。一九二一年，她

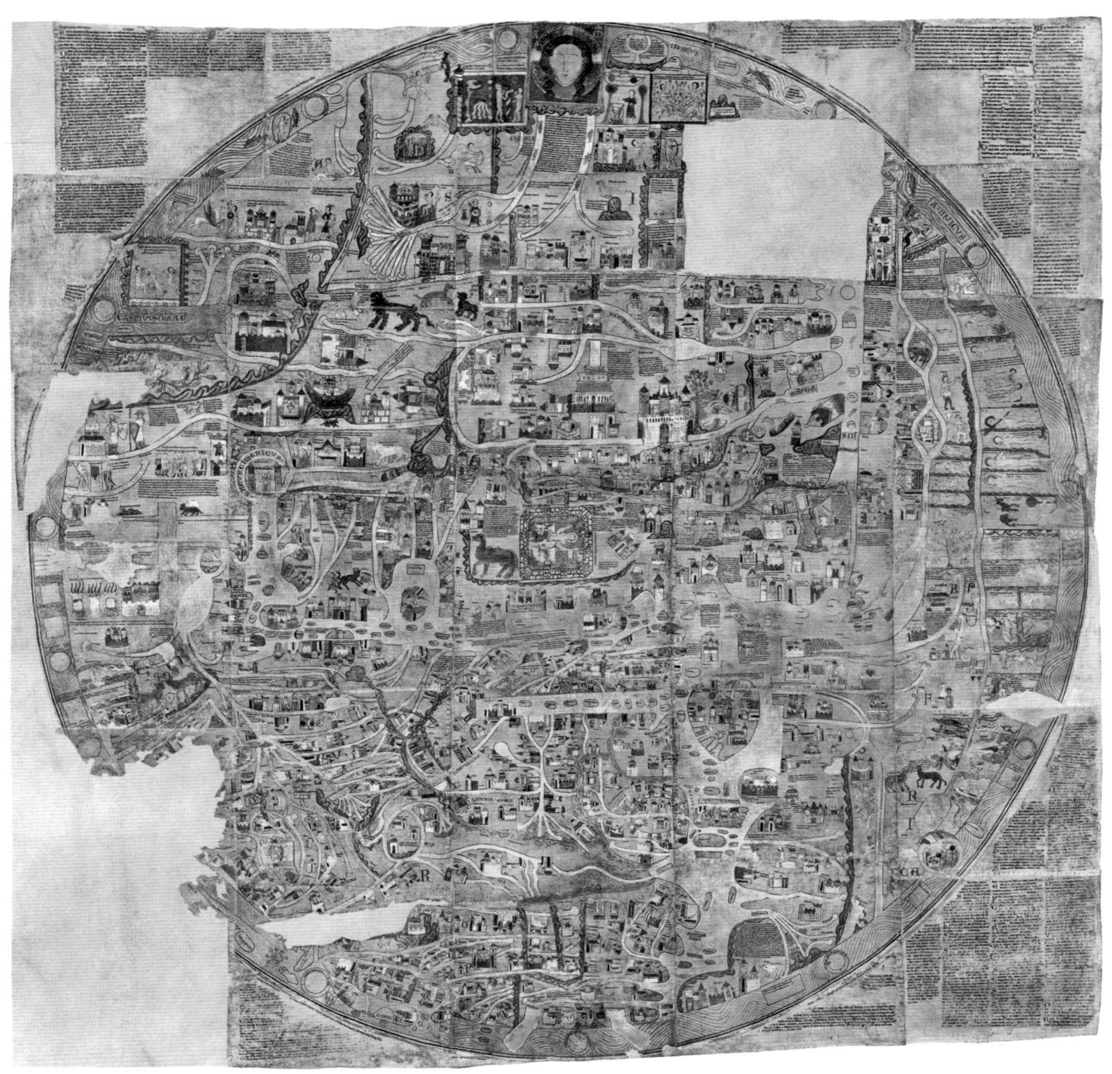

寫了一封家書給父親，其中有這樣一個句子：「我今早在辦公室過得十分充實，在一位巴基斯坦人，以及親愛的老法哈德・貝格的協助下，繪製了伊拉克南部沙漠的邊境。法哈德・貝格是阿納扎族的酋長。」是什麼樣長久美好的關係，讓她以「親愛的」來暱稱一個阿納扎族的酋長？

留存下來的埃布斯托夫地圖複本，原版在二次大戰期間遭到摧毀。它由修女繪製完成，是世界最大的中古世紀地圖，圖中充滿了故事。可以看見耶穌的頭與腳，突出於圖頂和圖底。

前頁
《A-Z 倫敦地圖冊》的原版，由菲莉絲・皮爾索爾實地探勘並繪製完成。

接著，是可敬的菲莉絲・皮爾索爾（Phyllis Pearsall），她發明了《A-Z 地圖》。十七歲時，她發現自己手上的地圖有誤，且在倫敦迷了路。此事只會令他人感到困擾，但對她而言，卻是一股動力驅使她步行四千八百公里，走遍倫敦兩萬三千條街道，以核對地圖上的資訊是正確的。出版社回絕了她的地圖，於是她自行印製了一萬份，並且銷售一空。傳聞她婚後八年，在威尼斯趁丈夫沉睡時，不告而別。她是另一位我想與之結交的前輩，因此我認為，在我所認識的住在倫敦的人手上，應該都有一份她的地圖。

那些不斷質疑女人和地圖的人，似乎都忘了多年來，男人所繪製的世界出了多少錯誤。有一個叫作福頓・西門尼斯（Fortún Ximénez）的西班牙水手，於一五三三年發現了下加利福尼亞的南岸。他也許是喝了酒，才會下定決心要找到加利福尼亞島，其實此地在十六世紀的言情小說中是個神祕之地。兩百多

年來，許多男孩相信了他，忠誠地將加利福尼亞畫成與大陸分開的島嶼，而非因大地震而分裂的半島。近代的例子是，蘋果地圖提供了錯誤的杜勒斯國際機場的位置，而這座機場可是華盛頓特區的主機場。根據未證實的說法，蘋果地圖上的位置可能會導致一名司機直接衝向一架七四七。

那不存在的剛山呢？此山脈被地理學家詹姆士．倫內爾（Major James Rennell）於一七九八年繪進地圖中，且沿用了將近一個世紀。依據其他探險家的報告，倫內爾相信尼日河流域和幾內亞灣之間必定有一道分水嶺存在。他對自己的推測深信不疑，深信到創造了一座山脈。

女人一直被貶除於歷史之外，其中也包括那些偉大的製圖師。現在有誰聽過一位叫作恩德（Ende）的十世紀西班牙修女？她是一位傑出的手抄人，並且繪製了一幅偉大的世界地圖。還有沙努迪提特（Shanawdithit），她是加拿大紐芬蘭最後一位貝奧圖克人，死於一八二九年，死時也許只有二十八歲。她繪製了許多了不起的敘事地圖，訴說族人的故事、遷移，以及多年來與殖民者的衝突。地圖上的地形地貌全都正確無誤。別忘了天文學家瑪麗．阿德拉．布萊格，她為上百個月球隕石坑取名，並利用空閒時間記錄了許多星群的運轉；以及俄國教授奇拉．辛卡瑞娃（Kira B. Shingareva），最早繪製月球陰側的製圖師之一。她於一九六七年，在國際會議協會提出她的發現，但不被美國人重視。當時，她只有二十九歲。

我現在正嘗試繪製我自己的地圖。我正在寫一本書，是關於一輛十分平常的雙層巴士的路線，它在倫敦街道中執行任務。我相信只要你偶爾將視線稍稍離開手機，就能發現身邊的風景，這並不需要你跋山涉水。我自己的經驗是，單單只是在座椅上抬個頭，就能發現各式各樣的美好。我以月票卡旅行世界，並且在公車的每一次轉彎，發現這座偉大城市的歷史見證。我將每一次的旅程繪製下來，並計畫將它們縫製進一張廣大的旅行壁毯之中。我現在能預測到的唯一問題是，多年後，某個傢伙會搶走我的功勞，流芳千古。

前頁
出自十世紀《赫羅納手繪本》（Gerona Beatus）的世界地圖，由恩德繪製。伊甸園中，有亞當、夏娃和蛇。圖中央的一條藍線代表地中海，而尼羅河向右蜿蜒而去，紅海則是一條縱向的紅線。

下圖
奇拉．辛卡瑞娃繪製的地圖之一，她是最傑出的月球陰面製圖師，也是成功繪製出月球「黑暗」半邊的先鋒者之一。

次頁跨頁地圖
紐芬蘭最後一位貝奧圖克人，沙努迪提特繪製的地圖。圖中展示當地原住民與歐洲殖民者一連串的流血衝突。此圖由博物學家詹姆斯．霍雷（James Howley）於一九一五年出版。

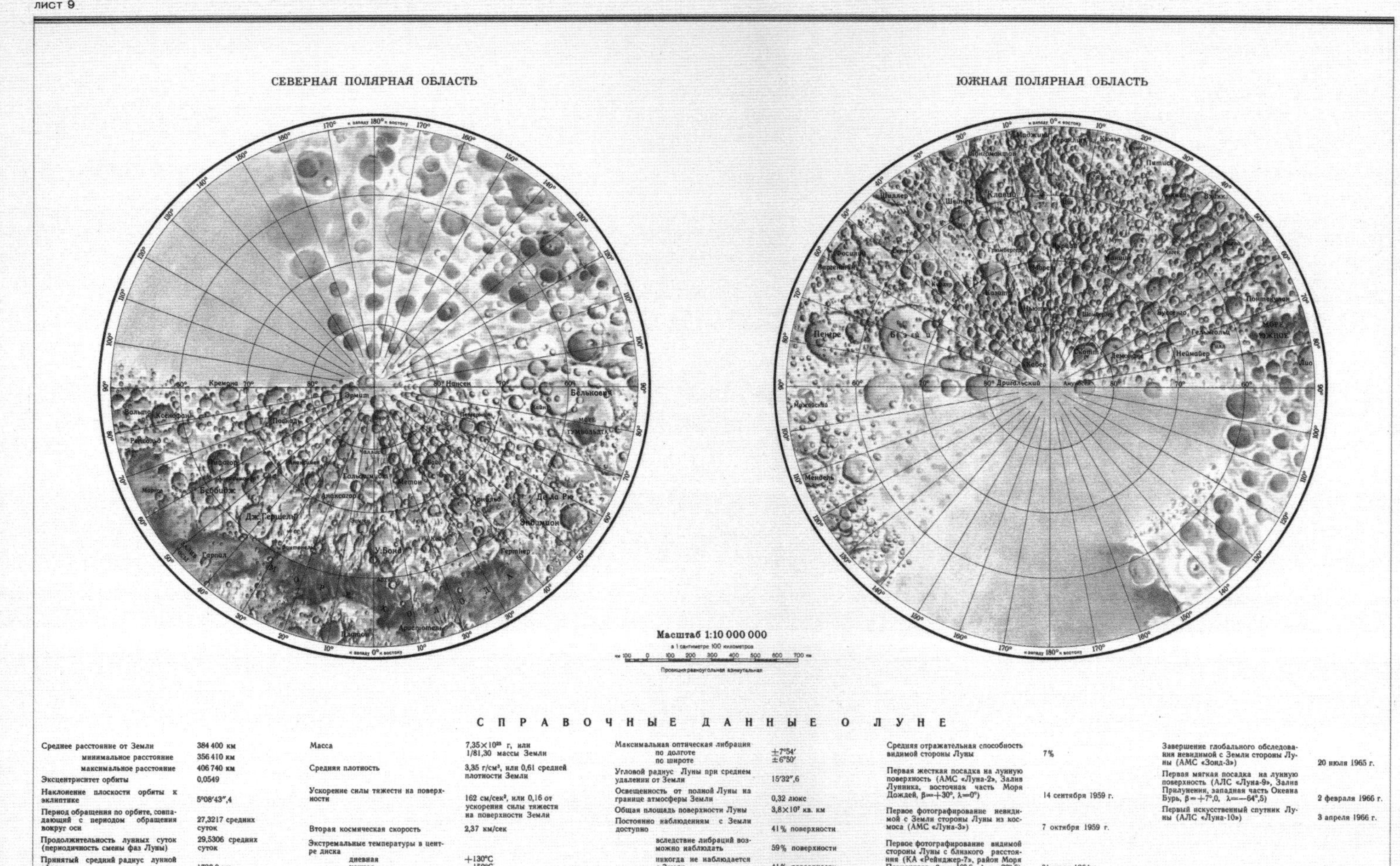

С П Р А В О Ч Н Ы Е Д А Н Н Ы Е О Л У Н Е

Среднее расстояние от Земли	384 400 км
минимальное расстояние	356 410 км
максимальное расстояние	406 740 км
Эксцентриситет орбиты	0,0549
Наклонение плоскости орбиты к эклиптике	5°08′43″,4
Период обращения по орбите, совпадающий с периодом обращения вокруг оси	27,3217 средних суток
Продолжительность лунных суток (периодичность смены фаз Луны)	29,5306 средних суток
Принятый средний радиус лунной сферы	1738,0 км
Масса	7,35×10²⁵ г, или 1/81,30 массы Земли
Средняя плотность	3,35 г/см³, или 0,61 средней плотности Земли
Ускорение силы тяжести на поверхности	162 см/сек², или 0,16 от ускорения силы тяжести на поверхности Земли
Вторая космическая скорость	2,37 км/сек
Экстремальные температуры в центре диска	
дневная	+130°C
ночная	−150°C
Максимальная оптическая либрация	
по долготе	±7°54′
по широте	±6°50′
Угловой радиус Луны при среднем удалении от Земли	15′32″,6
Освещенность от полной Луны на границе атмосферы Земли	0,32 люкс
Общая площадь поверхности Луны	3,8×10⁷ кв. км
Постоянно наблюдениям с Земли доступно	41% поверхности
вследствие либраций возможно наблюдать	59% поверхности
никогда не наблюдается с Земли	41% поверхности
Средняя отражательная способность видимой стороны Луны	7%
Первая жесткая посадка на лунную поверхность (АМС «Луна-2», Залив Лунника, восточная часть Моря Дождей, β=+30°, λ=0°)	14 сентября 1959 г.
Первое фотографирование невидимой с Земли стороны Луны из космоса (АМС «Луна-3»)	7 октября 1959 г.
Первое фотографирование видимой стороны Луны с близкого расстояния (КА «Рейнджер-7», район Моря Познанного, β=−10°,6, λ=−20°,6)	31 июля 1964 г.
Завершение глобального обследования невидимой с Земли стороны Луны (АМС «Зонд-3»)	20 июля 1965 г.
Первая мягкая посадка на лунную поверхность (АЛС «Луна-9», Залив Прилунения, западная часть Океана Бурь, β=+7°,0, λ=−64°,5)	2 февраля 1966 г.
Первый искусственный спутник Луны (АЛС «Луна-10»)	3 апреля 1966 г.

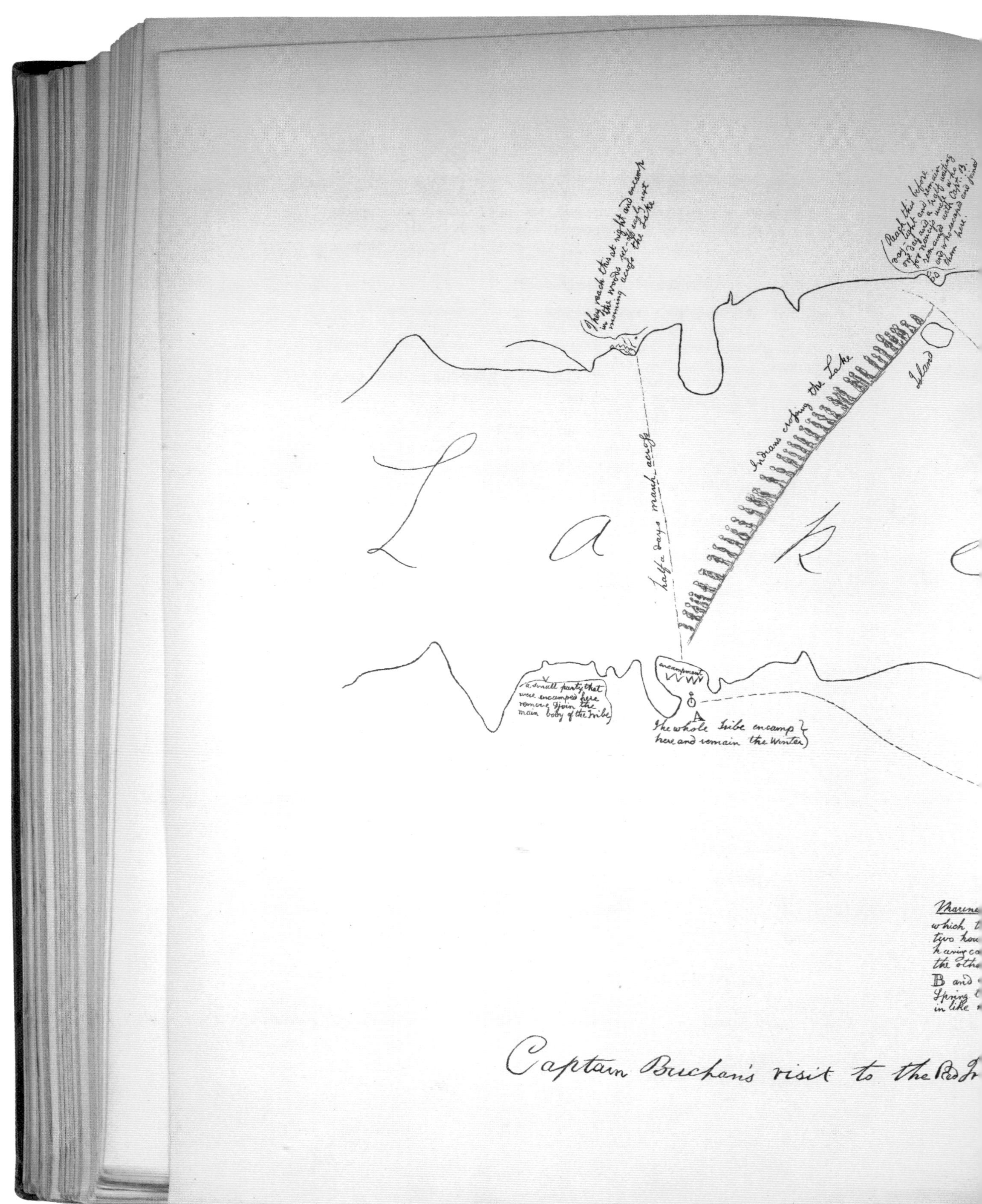
They reach this at night and encamp in the woods set off early next morning across the Lake
Reach this before day-light and remain one day and a half waiting for Nancy's uncle who remained with Capt. B. and who escaped and joined them here.
Indians crossing the Lake
Island
half a days march across
L a k
encampment
A
a small party that were encamped here remove & join the main body of the tribe
The whole tribe encamp here and remain the Winter
Captain Buchan's visit to the

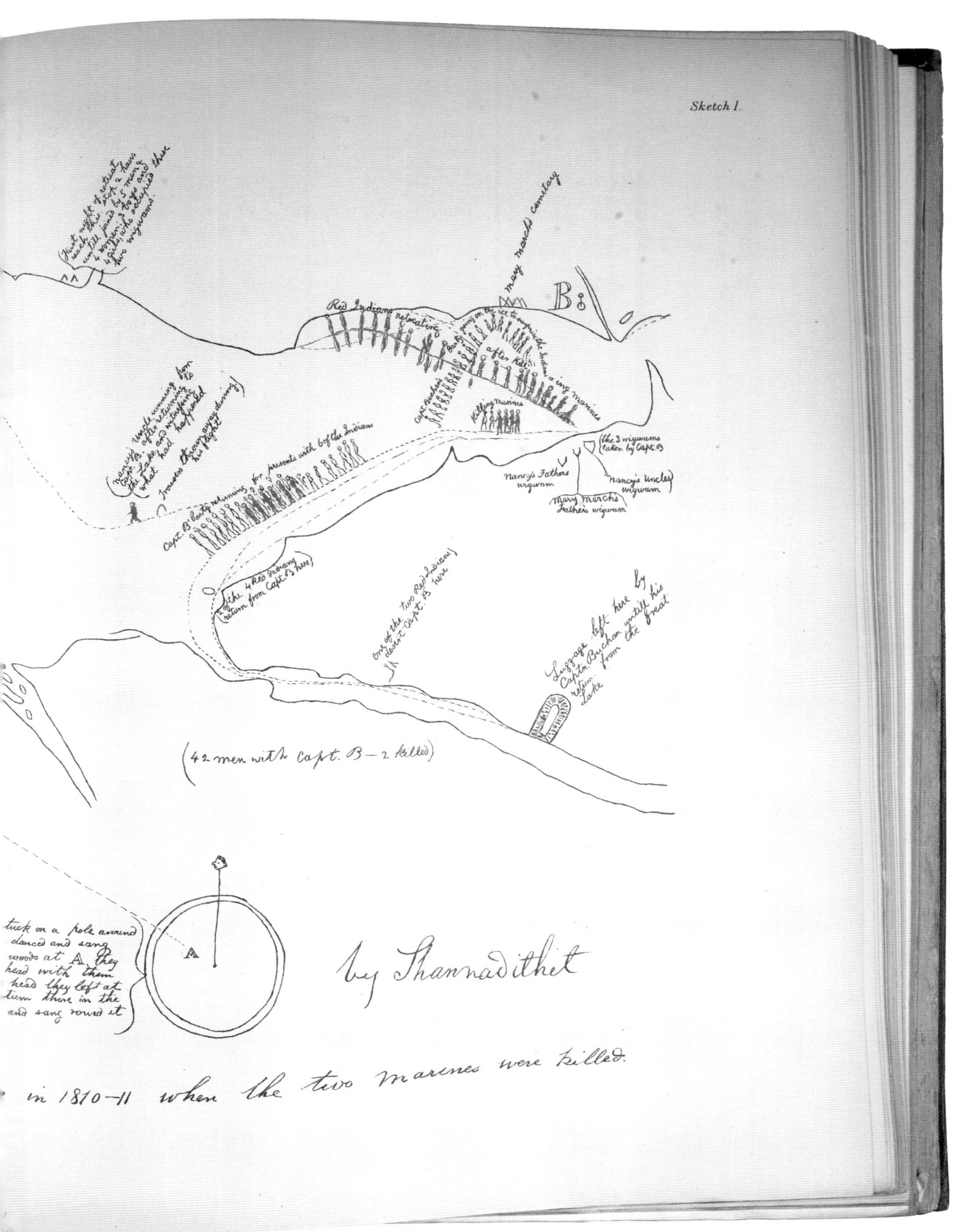

Sketch I.
First night of retreat reach this stop 2 hours untill joined by 5 men & 4 women, 3 boys and 4 girls, who occupied these two wigwams.
Mary March's cemetary
B
Red Indians retreating
Party going on the ice to surprise the Indians
after kill=ing marines
Capt. Buchan's
killing marines
Nancy's uncle running from Capt. B. after returning to the Lake and witnessing what had happened
Trousers thrown away during his flight
Capt. B. Party returning for presents with 6 of the Indians
the 3 wigwams taken by Capt. B
Nancy's Fathers wigwam
Nancy's Uncles wigwam
Mary March's Fathers wigwam
2 of the 4 Red Indians return from Capt. B here
One of the two Red Indians desert Capt. B here
Luggage left here by Captn. Buchan untill his return from the Great Lake
(42 men with Capt. B — 2 killed)
tuck on a pole around
danced and sang
woods at A. they
head with them
head they left at
tum there in the
and sang round it
A
by Shannadithet
in 1810-11 when the two marines were killed.

身體的風景

內在旅程

美國插畫家　布萊恩．賽茲尼克

製圖師似乎說過，
「我們很清楚兩點之間有數萬畝的空間，
但直到你真正迫降於其間，
我們不會知道那片空間是泥沼、沙漠或叢林
——但真到了那個節骨眼，也太遲了！」
——英國女飛行員　柏瑞爾．馬卡姆，一九四二年

大學時，我渴望將來成為布景設計師，當時我是學生製作的約翰．格爾《身體的風景》的舞臺布景畫家。我不太記得那場舞臺劇了，但那個劇名一直停留在我的腦海中。之前，我從未想過原來身體也是一處地域，但我對這個觀點產生了特殊的共鳴。我喜歡這個觀點，身體是一個地域，有山谷、山丘和祕境可以繪製成地圖，一隻手就可以橫越和探索，用指尖就能發現。

《逃離地下天堂》和《猩球》之類的科幻電影，開啟了我童年的想像力。我喜愛的《奇幻旅程》（*Fantastic Voyage*）中，一群科學家（包括拉寇兒．薇芝）搭乘潛水艇，潛水艇被縮小後，被注入一個彌留之人的血管中。他們只有一個小時的時間，必須趕在潛水艇恢復原樣前，趕到病患大腦裡，摧毀其中的血塊。故事發生在一九六〇年代一間未來醫學實驗室之中，現在看來它可以算是二十世紀中現代主義的高潮。片中大量的水泥走廊，似乎是在一個高雅的地下停車場拍攝；玻璃觀察室中，緊張的男人抽著菸，無止境地喝著咖啡；縮小室的地板有燈光會發亮，這個創意早於史丹利．庫柏力克的《2001 太空漫遊》。

但令我印象最深刻的是手術室。白色房間挑高的天花板之下，一面大牆上貼著一幅巨大的地圖，但不是我常見的那種地圖。生動的藍線和紅線，標示著病患體內的循環系統，乍看好似紐約地鐵圖。指揮中心透過地圖來追蹤小潛艇的行進路線，但小艇當然會出錯，發現前進方向倒反了，與目的地距離瞬間相隔千里。我們追隨著小艇的前進，這幅地圖便成為了焦距；我們不只關注手術室牆上閃亮的紅藍線，同時也專注體內小艇遭遇到的靜脈、血液細胞、器官和抗體，它們構成了一幅絕妙的體內迪斯可舞廳景象，彷彿一系列人體體內的外太空裝置。

近期我又重看了一遍這部電影，不禁納悶我們體內還有多少祕密未被解密。我們在學校都學過粗淺的解剖學，而其他醫學專業的人更接受過進一步的醫學訓練，他們能更深入地了解體內構造，但仍有太多的未知領域。沒錯，我

賽茲尼克的《奇蹟之屋》，多少受到倫敦丹尼斯．賽佛斯的博物館的啟發。一個叫作約瑟的男孩抵達後，看見一個他從未見過的陌生叔叔。隨著冒險旅程，他來到了劇院和泰晤士河邊界。塞茲尼克繪製此幅地圖，協助讀者追循小男孩在倫敦的旅程路線。

們的體內構造已被繪製出來，但對於新疾病、新療法的探索依然永無止境。

小時候，我有一組《黃金百科全書》，我對它愛不釋手，尤其是「解剖」章節。那一系列印有人體不同系統構造的精美紙頁，一張比一張精彩。首頁圖片是一個雙手平舉的人體；翻頁時，感覺好似我掀起了那個人的皮膚層，揭露下面的肌肉紋理。再翻一頁，呈現出來的是循環系統，接下來是器官構造，最後才是人體的骨骼。我特別喜歡這些骨骼圖片，從一個系統的骨骼到下一個，我在其間找到很大的樂趣。

直到最近，我才琢磨出為何人體構造會令我如此著迷。我十歲時，就是真實手術室裡的一個病患，我需要進行胸腔手術，矯正畸形的胸骨，因為每次氣喘發作，胸骨就會壓迫到心臟，造成劇痛。貫穿我胸口的手術疤痕仍在。儘管手術十分成功，卻留下了不尋常的肋骨輪廓。我小時候會躺在家裡的露臺上，將水倒在那塊凹陷中，假裝自己是一塊有湖泊的大地。我的手成為了巨人的手，抓起螞蟻，假裝牠們是被巨人玩弄的小人丟進湖中。這時，手術、《奇幻旅程》、《黃金百科全書》的解剖圖片，都還各自獨立，毫不相干。但現在我明白，它們全都是同一張地圖上的不同地理位置。

再次思索約翰．格爾《身體的風景》的劇名，我看見了這個觀點如何協助我理解醫生打開我胸腔後，會看到什麼樣的畫面。也許我一直在嘗試理解進入我身體的意義。這副身體對我來說一直都像一個異域，有如另一個國家。手術後多年，我的胸口一直很敏感，無法碰觸，並且我也瘦得皮包骨，胸骨清晰可見。我不知道等著我的未來是什麼，也不知道該往何處去。除了藝術，我茫然不知所措。我愛畫畫，也是繪畫最終拯救了我，引領我進入這個世界。

我們都是為自己的未來繪製地圖的人，儘管當下的我們並不知道。我一步步地長大成人，療癒復元，寫了很多書，墜入愛河，向外探索地平線以外的景色。現在我和所有人一樣，我總是被地圖包圍：市區街道圖、地鐵圖、氣象圖、報紙上的國家分布圖；我抬頭

彩色印刷技術的進步，鼓勵製圖師展示人體內部的風景。這份摺疊圖，出自一九〇〇年出版的《菲利普的人體模型》解剖圖冊。

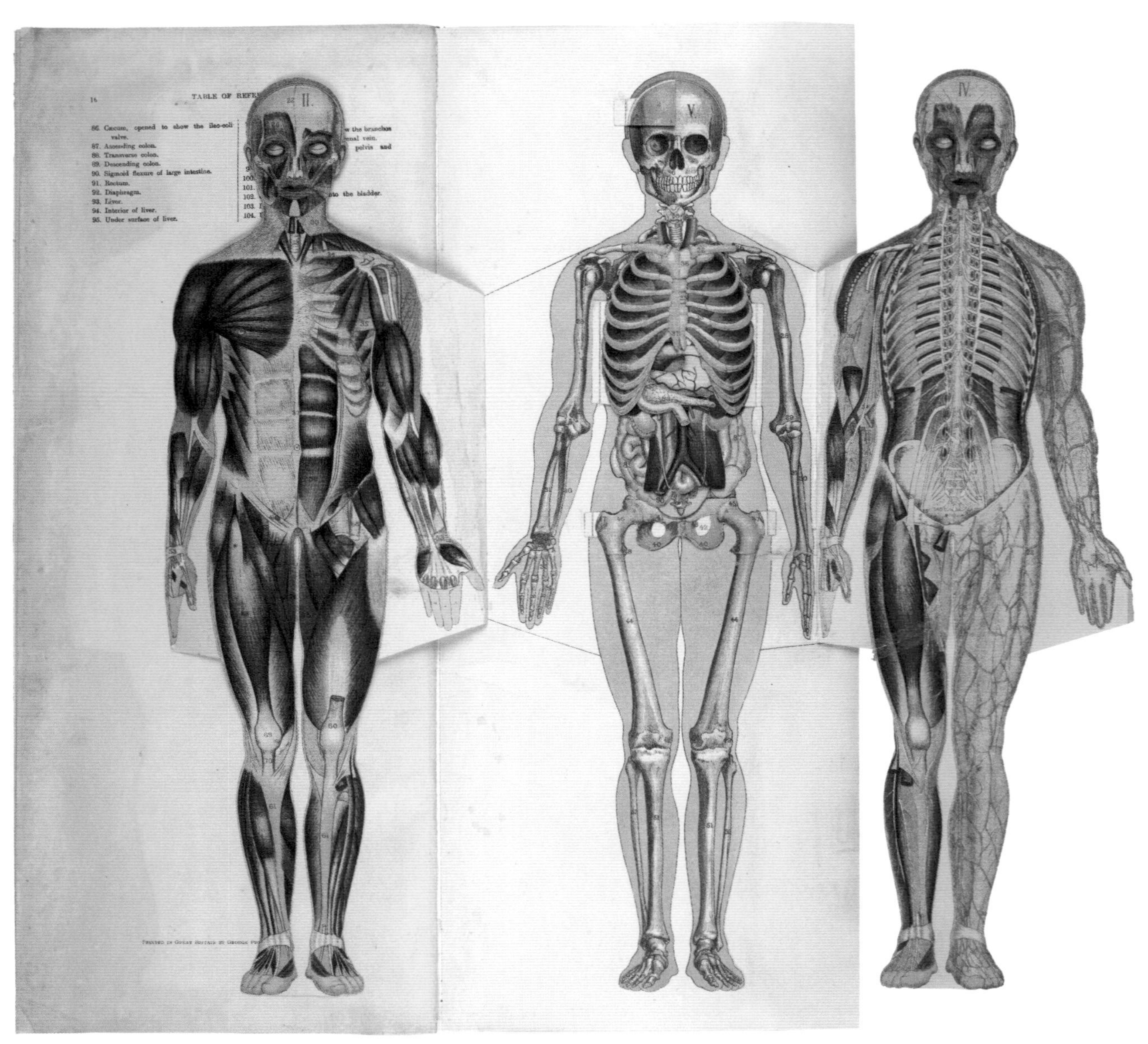

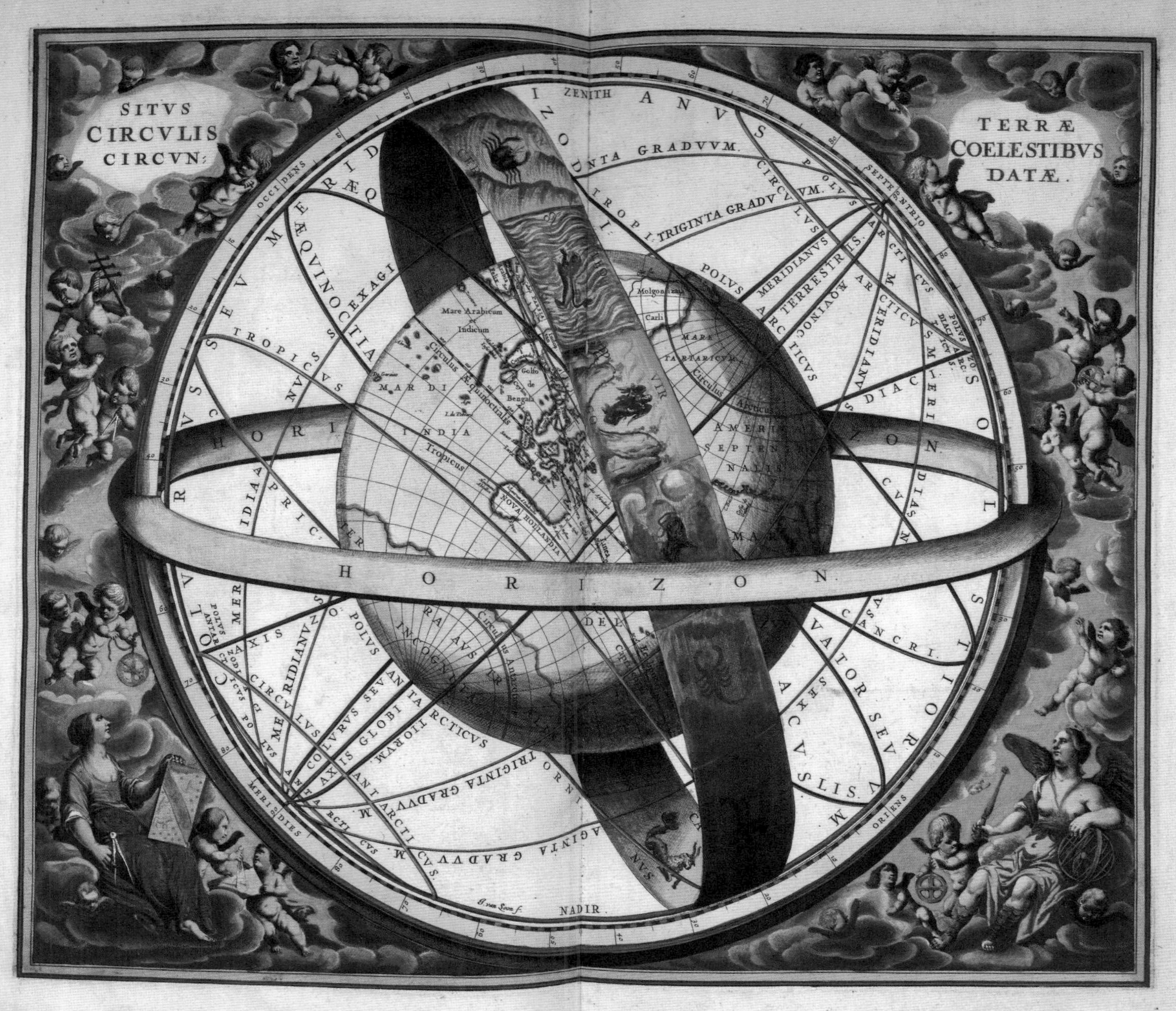

仰望星群，太空人持續在那兒為浩大的宇宙繪製地圖。我納悶這些設計來引領我們向外探索的地圖，與小時候向我展示體內構造的地圖，是否有區別。

閱讀量最大的地圖，永遠是我們頭頂上的夜空星圖。製圖師安德烈亞斯・塞拉里烏斯，一六六〇年於阿姆斯特丹所寫的天體圖冊《和諧大宇宙》，也許是世上最美的作品。

次頁跨頁地圖
紐約圖書館員保羅・佩恩（Paul Paine）一九二五年繪製的《男孩女孩冒險地圖》（*Map of Adventures for Boys and Girls*），涵蓋了各種形式「可讀的故事、路徑、旅程、發掘、探險，以及地域」。

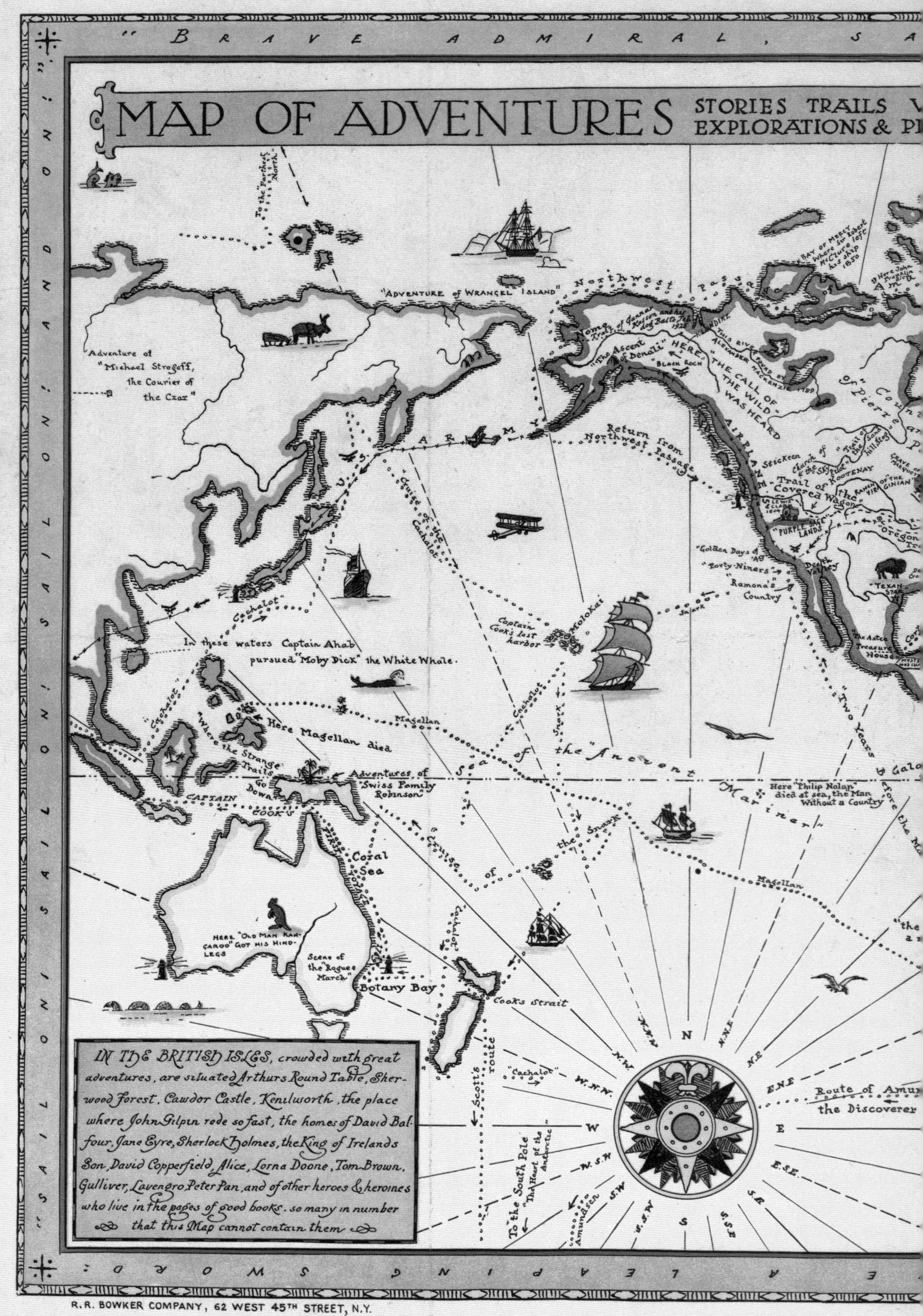
"BRAVE ADMIRAL, SA
MAP OF ADVENTURES
STORIES TRAILS V
EXPLORATIONS & P
To the Farthest North
"ADVENTURE OF WRANGEL ISLAND"
Northwest Passage
BAY OF MERCY Where Sir Robert McClure left his ship 1850
Here John Franklin
Adventure of "Michael Strogoff, the Courier of the Czar"
Nome
Trail of Gunnar Kasson and his dog Balto Feb. 1925
KLONDIKE
"The Ascent of Denali"
BLACK ROCK
HERE THE CALL OF THE WILD WAS HEARD
THIS RIVER FOUND BY ALEXANDER MACKENZIE 1789
Country of Pierre
U. S. ARMY
AIRPLANE
Return from Northwest Passage
Cruise of the Cachalot
Stickeen
Church of the Sky Pilot
Trail of the Lone Pine
KOOTENAY
Trail of the Covered Wagon
RANCH OF THE VIRGINIAN
"PURPLE SAGE" LANDS
"Oregon Tr
"Golden Days of '49"
"Forty-Niners"
Death Valley
Ramona's Country
"TEXAN STAR"
"The Aztec Treasure House"
Cachalot
In these waters Captain Ahab pursued "Moby Dick" the White Whale.
Captain Cook's last harbor
Molokai
Snark
Magellan
Here Magellan died
"Where the Strange Trails Go Down"
Adventures of "Swiss Family Robinson"
Sea of the "Ancient Mariner"
Here "Philip Nolan" died at sea, the Man Without a Country
"Two Years before the Ma
Galapagos
CAPTAIN COOK'S
Coral Sea
Cruise of the Snark
HERE "OLD MAN KANGAROO" GOT HIS HIND-LEGS
Scene of the "Rogues March"
Botany Bay
Cooks Strait
Scott's route
"Cachalot"
N
N.N.E.
N.E.
E.N.E.
E
E.S.E.
S.E.
S.S.E.
S
S.S.W.
S.W.
W.S.W.
W
W.N.W.
N.W.
N.N.W.
Route of Amun
the Discoverer
To the South Pole "The Heart of the Antarctic"
Amundsen
IN THE BRITISH ISLES, crowded with great adventures, are situated Arthurs Round Table, Sherwood Forest, Cawdor Castle, Kenilworth, the place where John Gilpin rode so fast, the homes of David Balfour, Jane Eyre, Sherlock Holmes, the King of Irelands Son, David Copperfield, Alice, Lorna Doone, Tom Brown, Gulliver, Lavengro, Peter Pan, and of other heroes & heroines who live in the pages of good books, so many in number that this Map cannot contain them
"SAIL ON! SAIL ON! AND ON!"
LEAPING SWORD:
R. R. BOWKER COMPANY, 62 WEST 45TH STREET, N.Y.

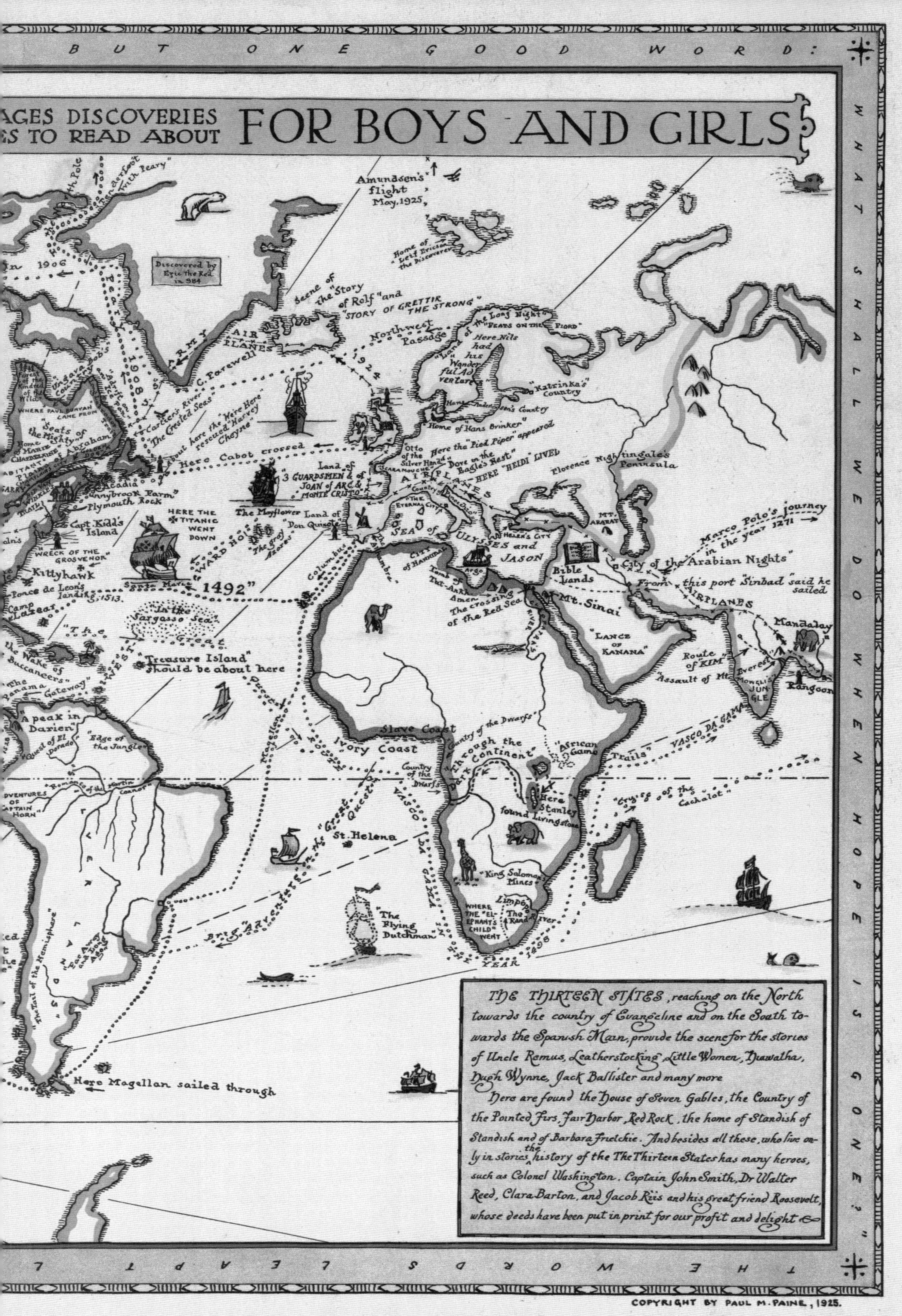

BUT ONE GOOD WORD:
WHAT SHALL WE DO WHEN HOPE IS GONE?"
THE WORDS LEAPT
AGES DISCOVERIES
ES TO READ ABOUT
FOR BOYS AND GIRLS
"Tenderfoot with Peary"
Amundsen's flight May, 1925.
Discovered by Eric the Red in 984
Home of "Leif Ericson the Discoverer"
Scene of the "Story of Rolf" and "STORY OF GRETTIR THE STRONG"
"Land of the Long Night"
"PEAKS ON THE FIORD"
Here Nils had his Wonderful Adventures
Northwest Passage
AIR PLANES
ARMY
1924
1908
C. Farewell
"Katrinka's" Country
Hans Andersen's Country
Home of Hans Brinker
WHERE PAUL BUNYAN CAME FROM
"Seats of the Mighty"
"Cartier's River"
"The Crested Seas"
About here the "Here Here" rescued "Harvey Cheyne"
Here Cabot crossed
Acadia
"Sunnybrook Farm"
Plymouth Rock
Otto of the Silver Hand
Here the "Pied Piper" appeared
"Dove in the Eagle's Nest"
HERE "HEIDI" LIVED
Land of "3 GUARDSMEN & of JOAN of ARC & MONTE CRISTO"
AIRPLANES
Florence Nightingale's Peninsula
HERE THE TITANIC WENT DOWN
The Mayflower
Land of "Don Quixote"
Capt. Kidd's Island
"The gray Azores"
WRECK OF THE GROSVENOR
Kittyhawk
Ponce de Leon's landing 1513.
Santa Maria
1492"
Columbus
SEA of ULYSSES and JASON
City of HANNIBAL
MT. ARARAT
Marco Polo's journey in the year 1271
City of the "Arabian Nights"
Bible Lands
From this port "Sinbad" said he sailed
AIRPLANES
Tomb of Tut-Ankh-Amen
The crossing of the Red Sea
Mt. Sinai
Mandalay
"In the Sargasso Sea"
"LANCE OF KANANA"
Route of KIM
"Assault of Mt. Everest"
MOWGLI'S JUNGLE
Rangoon
"The Wake of the Buccaneers"
"Treasure Island" should be about here
The Panama Gateway
"A peak in Darien"
"Quest of El Dorado"
"Edge of the Jungle"
Slave Coast
Ivory Coast
Country of the Dwarfs
"Through the Dark Continent"
African Game Trails
VASCO DA GAMA
Here Stanley found Livingstone
"Cruise of the Cachalot"
ADVENTURES OF CAPTAIN HORN
St. Helena
"King Solomon's Mines"
"The Flying Dutchman"
WHERE THE "ELEPHANT'S CHILD" WENT
Limpopo River
The Rand
1498
YEAR
Brig "Adventure" on the "Great Quest"
"The End of the Hemisphere"
Here Magellan sailed through
THE THIRTEEN STATES, reaching on the North towards the country of Evangeline and on the South towards the Spanish Main, provide the scene for the stories of Uncle Remus, Leatherstocking, Little Women, Hiawatha, Hugh Wynne, Jack Ballister and many more
Here are found the House of Seven Gables, the Country of the Pointed Firs, Fair Harbor, Red Rock, the home of Standish of Standish and of Barbara Frietchie. And besides all these, who live only in stories, the history of the The Thirteen States has many heroes, such as Colonel Washington, Captain John Smith, Dr Walter Reed, Clara Barton, and Jacob Riis and his great friend Roosevelt, whose deeds have been put in print for our profit and delight
COPYRIGHT BY PAUL M. PAINE, 1925.

探索未知

未知的地域

英國歷史學家　休・路易斯—瓊斯

海軍上校庫克在尋找未知的土地時，發現了澳洲。
哥倫布企圖尋找印度，卻發現了美洲。
歷史中，充滿了因為想像故事而啟動的事件。
——義大利小說家　安伯托・艾可，一九九九年

美國人害怕飛龍嗎？這是娥蘇拉・勒瑰恩於一九七四年的提問，因為她發現許多人害怕讀奇幻小說。四十多年後的現在，閱讀文化當然改變了，還有人對書中的奇幻想像充滿戒備嗎？J. K. 羅琳和喬治・馬汀的成功給了我們答案：他們的書銷量超過百萬本，周邊商品、改編電影和主題公園襲捲全世界。如今的奇幻世界，成了一個龐大的商業王國。托爾金的哈比人在大螢幕上跋山涉水，作家們日日與狼人、魔法師較勁，給予古老的怪物新生命。但娥蘇拉・勒瑰恩當年所感受到的疑惑，仍糾纏著我們：公共圖書館關閉，獨立書店消失了，電玩遊戲稱霸天下。就如她所說的：「兒童圖書館成為了沙漠中的綠洲，但這並不表示沙漠就此消失。」

法國小說家儒勒・凡爾納《螺旋槳島》（*L'Île à Hélice*）的封面。此書是他「在已知未知世界中的奇異旅行」（*Voyages Extraordinaires*）系列的第四十本小說。

那麼地圖呢？我們一直把地圖當作某種文件檔案：精準又權威。現在，我們需要的資訊全在於指尖和螢幕上。探索世界並未變得比較簡單，但，探索未知的渴望仍蠢蠢欲動。我們都感激現代 Google 地球所帶來的方便地圖——我們都想搞清楚自己身在何方、如何前往想去的目的地——但同時，正因為對這個開放的世界感到生疏和害怕，我們仍需要這世界保留一些神祕。

幻想地域，就能提供我們新的發現和探索。花費時間埋頭在地圖上，所帶來的快感不只來自探索未知領域，也源於記住我們只是滄海一粟。地圖提醒我們，外界很大，仍然充滿危險。托爾金和其他作家創作的童話故事，也協助我們在另一個情境下，重新找回自己世界的美好。在奇幻世界裡，日常人事物不見得轉化，只是在比較之下，展現出更多本來的面目。這種由故事所呈上的承諾和保證，被托爾金稱為「恢復」。

人類的奇幻想像是一股龐大的力量。「對於神話、異象和烏托邦的追尋」也許會是一場災難，但也能引領我們發現真知灼見。就如同艾可所說的，想像力十分有趣，卻也具有顛覆性，鼓勵我們質疑自己所以為的真理。如今，真實和幻想間的界線已變得模糊不清。娥蘇拉·勒瑰恩寫道：「馬力全開的想像力，足以撼動我們……使我們懷著恐懼和解脫抬眼看見，世界其實並不屬於我們。」這提醒我們，不要自以為是地予取予求。對許多人來說，飛龍仍然徘徊在他們世界的地圖邊緣；牠在生疏和未知、在不同文化和不同種族間盤旋，以多元想法和觀點挑戰他們。

浩大的未知——這句話早已深深烙印在製圖學界中，它有點像是「這裡有龍」一樣。古代製圖師在地圖的留白處添加「這裡有龍」，以警示未來的旅人該處藏有潛在的危機——「小心地圖未知領域中的危機。」這麼做也能保全他們的名聲，同時防止他人發現他們其實所知甚少。舊地圖中的飛龍，經常是代表人類罪惡的符號，或比喻地理上的危機。不過，只有少數一些舊地圖，比如一五一〇年的雷諾克斯地球儀，真正有「這裡有龍」的字樣——是以拉丁文「Hic Sunt Dracones」呈現——而其他數不清的地圖，則是在未知領域中放入猙獰的怪物，以表示未知的混沌和危險。

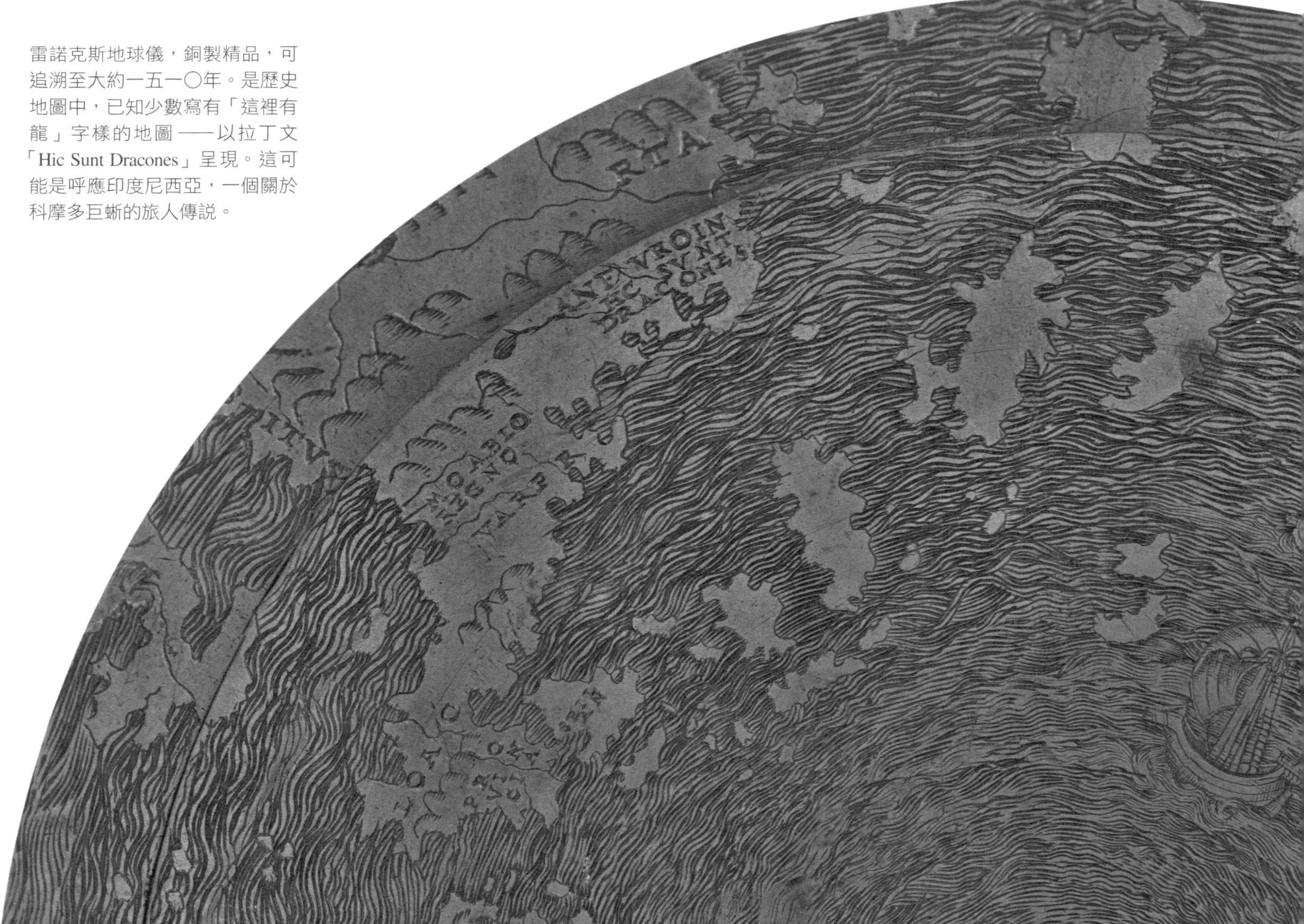

雷諾克斯地球儀，銅製精品，可追溯至大約一五一〇年。是歷史地圖中，已知少數寫有「這裡有龍」字樣的地圖——以拉丁文「Hic Sunt Dracones」呈現。這可能是呼應印度尼西亞，一個關於科摩多巨蜥的旅人傳說。

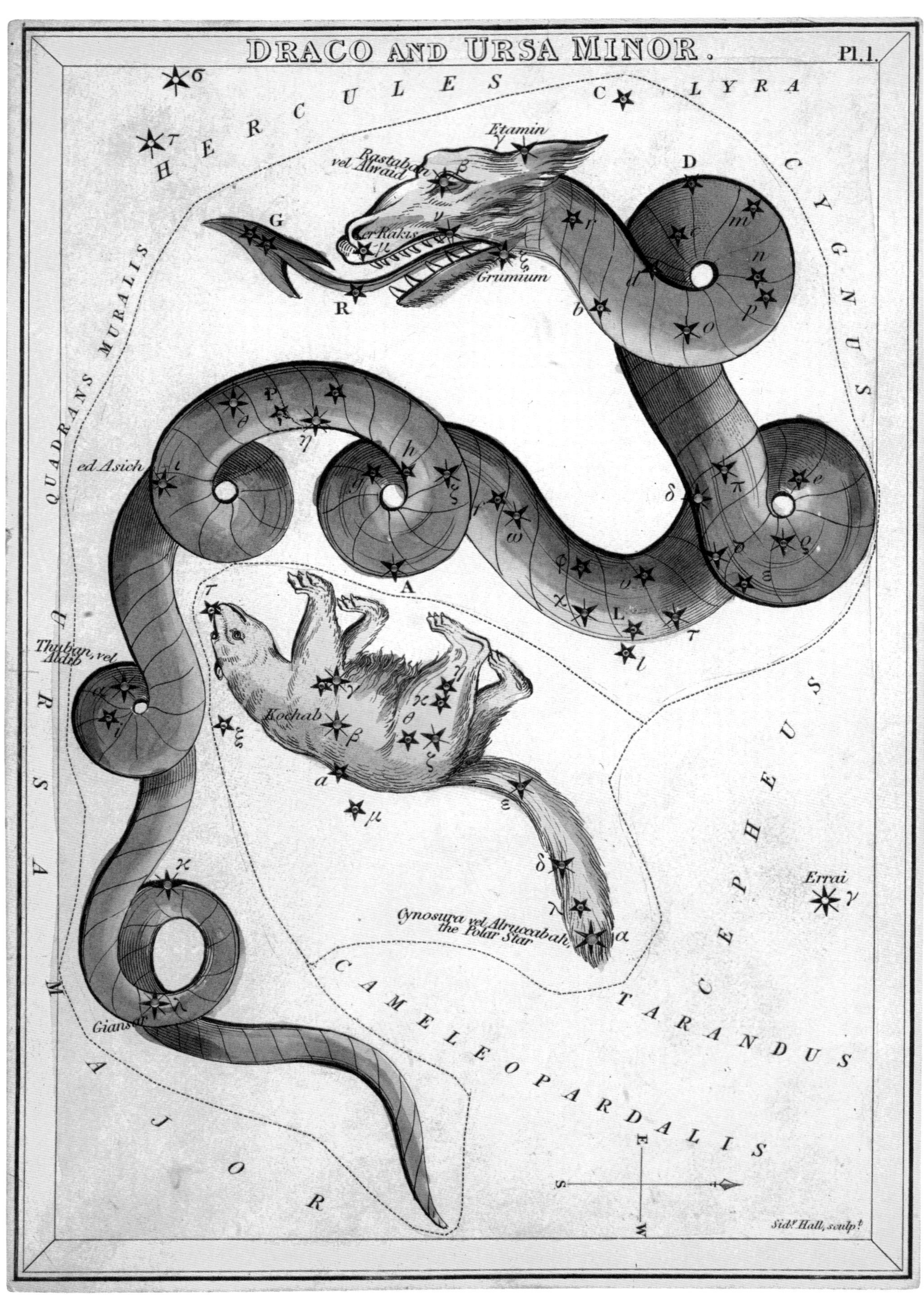
DRACO AND URSA MINOR.
Pl. 1.
HERCULES
LYRA
CYGNUS
QUADRANS MURALIS
URSA MAJOR
CAMELEOPARDALIS
TARANDUS
CEPHEUS
Etamin
Rastaban vel Alwaid
Grumium
ed Asich
Thuban, vel Adib
Kochab
Giansar
Errai
Cynosura vel Alrucabah, the Polar Star
Sid^y. Hall, sculp^t.

在地圖邊界畫龍的習俗，道出了製圖和說故事的一個核心。無論是旅人或讀者，我們都想在這些邊境之中找到自己。我們也渴望探索未知的地域。這便是作者要引領讀者去體會的，既接近真實世界，卻又挑戰真實世界的邊界；在那裡，想法、觀點和行事風格全都在意料之外。這個邊境，為原本只是傳達訊息的故事，開啟了一扇門通往人類的想像力。原本簡單的故事：幾個在樹林裡的孩子，或一群啟程去旅行的人，在想像力的加持下，就可能無限擴展，新故事也源源不絕冒了出來。

舊地圖、新地圖仍不斷提供我們誘人的邊境。在地圖上標記「未知的地域」，可以提醒我們知識本身就是有限的；一座島嶼之外，是廣闊未知的海洋。地圖提供我們故事的一部分，並要求我們自行填滿缺口。地圖也能在同一個時間訴說不同的故事，這全倚仗讀圖人的專長、知識和想像力。

如今，我們被方便易得的地圖所環繞，從市區街道圖、大眾交通路線圖，到星象圖和星系圖，對於早期製圖師製圖過程中所經歷的困惑和不安，我們也只能想像了。製圖步驟中的搜集、挑選、分類、創造視覺語言、建構，每一步都存在著難度，以及不同的價值。地圖提供的絕不止方向方位，或簡單的地域描述。我們很容易忘記，舊地圖也曾承載了當代的思想觀點，且能拓展新視野，探索潛在的、與時俱進的知識。舊地圖警示我們未知的領域，同時也向我們推銷這個領域。視覺化的地圖，不只能確保我們旅途的安全，更邀請我們邁向新的旅程去冒險。

未知，逐漸退位、讓步給事實。托勒密可能是最早使用「terra incognita」（未知地域）一詞的人，這個詞語出現在他西元一五〇年的《地理學》中。在他企圖描繪的大地上，仍有許多空白，並存在著大量神話、龐大的怪物，以及食人族。原版圖冊早已失傳，我們只能從後來的圖表，推測他的故事是如何想像出來的，並塑造出圖中的世界。一個假設性的南方大陸——在後來的許多地圖中被叫作「未知的南方大陸」——隨著歐洲探險家數世紀對太平洋的挺進，以及為它寫了許多的書，為它繪製地圖，這片大陸的形狀和大小不斷地改變。「terra incognita」（未知地域）一詞，轉變成更誘人的「Terra Nondum Cognita」：尚未探知的地域。

飛龍也以天龍星座的形式，出現在星象圖中，在此圖中與小熊星座並列。此圖出自一組名為「天文繆斯的魔鏡」（*Urania's Mirror*）的星座卡。將卡片拿到燈光下時，光線篩過卡片上的孔洞，就可以看見星群圖案。

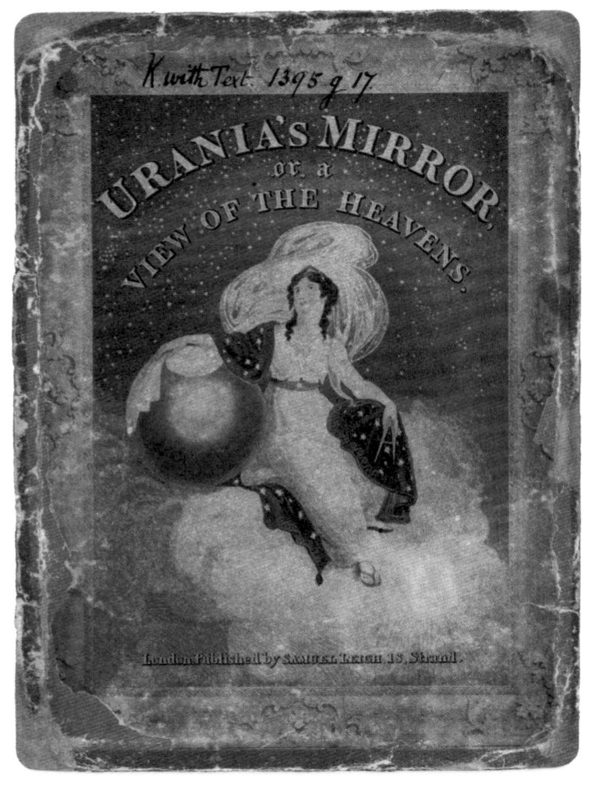

在他們未知世界的地圖邊界，添補筆記，說明由此之外是一片一無所有的荒地，只有滿是野獸的沙漠、險惡的沼澤、冰川，或一片冰凍的海洋。

——羅馬希臘時代作家　普魯塔克，西元一世紀

探險真相，經常比奇幻小說更奇幻。在新的文學時代，探險家都是偉大的說書人。威廉・丹皮爾的《環遊世界新旅程》（*A New Voyage Round the World*）於一六九七年出版，並在短短九個月之內重刷了三次。受到鼓舞，這名海盜探險家立刻出了續集《航程描述》（*Voyages and Descriptions*），一樣叫好又叫座。他幾乎單憑一人之力，就為一個新的文學形式：旅行文學，創造了市場。讀者翹首以待出版社出版更多考察隊探險故事，並要附上迷人的地圖和插畫——文字和圖像，分工合作描繪出一片新奇的海岸，激發出更多的故事和想像。

海軍上校詹姆斯・庫克於一七七〇年代第二次出航，只為了證明一塊未知的南方大陸只能在天寒地凍、無人居住的邊界被發現。但他並未看見南極洲鋼鐵般堅硬的冰凍海岸線，只在迷霧中看見冰山。各式各樣關於太平洋航行的書皆在數日間售罄，比如庫克的書。隨後，奇幻小說尾隨而來，描述性格剛毅的人物在魔幻環境中的戲劇化舉動和故事。湯瑪斯・摩爾的《烏托邦》和弗蘭西斯・培根的《新亞特蘭提斯》（*New Atlantis*），讓世人一窺現實崩潰後的未來世界概況，並激發其他作家創作了屬於他們自己的版本。其中最為世人知曉的，便是狄福的《魯賓遜漂流記》。它在早期的英國小說中具有自己的原創性，有類似丹皮爾的虛張跨大，然而故事本身轉向了遠方的世界。

許多探險家本身也有寫作的天賦，他們長途跋涉，為眼前的未知領域繪製地圖。奧萊爾・斯坦因、斯文・赫定在旅程中，必須將地圖和日誌藏起，縫在麻袋或外套內襯之中。作家們，比如芙瑞雅・史塔克，則為了替探險之地繪製地圖和寫書，冒險犯難。然而，總有人反其道而行，比如生性不羈的戈楚・貝爾，她總是大張旗鼓地旅行，好似在挑釁道：「來啊，看你們能把我怎麼樣！」其他作家則低調許多，他們默默地繪製地圖，隱藏身分和探險中的發現，直到平安返抵家園。作家、地圖和荒野這些元素一旦結合在一起，就象徵了千辛萬苦、危機四伏。

對於作家來說，旅行擴展視野的確對寫作有很大的幫助，卻不是絕對必要的。莎士比亞幾乎沒旅行過，更別提威尼斯、丹麥赫爾辛格或奇幻的波希米亞海岸。但他閱讀廣泛，聆聽他人的故事，吸收創作，將世界都納入他的作品之中。

我們的回憶會在重複造訪中，逐漸被磨損。想像力天馬行空，由一連串的圖像、文章、各式各樣的人激發而來，受所有塑造我們的元素影響。在許多地圖中，令我們印象深刻的，都是童年時所接觸的地圖，這與其提供的資訊無關，而是它們對我們的意義。對我來說，也許是一幅荒廢城堡的地圖、一本書或漫畫的卷首地圖，或戴爾出版社（Dell）的平裝書。這些地圖，都是我跟母親或祖父一起

這是一幅美麗的日本版畫，展現的是一場自然災害：地震的故事（Jishin no ben）。黃色象徵一八五四年被地震摧毀的區域，藍色則是被隨之而來被海嘯淹沒的地域，而紅色是被隔年地震毀壞的地方。

次頁跨頁地圖
威尼斯作家馬里諾・薩努托（Marino Sanudo）一三二一年的《忠實的十字軍祕辛》（*Liber Secretorum*）。旨在激發十字軍東征的復興，是一幅專為發動戰爭而設計的作家地圖。

ちしん乃辨

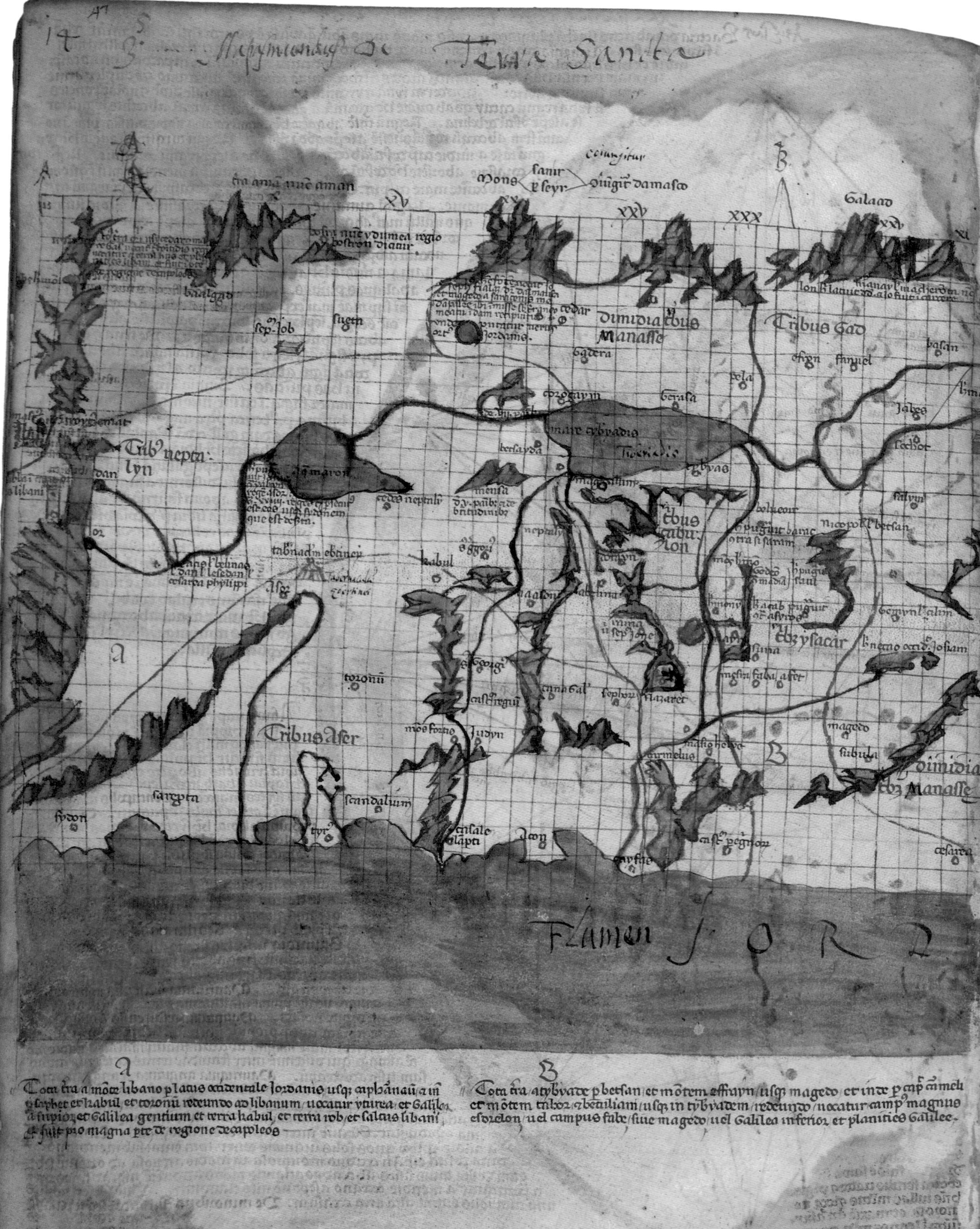
14
Terra Sancta
Galaad
Tribus Gad
dimidia tribus Manasse
Trib neptalyn
tribus zabulon
Tribus Aser
dimidia trib Manasse
mare tyberiadis
Flamen
A
Tota t'ra a mõte libano p latus occidentale Jordanis usq; ad planam a in
ysaphet et kabul et toronũ redeundo ad libanum / uocatur yturea / et Galilea
a supior et Galilea gentium / et terra kabul / et terra iob / et saltus libani /
et fuit pro magna pte de regione decapoleos
B
Tota t'ra a tyberiade p betsan / et mõtem effraym / usq; mageddo / et inde p campum carmeli
et mõtem tabor / et betuliam / usq; in tyberiadem / redeundo / uocatur camp magnus
esdrelon / uel campus fabe / siue mageddo / uel Galilea inferior et planities Galilee.

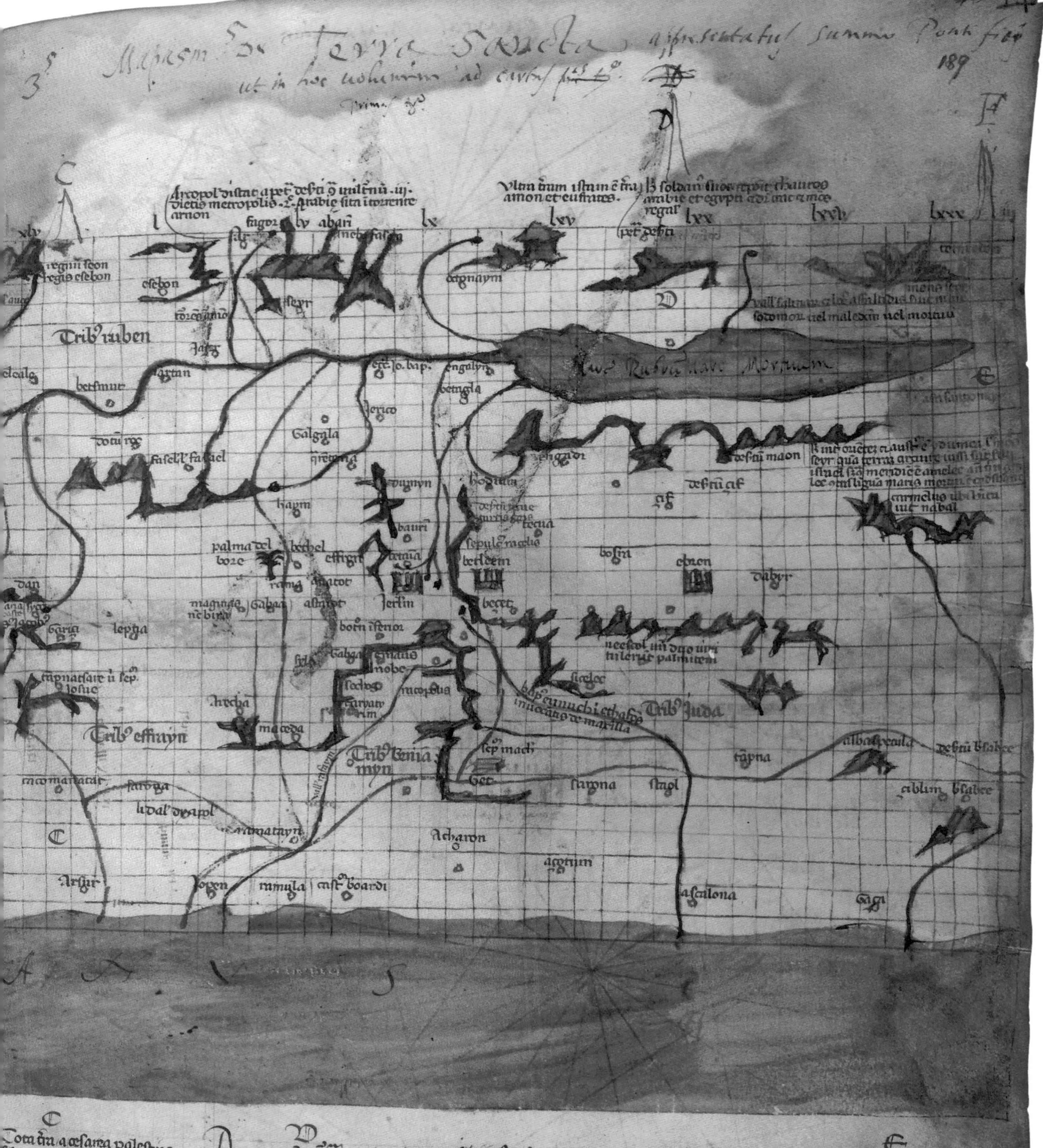

C

Tota t[er]ra a cesarea palestine
[illegible] Jopem, et in t[ra]nseundo p[er] cap
a casare, q[ue] redeundo p[er] caio us[que]
sarea, d[icitu]r mo[n]s effraym in lis sit
a ca[m]pestris, et saron de quo
[illegible] .vs. Fuis e saron sic d[icitu]r
e t[er]ra fertilis ualde q[uod] pinguis
nis uillas m[u]ltas [et] loca ne
[illegible] et marie dat a fur
[illegible] i leones m[u]lti, q[ui] uenati
nes regie.

D

Amon extendit s[e] mare mortuu[m] et ca[n]uit ei lat[us] australe, usq[ue] ad mo[n]tem seyr, qui e[st] ult[ra]
mare mortuu[m] ad .iij. dietas in [con]finio ubi habitavit ysmael socer esau, et [con]iungitur d[e]s[er]
to pharan, h[abe]ns a latere desertum synay et mare rubrum, et e[st] iux[ta] cadesbarne, Ex sce
dum q[ui] ab ortu Jordanis sub libano, usq[ue] ad deserti pharam, ex utraq[ue] p[ar]te fluminis
sunt campi lati et ameni, s[e]d circumdati altissimis mo[n]tib[us]. Mare aut[em] mortuu[m], s[e]c[un]d[u]m Jose,
ph[us] h[abe]t .486. stadia .l. 43. millia [et] stadia .ij. s[e]c[un]d[u]m saracenos diete .v. et inde us[que] ad
mare rubrum .v. diete, cum quo putant [con]tinuari mare mortuu[m] p[er] aquas manat[e]
quib[us] ex .19. finis aut[em] apparens est i[n] desto pharam, et dicunt quida[m] aquas iorda
nis aquis huius maris no[n] misceri, set potius a t[er]ra absorberi. Et sarraceni dicunt
q[uod] p[er] uere ingreditur et exit, et mare ip[su]m cessat et decessat s[e]c[un]d[u]m habundantia[m] resolutio
nis niuium et pluuiar[um] et siccitatis.

E

Desertu[m] cades un[de] missi fu[er]unt
filii isr[ae]l exploratores qui p[er]
xl. dies huc redieru[n]t [illegible]
murante p[o]p[u]lo iussi sunt redire
in desertu[m] p[er] uia[m] maris rubri,
et post .xxx. annos redieru[n]t
ad locu[m] istu[m] un[de] mouerant
castra [con]u[er]tere cu[m] uenerunt mo[n]te se
yr, et tu[n]c mo[r]tuo [et] capta t[er]ra seon
regis esebon, [et] og regis basan
uenerunt ad Jordane[m] [con]tra Jericho.

閱讀的，或前往探望父親時所使用的。地圖匯聚了家人共度的時光，也涵蓋了許多意義。每次閱讀一張地圖，都會讀出不同的意義；它會隨著我們的人生經歷而變化。就像梭羅所說：「物是人非，事物不變，變的是我們的心境。」書，以及書中的地圖也是，我們可以用全新的眼光來探索它們。地圖協助我們重訪多年前喜愛的地域，引領我們去到未曾想像過的地域，並向我們展示書頁之外的真實生活。地圖和神話傳說一樣，充滿了符號。危險致命、死亡、未知；奇幻和童話故事、魔法飛龍之地；這些都不應該被禁錮在我們的童年中，也不應該隔絕在成年生活之外。

尼爾．蓋曼所著，外加查爾斯．維斯（Charles Vess）繪製插圖的暢銷書《星塵》，書中的大未知世界天馬行空，一般凡人看不見，只有少數勇敢的人才得以一窺其中奧妙。它存在於村莊城牆之外。但它究竟有多大？答案並不簡單：

> 法耶里畢竟不是一塊土地，既非封邑，也非領地。因此法耶里的地圖便不可靠，也許不能用來導航。我們所說的法耶里的大王和王后，類似英格蘭的大王和王后。但法耶里的幅員比英格蘭大，甚至比世界還大（因為打從文明初露曙光以來，地圖都被每一區塊的探險家和勇敢外出的人否絕，他們見證法耶

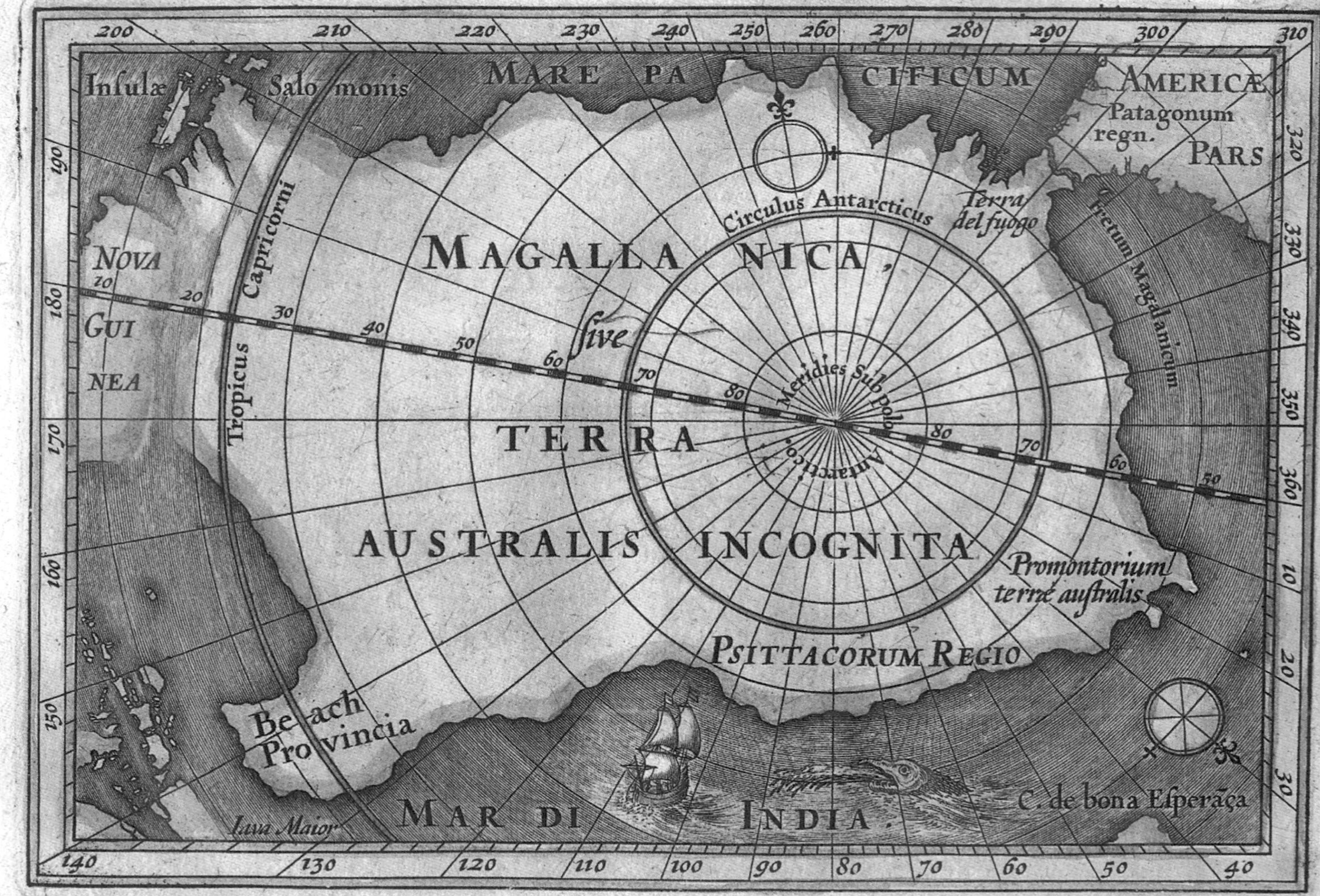

里並不存在那些地域；於是到了描寫法耶里的時候，它已經變得十分浩大，涵蓋了所有地形地貌）。這裡絕對有龍，還有獅鷲、翼龍、鷹馬、蛇怪和九頭蛇。

從上段描述看來，法耶里與《曼德維爾遊記》中匯聚了多個國家的地域差不多。《曼德維爾遊記》是一三六〇年代，令讀者大開眼界的旅行探險故事。中古世紀看世界的眼光，必定是透過宗教圖像和魔幻的傳說。曼德維爾的世界便是以跨張的神話裝飾過的真實世界，所以多多少少透露了一些真相。它的怪物皆源出於腦子裡的念頭，再被那個時代的恐懼，以及對於未知遠方的焦慮餵養長大。就在當代人想像出來的恐懼加持下，這些怪物對讀者來說更具吸引力。到了下一個世紀，此書已有各種歐洲語言的版本，不止有法語版、拉丁語版、英語德語版，更有愛爾蘭語、丹麥語和捷克語版本。英國中世紀作家喬叟引用過它的內容，達文西也擁有它的複本，聽聞哥倫布和英國探險家華特．雷利都研讀過它。拜倫如此形容它：「此書集結了世上，至今為止最厚顏無恥的謊言。」這也許是它能襲捲人心的原因吧。而世上根本沒有曼德維爾這個人的存在，也就無關緊要了。數代讀者，在此書的光怪陸離之間創造自己的旅程，在書頁之間從康斯坦丁堡

此幅出自地圖兼羅盤大師亞伯拉罕．克雷斯克斯，一三七五年的《加泰隆尼亞地圖集》。地圖顯示橫越撒哈拉沙漠的貿易路線，並由騎在駱駝上的圖阿雷格和十四世紀馬利帝國的曼薩一世作為代表。克雷斯克斯形容他是「世上最富有、最高貴的君王」。

前頁
一六一六年的地圖。皮托努斯．伯提厄斯（Petrus Bertius）將虛構出來的超級大洲「麥哲倫洲」，置於他的地圖中央。大洲上標有「Sive Terra Australis Incognita」字樣，意為「未知的南方大陸」。直到一八二〇年，南極洲才被發現。

穿越異域來到中國。無論是在書中或現實生活中，有些未知只能這般在想像中造訪。

地圖永遠不會完結。地圖和書籍，都是人類遺產中的元素。它們是代代相傳的故事的一部分，且會不斷改變，這就是故事的天性。許多年後，許多書中的經典世界會被再創作，青出於藍更甚於藍。孩子們也許會在床前故事中探索這些世界，或經由 iPad、網路，甚至以我們目前想像不到的媒體來閱讀。未知總是與我們形影不離，我們應該學會擁抱它。未來的探險家和發明家會像過去的前輩一樣，信任自己的想像力，仔細聆聽故事。或許，數百年後，有人會在祖父母的家意外找到一個破舊的東西，並首次發現雙手捧著一本書的喜悅和魔力。這個世界包羅萬象，誰知道會遇上什麼？我小時候和許多孩子一樣，都為書中的地圖著迷，即使長大成年了，依舊如此。

漫畫天才傑克．科比最著名作品是《美國隊長》，不過他也畫了《卡曼迪》。大災難降臨，動物占據了地球。唯一能解救人類的，是男孩卡曼迪。他決定離開避難的美軍堡壘，迎向挑戰。

地圖是邀請函。我們可以閱讀它，與它一起閱讀，繪製和重

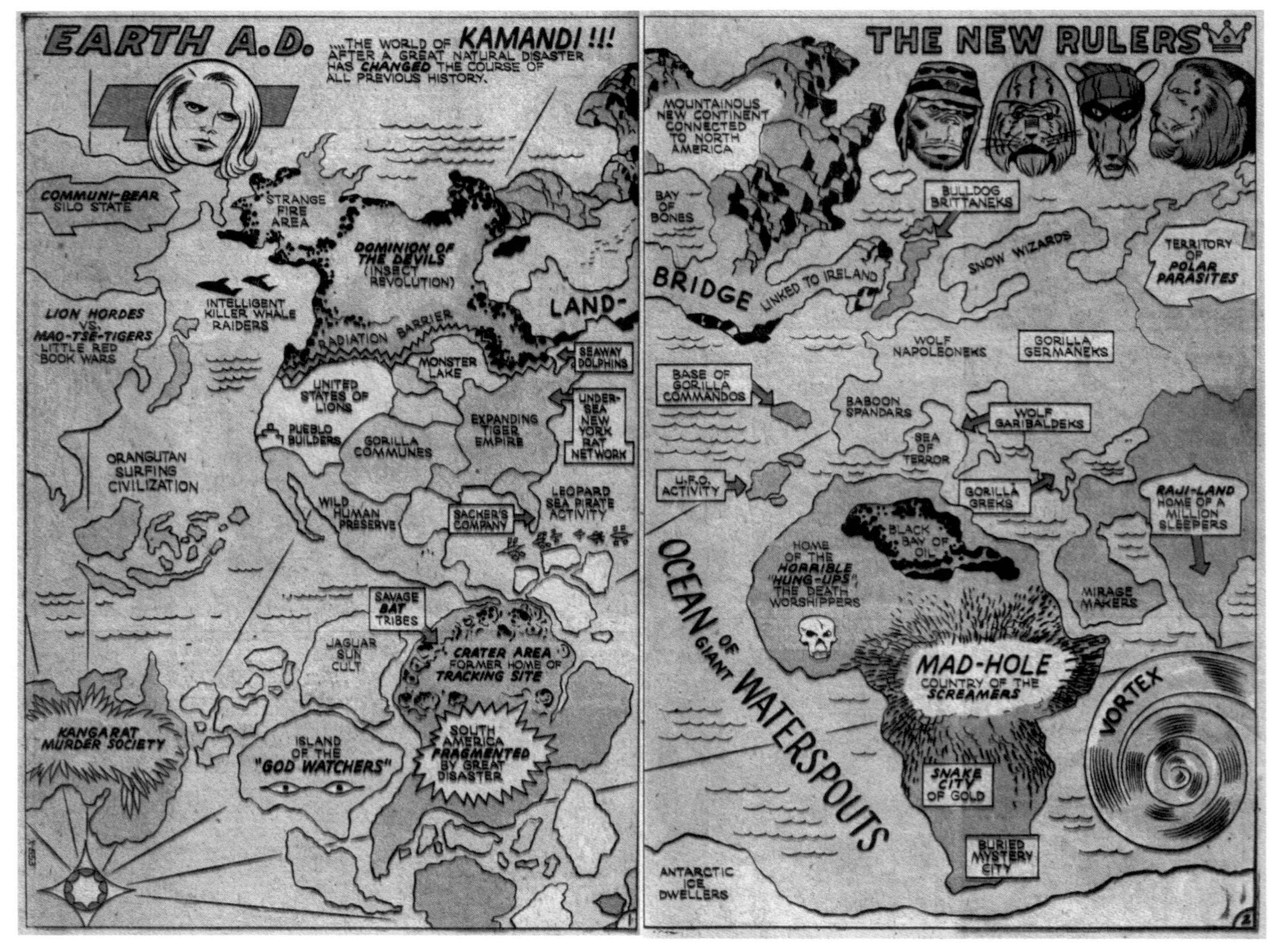

繪它，使用它，分享它，添加和改造它，甚至進入它的領域。地圖只是對某個地域的描繪，它永遠不完整，卻總能提供我們紙張以外的寬廣世界。地圖開啟了一段故事，送我們去到新旅程，促使我們邁開腳步，激發我們動動腦。地圖提供資訊，也鼓勵我們質疑。地圖指引我們，展示地域範圍，但它只能建議。其他的，就看你自己了。

戴爾出版社平裝書的「封底地圖」。該出版社於一九四〇年代，出版了大量封底附有地圖的平裝書。此圖是雷．布萊伯利的短篇故事〈百萬年野餐〉，描述戰爭摧毀地球後，一群被困在火星的科學家的故事。

次頁跨頁地圖
此幅地圖可能繪製於一五九〇年，但繪圖人已不可考。很可能是不滿天主教教條的奧特留斯繪製的。圖底文字引自聖經〈傳道書〉：「天下愚人之數，永無止境。」

Orontius Fineus
NOSCE TE
Auriculas asini
Ô Caput elle=
mundi punctus et materia gloriæ nostræ, hæc sedes, hic
hic tumultuatur humanum genus.
AMERICA
Democritus Abderites deridebat,
Heraclitus Ephesius deflebat,
Epichthonius Cosmopolites deformabat.
Ô CV- RAS HO- MIN VM.
O QVAN- TVM EST IN RE- BVS IN- ANE.
STVL- TVS FACTVS EST OM- NIS HO- MO.

IPSVM.
quis non habet.
boro dignum
gerimus, hic excercemus imperia, hic opes cupimus
tauramus bella, etiam civilia. Plin.
Vanitas vanitatum et omnia vanitas.
AFRICA.
India orientalis
Psitacorum regio
NDVM COGNITA
Finitus

永遠別忘了
書籍之美

英國插畫家　克里斯・里德爾

他買了一幅巨大的航海圖，圖上沒有任何的陸地；
船員們看到此幅地圖，十分興奮，
因為他們都看得懂。
——路易斯・卡羅，一八七六年

地圖是一個入口，是一扇門；一打開，就能踏進另一片地域，和另一段時光。地圖中有我們的未來，但也有珍貴的回憶。書籍，是我認識幾位至交好友的地域，比如獅子亞爾薩斯……

沒錯，我在心裡一直是以「亞斯藍」來稱呼牠，並且多年來都以為牠是以一種犬種的名稱來取名的。而對我來說，牠永遠都會是亞爾薩斯。書籍改變我看世界的角度。每次寄信時，我都會想起心愛的書《紙片男孩史丹利》（*Flat Stanley*）——這傢伙被掉落的布告牌壓扁，變成紙一般薄，於是決定將自己寄去給一個朋友。我喜歡看見一個人身上綻放出這樣的正向能量！書籍不需要電池，也無需充電，並且隨時待命供你差遣。老師朗讀《哈比人歷險記》最後一章時，我得了流感，請假在家休息，因此錯過了五軍之戰。後來，我自己讀了這一章……

書籍帶領我去到遠方，比如小人國和飛島國，或帶我去冒險捕獵蛇鯊，或地海和邊境。我喜愛娥蘇拉・勒瑰恩的群島世界，總是想知道書中地圖邊界之外藏著什麼樣的世界，於是多年後，我自己畫了一幅。現在，我大部分的時間都花在素描本上，隨手畫畫隨手寫故事。我有上百本素描本，並且每天都畫。於是我的書誕生了，我在這些素描本上，以筆刷跟著想像翱翔，探索我的虛構地域，找出我的人物。就在這裡，我遇上了莽諾先生，以及歐特耐、阿達・哥斯和他們特立獨行的朋友。打開素描本，也許明天我會認識更多人物，也可能再一次朝新地域而去。就亂塗亂畫吧，為何不試試呢？

我閱讀書籍，它們也形塑了我，成為我的一部分。我的閱讀旅程始於「彼得和簡」兒童學習系列。我下定決心征服山一般高的閱讀學習叢書，可它們對我的幫助似乎有限。一天，我正奮鬥閱讀時，我發現書中的兄妹倆後來走了一趟冒險之旅；這趟冒險對我的幫助也不大，但這次，書中的句子變長了，句型變複雜了，我不禁興奮激動起來。我的閱讀能力終於爬到這個高度了。很快，命運的轉折點到了。我從圖書館書架上拿下一本書，《亞加頓・薩克斯與鑽石賊》（*Agaton Sax and the Diamond Thieves*）。此書的難度超出了我當時的閱讀能力，但我不管三七二十一，讀了下去。我現在知道這本書是瑞典作家尼爾斯歐婁弗・弗朗岑（Nils-Olof Franzen）的作品，英國版本的插畫由昆丁・布雷克執筆，不過那個

《編年史邊境》以一幅地圖開啟故事。里德爾將它畫在一本素描本上，交給合著作者保羅．史都華（Paul Stewart）。里德爾說：「這就是邊境。接下來告訴我那裡面會發生什麼樣的故事？」於是，一塊巨崖從荒野中拔天而起，而天空海盜在空中橫行。

時候，我只覺得故事書有趣；它有圖畫，故事中的情節也確實會成真。我並不太能讀得懂它，卻十分鍾愛它。我渴求更多這類書籍。

圖書館員帶領我進入這個世界。他們介紹書籍給我：《哈比人歷險記》。我發現了幽暗密林，與比爾博．巴金斯爬上一棵橡樹，在樹頂看見一大群的黑蝴蝶。接著，我更深入找書來讀。學校的圖書館是由一位剛毅的英雄看管，她六親不認地守護著那棟寧靜祥和的殿堂。圖書館是我騷亂學校生活的避風港，而那位圖書館員是我的保鑣，她獨特的同事則是我的繆斯。芭奈絲小姐舉辦了一場短篇故事競賽，我的科幻故事得獎了。我的故事靈感出自雷．布萊伯利《圖案人》的啟發。在我們的《編年史邊境》（*Edge Chronicles*）中，我和保羅．史都華一起將圖書館員當成了我們的英雄。瓦里絲．拉德是這群英雄的領袖，她甘冒生

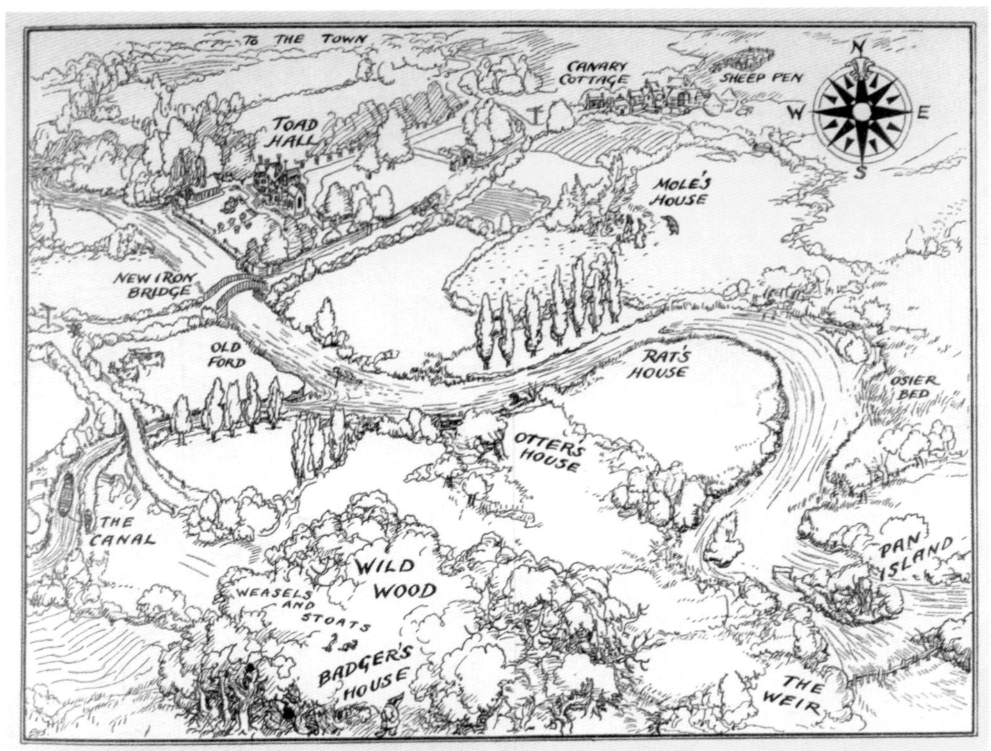

此圖是謝培德為作家肯尼斯·葛拉罕一九三一年出版的新版《柳林風聲》繪製的地圖。這是此書第三十次刊印，並剛被劇作家艾倫·亞歷山大·米恩改編成《蟾蜍宮的蟾蜍》搬上倫敦舞台。

旁頁
里德爾的邊境世界，大多位於深林之中。那是一片廣大的森林，林中充滿了危險，但其中有一片洋溢著正義平等的土地，叫作「自由空地」。地下城崩毀後，圖書館員在這裡重起爐灶。

命危險保護書中的「自由空地大圖書館」。

在青春期混亂的迷霧中，我發現一本被學校屏棄的書。這本小說沒有封面，我不知道它的書名，不過圖書館員把我教育得很好。我直接捧起書翻閱，就看到了小說是《咆哮山莊》，我永遠忘不了這本書。身為一個被誤解的局外人，和立志進入藝術學院的學生，我在學校的美術室發現了一本小說。它的封面是銀色的，有著傑克遜·波洛克的潑墨畫和有趣的字體。圖書館員在我耳畔低語，於是我捧起書閱讀。後來，我在書店看見那個銀色書封，但封面上沒有潑墨畫，我才明白我在美術室找到的版本是個意外的發現。此小說是《麥田捕手》。我永遠忘不了這本書。進入預科學校後，我找到世上最棒的星期六打工機會：我被收納進了圖書館的寓言世界中。我在圖書館中負責蓋日期戳章、收逾期罰款和整理書架。那真是一份神奇的工作。一天，我在整理書架時，一本書抓住了我的眼球。圖書館員把我教育得很好，我捧起書閱讀。這本小說是馬溫·皮克的《歌門鬼城》（*Gormenghast*）。我永遠忘不了此書。

圖書館員是一群了不起的人物。他們熱愛將孩子變成讀者，他們教導孩子人生最重要的生存技能：為樂趣而讀。閱讀，不是為了考試，不為了升級或了解暢銷書排行榜，只為了忘我沉浸在好書書頁中的樂趣。圖書館在文化方面如此重要，若失去了圖書館，就等於是丟失了文化的一部分。因此，一旦我擺脫《彼得與簡》，找到奇幻小說時，我頭也不回地朝更大的領域而去。我成了雜食性讀者，一本本地狼吞虎嚥。我珍惜它們，不止是珍貴的書，而是所有各式各樣的書。這就是圖書館重要的原因，你可以伸出手，去嘗試不同的新事物。我向學校的圖書館員、公立圖書館、圖書館員騎士們、文化的守護人致敬——你們把我教育得很成功。

THE FREE GLADES
THE SLAUGHTERERS CAMP
THE IRONWOOD GLADE
SOUTH LAKE
WOODTROLL TIMBER YARDS
THE GREAT LAKE
LAKE LANDING
WAIF GLEN
NORTH LAKE
LULLABEE ISLAND
NEW UNDERTOWN
CLODDERTROG CAVES

THE FREE GLADES

書本帶我回到過去。我喜愛書籍的書單可以延展數公里，其中當然有很大一部分附有插圖。其中有波琳．拜恩斯，她為 C. S. 路易斯和托爾金的世界增添了全新的層次；還有約翰．坦尼爾的《愛麗絲夢遊仙境》，以及他為《龐克》雜誌繪製的諷刺漫畫。謝培德是另一位以政治漫畫起家的插畫家，他從一次大戰的西方戰線倖存下來後，開始描繪田園牧歌式的世界；他的《小熊維尼》、《柳林風聲》深深擄獲了孩子的心。每次在書中看見他的地圖，我彷彿飛翔在那條河之上，越過那片樹林，並慶幸我們這一代的童年不必經歷戰爭的可怕，可以自由自在地徜徉在書海之中。

我再次停下腳步，回想起其他書籍。我看見諾曼．杭特（Norman Hunter）的《布萊恩史都教授》（*Professor Branestawm*），它被卡通畫家希思．羅賓遜以及稍後會提到的喬治．亞當森，生動地捕捉到畫紙上。我已經畫過了卡羅的《獵鯊記》，但還有其他我想再想像、再創作的作品，例如芬蘭作家朵貝．楊笙、插畫家昆丁．布雷克和雷夫．斯帝德曼（Ralph Steadman），以及馬溫．皮克。我又想起了愛德華．戈里和查爾斯．亞當斯的黑色喜劇作品，還有雪莉．休斯純真可愛的圖畫。還有，老雷蒙德．布雷格斯的作品；還有莫里斯．桑達克的傑作。噢，我停不下來了。

假若一星期不止七天，那會多出多少時間來閱讀和畫畫啊？我腦海中的天堂，就是這副模樣。我現在就可以描繪給你看。那是秋天，也許是星期三的週間日子，就假設是下午三點半吧。太陽快落山了，於是我打開電燈。一場雷電交加的暴風雨剛過，我的工作室暖暖的，很舒適，我妻子也在這裡畫畫。我坐回到書桌前，拿起畫筆繼續未完成的畫作。我為我的冒險女主角描繪出輪廓，或描繪一個全新的世界。我的鉛筆削得尖尖的，桌上還有一杯冒著煙的新茶。我沒在趕稿，我可以自由想像，自由創作。

回到現實中，假如有機會，我很想花時間重塑皮克的《歌門鬼城》，或者一幅全新的《天路歷程》？或《巧克力冒險工廠》和羅爾德．達爾的大量作品？也許再多畫一些路易斯．卡羅的《愛麗絲夢遊仙境》？玩玩文字遊戲，建構新世界，是我最享受的工作。總有一天，我一定要繪製愛麗絲夢遊仙境的地圖。但它應該被繪製成地圖嗎？假使這地圖真的近似奧茲國，就跟主題公園的一樣，有黃磚和其他太多明確的小徑，這樣的探險還有樂趣嗎？它就是一個虛構世界，需要一些迷茫和隨意，需要旋轉和大叫。至少在我的想像中，它是活的，像水銀一樣難以捕捉，更像是一團鬼火。但我好想試一試。一幅地圖，在保留了必要的資訊條件下，能呈現多少的隨意和迷茫？我們會找到什麼樣的新生物？一本仙境的書，值得在卷首放一幅地圖。我畫得出來嗎？

我們需要各種不同形式的書籍和作家；我們需要圖書館。我們每日都需要魔幻和小說，身處現在這個時代更是迫切的需要。不只是為了喘一口氣，更為了這些文學和藝術向我們展現我們自己的世界。我的朋友尼爾．蓋曼一語道破：「這是一個妖魔鬼怪橫行、企圖偷走你初心的世界，也是一個充滿天使、夢想的世界，是一個充滿希望的世界。」我們千萬別忘了這點。

《屠板船長下錨》（*Caption Slaughterboard Drops Anchor*）是馬溫．皮克的第一本書，出版於一九三九年。船長在船員都死後，與黃怪結交朋友，並結束海盜生涯退休，過著每日釣魚、吃水果的悠哉生活。

"We'll sail back to that island and explore the jungles and climb to the tops of the mountains" he said. The Yellow Creature must have understood for he got very excited and danced around in a wild sort of way shouting "Yo-ho! Yo-ho! Yo-ho!"

貢獻者

編輯

休・路易斯－瓊斯 Huw Lewis-Jones
劍橋大學博士，歷史學家，專攻圖像文化歷史和實地考察，身兼考察隊嚮導。曾任劍橋史考特極地研究中心館長、倫敦國家海洋博物館館長，目前的職業身分為得獎作者與編輯。平日除了寫書創作、策畫國際會展活動，也經常利用空暇之餘，駕著小船航行於南極洲和太平洋之間，兼職自然學家。他的書籍被翻譯成十五種語言，包括《海洋圖像》、《想像北極》、《南極探尋》、《征服聖母峰》。其中，《征服聖母峰》獲得班夫山地電影節的歷史作品獎。近期則出版有《探險家的素描本》（與卡里・赫伯特合著）。居住於英國康沃爾，一棟四壁貼滿地圖的燈塔中。（以上書名皆為暫譯。）

獻稿人

柯洛莉・畢克佛史密斯
Coralie Bickford-Smith
企鵝出版社中備受讚譽的作家、美術設計師。她創作的書封，獲得美國平面藝術協會，以及英國設計與藝術指導協會的高度認可，並出現在眾多國際書報雜誌上，包括《紐約時報》、《Vogue》和《衛報》。她出版的第一本書《小孤狸與星星》受到詩人威廉・布萊克的〈永恆〉（Eternity），以及威廉・莫里斯插畫作品的啟發，並獲選為水石書店二〇一五年的年度最佳書籍，同時入圍世界插畫獎。

羅藍・錢伯斯 Roland Chambers
得獎作家兼插畫家。於蘇格蘭、波蘭和紐約完成電影和文學的修習，之後出版第一本童書《屋頂上的搖滾派對》。他創作的亞瑟・蘭塞姆傳記《最後的英國人》贏得皇家文學學會傑爾渥獎，以及傳記作家俱樂部的HW 費雪獎。近期出版有童書《奈莉與天空燈籠的翱翔》，述說勇敢的女主角帶著寵物烏龜哥倫布，搭乘洗衣籃飛行的旅程。（以上書名皆為暫譯。）

克瑞希達・科威爾 Cressida Cowell
成長時期居住於倫敦，以及蘇格蘭西岸一座無人荒島上。她深信小島上有飛龍棲息，並深深為之著迷。畢業於牛津大學英國文學系，並於聖馬丁藝術與設計學院，以及布萊頓大學修習插畫。她的十二本《馴龍高手》系列書籍已翻譯成三十八種語言出版，並由夢工場改編成電影，第三部於二〇一九年上映，而前兩部皆入圍奧斯卡最佳動畫獎。新冒險系列《昔日巫師》的第一本已出版上市，此系列講述的是一個充滿巫師、戰士、巨人和小精靈的世界。

艾比・埃爾芬史東 Abi Elphinstone
成長於蘇格蘭，童年忙著搭建巢穴、躲在樹屋中，或在高地溝谷之間亂跑亂闖。布里斯托大學畢業後，成為一名教師，並創作了《天空之歌》、《捕夢人》系列、《影子守護人》和《黑夜轉盤》（以上書名皆為暫譯）。寫書空檔，不是在 Beanstalk 當志工，到各個學校念她的故事書，就是在旅行以搜尋下本書的創作靈感。最近一次的冒險是在蒙古，與哈薩克捕鷹人共同生活一段時間。

彼得・菲爾曼 Peter Firmin
藝術家、作家、玩偶匠人。他與奧利弗・波斯特蓋特合作許多兒童電視節目，在英國十分受歡迎，包括《布袋貓》、《納金》、《波哥斯的樹林》、《火車頭艾弗》（以上皆為暫譯）。他出版了許多書籍和漫畫書，並獲得多個榮譽博士學位，包括肯特與埃塞克斯、坎特伯里自治市，以及英國影藝學院特別頒發的兒童節目獎。他最近才舉辦了八十八歲生日宴。

伊莎貝爾・葛林堡 Isabel Greenberg
得獎圖畫小說家和插畫家。第一本創作書籍《古早地球百科全書》獲得艾斯納漫畫獎的兩個提名，並被英國漫畫獎選為最佳書籍。第二本創作書籍《英雄之百夜》（以上書名皆為暫譯）獲得一致好評，並登上《紐約時報》暢銷書榜。

萊夫・葛羅斯曼 Lev Grossman
小說家、記者、書評人。畢業於哈佛和耶魯大學，暢銷書《費洛瑞之書》三部曲的作者，此套書已改編成電視劇。目前身兼《紐約時報》、《沙龍》、《Slate 苛評雜誌》、《Wired 連線雜誌》以及《華爾街日報》的專欄作家。同時也有十五年的書評人經驗，並領導《時代雜誌》的科技作家群。目前定居於布魯克林。

法蘭西絲・哈汀吉 Frances Hardinge
兒童作家。處女作《夜游神》（暫譯）贏得英國布蘭福博斯獎、新進兒童青少年作家獎。她的小說《謊言樹》獲選為二〇一五年科斯塔圖書獎年度最佳書籍，是第一本獲此榮譽的童書，此後同樣獲此榮譽的兒童青少年小說就只有菲力普・普曼的《琥珀望遠鏡》。畢業於牛津大學英國文學系，愛好水肺潛水、復古歷史妝扮。

喬安娜・哈里斯 Joanne Harris
出版了包括《符文印記》（暫譯）、《洛基福音》（暫譯），以及得獎小說《濃情巧克力》等十五本小說。《濃情巧克力》已改編成電影，並獲得奧斯卡和英國電影學院最佳影片提名。並且自從《巧克力》後，她所有的著作皆登上英國暢銷書榜，創作領域橫跨法國烹飪書籍、挪威神話、短篇故事到驚悚小說。擔任過科斯塔圖書獎和柑橘小說獎，數個文學競賽的評審。著作於五十多個國家出版上市。

雷夫・拉森 Reif Larsen
他的處女作《天才少年的奇幻冒險》登上《紐約時報》暢銷書榜，被翻譯成二十七種語言，並入圍詹姆斯泰特布萊克紀念獎，且由《愛蜜莉的異想世界》導演尚－皮耶・居內改編成電影。畢業於布朗大學，曾於哥倫比亞大學任教，現居於蘇格蘭。第二本小說《我是雷達》（暫譯）講述一個癡情的無線電操作員，發現一個祕密社會的奇幻故事。

羅伯特・麥克法倫 Robert Macfarlane
著有多本暢銷書和得獎作品的作家，著作以旅行和自然寫作為主，包括《心向群山》、《荒野大地》（暫譯）、《故道：以足為度的旅程》和《里程碑》（暫譯），並被翻譯成多種外國語言，改編成電影、電視劇和廣播劇。新書《大地之下》講述我們腳下一個失落的世界。他是劍橋伊曼紐爾學院院士。

基蘭・米爾伍德・哈爾葛芙
Kiran Millwood Hargrave
她的處女作《墨水星星女孩》（暫譯）不僅登上暢銷書榜，且贏得二〇一七年水石童書獎，提名卡內基文學獎。第二本童書《萬物盡頭之島：隔離樂園》於二〇一七年出版上市；眼下正在創作第三本。現與丈夫藝術家 Tom de Freston 以及貓咪月光居住於牛津。

米拉弗菈・米娜 Miraphora Mina
廣受讚譽的圖像藝術家，參與 J. K. 羅琳《哈利波特》系列每一部電影的製作，給予電影與眾不同的視覺圖像效果，並親眼見識這些效果擴張到各式各樣的印刷出版物和周邊商品。與伙伴愛德華多・利馬攜手合作，兩人透過視覺、設計書籍和包裝說故事，並為《瘋狂理髮師》、《黃金羅盤》、《模仿遊戲》等電影創作圖像與道具。近期著手重塑經典文學，比如吉卜林的《叢林奇譚》，以及巴利的《彼得潘》。目前正帶領著圖像設計團隊埋首於《怪獸與牠們的產地》電影系列的製作。

大衛・米契爾 David Mitchell
《雲圖》、《雅各布・德佐特的千秋》（暫譯）、《骨時鐘》等六本書的作者。他的書已譯成三十多種語言，改編成電影，且得過數個英國和國際獎項。近幾年涉足歌劇劇本，且與人合譯日本作家東田直樹描寫與自閉症者生活的暢銷書。他是百年「未來圖書館計畫」二〇一六年邀請的年度作家，並為該計畫撰寫了中篇小說《從我身上流瀉而出，你所謂的時光》（暫譯），不過按計畫規則，此小說必須等到二一一四年，才能出版面市。目前與家人居住在愛爾蘭。

海倫・莫斯 Helen Moss
兒童探險系列《冒險島》以及帶有考古色彩《陵墓的祕密》的作者。她是兩所學校閱讀專案的資助人，第三位「居住地作家計畫」的作者，且是「童書作家和插畫家協會」的在地組織人。作品《陵墓的祕密》的場景設定，包括埃及、中國和墨西哥叢林（以上書名皆為暫譯）。取得劍橋大學的心理語言學博士學位，她在寫懸疑探險童書之前，就已開始在大腦中探索語言的奧妙。

魯斯・尼科爾森 Russ Nicholson
資深插畫家，以奇幻風格聞名於世。數十年來，他參與了多個知名作品的標題製作，包括《火焰山的魔法師》、傑克森與利文斯頓合著的遊戲書《戰鬥幻想》系列、《傳奇之地》冒險遊戲書系列、許多遊戲公司的產品，以及大部份的《戰錘》系列（以上書名皆為暫譯）；並為原版的《龍與地下城》繪製怪獸、為一個無政府龐克樂隊設計封面，以及為經典雜誌《白矮星》設計了無數期的封面。當下正在繪製新世界的草圖，並完成了《Yezmyr 世界》（暫譯）的繪製工作。

菲力普・普曼 Philip Pullman
當今最優秀，最受歡迎的說故事人之一。他的《黑暗元素》三部曲成為國際暢銷小說，並改編成戲劇，是倫敦國家劇院叫好叫座的劇碼。在成為作家、創作第一本小說之前，有數年的教師經驗。作品豐富，其中《卡斯坦伯爵》續寫了維多利亞時期女主莎莉・拉赫特的驚悚系列小說，並重寫格林童話，成為《星期日泰晤士報》最佳年度奇幻小說。《黃金羅盤》贏得卡內基獎章，以及衛報奇幻文學獎，並且正被改編成 BBC 影集；亦被譯成四十多種語言出版。目前著手創作新《塵之書》三部曲，首部曲《野美人號》已於二〇一七年出版。

丹尼爾・瑞夫 Daniel Reeve
來自紐西蘭蒂塔希灣的自由工作人。跨足多項藝術領域，包括純美術、商業美術、插畫、手寫字體、活版印刷、地圖、電影道具、圖像設計，以及私人訂製。電影《魔戒三部曲》、《哈比人》中的字體設計和地圖繪製，是他最引人注目的作品，他同時也參與了多部電影的製作，以及電影周邊商品的創作。

克里斯・里德爾 Chris Riddell
圖像藝術家、作家、政治漫畫家。其中政治漫畫使得他聲名大噪，贏得聯合國教科文組織獎，以及英國兒童桂冠作家獎。他也是首位「英國格林威大獎」三連貫的插畫家，新近一次的得獎作品是為尼爾・蓋曼的《睡美人與紡錘》（暫譯）繪製的插畫。他是首位經由同一批英國圖書館員評審，同時以《私人日記》（暫譯）獲得卡內基獎，並以改編強納森・史威夫特的《格列佛遊記》獲得格林威大獎的獲獎人。其第一本作品《哥德女孩》贏得二〇一三年科斯塔童書獎。與保羅・史都華合著《編年史邊境》（暫譯）、《巴納比・格里姆斯》（暫譯），以及得獎作品《遠方冒險》（暫譯）。

布萊恩・賽茲尼克 Brian Selznick
凱迪克兒童繪本獎得獎作者；《紐約時報》暢銷書《奇光下的祕密》、《雨果的祕密》之繪者，後者改編成由馬丁・史柯西斯執導的奧斯卡得獎電影《雨果的冒險》。他的《奇蹟》（暫譯）追蹤一個演員家庭五代的冒險經歷，入圍格林威繪本大獎。他的作品深受讚譽，被翻譯成三十多種語言。同時也身兼舞台設計師，以及木偶操作師。被榮選為美國《哈利波特》二十週年版的封面設計師。

布萊恩・希伯里 Brian Sibley
作者、電台主持人，對於奇幻作品和影片深感興趣，且為 BBC 錄製了許多廣播劇，包括托爾金的《魔戒》、C. S. 路易斯的《納尼亞傳奇》、特倫斯・韓伯瑞・懷特的《永恆之王：亞瑟王傳奇》、馬溫・皮克的《幽靈古堡》；其中《幽靈古堡》為他贏得索尼廣播大獎。他的著作包括：暢銷書《魔戒電影誕生密史》、官方傳記《彼得傑克遜：一位電影製作人的旅程》（暫譯）、《托爾金中土大陸的地圖》（暫譯）、《迪士尼故事：米奇的一生》（暫譯）、《納尼亞大地》（暫譯）等等。

珊蒂・杜克維 Sandi Toksvig
備受歡迎的電視和電台主播。創作了二十多本兒童青少年書籍，近期作品是波耳戰爭時代的《瓦倫汀・格雷》、《天空的盡頭》和《豌豆和隊列》，書中探索人類的現代思維模式。她的劇作《流氓》，三十年來皆是倫敦西區首座新劇院——聖詹姆士劇院的開場劇碼；另一劇作《一絲希望》，正在做全國巡迴演出。她是樸茨茅斯大學的榮譽校長、婦女平等黨的創辦人之一，目前正在書寫她搭乘十二號公車環遊倫敦的見聞和感想（以上作品名皆為暫譯）。

皮爾斯・托代 Piers Torday
暢銷處女作《最後荒野》入圍水石童書獎，提名卡內基獎，以及數個文學獎項。第二本書，《黑暗荒野》贏得二〇一四年衛報奇幻童書獎。其他著作，包括《野外》、《可能有座城堡》、《冬天的魔法》、《小智慧》，並完成了父親保羅・托代的最後一本書《貓頭鷹之死》。他改編的約翰・麥斯菲爾《喜悅之盒》，於二〇一七年聖誕節在威爾頓音樂大廳首映。目前與丈夫和狗狗胡克斯雷，居住在倫敦北部（以上書名皆為暫譯）。

致謝詞

若沒有這些作者，此專案將化為泡沫。能有這樣一組傑出的工作團隊，真是感恩，其中還有許多工作人員後來成為了朋友。在我尚未動筆之前，法蘭西斯卡・西門將我介紹給克瑞希達・科威爾，她成了我最早的支持者。透過她，我認識了克里斯・里德爾。他們慷慨友善，給予我充足的時間，而他們的文稿，是我渴望償還的恩情。羅伯特・麥克法倫為專案貢獻才華，如同他為《探險家的素描本》（暫譯，與卡里・赫伯特合著）所做的，影響了他人也隨之全力付出。

非常感謝所有人：菲力普・普曼，布萊恩・希伯里，法蘭西絲・哈汀吉，喬安娜・哈里斯，大衛・米契爾，基蘭・米爾伍德・哈爾葛芙，皮爾斯・托代，海倫・莫斯，艾比・埃爾芬史東，米拉弗菈・米娜，丹尼爾・瑞夫，雷夫・拉森，魯斯・尼科爾森，伊莎貝爾・葛林堡，羅藍・錢伯斯，柯洛莉・畢克佛史密斯，彼得・菲爾曼，萊夫・葛羅斯曼，珊蒂・杜克維，布萊恩・賽茲尼克——感謝你們安撫自己的經紀人，以對舊地圖和書本的愛，友情贊助支持我們。

而在 Thames & Hudson 出版社，我的編輯 Sarah Vernon-Hunt 不辭辛勞，給予我很大的助力，Johanna Neurath 和 Sophy Thompson 不斷給予我努力的方向指導。同時感激美術設計 Karin Fremer 的點睛之筆，感謝 Sally Nicholls 堅定地搜集圖像，並緊密地與大英圖書館的攝影團隊配合工作。

在專案初期，獲得 Yosef Wosk 的大力支助，之後，他的慷慨和友情給了我很大的鼓勵。在許多才華洋溢的插畫家之中，我特別要感謝地圖製圖師 Bill Bragg Esq.，他的書套設計獨一無二，與他合作真是一個愉快的經驗。若是沒有他，就不會有我們最後合成的地圖。

最後，感謝我的愛妻 Kari，她總能將地圖詮釋得淋漓盡致。以及我們的女兒 Nell，她收藏的地圖在我離家在外時引領我。下一趟我去北極時，妳們一定要跟我一起同行，我保證。

延伸閱讀

地圖書籍正在捲土重來。從通過社交媒體收集古海圖和個人繪製的作品，到漫游全球的數據影片，以及令人驚嘆的資訊圖表，地圖再次向我們展示它的各種可能性。儘管潮流如此偏向數據地圖，但文學地圖仍有很大的開展空間。意識到這點著實令我驚訝，身為無可救藥的愛地圖之人，我實在太好奇了，無法置之不理。當然，我的閱讀和數據資料的整合和匯出，是主觀的、與眾不同的。

這類的出書計畫，若再投入更多空間和時間，更多來自各個國家的作家，將有更多、更大的發展性。文學地圖與我們的生活息息相關，更是全球文化的一部分。現在我們邁出的只是第一步，只是融合了記憶和懷舊的地理、收集了我們成長期間從書本網羅而來的地圖，以及閱讀旅程中持續享受的地圖。我希望這本地圖選集，能激發你更深地思考並探索影像文化和人類的想像力，我相信你也會喜歡以下某些書籍資料：

Akerman, James and Robert Karrow, Maps: *Finding Our Place in the World* (Chicago: University of Chicago Press, 2007)

Antoniou, Antonis, Mind the Map: *Illustrated Maps and Cartography* (Berlin: Gestalten, 2015)

Barber, Peter and Tom Harper, *Magnificent Maps: Power, Propaganda and Art* (London: British Library, 2010)

Baynton-Williams, Ashley, *The Curious Map Book* (Chicago: University of Chicago Press, 2015)

Benson, Michael, *Cosmigraphics: Picturing Space Through Time* (New York: Abrams, 2014)

Berge, Bjørn, *Nowherelands: An Atlas of Vanished Countries* (London and New York: Thames & Hudson, 2017)

Black, Jeremy, *Metropolis: Mapping the City* (London: Conway, 2015)

Black, John, *The Sea Chart: The Illustrated History of Nautical Maps and Navigational Charts* (London: Conway, 2016)

Bonnett, Alastair, *Off the Map: Lost Space, Invisible Cities, Feral Places* (London: Aurum, 2014)

Brooke-Hitching, Edward, *The Phantom Atlas: The Greatest Myths, Lies and Blunders on Maps* (London: Simon & Schuster, 2016)

Brotton, Jerry, *A History of the World in 12 Maps* (London: Penguin, 2014)

Bryars, Tim and Tom Harper, *A History of the Twentieth Century in 100 Maps* (London: British Library, 2014)

Cann, Helen, *Hand-Drawn Maps: A Guide for Creatives* (London: Thames & Hudson, 2017)

Cheshire, James and Oliver Uberti, *Where the Animals Go: Tracking Wildlife with Technology in 50 Maps and Graphics* (London: Particular, 2016)

Cooper, Becky, Mapping Manhattan: A Love Story in Maps by 75 New Yorkers (New York: Abrams, 2013)

Davies, John and Alexander Kent, *The Red Atlas: How the Soviet Union Secretly Mapped the World* (Chicago: University of Chicago Press, 2017)

D'Efilippo, Valentina, *The Infographic History of the World* (Buffalo: Firefly Books, 2nd ed., 2016)

DeGraff, Andrew, *Plotted: A Literary Atlas* (San Francisco: Zest, 2015)

Duzer, Chet van, *Sea Monsters on Medieval and Renaissance Maps* (London: British Library, 2014)

Eco, Umberto, *The Book of Legendary Lands* (New York: Rizzoli, 2013)

Elborough, Travis and Alan Horsfield, *Atlas of Improbable Places: A Journey to the World's Most Unusual Corners* (London: Aurum, 2016)

Eliot, Joanna, *Infographic Guide to Literature* (London: Cassell, 2014)

Fitch, Chris, *Atlas of Untamed Places: An Extraordinary Journey through Our Wild World* (London: Aurum, 2017)

Foer, Joshua, Dylan Thuras and Ella Morton, *Atlas Obscura* (New York: Workman, 2016)

Fonstad, Karen Wynn, *The Atlas of Tolkien's Middle-earth* (London: HarperCollins, 2017)

Garfield, Simon, *On the Map: Why the World Looks the Way It Does* (London: Profile, 2013)

Hall, Debbie (ed.), *Treasures from the Map Room: A Journey through the Bodleian Collections* (Oxford: Bodleian, 2016)

Harmon, Katharine, *The Map as Art: Contemporary Artists Explore Cartography* (New York: Princeton Architectural Press, 2010)

Harper, Tom, *Maps and the Twentieth Century: Drawing the Line* (London: British Library, 2016)

Harzinski, Kris, *From Here to There: A Curious Collection from the Hand Drawn Map Association* (New York: Princeton Architectural Press, 2010)

Hayes, Derek, *Historical Atlas of the Arctic* (Vancouver: Douglas & McIntyre, 2003)

Heller, Steven and Rick Landers, *Raw Data: Infographic Designers' Sketchbooks* (London: Thames & Hudson, 2014)

Hessler, John, Map: Exploring the World (London: Phaidon, 2015)

Hislop, Susanna, *Stories in the Stars: An Atlas of Constellations* (London: Hutchinson, 2014)

Hornsby, Stephen, *Picturing America: The Golden Age of Pictorial Maps* (Chicago: University of Chicago Press, 2016)

Jacobs, Frank, *Strange Maps: An Atlas of Cartographic Curiosities* (New York: Viking, 2009)

Jennings, Ken, *Maphead: Charting the Wide, Weird World of Geography Wonks* (New York: Scribner, 2013)

Lankow, Jason and Josh Ritchie, *Infographics: The Power of Visual Storytelling* (Hoboken: Wiley, 2012)

Leong, Tim, *Super Graphic: A Visual Guide to the Comic Book Universe* (San Franciso: Chronicle, 2013)

Lima, Manuel, *The Book of Trees: Visualising Branches of Knowledge* (New York: Princeton Architectural Press, 2014)

McCandless, David, *Knowledge is Beautiful* (London: William Collins, 2014)

McIlwaine, Catherine (ed.), *Tolkien: Maker of Middle-earth* (Oxford: Bodleian, 2018)

McLeod, Judyth, *Atlas of Legendary Lands: Fabled Kingdoms, Phantom Islands, Lost Continents and Other Mythical Worlds* (Miller's Point, NSW: Pier 9, 2009)

Middleton, Nick, *An Atlas of Countries That Don't Exist: A Compendium of Fifty Unrecognized and Largely Unnoticed States* (London: Macmillan, 2015)

Monmonier, Mark, *How to Lie with Maps* (Chicago: University of Chicago Press, 2018)

Nigg, Joseph, *Sea Monsters: A Voyage Around the World's Most Beguiling Map* (Chicago: University of Chicago Press, 2013)

Obrist, Hans Ulrich, *Mapping It Out: An Alternative Atlas of Contemporary Cartographies* (London and New York: Thames & Hudson, 2014)

O'Rourke, Karen, *Walking and Mapping: Artists as Cartographers* (Cambridge, Mass: MIT Press, 2013)

Reinhartz, Dennis, *The Art of the Map: An Illustrated History of Map Elements and Embellishments* (New York: Sterling, 2012)

Rendgen, Sandra, *Understanding the World: The Atlas of Infographics* (Cologne: Taschen, 2014)

Riffenburgh, Beau, *Mapping the World: The Story of Cartography* (London: Carlton Books, 2014)

Rosenberg, Daniel and Anthony Grafton, Cartographies of Time (New York: Princeton Architectural Press, 2012)

Scafi, Alessandro, *Maps of Paradise* (London: British Library, 2013)

Schalansky, Judith, *Atlas of Remote Islands* (London: Particular, 2010)

Solnit, Rebecca, *Infinite City: A San Francisco Atlas* (Berkeley: University of California Press, 2010)

Tallack, Malachy and Katie Scott, *The Un-Discovered Islands: An Archipelago of Myths and Mysteries, Phantoms and Fakes* (Edinburgh: Polygon, 2016)

Toseland, Martin and Simon, *Infographica* (London: Quercus, 2012)

Turchi, Peter, *Maps of the Imagination: The Writer as Cartographer* (San Antonio: Trinity University Press, 2007)

Whitfield, Peter, *Mapping Shakespeare's World* (Oxford: Bodleian, 2016)

Yau, Nathan, *Data Points: Visualization That Means Something* (Indianapolis: Wiley, 2013)

引用出處

P.9「對缺乏想像力……」*A Sand County Almanac*，奧爾多・利奧波德，New York: Oxford University Press，1949；
P.16「我的所思所想就是一紙地圖……」'Difference'，史提芬・文森・本納特，1931；
P.20「我機靈地先從地圖著手……」Letter to Mrs Mitchison，J. R. R.托爾金，1954；
P.22「我還是小伙子時，就愛上了地圖……」*Heart of Darkness*，約瑟夫・康拉德，*Blackwood's Edinburgh Magazine*, 1899；
P.27「忽必烈汗在上都曾……」'Kubla Khan; or, A Vision in a Dream'，Samuel Taylor Coleridge, 1816；
P.28「我們的地圖是一件件藝術精品……」*My Family and Other Animals*，傑拉・杜瑞爾，London: Rupert Hart-Davis，1956；
P.36「讓探索新世界的航海家出發吧……」'The Good-Morrow'，約翰・鄧恩，1633；
P.37「我們足下的天堂與頭頂上的……」《湖濱散記》，亨利・戴維・梭羅，Boston: Ticknor and Fields, 1854；
P.39「聽說有人不把地圖當回事……」'My First Book-*Treasure Island*'，羅伯特・路易斯・史帝文森，*Idler*，1894；
P.42「林地的名字和形狀……」ibid.；
P.42「一份沒有包含烏托邦的世界地圖……」'The Soul of Man under Socialism'，奧斯卡・王爾德，Fortnightly Review 1891；
P.50「我們很可能……」《蒼蠅王》，威廉・高汀，London: Faber & Faber，1954；
P.53「於是地理學家，在非洲的地圖中……」'On Poetry: A Rhapsody'，強納森・史威夫特，1733；
P.56「我越寫，越了解……」*An Autobiography*，安東尼・特羅洛普，London: W. Blackwood & Sons, 1883；
P.57「你認為多大尺寸的地圖，最實用……」《希兒薇和布魯諾完結篇》，路易斯・卡羅，London: Macmillan & Co., 1893；
P.57「描述故事最好的方法……」《美國眾神》，尼爾・蓋曼，London: Headline, 2001；
P.58「那是另一個故事……」《大魔域》，麥克・安迪，London: Allen Lane，1983；
P.58「我閒來無事時……」《密西西比河上的生活》，馬克・吐溫，Boston: J.R. Osgood，1883；
P.64「跟著右邊第二顆星辰直走……」、「夢幻島中，所有有趣的小島……」《彼得潘》，詹姆斯・巴利，London: Hodder & Stoughton，1911；
P.68「精彩的部分……」《原來如此故事集》，魯德亞德・吉卜林，London: Macmillan & Co.，1902；
P.68「若你打算講一個複雜的故事……」Denys Gueroult 專訪 J. R. R.托爾金，1964；
P.75「總之，什麼是虛構世界的地圖……」《魔法的色彩》，泰瑞・普萊契，Gerrards Cross: Colin Smythe，1983；
P.75「麥卡托投影法的北極……」《獵鯊記》，路易斯・卡羅，London: Macmillan & Co.，1876；
P.80「我不知道……」《彼得潘》，詹姆斯・巴利，London: Hodder & Stoughton，1911；
P.91「那座島的島名當時是……」蒙茅斯的傑佛瑞，《不列顛諸王史》，John Allen Giles（ed.），London: Henry G. Bohn，1848；
P.95「我們每一個人……」*The Poetics of Space*，加斯東・巴修拉，法國版書名 *La Poetique de l'espace*, Paris: Presses Universitaire de France, 1958；
P.96「期望的魔力……」*From Red Sea to Blue Nile: Abyssinian Adventures*，羅西塔・福比斯，New York: The Macaulay Company，1925；
P.96「那張紙有好幾處……」《金銀島》，羅伯特・路易斯・史帝文森，London: Cassell & Co.，1883；
P.103「我是一個流浪漢……」*Comet in Moominland*，朵貝・楊笙，譯者 Elizabeth Portch，London: Ernest Bernn，1951；初版書名 *Kometjakten*，瑞典，1946；
P.106「我出門散步……」*John of the Mountains: The Unpublished Journals of John Muir*，約翰・繆爾，編輯 Linnie Marsh Wolfe，Boston: Houghton Mifflin，1938；
P.110「起初一片洪荒……」*Edda*，斯諾里・斯蒂德呂松，1220；
P.110「我們為何想要……」'Wolves and Alternate Worlds'，訪談瓊・艾肯，*Lucus Magazine*，05/1998；
P.119「尹斯佐拉文套著背帶立在……」*The Left Hand of Darkness*，娥蘇拉・勒瑰恩，London: Macdonald，1969；
P.120「作家是……」拉爾夫・沃爾多・愛默生，日誌，2 October 1870，出版書名：*Emerson in His Journals*，選篇與編輯：Joel Port，Cambridge, MA: Harvard University Press，1980；
P.126「一個故事，就是一幅世界地圖……」*The Boy Who Lost Faireland*，凱瑟琳・瓦倫特，New York: Feiwel & Friends，2015；
P.126「世界是由祕密之結捆綁……」*Magneticum Naturae Regnum*，阿塔納奇歐斯・基爾學，1667；
P.132「講故事的人……」*The Voice That Thunders*，艾倫・加納，London: Harvill，1997；
P.138「有時候我覺得……」*From Heaven Lake: Travels through Sinkiang and Tibet*，維克拉姆・塞斯，London: Chatto & Windus，1983；
P.141「我四處搜尋我們以前……」*How the Heather Looks*，瓊・博格，New York: Viking Press，1965；
P.144「世界很大……」*John of the Mountains: The Unpublished Journals of John Muir*，約翰・繆爾，編輯 Linnie Marsh Wolfe，Boston: Houghton Mifflin，1938；
P.144「也許等在轉角處的……」，*The Return of the King*，J.R.R. 托爾金，London: George Allen & Unwin，1955；
P.154「書本……聚集了……」*Puzzles of the Black Widowers*，以撒・艾西莫夫，New York: Doubleday，1990；
P.159「回頭？他想著……」《哈比人歷險記》，J.R.R. 托爾金，London: George Allen & Unwin，1937；
P.160「我參觀了……」*Dracula*，伯蘭・史杜克，London: Archibald Constable & Company，1897；
P.166「那裡沒有被繪進……」*Moby-Dick; or, The Whale*，梅爾維爾，New York: Harper and Brothers，1851；
P.166「我習慣實話……」'Television'，雅各・拉岡，*October* 40，譯者 Denis Hollier, Rosalind Krauss, Anette Michelson，1987；
P.168「一天晚上，我人在一段國外的行程中……」*Speak, Memory: A Memoir*，弗拉基米爾・納博科夫，London: Golancz，1951；
P.169「在那個帝國……」*On Exactitude in Science, Del rigor en La Ciencia*，豪爾赫・路易斯・波赫士，1946，*A Universal History of Infamy*，譯者 Norman Thomas de Giovanni，London: Penguin Books，1975；
P.174「塞夫，蘇格蘭主教……」*Dictionary of Saints*，大衛・法瑪爾，Oxford: Oxford University Press，1978；
P.174「在科學聖殿中……」'Principles of Research'，愛因斯坦演講，1918；
P.180「故事是指南針……」*The Faraway Nearby*，雷貝嘉・索爾尼，New York: Viking，2013；
P.188「他們跟許多探險家前輩一樣……」*Swallowdale*，亞瑟・蘭塞姆，London: Jonathan Cape，1931；
P.188「啊，奈利！匹亞伯帝說……」*Nelly and the Quest for Captain Peabody*，羅藍・錢伯斯，Oxford: Oxford University Press，2015；
P.192「嗯，萊利先生……」*The Mill on the Floss*，喬治・艾略特，London: William Blackwood and Sons，1860；
P.195「我從船上帶出來的許多物件之中……」《魯賓遜漂流記》，丹尼爾・狄福，London: J. Roberts，1719；
P.200「地圖？是，我喜歡地圖……」pers. comm.，楊・馬泰爾，2017；
P.205「在有限的生命中，可以捕捉……」*A Sentimental Journey*，勞倫斯・史特恩，London: T. Becket and P.A. de Hondt，1768；
P.208「比歷史學家更細緻的……」'The Map'，伊莉莎白・碧許，1935；
P.208「所有故事都有形體……」*A Man Without a Country*，寇特・馮內果，New York: Seven Stories Press，2005；
P.214「是，當然，我寫了……」戈楚・貝爾，letter，5 September 1918；
P.214「我不相信……」*Through the Looking-Glass*，路易斯・卡羅，London: Macmillan & Co.，1871；
P.220「製圖師似乎說過……」*West with the Night*，柏瑞兒・馬卡姆，Boston: Houghton Mifflin Co.，1942；
P.226「海軍上校庫克在尋找未知的土地時……」*Serendipities: Language and Lunacy*，安伯托・艾可，譯者 William Weaver，London: Weidenfeld & Nicolson，1999；
P.226「美國人害怕飛龍嗎？」娥蘇拉・勒瑰恩，PNLA Quarterly 38，Winter 1974，重刷書名 The Language of the Night: Essays on Fantasy and Science Fiction，編輯 Susan Wood，New York: Putnam，1979；
P.227「對於神話、異象和烏托邦的追尋……」《衛報》書評，Maya Jaggi，October 2002；
P.227「馬力全開的想像力……」《洛杉磯時報》書評，娥蘇拉・勒瑰恩，27 June, 2004；
P.230「在他們未知世界的地圖邊界……」*Parallel Lives, Theseus*，普魯塔克，譯者 John Dryden，編輯編審 Arthur Hugh Clough，London: Sampson & Low，1859；
P.234「物是人非，事物不變……」*Walden; or, Life in the Woods*，亨利・戴維・梭羅，Boston: Ticknor and Fields，1854；
P.234「法耶里畢竟不是一塊土地……」《星塵》，尼爾・蓋曼，New York: Spike，1999；
P.240「他買了一幅……」*The Hunting of the Snark*，路易斯・卡羅，London: Macmillan & Co.，1876。

插圖出處

1 夏綠蒂·勃朗特目前最早的已知手寫筆跡，書寫時間估計為 1826~28。Bonnell 78. Courtesy of the Brontë Society.

2 由克拉阿茲·簡茲弗特，與約翰內斯·範·庫倫合作繪製，阿姆斯特丹，一六八二年的《航海地圖集》。倫敦大英圖書館。

4~5 出自愛德華·諾頓《絕命聖母峰頂：一九二四》，E. Arnold & Co.: London，1925。倫敦大英圖書館。

6~7 〈爪哇島的陸地圖〉，出自《瓦拉爾德地圖冊》，法國迪耶普繪製，1547。Henry E. Huntington Library and Art Gallery, San Marino, California。

8 「極地危境」遊戲，約翰·勞倫斯繪製，出自菲力普·普曼的《很久很久以前，在北方》。David Fickling: Oxford, 2008. ©John Lawrence.

10 萊拉的牛津，約翰·勞倫斯繪製。出自菲力普·普曼的《萊拉的牛津》。David Fickling: Oxford, 2003. ©John Lawrence.

11 〈格陵蘭北冰洋〉，出自《泰晤士世界地圖集》，John Bartholomew & Sons: London，1959。倫敦大英圖書館。

13 「拉茲卡維亞的埃屈坦堡市」，羅迪卡·普拉托繪製，出自菲力普·普曼的《錫公主》。Puffin: London, 1994. ©Rodica Prato.

14~15《虛構之地》(*The Land of Make Believe*)，賈羅·海斯繪製，1930。©2014 Allan Rosen-Ducat.

17 倫敦動物園地圖，J.P. 塞耶斯繪製，首刊於《海濱雜誌》，George Newnes Ltd.: London, 1949.

18~19 亞洲地圖，艾爾吉為 *Le petit "vingtième"* 繪製，1 December 1932. ©Hergé / Moulinsart 2018.

21 新地島地圖，出自 *Waerachtighe Beschrijvinghe van drie seylagien…*，Gerrit de Veer: Amsterdam，1598。倫敦大英圖書館。

23 《沒有地圖的旅行》中的扉頁地圖，作者格雷安·葛林。William Heinemann: London, 1936. 倫敦大英圖書館。

24~25 出自亞伯拉罕·奧特留斯《世界劇場》的世界地圖，Antwerp，1598。倫敦大英圖書館。

26 山繆·帕切斯《帕切斯的朝聖》的卷首插圖，London，1625。倫敦大英圖書館。

29 內多爾泊地圖，出自彼得·馬修森《雪豹》。Viking Press: New York, 1978. Copyright © 1978 by Peter Matthiessen. 授權 Viking Books, a division of Penguin Random House LLC. 保留所有權利。

30~31 梅爾維爾《白鯨記》之皮廓號航圖，埃弗雷特·亨利繪製；Harris-Seybold Company, Cleveland, 1956. Geography & Map Division, 華盛頓特區國會圖書館。

32 麥哲倫海峽，出自傑森《新輿圖》：阿姆斯特丹，1666。倫敦大英圖書館。

33 約翰·肯尼繪製的地圖，出自 L. Du Garde Peach 的《史考特船長》。Ladybird Books: London, 1963. Used by permission of Ladybird Books, an imprint of Penguin Publishing Group, a division of Penguin Random House.

34~35 北地地圖，出自麥卡托《沉思宇宙創造圖錄》：Dusseldorf, 1602。倫敦大英圖書館。

37 瓦爾登塘地圖，出自亨利·戴維·梭羅《湖濱散記》。Ticknor and Fields: Boston, Mass., 1854. 倫敦大英圖書館。

38 伊甸園，出自 *Biblia, das ist, die gantze Heilige Schrifft Deudsch*, Hans Lufft: Wittenberg, 1536. 倫敦大英圖書館。

40~41 版畫地圖，出自魯卡斯·布蘭迪的《初學者手冊》：Lübeck, 1475. 倫敦大英圖書館。

43 世界地圖，皮埃特羅·威斯康提繪製，出自馬里諾·薩努托的《忠實的十字軍祕辛》，Venice, c. 1321. 倫敦大英圖書館。

44 湯瑪斯·摩爾《烏托邦》的卷首地圖，Basel, 1518. British Library, London.

45 波提切利的地獄圖，出自但丁《神曲》的手稿，c. 1485。Biblioteca Apostolica Vaticana.

46 〈地都至仙都之路徑規畫〉(*A Plan of the Road from the City of Destruction to the Celestial City*)，特意為約翰·班揚的《天路歷程》而雕刻，1850。紐約州伊薩卡，康乃爾大學圖書館。

47 《天路歷程》, etc.〔附有簡單鑰匙的彩色雕刻迷宮圖〕1790。倫敦大英圖書館。

48~49 地圖出自丹尼爾·狄福《魯賓遜的沉思》，W. Taylor: London, 1720. 倫敦大英圖書館。

50 小島地圖出自約翰恩·懷斯的《海角一樂園》，Simpkin & Co.: London, 1852. 倫敦大英圖書館。

51 儒勒·凡爾納為《神祕島》繪製的原稿，c. 1874. Private collection.

52 大人國地圖，出自強納森·史威夫特《格列佛遊記》。Benj. Motte: London, 1726. 倫敦大英圖書館。

53 雷克斯·威斯勒繪製，出自強納森·史威夫特《格列佛遊記》。Cresset Press: London, 1930. 倫敦大英圖書館。

54 柯南·道爾《失落的世界》連載版地圖，《海濱雜誌》，George Newnes Ltd.: London, 1912.

55 地圖出自萊德·海格德《所羅門王的寶藏》。Cassell & Co.: London, 1887. 倫敦大英圖書館。

56 巴塞特郡地圖，出自 The Significance of Anthony Trollope by Spencer Van Bokkelen Nichols. D.C. McMurtrie, New York, 1925. 倫敦大英圖書館。

58 地圖由埃弗雷特·亨利繪製，Harris-Intertype Corp., Cleveland, c. 1959. 華盛頓特區，國會圖書館。

59 密西西比之約克納帕塔法郡地圖，出自威廉·福克納《押沙龍，押沙龍！》。Random House: New York, 1936. 倫敦大英圖書館。

60 傑克·凱魯亞克為《在路上》規畫的路線圖，1949。Copyright © Jim Sampas, Literary Executor of the Estate of Jack Kerouac, used by permission of The Wylie Agency (UK) Limited.

61 地圖出自約翰·史坦貝克《查理與我：攜狗橫越美國》。Viking Press: New York, 1962. Copyright © 1961, 1962 by Curtis Publishing Co.; copyright © 1962 by 約翰·史坦貝克；copyright renewed © 1989, 1990 by Elaine Steinbeck, Thom Steinbeck, and John Steinbeck IV. 授權 Viking Books, an imprint of Penguin Publishing Group, a division of Penguin Random House LLC. 保留所有權利。

62~63《加拿大文學地圖》(*A Literary Map of Canada*)，威廉·狄肯編製；史坦利·土納繪製潤稿，Macmillan Company of Canada, Toronto, 1936. 多倫多大學地圖數據圖書館。

65 此為馬爾柯姆·薩維爾《巫極地的奧祕》的卷首地圖。George Newnes Ltd.: London, 1943. 倫敦大英圖書館。

66~67 此為亞瑟·蘭塞姆《燕子號與亞馬遜號》的卷首地圖。Jonathan Cape: London, 1930. 倫敦大英圖書館。

69 「犰狳的由來」地圖，出自魯德亞德·吉卜林《原來如此故事集》的親筆署名版本，1902。倫敦大英圖書館。

70 謝培德的百畝森林地圖，出自 A. A. 米恩《小熊維尼》。Methuen & Co.: London, 1928. © The Estate E. H. Shepard Trust, reproduced with permission of Curtis Brown Ltd.

71 出自 C. S. 路易斯《納尼亞傳奇二：賈思潘王子》的卷首地圖。Geoffrey Bles: London, 1951. 波琳·拜恩斯繪製，copyright © C. S. 路易斯 Pte. Ltd. 1950. 授權印製。

72~73 出自 J. R. R. 托爾金《魔戒前傳：哈比人歷險記》的卷首地圖。G. Allen & Unwin: London, 1937. © The Tolkien Estate Limited, 1937, 1965, 1966.

74 高盧地圖，出自高盧勇士漫畫。Asterix®-Obelix®-Dogmatix®/© 2017 Les Editions Albert Rene / Goscinny – Uderzo.

75 貝爾曼的航海圖，出自路易斯·卡羅《獵鯊記》。Macmillan & Co.: London, 1876. 倫敦大英圖書館。

76 〈弗拉·毛羅世界地圖〉，c. 1450，威廉·法拉茲爾，London and Venice，1804。倫敦大英圖書館。

77 〈碟形世界地圖〉，由泰瑞·普萊契、史提芬·布里格斯設計。Corgi: London, 1995. © The Estate of Terry Pratchett.

78-79「奧茲領土四周國家的地圖」，由約翰·尼爾繪製，出自法蘭克·鮑姆《奧茲國的滴答人》。Reilly & Britton: Chicago, 1914.

81 「孩童腦海裡的夢幻地地圖」，米拉弗菈·米娜繪製，出自詹姆斯·巴利《彼得潘》。Harper Collins: New York, 2015. © MinaLima Ltd.

82 〈肯辛頓花園的彼得潘地圖〉，麥克斯·吉爾繪製，1923。© TFL from the London Transport Museum Collection. http://www.ltmuseum.co.uk/

83 〈登月步驟〉，美國地質調查局繪製，出自《阿波羅十一號任務資訊工具箱》，美國空軍，航空圖表資訊中心，聖路易斯，1969。倫敦大英圖書館。

85 此為 P. L. 崔弗絲《瑪麗·包萍的奇幻公園》的卷首地圖，由瑪麗·謝培德所繪。Peter Davies: London, 1952. 倫敦大英圖書館。

86~87 玻璃鎮的地圖，出自布蘭威爾·勃朗特的《殖民青年史》（*The History of The Young Men from Their First Settlement to the Present Time*），1830~1831。倫敦大英圖書館。

88 博克島地圖，出自克瑞希達·科威爾《馴龍高手》。Hodder Children's Books: London, 2003. © 克瑞希達·科威爾。

89 世界地圖，十一世紀中盎格魯撒克遜手稿。倫敦大英圖書館。

90 地圖出自克瑞希達·科威爾《海盜修成記》（*How to Be a Pirate*）。Hodder Children's Books: London, 2004. © 克瑞希達·科威爾。

91 〈地圖：尋找威力蓄鬚王遺失的珠寶〉，出自克瑞希達·科威爾《馴龍高手第十集》（*How to Seize a Dragon's Jewel*）。Hodder Children's Books: London, 2012. © 克瑞希達·科威爾。

92~93 野蠻群島地圖，出自克瑞希達·科威爾《馴龍高手第六集》（*A Hero's Guide to Deadly Dragons*）。Hodder Children's Books: London, 2007. © 克瑞希達·科威爾。

94 此地圖出自羅伯特·路易斯·史帝文森的《金銀島》。Cassell & Co.: London, 1899. 倫敦大英圖書館。

95 《金銀島》，作者羅伯特·路易斯·史帝文森。Cassell & Co.: London, 1899. 倫敦大英圖書館。

97 此地圖由蒙諾·歐爾繪製，出自羅伯特·路易斯·史帝文森的《金銀島》。Frederick Muller: London, 1934. 倫敦大英圖書館。

99 歐美非沿岸的航海圖，巴斯提安·羅貝茲繪製，1558, 11, 15。倫敦大英圖書館。

100 繪製於海豹皮之上的地圖，出自西伯利亞白令海峽，楚克奇族人之手。牛津大學，皮特里弗斯博物館。

102 'Karta över Mumindalen'（姆米谷地圖），出自朵貝·楊笙《魔法師的帽子》。Helsingfors: Stockholm, 1957. © 朵貝·楊笙，1954，Moomin Characters TM。

104 'Karta över Granviken'（姆米谷地圖），出自朵貝·楊笙《夏日瘋狂》。Helsingfors: Stockholm, 1955. © 朵貝·楊笙，1954，Moomin Characters TM。

105 此圖出自法蘭絲·哈汀吉《鷗擊島》。Macmillan: London, 2009. © 法蘭絲·哈汀吉／Macmillan。

107 出自皮爾·德塞里耶繪製的世界地圖，1550 年。倫敦大英圖書館。

108~9 冰島地圖，出自亞伯拉罕·奧特留斯《世界劇場》，安特衛普，1598 年。倫敦大英圖書館。

111 「世界之樹」插圖，弗萊德里屈·海涅繪製，出自 Wilhelm Wägner《阿斯嘉特與眾神》（*Asgard and the Gods*）。Swan Sonnenschein: London, 1886. 倫敦大英圖書館。

112 出自《北方古蹟》（*Northern Antiquities*）的卷首插圖，譯者 Bishop Percy，French of M. Mallet。Henry G. Bohn, London: 1859. 波士頓公立圖書館。

113 九界地圖，出自喬安娜·哈里斯《符文印記》。Orion: London, 2016. © David Wyatt.

115 「世界之樹」插圖，出自十七世紀冰島一份斯蒂德呂松《散文埃達》的手稿。Árni Magnússon Institute in Iceland.

116~7 洛汗、剛鐸、魔多之地圖，J. R. R. 托爾金繪製。牛津大學博德利圖書館。© The Tolkien Estate Limited, 1937, 1965, 1966.

118 此圖出自理察·亞當斯《瓦特希普高原》。Rex Collings: London, 1972. 倫敦大英圖書館。

121 大衛·米契爾《雲圖》的創作筆記。© 大衛·米契爾。

122 大衛·米契爾《雅各布·德佐特的千秋》的創作筆記。© 大衛·米契爾。

123 大衛·米契爾《雅各布·德佐特的千秋》的創作筆記。© 大衛·米契爾。

124 大衛·米契爾《黑天鵝綠》的創作筆記。© 大衛·米契爾。

125 赫里福德地圖，c. 1300 年。The Dean and Chapter of Hereford Cathedral and the Hereford Mappa Mundi Trust.

127 南極探險路線圖，出自羅伯特·史考特《史考特的最終探險》。John Murray: London, 1923. 倫敦大英圖書館。

128 亞特蘭提斯，出自阿塔納奇歐斯·基爾學《地下世界》（*Mundus Subterraneus*），阿姆斯特丹，1665 年。倫敦大英圖書館。

129 喬亞島草圖。© 基蘭·米爾伍德·哈爾葛芙。

130~31 出自彼得勒斯·普朗修斯《摩鹿加群島》（*Insulae Moluccae celeberrimae sunt ob maximam aromatum copiam quam per totum terrarum orbem mittunt*），C. J. Visscher: 阿姆斯特丹，1617 年。雪梨，新南威爾士州州立圖書館。

133《最後荒野》之草圖。© 皮爾斯·托代。

134《黑暗荒野》（*The Dark Wild*）之草圖。© 皮爾斯·托代。

135 湯瑪士·富林森繪製的地圖，出自皮爾斯·托代《黑暗荒野》。Quercus: London, 2014. © 湯瑪士·富林森。

136~37 諾頓·傑斯特《神奇收費亭》的卷首地圖，插畫家吉爾斯·菲佛繪製。卷首地圖由諾頓·傑斯特設計，吉爾斯·菲佛繪製完成。Copyright © 1961 by 吉爾斯·菲佛，追續 © 1989 by 吉爾斯·菲佛。授權 Brandt & Hochman Literary Agents, Inc.

139 此圖出自威福瑞·塞西格一九五九年的《阿拉伯沙地》。Longmans: London, 1959. 倫敦大英圖書館。

140a 海倫·莫斯的鑰匙城堡草圖。© 海倫·莫斯。

140b 鑰匙城堡地圖，由里歐·哈爾塔斯為《小島冒險》（*Adventure Island*）系列繪製。© 里歐·哈爾塔斯。

142~43 納尼亞地圖，C. S. 路易斯繪製。牛津大學博德利圖書館。Copyright © C. S. 路易斯 Pte. Ltd. 1950。授權印製。

145 波琳·拜恩斯繪製的納尼亞地圖。由原稿所有人提供，伊利諾州惠頓學院，馬里昂·E·韋德研究中心。波琳·拜恩斯繪製。Copyright © C. S. 路易斯 Pte. Ltd. 1950。授權印製。

146 《黑夜轉盤》草圖。© 艾比·埃爾芬史東。

147 《天空之歌》草圖。© 艾比·埃爾芬史東。

148 《天空之歌》草圖。© 艾比·埃爾芬史東。

149 此圖由湯瑪士·富林森，為艾比·埃爾芬史東《黑夜轉盤》繪製。Simon & Schuster: London, 2017. © 湯瑪士·富林森。

150 《影子守護人》草圖。© 艾比·埃爾芬史東。

151 此圖由湯瑪士·富林森，為艾比·埃爾芬史東《影子守護人》繪製。Simon & Schuster: London, 2016. © 湯瑪士·富林森。

152~53〈童話古地圖〉，由貝爾納·斯雷格繪製。Sidgwick & Jackson: London, 1918. 倫敦大英圖書館。

155 米娜設計製作的〈劫盜地圖〉。© J. K. 羅琳 and Warner Bros Entertainment Inc.

156~57 米娜設計製作的〈劫盜地圖〉。© J. K. 羅琳 and Warner Bros Entertainment Inc. Photo: Andrew Twort / Alamy Stock Photo.

158 中土大陸地圖，波琳·拜恩斯繪製。設計 J. R. R. 托爾金，C. R. 托爾金，波琳·拜恩斯。Copyright © George Allen & Unwin, Ltd., 1970. Copyright © C. S. 路易斯 Pte. Ltd. 1950。授權印製。

161 J. R. R. 托爾金《哈比人》的書衣，1937 年。牛津大學博德利圖書館。© The Tolkien Estate Limited, 1937, 1965, 1966。

162~63 大荒原地圖，由丹尼爾·瑞夫為電影《哈比人》創作。© Warner Bros Entertainment Inc. 保留所有權利。《哈比人》, and the names of the characters, items, events and places therein are TM of the Saul Zaentz Company d/b// a Middle Earth Enterprises under license to New Line Productions, Inc. (s18).

164 中土大陸地圖，由丹尼爾·瑞夫為電影《哈比人》創作。© Warner Bros Entertainment Inc. 保留所有權利。《哈比人》, and the names of the characters, items, events and places therein are TM of the Saul Zaentz Company d/b// a Middle Earth Enterprises under license to New Line Productions, Inc. (s18).

165 中土大陸地圖，由丹尼爾·瑞夫為電影《哈比人》創作。© Warner Bros Entertainment Inc. 保留所有權利。《哈比人》, and the names of the characters, items, events and places therein are TM of the Saul Zaentz Company d/b// a Middle Earth Enterprises under license to New Line Productions, Inc. (s18).

167 東印度群島地圖細節，出自亞伯拉罕·奧特留斯的《世界劇場》，安特衛普，1598 年。倫敦大英圖書館。

169 插圖 © 2009 由雷夫·拉森繪製。初版於《天才少年的奇幻冒險》。Harvill Secker: London, 2009. 授權 The Random House Group Ltd © 2009. Denise Shannon Literary Agency 授權印製。

170~71《卡塔瑪瑞娜海圖》烏勞斯·馬格努斯繪製，1572 年。斯德哥爾摩，瑞典國家圖書館。

172a 插圖 © 2009 由雷夫·拉森繪製。初版於《天才少年的奇幻冒險》。Harvill Secker: London, 2009. 授權 The Random House Group Ltd © 2009. Denise Shannon Literary Agency 授權印製。

172b 插圖 © 2009 由雷夫·拉森繪製。初版於《天才少年的奇幻冒險》。Harvill Secker: London, 2009. 授權 The Random House Group Ltd © 2009. Denise Shannon Literary Agency 授權印製。

173 插圖 © 2009 由雷夫·拉森繪製。初版於《天才少年的奇幻冒險》。Harvill Secker: London, 2009. 授權 The Random House Group Ltd © 2009. Denise Shannon Literary Agency 授權印製。

175 魯斯·尼科爾森的《傳說中的阿卜拉克薩斯》。© 魯斯·尼科爾森。

176 魯斯·尼科爾森《矮人之境》地圖。© 魯斯·尼科爾森。

178~79 從卡坦扎羅到西基拉斯的卡拉布里亞海岸圖，由皮瑞·雷斯繪製，十七世紀到十八世紀初期，奧圖曼。巴爾的摩，沃爾特藝術博物館。

180~81〈童話古地圖〉，由貝爾納·斯雷格繪製。Sidgwick & Jackson: London, 1918. 倫敦大英圖書館。

182 地海地圖，娥蘇拉·勒瑰恩繪製，首次出現於《地海巫師》，由 Houghton Mifflin 1968 出版，並於 2012 年 HMH 重刷。授權 Curtis Brown Ltd. Copyright © 2012 by the Inter Vivos Trust for the Le Guin Children.

183a《古早地球百科全書》，伊莎貝爾·葛林堡繪製。Jonathan Cape: London, 2013. © 伊莎貝爾·葛林堡。

183b 出自伊莎貝爾·葛林堡的《古早地球百科全書》。Jonathan Cape: London, 2013. © 伊莎貝爾·葛林堡。

184~85〈古世界的地圖〉，拓印自托勒密《地理學》的地圖冊，羅馬，1478 年。Printed in Ulm, 1482. 倫敦大英圖書館。

186 出自伊莎貝爾·葛林堡的《古早地球百科全書》。Jonathan Cape: London, 2013. © 伊莎貝爾·葛林堡。

187 「米格德巴弗爾」的製圖大師，出自伊莎貝爾·葛林堡《古早地球百科全書》。Jonathan Cape: London, 2013. © 伊莎貝爾·葛林堡。

189 此圖出自亞瑟·蘭塞姆《霧海迷航》的卷首地圖。Jonathan Cape: London, 1937. 倫敦大英圖書館。

190 此圖是羅藍·錢伯斯為萊夫·葛羅斯的《魔法師》繪製的地圖。© 羅藍·錢伯斯。

191 此圖是羅藍·錢伯斯為萊夫·葛羅斯曼《費洛瑞之書》繪製的地圖。© 羅藍·錢伯斯。

192 丹尼爾·狄福《魯賓遜的沉思》(*The Life and Strange Surprising Adventures of Robinson Crusoe*)。J. M. Dent & Co.: London, 1905. 倫敦大英圖書館。

193 「世界地圖，圖上勾畫出魯賓遜的航線」，出自丹尼爾·狄福《魯賓遜漂流記》續集(*The Farther Adventures of Robinson Crusoe; being the second and last part of his life, and of the strange surprising accounts of his travels round three parts of the globe*)。W. Taylor: London, 1719. 倫敦大英圖書館。

194 理查·漢內的旅程，出自約翰·布肯的《三十九級臺階》。Longmans, Green & Co.: London, 1947. 倫敦大英圖書館。

196 丹尼爾·狄福的《魯賓遜漂流記》。Penguin: London, 2013.

197 丹尼爾·狄福的《魯賓遜漂流記》續集，1791 年。Photo Courtesy of The Newberry Library, Chicago, Call # Case Y155. D3642.

198~99 此圖出自安奈特·米爾斯《騾子瑪芬》的卷首地圖。倫敦大學出版社：倫敦，1949。倫敦大英圖書館。

201 彼得·菲爾曼的克朗吉兒家的月球世界草圖。© 彼得·菲爾曼。

202~3 奧利弗·波斯特蓋特《納金傳奇》的諾格國卷首地圖。Kaye & Ward: London, 1968. © 彼得·菲爾曼。

204 梅里奧尼斯郡和藍提西利的鐵路圖，出自奧利弗·波斯特蓋特的《火車頭艾弗》。Abelard-Schuman: London, 1962. © 彼得·菲爾曼。

206~7《埃布斯托夫的世界地圖》之數據摹本，c. 1300。Kloster Ebstorf.

209 《特格爾莊園》的遊戲攻略地圖，Goodman Games Judges Guild, 1977。

210 城堡邊界地圖，出自《龍與地下城》，Tactical Studies Rules，1979。

211 「地下城」地圖，2013。© 尼克·韋藍。

212~13「維斯特洛世界」地圖，強納森·羅伯特繪製，出自喬治·馬汀的《冰與火之歌》Copyright © 1996，喬治·馬汀。授權 Bantam Books, an imprint of Random House, a division of Penguin Random House LLC. 保留所有權利。

214 《A-Z 倫敦地圖冊》，Geographers' Map Co.: London, 1948。倫敦大英圖書館。

215 《埃布斯托夫的世界地圖》之數據摹本，c. 1300。Kloster Ebstorf.

216 該圖出自《赫羅納手繪本》的世界地圖十世紀手稿，西班牙。Archivo Capitular, Gerona Cathedral. Photo akg-images / Album / Oronoz.

217 *Polnaya karta luna*(月球地圖)，奇拉·辛卡瑞娃繪製。Nauka: Moscow, 1967. Digital Museum of Planetary Mapping.

218~19「1810~11 年，布臣船長在兩名海軍士兵遇害時造訪印地安人」，由沙努迪提特繪製，出自詹姆斯·霍雷《貝奧圖克人之紐芬蘭原住民》。University Press: Cambridge, 1916. 倫敦大英圖書館。

221 布萊恩·賽茲尼克《奇蹟之屋》的倫敦地圖。© 布萊恩·賽茲尼克。

222 《菲利普的人體模型》，George Philip & Son: London, 1900. 倫敦大英圖書館。

223 天體環形軌道中的地球位置，出自天體圖冊。安德烈亞斯·塞拉里烏斯的《和諧大宇宙》，J. Janssonium: 阿姆斯特丹，1660 年。倫敦大英圖書館。

224~25 該地圖出自保羅·佩恩的《男孩女孩冒險地圖》。R. R. Bowker: New York, 1925. 華盛頓特區，國會圖書館。

226 儒爾·凡爾納的《螺旋槳島》，Collection Hetzel: Paris, 1903. Photo 12 / Alamy Stock Photo.

227 雷諾克斯地球儀，c. 1510 年。紐約公立圖書館。

228 天龍星座，出自「天文繆斯的魔鏡」星座卡，約沙法·亞斯賓繪製。Samuel Leigh: London, 1834. 倫敦大英圖書館。

229 約沙法·亞斯賓繪製的「天文繆斯的魔鏡」星座卡。Samuel Leigh: London, 1834. 倫敦大英圖書館。

231 *Jishin no ben*(地震的故事)，1855 年。溫哥華，卑詩大學圖書館。

232~33 聖地地圖，皮埃特羅·威斯康提繪製，出自馬里諾·薩努托《忠實的十字軍祕辛》，威尼斯，c. 1321。倫敦大英圖書館。

234 'Descriptio terræ subaustralis'，出自皮托努斯·伯提厄斯的 P. Bertii tabularum geographicarum contractarum，阿姆斯特丹，1616 年。Historic Map Collections，普林斯頓大學圖書館。

235 細節圖，出自亞伯拉罕·克雷斯克斯編製的《加泰隆尼亞地圖集》，馬略卡島，1375 年。Bibliothèque Nationale de France, Paris.

236 地球紀元地圖，出自傑克·科比的《卡曼迪》，1975 年。© D. C. Comics. Photo courtesy John Hilgart.

237 《火星紀事》，編輯 Orson Welles。Dell: New York, 1949. Photo courtesy John Hilgart.

238~39〈小丑帽世界地圖〉，c. 1590 年。Coin des Cartes Anciennes.

241 邊境地圖，出自保羅·史都華 & 克里斯·里德爾《編年史邊境》。Corgi: London, 2004. © 克里斯·里德爾。

242 地圖由謝培德繪製，出自肯尼斯·葛拉罕的《柳林風聲》。Methuen & Co.: London, 1931. © The Estate E. H. Shepard Trust，授權重印 Curtis Brown Ltd。

243 林間空地地圖，出自保羅·史都華 & 克里斯·里德爾的《編年史邊境》。Corgi: London, 2004. © 克里斯·里德爾。

245 此圖出自馬溫·皮克的《屠板船長下錨》。Eyre & Spottiswoode: London, 1945. © The Estate of Mervyn Peake.

索引

R

S

T

U

V

W

Y

國家圖書館出版品預行編目資料

作家的祕密地圖：從中土世界，到劫盜地圖，走訪經典文學中的想像疆土 / 休．路易斯-瓊斯（Huw Lewis-Jones）著；清揚譯. -- 初版. -- 臺北市：奇幻基地出版，城邦文化事業股份有限公司出版：英屬蓋曼群島商家庭傳媒股份有限公司城邦分公司發行，民110.03
面；　公分. --
譯自：The writer's map : an atlas of imaginary lands
ISBN 978-986-99766-7-1（精裝）

1.西洋文學 2.文學評論 3.地圖集

870.2　　　110003342

作家的祕密地圖：從中土世界，到劫盜地圖，走訪經典文學中的想像疆土

原著書名／The Writer's Map: An Atlas of Imaginary Lands
作　　者／休．路易斯—瓊斯（Huw Lewis-Jones）
譯　　者／清揚
副總編輯／王雪莉
企劃選書人／張世國
責任編輯／何寧

版權行政暨數位業務專員／陳玉鈴
資深版權專員／許儀盈
行銷企畫／陳姿億
行銷業務經理／李振東
副總編輯／王雪莉
發 行 人／何飛鵬
法律顧問／元禾法律事務所　王子文律師
出　　版／奇幻基地出版
城邦文化事業股份有限公司
台北市 104 民生東路二段 141 號 8 樓
電話：(02)25007008　傳真：(02)25027676
網址：www.ffoundation.com.tw
e-mail：ffoundation@cite.com.tw
發　　行／英屬蓋曼群島商家庭傳媒股份有限公司城邦分公司
台北市民生東路二段141號11樓
書虫客服服務專線：02-25007718．02-25007719
24小時傳真服務：02-25001990．02-25001991
服務時間：週一至週五 09:30-12:00．13:30-17:00
郵撥帳號：19863813　戶名：書虫股份有限公司
歡迎光臨城邦讀書花園　網址：www.cite.com.tw
香港發行所／城邦（香港）出版集團有限公司
香港灣仔軒尼詩道235號3樓
電話：(852) 25086231 傳真：(852) 25789337
E-mail：hkcite@biznetvigator.com
馬新發行所／城邦（馬新）出版集團【Cite(M)Sdn. Bhd】
41, Jalan Radin Anum, Bandar Baru Sri Petaling,
57000 Kuala Lumpur, Malaysia.
Tel: (603) 90578822　Fax:(603) 90576622
email:cite@cite.com.my

封面設計／萬勝安
校　　對／劉郁伶
排　　版／極翔企業有限公司
印　　刷／高典印刷有限公司

■2021年(民110) 3月30日初版一刷
■2024年(民113) 7月19日初版2刷

定價／890元

ISBN　978-986-99766-7-1

奇幻基地20週年・幻魂不滅，淬鍊傳奇

集點好禮瘋狂送，開書即有獎！購書禮金、6個月免費新書大放送！

活動期間，購買奇幻基地作品，剪下回函卡右下角點數，集滿兩點以上，寄回本公司即可兌換獎品&參加抽獎！
參加辦法與集點兌換說明：
活動時間：2021年3月起至2021年12月1日（以郵戳為憑）
抽獎日：2021年5月31日、2021年12月31日，共抽兩次
奇幻基地2021年3月至2021年12月出版之新書，每本書回函卡右下角都有一點活動點數，剪下新書點數集滿兩點，黏貼並寄回活動回函，即可參加抽獎！單張回函集滿五點，還可以另外免費兌換「奇幻龍」書檔乙個！

【集點處】（點數與回函卡皆影印無效）

1	2	3	4	5
6	7	8	9	10

活動獎項說明：

★ **「基地締造者獎・給未來的讀者」抽獎禮**：中獎後6個月每月提供免費當月新書一本。（共6個名額，兩次抽獎日各抽3名）

★ **「無垠書城・戰隊嚴選」抽獎禮**：中獎後獲得戰隊嚴選覆面書一本，隨書附贈編輯手寫信一份。（共10個名額，兩次抽獎日各抽5名）

★ **「燦軍之魂・資深山迷獎」抽獎禮**：布蘭登・山德森「無垠祕典限量精裝布紋燙金筆記本」。
抽獎資格：集滿兩點，並挑戰「山迷究極問答」活動，全對者即有抽獎資格（共10個名額，兩次抽獎日各抽5名），若有公開或抄襲答案者視同放棄抽獎資格，活動詳情請見奇幻基地FB及IG公告！

特別說明：

1. 請以正楷書寫回函卡資料，若字跡潦草無法辨識，視同棄權。
2. 活動贈品限寄台澎金馬。

當您同意報名本活動時，您同意【奇幻基地】（城邦文化事業股份有限公司）及城邦媒體出版集團（包括英屬蓋曼群島商家庭傳媒股份有限公司城邦分公司、書虫股份有限公司、墨刻出版股份有限公司、城邦原創股份有限公司），於營運期間及地區內，為提供訂購、行銷、客戶管理或其他合於營業登記項目或章程所定業務需要之目的，以電郵、傳真、電話、簡訊或其他通知公告方式利用您所提供之資料（資料類別C001、C011 等各項類別相關資料）。利用對象亦可能包括相關服務的協力機構。如您有依個資法第三條或其他需要協助之處，得致電本公司（(02) 2500-7718）。

個人資料：

姓名：＿＿＿＿＿＿＿＿＿＿ 性別：□男 □女

地址：＿＿＿＿＿＿＿＿＿＿＿＿＿＿＿＿ Email：＿＿＿＿＿＿＿＿＿＿

想對奇幻基地說的話或是建議：＿＿＿＿＿＿＿＿＿＿＿＿＿＿＿＿＿＿＿＿＿＿＿＿

＿＿＿＿＿＿＿＿＿＿＿＿＿＿＿＿＿＿＿＿＿＿＿＿＿＿＿＿＿＿＿＿＿＿＿＿＿＿

FB粉絲團

戰隊IG日常

奇幻基地20週年慶・城邦讀書花園 2021/12/31前樂享獨家獻禮！
立即掃描QRCODE可享50元購書金、250元折價券、6折購書優惠！
注意事項與活動詳情請見：https://www.cite.com.tw/z/L2U48/

讀書花園

請剪下右側點數，貼於集點處，集滿兩點即可參加抽獎

廣　告　回　函
北區郵政管理登記證
台北廣字第000791號
郵資已付，免貼郵票

104台北市民生東路二段141號11樓

英屬蓋曼群島商家庭傳媒股份有限公司城邦分公司 收

請沿虛線對摺，謝謝

每個人都有一本奇幻文學的啟蒙書

奇幻基地粉絲團：http://www.facebook.com/ffoundation

書號：**1HR047C**　　書名：作家的祕密地圖